U0126395

中國敘事理論與實際批評

尤雅姿 著

臺灣學生書局印行

自　序

敘事學雖然不是一門淺顯容易的學理，但是化簡而言，「敘事」，就是「講故事」，它包括「怎麼講」的敘述方法和「講什麼」的故事內容。除了文學形式與內容的構成通則外，敘事還牽涉到人類的時間意識、認知結構與符號文物之創造力。人類的智慧趨使人類創造圖文影音等符號文物來佈達信息，傳承歷史，使欲散佈信息的敘事者在其肉身所無法親臨的時空仍得以通過符號及其載體繼續敘述，而人類的認知結構又必須透過敘事來理解事情的始末經過以及事物存在的道理；因此，人類的敘事行為實與人類的智能及文化同步發跡，且不可須臾或離。南朝・劉勰在《文心雕龍》開宗明義的第一句話是「文之為德也，大矣！」，同理，「敘事之為德也，大矣！」

人類的敘事文化雖然已逾萬年，但敘事學卻是在歐洲新出不到百年的學問，連「敘事學」（Narratolgy）也是新創之詞，因為初來乍到的發起背景，一些譯自外文的理論術語；如功能、母題、行動元、隱含作者、干預、聚焦、步速、頻率……一方面顯得新銳，一方面卻又顯得生冷，不免令人望洋興嘆。敘事學的學習難處還在於，西方敘事理論專著在立說時甚少舉用實例解說，即使略有一二，通常也僅限歐美文學，主要是法國或俄國的近代作品；原因有可能是早期對敘事學產生研究興趣的是語言學、符號學、人類文化學、哲學等範疇的學者，他們對文學史較不熟諳，對遠東文學也少有進階的認識。但敘事是人類普遍的文化成就，敘事學也應通用於各種語言系統所寫就的作品才是，這些先行其道的敘事學論著，由於缺乏作品參詳，所以學習不易，對理論的擴展也不利；因為理論是對實踐的描述，若理論虛懸，樣本數不周，檢閱文本的實際批評步驟被省略，那麼理論就只是個抽象的公式，而未經過文本驗證的理論，其說是否周詳適用，也值得存疑。因此，本書在解說敘事理論時，也徵舉了文獻作品來應證，劉勰《文心雕龍・序志》標明文體論的解說法則是：「選文以定篇，敷理以舉統。」這也是本書奉行的寫作原則。

中國敘事文化源遠流長，從政治職能的書記史官而國史，野史，各類雜史與碑誌傳記，從六朝小說到唐傳奇，有盛行於寺院的唐代俗講，有流行於勾欄的宋代說書，有載諸簡冊的書面文本，有口頭形態的傳播，有戲劇形態的搬演，有說書底稿的話本，也有模擬話本的章回小說。印刷術發達之後，伴隨著市場經濟與文化產業的行銷策略，書商在刊行小說時附加評點者的閱讀指南，形成了文本與評點並置於扉頁的書面風景，從此展開了別具一格的小說評論。西風東漸之後，中國小說更歷經政治、經濟、社會、文學之改革而迭有新變……這一脈敘事長河，逶迤浩蕩，其所分佈之流域實橫無際涯。由此可知，敘事學雖由西方所創立，但敘事勝場絕不為西方所壟斷，不論是敘事作品的類型、題材，或是敘事技巧上的表現，中國敘事文學都累積了數千年以上的豐富寶藏。所以探討敘事學時，除了借徑西學的理論方法與模組框架外，更應放眼於本土中國的敘事文學，才能臨海煮鹽，仰山煉銅。雖然，其探索的難處也一樣存在著，以最接近敘事學的小說評點為例，評點者在分析其敘事技巧時多借用文法、書法、畫法、陣法，以及音樂、刺繡、氣象、建築、園藝等領域的用語，如：背面舖粉法、大落墨法、烘染法、移花接木法、獺尾法、旁敲側擊法、火裡生蓮法、橫雲斷山法、犬牙交錯法、鸞膠續弦法、雙管齊下法、一擊兩鳴法、層巒疊翠法、疏密相間法、金針暗渡法……它們取譬生動，但定義模糊，也有望之儼然的學習距離；但，學而知不足，知困，也正是學習的良機。

我的學術研究生涯自六朝小說經典《世說新語》起步，在撰寫碩士論文時，遵循傳統的寫作模式，從作者、版本、內容、思想、散文藝巧等數個方向展開基礎論述；在散文藝巧部分，當時是以傳統的古文義法，即從篇章字句等角度來分析，雖已初步探討了《世說新語》的文章形式，不過，當時的我實孤陋寡聞，並不知道敘事學已崛起二十年，既無緣認識，也就無從利用。直到拜讀了高辛勇先生的《形名學與敘事理論》，才知道有「敘事理論」，見識到明晰確鑿的分析方法，我嚮往能學好它，以利明瞭故事的構成機密，並為學生講解。此後，便開始注意各種有關敘事學的著作，不過，在研讀這些論著的過程中，常有「西面望者，不見東牆」的感慨。2007 年乘休假之便，在德國杜賓根大學圖書館搜集了敘事學文獻資料，勉力地檢閱，漸漸有「似曾相識雁歸來」的領會。返校之後，在研究所講授「敘事學研究」，教學相長，日積月累，心頭開始浮現撰寫一部探索中國敘事理論以及實際批評專書的構想，之後以這個構想申請國科會的學術專書寫作計劃，很榮幸獲得了兩年的補助。感謝國科會及評審委員樂觀其成的幫助，使這個研究計劃得以實現。先後參與研究工作的陳姿彣、陳姿廷、郭家和、陳依萱等同學，借閱文獻、準備講義、繕打文稿，認真負責，是勤樸好學的好幫手。書稿初成，付梓在即，感謝學術路上的所有提攜者，感謝臺灣學生書局大力襄助出版事宜，感謝審查書稿的兩位委員之嘉勉與指正，獲益良多，點滴在心。賢學棣施承佑為本書題字，小兒紹雍銜命繪製封面，也在此銘謝。

尤雅姿　序於臺中小書齋　106 年驚蟄
夏至改定

中國敘事理論與實際批評

目　次

自　序 …… I

第一章　緒論——人類的敘事文化源起 …… 1

一、存亡繼絕的生命情感與歷史意識 …… 1

二、周流時空的信息傳遞之任務需求 …… 4

三、棲止於物質載體的敘事文獻形態 …… 6

（一）載諸甲骨、竹簡 …… 10

（二）載諸金屬禮器 …… 14

（三）載諸磚石 …… 17

（四）載諸漆器 …… 19

（五）載諸絹帛 …… 21

（六）載諸石材 …… 26

（七）載諸紙質 …… 31

（八）載諸攝影與數位科技 …… 36

第二章　中國敘事譜系與史官文化效應 …… 41

一、敘事概念界說 …… 41

（一）「敘」與「事」的範疇 …… 41
（二）西方語言學範疇中的敘事概念 …… 48
二、史官文化傳統下的敘事法則 …… 62
（一）史官的政務記事職能 …… 62
（二）文學素養與傳記書法 …… 72
（三）遵循時序的敘事體例 …… 78
（四）政治評議與人倫品鑑 …… 85
三、史傳與小說體的衍派 …… 91
（一）必有其事的歷史重述 …… 91
（二）添絲補錦的歷史演述 …… 93
（三）未必盡真的虛實雜揉 …… 97
（四）從正史而雜史而小說 …… 102
四、民間說話及小說評點對敘事技法的推求 …… 110
（一）俗講與說話對敘事技法的琢磨 …… 110
（二）小說評點對敘事技巧的論述 …… 120

第三章 敘事者與故事之講述行為 …… 131

一、敘事者的範疇 …… 131
二、隱含作者——故事的寓意 …… 134
三、敘事者的立場類型 …… 146
（一）局外人立場的敘事策略 …… 148
（二）當局者立場的敘事策略 …… 158
（三）受述者立場的敘事策略 …… 180
四、敘事者的插話行為及其表現 …… 191
（一）敘事者的插話動機 …… 191

（二）插話策略的施用形態 …… 192
（三）插話表現的敘事效果 …… 203
五、故事域的場面信息供應 …… 208
（一）客觀式的場面信息 …… 214
（二）主觀式的場面信息 …… 219

第四章　敘事時間的速度調配與順序佈置 …… 229

一、敘事速率的操作類型 …… 229
（一）「詳述」——緩步描摹 …… 233
（二）「免述」——箭步略過 …… 244
（三）「擱置」——留步省視 …… 252
（四）「概述」——闊步瀏覽 …… 260
（五）敘事時間與敘事空間的對應關係 …… 267
二、敘述與故事之間的次第佈置 …… 271
（一）因時順勢法 …… 274
（二）違時逆勢法 …… 282
（三）懸宕的經營 …… 293

第五章　故事的結構模式與情節組織 …… 301

一、故事的結構模式 …… 301
二、事件與情節的組織法則 …… 318
（一）關鍵事件與枝節事件 …… 318
（二）巧合事件的接榫功能 …… 327
（三）插科打諢 …… 335
三、三復情節的操作類型 …… 340

（一）遞進式以增強張力 …… 342
（二）模擬式以推演走勢 …… 346
（三）媒合式以凸顯伏應 …… 348

第六章　人物與環境及關鍵物之塑造 …… 355

一、人物形象概述 …… 355
（一）史傳體例的人物範式 …… 356
（二）戲劇搬演的角色分化 …… 359
（三）兩相襯托的寫人技巧 …… 365
（四）容止塑形與語言臨摹 …… 368
二、空間環境的類型與實際表現 …… 394
（一）主題用途的行旅空間 …… 396
（二）背景用途的行動空間 …… 400
（三）隱喻指涉的象徵空間 …… 407
三、穿針引線的關鍵物 …… 415

第七章　餘　論 …… 421

一、敘事法與敘事體的阡陌交通 …… 421
（一）敘事法與寓言體 …… 422
（二）敘事法與抒情體 …… 432
二、韻文、散文或韻散併用 …… 435
三、後話 …… 439

附錄：引用書目 …… 445

第一章　緒論
——人類的敘事文化源起

一、存亡繼絕的生命情感與歷史意識

「生命是有限時間之內的現象。」[1]，這是數學家，也是哲學家維納（Nobert Wiener, 1894-1964）對生命的簡潔定義。維納從科學的理性立場出發，認為地球上的生命現象也許是宇宙，或是太陽系內的唯一奇蹟，而人類，作為天生能說話，愛說話的奇妙本性，必然會利用語言與文字傳播信息，將生命經驗，也就是這一段「有限時間之內」所發生過的有意義現象加以敘述，以資儲存或流傳；因為「信息，與其說是旨在儲藏，不如說旨在流通，而非私人的占有或封存。」[2]所以，將生命檔案中的重要信息儲藏起來以便傳遞給他人，就是人類的敘事動機，與時間意識有關，與生命經驗有關，也與語文信息的傳遞密不可分；倘若缺乏其中任何一項，就不會有敘

1 「生命很可能只是宇宙中的罕見現象，它也許僅限於太陽系，如果我們所考慮的任何一種生命，其發明水平得跟我們主要感興趣的生命相當的話，那生命就是僅限於地球上面的現象了。」美・維納著，陳步譯：《人有人的用處》（北京：商務印書館，2009），頁 25。

2 同上，頁 105。

事文化的誕生。王陽在《小說藝術形式分析：敘事學研究》有言：

> 作為符號動物，人類的符號行為遍及精神活動的一切領域。其中敘事行為又是最重要的符號行動。人類語言的交往主要功能之一就是敘事，即用符號的方法標識不在現場的事物。流傳至今的初民神話紀錄了人類早期的符號行動，其樣式主要是敘事。可以說，敘事現象幾乎和人類歷史一樣古老。[3]

從初民的符號記事開始，人類憑藉對語言與文字的興趣及智慧，將那些發生過的事件設法封存，以防遺忘或消逝，如此，未來不曾身歷其境的人們（包含當事人）也可以透過這個被封存的信息資料庫，閱讀並緬懷過去曾經存在過的人物及事件。從商周青銅器銘文上常見的「永世毋忘」、「頌其萬年無疆」、「其萬年子孫永寶用」……到兩漢刊石立碑的套語，如：「刊石紀終，俾示來世」、「式鐫徽範，永晰山眉」、「勒此玄石，銘之未央」、「泉室答培，永矣蒼天，了然無之，刊記茲石，永久識期，身沒名存，揚波遠開」[4]，或如東漢〈景君碑〉所敘記的「于何穹倉，布命授期，有生有死，天寔為之，豈夫仁哲，攸剋不遺？於是故吏諸生相與論曰：上世群后，莫不流光於無窮，垂芬耀於書篇。身歿而行明，體亡而名存。或著形象於列圖，或繫頌於菅弦。後來詠其烈，竹帛敘其

---

3 王陽：《小說藝術形式分析：敘事學研究》（北京：華夏出版社，2002），〈自序〉，頁1。

4 趙超：《漢魏南北朝墓誌彙編》（天津：天津古籍出版社，1992），分見：頁16，頁248，頁237，頁233。

動。」[5]……這些留存在金石上的敘事文本在在呈現著生命與歷史的先天鴻溝，唯此鴻溝在後天的刊於金石或著於竹帛之後，終於可以跨越及銜接，實現人類對於繼往開來的展望。

在歷史／故事中，過去已預先設定要在未來之中存在，因此，過去與未來，兩者得以在敘事的現在聯合起來。通過敘事，人類遂可在現在連結過去，在未來連結現在，因此，敘事不但使人類的意識在過去／現在／未來的流域之中往返溯游，甚至可將物質／精神兩範疇聯合共構。當人類將生命意識委付「敘事活動」時，即把浮動的歷史印象落實於文字或圖像，固定在紙面或其他載體上，庶幾可謂為一垂諸青史的工程；縱然，歷史與歷史人物均已消逝無蹤。[6]從歷史素材的改造上來看，敘事雖然來自記憶的捕捉，但敘事並非是記憶的模擬，而記憶也並不等於歷史經驗的往日重現，敘事必須對記憶進行召喚、切割、彙整、重組、編輯，因此敘事具有重構以及鋪陳歷史的巨大能量。[7]

5　毛遠明：《漢魏六朝碑刻校注》（北京：中華書局，2009），頁 136-139。

6　美．J．希利斯．米勒著，申丹譯：《解讀故事》引英國史家蒲朗穆（J. H. Plumb）在其所著《過去的死亡》（*The Death of Past*）所提出的，歷史也有死亡一說，因為歷史人物無法再生、歷史事件無法重演，所以歷史並非真正的過去，而是史家思想、立場、動機、時代再創造出來的。（北京：北京大學出版社，2004），頁 150-151。

7　美．蘇珊．朗格著，劉大基等譯：《情感與形式》一書談到記憶與實際經驗不同，兩者並非單純的再現關係：「記憶篩選了所有的材料，再把這些材料用一種由有特色的事件構成的形式再現出來。有的時候，這些事件被邏輯地聯繫起來，從而使純粹的記憶可以通過事件的相互關繫來確定它們的發生時間。」（臺北：商鼎文化出版社，1991），頁 305。

二、周流時空的信息傳遞之任務需求

當人類逐步由個體組成小群體，繼而擴大為宗族、社團、城邦，帝國，以及其他諸如宗教、政治、社會等共同體之後，基於各種信息傳播的各種存心，以及為順利達成各種公私領域事務的交際需要，於是而有敘事行為之發生。敘事行為在小群體之間尚可通過面對面的交談方式來實現信息的交流，但當群體擴張到一定數量，受述者分佈的時空區域已超過口語所能現時當場放送的範圍時，就必須利用某種載體將信息載入，以便信息可以遠距離播放，完成「傳話」、「傳信」的任務。為求信息的傳遞範圍可以更廣更遠更悠久，萬餘年來，人類以其智慧與技術研擬出各種敘事手段，以利信息可以在敘事者肉身所抵達不了的時空中有效放送，實現其敘事意圖與任務需求；就空間而言，是指信息得以佈達的地區，就時間而言，是指信息得以持續傳播的時程。

敘事行為所產生的敘事文本種類約有三大形態：口語傳播、書面傳播、畫面傳播以及上述的混合表現方式，由此構成人類所有的敘事文本總和。這些周流時空的信息發起於個人的見聞閱歷欲對外訴說，或是某一共同體欲將歷史經驗傳遞給該共同體之後人，其敘事動機皆在於敘述者欲實現將信息佈達給受述者的某種使命，包括個人的見聞要傾訴，家族的源流要傳承，聖王的事跡要宣傳，宗教的故事要弘揚……概略來看，基於不同的任務需求，敘事有必須客觀實錄的，有蓄意穿鑿附會的；有真有其事的，有杜撰虛擬的，有寥寥數語的，有長篇巨製的……各行其道，各有勝場。古今中外，不論是任何形態，任何規模的群體，管理群體的不二法門就是能有效地互相通訊，所以，每一個群體都有其通信系統，以利信息的傳播、保存與接收。維納（Nobert Wienner）指出：「信息傳輸比單純的肉體傳輸更為重要。」，因為「人的語言所達到的地方，人的知覺能力所達到的地方，也就是他的控制能力擴展所及的地方，而且在一定意義上也就是他的肉體存在擴展所及的地方。」[8]。以公元 1978 年中國大陸出土的兩萬餘枚居延漢簡為例，[9]這些竹簡上的信息包羅了如：屯戍制度、臨敵報警、燔舉烽火等具有法律性質的聯防公約，這類竹簡較長，約一尺，另在大量殘冊散簡中，記載了軍政情報，如：各塞部燧的名稱位置、隸屬關係、人員編制、武器裝備、戍務勞作，各種吏卒、家屬、百姓、奴婢、刑徒的名冊、考核，以及交通證件和公文、郵驛紀錄，各類錢糧財物的收支，調輸、賦稅、財產、買賣、雇用、借貸的計算等等的重要資料。這些傳播到邊塞的簡牘信息，顯示漢朝帝國由權力中心擴展而出的控制範圍，信息的傳遞，使朝廷得以掌控全國的政治、經濟、軍事、屯田、水利、地理交通和國情變化。

宏觀來看，敘述者與受述者之間的構成關係，包含個體與個體，個體對群體，群體對個體，以及群體與群體之間，不論是何種關係，任何一種敘事者都有其敘事意圖，也都有其預設的敘事立場，所以其所敘述的內容與操作的策略也會相應而變，在探究敘事文化時，應該將敘事者的動機與任務設定納入考量，才能做出得體當位的解釋。在群體對個體，或群體對群體的信息傳播上，以與群體相關的重要大事為主，諸如：天文、地理、生態環境、政治局勢、軍事行動、宗教記聞、戰爭記錄、經濟、貨殖、教育、法律檔

8　美・維納著，陳步譯：《人有人的用處》，頁 80-81。

9　甘肅居延考古隊：〈居延漢代遺址的發掘和新出土的簡冊文物〉，《文物》第 1 期（1978 年）。

案、災疫事件……等；而在個體與個體之間的信息傳播，雖不限於個人私領域的生命經驗訴說，但以此為大宗，當然，也可以小見大，例如中國大陸的文革小說，雖在寫小我個人的遭遇，但敘事者意在反映悲慘的大環境。總之，敘事活動之所以產生，正在於敘事者秉持著預定的敘事任務，欲將信息在廣遠的時空中散播給予其受眾接收。

三、棲止於物質載體的敘事文獻形態

由於一切的存在與經驗唯有固化於各種物質載體才便利長期的保存和廣泛的傳播，所以敘事的物質載諸於各種可供圖寫鏤刻雕塑的材料，如銘刻在金屬器物上的記事圖文，刻印在磚石陶土上的敘事圖文，描繪在絹帛、毛料織物、獸皮、玻璃、木板、漆器等的敘事圖文，以及書於簡牘紙張，或晚近以數位典藏的各式圖書文籍或影音資料。古往今來，人類將無數的信息固化於物質載體，其終極用心，無非是欲以堅固的物質材料對抗瞬息即逝的時間巨流，期使消逝的過去能因這個敘事文本而存留於未來。《墨子・兼愛》設問：「何知先聖六王之親行之也？」子墨子答曰：「吾非與之並世同時，親聞其聲，見其色也。以其所書於竹帛，鏤於金石，琢於盤盂，傳遺後世子孫者知之。」[10]今人與過去的歷史人物雖分處不同的時間流域，但透過「書於竹帛」或「鏤於金石」或「琢於盤盂」的記載，卻能見聞到那些前言往行；這些以物質載體保存下來的信

---

10 戰國・墨子著，清・孫詒讓訓詁：《墨子閒詁》〈兼愛〉下（臺北：世界書局，1969），卷 4，頁 75。此處墨子所指的先聖六王身體力行的事跡是兼愛天下，為天下萬民行仁義之德政。

息資料就是文獻。毛遠明在《碑刻文獻通論》將「文獻」定義為：「文獻是人類文明史的見證和記錄，是人類所有活動的信息貯存。將人類的生產、生活情況，以及由此積累起來的知識、經驗和各種信息，用文字、符號、圖像、音響等物質載體記錄下來，這便是文獻。」[11]朱建亮在《文獻信息學引論》也持此論，他說：「文獻乃是用文字、圖形、符號、聲頻、視頻等技術手段記錄人類知識的一種載體，或稱其為固化在一定物質載體上的知識。」[12]又說：「知識和情報，就是人類的精神信息。不過，不是其全部精神信息，只是其主要精神信息而已。這些知識和情報的某些載體如書籍報刊的紙張，油墨和視聽資料、機讀資料的膠卷、磁盤及其上面顯影物質膜層等，就是便於長期保存和廣泛傳播的物體。人類精神信息與這些物質載體結合，才是準確意義上的文獻。」[13]所以，敘事文獻就是儲存於各種物質載體的信息，其信息形式包括符號、圖畫、語言、文字等，而物質材料則有土陶、甲骨、金石、竹帛、皮革、玻璃、紙質、晶片……等。

在人類發明文字之前，人類已使用圖畫敘事，所以目前尚能見到新舊石器時代時期的岩畫，即利用石頭與顏料在洞穴岩壁、山壁岩面上繪製或刻鑿圖畫以記事，所記內容多為狩獵、農耕、畜牧、祭祀、操練等活動大事；如保留於寧夏省陰山的石器時代岩畫。[14]

11　毛遠明：《碑刻文獻通論》（北京：中華書局，2009），頁1。

12　朱建亮：《文獻信息學引論》（北京：書目文獻出版社，1992），頁32。

13　朱建亮：《文獻信息學引論》，頁37。

14　蓋山林：《陰山岩畫》：「各種各樣的岩畫，是古人智慧的結晶，人們已經能夠以各種手法把自己的思維現象、感情等體現在有形體的感覺的形式中。因此可以說，岩畫是人類勞動、狩獵、征戰、舞蹈及各種活動的真實文字發明之後，識字者可以書寫及閱讀文字，但識字者為少數位居統治與管理階層的貴族、文官、祭司，他們利用文字來記錄國家大事，諸如祭祀、建國、遷徙、外交、戰爭、冊封受爵等。但在教育尚未普及前，不識字的民眾則必須透過口語、圖畫的方式來敘述與受述，所以早期民間的敘事方式多為口語聽說與圖像觀覽兩方式，神話、童話、鬼話、笑話、講經、講史、講古、說書、聽戲、傳教、佈道、聽廣播等，都屬於口耳傳播的敘事系統；而岩畫、壁畫、漆畫、磚畫、浮雕群像、各種連環圖畫等，則屬於視覺傳達敘事系統。

圖畫敘事，可以直接透過具體形象的鋪陳佈置來記錄事物的情狀，這個功能是抽象文字所無法達成的，唐・張彥遠（公元 815-907 年）在《歷代名畫記》說：「記傳所以敘其事，不能載其容；賦頌有以詠其美，不能備其象；圖畫之制，所以兼之也。」[15]，又說：「宣物莫大於言，存形莫善於畫。」[16]因此，歷代的圖畫、世俗造像、宗教造像、石刻畫等，數千年來保存並傳播了無以數計的文化信息。如刻於山東省曲阜縣孔廟寢殿（明神宗萬曆二十年，公元 1592 年，山東巡按御史何出光修建）後方的「聖迹圖」，以連環畫形式，總計一二五幅圖來描繪孔子一生的事迹。漢代時期推崇孝道，石棺牀

記錄。」、「陰山岩畫中圖畫記事的內容，幾乎涉及到社會的各個側面，諸如狩獵、放牧、征戰、記數、神靈、娛神、動物崇拜等等。這是人們在沒有文字之前，記錄事情或表達某種意思或願望的方式。」（北京：文物出版社，1986），頁 384、374。

15 唐・張彥遠：《歷代名畫記》（臺北：臺灣商務印書館，1966），卷 1，頁 10-11。

16 唐・張彥遠：《歷代名畫記》，卷 1，頁 11。

盛行以陰線的淺雕刻方式敘述著名的孝子故事，如董永、原穀、蔡順、眉間尺等人的孝行事蹟。清代高宗乾隆年間直隸總督方觀承進獻「棉花圖」，繪棉事十六種，自棉花播種耘畦到紡紗織布、染整成匹的全部過程。清・高宗乾隆三十年（公元 1765 年）摹刻上石，并附乾隆御製詩和諸圖說明，嵌於河北保定蓮池書院廊壁。[17]臺灣諸羅縣誌以木刻版畫所繪的番俗圖「採檳榔」，生動如實地呈現原住民相偕採檳榔的生活情景。[18]

「聖跡圖」與「孝子圖」的敘事題材為聖賢事跡的具體示現，其傳達目的在於尊師重道與孝順父母的德行推廣，屬於精神層面的信息佈達，而「棉花圖」與「採檳榔圖」的敘事題材屬於生產活動之記錄，屬於物質生產活動的情報佈達，具有十分重要的史料價值，毛遠明在研究漢代畫像石的「生產活動圖」時直陳：

> 與農業生產和現實生活直接相關的線刻畫像，主要有農耕圖，紡織圖、冶鐵鑄造圖，煮鹽圖，畫面有插秧、餵馬、牛耕、鹽井等，這批畫像再現了當時的社會生產、生活狀況，是研究漢代的社會日常生活、科學技術、手工業狀況等方面實物材料，具有十分重要的社會生活史、經濟史料價值。[19]

文字單行或繪畫單行之外，圖文雙料的敘事形式兼具文字信息與形

17 中國美術全集編輯委員會：《中國美術全集・繪畫編 19・石刻線畫》（臺北：錦繡出版社，1989），圖頁 4、28。

18 清・周鍾瑄主修，陳夢林總纂：《中國方志叢書・臺灣省・諸羅縣誌》（臺北：成文出版社，1983「影印日本內閣文庫所藏元刻本」），頁 50。

19 毛遠明：《碑刻文獻通論》（北京：中華書局，2009），頁 168。

象信息，自然有其不可忽視的傳達價值，如清高宗乾隆十六年（公元 1751 年）令大學士傅恆編纂《皇清職貢圖》，宮廷畫師謝遂繪製〈職貢圖〉，錄寫十三幅當時分佈於臺灣北、中、南等地之原住民畫像與民俗資料。[20]如此一來，既有文字敘事可了解其動態歷程與風俗民情，也有直觀的圖像可目擊其容貌與裝扮。近代國民教育普及之後，圖畫仍是與文字雙料並行的敘事形式，插圖本史料、小說、故事書、報刊等即是。雖然，圖像與抽象分屬不同的符號系統，在認知與想像的心理過程也不盡相同，但各取所需，雙管齊下。攝像、錄影、三 D 實境技術大興之後，敘事的方式就更加五光十色了。總之，在人類的敘事文化史上，圖畫、語言、文字；或圖文並茂；或影音視聽皆備，各類的敘事方式一直並行不輟；唯萬變不離其宗，敘事文獻之所以成立，得以傳世，可以散播，如何都需要有信息，以及儲存信息之物質載體。

以下略舉數種不同物質載體的敘事文獻說明之。

（一）載諸甲骨、竹簡

根據目前已出土的考古資料為驗，最早以文字記錄國家大事的敘事文本，應推殷商時期刻在甲骨上的卜辭。甲是烏龜的腹甲，骨是獸骨，包括牛的肩胛骨或較大動物的股骨。卜辭是國家遇有戎祀或其他大事需要決疑時，請貞人以龜甲卜問吉凶所保留下來的文獻，《左傳》有「卜以決疑」之論。[21]這些卜辭多刻在卜兆兆枝的

---

20 馮明珠：〈職貢圖：十八世紀臺灣原住民分布圖〉，《故宮文物》277 期（2006 年 4 月），頁 20-35。

21 戰國・左丘明：《左傳》：「桓公十一年春，齊、衛、鄭、宋盟於惡曹（地名）。……莫敖（楚國官名，即司馬之官。）患之，鬬廉（楚國大

旁側，文字內容包括卜何事？何人卜？何時卜？事前之吉凶預測，事後之吉凶驗證。

右圖為出土於陝西省岐山縣周公村的「蒲姑」刻辭，該件使用烏龜腹甲的尾右甲部分，左緣為千里路。此龜甲的背面共計有五個鑽鑿，正面則有兩條橫刻的卜辭；其一起於甲尾右緣，先向左行，再折下行至千里路。其釋文為：「才□臺卜，癸卯卜，又尚□麗，大翦。」另一條位於左卜兆的兆枝上側，其釋文為貞人卜甲記曰：「王其乎踐眔蒲姑，來事于復召蒲姑，囟亡咎。」[22]。蒲姑是地名，這片「蒲姑甲」記載的事件背景為周成王二次克商並向東征伐商奄，此次軍事行動，貞人預料將會把商奄的國君及其人民遷往蒲姑。就史實而言，周成王的軍事行動目的在於肅清商朝的殘餘勢力，以及防禦西方的犬戎勢力。[23]

夫）曰：『鄖人軍其郊，必不誡，且日虞四邑之至也，君次於郊，以御四邑。我以銳師宵加於鄖，鄖有虞心而恃其城，莫有鬬志。若敗鄖師，四邑必離。』……莫敖曰：『卜之！』對曰：『卜以決疑，不疑何卜？！』遂敗鄖師於蒲騷，卒盟而還。」（臺北：藝文印書館「十三經注疏」），卷7，頁122。

22 此文物之原件藏於陝西省考古研究院。蔡慶良、張志光主編：《贏秦溯源——秦文化特展》（臺北：國立故宮博物院，2016），頁30-31。

23 此事亦見載於《尚書》〈將蒲姑〉，已佚，〈尚書序〉：「成王將踐奄，將遷其君于蒲姑，周公告召公，作〈將蒲姑〉。」，清華大學藏竹簡繫年甲骨外，竹簡木牘為中國古代最普遍也最為重要的紀事載體，竹簡與木牘的材料易得，製作工序簡單，所以在紙張發明之前，竹木是最常用的書寫材料，史料與知識典籍均「載諸簡冊」、「垂諸丹青」。漢・許慎（公元 58-121？年）《說文》：「冊　象其札，一長一短，中有二編之形。凡冊之屬皆從冊，古文冊從竹。」，[24]冊、策、簡，三字相通。每一竹簡寫字以一行為多，一簡字數約為二三十字，可容字數有限，所以內容較多的典籍文獻，必須將眾多竹簡並排編次，且在竹簡上下兩端各用絲麻所製的繩子，或皮條（韋）予以橫亙編連，收納時則卷成一卷，篇名及卷次寫在外面，以利檢索。今所見最早出土的「國別史簡冊」文獻為春秋時代魏國的「史冊」，該文獻是西晉武帝太康二年（公元 281 年）從戰國魏王墓中所盜得的《竹書紀年》，《晉書・束皙傳》載：「初太康二年，汲郡人不準盜發魏襄王（？-公元前 296 年）墓，或言安釐王冢，得竹書數十車，其紀年十三篇，記夏以來至周幽王為犬戎所滅，以事接之。三家分仍述魏事至安釐王之二十年，蓋魏國之史書，大略與《春秋》皆多相應。」。[25]由於盜冢者燒策以照取寶物，及官府

第三章亦載此事，唯地點不同，但事件過程較為詳明：「周武王既克殷，乃設三監于殷。武王陟，商邑興反，殺三監而立彔子耿。成王踐伐商邑，殺彔子耿，飛廉東逃于商蓋氏，成王伐商蓋，殺飛廉，西遷商蓋之民于邾圄，以御奴且之戎，是秦之先，世作周危（衛）。周室既卑，平王東遷，止于成周，秦仲焉東居周地，以守周之墳墓，秦以始大。」。

24　漢・許慎著，清・段玉裁注：《說文解字注》（臺北：藝文印書館，1979），頁 86。

25　唐・房玄齡等著：《晉書》（臺北：臺灣商務印書館，1988「百衲本二十四史」），卷 21〈束皙傳〉，頁 379。戰國・佚名著，南朝・宋・沈約注，清・洪頤煊校：《竹書紀年》（臺北：臺灣商務印書館，1965）。

收拾，簡策多已燒燼折壞，不能辨識名題，晉武帝交付秘書校綴次第後，有司遂以《竹書紀年》稱之。1930 年甘肅省發現萬餘枚的漢簡，其中有東漢和帝永元五年（公元 93 年）的兵器簿，張秀民說這一兵器簿「用兩根麻繩上下編連七十八根木簡而成，是現在能見到的中國最古書冊。」。[26]

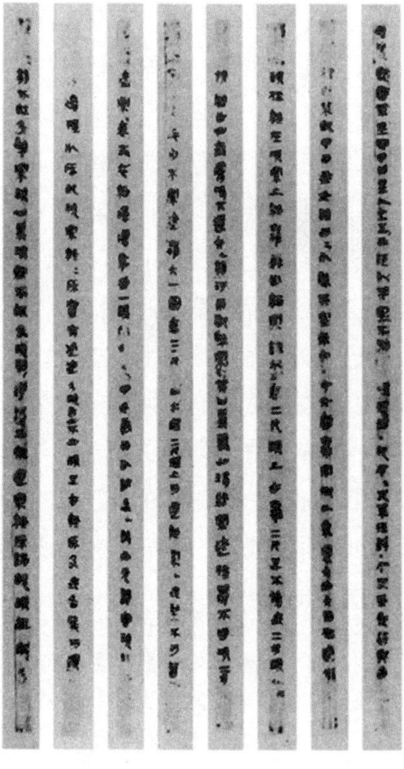

右圖的敘事文獻是公元 1975 年於湖北雲夢出土的秦代竹簡，該竹簡屬於秦代的法律文書「封診式」[27]，「封」是密封奏聞的公文，「診」是視察，「式」是標準規格，「封診式」記載的是法律案件的辦案規定和案例陳述。本件文獻為一宗「自經」命案的筆錄報告，有司敘述報案經過、刑事現場查封、關係人員口供、驗屍過程與細節。本件文物也反映敘事在法律事務上的存檔功能。

26 張秀民：《中國印刷史》（上海：上海人民出版社，1989），頁 4。

27 日本・二玄社編印：《中國書法選 10》〈木簡・竹簡・帛書〉（東京：二玄社，1990），頁 28。

（二）載諸金屬禮器

人類文明的進展階段均歷經了石器、銅器、鐵器的文明史分期，所以，在石器之後而有銅器、鐵器的金屬時代。[28]經過高溫冶煉煅燒的金屬，可以鑄造，可以開模，可以磨礪，具有更高的創造性，其在重量、光澤、音聲、形象上的表現，都非石器所能比擬，所以，進入銅器、鐵器時代之後，人類也將重要的信息檔案留存於金屬器具上。青銅器是帝國文明的根基，因此，銅器與銅器上的銘文都與王權、政治、典禮相關。最早出現在商朝前期的銅製禮器是耳鬲和父甲爵，「耳」是族徽，「父甲」是所祭對象，銅器用為家族祭器，鑄上銘文，正可標示其祀祖傳後的重要性。周人崇孝重禮，鑄銘風氣興盛，《禮記・祭統》闡述鼎銘的書寫用意在於：「夫鼎有銘者，自名也。自名以稱揚其先祖之美而明著之後世者也。」[29]據〈祭統〉所述，先祖之美包括其有「德善、功烈、勳勞、慶賞、聲名列于天下。」[30]均可「酌之祭器」[31]。這類吉金器的銘文內容主要在記錄該祭祀典禮之背景與始末過程，包含舉行典禮的時間、地點、參與的人物及其言語（上位者口喻，下位者答謝），

28　英・艾力克・查林著，高萍譯：《改變歷史的五十種礦物》：「金屬時代對人類社會和文化有著深遠的影響。不僅促使部落間的聯繫更加緊密，金屬時代亦促進人類文字系統的發展，以便於記錄生產、所有權與商業交易情況。社會階層分化也自此發端，人類社會開始出現不同階級，如專業手工藝者，政治、社會及經濟精英及其僕從。」、「中國商朝時期的青銅器是世上最早的澆鑄式裝飾性銅器。」（臺北：積木文化公司，2015），頁15、20。

29　《禮記・祭統》（臺北：藝文印書館「十三經注疏」），卷79，頁838。

30　同前注。

31　同前注。

追述紀功的背景始末，宣告禮成之結果，雖然其所載事件過程甚短，[32]但其文體與內容均符合敘事文本應有的規範，凡時間、地點、人物、話語、事件等各項因素，一應俱全，此由《禮記・祭統》引用的〈孔悝鼎銘〉可以察知：

> 衛・孔悝之鼎銘曰：「六月丁亥，公假于大廟。公曰：『叔舅，乃祖莊叔左右成公，成公乃命莊叔隨難于漢陽，即宮于宗周，奔走無射，啟右獻公，獻公乃命成叔纂乃祖服，乃考文叔，興舊耆欲，作率慶士，躬恤衛國，其勤公家，夙夜不解。民咸曰：「休哉！」』公曰：『叔舅，予女銘，若纂乃考服。』悝拜，稽首曰：『對揚以辟之，勤大命施于烝彝鼎。』此衛・孔悝之鼎銘也。」[33]

周朝重禮尚文，吉金器的銘文內容更廣，舉凡「祭祖追孝」、「征伐記事」、「執禮受賞」、「冊命典儀」、「訓誥命官」、「契約銘證」、「訟罰律令」、「陪媵聯姻」等盛事大禮，均鑄器以記載之，而其敘事風格也鏘鏘翼翼，典正雍容。

下圖為〈宗周鐘〉（胡鐘）正面中央「鉦」，以及正面左下「左鼓」、背面右下「右鼓」的拓文。[34]該文本記敘周王擊敗入侵

---

32 羅漪文：《東漢至中唐碑誌文體書寫演變》：「鐘鼎銘往往記錄一個有始有終的動態事件，碑文序則說明人的一生官歷，前者敘事時間線較短，後者則由生至死展開說明。」（新竹：國立清華大學中國文學系博士論文，劉承慧先生指導，2013），頁 62。

33 《禮記・祭統》，卷 79，頁 839。

34 日本・二玄社編印：《中國法書選 1 殷周　列國　甲骨文・金文》（東京：二玄社，1995），頁 56-57。

的南方諸國，戰爭勝利後，諸國臣服，周王鑄鐘以慶功，並祭祖謝恩祈福，全體銘文共計一百二十三字，分段敘述鑄鐘一事之前因後果及經過，最末是頌辭。鼎文內容如下：

> 王肇遹省文武，勤彊（疆）土，南或（國）服（濮）孳（子）敢臽（陷）處我土，王敦伐其至，撲伐厥都。服（濮）孳（子）迺遣閒來逆邵（昭）王，南尸（夷）東尸（夷）具見，廿（二十）又六邦。「唯皇上帝、百神，保余小子，朕猷又（有）成、亡（無）競，我唯司（嗣）配皇天。用邵（昭）各（格）不（丕）顯且（祖）考先王，先王其嚴才（在）上。溥溥豐豐，降余多福，福余沈（仍）孫，參壽唯利，㝬（胡）其萬年，畯保四或（國）」。[35]

35　游國慶：〈彝銘淵雅說鐘鼎〉釋文如下：「首尾兩段紀事如下：周王謹遵

金屬堅固，可保存千年以上，所以是王國世家欲以傳世的首選物質。[36]鐘鼎禮器上銘刻的文字，是中國先民集科技文明、政治文化、禮樂制度與文字敘事的歷史結晶。

（三）載諸磚石

將所欲記敘的事物雕刻在磚石上，或繪製於泥版，陰乾或入窯燒製之後，可以保存久遠，所以磚石上的圖畫或題記也是重要的敘事文本。中國古代喪葬習俗有以畫像石，畫像磚作為墓室或祠堂等

文王、武王之道，勤勞疆土經營。南方服蠻諸國，膽敢侵擾我邦境地，周王遂奮起迎擊，直撲服國都城。服國君於是遣使出迎周王，並召集南夷、東夷二十又六邦拜見。周王於是鑄造宗周寶鐘，鐘聲倉倉悤悤，雝雝雍雍。中間的禱詞是周王立凱旋返京，鑄鐘慶功祭祖的禱辭，史官以代言的方式記錄禱辭，故用『余小子』、『朕』、『我』第一人稱。『皇祖上帝以及各方百神，保佑我這後嗣小子，使謀略成功，所向無敵，我將紹繼大業，配皇天之德。用此吉器，弘揚先王，先王在上，豐豐富富，賜我多福，庇佑汝孫，永享萬年，四域平安。』」，收錄於《故宮文物》第 322 期（2010 年元月），頁 65。

36 王紀潮：〈鑄鼎鎔金——先秦時期中國青銅器技術成就和動因〉，收錄於《鼎立三十——看先民鑄鼎鎔金的科學智慧》（臺中：國立自然科學博物館，2015），頁 7-15。

建築物的雕飾，尤以漢代為盛，畫像上繪製出行圖、墓主人受祭圖，或是歷史故事畫。如上幅即為「荊軻刺秦王」故事畫，是山東省嘉祥縣武氏祠堂的出土文物代表作，該圖是武榮祠前室第十塊畫像石的拓本。[37]畫工表現的題材是秦王嬴政二十年時（公元前 220 年），燕太子丹派遣刺客荊軻與秦舞陽入秦，以樊於期將軍的首級與督、亢地圖敬獻秦王，擬伺機行刺，不料圖窮匕見，荊軻刺殺秦王不成而被殺。此事在秦漢之際廣為流傳，司馬遷（公元前 145-90？年）《史記》卷 86〈刺客列傳・荊軻傳〉載有其事。

由畫面上可以看見柱子的右邊分別呈現著：柱子下側盛有樊於期首級的木匣，其雙目已闔；俯首跪地的秦舞陽，色變震恐，顫抖不已；居中巍然的人物是荊軻，他怒髮已散，箭步向前，雙手上舉，右手高懸在空中，拇指奮張，看似方用力擲出了匕首欲殺秦始皇；然不中，中銅柱，柱子上的匕首貫帶猶自飛揚。貫帶下方有一截斷袖正欲飄落，是秦始皇被荊軻揪住袖子後，奮力逃命時給扯斷的；司馬遷《史記》載「（荊軻）因左手把秦王之袖，而右手持匕首，直揕之，未至身。秦王驚，自引而起，袖絕。」。柱子的左邊是倉皇離席的秦王，他驚恐地顧望荊軻是否追殺過來，慌亂的秦王未及著履，雙履猶端置於榻前的地上，秦王的右手高握著一個圓形的囊袋，可能是侍醫夏無且拋給他的藥囊，史載夏無且曾用藥囊攻擊荊軻。這幅圖的左右兩側均為衛士，左側的大臣嚇得前仆後倒；右側殿下，在荊軻的身後有一持盾揚劍的衛士正要進擊，但遭到前

37　蔡慶良、張志光主編：《秦業流風——秦文化特展》（國立故宮博物院，2016），頁 132。本件為中央研究院歷史語言研究所藏拓片。又見邢義田：《畫為心聲：畫像石、畫像磚與壁畫》（北京：中華書局，2011），頁 107-109。

方官員出手制止，史載：「秦法，群臣侍殿上者，不得持尺寸之兵。諸郎中執兵，皆陳殿下。非有詔召，不得上。」[38]。這幅畫像採用「異時同圖」，畫家把各個先後不同的時間點事件，以並時性的方式集中於一幅畫面。[39]

（四）載諸漆器

漆樹原是中國的特有樹種，優質的生漆也屬中國特產，所以漆器工藝自河姆渡文化即已出現。漆液在空氣中自然氧化後呈黑色，可以作為塗料，有增色與保固之用。將漆髹於木器上，可使器皿更

---

38 《史記・荊軻列傳》原文如下：「荊軻奉樊於期頭函，而秦無陽奉地圖匣以次進。至陛，秦舞陽色變振恐，群臣怪之。荊軻顧笑舞陽，前謝曰：『北蕃蠻夷之鄙人，未嘗見天子，故振慴，願大王少假借之。』使得畢使於前，秦王謂軻曰：『取舞陽所持地圖。』軻既取圖，奏之。秦王發圖，圖窮而匕首見。因左手把秦王之袖，而右手持匕首，揕之，未至身。秦王驚，自引而起，袖絕，拔劍，劍長，操其室。時惶急，劍堅，故不可立拔。荊軻逐秦王，秦王環柱而走，群臣皆愕，卒起不意，盡失其度。而秦法，群臣侍殿上者，不得持尺寸之兵，諸郎中執兵皆陳殿下，非有詔召，不得上。方急時，不及召下兵，以故荊軻乃逐秦王，而卒惶急無以擊軻，而以手共搏之。」漢・司馬遷著，南朝・宋・裴駰集解，唐・司馬貞索隱，唐・張守節正義：《史記三家注》（臺北：漢京文化事業公司，1981「武英殿本史記三家注」）卷 86，頁 1023。

39 邢義田：《畫為心聲：畫像石、畫像磚與壁畫》引陳葆真之說，認為漢代敘事畫（narrative paintings）利用同發式構圖、單景式構圖和連續式構圖三種類型，實踐事件在「時」、「空」上的不同表現，頁 107。Pao-chen Chen (陳葆真), "Time and Space in Chinese Narrative Paintings of Han and the Six Dynasties", in C. C. Huang and E. Zürcher ed., *Time and Space in Chinese Culture*, Leiden: E. J. Brill, 1995, pp.239-285.

加光澤悅目，這就是漆器。[40]由於漆器防潮，防蛀，防鏽，防龜裂，且具保溫，耐撞，無毒性等優點，在使用時較諸金屬器具更為輕便，靜音，所以從戰國以至唐代，漆器備受重視，可作為祭器、酒器、食器、貯物器之用；為了增飾，工匠也會在漆器上作畫，如在漆案上繪製宴樂活動、日常生活、歷史故事……。左圖為出土於江西南昌火車站東晉墓室的漆盤，漆盤上描繪漢朝惠太子延請四皓長老的歷史故事。畫面上活潑流利地繪製了二十個人，另有車馬、樂器、酒樽、食器、卷軸、鳥獸、游魚和樹木，傳達歷史上領導者敬老尊賢的事蹟，象徵著四海昇平以及追慕長壽的願望。[41]這個漆盤上的故事畫也屬於異

---

40 漆器是將漆與角灰瓷屑或磚灰攪和後，髹漆在木胎上，經過刮漆灰、磨平之後尚須再塗漆，戰國時期出現了鏇製的薄木胎、用木片卷制的胎、貼上麻布的木胎。詳參孫機：《漢代物質文化資料圖說》，頁 91-96。

41 江西省文物考古研究所、南昌市博物館：〈南昌火車站東晉墓葬群發掘簡報〉，《文物》第 2 期（2001 年）。漢．司馬遷撰，南朝宋．裴駰集解，唐．司馬貞索隱，唐．張守節正義：《史記三家注》〈留侯世家〉記載張良為呂后謀畫，以延攬「四皓」來穩住惠太子的地位：「及燕，置酒，太子侍，四人從太子，年皆八十有餘，鬚眉皓白，衣冠甚偉。上怪之，問曰：『彼何為者？』四人前對，各言名姓，曰：『東園公』、『用里先生』、『綺里季』、『夏黃公』。上乃大驚，曰：『吾求公數歲，公辟逃我；今公何自從吾兒游乎？』四人皆曰：『陛下輕士善罵，臣等義不受辱，故恐而亡匿。竊聞太子為人仁孝，恭敬愛士，天下莫不延頸，欲為太子死者；故臣等來耳。』上曰：『煩公幸卒調護太子。』」卷 55，頁 816-817。

時同圖的敘事方式，從惠太子派車延請四皓，到四皓已至，接受惠太子的懇摯招待等過程皆繪製於同一幅空間內。

（五）載諸絹帛

世界上首先發明養蠶取絲，製成絹帛技術的是華夏民族，因此，帛書、帛畫，這類以絲織品作為圖寫載體的敘事文獻為中國所獨有。縑帛輕盈柔軟，書寫時容易著墨，幅的長短寬窄可以視書寫內容多寡而裁剪。書寫圖畫畢，可以全幅展覽，也可以卷軸收藏，不易散亂。[42]《墨子・明鬼》：「恐後世子孫不能知也，故書之竹帛，傳遺後世子孫。」[43]又說「故先王之書，聖人之言，一尺之帛，一篇之書。」[44]可見在紙張與印刷術普及之前，竹木與縑帛是並行通用的書寫材料。錢存訓在《中國紙和印刷文化史》說：「帛書的使用，跨越了公元前七世紀至公元五世紀

42　張秀民：《中國印刷史》，頁 4。魏隱儒：《中國古籍印刷史》（北京：印刷工業出版社，1988），頁 18。

43　戰國・墨子著，清・孫詒讓：《墨子閒詁》卷 8〈明鬼〉下，頁 147。

44　同前注。

的漫長時期。……帛卷的長度視文字的長度而定，文字寫完，帛即剪斷。由於帛的織造長度為四十尺，如文書需要更長的材料時，即可以縫接。」[45]現在所能見到的最早帛書為西漢時期的文獻。上圖為漢墓馬王堆所出土的〈春秋事語〉，記載魯桓公十八年（公元前694年）發生的性醜聞外交事件，其釋文為：

> 魯旦（桓）公與文羌（姜）會齊公于樂（濼），文羌（姜）迵（通）于齊侯，旦（桓）公以訾文羌（姜），文羌（姜）以告齊侯。齊侯使公子彭生載。公薨于車。醫寧曰：「吾聞之。賢者死忠以辱尤而百姓愚焉。知（智）者瘧李（理）長慮而身得比（庇）焉。今彭生近君。□无盡言。容行阿君。使吾君失親戚之禮命。有（又）勒（力）成吾君之過。以□二邦之惡。彭生其不免乎？禍李（理）屬焉。君以怒遂禍。不畏惡也。親閒容。昏生□无匿（慝）也。幾（豈）及彭生而能貞（正）之乎。魯若有誅。彭生必為說。」魯人請曰：「寡君來勒（力）舊好。禮成而不反（返）。惡於諸侯。无所歸窓（怨）。」齊侯果殺彭生以為說（悅）魯。[46]

---

45 錢存訓著，鄭如斯編訂：《中國紙和印刷文化史》（桂林：廣西師範大學出版社，2004），頁210。

46 原件藏於湖南省博物院。圖版錄自日本・二玄社編印：《中國書法選10》〈木簡、竹簡、帛書〉（東京：二玄社，1990），頁 107。《春秋事語》現存 16 章，97 行，無標題，每章各記一事，事不連貫，也未紀年，國別亦不區分，因此，學者或認為《春秋事語》類似歷史教科書，是施行於貴族子弟的學習教材。

原件是以由篆變隸的書法寫在半幅的絹帛上，所記史實與《左傳》同，[47]但記事較少而記言較詳。在記事上，《春秋事語》少了「夏四月丙子，享公。」；在記言上，雖缺魯大夫申繻針對男女有家室者應遵守的禮防之論，但多了一大段醫寧對公子彭生暗殺桓公一事的評議；醫寧並預估公子彭生必為此事送命。醫寧當是幫桓公進行急救的醫生，彭生利用桓公登車之際把桓公的肋骨折斷，可能導致嚴重的內出血，故命醫寧前來施救，若果是，醫寧目睹死於車內的桓公，明瞭施以毒手的彭生不但引發了一場國際爭端，而且自己也無法脫身。所以在記言部分較《左傳》為詳。

在中國敘事史上，有許多著名的故事是以帛畫的形式呈現，如西晉・顧愷之（公元 344-406 年）曾將魏・曹植（公元 192-232 年）的〈洛神賦〉繪製成〈洛神圖〉，將東晉・張華（公元 232-300 年）的〈女史箴〉繪製成〈女史箴圖〉，所以繪製在絲帛上的故事也是可觀的敘事文獻。下圖這幅由宋朝畫家陳居中（公元？-1350 年）繪製的〈文姬歸漢圖〉故事畫，題材取自蔡文姬（公元 177-？年）由胡返漢。蔡文姬是東漢大文豪蔡邕的女兒，名琰，博學多才藝，知音律，初與河東衛仲道成婚，不久，衛因病逝世，兩人沒有子女，於是蔡文姬回娘家居住。東漢興平間（公元 194-195 年），董卓舉兵作亂，北胡強敵趁勢入侵長安，在燒殺搶掠的混亂局勢下，蔡文姬與

---

47 此事在《左傳》的記載是：「十八年春，（桓）公將有行，遂與姜氏如齊。申繻曰：『女有家，男有室，無相瀆也，謂之有禮。易此必敗。』公會齊於濼，遂及文姜如齊。齊侯通焉。公謫之，以告。夏四月丙子，享公。使公子彭生乘公，公薨于車。魯人告齊曰：『寡君畏君之威，不敢寧居，來修舊好，禮成而不反，無所歸咎，惡于諸侯。請以彭生除之。』齊人殺彭生。」《左傳》，卷 7，頁 130。

其他近萬名的俘虜被胡人載往北方，她後來寫下〈悲憤詩〉，追憶那段悲慘的俘虜生涯：

> 後感傷亂離，追懷悲憤，作詩二章。其辭曰：漢季失權柄，董卓亂天常，志欲圖篡弒，先害諸賢良。逼迫遷舊邦，擁主以自強。海內興義師，欲共討不祥。卓眾來東下，金甲耀日光。平土人脆弱，來兵皆胡羌。獵野圍城邑，所向悉破亡，斬截無孑遺，尸骸相撐拄，馬邊懸男頭，馬後載婦女。長驅西入關，迴路險且阻，還顧邈冥冥，肝脾為爛腐，所略有萬計，不得令屯聚，或有骨肉俱，欲言不敢語。失意機微間，輒言斃降虜，要當以亭刃，我曹不活汝，豈復性命不？堪其詈罵，或便加棰杖，毒痛參并下，旦則號泣行，夜則悲吟坐，欲死不能得，欲生無一可，彼蒼者何辜？乃遭此戹禍！[48]

---

48 南朝・范曄著，唐・章懷太子賢注：《後漢書》（臺北：臺灣商務印書館，1988「百衲本二十四史」），〈列女傳・董祀妻〉，卷 84，頁 1279。

蔡琰後來歸南匈奴左賢王為妻，與他生有兩名兒子，留胡十二年。戰亂之後重建，曹操得悉此事，因蔡邕沒有子嗣，原是蔡邕好友的曹操基於友誼，派遣使者前往匈奴談判，希望能將蔡琰贖回漢家。[49]不過，上述這段離亂生平並沒有繪入這幅圖，圖畫上描寫的是臨行時分，蔡琰和丈夫左賢王斟酒餞別的場面，兩個小兒猶依戀於母親身旁，另一邊是漢朝迎接蔡琰的人馬，使者端坐等候接人的情景。這段離別的錐心痛楚，蔡文姬（公元 177？-？年）在〈胡笳十八拍〉追述道：

> 有客從外來，聞之常歡喜，迎問其消息，輒復非鄉里，邂逅徼時願，骨肉來迎己，己得自解免，當復棄兒子，天屬綴人心，念別無會期。存亡永乖隔，不忍與之辭。兒前抱我頸，問母欲何之？人言母當去，豈復有還時！阿母常仁惻，今何更不慈？我尚未成人，奈何不顧思？見此崩五內，恍惚生狂痴，號泣手撫摩，當發復回疑。兼有同時輩，相送告離別，慕我獨得歸，哀叫聲摧裂。馬為立踟躕，車為不轉轍，觀者皆歔欷，行路亦嗚咽。去去割情戀，遄征日遐邁。悠悠三千里，何時復交會？念我出腹子，胸臆為摧敗。[50]

---

49 蔡文姬故事載於范曄《後漢書》〈列女傳·董祀妻〉：「陳留董祀妻者，同郡蔡邕之女也，名琰，字文姬，博學有才辯，又妙於音律。適河東衛仲道，夫亡無子，歸寧于家。興平中，天下喪亂，文姬為胡騎所獲，沒於南匈奴左賢王。在胡中十二年，生二子。曹操素與邕善，痛其無嗣，乃遣使者以金璧贖之，而重嫁於祀。」，卷 84，頁 1278。

50 南朝·范曄：《後漢書》〈列女傳〉，卷 84，頁 1278。

比較蔡文姬的故事在書面與畫面上的敘事表現，可以發現書面敘事在時間歷程上的延續有極大的自由，有關故事人物的心境摹寫，書面也比畫面有更細緻深切的表現。

（六）載諸石材

礦石具有堅固與美麗的特性，是以人類為了保存重要的史蹟，必然會利用石材作為敘事載體，以記國族大事，遷徙、典禮、開國、戰績、功業……等。南朝．劉勰（公元 465？-532？年）《文心雕龍》〈誄碑〉：「碑者，埤也。上古帝皇，紀號封禪，樹石埤岳，故曰碑也。周穆紀跡于弇山之石，亦古碑之意也。」。[51]毛遠明《碑刻文獻通論》在「記事贊頌碑刻」一節提到：「誌其事，頌其功，稱誌頌。其源可以追溯到《詩經》，〈詩大序〉：『頌者，美盛德之形容，以其成功，告於神明者也』」。[52]不過，秦代以前，未見有傳世的記事頌功之碑石，記載最早的碑刻文獻是秦代刻石。

漢．司馬遷《史記．秦始皇本紀》載始皇二十七年（公元前 221 年）完成兼併六國，統一天下大業之後，開始巡游天下，視察郡縣，先後在嶧山、泰山、琅琊、之

51 南朝．梁．劉勰著，清．黃叔琳注：《文心雕龍校注》（臺北：世界書局，1972），卷 3，頁 81。

52 毛遠明：《碑刻文獻通論》，頁 173、174。

罘、東觀、碣石、會稽等地立石頌揚秦功，下詔李斯撰文，並刻其文於立石之上以永垂於世，世謂之為「秦七刻石」。上圖為始皇二十八年（公元前 219 年）登泰山所鐫刻的〈泰山刻石〉（五十三字本）之傳世拓印局部，其文字為「臣請具刻詔書　金石刻因明白」[53]，次年再登之罘島，也立石頌功，《史記》載有〈之罘〉刻文如下：

> 維二十九年，時在中春，陽和方起。皇帝東游，巡登之罘，臨照于海。從臣嘉觀，原念休烈，追誦本始。大聖作治，建定法度，顯著綱紀。外教諸侯，光施文惠，明以義理。六國回辟，貪戾无厭，虐殺不已。皇帝哀眾，遂發討師，奮揚武德。義誅信行，威燀旁達，莫不賓服。烹滅強暴，振救黔首，周定四極。普施明法，經緯天下，永為儀則。大矣哉，宇縣之中，承順聖意。群臣誦功，請刻于石，表垂于常式。[54]

刻文內容交代了時間是始皇二十九年的春季，春季為古代帝王巡狩時節，皇帝東遊海島，群臣追隨，欣見四海統一，聖王賢能理政，綱紀法度業已奠定，德澤普施諸侯，既嘉惠有恩，也曉以義理，從前暴虐無道，慘酷殺害百姓的六國都已肅清，始皇帝烹滅暴政之後，安定四極，普施明法，經緯天下，宇宙承平，群臣稱頌功德，請皇帝下詔刻石，以垂典範於後世。

---

53 日本・二玄社編印：《中國書法選 2》〈周・秦　石鼓文・泰山刻石〉（東京：二玄社，1996），頁 48-49。

54 漢・司馬遷著，南朝・宋・裴駰集解，唐・司馬貞索隱，唐・張守節正義：《史記三家注》〈秦始皇本紀〉，卷 6，頁 123-124。

除了宗教與國族的大敘事外，較小的事件也有立石碑以記錄的傳統，毛遠明《碑刻文獻通論》「記錄歷史事件」說：

> 記事碑銘記錄歷史事件，大者如征戰、典禮、奉祀、國家之間，民族之間的交往，小者如建祠興學，修橋補路，治水開渠，修廟立祠，造田築城，鑿窟造像，鐫刻經典，功訖之後，無不伐石立碑，撰文以記之。或自敘個人之事，或記他人之美，或紀國家之功。這類碑刻俱有較高的認識價值和史料價值。[55]

所以，個人的生平事料也得以在死後鐫刻於石材墓碑以資留念。儒家重視喪葬禮儀，喪家為弘揚死者生平事跡並標記墓主家世身分，精選堅固精美的石材刻製墓誌，墓誌或稱柩銘。趙超在《漢魏南北朝墓誌彙編》指出：正式的墓誌，應該有固定的形制，有慣用的文體或行文格式，埋設在墓中，以標志墓主身分及家世。[56]《文心雕龍・誄碑》則從敘事該要，綴文雅澤來規範誄碑的文體：「自後漢以來，碑碣雲起。……其敘事也該而要，其綴采也雅而澤。……贊曰：寫實追虛，碑誄以立。銘德慕行，文采允集。觀風似面，聽辭如泣。石墨鐫華，頹影豈忒。」[57]漢代墓碑對後世的墓碑體制與墓誌銘之文體格式具有定型化的深遠影響，墓誌刊石之後，個人的生卒與生平資料就獲得了保存。如〈唐一行禪師碑〉、〈懷素自敘帖〉、〈西嶽廟碑〉、〈唐三藏法師塔銘〉、〈漢孝子蔡順墓

---

55 毛遠明：《碑刻文獻通論》，頁 187。

56 趙超：《漢魏南北朝墓誌彙編》，頁 2。

57 南朝・梁・劉勰著，清・黃叔琳注：《文心雕龍校注》，卷 3，頁 81-82。

碑〉、〈郭子儀墓碑〉、〈范仲淹祠碑〉、〈狄仁傑廟碑〉、〈燉煌太守武班碑〉、〈涼州刺史魏元丕碑〉……等，都為其人旅世的經歷留下了書面記錄。[58]右圖是西晉大臣賈充妻郭槐（公元 237-296 年）的柩銘，原石為小碑形，其銘文內容為：

> 夫人宜成宣君郭氏之柩
>
> 諱槐，字媛韶，太原陽曲人也。其先胤自宗周，王秀之穆，建國東虢，因而氏焉。父城陽大守，諱配，字仲南，德邁當時。青龍五年，應期誕生，黃中通理，高明柔克，聰識知機，鑒來臧往。廿有一，嬪于武公。虔恭粢盛，緝寧邦家。武公既薨，親秉國政，敦風教，明褒貶，導德齊禮。十有餘載，饗茲二邦，仍援妃后，而縞服素裳，顏不加飾。遭家不造，遇世多難，不曰堅乎？弘濟厥艱。春秋六十，元康六年，薨于第寢。附葬于皇夫之兆。禮制依于武公。[59]

---

58 周弘祖：《古今書刻》（臺北：成文出版社，1978），頁 191、192。

59 趙萬里：《漢魏南北朝墓誌集釋》（臺北：鼎文書局，1975），頁 9。

郭槐的身家背景與生平大事刻鏤於這塊墓石上，由於柩銘需實現標記墓主人身分，並弘揚其德行事跡等敘事功能，所以柩銘除說明郭槐的家世履歷外，且稱頌郭槐「聰識知機」、「緝寧邦家」、「親秉國政」、「敦風教」、「明褒貶」、「導德齊禮」的懿德善行。由於墓誌的文體規範有歌頌與慰靈的功用，故所載內容略異於史籍，且與《晉書・賈充傳》[60]及《世說新語》〈賢媛〉、〈惑溺〉所載之擅權妒忌事跡有別。[61]

從物質的特性來說，礦石與金屬俱屬堅固華美，可永久保存的敘事媒材，因此，自周鑄吉金器銘文，秦於泰山刻石之後，吉金貞石上的文本已成為金石學家珍藏的重要文獻。清・孫星衍（公元 1753-1878 年）《寰宇訪碑錄・序》說：「金石之學，始自《漢・藝文志》，春秋家奏事二十篇，秦刻石名山文，其後謝莊、梁元帝具撰碑文，見于《隋經籍志》，酈道元注《水經》，魏收作〈地形志〉，附列諸碑以徵古迹。而專書則創自宋・歐陽修、趙明誠、王

60 唐・房延壽等：《晉書》（臺北：臺灣商務印書館，1988「百衲本二十四史」），卷 10，頁 304。

61 《世說新語》所錄的郭槐逸事見〈賢媛〉第 13 則：「賈充前婦，是李豐女。豐被誅，離婚徙邊。後遇赦得還，充先已取郭配女。武帝特聽置左右夫人。李氏別住外，不肯還充舍。郭氏語充：『欲就省李。』充曰：『彼剛介有才氣，卿往不如不去。』郭氏於是盛威儀，多將侍婢。既至，入戶，李氏起迎，郭不覺腳自屈，因跪再拜。既反，語充，充曰：『語卿道何物？』」本則載郭槐盛氣凌人，但賈充的原配李氏有才氣，剛介不凡，使郭槐不覺屈膝跪拜。〈惑溺〉第 3 則：「賈公閭後妻郭氏酷妒，有男兒名黎民，生載周，充自外還，乳母抱兒在中庭，兒見充喜踊，充就乳母手中嗚之。郭遙望見，謂充愛乳母，即殺之。兒悲思啼泣，不飲它乳，遂死。郭後終無子。」本則事跡亦見載於《晉書・賈充傳》。

象之諸人。」。[62]自秦至清，以迄民國，海內外之石刻或拓本已燦然豐富，碑碣山石上的紀事文，雖歷經千年風霜，不免石泐之憾，但經過金石學家的摩拓辨識輯錄，這些珍貴的碑刻文字，遂能長存至今。

（七）載諸紙質

世界上為數最多的敘事文獻是以「紙」作為圖寫的載體，圖寫的方式包括手抄、版刻、排印，歷史上長期遺留下來的傳世文獻都是紙質文獻。在人類文明的發展過程中，出現過莎草紙、樹葉紙，羊皮紙等，雖說是「紙」，但皆為原物料之直接利用，與由紙漿造出之「紙」不同。公元前三千五百年，古埃及人把紙莎草的髓切成條狀，將它們互相垂直編織後予以搥平，製成莎草紙，英文的紙「paper」就是源自莎草「papyrus」。[63]《南史・夷貊傳》記林邑國（越南）「書樹葉為紙」，[64]這種樹葉應當是闊葉木的樹葉，方有足夠的面積可資書寫，印度的經文也是書寫在闊葉木的樹葉上，漢

62　清・孫星衍：《寰宇訪碑錄・序》（臺北：臺灣商務印書館，1968），頁1。

63　西方的紙、書、筆，從它們的造字來源就可推知：紙為莎草所製、書為山毛櫸樹皮所製，筆由羽毛所製。葉蜚生、徐通鏘：《語言學綱要》提到：「英語的 book 原來是一種樹木的名稱，即山毛櫸，它的皮在古代曾經用作書寫的材料，現在就用來表示寫成的書了。英語的 pen，俄語的 Перо，法語的 plume，德語的 Feder 原指羽毛，因為人們用它來作為書寫工具，因而後來就用來指鋼筆。」（臺北：書林出版公司，1993），頁286。

64　唐・李延壽：《南史・夷貊傳》（臺北：鼎文書局，1975），卷 78，頁1949。

譯為「貝多」[65]。唐朝詩人柳宗元（公元 773-819 年）在〈晨詣超師院讀禪經〉曾說：「閒持貝葉書，步出東齋讀。」[66]，「貝葉」就是寫在貝多樹葉紙上的經文。除了利用植物中的莎草、樹葉為書寫的「紙」之外，公元前一千三百年，古埃及人使用未經鞣製的羊皮製成羊皮紙。羊皮紙的製作程序是先用石灰洗淨羊皮，再將皮繃緊在棚架上晾乾，然後用刀在羊皮上刮出光滑的表面，以供書寫之用。羊皮紙雖然比紙莎草紙耐用，唯價格昂貴，且難以大量生產製造，然歐洲一直到十六世紀仍然使用羊皮紙，箇中原因有二，一是中國造紙技術尚未傳入，不知如何造紙；二是歐洲缺乏製作紙漿所需的竹、棉、麻、楮木等植物，無有資源可以造紙。[67]

---

65 唐・段成式：《酉陽雜俎》有言：「貝多出摩伽陀國，長六七丈，經冬不凋。此樹有三種：一者多羅娑力叉貝多，二者多梨婆利叉貝多，三者部婆力叉多羅梨，並書其葉，部闍一色，取其皮書之，貝多是梵語，漢翻為葉，貝多婆力叉者，漢言樹葉也。西域經書用此三種皮葉，若能保護，亦得五六百年。」唐・段成式：《酉陽雜俎》（臺北：漢京文化事業公司，1982），前集卷 18，頁 177。

66 高步瀛編注：《唐宋詩舉要》（臺北：世界書局，1974），頁 111。

67 錢存訓著，鄭如斯編訂：《中國紙和印刷文化史》：「公元七五一年怛羅斯（Talas）之役，高仙芝所率唐軍為阿拉伯軍所敗，中國製紙工匠被俘，造紙術始傳至撒馬爾罕（Samarkand）。四十年後，中國人在巴格達（Baghdad）建立第二座造紙廠，造紙術跟著傳入大馬士革（Damascus）、的黎波里（Tripoli）、也門、埃及和摩洛哥。阿拉伯人在西方壟斷紙的生產，凡五百餘年之久，直至造紙術在十二世紀傳入歐洲，從此歐洲人才開始設廠造紙。」、「撒馬爾罕盛產大麻和亞麻，為造紙工業提供了自然資源。紙業日趨興盛，不僅滿足了當地的需求，並且使『撒馬爾罕紙』成為貿易的重要商品。其後造紙工藝迅即由撒馬爾罕傳到巴格達，在那裡由中國工匠在 794 年建立另一座造紙廠。當時的巴格達是世界最富庶的城市之一，也是伊斯蘭教的一個宗教與文化的中心。從這時開中國是世界上首先發明以紙漿造紙技術的民族，發明者公認是漢朝的蔡倫（公元 63-121 年），[68]《後漢書・蔡倫傳》記載蔡倫造紙的背景：

> 自古書籍多編以竹簡，其用縑帛者謂之紙。縑貴而簡重，並不便於人，（蔡）倫乃造意用樹膚、麻頭及敝布、魚網以為紙。元興元年（公元 105 年）奏上之，帝善其能。自是莫不從用焉，故天下咸稱「蔡侯紙」。[69]

蔡倫造紙的紙漿原料取自含有纖維物的材料，包括樹皮、麻繩頭、

始，紙取代羊皮成為主要的書寫材料。」（桂林：廣西師範大學出版社，2004），頁 6、276。日・王子製紙著，李漢庭譯：《紙的百知識》：「經過蔡倫改良的造紙技術，似乎一直被中國人當成秘密，直到一千多年後才傳到歐洲。公元七五一年，唐朝與位於阿拉伯半島的大食帝國之間爆發戰爭，遭到大食軍隊俘虜的唐朝士兵中也有造紙匠，他們就從這名俘虜身上學到了造紙方法，造紙術因此才傳到西方。公元七五八年，撒馬爾罕（Samarkand）成立了全世界第一座造紙工廠，紙就由埃及渡過地中海，在十二世紀中葉首度傳到歐洲的西班牙，十二世紀末又傳到法國。等到全歐洲都普及，則是十六世紀的事了。歐洲不同於日本或中國，缺乏麻、楮等植物原料，因此是以破麻布或破木棉布來當作造紙原料。英國與德國曾經立法禁止使用麻布或木棉布來埋葬死者，可見當時在歐洲，搜集破布有多麼困難，所以即使學到了造紙的技術，都還繼續使用羊皮紙。」（臺北：臉譜出版，2016），頁 20。

68 錢存訓著，鄭如斯編訂：《中國紙和印刷文化史》：「確切些說，紙的發明是一個連續不斷的過程，而不是一件偶然或孤立的事件。這個過程中的一個重要步驟是新原料的採用，使生產不受限制。」，頁 8。

69 南朝・宋・范曄著，唐・章懷太子賢注：《後漢書》（臺北：臺灣商務印書館，1988「百衲本二十四史」），卷 68，頁 1145-1146。

破布、魚網，這些混合資源回收的材料遠比縑帛的價格便宜，而且造出來的紙輕量化，比竹簡更易收藏取用，再者，紙由纖維交錯結合製成，各層纖維組織之間的微小縫隙，可以經由毛細作用吸收並固定塗布於紙上的墨水，所以，不論是以手抄寫，雕版刻印，活字排印，紙都可以順利把字跡固定住，形成白紙黑字的文本，所以紙是極適宜保存圖文信息的物質材料。造紙術是中國對人類文明與文化的重要貢獻，紙的質地輕薄柔軟，易於書寫，存留墨香，有伸縮度，能摺疊彎曲，從此，簿籍由卷軸改為冊頁，可裝訂成書，適宜收藏，攜帶也方便。紙也具有潤度，觸感舒適，可享逐頁翻閱之讀書雅趣。從此，人類信息的傳播堂堂邁入「有紙」時代。造紙術發明之後，中國各地都有就地取材的紙漿原料可用，但若要印成書籍，長期典藏，則需選對好的紙質，明・謝肇淛（公元 1567-1624 年）《五雜組》「物部」：「印書紙有太史、老連之目，薄而不蛀，然皆竹料也。若印好板書，須用綿料白紙無灰者。閩、浙皆有之，而楚、蜀、滇中，綿紙瑩薄，尤宜於收藏也。」[70]

紙的發明，使印刷術得以問世，紙與印刷術使書籍得以迅速且大量印製，對知識與信息的傳播居功厥偉。活字印刷法也是中國最早發明，發明人是畢昇（公元？-1051 年），於宋仁宗慶曆年間（公元 1041-1048 年）所創制，宋代科學家沈括（公元 1031-1095 年）《夢溪筆談》載：「畢昇又為活版。用膠泥刻字，薄如錢唇，每字為一印，火燒令堅。先設一鐵板，其上以松脂臘和紙灰之類冒之。欲印，則以一鐵範置鐵板上，乃密布字印，滿鐵範為一板，持就火煬之，藥稍熔，則以一平板按其面，則字平如砥。若只印三二本未為簡易，

70 明・謝肇淛：《五雜組》，卷 12，頁 991。

魏武嘗過曹娥碑下楊脩從碑背[40]
上題作黃絹幼婦外孫齏臼八字魏
武謂脩卿解不答曰解魏武曰未可
言待我思之行卅里魏武曰吾已得
令脩別記所知脩曰黃絹色絲也於
字為絕幼婦少女也於字為妙外孫
女子也於字為好齏臼受辛於字
為辭所謂絕妙好辭也魏武亦記之
與脩同乃歎曰我才不如卿卅里覺
會稽典錄曰孝女曹娥者上虞人父盱能撫
節安歌婆娑樂神漢安二年迎伍君神泝濤
而上為水所淹不得其屍娥年十四號慕
思盱乃投衣於江存其父屍曰父在此衣
當沈旬有七日衣偶沈遂自投於江而死
縣長度尚悲憐其義為其改葬命其弟子[41]

若印數十百千本，則極為神速。」[71]自印刷業發達之後，絕大多數的敘事文本從此載錄於紙質書籍。目前所見存世最早也最重要的紙質文獻是清・德宗光緒二十五年（公元 1899 年）在中國甘肅省敦煌縣鳴沙山千佛洞第二百八十八窟所發現的唐代寫卷，約三萬件。[72]

上圖為唐寫本《世說新書》的一段殘卷，[73]內容是第十一篇

---

71 引自張秀民：《中國印刷史》，頁 664-665。

72 南朝・梁・劉勰著，林其錟、陳鳳金輯校：《敦煌遺書劉子殘卷集錄》（上海：上海書店，1988）〈前言〉，頁 1。

73 唐寫本《世說新書》殘卷原件今分存於日本京都國立博物館與東京國立博物館，前者為舊山田氏家所藏，後者為舊神田氏所藏。書的紙質是上等麻紙，以端勁秀潤的書法抄寫而成。民國元年，羅振玉親赴日本訪視，將分割而藏的數段唐寫本《世說新書》殘卷復合存影，重現於世，末有羅振玉的跋、神田氏的跋。神田醇跋云：「余家藏舊鈔《世說》殘本，劉孝標注，豪爽篇第十三。書法端勁秀潤，為李唐舊笈矣。……此卷尾題《世說

〈捷悟〉楊修與曹操經過曹娥碑，見碑背上題有「黃絹幼婦色絲齏臼」八字，兩人遂競賽解謎的鬥智趣事。

（八）載諸攝影與數位科技

除了固化於甲骨、金銅、竹木、石版、磚泥、絹帛、紙張等物質載體的敘事文本外，拜近百年興起的攝影工業與電子數位科技之助，敘事媒介邁入攝像與數位典藏的新紀元。攝影技術問世之後，直擊現場的圖像，為近百年的政治與戰爭提供了珍貴的歷史紀實。英・彼得・伯克（Peter Burke, 1937-）在《圖像證史》有言：「圖像可以提供有關大大小小事件的組織和背景的證據，諸如戰爭、圍城、投降、和約、罷工、革命、宗教大會、暗殺、加冕，統治者或外國使節的進城儀式、處死罪犯或其他的示眾懲罰等。」[74]，此後，民

新書》卷第六，與今本異同甚多，可補正兌誤者不勝枚舉，實海內孤本。千載之後，猶能存臨川之舊者，獨有此卷耳。紙背所寫〈金剛頂蓮花部心念誦儀軌〉，亦七八百年前舊鈔。紙尾署杲寶，此卷當是其舊藏。杲寶為東寺觀智院開祖，見本朝高僧傳。憶三十餘年前，與亡友山田永年等四人獲一長卷，截而為五，各取其一，余得末段，即此卷也。」南朝・宋・劉義慶著，梁・劉孝標注：唐寫本《世說新書注》（臺北：藝文印書館，1974），頁 40-41、71-72。

74 英・彼得・伯克在《圖像證史》指出，在文盲較多的社會中，圖像敘事具有鼓動民眾的政治作用，他說：「這類圖像從一定意義上起到了推動歷史的作用，因為它們不僅記錄了歷史事件，同時也影響了當時看待這些事件的方式。圖像在各次革命中所起到的推波助瀾的作用更為明顯。人們往往通過圖像的方式來讚美革命，特別是那些獲得成功的革命，例如 1688 年、1776 年、1789 年、1830 年和 1848 年發生的諸次革命。但是，也有人提出，在革命正在進行的過程中，圖像所起的推動作用更為重要。它們往往有助於喚起普通民眾的政治意識，特別是在文盲較多的社會中，當然並

眾對於特殊事件的敘述與接受越來越依賴直接示現的圖像。除了靜態的攝像，動態的攝錄影更突破人類有史以來的敘事手段，聲光動作俱全，好似真實事件的再現。義大利導演帕索里尼（Pier Paolo Pasolini, 1922-1975）指出：電影語言的最小單元是組成一個畫面（frame）的各種各樣的真實客體，這些具有現實的形式的最小單元被稱做影素（cinemes），它類似於音素（phonemes）；影素組成較大的單元——畫面（frame），它與天然語言的語素（moneme）相當。電影使用的是視覺符碼（visual codes），影片的大組合段（great syntagmatics）類似一個文法中的句段，電影的原初實體（primal entity）是形象（image），它是現實的某種類似物（analogue），這些單元的組合使影片言說（filmic discourse）成為一種現實，雖然不盡同於文字、語言，但其符號之組合，以及其溝通之規則，仍然與人類的語言法則相契合。[75]由於一個畫面具有多個符號元素，所以影像可能比語言更易鋪陳出豐富的含義，他說：

> 實際上通過諸照片的歷時流，大量運動修詞元在單一照片內被結合在一起，而在該畫面上很多符號被結合成組合段。這類組合方式的語義豐富性使電影成為比言語更豐富的交通形式。在電影中正如肖像意素中已經看到的一樣，各種意義彼此並不沿組合段軸相互連接，而是同時出現，並通過彼此相

不限於這類社會。」英・彼得・伯克著，楊豫譯：《圖像證史》（北京：北京大學出版社，2009），頁195、頁202。

75 義・烏伯托・艾柯等著，李幼蒸選編：《結構主義和符號學電影文集》（臺北：桂冠圖書公司，1994），頁86-91。

互作用鋪陳出一個寬廣的內涵意指網絡。[76]

拜科技之賜，影視與電子媒體是工業技術與大眾傳播結合的新穎敘事方式，它們能動能靜，有聲有色，版面可以區分多塊，並列林立，比起靜態抽象的文字文本，顯得更具體，更細緻，就視覺傳達效果而言，遠非平淡樸素的抽象文字群可以望其項背。[77]然而，具體性、圖像性、立即性與娛樂性，既是影視與電子媒體的強項，但相對的，也正是其弱項；具體性、圖像性、立即性與娛樂性使其信息欠缺抽象性、深度性的反思；另一方面，就信息量的攜帶與信息的精確度來論，紙面的敘事文本仍然有其不可取代的地位。

除了紀實類取向的敘事作品，在人類敘事史上更有無數引人入勝的優秀作品是以「捏造的故事」為能事，天馬行空，出神入化，不可思議，荒謬詭譎；或是張冠李戴，亂點鴛鴦譜，仿佛似曾相識卻又純屬臆測。王陽在《小說藝術形式分析：敘事學研究》對紀實的歷史與虛構的小說做了簡明的區分，他說：「歷史和小說分別代表兩個時空之間關係的不同類型。歷史文本的兩個時空是互證的，小說文本的兩個時空則是互相隔絕的。」[78]這樣看來，歷史須服膺於現實時空，彼此可以互證其人其事，所以就存在著限制，雖然有其歷史藍圖可以描摹，但是那些不受歷史羈絆的小說，卻任憑敘事

76 義・烏伯托・艾柯等著，李幼蒸選編：《結構主義和符號學電影文集》，頁 91。

77 相對於各種其他藝術形式，如繪畫、雕塑、影像等視覺藝術而言，書寫文本是以線性的（linear）程序完成閱讀理解活動，無法如看待繪畫、雕塑一般，可任意變換視點。

78 王陽：《小說藝術形式分析：敘事學研究》，頁 71。

者虛構，自由發揮，美國戴衛・赫爾曼（David Herman）在《新敘事學》中提到虛構在敘事上的能耐是歷史所難以望其項背的：

> 虛構杜撰者自由地徜徉於整個可然世界的宇宙，可以讓任何類型的世界進入虛構的存在狀態，尤其是一些基本的類型。實際不可能的世界被稱為超自然世界或虛幻世界，實際可能的世界被稱為自然的世界或現實主義的世界，所有時期的虛構作品均對他們作了充分的再現。而歷史的世界則被限於實際可能的範疇。歷史與神話之間的疆界就在這裡。在神話裡，超自然的存在（神仙、妖魔、精靈等等）是整個施事星河的一部分，它們通過自身的行動對敘事做出貢獻。在歷史世界裡，即使歷史學家相信神的存在，也不能把事件看做神力的結果。[79]

這些被揑造的人事時地物，在敘事者的筆下，自成一方宇宙，入情入理，敘事者打從心眼裡就是要杜撰他們，不論他是故意說得像是真的，還是不怕你就是知道他是在杜撰；敘事者的敘事取向就是「說個故事」。衡量這類作品的優劣應要從他的故事說得動不動聽來評論，而不是從「真的？假的？」來計較。

人類敘事在文字發明之前是圖繪，是口傳，口傳之後，文字記錄成為信息質量最優的敘事形態，但圖繪與口傳的敘事方式也仍有其優勢。近代，政治形態易轍，教育普及而庸俗化，都市聚落與工

---

79 美・戴衛・赫爾曼主編，馬海良譯：《新敘事學》（北京：北京大學出版社，2004），頁 186-187。

商業生活型態變革，再加上科技產物伴隨資本主義與全球化的資訊傾銷，識字人口成為普羅大眾，敘事已從文字文本回流到圖像傳達，從靜態的抽象展讀到動態的聲光接觸，也從慎重其事到消遣娛樂取向，從紀實到幻設，大敘事退位，小敘事當道，「歷史尊嚴」的大原則逐漸動搖；這當然是時勢所趨，由源而委，漫流分佈，縱橫四溢地構成廣大無邊的敘事流域，但敘事仍以文字為恆久，德國詮釋學者加達默爾（Hans Georg Gadamer, 1900-2002）說：

> 沒有什麼東西像文字這樣是純粹的精神蹤跡，但也沒有什麼東西像文字這樣指向理解的精神。在對文字的理解和解釋中產生了一種奇蹟：某種陌生的僵死的東西成了絕對親近的和熟悉的東西。沒有一種我們往日所獲得的流傳物能在這方面與文字相媲美。往日生活的殘留物，殘渣的建築物、工具、墓穴內的供品，所有這些都由於受到時間潮水的沖刷而飽受損害——反之，文字流傳物，當它們被理解和閱讀時，卻如此明顯的是純粹的精神，以致它們就像是現在對我們陳述著一樣。[80]

總之，不論是語言形式的敘事或是非語言形式的敘事，古往今來的敘事文本都是經驗重現的根據，只是各種得以敘事的媒材仍然要以文字載體為最優，這是由於文字儲存信息的精度高，信息量大，範圍廣，儲存期長，便於傳播，且可以複製，因此，以文字為媒介的敘事最為恆久。

---

80 德・漢斯・格奧爾格・加達默爾著，洪漢鼎、夏鎮平譯：《詮釋學 I 真理與方法》（臺北：時報文化出版企業公司，1995），頁 231。

第二章　中國敘事譜系與史官文化效應

一、敘事概念界說

（一）「敘」與「事」的範疇

在現代敘事學中，「敘事」此一術語，是指將圖文影音等符號，以符合邏輯結構的組成方式留存於各種物質載體上，藉以記錄某段時間內的事件或一系列事件。唯在西方敘事學科成立前，「敘事」一詞早已在中國文學史上流衍蕃滋數千年，且橫跨政治、歷史、文章、小說等領域。以下先從「敘」與「事」的本義作一說明，並進而考述「敘事」在中國文史傳統下的概念發展。

「敘」字：甲骨文從「又」，「余」聲，作「叙」；小篆從「攴」，「余」聲，作「敘」。金文無其字。羅振玉說，篆文從「攴」之字，古文多從「又」[1]；所以「叙」與「敘」兩字相通。「敘」的本義為次序、次第，所以，凡是按照某種秩序或規律來施行，都可以謂之為「敘」。此外，「敘」又有陳述、敘談之義，因

1　參高樹藩：《正中形音義綜合大字典》「敘」字。（臺北：正中書局，1971），頁 627。

此「敘」又有依序講述之義。古文「敘」有時也與「序」通，「序」作名詞用時為先後次第之秩序；作動詞用時，為排定次序之義。「事」字：甲骨文上作「𠂇」，象向右飄揚之旌旗，有從省「㫃」之意，下為「手」；金文上為「㫃」，中為「簡冊」，下為「手」；吳大澂以為「象手執簡立㫃下，史臣奉使之義。」[2]小篆，從「史」，「之」省聲（省之左右筆），本義作「職」解。「職」本釋為「記微」，是「知識」之「識」的本字，乃記識其微而不使遺漏，不使淆亂之意，故從「史」[3]。依照甲金文以及小篆的造字本義，所記識之「事」，主要是國事、政務之大事。在漢語結構上，「敘事」原是一組動賓短語，「敘」是動詞，「事」是名詞，作為賓語，組合成為「記敘事件」，這組動賓短語其後詞彙化為「敘事」一詞，意指依照某種順序關係將發生過的事件記載於書冊。

1.政治範疇中的敘事概念

在政治職官分工上，「敘事」最初是指史官「正歲年以序事」與「掌邦國之志」的職能，[4]即依序排定一年國政大事之先後實施順序，以及負責記錄邦國大事，並保管這些國史檔案。《周禮・春官》「大史」的職能有「正歲年以序事，頒之於官府及都鄙。」[5]，指太史根據天文氣象物候四時等資料，排定國家一年行政事務之施行順序，並將之公佈周知，以規範四境均依序行事。太史機構

2 參高樹藩：《正中形音義綜合大字典》「事」字。，頁33。

3 同前注。

4 分見《周禮》〈春官〉「大史」、「小史」（臺北：藝文印書館「十三經注疏」），卷26，頁401、403。

5 《周禮》，卷26，頁401。

內須執行「敘事」職能的尚有「馮相氏」的「掌十有二歲，十有二月，十有二辰，十日，二十有八星之位，辨其敘事，以會天位。」[6]和「保章氏」的「察天地之和，命乖別之妖祥……以詔救政，訪序事。」[7]；前者負責觀測並記錄天文氣象之常態，後者負責異常狀態之天象變化資料；兩者從常態與非常態之天象資料進行審度，辨別妖祥，規劃一年之大事施行次序。除了太史以外，「小史，掌邦國之志。」；漢・鄭玄（公元 127-200 年）注曰：「志謂記也。《春秋傳》所謂《周志》，《國語》所謂《鄭書》之屬是也。」[8]小史之外，尚有「內史」「掌敘事之法，受納訪，以詔王聽治。」[9]「外史，掌書外令，掌四方之志。」[10]由《周禮》所載的資料可知，史官主書，書記是各類大小史官的工作內容，凡內政外交等大事，史官均須秉筆書寫以記錄之，這些國內外重大事件記錄，就是先秦時期最早的國別史。

2.史學範疇中的敘事概念

在歷史學範疇內，「敘事」指「敘事方法」，蓋歷史文本之形成，非敘事無以達成，而且，歷史人物之定位，歷史事件之表述，除了必須經過「敘事方法」的轉譯才能載諸青史之外，史家，不論是私修或官修史書，在在有各自預設的敘事立場，所有搜集而來的歷史資料均放置在其設定的立場來敘述，隱或不隱，顯或不顯，直筆或曲筆，詳盡或省略，歷史人物的分類歸屬，歷史事件的觀看立

6　《周禮》，卷 26，頁 404。
7　《周禮》，卷 26，頁 407。
8　《周禮》，卷 26，頁 403。
9　《周禮》，卷 26，頁 407。
10　《周禮》，卷 26，頁 407-408。

場，成敗功過的評議……都是史家書寫歷史的重要法度。敘事手法當然也與文章作法息息相關，但史家關切的不是文章的審美表現而已，在史學範疇中，敘事的方法講求是為了把歷史寫好，寫得適當，寫得簡潔明瞭，使歷史的來龍去脈，事件的禍福因果，人物的興衰起落，皆能條理井然，如實呈現於後世。

最初標舉「敘事」作為題目且建構史學方法的學者當推唐朝劉知幾（公元 661-721 年）。劉知幾著有《史通》，於〈內篇〉立有〈敘事〉，他鄭重提出品評歷史寫作優劣的首要標準是史家的「敘事」手法，他說：「夫國史之美者，以敘事為工，而敘事之工者，以簡為主，簡之時義大矣哉！歷觀自古作者權輿，《尚書》發蹤，所載務於寡事；《春秋》變體，其言貴於省文，斯蓋澆淳殊致，前後異跡；然則文約而事豐，此述作之尤美者也。」[11]，此外，他還注意到助字對於敘事、說事、論事上的句法輔助細節，在〈浮詞〉一項提到：「夫人樞機之發，亹亹不窮，必有餘音足句為其始末，是以伊惟夫蓋，發語之端也；焉哉矣兮，斷句之助也；去之則言語不足，加之則章句獲全；而史之敘事亦有時類此。」[12]劉知幾所論雖為史志列傳，但他吸收了南朝劉勰《文心雕龍》的文學理論，認為敘事必須鎔裁，事情能敘得簡要，歷史才可以寫得「言約而事豐」；虛字也不可放過，因為「得失稟於片言，是非由於一句，談何容易，可不慎歟？」[13]劉知幾雖關注文章範疇中的敘事作法，也就是「文筆」，但作為史家的他關切的依然是「史筆」，在《史

---

11 唐・劉知幾著，明・郭孔延評釋：《史通評釋》（上海：上海古籍出版社，1996「四庫全書存目叢書　明萬曆三十年郭孔陵刻本」，頁 80。

12 唐・劉知幾著，明・郭孔延評釋：《史通評釋》，頁 76。

13 唐・劉知幾著，明・郭孔延評釋：《史通評釋》，頁 76。

通》〈載文〉第十六，他說：

> 夫觀乎人文，以化成天下，觀乎國風，以察興亡。是知文之為用，遠矣大矣，若乃宣、僖善政，其美載於周詩；懷、襄不道，其惡存於楚賦。讀者不以吉甫、奚斯為諂，屈平、宋玉為謗者，何也？蓋不虛美、不隱惡故也，是則文之將史，其流一也。[14]

劉知幾強調歷史必須以文載之，所以捨文之外，無可載記，無以流傳，但，文章之用在於知興亡，辨忠姦，觀國風；寫作之道在於不虛美，不隱惡，因此，文之將史，其流一也。

3.文章學範疇中的敘事概念

在文章學範疇中，「敘事」指以「記敘」為方法，以「時代／事件／人物之始終」為題材的文章體裁。宋・真德秀（公元 1178-1235 年）在《文章正宗》為「敘事體」作如下的溯源，他說：

> 按敘事起於古史官，其體有二，有紀一代之始終者；《書》之〈堯典〉、〈舜典〉與《春秋經》是也，後世〈本紀〉似之。有紀一事之始終者；〈禹貢〉、〈武成〉、〈金縢〉、〈顧命〉是也，後世「志」、「記」之屬似之。有紀一人之始終者，則先秦蓋未之有而昉於漢，司馬氏後之「碑」、「誌」，「事狀」之屬似之。今於《書》之諸篇與史之紀傳皆不復錄，獨取《左氏》、《史》、《漢》敘事之尤可喜

14　唐・劉知幾著，明・郭孔延評釋：《史通評釋》，頁 59。

> 者，與後世「記」、「序」、「傳」、「誌」之典則簡嚴者以為作文之式。若夫有志於史筆者，自當深求《春秋》大義而參之以遷、固諸書，非此所能該也。[15]

在「敘事體」類目下，真德秀說明「敘事」源於古史官，有記錄一朝一代之始終的，也有記錄一事件之始終的，漢朝以後，也開始有記一人之始終的人物傳記；這些古典史籍開闢了後世的敘事文學，舉凡文類名為：「志」、「記」、「碑」、「傳」、「序」、「誌」、「事狀」等的文章都系出「古史官」之門。真德秀的《文章正宗》標榜「正宗」，其立意在於以追本溯源的方式考察文體的發源所在，藉以貞定文章之正格，他說：「正宗云者，以後世文辭之多變，欲學者識其源流之正也。」[16]，由於文體必然隨著時代環境的變化與作家才情的創造迭有演化，他以窮本溯源的方法探求各類文體的開基背景，沿波討源之後，作家在寫作時，就可以握牢文體的本質，雖有通有變而不會背離文章正宗了。不過，真德秀雖然以歷史作為敘事文之源，但他注重的是「作文之式」，也就是敘事文在內容上、體裁上和史傳的傳承關係，但「文筆」與「史筆」範疇有別，彼此不能互相涵蓋。宋以後，「敘事」已成為文章之大類，明代宋濂（公元 1310-1381 年）在〈文原〉將世間之文區判為二大類，其中一類是載道，即議論文；另一類是紀事，即「敘事文」，他說：「世之論文者有二，曰載道，曰紀事。紀事之文當本之司馬

---

15 宋・真德秀：《文章正宗》（臺北：臺灣商務印書館，1975「四部叢刊」）。

16 宋・真德秀：《文章正宗・綱目》。

遷、班固。」[17]宋濂的文原論雖仍認定紀事之文源自歷史，但他不上溯《春秋》，而是從兩漢的司馬遷、班固追本，意味他所關注的已非純粹的歷史紀事，而是摻進文學作法的歷史紀事，此後治史的學者也會從文字修辭來評論歷史寫作的效果，清代史家趙翼（公元 1727-1814 年）在《廿二史劄記》討論陳壽（公元 233-297 年）《三國志》與范曄（公元 398-445 年）《後漢書》的敘事表現時說：

> 〈袁紹傳〉，韓馥以冀州讓紹，壽《志》載沮授說紹曰：「將軍弱冠登朝，則名播海內；廢立之際，則忠義奮發；單騎出奔，則董卓懷怖；濟河而北，則渤海稽首；今若舉軍東向，則青州可定；還討黑山，則張燕可滅；回眾北首，則公孫必喪；震脅戎狄，則匈奴必從。」凡用八則字。范《書》則刪卻前四則字，以歸簡淨，不知《史記》中本有此疊字法也。[18]

趙翼認為，陳壽在記錄沮授對袁紹的說辭時連用了八個「則」字，而范曄為了追求簡淨的效果，刪去四個「則」字，但趙翼認為，司馬遷《史記》早就啟用了疊字法。言下之意是，陳壽連用了八個「則」字並沒有失當，作為一個說士，他的說詞當滔滔雄辯，勢如破竹，八個則字恰能摹寫他口若懸河的形象。可見，歷史敘述也必須從文法面考量。至於將「敘事」引入小說批評範疇的是明、清之際的小說評點名家：金聖嘆與毛宗崗，金聖嘆評《水滸傳》、毛宗

17　明・宋濂：〈文原〉（臺北：藝文印書館「百部叢書影印學海類編本」），頁 4。

18　清・趙翼：《廿二史箚記》（臺北：華世出版社，1977），頁 118。

崗評《三國演義》時，除了著眼於歷史興替與人物品鑑外，就是從文章作法來檢閱小說的「敘事」技巧表現。必須說明的是，金聖嘆與毛宗崗在賞析小說敘事技巧時，雖多用「敘事」一詞，但有時也用「敘」、「記」、「述」，並未統一使用「敘事」一詞，但一直到金、毛二家，「敘事」方才成為探究小說如何調度事件緩急先後順序的技巧。

（二）西方語言學範疇中的敘事概念

1.能指與所指的語法結構模式

現代西方敘事學的學理基礎奠基於「世界／故事」、「語法結構／敘事結構」、「事件邏輯／思維邏輯」等三組同源且呈對應的關係模式，這三組學理皆受到瑞士語言學家索緒爾（Ferdinand de Saussure, 1857-1913）《普通語言學教程》[19]的語言學理論方法之啟發，沒有索緒爾的結構語言學作為開路先鋒，應該就沒有後來的符號學及敘事學的華麗榮景，因為這兩門學派廣泛吸收索緒爾所提出來的語言學概念，且使用其符號原則、術語、句法結構等原理作為研究方法。譬如常用的「符號」、「所指」和「能指」即出自於他的〈語言符號的性質〉一章，索緒爾的定義如下：

> 語言單位是一種由兩項要素聯合構成的雙重東西。……語言符號連結的不是事物和名稱，而是概念和音響形象。後者不是物質的聲音，純粹物理的東西，而是這聲音的心理印

---

19 瑞士・費爾迪南・德・索緒爾著；高名凱譯：《普通語言學教程》（北京：商務印書館，1999）。

> 跡……這兩個要素是緊密相連而且彼此呼應的……這個定義提出了一個有關術語的重要問題。我們把概念和音響形象的結合叫做「符號」。……我們建議保留用「符號」這個詞表示整體，用「所指」和「能指」分別代替「概念」和「音響形象」。後兩個術語的好處是既能表明它們彼此間的對立，又能表明表明它們和它們所從屬的整體間的對立。至於「符號」，如果我們認為可以滿意，那是因為我們不知道該用什麼去代替，日常用語沒有提出任何別的術語。[20]

除了正式提出「符號學」[21]、「符號」、「所指」、「能指」等重要術語外，索緒爾也提出符號的兩個基本原則：第一個原則是符號的任意性；第二個原則是能指的線性特徵；[22]另外，也論述了符號的不變性和可變性，[23]共時態和歷時態，語言和言語等的原理，[24]句段關係和聯想關係，[25]以及在完整的言語循環活動中至少

---

20 瑞士・費爾迪南・德・索緒爾著，高名凱譯：《普通語言學教程》，頁100-102。此段引文所加上的引號，在原書以加注點作為強調記號。

21 索緒爾為「符號學」的命名說明如下：「我們可以設想有一門研究社會生活中符號生命的科學，它將構成社會心理學的一部分，因而也是普通心理學的一部分；我們管它叫符號學（semiology，來自希臘語 semion「符號」）它將告訴我們符號是由什麼構成的，受什麼規律支配。……語言學不過是這門一般科學的一部分，將來符號學發現的規律也可以應用于語言學，所以後者將屬於全部人文事實中一個非常確定的領域。」同前注，頁38。

22 同前注，頁102-106。

23 同前注，頁107-111。

24 同前注，第二篇與第三篇，頁144-256。

25 同前注，頁170-181。

要有說話者和聽話者雙方。[26]美・戴衛・赫爾曼在《新敘事學》指出，西方敘事學採用了索緒爾的語言結構觀點來探詢故事如何被組成，其基本結構單位有哪些，一言以蔽之，「敘事學探詢的對象是敘事的語言」，也就是敘事語法結構。他說：

> 結構主義者在嘗試建立一種普遍化的符號科學時，採用了索緒爾的觀點，認為語言（langue）比言語（parole）更重要。語言的優先性意味著要找出一種被視為系統的語言的特性，而不是個別言語行為的特性；語言系統使言語行為得以產生並表達意義。同樣，結構主義敘事學家試圖詳細描述個別敘述信息中的基本代碼或故事接受者得以辨識被組織為敘事的話語並按照這種話語進行闡釋的特徵和差異系統。因此，敘事學探詢的對象是敘事的語言，應該在這個超文本系統的基礎上說明敘事單位、它們的特定組合方式以及構成較為明顯的敘事性的各種文本特徵和結構。[27]

簡言之，西方敘事學奠基於語言學，所以將固化於物質載體的圖文影音等符號視之為「能指」（designatum），屬於表達層（plane of expression）；而將其所記錄的事件視之為「所指」（denotatum），屬於內容層（plane of content）。「能指」即「故事如何敘？」，探究的是講述故事的技巧、情節的組織方法；「所指」即「所敘者何事？」，探究的是所講述的故事之主題、內容、反映的人生與世

26 同前注，頁 32-33。

27 美・戴衛・赫爾曼主編，馬海良譯：《新敘事學》（北京：北京大學出版社，2004），頁 148。

界。「能指」和「所指」之間的關係建立在「語法結構」上，譬如「主詞」加「動詞」加作為受詞的「名詞」這一基本句法結構，就可以構成所有的故事情節結構——某個「主體」向某個「客體」從事某個「行動」——並可以追加「副詞」來表示這個「行動」的進行狀態、方式、程度、時間、地點所在等概念；諸如所敘故事是過去已經完成的，還是現在正在進行的，或是尚未發生的未來式？這就是屬於時間狀態的說明。事件是既定的，未定的，必然會發生的，偶然發生的，還是逐漸形成的？這就是屬於方式的說明。主體進行這件行動的狀態是艱苦卓絕的，喜出望外的，功虧一簣的，還是苦盡甘來的？這就是對事件的狀態說明。此外，也可以通過「主詞＋動詞＋受詞＋副詞」的語法，潛入故事的深層結構，叩問所述故事的主旨何在。

2.敘事學的命名與結構分析取向

源自語言學的概念、術語以及方法為敘事學提供尋幽訪勝的路徑，此後又刺激了李維・史陀（Claude Levi-Strauss, 1908-2009）結合普通代數的原理與語言結構模式來解釋人類文化中的家庭親屬結構與文化象徵，包含出生與死亡，男人與女人，父母與子女，善良與邪惡，規範與違禁，敵對與友好……等一組組相互對立的關係，奠定了結構主義學派的理論基礎。李維・史陀之所以引發敘事學的興起是因為他在《結構人類學》一書中舉證了俄國普羅普（Vladimir Propp, 1895-1970）《民間故事形態學》（*Morphology of the folktale*）的研究成果——「可變因素」與「不可變因素」是組成民間故事的兩種基本結構；[28]他認為這也是一種「二元對立」的結構模式。[29]普羅普

28　根據高辛勇在《形名學與敘事理論——結構主義的小說分析法》的解釋，

的《民間故事形態學》於 1928 年問世，但礙於政治界限與語言隔閡，該書在前三十年間並未流傳到俄國境外，他走的研究路數是俄國語言形式主義，關心文學形式的構成與聯繫原理，致力於化約出民間故事的結構公式，他先運用分析法將搜集到手的故事一一拆解，使故事還原為組合之前的各個個別事件，類似故事的構成零件，然後再運用歸納法將這些林林總總的事件分類歸屬，總共歸納出 31 種構成故事的基礎細節單位，如「離家」、「匱乏」、「出發」、「戰鬥」、「追逐」、「勝利」、「結婚」等等的關鍵事件，他將它們稱之為「功能」（function）。[30]普羅普根據對這些童話

「可變項」（variable）是顯現於故事表層的具體物件，如公主、毒龍、巫婆，面貌眾多；而「不變項」（constatnt）是一種「常數」，如匱乏、考驗、奮鬥，是統籌故事結構的抽象單位，數量有限。普羅普將「可變項」以「母題」（motif）謂之；而將「不變項」以「功能」（function）謂之，並認為研究童話的結構必須從「不變項」著手，才能掌握住結構的脈絡。（臺北：聯經出版事業公司，1987），頁 31。

29 法・克勞德・列維一斯特勞斯著，陸曉禾、黃錫光等譯：《結構人類學》〈神話與儀式篇〉「結構與形式」言及：「——關於弗拉基米爾・普羅普一書的思考概括：民間的故事中具有可變因素與不可變因素。」、「民間故事的特性就是把同樣的行為賦予不同的人物。假定可以表明，這些功能的數目是有限的。」（北京：文化藝術出版社，1989），頁 114、頁 117-118。

30 高辛勇在《形名學與敘事理論——結構主義的小說分析法》以「關目」或「事目」來取代直譯（function）的「功能單位」，並舉普羅普列出的三則事例為說，一是沙皇以一蒼鷹賞賜主角，蒼鷹負載主角飛至另一國度。二是一老人以一駿馬賞賜主角，主角騎馬至另一王國。三是巫師贈給伊凡一艘帆船，伊凡乘船飄渡至另一王國。上面所列的事項包含了變數與常數項目，三則比較之下，可看出這些事項中的人物身分雖有改變，但其基本作用或「功能」以及他們之間的關係顯然沿循同一型態。頁 31。

的調查，推論：「所有的童話故事都具有相同的結構。」（All fairy tales are structurally homogeneous）。[31]

為「敘事學」起造名稱的是法國學者茨維坦・托多羅夫（Tzvetan Todorov, 1939-2017），他在文學理論與修辭學上有傑出的造詣。托多羅夫在上個世紀六零年代師從著名的符號學者羅蘭・巴爾特（Roland Barthes, 1915-1980）學習文學理論，博士論文題目為《文學與意義》，其後致力介紹俄國形式主義的文論，[32]他在《象徵理論》書中指出：「總的修辭範疇建立在說什麼（res）和怎麼說（verba），即思想（或事物）和語詞之間的對立之上。」又說：「一

---

31 俄・什克洛夫斯基著，方珊譯：《俄國形式主義文論選》"The fairy tale", wrote Propp, "ascribes not infrequently the same action various persons." "Depending on the period or ethnic milieu, the role of the grim foe can be played by a monster, a serpent, a wicked giant, or a Tatar chief; the function of the obstacle placed in the hero's path can be performed by a witch, an evil sorcerer, a storm, or a beast of prey." Surveying in the light of this working hypothesis the entire field of international folklore, Propp noted that the number of 'functions' recurring in migratory fairy tale plots was 'exceedingly small', while the number of characters was 'extremely large'. Moreover, the 'sequence of these functions is always the same'. In other words, to use the terminology inherited by the Formalists from Veselovskij, the striking similarities between the fairy tales of various countries and ages lie not only in individual 'motifs', but also in 'plots', that is, in the organization of these motifs. Rigorous application of architectonic categories made it possible for Propp to resolve the chaos of crisscrossing types and subtypes into an 'amazing uniformity'. "All fairy tales ". Propp concluded, "are structurally homogeneous (*odnotipny*)."（北京：三聯書店，1989），頁250。

32 法・茨維坦・托多羅夫著，王國卿譯：《象徵理論》（北京：商務印書館，2005）譯者序，頁1。

切話語都由所指和能指，即思想和語詞組成。」[33]

此說與敘事學的概念一致。托多羅夫曾與羅蘭・巴爾特、格雷馬斯（A. J. Greimas, 1917-1992）研究敘事學，於 1969 年發表《《十日談》的語法》（*La Grammaire du Decameron*），從語法結構和語句分析的立場探討敘事結構，他將敘事區別為語義、句法和詞法等三個層次，又把句法分成陳述（proposition）和序列（sequence）等兩個基本單位，一個序列是由數個陳述所構成，相當於一個段落是由數個句子所構成；也就是句法與章法的構成關係。在《《十日談》的語法》他創出了 Narratology 此一新辭，用以作為「敘事學」的專門術語。Narratology 結合英文「narrative」和拉丁文辭根「ology」兩個文字而成，前者是敘述之意，後者是指有系統的學理。《十日談》（*Decameron*）是義大利作家薄伽丘（Giovanni Bocaccico, 1313-1375）的小說，托多羅夫檢視並分析《十日談》作品裡的故事之結構模式，他的做法是將故事化簡為一組由名詞、形容詞、動詞所組成的語法結構。他列舉了四個故事來做分析案例，並借用語言學的方法來說明故事之中的人物，相當於名詞；而動作則相當於動詞；而且，動作還可以是肯定句式，或是否定句式的；換句話說，為非的人物可能遭到懲罰，但也可能躲過懲罰；這樣故事就有肯定句與否定句等兩種形態。[34]他認為這個語法框架可以推而廣之地應用在其他故事的

---

33 法・茨維坦・托多羅夫著，王國卿譯：《象徵理論》，頁 72。

34 例如《十日談》有一故事，敘述一個馬夫冒充國王，潛入寢宮和皇后睡覺；國王發覺了這事之後，不動聲色地到員工宿舍一一觸摸他們的胸膛，他發現馬夫的心跳特別劇烈，認定他就是剛才睡了皇后的人，於是摸黑剪去了他一把頭髮作為記號，不料那馬夫在國王離去之後也同樣地把別人的頭髮都剪了。天亮之後，個個員工的頭髮都一樣，國王就無法辨認出來，

組成方式上。

在故事的構成上，托多羅夫認為一個故事由兩類成分所組成，第一類描寫均衡或失衡的狀態，他視此成分為形容詞之作用，「形容詞」呈現故事的局面或狀態；第二類描寫從一種狀態向另一種狀態的轉變，他將此成分視為動詞之作用，「動詞」推動故事發展下去。托多羅夫認為一篇理想的敘事文總是以穩定的狀態作為開端，而後這個狀態受到某種力量的破壞，由此而產生一個失衡的局面，最後來自相反方向的力量再度使失衡的狀態恢復平衡。托多羅夫還從社會規範上來觀照薄伽丘《十日談》的故事結構，他認為這涉及到轉換，即故事經常是發生在一個既定的圈子之中，其中有一個人打破平衡，造成一個破綻，直到失衡的狀態再次恢復到既定的均衡後方告終。舉例來說，《十日談》有一故事提到修道院的老園丁將退休還鄉，院長希望他推薦接班人，以免修道院的花木無人修剪，老園丁推薦年輕力壯的馬賽多，但他顧及院長可能會忌諱修道院僱用年輕漢子將落人口實而駁回，所以建議馬賽多假裝啞巴來博取同情，馬賽多聽取建議裝成啞巴來應徵，果然錄取。馬賽多進入修道院之後，花木又有人修剪了。所以平衡被打破之後，失衡的局面又恢復平衡了。但修道院的修女卻一個一個與馬賽多交歡，且仗著馬賽多是個啞巴，不會將醜事傳揚開來而更加放膽，最後連院長也加入。修道院的偷情系列是由一連串的平衡與失衡所串聯起來的，像這樣的對立情況，除了是故事的情節結構，也是社會規範的結構，

偷腥的馬夫因此逃過一劫。這就是否定句式的故事。即為非作歹並未被懲處。若是國王認出馬夫了，而馬夫也被懲罰，這就是為惡將遭處罰，是個肯定句式的故事。該故事見義・薄伽丘著，鍾斯譯：《十日談》（臺北：書華出版事業公司，1993），頁 229-231。

規範被建立，規範被破壞，規範被修復。修道院的這個特殊情況持續了好多年，終於，有一天，馬賽多覺得已疲於賣命，力不從心了，苦思一個安全的脫身之道，於是他告訴院長，他從前無法開口說話，但，託天主賜福，他今夜覺得自己又能開口講話了。女院長怕馬賽多出去後，醜事傳揚開來，於是召集八個修女前來共商大計；大家一致贊成，（院長，修女們，馬賽多）對外宣說，園丁啞了多年，現在靠她們虔誠的禱告和聖徒的恩典，他已恢復了說話的能力，這番話果然使附近的男女深信不疑，盛讚為奇蹟。就這樣，馬賽多告老還鄉了，修道院又恢復昔日的生活。[35]

托多羅夫後來在一篇名為〈敘事結構分析〉[36]的短篇論文中強調，他想要用結構的原則來討論小說的情節。他指出，關於文學批評的進路有二，一種是描述性的，一種是理論性的，而他所要採行的是理論性的，也就是以結構的模式來探索小說情節的邏輯性結構；他認為描述性是屬於一種外部的研究，理論性則屬於往文學作品內部進行深究的文學方法。後來，兩種路徑的研究者都大有人在，外部研究是探討敘事內容所反映的社會文化現象，內部研究則是文學文本的結構模式研究。

---

35 義・薄伽丘著，鍾斯譯：《十日談》，頁 226。

36 Todorov, Tzvetan '*Structural Analysis of Narrative*' Novel: A Forum on Fiction 1969 Vol. 3 (1) pp.70-76, pp.75 'The minimal complete plot can be seen as the shift from one equilibrium to another. This term "equilibrium," which I am borrowing from genetic psychology, means the existence of a stable but not static relation between the members of a society; it is a social law, a rule of the game, a particular system of exchange. The two moments of equilibrium, similar and different, are separated by a period of imbalance, which is composed of a process of degeneration and a process of im- provement.

3.可以攻錯的理論工具

語法結構與二元對立等兩種理論因為具有人類文化上的普同性，所以在西方敘事學倡議之後，便獲得響應，經常被運用在故事的情節結構分析。「語法結構」雖屬於語言學領域，但「說故事」本身就是一種語言活動，有人說，有人聽，有語法形式，有語義內容，有文本，所以把語法結構用在敘事分析，本是水到渠成，自然而然的研究走向。中國小說批評不從文字聲韻訓詁的「小學」路數問道，而是從史學書法與文章學中的文法入手，並把命意、篇法、章法、句法、字法的概念運用在小說文本的分析上。清・張竹坡在評《金瓶梅》即說：「《金瓶梅》一書，于作文之法無所不備。」[37]。所謂「作文之法」，就是各種文章的寫作方法，諸如照應、埋伏、練字、間隔、起伏頓挫等皆是文法。第二回回評說：「故做文如蓋造房屋，要使梁柱笋眼，都合得無一縫可見；而讀人的文字，卻要如拆房屋，使某梁某柱的笋，皆一一散開在我眼中也。……故我批時，亦只照本文的神理、段落、章法，隨我的眼力批去。」[38]張竹坡強調，在解析小說結構時，必須拆卸文本，這樣才看得出作者的構造用心，這個認識與作法跟法國羅蘭・巴爾特的分析手法不謀而合。此外他再次表示，他的評點是依照神理，也就是命意，以及段落、章法來檢視小說的表現，當然他的好眼力也注意到了字法。

37　明・蘭陵笑笑生著，清・張道深（竹坡）批評，王汝梅、李昭恂、于鳳樹校點：《金瓶梅》（濟南：齊魯書社，1988），〈批評第一奇書《金瓶梅》讀法〉，頁41。

38　明・蘭陵笑笑生著，清・張道深（竹坡）批評，王汝梅、李昭恂、于鳳樹校點：《金瓶梅》，頁40、41。

「二元對立」的敘事結構，雖由托多羅夫首倡，並運用在故事的結構分析，但中國古代哲學早已認識「二元對立統一」的自然規律，且將事物在對立之中相剋相生，循環轉化，往復不已的運行之道，援用為自然界、政治圈、人間世的現象詮釋準則。宇宙萬物在動態的對立中追求平衡，平衡與失衡與再平衡，其呈現的不是靜態的對立分別，而是一種動態的循環轉化。劉長林在《中國智慧與系統思維》以「寰道觀」謂之。他說：

> 中國人很早就發現了自然界存在著矛盾，並用陰陽加以概括。但是陰陽概念不同於唯物辯證法所講的矛盾。矛盾概念強調對立雙方的鬥爭和排斥，認為矛盾統一體以自身的破裂為其追求的目標，舊的矛盾解體後固然又會產生新的矛盾，但新的統一體仍然通過鬥爭在為破裂創造一切條件。陰陽則看重對立雙方的依存與調和，以動態平衡為目標。[39]

大凡《周易》的陰陽剛柔、吉凶禍福，《老子》的正反，虛實，強弱，都是在對偶拮抗中循環為用的思維模式。中國古代思想家將這些觀念應用在人生哲學，包括樂極生悲，盛極而衰，禍福相倚，分久必合，合久必分等等。所以，敘事文化心態與《周易》的「剝極往復」、「否極泰來」、「亢龍有悔」，或《老子》如剛柔相濟、正反相生、禍福相倚、反者道之動、知白守黑等觀念互相扣鳴，是敘事者，也是受述者、評論者的文化共識。故事的結構模式通常由

---

[39] 劉長林：《中國智慧與系統思維》（臺北：臺灣商務印書館，1992），頁193。

均衡狀態遭到破壞力量而告失衡，再由失衡局面得到反向力量的扭轉而回復平衡，實際的情節模式表現包括：宦海浮沈，財貨聚散，家道盛衰，兵家勝負，生死，榮辱，成敗，真偽，窮通，愛恨，敵友，忠奸，仙凡，苦樂，迷悟……等等。

關於「二元對立統一」的思維模式，楊義以「兩極共構」一辭指稱，他認為「兩極共構」是中國古典敘事文學的構成機制，他在《中國古典小說史論》說：「語言敘事的線性，要在人們閱讀的幻覺中喚起立體性的心理重構，必須創造一種有效的敘事機制，把對立的因素共構組合，激發其相互間的對比、錯位、摺疊和跳躍的動態審美功能。」[40]楊義引毛宗崗的《三國演義》評點為說，推崇《三國演義》所實踐的敘事風格在剛與柔、冷與熱、虛與實、靜與噪中互相包容，互相滲透，契合我國古代「道分陰陽」、「兩極互蘊」的哲學模式。

敘事文本中的人物行動，可以概括為數種兩兩相對的基本款式，雖然在實際表現時，它們會被敘事者賦予各種通變權宜的調動，但基本模式其實大同小異。以元・關漢卿（公元 1219-1301 年）的《王閏香夜月四春園》為例，故事包含「貧富」、「盛衰」、「分合」、「真偽」、「清白與蒙冤」等兩兩成組的對立衝突。《王閏香夜月四春園》故事寫王半州與李十萬指腹成親，將女兒王閏香許配給李十萬的兒子李慶安，李家後來衰落赤貧，王父悔婚，貧富對立，約信矛盾，故事呈現「貧富」、「盛衰」之間的失衡動盪；之後李慶安與小姐王閏香相遇，王閏香與他約定，晚間「收拾一包袱金珠財寶」助他作為聘禮之用，婚約由失衡狀態再度獲得平衡，男

40　楊義：《中國古典小說史論》（北京：人民出版社，1998），頁 283。

女主角由合而分，再由分而合。不意晚間闖進慣賊裴炎，殺害拿著一包金珠財寶在花園的湖石旁等候李慶安的婢女梅香，取走了包袱，之後李慶安來到花園赴約時，被梅香的屍首絆倒在地，他的雙手摸染了鮮血，這一雙「血手印」也使李慶安成了罪證確鑿的殺人兇手。王家告官，李慶安遭拘捕繫獄。至此，男女主角再由合而分。待錢大尹審理此案，發現疑點，命人緝拿元凶裴炎後，李慶安的冤情才得以洗刷清白，並得與王閏香結成眷屬；至此分分合合的故事結構，才再度從失衡中恢復了平衡。[41]又如〈小夫人金錢贈年少〉故事，說東京汴州開封府界有一個開絨線鋪的員外張士廉，年過六十，老妻死後，孑然一身，並無兒女，家中有十萬貲財，用兩個主管營運，但生活卻失去目標。張員外忽一日拍胸長歎，對二人說：「我許大年紀，無兒無女，要十萬家財何用？」二人曰：「員外何不取房娘子，生得一男半女，也不絕了香火。」員外甚喜，隨即差人喚張媒婆、李媒婆前來，他對這兩個媒婆說：「我因無子，相煩你二人說親。」。[42]此後才納娶了王招宣的侍妾作為小夫人，小夫人入門之後與員外感情不好，而喜歡上年輕的主管張勝，且贈送許多財物與他，但張勝不敢接納小夫人，於是避不見面，其後因王招宣家追查失竊的珍珠，迫使藏有珍珠的小夫人自盡。這個故事也可以宏觀地從「平衡－失衡－再平衡」予以認識。近人蘇菲曾利用「平衡－失衡－再平衡」的結構模式解說余華《許三觀賣血記》的

---

41 施紹文、沈樹華著：《關漢卿戲曲集》（成都：巴蜀書社，1993），頁61、280-287。

42 明・馮夢龍：《警世通言》（臺北：鼎文書局，1977），卷 16，頁 222-223。

情節，[43]得出這篇小說的結構確實是通過「平衡－不平衡－再平衡」的一個個生命套環來組織許三觀的賣血故事。從「平衡」到「失衡」就像是中國俗諺所說的「無風不起浪」，興風作浪之後，復歸「風平浪靜」，也就是「再平衡」，即「二元對立統一」。

西方的敘事學分析方法由於出之以二元對立的結構模式，所以相當宏觀，但容易有大而無當之失，而其語法結構分析路數，卻又失之於細碎，有見樹不見林之弊。如法國羅蘭・巴爾特曾經以符號學篇章字句的構成方法，將法國小說家巴爾札克（Honore de Balzac, 1799-1850）於 1830 年發表的小說《薩拉金》（*Sarrasine*）「逐字逐句的解碼，分析各種符碼在一篇文本中的運動和散播。他的方法是把小說劃分成五百六十一個詞彙單位，然後利用五種符碼來分析它們。」[44]他提出的五種符碼分別是：行動符碼、義素符碼、闡釋性

43 〈淺談《許三觀賣血記》的重複敘事及其心理印象〉，（《瓊州學院學報》2008 年 12 月，第 15 卷，第 6 期），頁 75。「許三觀是城裡的送繭工，這是故事最先提示給我們的一種平衡狀態。但這種平衡很快被一次無意中的賣血所打破。面對賣血掙得的 35 元錢，許三觀的心理第一次產生失衡局面：『……這血錢我不能隨便花掉，我得花在大事情上面。』『四叔，我想找個女人去結婚了。四叔，這兩天我一直在想這賣血掙來的 35 元錢怎麼花？我想給爺爺幾塊錢，我爹的幾個兄弟裡，你對我最好。四叔，可我又捨不得給你，這是我賣血掙的錢，不是我賣力氣掙來的錢，我捨不得給。四叔，我剛才站起來的時後突然想到娶女人了。四叔，我賣血掙來的錢總算是花對地方了……』於是這種不平衡由於娶了『油條西施』許玉蘭之後獲得平衡。」許三觀後來又因為其他的變化因素而使生活失衡，如他的兒子一樂出事，饑荒使家人挨餓……而走上賣血之路以振救這些困頓。

44 詳見羅鋼：《敘事學導論》（昆明：雲南人民出版社，1994），頁 236-248。

符碼、象徵符碼，文化符碼，[45]而格雷馬斯《結構語義學——方法研究》（*Semantique Structurale*）[46]從科學語義結構的方法來展開他著名的「行動元模型」分析與「功能」的組織方式；雖條分縷析，卻缺乏附會、總術、風骨的統一觀照。綜合來說，西方敘事學利用語言學原理與方法作為路徑，其優勢在於有系統，有層次，有方法，因此擘肌分理，證據確鑿，擲地有聲；但也易將文本裂解分析地破碎失散，破壞其統一有機整體性；此外，對符碼的意義聯想又過於漫漶，易產生「削足適履」的牽強之失；再來是術語工具的冷僻彆扭。李幼蒸評論道：「雖然六十年代以來法國人文科學研究在系統化、普遍化、理論化方面有了突出的進展，但在研究和表述的風格方面卻存在著嚴重的咬文嚼字、用語生僻的缺點。」。[47]平心而論，這個現象除了是跨領域學科交錯所引起的衝擊外，還有一個原因是敘事學仍在繼續成長中，所以尚未獲得穩定和統一的定論。

二、史官文化傳統下的敘事法則

（一）史官的政務記事職能

1.史官之職能

每一個文化都有其敘事傳統，以中國而言，史學是源遠流長的

45　同前注，頁238-241。

46　法．格雷馬斯著，吳泓緲譯：《結構語義學——方法研究》（北京：三聯書店，1999），頁244-317。

47　義．烏伯托．艾柯等著，李幼蒸選編：《結構主義和符號學「電影文集」》（臺北：桂冠圖書公司，1994），頁7-8。

優勢文體。西方敘事學與語言符號學為直系關係；而中國敘事學則與史學成直系嫡傳關係。因此，探討中國的敘事文學必得溯源史官文化。晉・杜預（公元 222-285 年）《春秋序》：「周禮有史官，掌邦國四方之事，達四方之志，諸侯亦各有國史。大事書之於策，小事簡牘而已」。[48]可見自周朝起，中國已有正規的史官與國史檔案。歷史學家杜維運比較中西方的史學後，發現中國是世界上唯一設有史官制度的民族，[49]從黃帝軒轅氏起，史官倉頡的職務就是帝王的隨行書記。唐・劉知幾在《史通・史官建置》提到史官制度的源始：

> 蓋史之建官，其來尚矣。昔軒轅氏受命，倉頡、沮誦，實居其職。至於三代，其數漸繁。案《周官》、《禮記》，有太史、小史、內史、外史、左史、右史之名。太史掌國之六典，小史掌邦國之志，內史掌書王命，外史掌書，使乎四方，左史記言，右史記事。〈曲禮〉曰：「史載筆，大事書之於策，小事簡牘而已。」《大戴禮》曰：「太子既冠，成人，免於保傅，則有司過之史。」

48 戰國・左丘明：《左傳》（臺北：藝文印書館「十三經注疏」），卷 1，頁 8。

49 杜維運在《中西古代史學比較》表示：「中國自黃帝以來，有史官的設立，即使遲一點說，從三代起，中國必有史官，而且史官的數目，相當可觀，從中央到地方，都設史官，一直到清代，中國沒有一代沒有史官（民國例外），這是世界其他國家其他民族所沒有的。史官的職務，主要為記事。遠古的史官，職務自然極繁，近乎卜祝之間，掌理天人之間的各種事務，可是不能否認的，記事是他們重要的職務之一。」（臺北：東大圖書公司，1988），頁 32-33。

> 《韓詩外傳》云：「據法守職而不敢為非者，太史令也。」斯則史官之作，肇自黃帝，備於周室，名目既多，職務咸異。至於諸侯列國，亦各有史官，求其位號，一同王者。[50]

黃帝軒轅氏的政治體制為一行國政府組織，即沒有固定的行政機構所在處，為一行動政府，以配有武裝軍備的施政團隊巡查視事的方式治國，[51]史官倉頡的工作就是「記事」，據漢．司馬遷《史記．五帝本紀》對黃帝的政績描述，可以想見史官倉頡所記載的內容包括各地方的重要資料登錄，民情反映，各諸侯間的衝突交涉或媾和約盟的摘要記錄，或是人員任免，待辦的政務備忘等。[52]黃帝之後，職司天人溝通的巫官也參與了敘事，其敘事內容與方式可由甲骨文的卜辭窺知：王經由貞人卜問戰爭、田獵、祭祀、生產、病況等吉凶大事；一般分為卜辭與徵驗之辭，徵驗之辭雖然片言片語，

---

50 唐．劉知幾著，清．浦起龍釋：《史通通釋》（臺北：臺灣商務印書館，1968），第三冊，外篇，卷11，頁2。

51 漢．司馬遷著，南朝．宋．裴駰集解，唐．司馬貞索隱，唐．張守節正義：《史記三家注》〈五帝本紀〉：「黃帝者，姓公孫，名曰軒轅……諸侯咸尊軒轅為天子，代神農氏，是為黃帝。天下有不順者，黃帝從而征之，平者去之，披山通道，未嘗寧居……邑於涿鹿之阿，遷徙往來無常處，以師兵為營衛。」（臺北：漢京文化事業公司，1981「武英殿本史記三家注」），卷1，頁26-28。

52 其所記載的事務當與〈五帝本紀〉提到的政務有關，包含官員任免，記時令，記地理，記農魚礦業等：「舉風后、力牧、常先、大鴻以治民，順天地之紀，幽明之占，死生之說，存亡之難，時播百穀草木，淳化鳥獸蟲蛾，旁羅日月星辰水波，土石金玉，勞勤心力耳目，節用水火材物，有土德之瑞，故號黃帝。」漢．司馬遷著，南朝．宋．裴駰集解，唐．司馬貞索隱，唐．張守節正義：《史記三家注》〈五帝本紀〉，卷1，頁26。

但已記載了事由，經過及結果，故可視之為敘事。暫且以王要外出田獵活動的氣象預報為例，「丁丑亡大雨　其又有大雨」或是「其遘大雨　其遘小雨　不雨」[53]以上兩片分別記載了預測不會下大雨，結果卻又下起了大雨；另一片是可能會遇到一場大雨，可能會遇到一場小雨，結果並沒有下雨。可見史官的職能也與天候觀測、吉凶預報有關。陳桐生在《中國史官文化與史記》指出，史官兼有司天事神的「天官」身分與國政咨詢的「參謀」：

> 史官是以司天事神的天官身分參與國家政事。殷周時期史官名目繁多，據陳夢家《殷墟卜辭綜述》，卜辭中的史官官名有尹、多尹、又尹、某尹、乍冊、卜某、多卜、工、多工、我工、史、北史、卿史、御史、朕御史、北御史、某御史、吏、大吏、我吏、上吏、東吏、西吏等，此外，尚有六史、四史、三史、西史、女吏等名目。卜辭中出現的武丁早晚期卜史的名字多達七十多人。甲骨卜辭中的史官多履行司天祭祖的天官職責。[54]

中國敘事傳統喜論災祥、能察天文異象，其源自此。

2.文史同源

黃帝時代的史官是「政府組織內的書記」，由於記錄須憑藉文字與物質載體的固化，才能將浮動的信息儲存起來，所以史官必須使用文字與書寫工具——筆，在這個現實的需求條件下，倉頡勢必

53 郭沫若：《殷契萃編》（北京：科學出版社，1985），頁548、557。

54 陳桐生：《中國史官文化與史記》（臺北：文津出版社，1993），頁6。

得造字，最初可能接近於圖畫式的符號，然後漸漸抽象化為文字，於是有「倉頡作書」、「倉頡造字」之說。[55]倉頡為記事而造文字，可謂中國敘事歷史的發源點，在倉頡造字一千年之前，雖已有半坡文字這種簡單的符號或圖畫式書寫記號，但倉頡在這個基礎上予以整理，或研發出造字的基本規律，使得文字得以孳乳而生，從此進入文書記事的紀元。唐・張彥遠在討論「書畫同源」時，曾對倉頡造字的偉大發明予以神化，說：

> 軒轅氏得於溫洛中，史皇倉頡狀焉，奎有芒角，下主辭章，頡有四目，仰觀天象。因儷烏龜之跡，遂定書字之形。造化不能藏其秘，故天雨粟；靈怪不能遁其形，故鬼夜哭。是時也，書畫同體而未分，象制肇創而猶略。無以傳其意故有書，無以見其形故有畫，天地聖人之意也。[56]

倉頡有觀察事物與模擬造形的能力，所以被誇飾為「有四目」，有了圖畫，就可以畫出事物的形狀，有了文字，人類就可以利用它們記事表意，從此之後，「造化不能藏其秘」，「靈怪不能遁其形」，天地萬物都可以通過書面或畫面來描述，人類遂正式邁向敘事時代。從黃帝的史官倉頡為了記事而創立書契文字後，歷代史官

---

55 典籍中提到倉頡作書者有數家，如：《荀子・解蔽》「好書者眾矣，而倉頡獨傳者壹也」。《韓非子・五蠹》：「昔者倉頡之作書也，自環者謂之私，背私謂之公。」《呂氏春秋・君守篇》「倉頡作書。」漢・《淮南子・本經》：「昔者倉頡作書，而天雨粟，鬼夜哭。」

56 唐・張彥遠：《歷代名畫記・敘畫之源流》（北京：中華書局，1985），卷1，頁8。

就能夠利用書契文字來記載人事物，除了備忘的功能外，還可用來傳遞歷史事件。南朝・劉勰在《文心雕龍・史傳》說：「開闢草昧，歲紀綿邈，居今識古，其載籍乎！軒轅之世，史有倉頡，主文之職，其來久矣。」。[57]這些使我們能居今識古的載籍就是珍貴的「史傳」。

史官既然職司筆錄記事的工作，那麼就必須隨身攜帶著書寫的工具，也就是筆。《禮記・曲禮上》：「史載筆。士載言」，漢・鄭玄注：「謂從於會同，各持其職以待事也。筆謂書具之屬，言謂會同盟要之辭。」[58]唐・孔穎達疏：「史謂國史，書錄王事者，王若舉動，史必書之，王若行往，則史載書具而從之也。不言簡牘而云筆者，筆是書之主，則餘載可知。」[59]，從鄭玄與孔穎達的注疏可知，當國君從事國際事務時，史官與士必須隨行，史官要攜帶「書具之屬」，也就是書寫的文具——筆，以便行使史官記言與記事的職務。至於「士」，則是執行「官方發言」的職務，口述外交會盟約定的正式言辭，然後由史官筆錄。史官又分左史與右史兩類。《禮記・玉藻》說：「動則左史書之，言則右史書之。」[60]《漢書・藝文志》則從史籍內容加以區分，記言者以《尚書》為代表；記事者以《春秋》為代表。班固說：「古之王者，世有史官，君舉必書，所以慎言行，昭法式也。左史記言，右史記事；事為

---

57 南朝・梁・劉勰著，清・黃叔琳注：《文心雕龍校注》，頁109。

58 《禮記》〈曲禮上〉（臺北：藝文印書館「十三經注疏」），卷3，頁56。

59 漢・《禮記》〈曲禮上〉，卷3，頁57。

60 《禮記》〈玉藻〉，頁545。

《春秋》，言為《尚書》，帝王靡不同之。」[61]唐・劉知幾在《史通・史官建置》提到史官的書寫任務有二，一是政務現場大事的實錄草創，類似新聞記者或書記官，這一類的史官要有政治觀察眼力，知識見聞也要廣博，才能勝任現場即席直錄的任務；二是對過去的歷史檔案予以整理編寫，史官以有博通俊逸的見識為貴，才能勝任修繕史書的任務，劉知幾說：

> 夫為史之道，其流有二。何者？書事記言，出自當時之簡；勒成刪定，歸於後來之筆。然則當時草創者，資乎博聞實錄，若董狐、南史是也。後來經始者，貴乎儁識通才，若班固、陳壽是也。必論其事業，前後不同。然相須而成，其歸一揆。[62]

史官於政務現場秉筆記錄，將眼前正在進行的事件書寫成歷史檔案，或是在事後追記整理，或是編輯舊有史料，兩種方法雖有事前事後之異，但劉知幾認為，它們應彼此相須，也是一個夠格的史官所要具備的敘事能力，不如此，必然無法成就一番歷史事業。

3.諸子源於史

史官識字，能書，其職能包括：協同王者視察民情，負責紀錄政務大事，董理國史檔案；專研天文，觀測天象，分析天人之間的吉凶變化，預測未來局勢的禍福興衰，並提出施政方針；因此，

---

61 《漢書》（臺北：藝文印書館「二十五史漢書補注」），卷 30，頁 882-883。

62 唐・劉知幾著，清・浦起龍：《史通通釋》，第三冊，外篇，卷 11，頁 16-17。

「史官」不但是中國最早參政議政的非王室之政府成員，同時也因為其職務須習得各種專業知識；如天文曆法、政治法律、宗廟祭祀、朝覲會盟、外交禮儀、內政、農事、教育等，所以「史官」是中國最早的學術研究人員，也就是知識分子。劉師培（公元 1884-1919 年）根據這個職官體系，斷言先秦九流學術皆源出於史官，他說：

> 《漢書·藝文志》敘列九流，謂道家出於史官，吾謂九流學術皆源於史，匪僅道德一家。儒家出於司徒，然周史六弢以及周制周法皆入儒家，則儒家出於史官。陰陽家出於義和，然義和苗裔為司馬氏，作史於周，則陰陽家出於史官。墨家出於清廟之守，然考之周官之制，太史掌祭祀，小史辨昭穆，有事於廟，非史即巫，即墨家出於史官。縱橫家出於行人，然會同朝覲以書協禮事亦太史之職，則縱橫家出於史官。法家出於理官，名家出於禮官，然德刑禮義，史之所記，則法名兩家亦出於史官。雜家出於議官，而孔甲盤盂亦與其列；農家出於農稷，而孔安國書冊參列其中；小說家出於稗官，而虞初周說雜伺其間，則雜家、農家、小說家亦莫不出於史官，豈僅道家云乎哉？蓋班志所言，就諸子道術而分之，非就諸子淵源而分支也。仁和龔氏有言，諸子學術，皆周史支孽小宗，後世子與史分，古代子與史合，此周史之所職掌者二也。[63]

---

63 劉師培：《劉申叔先生遺書》〈左盦集〉（臺北：華世出版社，1975）。

劉師培在班固《漢書・藝文志》敘列九流謂道家出於史官的基礎上，更進一步申論，他說，除了道家之外，儒家出於司徒、陰陽家出於羲和、墨家出於清廟之守、縱橫家出於行人、法家出於理官、名家出於禮官，雜家出於議官，而小說家則出於稗官，因此，史官囊括了九流學術的源頭。劉師培文中還引用了清・藏書家龔自珍（公元 1792-1841 年）「子與史合」的說法，謂：「諸子學術，皆周史支孽小宗，後世子與史分，古代子與史合，此周史之所職掌者二也」。戰國時代，王官之學流布民間後，形成諸子百家競鳴的學術生態，子遂與史分；唯推本溯源，不只是小說家源出於稗官小史，其他子部各家也都與周代的史官有著職能與專業上的譜系關係。

小說家與史官源同委異，漢・桓譚（公元前 23-公元 56 年）《新論》指出小說家的學術著述特性有二：一，在語言形式上為零碎的片言隻語，而非長篇大論，其著作乃是由眾多「有可觀之辭」的「小語」所組成的「短書」；二，在表達技巧上擅長利用周遭的事物來做譬喻，以引伸出某些立身處世的道理，他說：「若其小說家，合叢殘小語，近取譬論，以作短書，治身理家，有可觀之辭。」[64]東漢・班固《漢書・藝文志》將「小說家」的學術流派追溯到「稗官」，稗官負責收集國土境內的言論情資，「街談巷語，道聽塗說」等各種輿論消息，都彙集呈報給當局，作為統治者施政得失的檢討；班固說：「小說家者流，蓋出於稗官，街談巷語，道

64 梁・昭明太子蕭統撰，唐・李善注：《文選》李陵・〈從軍〉：「袖中有短書，願寄雙飛燕。」注文引桓子・《新論》以釋「短書」為小說家編輯叢殘小語而成之「短書」。（臺北：藝文印書館，1983），卷 30，頁 453。「叢」是眾多，繁瑣之意。「殘」是缺損，不全，剩餘之意。「合叢殘小語」是指「小說家」的著述由匯聚眾多片言隻語而成。

聽塗說者之所造也。孔子曰：『雖小道，必有可觀者焉，致遠恐泥。』是以君子弗為也，然亦弗滅也。閭里小知者之所及，亦使綴而不忘，如一言可採，此亦芻蕘狂夫之議也。」[65]這個文化脈絡相沿成習，直到明朝・即空觀主人為《拍案驚奇》作序時也指出：「宋元，有小說家一種，多采閭巷新事為宮闈承應談資。語多俚近，意存勸諷；雖非博雅之派，要亦小道可觀。」[66]綜合這些論點，得知子部的「小說家」原是稗官採集街頭巷尾的新奇事件，或是有意思的話語作為談資，將它們以譬喻的方式講述給人君聽取，以勸諷某一種治身理家的道理，所以子部「小說家」的敘事素材與敘事目的也與史官的職能一致。清・紀昀（公元 1724-1805 年）《四庫全書總目提要》分「小說家」流派為三：「其一敘述雜事，其一記錄異聞，其一綴緝瑣語也。……紀雜事之書，小說與雜史最易相淆。諸家著錄，亦往往牽混。」[67]所以，在經史子集四部分類方面，子史同源，文史一流，「質勝文則史」，所以史家也善於文，唯不能專擅文辭；而「文勝質則野」，所以小說家也敷演歷史，唯不拘於史實，且講究敘事技巧之入勝。某些小說家執守早期史官在政治教化上的身分任務，雖寫小說，猶不忘向世人闡述吉凶禍福，或申說社會倫常之道，體現子史同源的學術背景。

總之，史官由於具備文字書寫、政務、專業知識等能力，所以是政府學術研究機構的基本成員，這個學術源流使得中國的史家素

65 漢・班固撰：《漢書》（臺北：藝文印書館「二十五史漢書補注」），卷30，頁 899。

66 明・凌濛初：《初刻拍案驚奇》即空觀主人〈原序〉（臺北：世界書局，1975）。

67 清・紀昀：《四庫全書簡明目錄》（臺北：藝文印書館，1974）。

有強烈的濟世懷抱與政治熱誠，歷代綿延，薪傳不滅，而其中所發揚的才具知識與辯論智慧，也與諸子學家不分軒輊。

（二）文學素養與傳記書法

「史官」具有文人與官人等兩種身分屬性，文士以其文學與歷史素養問津仕途，躋身政府機構之後，多任職於文林苑、秘書閣、國史館，不論是編修國史，方志，或是圖書小說，其文學素養與史傳經驗都對中國敘事文學產生悠遠的影響。文學素養使歷史與小說有抒情傾向，文法老勁，博採異聞以添細節之趣，虛擬對白以強化人物形象；此外，中國小說的敘事者素喜賦詩，一是雅興，二是騁才，三是遣懷，四是兼以調節敘事速度與故事走向。史學素養的影響則是「擬史」特徵，包括言之鑿鑿與循名責實的紀實取向，交代生卒郡望籍貫等的傳記體例，別賢愚，辨忠奸的人物品鑑，論興衰浮沈的世道評議。清・章學誠（公元 1738-1801 年）《丙辰劄記》明言其編修方志係「用紀事本末之例，以事為經，以人為緯，詳悉具載。」[68]這是就紀事本末體例而言，除此，章學誠還根據民眾口述其親目所見之情事，發揚忠烈，不誣事實，他認為：「古人記事從

---

68 清・章學誠：《章實齋札記四種》《丙辰劄記》：「余昔修和州志，有乙亥義烈傳，專記明末崇正八年闖賊攻破和州，官吏紳民男婦殉難之事，用紀事本末之例，以事為經，以人為緯，詳悉具載，而州中是非關起！蓋因闖賊怒拒守而屠城，被屠者之子孫歸咎於創議守城者陷害滿城生命，又有著論指斥守城者部署非法，以致城陷；甚至有誣創議守城者縋城欲逸，為賊擒殺，並非真殉難者。余搜得鳳陽巡撫朱大典奏報，和州失陷、官紳殉難情節，乃據江防州同申報，轉據同在圍城逃脫難民口述親目所見情事，官紳忠烈，均不可誣，余因全錄奏報，以為是篇之序。」（臺北：廣文書局，1971），頁 23。

實，無所迴護，故其文光明磊落，可以取信於人。」[69]章學誠堅持奉行史傳之記事凡例與存真原則，不過，他也感嘆「蓋史學之失傳已久，而真知者鮮也。」[70]可見，史學的走向已逐漸轉變。

在文辭方面，清・趙翼《廿二史劄記》舉《晉書》為例，指撰史者為當代文詠之士，喜好增添詭謬碎事入史，以求光彩耀目：

> 論《晉書》者，謂當時修史諸人，皆文詠之士，好採詭謬碎事以廣異聞。又史論競為艷體，此其所短也。然當時史官，如令狐德棻等皆老於文學，其紀傳敘事，皆爽潔老勁，迥非魏、宋二書可比。[71]

趙翼認為，文詠之士撰史，自然有競為豔體的傾向，但當時的史官也都老於文學，筆法爽勁熟練。而當歷史敘事由廟堂走向民間，並與休閒產業結盟，說話人自身的文學素養不但是他的背景素養，更是他專業技能的才情表現，宋・羅燁（生卒年不詳）在《醉翁談錄》〈舌耕敘引〉論及「小說開端」時提到，小說雖然是個末學，並非經國濟民大業，但胸無點墨，腹笥甚儉的淺學之流，根本無法把小說講論得好，作為一個專業說書人，他必須自幼就學習《太平廣記》，研讀歷代史書，奠定好深厚的歷史故實基礎，此外，還要熟讀唐宋名家的詩詞文章，曉得趣談逸事，才可以在說書時出口成章，談笑風生，斷事論理時旁徵博引，褒貶是非，令看官聽得頭頭

---

69 清・章學誠：《章實齋札記四種》《丙辰劄記》，頁 20。

70 清・章學誠：《章實齋札記四種》《丙辰劄記》，頁 22。

71 清・趙翼：《廿二史劄記》「晉書」（臺北：華世出版社，1975），頁 151。

是道，心曠神怡，他說：

> 夫小說者，雖為末學，尤務多聞。非庸常淺識之流，有博覽該通之理。幼習《太平廣記》，長攻歷代史書。煙粉奇傳，素蘊胸次之間；風月須知，只在唇吻之上。《夷堅志》無有不覽，《琇瑩集》所載皆通。動哨、中哨，[72]莫非《東山笑林》；引倬、底倬，須還《綠窗新話》[73]。論才詞有歐、蘇、黃、陳佳句；說古詩是李、杜、韓、柳篇章。舉斷模按，師表規模，靠敷演令看官清耳。只憑三寸舌，褒貶是非；略嘈萬餘言，講論古今。[74]

說書人的文學與史學素養兼備之後，臨場的說話表現才能「曰得詞，念得詩，說得話，使得砌。言無訛舛，遣高士善口贊揚；事有源流，使才人怡神嗟訝。」[75]，羅燁在「說得話」之前列出了「曰得詞，念得詩」，足見宋代說書人對「詩詞」的講究，如《隋唐演義》每回皆以詩詞開頭，逢敘事者有感而發時，便會冒出「時人有詩以證」、「後人有詩讚道」、「唐詩道」、「正是」、「詞曰」、「只為」、「可是」、「所謂」等的套語，以便順理成章地

---

72 哨，指逗弄說笑。

73 《綠窗新話》摘錄或節選六朝志怪、唐人傳奇、稗官野史，筆記小說而成，這些故事的情節大綱類似範本題庫，供說書人參照沿用，匯通變化，以利敷衍出更多的故事情節。如《劉阮遇天臺女仙》出自南朝．劉義慶《幽明錄》的〈劉晨阮肇〉。所以，說書人也必須飽覽《綠窗新話》，方可舉一反三，衍生出更多的情節變化。

74 宋．羅燁：《醉翁談錄》，（臺北：世界書局，1958），卷 1，頁 3-4。

75 宋．羅燁：《醉翁談錄》，卷 1，頁 3-4。

獻上一首詩，一闋詞，好生文雅地來一段形容或抒情，議論或諷諫。[76]明・吳承恩（公元 1501-1582 年）在《西遊記》也喜歡「逢場作詩」，如第二十二回〈八戒大戰流沙河　木吒奉法收妖精〉對沙悟淨的形容，用的就是俚俗口吻的七言律詩：「一頭紅燄髮蓬鬆，兩隻圓睛亮似燈，不黑不青藍靛臉，如雷如鼓老龍聲，身披一領鵝黃氅，腰束雙攢露白籐，項下骷髏懸九個，手持寶杖甚崢嶸。」[77]，清・錢彩（公元 1684？-1729？年）編次的《說岳全傳》，其第二十二回〈結義盟王佐假名　刺精忠岳母訓子〉的開場詞也文情並茂：「寂寞相如臥茂陵，家徒四壁不知貧，世情已逐浮雲變，裘馬誰為感激人？花濺淚，鳥驚心，欲將修短問乾坤。陽和不敢窮途恨，漢帝常懸捧日心。」。[78]這闋詞將岳飛家徒四壁，忠而見黜的困境作了抒情的吟詠，接下來才言歸正傳。這些抒情詩詞的點綴，呈現文詠之士的文學素養與對詩詞的由衷雅好，是中國通俗小說的文藝特色。

在大規模的小說編修上，由於是皇朝禮聘文士入館編輯，如宋代既平宇內，廣開館閣，招聘海內名士編修漢晉至五代的野史、傳記、小說，成《太平御覽》、《文苑英華》、《太平廣記》等巨著，[79]在「風行草偃」的編修情勢下，小說也沾溉著政治教化的寓

76 明・羅貫中原著，清・褚人穫改撰：《隋唐演義》（臺北：世界書局，1968）。

77 明・吳承恩：《西遊記》（臺北：臺灣商務印書館，1968），卷 1，頁 223。

78 清・錢彩編次：《說岳全傳》《增訂精忠演義說本全傳》（上海：上海古籍出版社，2010）。

79 魯迅：《中國小說史略》第十一篇〈宋之志怪及傳奇文〉（濟南：齊魯書社，1997），頁 80。

意。劉書成在《文化視角下的中國古代小說》解說了這個情況，他說：

> 從小說家身分看，多為文人學士，他們有良好的史學修養，有的則直接參與史撰，受史傳的影響不可避免；從小說的型態看，擬史特徵亦很顯著，如唐傳奇往往以傳命篇，開篇交待傳主姓名、郡望、籍貫，並附及資料來源，以示言之鑿鑿；從敘事方法看，作者常將作品置於評騭人倫、保存信史的史家地位。李公佐《謝小娥傳》篇末鄭重交待寫作緣由和材料來源：「余備詳前事，發明隱文，暗與冥合，符於人心。知善不錄，非《春秋》之義也。故作傳以旌美之。」尤其是歷史小說一般都亮出「按鑒」的旗號，堅持「循名稽實」、「事核而詳」的原則。[80]

即使非在朝執筆就業的民間文士，他們在撰寫人物傳記時也有「擬史」的立場，評論小說時也衡之以「史」。明・金聖嘆在《水滸傳》第一回〈王教頭私走延安府　九紋龍大鬧史家村〉的回評說道：「王進去後，更有史進。史者，史也，寓言稗史亦史也。夫古者史以記事，今稗史所記何事？殆記一百八人之事也。記一百八人之事，而亦居然為之始也。何居？從來庶人之議皆史也。」[81]，「庶人之議皆史也。」這是從民間輿論反映政治隆污，與史官職能

---

80 劉書成：《文化視角下的中國古代小說》（蘭州：甘肅文化出版社，2005），頁3。

81 明・施耐庵著，清・金聖嘆批：《第五才子書水滸傳》（上海：上海古籍出版社，1989），頁57-58。

相應；此外他還就體例結構來說明《水滸傳》的人物寫法皆屬於「史氏一定之例也」：

> 稗官固效古史氏法也，雖一部前後，必有數篇，一篇之中凡有數事，然但有一人必為一人立傳，若有十人必為十人立傳。夫人必立傳者，史氏一定之例也。而事則通長者，文人聯貫之才也。故有某甲、某乙共為一事，而實書在某甲傳中，斯與某乙無與也。又有某甲、某乙不必共為一事，而於某甲傳中忽然及於某乙，此固作者心愛某乙，不能暫忘，苟有便可以及之，輒遂及之，是又與某甲無與。故曰：文人操管之際，其權為至重也。夫某甲傳中忽及某乙者，如宋江傳中再述武松，是其例也。書在甲傳，乙則無與者，如花榮傳中不重宋江，是其例也。夫一人有一人之傳，一傳有一篇之文，一文有一端之指，一指有一定之歸。[82]

在中國文化傳統中，歷史範式向來高於文學範式，史官與史傳都有其正統地位，況且，朝野文士之所以從事小說撰述，就主觀意圖而言，是參與歷史寫作；就客觀環境而言，有其深刻的歷史背景，所以，王陽在《小說藝術形式分析：敘事學研究》指出，創作符合歷史範式的敘事文學，在中國文學史上，總是備受士林推崇。[83]

---

82 明・施耐庵著，清・金聖嘆批：《第五才子書水滸傳》，卷 38，第 33 回〈鎮三山大鬧青州道　霹靂火夜走瓦礫場〉總評，頁 1825-1826。

83 王陽：《小說藝術形式分析：敘事學研究》（北京：華夏出版社，2002），頁 280。

（三）遵循時序的敘事體例

時間無形無質，但人類從大自然日昇月落，寒來暑往的變化現象中體察到宇宙有時間巨流的存在，先民觀測並記錄天象與萬物的運行現象，又借助圭表、日晷、漏刻等計時器所顯示的時間「位置」，將「時間」劃分為年月季節與旬日時等單位。紀年以帝王即位作為紀元之始，逐年記數，直至帝王崩，新王即位，再展開另一個紀元；年之外，四季有春夏秋冬，日期則以天干地支的搭配為記。《竹書紀年》載：「帝顓頊高陽氏　十三年初作歷象」，[84]又「帝堯陶唐氏　元年丙子　帝即位　居冀　命羲和歷象」[85]這兩段文獻顯示帝王即位之後的大事是「歷象」，也就是命官制定該王朝的曆法。有了時間結構與曆法制度後，史官就可以依照曆法來記錄國家大事發生的時間。由於國史在忠實記錄國家所發生的各種大事，所以，其體例必然取法自大自然，史官遵循時間的自然運動順序逐年記載；這就是大事年表，也是史書「編年體」的體例架構。

「編年體」的典範之作首推《春秋》，《春秋》原是魯國國史，在記魯國國君的「動作」，為左史所職之書。其敘事順序遵行時間運行的自然次序，由年而春夏秋冬，由四季而十二月份，由月份而日，由日而早午晚，而時刻。這是一種最基本，也最有規律，清楚易辨的時間軸，所以，也成為最基本，最普遍，最易被接受的敘事順序。晉・杜預《春秋左氏經傳集解序》將《春秋》的記事條

---

84 戰國・佚名著，南朝・宋・沈約注，清・洪頤煊校：《竹書紀年》（臺北：臺灣商務印書館，1965「平津館叢書本」），卷上，頁2。

85 戰國・佚名著，南朝・宋・沈約注，清・洪頤煊校：《竹書紀年》，卷上，頁3。

例董理如下：

> 春秋者，魯史記之名也。記事者，以事繫日，以日繫月，以月繫時，以時繫年，所以紀遠近，别同異也。故史之所記，必表年以首事，年有四時，故錯舉以為所記之名也。[86]

依杜預之說，《春秋》所記的內容是「事」，而「記事」的體例是首紀年，次依四時之春夏秋冬而記，其次記月，再其次為干支記日。這種由始至終，且循時間順序來記事的法則，也是中國史傳文學源遠流長的標準敘事法。由於時間的記錄價值取決於事件的作用與意義，因此，不能徒然繫時而不屬事，所以必須有事，而事件必須有其關係人物與發生環境，因而也需要記錄人物及事件的發生所在地；如《春秋》成公四年大事記：「四年，春，宋公使華元來聘。三月，壬申，鄭伯堅卒。杞伯來朝。夏，四月，甲寅，臧孫許卒。公如晉。葬鄭襄公。秋，公至自晉。冬，城鄆。鄭伯伐許。」[87]經文先說時間是在「魯成公四年」，再依「春」、「夏」、「秋」、「冬」四時紀事，以「春季」來說，有外交上的大事——「宋公使華元來聘」，三月，壬申當日，有「鄭伯堅卒」一事，以及「杞伯來朝」。春季敘完之後敘夏季，依次類推，直到當年冬季為止。除了魯國史之外，魏國史《竹書紀年》（又名《汲塚紀年》）記夏以來至周幽王滅於犬戎之大事，也是編年相次，以事接之的敘

---

86 戰國・左丘明：《左傳》（臺北：藝文印書館「十三經注疏」），卷 1，頁 6-7。

87 戰國・左丘明：《左傳》（臺北：藝文印書館「十三經注疏」），卷 26，頁 438-439。

事體例：

帝禹夏后氏

元年壬子　帝即位　居冀　頒夏時于邦國

二年　咎陶薨

五年　巡狩　會諸侯于塗山

八年春　會諸侯于會稽　殺防風氏　夏六月　雨金于夏邑

　　秋八月　帝登陟[88]于會稽

帝啟

元年癸亥　帝即位于夏邑　大饗諸侯于鈞臺　諸侯從帝歸于

　　冀都　大饗諸侯于璿臺

二年　費侯伯益出就國　王帥師伐有扈　大戰于甘

六年　伯益薨　祠之

八年　帝使孟涂如巴蒞訟

十年　帝巡狩　舞九韶于天穆之野

十一年　放王季子武觀于西河

十五年　武觀以西河叛　彭伯壽帥師征西河　武觀來歸

十六年　陟[89]

《竹書紀年》的紀年體例同於《春秋》，首紀年，次依春夏秋冬四時，次記月，再其次為干支記日，時間之下則記大事，一目了然。羅書華在《中國敘事之學——結構、歷史與比較的維度》指出，中

88 戰國・佚名著，南朝・宋・沈約注：「帝王之崩皆曰陟。」，頁1。

89 戰國・佚名著，南朝・宋・沈約注，清・洪頤煊校：《竹書紀年》，卷上，頁3-4。

國歷史自《春秋》、《左傳》到集大成的《資治通鑑》，不論是編年體，或是紀傳體的格局，都尊崇自然時序，在敘事上遵守著時間的框架和步調，他說：

> 編年體之受到時間靈魂的統率，自是不爭的事實。《春秋》紀事，以事繫日，以日繫月，以月繫時，以時繫年，年年相遞，起隱公元年，至於哀公，凡二百四十餘年。《左傳》以《春秋》為胚，自然也因襲了繫時的格局。即便是在史傳敘述得到極大發展後的《資治通鑑》，這部集大成的編年體，雖不免有些關於某人或某事的稍微集中的敘述，但總體上仍然遵守時間的框架和步調。年月數序，日以干支，時書春、夏、秋、冬，戰國周威烈王二十三年以至於五代周世宗顯德六年，1362 年史事，遂告逐年而出。紀傳體乍看是條塊分割，紀、傳、志、表、世家各自為政，將編年的時間線性，曲折成了體系的平面性，其實不然。時間仍是統率各事件的靈魂。首先，在本紀、世家、列傳、書、表五體各自的內部，它們仍然保持著由前而後的時序性。比如《史記》中的本紀，雖然各紀的排列順序不盡相同，《五帝本紀》、《夏本紀》和《殷本紀》，僅有世次，沒有編年，《周本紀》、《秦本紀》雖有編年體，但並非逐年相接，但案時序先後敘述的本質並沒有不同。張守節說：「紀者，理也，統理眾事，繫之年月，名之曰紀。」（《史記正義．五帝本紀》）之所以會有時間缺失，乃在於年代久遠，材料散佚，難以確考。史傳作者沒有按照體例的規整性擅自添補，正反映了對自然

時序的尊崇。[90]

羅書華檢視中國傳統史書的寫作體例，發現除了編年體的史冊是以自然時序為度外，看似平面式條塊的紀傳體，其實在本紀、世家、列傳、書、表五體各自的內部，也仍然維持著由前而後的時序性，顯示史官對自然時序的尊崇。

中國敘事傳統對於時間的重視，除了服膺於宇宙運行的自然規律外，與《春秋》的國史大事記體例源委一脈，依照年月四季之時序逐條登載，查索明白，符合政治檔案建立之目標需求。即「故史之所記，必表年以首事，年有四時，故錯舉以為所記之名也。」[91]這個敘事框架也沿用到私人的傳記，包括年表、墓志，並奉行不悖，最早的墓志實物，據趙萬里所收為東漢延平元年（公元 106 年）〈賈武仲妻馬姜墓志〉，馬姜是東漢伏波將軍馬援（公元前 14 年-公元 49 年）之女，墓志內容長達一百九十餘字，[92]除了銘辭之外，記載有墓主人的姓名、籍貫、年齡、身分外，且包括了墓主人的生平事蹟，生平事跡的敘事順序乃是遵照自然時間的線性流向逐年摘記。自東漢之後，歷代的墓志或是大事年表均按照自然時序羅列述要，如宋・王宗稷（生卒年不詳）所撰〈東坡先生年譜〉，依蘇軾（公元 1037-1101 年）的一生大事逐次追記之，略引如下：

---

90 羅書華：《中國敘事之學——結構、歷史與比較的維度》（北京：中國社會科學出版社，2008），頁 153。

91 戰國・左丘明：《左傳》（臺北：藝文印書館「十三經注疏」），卷 1，頁 7。

92 毛遠明：《漢魏六朝碑刻校注》（北京：線裝書局，2009），頁 76-77。

「仁宗皇帝景祐三年丙子（先生生於是年十二月十九日乙卯時。）」

「慶曆三年癸未（是年先生八歲，入小學。）」

「至和元年甲午（先生年十九，始娶眉州青神王方女。）」

「嘉祐元年丙寅（先生年二十一，舉進士。）」

「英宗皇帝治平二年乙巳（先生年三十，自鳳翔罷任。……直史館。是年通義郡君王氏卒於京師。）」

「治平四年丁未（先生年三十二，居服制中，以八月壬辰葬老蘇於眉州。）」

「九年丙辰（先生年四十二，在密州任，就差知河中府。……是年中秋，歡飲達旦，作〈水調歌頭〉。）」

「神宗皇帝熙寧五年壬子（先生年三十八，在杭州通判任。）」

「元豐二年己未（先生年四十四，在徐州任。……八月十八日，赴臺獄中。……十二月二十九日，責授黃州團練副使，本州安置。）」

「元豐五年壬戌（先生年四十七，在黃州寓居臨皋亭，就東坡築雪堂，自號東坡居士。……做〈寒食詩〉二首……〈定風波〉）」

「哲宗皇帝元祐二年丁卯（先生年五十二，為翰林學士。）」

「徽宗皇帝建中靖國元年辛巳（先生年六十六……七月丁亥卒於常州。）」[93]

---

93 宋・蘇軾：《蘇東坡集》（臺北：臺灣商務印書館，1968），第 2 冊，頁 13-40。

除了墓志、事略、傳記之外，後世的講史小說或小說評論多遵行自然時序不悖，如施耐庵（公元 1296-1372 年）《水滸傳》第一回〈王教頭私走延安府　九紋龍大鬧史家村〉：「高俅投托的柳大郎家，一住三年。」金聖嘆（公元 1608-1661 年）評曰：「一路以年計，以月計，以日計；皆史公章法。」[94]，羅貫中（公元 1320-1400 年）《三國演義》第四十回〈蔡夫人議獻荊州　諸葛亮火燒新野〉：「操自領諸將為第五隊。每對各引兵十萬。又令許褚為折衝將軍，引兵三千為先鋒。選定建安十三年秋七月丙午日出師。」，毛宗崗評曰：「並記其日，重其事也。」[95]這些例子呈現史官依時敘事對講史小說在寫作及評論上的統領，其他如《隋唐演義》、《五代史話》、《說岳全傳》亦然，即使是世情小說的《金瓶梅》也奉行依時敘事的原則。張竹坡在〈批評第一奇書《金瓶梅》讀法〉分析如下：

> 《史記》中有年表，《金瓶》中亦有時日也。開口云西門慶二十七歲，吳神仙相面則二十九，至臨死則三十三歲。……此書獨與他小說不同。看其三四年間，卻是一日一時推著數去，無論春秋冷熱，即某人生日，某人某日來請酒，某月某日請某人，某日是某節令，齊齊整整捱去。若再將三五年間甲子次序，排得一絲不亂，是真個與西門記帳簿，有如世之无目者所云者也。故特特錯亂其年譜，大約三五年間，其繁

---

94 明・施耐庵著，清・金聖嘆批：《第五才子書水滸傳》第一回〈王教頭私走延安府　九紋龍大鬧史家村〉，卷 6，頁 64。

95 明・羅貫中原著，清・毛宗崗評改：《三國演義》（上海：上海古籍出版社，1989），頁 513。

> 華如此。則內云某日某節，皆歷歷生動，不是死板一串鈴，可以排頭數去。而偏又能使看者五色眯目，真有如捱着一日日過去也。此為神妙之筆。嘻，技至此亦化矣哉！真千古至文，吾不敢以小說目之也。[96]

時間是涵納萬有的巨流，萬有在其中暫留，在其中漂移，而後遠逝，歷史就是以敘事保存某一段時間中的某些人物與事件，時間是歷史敘事的經絡，中國史官觀察天象，記錄時序，尊重宇宙運行之規律，因此，不論是歷史紀事，或是小說傳奇，基本的書寫法則都以自然時序為圭臬。

（四）政治評議與人倫品鑑

政治評議與人倫品鑑是史家對歷史現象觀察與記錄之後的心得總結。在中國歷史譜系，史官原屬官方公職人員，其職業立場、政治視野、吉凶判斷與學術知識素養，在在驅使他完成政治評議的使命，這既是客觀的職業責任需求，也是捨我其誰的主觀志願。在中國史學著作中，原屬魯國史籍的《春秋》被尊為歷史先河，漢・司馬遷在《史記・太史公自序》推崇《春秋》的史筆在「上明三王之道，下辨人事之紀，別嫌疑，明是非，定猶豫，善善惡惡，賢賢賤不肖，存亡國，繼絕世，補敝起廢，王道之大者也！」[97]，他語重心長地從政治得失與人倫責任來談《春秋》的微言大義，認為「弒

---

96 明・蘭陵笑笑生著，清・張道深（竹坡）批評，王汝梅、李昭恂、于鳳樹校點：《金瓶梅》，頁 36-37。

97 漢・司馬遷著，南朝・宋・裴駰集解，唐・司馬貞索隱，唐・張守節正義：《史記三家注》，頁 1352。

君三十六，亡國五十二」這些亡國毀家，身敗名裂的歷史教訓，是在警告世人切勿犯下「君不君，臣不臣，父不父，子不子。」的人倫過錯，否則社稷不保，遇賊不知，遭變不能對應，臨危無以見機行事，終將引來滅亡之禍，死罪之名。他說：

> 《春秋》文成數萬，其指數千，萬物之散聚皆在《春秋》。《春秋》之中，弒君三十六，亡國五十二，諸侯奔走，不得保其社稷者，不可勝數。察其所以，皆失其本已。故《易》曰「失之毫釐，差以千里」。故曰「臣弒君，子弒父，非一旦一夕之故也，其漸久矣。」。故有國者不可以不知《春秋》，前有讒而弗見，後有賊而不知。為人臣者不可以不知《春秋》，守經事而不知其宜，遭變事而不知其權。為人君父而不通於《春秋》之義者，必蒙首惡之名。為人臣子而不通於《春秋》之義者，必陷簒弒之誅，死罪之名。[98]

唯自皇權掌控修史大事之後，史家固然有紀邦國成敗，明逆順之數，撥亂反正，垂法後世的歷史用心，但歷朝的官修「國史」，為確立其統治者之威望與政治利益，無不嚴格監控其敘事立場與政治言論，能質實作「別嫌疑，明是非，定猶豫，善善惡惡，賢賢賤不肖」的史家已不易見。清．趙翼在《廿二史劄記》的〈三國志書法〉有言，政治立場將會左右史家的敘事立場，並具體落實於歷史的「書法」，也就是史家的編輯與措辭方式；譬如漢、魏、晉，這

98 漢．司馬遷著，南朝．宋．裴駰集解，唐．司馬貞索隱，唐．張守節正義：《史記三家注》，頁 1352。

三個朝代之間的權力革易方式，是篡奪？或是和平轉讓？都可從其編輯體例、敘述方式、措辭用語，看出其預設的政治立場。趙翼說：

> 自左氏、司馬遷以來，作史者皆自成一家言，非如後世官修之書也。陳壽《三國志》亦係私史。據晉書本傳，壽歿後，尚書郎范頵等表言壽作《三國志》，辭多勸戒，雖文艷不若相如，而質直過之。于是詔洛陽令，就其家寫書。可見壽修成後，始入于官也。然其體例，則已開後世國史記載之法。蓋壽修書在晉時，故于魏晉革易之處，不得不多所迴護，而魏之承漢，與晉之承魏一也，既欲為晉迴護，不得不先為魏迴護。如魏紀書天子以公領冀州牧、為丞相、為魏公、為魏王之類，一似皆出于漢帝之酬庸讓德，而非曹氏之攘之者。此例一定，則齊王芳之進司馬懿為丞相；高貴鄉公之加司馬師黃鉞，加司馬昭袞冕、赤舄、八命、九錫、封晉公、位相國；陳留王之封昭為晉王、冕十二旒、建天子旌旗，以及禪位于司馬炎等事，自可一例敘述，不煩另改書法。此陳壽創例之本意也。其他體例，亦有顯為分別者。曹魏則立本紀，蜀吳二主，則但立傳，以魏為正統，二國皆僭竊也。[99]

史官的歷史敘事以興滅繼絕，振弊起廢為志，故有臧否得失，評論忠奸，辨別賢愚的議論，但在皇權壟斷國史的敘事版本之後，未被收編的文士遂將「政治評議」的職志移轉為「世道評議」，因

99 清・趙翼：《廿二史箚記》，頁 118-119。

此，在通俗演義或其他題材的小說中，文人雖未必皆敘歷史風雲故事，但諷世、警世、喻世、醒世的用心，一樣寸管寸心，這自然是史官議政職能的歷史淵源；如明・羅貫中原著，清・褚人穫改撰的《隋唐演義》第二十一回〈借酒肆初結金蘭　通姓名自顯豪傑〉，開頭就拋出了一首七言律詩來悲憫苛政下的窮苦蒼生，開頭詩結束之後，敘事者仍繼續陳述小民在貪官污吏與繁重稅捐剝削下的苦痛生活，衣食短缺，四方怨嗟：

> 詩曰：
>
> 荷鋤老翁泣如雨，惆悵年來事塲圃；
> 縣官租賦苦日增，增者不除蠲復取；
> 羨餘火耗媚令長，加派飛灑朘閭里；
> 典衣何惜婦無褌，啼饑寧復顧兒孫；
> 三征早已空懸罄，鞭笞更嗟無完臀；
> 溝渠展轉淚不乾，遷徙尤思行路難；
> 阿誰為把窮民繪，試起當年人主觀。
>
> 小民食王之土，秋糧夏稅，理之當然。亦不為苦。所苦無藝之征，因事加派。譬如一府，加派三千兩助工，照正額所增有限，因那班貪官污吏，乘機射利，便要加出等頭火耗，連起解路費、上納鋪墊，都要出在小民。所以小民弄得貧者愈貧、富者消乏，以致四方嗟怨，各起盜心。[100]

---

[100] 明・羅貫中原著，清・褚人穫改撰：《隋唐演義》（臺北：世界書局，1968），頁151。

當時隋煬帝打算在洛陽興造一座專供逍遙遊樂的顯仁宮，為了籌措這件大工程，附近大州必須各措置協濟銀三千兩，這無疑是令富者吃不消，貧者更窮途潦倒的苛徵，說書的文人遂熱腸熱肚地將「君不君，則臣不臣」的政治現象反映出來，以盡到諷喻的功能。政治評議之外，人倫品鑑也是史官文化影響下的敘事焦點。唐・劉知幾《史通》強調史家在編修史書時要能區分善惡，明鑑忠奸，辨別蘭艾，這是作為史官責無旁貸的天職，卷 7〈品藻〉：

> 子曰：「以貌取人，失之子羽；以言取人，失之宰我。」光武則受誤於龐萌，曹公則見欺於張邈。事列在方書。惟善與惡，昭然可見。不假許、郭之深鑒，裴、王之妙察，而作者存諸簡牘，不能使善惡區分，故曰：「誰之過歟？」「史官之責也。」夫能申藻鏡，別流品，使小人君子臭味得朋，上智中庸，等差有敘，責懲惡勸善，永肅將來，激濁揚清，鬱為不朽者矣。[101]

後世的小說評點也著意於此，以毛綸、毛宗崗父子評點的《三國演義》第一回〈宴桃園豪傑三結義　斬黃巾英雄首立功〉的回評為例，主要是在品評劉備和曹操兩人的「忠奸」，內容如下：

> 百忙中忽入劉、曹二小傳：一則自幼便大，一則自幼便奸；一則中山靖王之後，一則中常侍之養孫，低昂已判矣。後人

101 唐・劉知幾著，清・浦起龍釋：《史通通釋》〈內篇〉（臺北：臺灣商務印書館，1968），卷 7，第二冊，頁 26-27。

> 猶有以魏為正統，而書「蜀兵入寇」者，何哉？
> 許劭曰：「治世能臣，亂世奸雄」，此時豈治世耶？劭意在後一語，操喜亦喜在後一語。喜得惡，喜得險，喜得直，喜得無禮，喜得不平常，喜得不懷好意——只此一喜，便是奸雄本色。[102]

人倫品鑑並不限於政治人物，江湖小說、世情小說中的人物臧否也值得留意，明・張竹坡在〈批評第一奇書《金瓶梅》讀法〉說：

> 西門是渾帳惡人，吳月娘是奸險好人，玉樓是乖人，金蓮不是人，瓶兒是痴人，春梅是狂人，敬濟是浮浪小人，嬌兒是死人，雪娥是蠢人，宋蕙蓮是不識高低的人，如意兒是頂缺之人。若王六兒與林太太等，直與李桂姐一流。總是不得叫做人。而伯爵、希大輩，皆是沒良心的人。兼之蔡太師、蔡狀元、宋御史，皆是枉為人也。[103]

清・金聖嘆在《水滸傳》第四十四回〈楊雄醉罵潘巧雲　石秀智殺裴如海〉對於與和尚通姦的潘巧雲在向丈夫辯解時，[104]多次以「聲口如活，看他說出自家貞潔」、「貞潔」、「何等貞潔」、

---

102 明・羅貫中原著，清・毛宗崗評改：《三國演義》，頁2。

103 明・蘭陵笑笑生著，清・張道深（竹坡）批評，王汝梅、李昭恂、于鳳樹校點：《金瓶梅》，頁35。

104 明・施耐庵編，清・金聖嘆批：《第五才子書水滸傳》第四十四回〈楊雄醉罵潘巧雲　石秀智殺裴如海〉（濟南：齊魯書社，1991），頁859-860。

「何等恩愛」來揶揄她，而對於揭發潘巧雲姦情的石秀則連續以兩次「石秀可畏，我惡其人。」來議論他；[105]歷史、小說寫的都是「人」，人面、人心、人言、人性、人事，萬流歸宗，自然也與人物品評不可須臾或離。

三、史傳與小說體的衍派

（一）必有其事的歷史重述

史官的職能原在書寫文字以記錄資料或事件，以備事過境遷之後猶有書面記錄資料可以查考，所以，史官在執行文字記錄時，其基本的書寫原則就是據實、正確，使未能親臨親知該事件的人們，日後可以憑藉書面文獻得悉其概況，這就是史官稟筆記事的職能與史料的價值所在。以宋・孟元老（公元 1103？-1147？年）的《東京夢華錄》為例，[106]是書記載的是北宋時期首都開封府的都市生活風貌，依唐代劉知幾《史通・雜述》的分類，《東京夢華錄》屬於雜史體，而在內容上，《東京夢華錄》涵納了「偏記」（記一段時期）、「地里書」（記風土習俗）、「都邑簿」（記宮殿建築）等三個分支，但不論是哪一個分支，都必須「圓備」、「實錄」，才可以把當代的禮儀制度，風土習俗，宮殿建築等文物資料「永播來葉」[107]。

---

105 明・施耐庵編，清・金聖嘆批：《第五才子書水滸傳》第四十四回〈楊雄醉罵潘巧雲　石秀智殺裴如海〉，頁 861。

106 宋・孟元老著，伊永文箋注：《東京夢華錄》（北京：中華書局，2007），頁 963。

107 唐・劉知幾：《史通・雜述》：「大抵偏紀、小錄之書，皆記即日當時之事，求諸國史，最為實錄。然皆言多鄙朴，事罕圓備，終不能成其不刊，孟元老的寫作背景是在北宋滅亡之後，昔日汴京物阜民豐的繁華歲月也走入歷史，宮城宅第的雍容規模，皇家儀衛的華貴排場，大婚大赦等的活動儀式，百工行業林立的巷陌店肆，生意鼎沸，熱鬧滾滾的勾欄夜市，美味的瓜果餅乾零食之販賣，民間各種風俗節令的活動過程，多少令人流連的汴京生活，即使再如何繁華，也都隨著戰火煙滅殆盡。孟元老緬懷故都，遂以文字把汴京的所見所聞錄下，封存，以資流傳，使未能親眼目睹北宋京城盛況的人們，也能透過《東京夢華錄》的追記，想見那繁榮熱鬧，市聲鼎沸的都城風貌；而這個敘事意圖要獲得實現，就必須仰賴敘事者握有圓備的資料，並如實地記載，雜史體的寫作體要在此。此書有南宋趙師俠（生卒年不詳）的跋：

> 祖宗仁厚之德，涵養生靈，幾二百年，至宣政間，太平極矣。禮樂刑政，史冊具在，不有傳記小說，則一時風俗之華，人物之盛，詎可得而傳焉。宋敏求《京城記》，載坊門公府，宮寺第宅為甚詳。而不及巷陌店肆，節物時好。幽蘭居士記錄舊所經歷為《夢華錄》，其間事關宮禁典禮，得之

永播來葉，徒為後生作者削藁之資焉。」、「地里書者，若朱贛所採，浹於九州；闞駰所書，殫於四國。斯則言皆雅正，事無偏黨者矣。其有異於此者，則人自以為樂土，家自以為名都，競美所居，談過其實。又城池舊跡，山水得名，皆傳諸委巷，用為故實，鄙哉！都邑簿者，如宮闕、陵廟、街廛、郭邑，辨其規模，明其制度，斯則可矣。及愚者為之，則煩而且濫，博而無限。論榱棟則尺寸皆書，記草木則根株必數，務求詳審，持此為能。遂使學者觀之，瞀亂而難紀也。」唐·劉知幾著，清·浦起龍釋：《史通通釋》（臺北：臺灣商務印書館，1968），卷 10，第二冊，頁 82、83。

> 傳聞者，不無謬誤；若市井遊觀，歲時物貨，民風俗尚，則見聞習熟，皆得其真。余頃侍先大父，與諸耆舊親承謦欬，校之此錄，多有合處。今甲子一周，故老淪沒，舊聞日遠，後余生者，尤不得而知，則西北寓客絕談矣。因鋟木以廣之，使觀者追念故都之樂，當共起風景不殊之嘆。淳熙丁未歲十月朔旦，浚儀趙師俠介之書於坦菴。[108]

趙師俠是趙宋宗室成員，他曾就《東京夢華錄》所載的「市井遊觀，歲時物貨，民風俗尚」等內容向父親以及耆老長輩徵詢其正誤，發現除了孟元老本人所無法參與的宮禁典禮之載錄有謬誤外，其餘「皆得其真」，這個「真」，就是親見親聞的「真實」與「據實」及「紀實」；「據實」是資料內容上的真實，「紀實」是記敘方式上的務實。因為「據實以告」，「如實記載」，所以「使觀者追念故都之樂。」這就是必有其事的歷史之如實地重述。

（二）添絲補錦的歷史演述

從創作意圖來看，「如實記載」，應該是史家的基本信念，但實際執行時，可能有技術上的「作假」。這是因為歷史在「事過境遷」之後，被保存（指遺跡或遺物）或被流傳（口述或筆錄或記載）下來的並非是事件的原始面貌，這些事料既非全方位的人物空間網絡，也非連續不斷的時間流，而是敘事者從後設的立場所截取的某個時間區域之斷面，或者是取自於當局者點狀式的情境回想或片面印象。南朝・沈約在《宋書》即有此體認，他說：「且事屬當時，多

---

108 宋・孟元老著；伊永文箋注：《東京夢華錄》，頁963。

非實錄，又立傳之方，取捨乖衷，進由時旨，退傍世情，垂之方來，難以取信。」[109]至於敘事立場也是「人言言殊」的不一致角度，因此，作為一個稱職的敘事者，必須在這些僅以蛛絲馬跡呈現的不連續事件資料予以邏輯串聯，潤色補充，給人物設計一些對話，描摹一些容貌舉止特徵，為彼此的交往過節做一些說明性的鋪陳，使人物和事情在敘事時可以進行得更為順利，更引人入勝。錢鍾書（公元 1910-1998 年）在《管錐篇》討論《左傳》之記言時指出：「史家追敘真人實事，每須遙體人情，懸想事勢，設身局中，潛心腔內，忖之度之，以揣以摩，庶幾入情合理。蓋與小說、院本之臆造人物、虛構境地，不盡同而可相通；記言特其一端。」。[110]他從史家撰述的立場著眼，認為歷史縱然是在追敘真人實事，與臆造的小說有別，但是史家為了讓史事能入情合理，在書寫成文時，需要對時勢揣摩懸想，設身體察，進而潛心構思，撰寫出可能的對話與細節，這就是一種「臆造」、「虛構」，雖然與小說的書寫動機有別，但其敘事手法與審美效果並無二致。

---

109 南朝・宋・沈約：《宋書》〈自序〉（臺北：鼎文書局，1975），卷 60，頁 2467。

110 錢鍾書在《管錐篇》認為《左傳》的記言表現非常生動，但當時並無錄音設備，只有彼我兩造在密室裡會談，左氏如何能隔牆有耳地「記言」，他認為這已是「代言」，他說：「吾國史籍工於記言者，莫先乎《左傳》，公言私語，蓋無不有。雖云左史記言，右史記事，大事書策，小事書簡，亦祇謂君廷公府爾。初未聞私家置左右史，燕居退食，有珥筆者鬼瞰狐聽於傍也。上古既無錄音之具，又乏速記之方，駟不及舌，而何其口角親切，如聆謦欬歟？或為密勿之談，或乃心口相語，屬垣燭隱，何所據依？……蓋非記言也，乃代言也，如後世小書，劇本中之對話獨白也。左氏設身處地，依傍性格身分，假之喉舌，想當然耳。」（臺北：書林出版公司，1980），頁 166。

周振甫（公元 1911-2000 年）在注釋錢鍾書此條時列舉四家敘事者憶寫明朝史可法與左光斗於死牢訣別時的對話作為例證；當遍體鱗傷，面目毀爛的左光斗發覺史可法冒險潛入大牢探視他時，這一對高風亮節且又肝膽相照的師生在死獄裡的最後對話內容，只有他們兩人知道，在祭文中追敘此事的當事人史可法（公元 1602-1645 年）說：「師見而顰蹙曰；『爾胡為乎來哉！』」，《龍眠古文》一集左光斗之弟左光先（公元 1580-1659 年）在〈樞輔史公傳〉也只記左光斗說：「予已至此，汝何故來死！」，戴名世（公元 1653-1713 年）在《戴南山全集》卷 8《左忠毅公傳》記此事云：「光斗呼可法而字之曰：『道鄰，宜厚自愛！異日天下有事，吾望子為國柱。自吾被禍，門生故吏，逆黨日羅而捕之。今子出身犯難，殉硜硜之小節，而攖奸人之鋒。我死，子必隨之，是再戮我也！』」，然而此事在方苞（公元 1668-1749 年）《望溪文集》卷 9〈左忠毅公軼事〉卻有更動人的記敘：「史前跪，抱公膝而嗚咽。公辨其聲，而目不可開，乃奮臂，以指撥眥，目光如炬。怒曰：『庸奴！此何地也，而汝來前！國家之事，糜爛至此。老夫已矣，汝復輕身而昧大義，天下事誰可支拄者！不速去，無俟奸人構陷，吾今即撲殺汝！』因摸地上刑械，作投擊勢。史噤，不敢發聲，趨而出。」。[111]

若從實際參與這場最後訣別的人物進行虛實評論，自然是當事人史可法的回憶最為確實，然而，就敘事效果來論，左光斗的這一句『爾胡為乎來哉！』，則顯得銳志消磨，心灰意冷，無法將左光斗之磊落氣節與對學生之愛護期勉充分表現出來。另一方面，史可

---

111 清・方苞：《望溪文集》（臺北：臺灣中華書局「四部備要」），卷 9，頁 1。周振甫、龔勤編著：《談藝錄》〈導讀〉（上海：上海教育出版社，1992），頁 438。

法在祭文上的憶往，也可能是以追思感懷為主，且不忍細摹恩師音容之故而予以略寫之。至若方苞之〈左忠毅公軼事〉則志在呈現斯人斯事之風操高行為主，因此，方苞縱然不在死牢訣別現場之中，但他可以「遙體人情，懸想事勢，設身局中，潛心腔內，忖之度之，以揣以摩，庶幾入情合理」，如此，方苞所擬寫的左光斗話語或與實情有所出入，但方苞本意不在作假，而是為了賦予人物精神所作的「設想」與「設色」。「設想」與「設色」就是歷史性的虛化，小說文學性的強化。由此可知，史書加入文學性之描寫後，雖無關朝政大事，但有益於敘事寫人之趣味性與形象刻畫之審美性，所以奕奕有生氣。

除文學性的潤色之外，也有歷史性的補添增料；清・趙翼在《廿二史劄記》舉裴松之《三國志注》為例，說明歷史文獻時有省略脫漏之處，成功而稱職的敘事者應效法裴松之（公元 372-451 年）的《三國志注》，除能增廣異聞，搜集補缺，添加資料之外，也需「出己意辨正」，他說：

> 宋文帝命裴松之采三國異同，以註陳壽《三國志》。松之鳩集傳紀，增廣異聞。書成奏進，帝覽而善之，曰：「此可謂不朽矣。」其表云：「壽書銓敘可觀，然失在于略，時有所脫漏。臣奉旨尋詳，務在周悉，其壽所不載而事宜存錄者，罔不畢取。或同說一事而辭有乖雜，或出事本異，疑不能判者，竝皆鈔內，以備異聞。」此松之作註大旨，在于搜輯之博，以補壽之闕也。其有訛謬乖違者，則出己意辨正，以附于註內。[112]

[112] 清・趙翼：《廿二史劄記》（臺北：華世出版社，1975），頁 131。

諸如此類的「增廣異聞」，敘事者是為了「周悉」而添絲補錦，而其出於己意之處，也不應以虛構杜撰視之，敘事者本諸秉筆的敘事責任與書寫特權，並沒有「欺騙世人」的居心，所以，這樣的敘事作品仍應視之為「紀實類」作品。至若史家銜命為統治者散播特定人物的感染力（或褒或貶），達成宣威或使人黜斥（或使人仇恨）的用心，則是有意虛構不實之事以混淆視聽的敘事心機，其紀實價值自當有所減損。

（三）未必盡真的虛實雜揉

稗官野史與歷史演義的敘事素材，在歷史上必有其人，也必有其事，但故事所述的其人其事未必盡真，而有虛實雜揉的成分，這是民間文學開放性文本的創作走向，也是民間文學耐人尋味的敘事加工。明・無礙居士在《警世通言》〈敘〉從受眾的分佈與閱讀效應檢視野史的「真贗」是否影響其敘事價值，他說：

> 野史盡真乎？曰：不必也。盡贗乎？曰：不必也。……經書著其理，史傳述其事，其揆一也；理著而世不皆切磋之彥，事述而世不皆博雅之儒；于是乎村夫稚子，里婦估兒，以甲是乙非為喜怒，以前因後果為勸懲，以道聽途說為學問，而通俗演義一種，遂足以佐經書史傳之窮。……嗚呼，大人子虛，曲終奏雅，顧其旨何如耳！人不必有其事，事不必麗其人，其真者，可以補金匱石室之遺，而贗者亦必有一番激揚勸誘悲歌感慨之意。事真而理不贗，即事贗而理亦真。[113]

113 明・馮夢龍：《警世通言》〈敘〉（臺北：鼎文書局，1977）。

如：《三國演義》、《隋唐演義》、《說岳全傳》、《英烈傳》等有關曹操、董卓、呂布、桃園三結義、夏侯惇，程咬金，岳飛、秦檜、朱元璋、陳友諒……等風雲人物的不凡事蹟，在流傳時被穿鑿附會。這些在歷史臺面上角逐權力的各路人馬，其個人生平遭遇、性格作為，不但具有強烈的故事性，且攸關無數生靈的休戚禍福，故能引發人們探問究竟的歷史興趣，敘事者為擴充演述的範圍，遂不避真贋，虛實雜揉，以提高敘事效果。宋・羅燁《醉翁談錄》在「小說開端」介紹說書的題材時指出，從人類開天闢地，組成王權規模之後，就開始有龍爭虎鬥，在滔滔千年歷史長河翻滾的人物、戰事、機謀、鬥爭、成敗，正是宋代小說的敘事素材，他說：

> 所業歷歷可書，其事班班可紀。乃見典墳道蘊，經籍旨深。試將便眼之流傳，略為從頭而敷演。得其興廢，謹按史書；誇此功名，總依故事。如有小說者，但隨意據事演說云云。……也說〈黃巢撥亂天下〉，也說〈趙正激惱京師〉。說征戰有〈劉項爭雄〉，論機謀有〈孫龐鬪智〉。「新話」說張、韓、劉、岳；「史書」講晉、宋、齊、梁。《三國志》諸葛亮有雄材；「收西夏」說狄青大略。[114]

羅燁已注意到從歷史典籍到歷史小說之間的虛實雜揉，他說「小說」是「隨意據事演說」，「據事」當然就是有憑有據的歷史檔案，而「隨意」地「演說」，就是說話人的創造，虛構就是創造，但小說的虛構卻必須根據歷史而來，所以有虛有實，《三國演義》

---

114 宋・羅燁：《醉翁談錄》，卷 1，頁 2-3、4-5。

的成功正在於此。何滿子說：

> 撇開兩晉以後記述三國故事的野史稗乘不論，從晚唐段成式、李商隱的筆記和詩句中所透露的市人說三國故事的時間算起，至明初羅貫中的《三國志通俗演義》成書，大約經過了五百多年；至清初毛綸、毛宗崗父子評改羅本而成為現今最流行的《三國志演義》，又經過了三百年左右。羅貫中根據陳壽的《三國志》和裴松之注引錄的大量三國至晉、宋的私史稗乘以及《博物志》、《搜神記》等志怪小說作材料，剪裁鎔鑄，基本關節上符合史傳的紀載，以至在某種程度上，確有謝肇淛所說的「事太實則近腐」之弊。它之所以有生命力，在明代能廣傳，並能作為毛宗崗父子作進一步修訂而獲得流行的藍本，不但在於它將頭緒紛繁的三國史事編排得條理井然而又委曲緊湊，更在於對重要人物和重大事件，特別是戰爭場面，作了許多饒有戲劇性的渲染，使之具有史傳所未有的生動性；而這些藝術虛構的部分，大都是從民間傳說和講史中得來的。[115]

清．章學誠在《丙辰劄記》亦認為「凡演義之書，如《列國志》、《東西漢》、《說唐》及《南北宋》多紀實事。」雖是小說，但也有七分事實，至於那三分的虛構，雖是穿鑿附會，但取材自稗史，也是有所根據，不宜逕斥之為無稽之談，他說：

---

115 明．羅貫中原著，清．毛宗崗評改；穆儔等標點：《三國演義》（上海：上海古籍出版社，1989）何滿子〈序〉，頁2-3。

《三國演義》固為小說，事實不免附會，然其取材則頗博贍，如武侯班師瀘水，以麪為人首，裹牛羊肉以祭厲鬼，正史所無，往往出於稗記，亦不可以小說無稽而斥之也。[116]

除了歷史演義七分實三分虛外，舉凡神魔小說、公案小說、世情小說、江湖小說也都有虛有實，真偽雜揉，雖然章學誠曾認為《金瓶梅》、《西遊記》是全屬虛構的小說，但其故事亦取自現實，自現實中幻化而成。如《西遊記》載述玄奘師徒一行人西天取經的事跡並非憑虛幻設，而是據實予以浪漫敷演，增飾幻設；其最初幻設的動機當出自宗教信仰心態，為了彰顯神蹟而予以誇大宣揚。明・謝肇淛（公元 1567-1624 年）從文藝創作與閱讀接受的觀點來看待「虛實」，他強調「虛實相半」才是小說、戲劇的創作要領，不必屑屑於真假有無，他說：

凡為小說及雜劇戲文，須是虛實相半，方為遊戲三昧之筆。亦要情景造極而止，不必問其有無也。古今小說家，如《西京雜記》、《飛燕外傳》、《天寶遺事》諸書，〈虯髯〉、〈紅線〉、〈隱孃〉、〈白猿〉諸傳，雜劇家如〈琵琶〉、〈西廂〉、〈荊釵〉、〈蒙正〉等詞，豈必真有是事哉？近來作小說，稍涉怪誕，人便笑其不經，而新出雜劇，若〈浣紗〉、〈青衫〉、〈義乳〉、〈孤兒〉等作，必事事考之正史，年月不合，姓字不同，不敢作也，如此則看史傳足矣，

116 清・章學誠：《章實齋札記四種》《丙辰劄記》（臺北：廣文書局，1971），頁 65。

何名為戲？[117]

清・金豐也抱持此論，在他為錢彩（公元？-1684？年）《說岳全傳》寫的序文中指出，「實者虛之，虛者實之」，才能突破平庸呆板之局，而又不致於瞎說妄談，故事才娓娓動聽：

> 從來創說者不宜盡出於虛，而亦不必盡由於實。苟事事皆虛，則過於誕妄，而無以服考古之心；事事皆實，則失於平庸，而無以動一時之聽。如宋徽宗朝有岳武穆之忠、秦檜之奸、兀朮之橫，其事固實而詳焉。……故以言乎實，則有忠、有奸、有橫之可考；以言乎虛，則有起、有復、有變之足觀。實者虛之，虛者實之，娓娓乎有令人聽之而忘倦矣。[118]

就敘事文學的創作歷程而言，從原料到粗胚，從粗胚到上釉、煅燒，都是故事得以成器的必經階段，而每一個階段，必有作者的敘述用心與敘事手段，所以廣義來說，任何類型的敘事必有「後製」的部分，既有後製，必然虛實雜揉。

總而言之，敘事類作品約可分成兩大類，一類是紀實取向，另一類是杜撰取向，不論何者取向的作品都必然存有或多或少的「虛構」內容，以前者而言，其虛構的動機在於縫合，在於增色；至於後者的虛構目的，就在於「創造故事」。不論是哪一種敘事取向，敘事者都必須進行素材的編輯，佈局，這是必要的整頓，一如其他

---

117 明・謝肇淛：《五雜組》（臺北：新興書局，1971），頁1288。

118 清・錢彩編次：《說岳全傳》《增訂精忠演義說本全傳》（上海：上海古籍出版社，2010），頁1、3、4。

藝術的創作工程，才能使材料轉化為藝術作品。

（四）從正史而雜史而小說

隨著歷史書寫的興盛發展，「史」類部門的作品漸漸派生多條支流，各派系作品的敘事動機、素材來源、體制形式，它們雖系出同源，卻都各有春秋，各具面貌。唐・劉知幾《史通》將《尚書》、《春秋》、《左傳》、《國語》、《史記》、《漢書》等六家「正史」以外的敘事作品概括為「雜史」，為這些為數眾多的雜史類作品區分為十家，一、「偏記」：只記錄某一段時期的歷史，如陸賈的《楚漢春秋》。二、「小錄」：偏重特定族群的人物事跡撰寫，如戴逵的《竹林名士》、王粲《漢末英雄》、蕭世誠《懷舊志》、盧子行《知己傳》。三、「逸事」：偏重搜集逸事以補遺，如和嶠《汲塚紀年》、葛洪《西京雜記》、顧協《瑣語》、謝綽《拾遺》。四、「瑣言」，偏重採擷街談巷議或是珠璣妙語，如劉義慶《世說》、裴榮期《語林》、孔思尚《語錄》、陽松玠《談藪》。以上兩類一在記事，一在記言。五、「郡書」：偏重撰寫鄉里之光的先賢事跡，如周稱《陳留耆舊》、周裴《汝南先賢》、陳壽《益都耆舊》、虞預《會稽典錄》。六、「家史」：載錄家族先人的事跡，使子孫不忘，流芳後世，如揚雄《家牒》、殷敬《世傳》、孫氏《譜記》、陸宗《系歷》。七、「別傳」：挑選特定善良人物的德行事跡——孝子、賢媛、忠臣、遺民，如劉向《列女》、梁鴻《逸民》、趙採《忠臣》、徐廣《孝子》。八、「雜記」：以靈怪鬼物的奇異見聞為主，如祖台《志怪》、干寶《搜神》、劉義慶《幽明》、劉敬叔《異苑》。九、「地里書」：專記各地山川物產，風土習俗，如若盛弘之《荊州記》、常璩《華陽國志》、辛氏《三秦》、羅含《湘中》。十、「都邑簿」：專記宮殿都城建築規模的制度，如潘岳《關中》、陸機《洛陽》、《三輔黃圖》、《建康宮殿》等。[119]

劉知幾以嚴格的史學敘事標準來評論這十家偏於一隅的敘事「侷限」，譬如「偏記體」與「小錄體」僅僅記載某一段時間的事件過程，而沒有完整圓備的始末，在文字上也未多修整，所以這些著作唯可以當作基礎檔案、參考事料，他說「大抵偏紀、小錄之書，皆記即日當時之事，求諸國史，最為實錄。然皆言多鄙朴，事罕圓備，終不能成其不刊，永播來葉，徒為後生作者削藁之資焉。」至於搜集軼聞軼事的「逸事體」，因為搜奇獵異，為求聳動聽聞，常捕風捉影，杜撰附會，違反了真實不虛的原則，他說：「逸事者，皆前史所遺，後人所記，求諸異說，為益實多；及妄者為之，則苟載傳聞，而無銓擇。由是真偽不別，是非相亂。如郭子橫之《洞冥》，王子年之《拾遺》，全構虛辭，用驚愚俗。此其為弊之甚者也。」至於作為話柄談資的「瑣言體」，難免會收入不是雅言，而是一些逞口舌之快的「壞話」，如損人的譏諷、無聊的鬥嘴、或是曖昧狹邪的雙關暗示，這都不是文雅之談。他說：「瑣言者，多載當時辨對，流俗嘲謔。俾夫樞機者藉為舌端，談話者將為口實；及蔽者為之，則有詆訐相戲，施諸祖宗，褻狎鄙言，出自牀第，莫不昇之紀錄，用為雅言，固以無益風規，有傷名教者矣。」素材取自一家、一鄉的「家史體」、「郡書體」，要避免溢美虛頌，否則格局小，自然難以傳播廣遠，他說：「郡書者，矜其鄉

119 唐・劉知幾著，明・郭孔延評釋：《史通》（上海：上海古籍出版社，1997），頁121-122。

賢，美其邦族；施於本國，頗得流行；置於他方，罕聞愛異。其有如常璩之詳審，劉昞之該博，而能傳諸不朽，見美來裔者，蓋無幾焉。家史者，事惟三族，言止一門，正可行於室家，難以播於邦國。且箕裘不墮，則其錄猶存；苟薪構已亡，則斯文亦喪者矣。」[120]有關「別傳體」的作品，劉知幾認為它們若只是從正史的人物傳記中摘選出來編輯的事料，那麼價值就不高，因為缺乏第一手的史料價值，如果能做田野調查，將默默無聞的人物事跡書寫成傳，那才是值得肯定的「別傳」，他說：「別傳者，不出胸臆，非由機杼，徒以博採前史，聚而成書。其有足以新言，加之別說者，蓋不過十一而已。如寡聞末學之流，則深所嘉尚；至於探幽索隱之士，則無所取材。」敘述靈怪鬼神的是「雜記體」，也就是後來的「志怪」或「神怪」、「神魔」，他認為還是要有福善禍淫的敘事旨趣才好，他說：「雜記者，若論神仙之道，則服食鍊氣，可以益壽延年；語魑魅之途，則福善禍淫，可以懲惡勸善，斯則可矣。及謬者為之，則苟談怪異，務述妖邪，求諸弘益，其義無取。」關於地理山川和宮殿建築的記述之書是「地里書」、「都邑簿」等兩種雜史體，他認為要詳審有據，才足以提供後世辨明其制度與規模，但要避免寫得龐雜無當，瑣屑煩濫，或是自美鄉土，談過其實，自限於鄙。他說：「地里書者，若朱贛所採，浹於九州；闞駰所書，殫於四國。斯則言皆雅正，事無偏黨者矣。其有異於此者，則人自以為樂土，家自以為名都，競美所居，談過其實。又城池舊跡，山水得名，皆傳諸委巷，用為故實，鄙哉！都邑簿者，如宮闕、陵廟、街廛、郭邑，辨其規模，明其制度，斯則可矣。及愚者為之，則煩而

---

[120] 唐・劉知幾著，明・郭孔延評釋：《史通》，頁 121-122。

且濫，博而無限故。論榱楝則尺寸皆書，記草木則根株必數，務求詳審，持此為論。遂使學者觀之，瞀亂而難紀也。」[121]

劉知幾認為，各家都有其所偏，偏者不全也，縱然可以因為其所偏重的特色得入雜史之流，但要避免真偽不別，不足為據；利齒攻訐，有損口德；吹噓溢美，自吹自擂；侈談怪異，務述妖邪；資料龐雜，難以卒讀等等的流弊。綜上所述，在唐代業已形成的十家雜史，各有發展的特色，記言，記事，記一時，記一地，記一家，記各色人物，各地風物，記鬼物，記怪物，記建築物等等，後代孳乳而出的敘事類作品，大概都可在此找到根源；譬如「雜記類」的孳乳，在《太平廣記》就有神僊、女仙、異僧、報應、徵應、定數、夢、鬼、妖怪、精怪、再生、龍、虎、狐等，「別傳類」的女性，就有女俠、妬婦、女巫、美女、醜女、妓女、妖女、女官、女專諸、女狀元……而各地的方誌也以「郡書」源流；即使附屬於「瑣言」項下的笑話書，自魏晉時期邯鄲淳《笑林》、陸雲《陸氏笑林》、侯白《啟顏錄》等「笑話」別樹一格之後，雖流俗嘲謔，相詆為戲，不登大雅之堂，但故事短小，博君一粲，至今猶立於不敗之地。[122]

---

121 唐・劉知幾著，明・郭孔延評釋：《史通》，頁 121-122。

122 略舉如明朝馮夢龍的「笑林」、「雅謔」、「笑府」、「廣笑府」和「古今譚概」；趙南星的「笑贊」；屠本畯的「艾子外語」和「憨子雜俎」；江盈科的「雪濤諧史」；陸灼的「艾子後語」；劉元卿的「應諧錄」；浮白齋主人的「雅謔」和「笑林」；醉月子的「精選雅笑」；郁履行的「謔浪」；鍾惺的「諧叢」；起北赤心子的「新語摭粹」；潘游龍的「禪笑錄」；以及其他笑話如：「諧藪」、「笑林」、「胡盧編」、「噴飯錄」、「解頤贅語」、「笑海千金」、「華筵趣樂」等等，又有清・陳皋謨的「笑倒」；石成金的「笑得好」；小石道人的「嘻笑錄」；游戲主人從「雜史」分派出去的各支族裔，自唐代起逐漸自立門戶為偏記、小錄、軼事、瑣言、郡書、家史、別傳、雜記、地理書、都邑簿，其後在文史學術與科舉考試的環境下新生了雜揉史傳與詩歌的唐傳奇，如《補江總白猿傳》、《南柯太守傳》、《鶯鶯傳》、《柳毅傳》、《東城老父傳》、《李娃傳》、《霍小玉傳》、《謝小娥傳》……唐傳奇是小說體例，但仍能追溯其與史部的血緣關係，從作品沿用「傳」來敘述傳主的生平事跡，即可看出唐傳奇與史學的傳承關係，石昌渝在《中國古代小說源流史》對此作了簡明的概括：

> 「小說」作為補充正史的一種獨立文體，創制已久，魏晉南北朝的志怪小說和志人小說，並不是文學意義的小說，它們只是文學意義的小說的胚胎形態，它們是屬於子部或史部的一類文體。自唐代起，它的一支變異為傳奇小說，揭開了作為文學的小說歷史的第一頁……就文化修養而言，他們（指唐傳奇作家）大多具有較高水準。他們並不是傳奇小說的專業作家，當時沒有這樣的專業作家，他們除了寫傳奇小說外，很多人也寫詩，寫散文，有的還寫史，因此，唐代的詩歌和散文，在藝術的較深層次上影響著傳奇小說。史傳本屬於歷史學範疇，但古代文史不分家，唐代的史傳文學有很大的發展，雜史、雜傳和野史筆記湧現出許多優秀的作品，而傳奇

的「笑林廣記」。引自婁子匡、朱介凡著：《五十年來的中國俗文學》（臺北：未著出版社，1963），頁100-101。

小說的作者很多是自覺的用史筆寫小說。[123]

從正史而雜史，唐代的傳記敘事體已增生演化，由唐代再到宋代，歷經雜史、傳奇、俗講的敘事實踐，文體通變的奇異點再臨，突破之後，小說的繁榮變化，從此蔚為大觀。文化產業市場形成後，專業說書人街頭賣藝，其所提供的故事節目就越來越豐富。宋・羅燁在《醉翁談錄》〈舌耕敘引〉[124]列出宋朝時期的小說名目就有「收拾」、「話頭」、「重門」、「閨閣」、「草木山川」、「州軍縣鎮」、「歷代」、「歲月」、「靈怪」、「煙粉」、「傳奇」、「公案」、「朴刀」、「捍棒」[125]、「神仙」、「妖術」、「征戰」、「機謀」、「新話」、「史書」等二十類，節目共計百餘部。如「靈怪類小說」就有〈楊元子〉、〈汀州記〉、〈崔智韜〉、〈李達道〉、〈紅蜘蛛〉、〈鐵甕兒〉、〈水月仙〉、〈大槐王〉、〈妮子記〉、〈鐵車記〉、〈葫蘆兒〉、〈人虎傳〉、〈太平錢〉、〈巴蕉扇〉、〈八怪國〉、〈無鬼論〉等十六部上市。「煙粉類小說」有〈推車鬼〉、〈灰骨匣〉、〈呼猿洞〉、〈鬧寶錄〉、〈燕子樓〉、〈賀小師〉、〈楊舜俞〉、〈青腳狼〉、〈錯還魂〉、〈側金盞〉、〈刁六十〉、〈鬪車兵〉、〈錢塘佳夢〉、〈錦莊春遊〉、〈柳參軍〉、〈牛渚亭〉等十六部。「傳奇類小說」包括〈鶯鶯傳〉、〈愛愛詞〉、

---

123 石昌渝：《中國古代小說源流史》（北京：三聯書店，1994），頁 10、152。

124 宋・羅燁：《醉翁談錄》，卷 1，頁 3-4。

125 捍棒即棍棒。宋・趙彥衛：《雲麓漫鈔》卷 12：「熙寧五年八月，別立定人數為額，令教習弩、鎗、刀、摽、牌、捍棒。」

〈張康題壁〉、〈錢榆罵海〉、〈鴛鴦燈〉、〈夜遊湖〉、〈紫香囊〉、〈徐都尉〉、〈惠娘魄偶〉、〈王魁負心〉、〈桃葉渡〉、〈牡丹記〉、〈花萼樓〉、〈章臺柳〉、〈卓文君〉、〈李亞仙〉、〈崔護覓水〉、〈唐輔採蓮〉等十八部。「公案類小說」有〈石頭孫立〉、〈姜女尋夫〉、〈夏小十〉、〈驢垛兒〉、〈大燒燈〉、〈商氏兒〉、〈三現身〉、〈火杴籠〉、〈八角井〉、〈藥巴子〉、〈獨行虎〉、〈鐵秤槌〉、〈河沙院〉、〈戴嗣宗〉、〈大朝國寺〉、〈聖手二郎〉等十六部。「朴刀類小說」包括〈大虎頭〉、〈李從吉〉、〈楊令公〉、〈十條龍〉、〈青面獸〉、〈季鐵鈴〉、〈陶鐵僧〉、〈賴五郎〉、〈聖人虎〉、〈王沙馬海〉、〈燕四馬八〉等十一部。「捍棒類小說」有〈花和尚〉、〈武行者〉、〈飛龍記〉、〈梅大郎〉、〈鬪刀樓〉、〈攔路虎〉、〈高拔釘〉、〈徐京落草〉、〈五郎為僧〉、〈王溫上邊〉、〈狄昭認父〉等十一部。至於「神仙類小說」有〈搜神記〉、〈月井文〉、〈金光洞〉、〈竹葉舟〉、〈黃粱夢〉、〈粉合兒〉、〈馬諫議〉、〈許岩〉、〈四仙鬪聖〉、〈謝溏落海〉等十部。「妖術類小說」有〈西山聶隱娘〉、〈村鄰親〉、〈嚴師道〉、〈千聖姑〉、〈皮篋袋〉、〈驪山老母〉、〈貝州王則〉、〈紅線盜印〉、〈醜女報恩〉等九部。其他還包括各類歷史故事如〈黃巢撥亂天下〉，〈趙正激惱京師〉，談征戰的〈劉項爭雄〉，論機謀的〈孫龐鬪智〉，「新話」是講有宋當代的時事，諸如抗金名將張俊、韓世忠、岳飛、劉錡，與長征西夏的狄青之忠勇事蹟，而「史書」是講三國、晉、宋、齊、梁等歷代史事。

宋代的說書文化產業締造了輝煌的成就，五花八門的題材，爭奇鬥妍的技巧，生氣蓬勃的市場，興致高昂的聽眾，造就了宋元明清之後的小說成就。吳士余在《中國古典小說的文學敘事》有言，宋元以後到明朝之間的話本小說掙脫了歷史敘述的框架，在藝術虛構與說話技巧上果敢邁步，他說：

> 宋元以後，話本小說大量湧現，讀者的鑑賞需要不再滿足於鋪述歷史事件，追蹤個別史實。他們需要了解悲歡離合的人生命運和社會的人情世俗，以此來滿足其審美趣味。這迫使小說家去突破真人真事的侷限，從廣度和深度上概括生活和歷史，從生動入微的生活細節中虛擬出栩栩如生的人物形象，藝術地傳達生活的實感。這樣，通過藝術虛構進行典型概括的形象思維便成了古代小說文學敘事走向成熟期的重要標誌。在「說話」基礎上發展起來的明代小說，就顯示了古代小說家較高的藝術想像和虛構的能力。[126]

總之，自唐宋以來，不論是雜史，傳奇、說話，或是小說家，各家各派開枝散葉，源遠流長，在繼承歷史與文藝新變之中演化出多種體例，開發出多樣的題材，創造出無數膾炙人口的作品。即使當代科技發達，衍生出太空歷險、機器人、生化人、人工智能、虛擬實境遊戲……等前人未及設想的題材，他們也都可以被後生寫入浩浩湯湯的敘事巨流，前水復後水，古今相續流，新人非舊人，年年橋上遊。

---

126 吳士余：《中國古典小說的文學敘事》（上海：上海古籍出版社，2007），頁5。

四、民間說話及小說評點對敘事技法的推求

（一）俗講與說話對敘事技法的琢磨

說故事與聽故事向來是所有人類一致喜愛的活動，士庶皆然，透過聽講故事，得以滿足人類對歷史探問的求知天性，唯識字階層能夠經由閱讀文字而認識歷史，未必需要倚賴說話人的口語轉述，但對不識字的民眾而言，唯有通過聽講才能認識過去的人物事跡。自古以來，士人利用書面文字，庶民利用口頭語言，文言與白話分流而共濟，形成中國敘事文學的兩大範疇；書面文言所記載的歷史事跡提供無盡藏的故事素材，口頭語言所翻譯的歷史故事貢獻了舌粲蓮花的敘事技巧。唐宋兩代的散文運動、社會文學、佛寺宣教與居民的都市生活形態，為新興的民間說話熱潮推波助瀾。唐代盛行的民間說話以佛教寺院的俗講最為重要，見諸變文；[127]宋代盛行的說話是在瓦子、勾欄所進行的說書；這些以大眾為對象的說話藝術對中國敘事文學產生重大的影響。[128]其影響層面包括長篇小說

---

127 王重民、王慶菽、向達、周一良、啓功、曾毅公輯校：《敦煌變文集》向達〈引言〉《敦煌變文集》「唐代寺院中盛行俗講，各地方也『轉』變文。變文之流行究竟起於何時？先起於寺院？還是這一類講唱文學，民間由來已久？這一些問題，都因文獻不足，難以確定。」（北京：人民文學出版社，1984），頁 4-5。利用繪畫、文學等藝術形式表現深奧的佛教經典稱之為「經變」，其中以繪畫手法表現經典內容的「變相」，又稱為「經變畫」，用文字、講唱手法表現的叫「變文」。參《敦煌風華再現》（臺中：國立自然科學博物館，2017），頁 131。

128 宋常立：《瓦舍文化與通俗敘事文體的生成》：「唐代變文、宋元話本、元雜劇等最初的文本，並非是作家的書面創作，而是相關技藝的文本化。」（北京：人民出版社，2017），頁 302。

的興起，章回體的組織框架，敘事與代言的兩相合用，押座文與解座文的首尾配置，韻散相間的講唱表演方式，淺白通俗的白話語言。由於俗講的目的在「悅俗以邀布施」，而說書也要說得動聽才有票房利益，所以敘事者善察受眾的聽講興趣與娛樂目的，在敘事時注意敷衍細節，渲染情感，對敘事技巧琢磨有加。

唐代的俗講雖說是宗教宣教活動，但題材除了佛教故事外，還包括歷史故事，諸如：舜、伍子胥、孟姜女、韓憑、孔子、李陵、王陵、王昭君、秋胡……等人的各種傳奇事跡，多方拓展了敘事素材，這些故事備受民眾所喜愛，講述的高手名僧「其聲婉暢，感動里人」，向達在《敦煌變文集》〈引言〉指出：

> 唐代寺院中所盛行的說唱體作品，乃是俗講的話本。……這些話本如述說秋胡、和廬山慧遠的〈廬山遠公話〉等故事，用的是散文體，大概有說無唱。如《目連變文》、《八相變文》、《王陵變文》以及以季布為題材的歌、詞文、傳文之類，則散文與韻文相間，有說有唱，和後世的講唱文學如彈詞等極其相似。據日本僧人圓仁《入唐求法巡禮行記》的記載，九世紀上半期長安有名的俗講法師，左街為海岸、體虛、齊高、光影四人，右街為文漵及其他二人。其中文漵尤為著名，為京國第一人。這些人可以稱為俗講大師，他們所講的話本今俱不傳。現存的作品中有作者之名的只《頻婆娑羅王後宮綵女功德意供養塔生天因緣變文》末尾提到作者保宣的名字。唐代講唱變文一類話本的不限於寺院道觀，民間也很流行，並為當時人民所喜愛。趙璘《因話錄》和段安節《樂府雜錄》都提到俗講大師文漵的故事，說他「聽者填咽

> 寺舍」，說他「其聲宛暢，感動里人」。人民喜愛之情於此可見。[129]

唐代的俗講是大眾所喜愛的娛樂活動，或許被文人雅士嗤鄙為俗，但這一種新興的大眾文學，好聽易懂，故事性強，人情味濃，場面熱鬧又莊重，是中國說話產業活動的領路者。俗講為宋代以後的說書者在內容上開疆闢土，在敘述技巧上，出類拔萃的說話人也為後世樹立了榜樣，向達說：

> 據唐代對於文溆的記載，文溆的俗講，「釋徒茍知真理及文義稍精，亦甚嗤鄙之。」那就是說俗講太淺了，是以不登大雅之堂，不見賞於文人學士。可是也正因為這樣「甿庶易誘」，於是「愚夫冶婦，樂聞其說，聽者填咽寺舍，瞻禮崇奉，呼為和尚。教坊效其聲調以為歌曲。」成為人民大眾所喜聞樂道的一種新的文學。這對於宋以後的說話人、話本以及民間文學的逐漸形成，是起了一定的先驅作用。首先是俗講文學開闢了一個廣闊的園地，利用種種題材來向人民群眾講唱。僅就本書所收的變文一類作品而言，其取材已甚廣泛：有佛經，有民間傳說，也有歷史故事。其敷衍佛經故事，目的並不在於宣傳宗教，如講唱舍利弗降六師外道的〈降魔變〉，文殊向維摩詰居士問病的〈維摩變〉，場面極其熱鬧而又有趣味。宗教的意義幾乎全為人情味所遮蓋了。

---

[129] 王重民、王慶菽、向達、周一良、啓功、曾毅公輯校：《敦煌變文集》向達〈引言〉，頁2-4。

敷衍民間傳說和歷史故事的如秋胡小說，伍子胥、王陵、季布、昭君等，也都是一般人所喜歡聽的。宋代說話人之講經、說史，在俗講文學中已經有了萌芽了。其次是採用了接近口語的文字，並搜集了一部分的口語詞彙，為宋以後的民間文學初步地準備了條件。同時對於人物的心理以及動作，加以細緻地分析和描寫，因而像兩卷本的《維摩詰經》可以敷衍成為數十萬言的〈維摩變文〉，在技術方面給後來的話本和白話小說以很大的啓示。[130]

中國敘事文化的勃發自歷史書寫之後，歷經雜史的分流演化，唐傳奇的文藝走向與詩詞增色，其敘事素材與傳記書法已充實豐贍且大有光輝，但真正發生大躍進的階段應從唐代的俗講與宋代說書行業的流行開始。宋代的工商業繁榮興盛，出現了數十座人口聚集眾多的大型城市，自由開放的城市空間，串聯通達的街道市集，絡繹不絕的商販顧客，以及為數百萬計的民眾，城市的住民包括了：農民、市民、軍人、士兵、差役、官員、文人、商賈、貴冑、游手之輩，眾多的人口創造了需求，提供各行各業活絡的生機，其中有許多大型的綜合商場兼娛樂場所，或名為「勾欄」，或名為「瓦子」，[131]從早晨到夜晚，汴京各處的勾欄和瓦子提供市民逛街、

---

130 王重民、王慶菽、向達、周一良、啓功、曾毅公輯校：《敦煌變文集》向達〈引言〉，頁5-6。

131 宋・孟元老撰，伊永文箋注：《東京夢華錄箋注》「東角樓街巷」注曰：「梁思成〈石欄杆簡說〉謂：『縱木為闌，橫木為幹，欄杆亦稱勾欄，宋畫中常見。玲瓏巧制，鏤空剔透。元・湯舜民〈哨遍新建構欄教坊求贊〉亦寫其精其緻，可映現宋勾欄華麗矣。』康保成〈「瓦舍」、「勾欄」新

購物、吃喝玩樂，以及說學逗唱、雜扮、商謎、馴獸等各種演藝活動，由於都有頂棚作遮，所以「不以風雨寒暑，諸棚看人，日日如是。」。[132]宋・孟元老在《東京夢華錄》卷 2「東角樓街巷」介紹了這五十幾座勾欄上演的娛樂活動：

> 街南桑家瓦子，近北則中瓦，次裏瓦，其中大小勾欄五十餘座。內中瓦子蓮花棚、[133]牡丹棚；裏瓦子夜叉棚、象棚最大，可容數千人。自丁先現，王團子、張七聖輩，後來可有人於此作場。瓦中多有貨藥、賣卦，喝故衣、探搏、飲食、剃剪、紙畫、令曲之類。終日居此，不覺抵暮。[134]

由於娛樂市場商機大，各路能說善道的「名嘴」，能演能唱的「名

解〉則據佛經夜摩天上娛樂場所而引伸，『勾欄』乃具頂棚之建築。《水滸傳》五十一回：『雷橫聽了，又遇心閑，便和那李小二逕到勾欄裡來看。只見門首掛著許多金字帳額，旗桿吊著等身靠背。入到裡面，便去青龍頭上第一位坐了。看戲臺上卻做笑樂院本。』可證。愚以為『勾欄』絕非欄杆，欄杆乃『勾欄』中一樣，稱之無妨。」，頁 156。又注曰：「瓦子為東京綜合性市場，不唯出演伎藝，亦出賣貨物，薈萃飲食、賭錢等。」（北京：中華書局，2007），卷 2，頁 154。

132 同前注，卷 2，頁 145。

133 鄧之誠注「瓦子」曰：「吳自牧《夢粱錄》十九：『瓦舍者，謂其來時瓦合，去時瓦解之義，易聚易散也。』」宋・孟元老撰，鄧之誠注：《東京夢華錄注》（臺北：世界書局，1973），頁 68。伊永文箋注曰：「『棚』乃宋南戲臺之稱也。據劉念茲《南戲新證》研究：福建莆仙戲、梨園戲稱戲臺為『棚』，如大棚戲之呼。……蓮花棚則為東京最為火爆演出場所。」同前注，頁 156。

134 同前注，卷 2，頁 144-145。

角」，各擁一棚，各懷本領，在觀摩與競技的商業環境下，刺激了說書人對敘事方法的積極運作。宋朝說唱伎藝行業大發利市，聽眾對敘事技巧所帶來的娛樂效果日益期待，熱絡的商機鼓舞著演藝人員對表演技巧的精益求精，據孟元老《東京夢華錄》卷 5「京瓦伎藝」所載，當時與敘事有關的演出節目為：

> 崇、觀以來，在京瓦肆伎藝……般雜劇，枝頭傀儡：任小三，每日五更頭回小雜劇，差晚看不及矣。懸絲傀儡：張金線、李外寧。藥發傀儡：張臻妙、溫奴哥、真箇強、沒勃臍。講史：李慥、楊中立、張十一、徐明、趙世亨、賈九。小說：王顏喜、蓋中寶、劉名廣……孫三神鬼，霍四究說《三分》，尹常賣《五代史》……其餘不可勝數。[135]

又據宋・周密《武林舊事》所載，當時「演史」的藝人共有喬萬卷、許貢士、王貢士、張解元、陸進士、劉進士、陳進士、戴書生、武書生、穆書生、周八官人、陳三官人……等二十三人。「說經」的達人，包括和尚在內有十七人之多，由於佛經原典深奧，有賴和尚取譬講說，這是自唐朝以來的「俗講」技藝，也就是「經變」。但最受民眾捧場的顯然是「小說」，因為周密列出的「小說」名嘴最多，有蔡和、李公佐、張小四郎、王六郎、王十郎、胡十五郎、史惠英……等，共五十二人之多。[136]由這些藝人的名諱來看，略可以明白「演史」的清一色是「讀書人」，「說經」的多

---

135 同前注，卷 5，頁 461-462。

136 宋・周密：《武林舊事》（臺北：藝文印書館「百部從書影印知不足齋叢書本」），頁 19-25。

是和尚，演講「小說」的則既有書生，也有民間的藝人。

「小說」在漢魏時期是一種以諷誦語言作為表演性質的俳優技藝，宋代說書中聲勢最旺的「小說」多少承襲了這項民間技藝，[137]民間藝人代代師徒相授，積累了相當豐富的敘述心法，宋代說書行業蓬勃興起後，為了拓展故事的題材以吸引聽眾入席聽講，說話人對「敘事」方法精益求精，甚至還組成了說書人產業工會「雄辯社」，彼此互相觀摩切磋，以提高聽眾的聽書興致，增加說書的票房收益。說話人為了收費之便與中場略作休息，會在講完一段故事之後先停頓少時，為免聽眾不至於中場離席，說書人必須在停頓處製造懸念，好讓聽眾興致高昂地繼續洗耳恭聽。說書人直接面對聽眾，在開講之前，必須做足各種功課，臨場才能左右逢源，滿足一對多的現場說書需求。宋・羅燁在《醉翁談錄》〈舌耕敘引〉的「小說開闢」介紹了說話人需鍛鍊的基本功課：

> 講論處不滯搭、不絮煩；敷演處有規模、有收拾。冷淡處提掇得有家數，熱鬧處敷演得越久長。曰得詞，念得詩，說得話，使得砌。言無訛舛，遺高士善口讚揚；事有源流，使才人怡神嗟訝。[138]

---

137 《三國志・魏書・王粲傳》裴松之注引〈魏略〉（邯鄲）淳一名竺，字子叔，博學有文章……太祖素聞其名，召與相見，甚敬異之。……太祖遣淳詣植，植初得淳，甚喜，延入坐，不先與談。時天暑熱，植因呼常從取水，自澡訖，敷粉，遂科頭，拍袒胡舞五椎鍛，跳丸擊劍，誦俳優小說數千言，訖，謂淳曰：「邯鄲生何如邪？」（臺北：臺灣商務印書館，1981「百衲本二十四史」），頁 294。

138 宋・羅燁：《醉翁談錄》，卷 1，頁 5。

不過，宋代說書人雖人才輩出，爭高直指，但未聞有所著作，其所依憑之話本，類似講稿底本，粗具梗概，供說話人臨場發揮，大加推演，以娛樂聽眾，這些各領風騷的說話高手雖未有書面著作問世，但卻是中國長篇小說隆重登場的幕後推手。汪景壽、王決、曾惠杰在《中國評書藝術論》就說書藝人的講稿底本與評書結構作出了詳細的說明：

> 評書的結構基本上是線形結構和塊狀結構的結合。線形結構是指每段書必須圍繞著一個中心人物的活動線展開，可以生枝添葉，而不能同時有幾個中心人物或幾條活動線攪混一起，說書人稱之為「一條線，頭不斷」，「一根筋」。塊狀結構是指一條線在發展過程中由於人物與情節的糾葛而形成一塊一塊的「活」，說書人都立名加以標記。……「活」與「活」之間要用「提」（以前提後）、「連」（以此連彼）、「帶」（以大帶小）、「掛」（以小掛大）的搭橋過河的方法串在一起，串聯所用的構件叫做「扦關兒」或「環」。評書的塊狀結構是卡柁子、立回目的基礎。……所謂「梁子」，就是舊時評書藝人說書的提綱，一般都是口傳心授。筆錄成文的稱為「冊子」，寫得都比較簡明扼要。……「梁子」具體體現了評書主線的發展與「活」塊的連綴，依繁簡程度，「梁子」又有粗「梁子」、細「梁子」之分。過去說書藝人從師傅那裏學說某部評書，首先要掌握「梁子」，根據「梁子」，運用說書的技巧加以敷衍發揮，這樣說書叫做「活口」；完全按照師傅教的一字一句學說，則叫「方口」，掌握「活口」是評書藝人的基本功，只按照「梁子」說書，缺

> 乏敷衍發揮，是說書最忌諱的。[139]

姚雪垠在清·李綠園《歧路燈》的〈序〉也指出，宋代說話人的口頭文學以及他們草擬的故事大綱「話本」對於中國長篇小說的發展有功不可沒的貢獻：

> 我國古典長篇小說，源遠流長，成就輝煌。概括它的發展歷史，可分為三個階段：宋朝是孕育和萌芽階段，主要為靠「說話人」創作和不斷師承的口頭文學。如講史（包括「說三分」）等長篇說話，不僅由口頭傳授，還有他們草擬的「故事提綱」，後來成為「話本」保存下來。講史一門中產生的各種話本（或稱「平話」），在長篇小說的萌芽階段中十分重要。這是我國古典長篇小說發展史的第一階段。[140]

元末明初之後，隨著說書娛樂產業的風行，群眾對歷史、故事、信息的需求，以及印刷技術的發達，書籍的發行市場擴大，原只是作為故事提綱的「話本」，逐漸蛻變為標緻細膩的章回體小說，其中尤以《三國演義》和《水滸傳》為翹楚。至此，原屬民間藝人操盤的「口頭文學」，變成了文人書生操觚的「案頭文學」，其傳播方式也從「一對多」的公開賣藝，逆轉為「一對一」的私人

---

139 汪景壽、王決、曾惠杰：《中國評書藝術論》（北京：經濟日報出版社，1997），頁 154-156。

140 清·李綠園著，欒星校注：《歧路燈》（鄭州：中州書畫社，1980），頁 1-2。李綠園《歧路燈》的旨趣較偏於倫理綱常，有別於《紅樓夢》的抗拒，《儒林外史》的鄙夷，李綠園的成就在於敘述的素材真切生動多樣豐滿，話語細緻有個性，人情世故綿綿鑿鑿，如在看一齣大戲。

閱讀；敘寫的題材也隨著傳播空間的改變，而由大我轉進小我，由眺望歷史英雄的傳奇，轉而注目凡夫俗子的日常生活。從前的歷史敘事，非大人物不足傳說，史家認為唯大人物可以使歷史生輝，但人民成為最大宗的讀者之後，五丈紅塵的生活就可以使故事感人肺腑。話本小說刊行流通後，在書面話本上的體例結構也有所因革：如一回的單位即是一場表演的時間，以後即使不是說話人的底本，即擬話本小說，也一樣由章回構成，此外，每回有兩句對仗工穩的詩句作為回目，明・即空觀主人在《拍案驚奇》「凡例」中表示，這個對偶工穩的回目形式原是仿效元雜劇的題目。[141]檢視元・關漢卿〈山神廟裴度還帶〉，其題目為「郵亭上瓊英賣詩」，正名為「山神廟裴度還帶」；〈劉夫人慶賀五侯宴〉的題目正名為「王阿三子母兩團圓　劉夫人慶賀五侯宴」。又，白樸〈牆頭馬上〉的題目正名為：「千金守志等兒夫　裴少俊牆頭馬上」；〈唐明皇秋夜梧桐雨〉的題目是「高力士離合鸞鳳侶　安祿山反叛兵戈舉」，正名是「楊貴妃曉日荔枝香　唐明皇秋夜梧桐雨」。[142]

元雜劇之所以喜用妙語作為劇名，乃是取法舊小說之妙語雋對，但上下兩句，自相對偶的題目名稱，其實過於講究，這樣的文句對不識字或識字不多的聽眾其實是可有可無的文雅，他們到場聽

---

141 明・即空觀主人：「每回有題。舊小說造句皆妙，故元人即以之為劇。今《太和正音譜》所載劇名，半猶小說句也。近來必欲取兩回之不侔者，比而偶之，遂不免竄削舊題，亦是點金成鐵。今每回用二句自相對偶，仿《水滸》、《西遊》舊例。」明・凌濛初：《初刻拍案驚奇》（臺北：世界書局，1975）。

142 元・關漢卿、白樸：《全元雜劇初編》（臺北：世界書局，1968），頁53、頁49；卷4，頁24；卷1，頁25。

書或看戲，並不需要欣賞細膩的駢儷文句，但為了迎合「看官」讀書人的文藝品味，以及便於檢索章回次第，所以後來的長篇章回小說都以上下兩詩句作為題目的格式。[143]

（二）小說評點對敘事技巧的論述

隨著說書與小說家在娛樂事業中的崛起，出版業也與小說家、文人聯手合作，將「小說評點」與書面小說合刊為冊，以幫襯小說的行銷。「小說評點」是中國古典小說美學的主要形式，雖然也有不少筆記，雜俎，隨筆，漫談之類的讀書札記常觸及小說敘事技巧的評論，但是，這些雜俎筆記通常隨興而記，有感而發，並未有系統地將敘事方法予以組織。[144]所以，比較早慧的敘事方法分析集中於小說評點的範疇中。

最早的小說評點始於南宋劉辰翁（公元 1232-1297 年）閱讀《世說

---

143 諸如：《隋唐演義》、《紅樓夢》、《儒林外史》、《老殘遊記》、《鏡花緣》、《三國演義》……莫不以駢句為題，略以《三國演義》第 70-79 回的題目為例，此類上下成對的七言詩句如：「猛張飛智取瓦口隘　老黃忠計奪天蕩山」、「占對山黃忠逸待勞　據漢水趙雲寡勝眾」、「諸葛亮智取漢中曹阿瞞兵退斜谷」、「玄德進位漢中王　雲長攻拔襄陽郡」、「龐令名擡櫬決死戰　關雲長放水渰七軍」、「關雲長刮骨療毒　呂子明白衣渡江」、「徐公明大戰沔水　關雲長敗走麥城」、「玉泉山關公顯靈洛陽城曹操感神」，「治風疾神醫身死　傳遺命奸雄數終」、「兄逼弟曹植賦詩　姪陷叔劉封伏法」。

144 葉朗：《中國小說美學》：「宋代以來，特別是明清兩代，筆記的數量相當多。筆記的內容是雜七雜八的，包括見聞、雜感、讀書心得、史料考證等等。在有的筆記中，往往也對小說藝術發表一些看法，或者對當時的小說進行一些評論。這就同小說美學有關。當然這些看法和評論，一般都是零散的、片斷的，沒有什麼系統。」（臺北：里仁書局，1994），頁 14。

新語》時於書眉所做的簡單註記，[145]屬於個人的讀後感，三言兩語，內容主要集中於閱讀心理反應的即興抒發、故事人物的品評褒貶，敘事文法的解讀評賞。明清兩代的小說評點聲勢最盛，在數百年來的歷史發展中，逐漸形成了評點的格式與審美趣味。「評點」包括了形諸文字的「評論」與形諸符號的「圈」與「點」，兩者合謂之為評點。如清・金聖嘆批《第五才子書水滸傳》第一回〈王教頭私走延安府　九紋龍大鬧史家村〉於「且說這王進卻無妻子，只有一箇老母……」於「卻無妻子，只有一箇老母」右側加「圈」，並在句下評曰：「二語是一部大書門面家風，讀者須要處處著眼。」；[146]加「點」的文字，類似讀書時在重要需注意的部分標上重點記號，以免一時沒留意而「看走眼」，例如金聖嘆批《第五才子書水滸傳》第六回〈花和尚倒拔垂楊柳　豹子頭誤入白虎堂〉於魯智深看見牆外豹子頭林沖模樣時，在：「頭戴一頂青紗抓角兒頭巾；腦後兩個白玉圈連珠鬢環；身穿一領單綠羅團花戰袍；腰繫一條雙獺尾龜背銀帶；穿一對磕爪頭朝樣皂靴；手中執一把摺疊紙西川扇子；生的豹頭環眼，燕頷虎鬚，八尺長短身材，三十四五年紀」這些文句旁逐字加點，以提示讀者留意欣賞這八十萬禁軍鎗棒教頭林武師英姿煥發，服飾講究的亮眼樣貌。[147]

---

145 劉辰翁評點《世說新語》，卷 8 描寫桓溫野心一文後有批：「此等較有俯仰，大勝史筆。」「俯仰」指文字有起伏變化，其敘述手法遠勝平鋪直敘的史家筆法。卷 6 魏武追殺匈奴使者，劉辰翁評曰：「謂追殺此使，乃小說常情。」顯示劉辰翁能從虛構的小說筆法來接受並欣賞《世說新語》的敘事藝巧。

146 明・施耐庵著，清・金聖嘆批：《第五才子書水滸傳》（上海：上海古籍出版社，1993），頁 79。

147 同前注，頁 394-395。

「評論」的體例參差不齊，一般有「序」，「序」之後有「讀法」，類似導讀的性質，[148]或是以凡例、總評的方式作整體的品評；在每回之前有回評，正文之內則以眉批、夾評的方式側身於小說本文之旁，作「隨侍在側」的評析。「讀法」是宏觀式的評論見解，回評、眉批、夾評則屬微觀式的閱讀意見。毛宗崗在〈讀三國志法〉洋洋灑灑地發表二十五則他對《三國演義》的敘事技巧評論，他大量借用音樂、繪畫、刺繡、天文氣象等領域之用語，來比況原理相近的敘事手法。如以「星移斗轉、雨覆風翻之妙」分析《三國演義》共有四十二個情節變化；[149]又借用音樂的「笙簫夾鼓、琴瑟間鐘之妙」來形容英雄事跡與英雌事跡的穿插搭配，毛宗崗對其敘事技巧說明如下：

> 《三國》一書，有笙簫夾鼓、琴瑟間鐘之妙。如正敘黃巾擾亂，忽有何后、董后兩宮爭論一段文字……至於，袁紹討曹操之時，呼帶敘鄭康成之婢；曹操救漢中之日，忽帶敘蔡中郎之女；諸如此類，不一而足。人但知《三國》之文是敘龍爭虎鬪之事，而不知為鳳為鸞、為鶯為燕，篇中有應接不暇者。令人於干戈隊裡，時見紅裙；旌旗影中，常覩粉黛：殆

148 康來新：《發跡變泰——宋人小說學論稿》：「從『短書』觀點來看，序跋也像筆記，應可歸於這個傳統。再就具體實際的應用功能而言，序跋和評點均有特定對象，而這些序跋、筆記、評點所構成的小說學又往往富於個人色彩。其實這些特色，如「短書」的機動靈便，如應用批評的實際效益，如印象主義式的主觀直覺，毋寧又是民族屬性與文化性格的流露。」（臺北：大安出版社，1996），頁 156-157。

149 明・羅貫中原著，清・毛宗崗評改：《三國演義》〈讀三國志法〉，頁 9-10。

以豪士傳與美人傳合為一書矣。[150]

毛宗崗看出《三國演義》故事素材在陰陽剛柔上的調劑，不只論英雄龍爭虎鬥，也寫英雌運籌帷帳，仕女知書達理；所以在閱讀上獲得適當的舒徐效果。以繪畫技法指稱敘事之妙的有：「奇峰對插、錦屏對峙之妙」，係用來指稱人物敘寫上的正反對襯，又以「近山濃抹、遠樹輕描之妙」來形容《三國演義》在敘事上的詳略有度，[151]至於「橫雲斷嶺、橫橋鎖溪之妙」指稱重複敘事的貫串與斷開佈置技巧；「浪後波紋，雨後霢霂之妙」比喻事件須有其系列性，前有鋪墊，後有餘波蕩漾。以氣象用語的有：「寒冰破熱、涼風掃塵之妙」、「將雪見霰，將雨聞雷之妙」；其他如園藝上的：「同樹異枝、同枝異葉、同葉異花、同花異果之妙。」、刺繡上的「添絲補錦，移針勻繡之妙」……形象地說明羅貫中在敘事技巧上的審美表現。[152]

評點、序跋的特色是簡略警策的短語短章，但見解真摯、熱情殷勤，對作品的敘述方法和故事內容都維持著高度的注意力。至於「圈點」則是在句子的右側加註圈圈或頓點的符號，以提醒讀者留神關注該句子；可能是該句子的文法字法用得好，也可能是提示該

---

150 明・羅貫中原著，清・毛宗崗評改：《三國演義》〈讀三國志法〉，頁11-12。

151 明・羅貫中原著，清・毛宗崗評改：《三國演義》〈讀三國志法〉「《三國》一書，有近山濃抹、遠樹輕描之妙。畫家之法，于山與樹之近者，則濃之重之；于山與樹之遠者，則輕之淡之。不然，林麓迢遙，風嵐層疊，豈能于尺幅之中，一一而詳繪之乎？」，頁13。

152 詳參明・羅貫中原著，清・毛宗崗評改：《三國演義》，頁9-13。

句子透露的線索。這些「瞻之在前，忽焉在後」，「三言兩語」的提示案語，必須配合「凡例」、「讀法」的提綱挈領，才能與逐章逐回的評點共構成一套較有系統的敘事美學。李正學在《毛宗崗小說批評研究》提到：

> 劉辰翁《世說新語》評點，主要以眉批出現，形式較為簡單。容與堂與袁無涯《水滸》批本，體例開始趨於複雜，除眉批、行間批夾外，還附有回末總評。而且容本（「容與堂本」簡稱，下同）卷首有懷林〈批評水滸傳述語〉、《文字優劣》；袁本（「袁無涯本」簡稱，下同）卷首有李卓吾〈讀《忠義水滸全傳》序〉、楊定見〈小引〉、〈《出像評點忠義水滸全傳》發凡〉等。卷首的這些述語、序、發凡以及回末總評大大擴展了評點的文本容量，從而提高了批評的功能，增強了評點的理論色彩。這樣，容本和袁本便確立了小說評點體例的三級組合方式，即卷首評、回評和夾評。不同方式因位置不同，功能和意義也不趨一。其中，夾評是文字細讀，屬微觀層面，夾雜在小說正文行文之中，往往寥寥數字或幾行；回評是章回批評，可稱中觀層面，置於章回之末，由一段或幾大段組成；卷首評是全書總評，屬於宏觀層面，位於小說正文之前，多為長篇大論。這三種方式並非相互排斥，而是滲透交織，互相參證，構成小說評點通透圓脫、立體交叉的批評體例。[153]

---

153 李正學：《毛宗崗小說批評研究》（北京：中國社會科學出版社，2010），頁26。

縱觀這些通俗小說的評點文字雖爽利練達，殷勤熱誠，但整體來說，其評論態度主觀而隨興，著重於封建體系的人倫臧否，「幫腔」式的說話風格，類似塾師的講解筆記，但若是「世情小說」類的評點，則又與街談巷議的說長道短相近。

這當然也是通俗小說刊刻發售的用心，張秀民在《中國印刷史》說：「宋代書籍作為商品，在市場流通，自然有暢銷與滯銷之別。暢銷書風行國內外，可以獲利，其他出版商以有利可圖，也就仿效翻板。」[154]書商為提高讀者的閱讀樂趣，藉以刺激買氣，會商請能者執筆評點，類似安插一個陪讀的導覽員為讀者提供解說與講評，所以需要較為親切家常的品味與口氣，才能取悅讀者，使書暢銷而得獲利。至若屬於男性版圖的歷史演義，想必讀者以男性居多，政治意識強烈，所以辨忠奸，別賢愚，察機謀，論得失成敗；就會是評點的重心了；如清・毛宗崗在《三國演義》第二十三回〈禰正平裸衣罵賊　吉太醫下毒遭刑〉的評語是：「明明道着老賊。」、「索性罵個盡情暢絕。」、「禰衡以漢帝為頭，不似彼眾人以曹操為頭也。」「劉表使見黃祖，即曹操使見劉表之意，曹操借刀于表，而表復乞諸其鄰而與之耳。」、「衡之視人，不是死屍，即是木偶，所以取禍。」[155]以及針對吉太醫下毒遭曹操刑求一事的激情評論，依次是：「事雖未成，而吉平之勇過於專諸矣。」、「硬漢。」、「還不許他死，惡極」、「此為三拷吉平。」、「見曹操便罵，硬漢。」、「絕不抵賴，硬漢。」「立誓以殺曹操，是其忠也；至死不招董承，是其義也；被禍最慘，性骨

---

154 張秀民：《中國印刷史》，頁200。

155 明・羅貫中原著；清・毛宗崗評改：《三國演義》，頁292、293。

最烈，不意醫生中乃有此人。」。[156]至於安身立命，兄弟結義，肝膽相照的江湖義氣，自然也是男人們心嚮往之的主題，所以金聖嘆評《水滸傳》時的感動是「普天下想來，只此一處，讀之，令我想，令我哭。」，[157]「挺身二字妙絕，做事業要挺身出去，了生死亦要挺身出去，挺身真世出世間之要訣也。」[158]、「我這仁兄，我這兄弟，以閒筆作對，令文字不懈散。」[159]。

夾注在小說作品當中的評點，因為是與作品並置的，所以讀者在閱讀過程中，只要回眸注視著評點文字，就可以接收評點者的評論信息，雖然這種介入的聲音多少會干擾純粹閱讀故事的連貫性，但「知無不言，言無不盡」的評點，也教導讀者如何「看故事」。而且，一流的小說評點，「一般都寫得淺顯明爽，通俗易曉。像金聖嘆的評點，更是寫得生動活潑，淋漓酣暢，富有感情色彩」。[160]使讀者覺得高人在旁陪讀，不但使安靜的卷面熱鬧有聲，而且真正錦繡心腸，解說分析得頭頭是道，令人看出門道。如明．淩濛

---

156 明．羅貫中原著；清．毛宗崗評改：《三國演義》，頁 296-298。

157 此句在批「何不逃去投奔他們，那裏是用人去處，足可安身立命。」詳參：明．施耐庵著、清．金聖嘆批：《第五才子書水滸傳》第一回〈王教頭私走延安府　九紋龍大鬧史家村〉（上海：上海古籍出版社，1993），頁 83。

158 此批語乃就神行太保戴宗與楊林遇見拼命三郎石秀一派豪傑，卻在薊州賣柴度日，向他問道：「小可兩箇，因來此間幹事，得遇壯士如此豪傑，流落在此賣柴，怎能夠發跡？不若挺身江湖上去，做箇下半世快樂也。」金聖嘆在「挺身」二字旁加圈，並作批語。明．施耐庵著，清．金聖嘆批：《第五才子書水滸傳》第四十三回〈錦豹子小徑逢岱宗　病關索長街遇石秀〉，頁 2469-2470。

159 同前注，頁 2453。

160 葉朗：《中國小說美學》，頁 16、17。

初（公元 1580-1644 年）《拍案驚奇》卷 32〈喬兌換胡子宣淫，顯報施臥師入定〉眉批：「自是拿人的老手。亦老江湖人物耳。唐卿自是酸子，眼孔小。」[161]這個評論是針對秀才劉堯舉字唐卿而發的，他僱了一艘船要去考試，上船之後，被船家之女的千嬌百媚給迷倒，她韻致動人，惹得唐卿慾火中燒，評論者讀了秀才劉唐卿和船家女調情的細節後，不吐不快地作出世情解析，基於「旁觀者清」的態勢，他冷眼看穿了船姑娘的嬌媚誘人原是世故老手的招數，而對小伙子劉唐卿的怦然心動則予以不屑的藐視，認為他是個沒見過世面的酸秀才。

明末清初以來，小說評點所遣用的「敘事法用語」已相當可觀，諸如：未揚先抑法、避實就虛法、畫龍點睛法、烘雲托月法、移堂就樹法、草蛇灰線法、綿針泥刺法、背面舖粉法、大落墨法、烘染法、移花接木法、獺尾法、旁敲側擊法、火裡生蓮法、橫雲斷山法、山斷雲連法、連山斷嶺法、犬牙交錯法、鸞膠續弦法、雙管齊下法、一擊兩鳴法、雲罩霧尖法、層巒疊翠法、疏密相間法、金針暗渡法、行雲流水法、飛針走線法、倒卷簾法、襯貼法、反襯法、截法、岔法、換轉法、錯綜法、暗照法……這些大量借鑑於文法、畫法、書法、棋法、繡法等藝術技巧上的用語，說明了中國小說評點者已深刻察覺作家運用了各種的敘事方法，而各種敘事方法也各有其施用狀況與表現效果。唯，這些用語的概念仍然模糊不清，意義也未確定，所以，小說評點雖熱鬧生動，但它們離敘事理

161 明・凌濛初著，李田意輯校：《拍案驚奇》（香港：大通書局，1981），頁 682。

論結構還相當遠。[162]陳平原甚至認為，這些評點只能看作「文論」，他在《中國小說敘事模式的轉變》指出：

> 有人說：「金、毛二子批小說，乃論文耳，非論小說也」此話不無道理。那麼多的「文勢」、「筆法」，以之論小說可以，以之論古文也不錯。儘管後世學者也可以從中發掘出某些關於人物塑造方面的理論，可這並非中國古代小說批評家注目的中心。「字有字法，句有句法，章有章法，部有部法」，這才是他們的小說批評的基本尺度。以古文家或準古文家眼光讀小說，自然跟以西方小說理論家眼光讀小說有很大差距。前者關心字法、句法、章法、部法；後者則區分情節、性格、背景。有各自不同的理論「興奮點」，當然也就不可避免地有各自不同的理論「盲點」。一直到「新小說」家，大談特談的仍是「章法」、「部法」。[163]

明清小說評點者雖仍以字法、句法、章法、篇法、部法來檢閱

---

162 德．加達默爾著，洪漢鼎譯：《真理與方法》「術語就是一種語詞，只要它所指的是一個確定的概念，它的意義就受到清晰的限定。術語總是具有某些人工的因素，這或者是因為語詞本身就是人工構造的，或者是因為——這是更多的情況——我們往往是把一個已經適用的詞語從它的意義關聯的領域中提取出來，並使其置於一種確定的概念意義之中。威廉．封．洪堡曾經正確地指出，談話語言中的語詞的意義生命在本質上具有一種搖擺性，而與此相反，術語則是一種意義固定的語詞，對語詞作專業術語式的使用則是對語言所行使的一種強制行動。」（臺北：時報文化出版企業公司，1995），頁 530。

163 陳平原：《中國小說敘事模式的轉變》，頁 100-101。

小說的敘事方法，未能建構一套有系統的敘事理論，但這是因為「小說評點」的本色原在於隨文附讀，是附著在個別且具體的作品上的一種閱讀指南，因此，其勝場不在抽象的理論建構，而在精彩生動的作品解讀。如平生「最恨人家子弟，凡遇讀書，都不理會文字，只記得若干事跡。」[164]的金聖嘆，能從接受者的閱讀反應，以抖擻有力，妙筆生花的講解，將小說的敘事技巧分析得鞭辟入裏，沁人心脾。清人馮鎮巒說：「金人瑞批《水滸》、《西廂》，靈心妙舌，開後人無限眼界，無限文心。」[165]「文心」，當是「為文之用心」，小說敘事與文章敘事系出同源，不論文章之用心，或敘事之用心，皆不可須臾或離文字；就西方敘事學而言，其技巧解析也與語言學方法、文法學密切相關，故知金聖嘆與毛宗崗的小說評點出自於文章學的「文法」，也是敘事學草創期間必然的發展現象。

---

164 清・金聖嘆評點《第五才子書施耐庵水滸傳》，卷 3〈讀第五才子書法〉，頁 21。

165 清・馮鎮巒〈讀《聊齋》雜說〉，轉引自袁世碩：〈前言〉《第五才子書施耐庵水滸傳》，頁 10。

第三章　敘事者與故事之講述行爲

一、敘事者的範疇

敘事者，也就是敘事文本的創作者，通篇故事的講述者；沒有敘事者，敘事文本就無法構成，讀者也無從據以得悉故事的形式與內容，因此，敘事者是敘事文本所以構成的充分必要條件。敘事者必須履行講述或報導的職責（或職權），且執行完成敘述任務，才會產生一個有效的敘事文本，有了敘事文本，讀者才能從這個敘述產物接收故事。因此，敘述行為是敘事學首要的議題。在中國敘事文學傳統中，敘事者的出現常伴隨以下的套語，如「話說」；「且說」；「話中且說」；「卻說」；「再說」；「說話的，因甚說這？」；「單說」；「閒話提過」；「話分兩頭」；「有話即長，無話即短」；「話休絮煩」；「說」……這些套語雖略有差異，但都具備了關鍵字——「說」，這個現象顯示敘事者以「述說」來執行其敘述活動，而其敘事文本，也由「述說」來構成。上述這些「話頭」形式可看作是「我（說書人）」的主詞省略，從「我說」，簡化成「說」，或全部被省略，而只留下被敘述的文本。可見，「我來述說」包含了真實作者性質的「我」與由「我」所執行的故事之講述行為，後者屬於一種能將事件轉換成語言信息的創造主體。[1]

當代敘事學為了更精確地解析敘事文本的構成程序、創作手段、文本旨趣，因此，將「敘事者」的概念拆解為三個層面，分別是：真實作者（real author）、隱含作者（implied author）、敘事者（narrator），它們雖分而為三，但綜合起來看，其實就是「作者」、「史家」、「小說家」之概念，傳統文論通稱的「作者」、「史家」、「小說家」通常以「置身事外」的立場來報導歷史或故事，他們既是本尊身分性質的真實作者，又是故事內執行敘述的「敘事者」分身，所以即使本尊與分身有別，但不加以拆解，也不會造成誤認的現象。晚清之際，受到西洋小說寫作技巧的啓迪，真實作者為營造小說的抒情與擬真效果，會在故事圈內「虛設」一個或多個角色來扮演「敘事者」，讓「我」可以「逼真」地以「本人」的立場來「現身說法」，也就是由故事圈內的某個角色來為受眾講述故事，誘導讀者在接受時能產生「信以為真」的幻覺，以拉近文本與世界的距離，使受眾獲取更多的閱聽樂趣。在這個創作心機下所產生的敘事文本，被故事圈外的「真實作者」虛設的「我」，當然不能與「真實作者」的本尊等價齊觀，所以有必要將

1 荷蘭・米克・巴爾認為這個肩挑講述任務的作者身分應視之為「作為語言主體的敘事者」，這個她強調：「敘述文本是用語言所講述的故事：也就是說，它被轉換成為語言符號。正像關於敘述文本的界定所表明的，這些符號由一個講述的行為者創造出來。這個行為者不能等同於作者。相反，作者抽身出來，指派一個虛構的發言人，一個在術語上稱為敘述者（narrator）的行為者。」她堅持「敘述者，或敘述人（narrator）指的是語言的主體，一種物能，而不是在構成文本的語言中表達其自身的個人。」荷・米克・巴爾著、譚君強譯：《敘述學：敘事理論導論》：（北京：中國社會科學出版社，1995），頁7。

這個被杜撰出來的「敘事者」和「真實作者」作一區分，如此，方能洞察作家的敘事匠心，評量其所欲達成以及實際的表現效果。至於隱含作者，指的是敘事文本中的寓意，屬於一種對世界，對人生，對事物的態度，或價值觀，包括對宇宙、歷史、環境、政治、倫理、道德、家庭、宗教、學識、事業、財富、婚姻、榮譽、生命、愛情、友誼……的體悟；這些理念隱藏在敘事文本之中，有時從情節中反映出來，有時則從人物的對話中透露一二，正面與負面彼此輝映，屬於較為抽象的層面，它們以隱秀的形態呈現在字裡行間，所以應該另當別論。美國敘事學者查特曼（Seymour Chatman, 1928-2015）曾製一圖表以說明真實作者、隱含作者、敘事者之間的先後構成關係：[2]

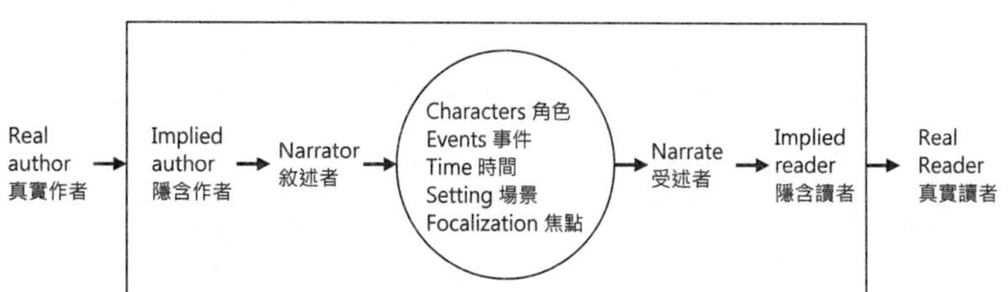

在上述圖式的整個方框為真實作者運用文字符號所創作的敘事文本，方框內的圓圈為被敘述的故事本身，真實作者置身於敘事文本之外的世界，一如真實讀者，也是置身敘事文本之外，雙方透過敘事文本進行信息的交流。[3]不論這個界限是否明確清楚（有些作者刻意

---

2 Seymour Chatman: "*Story and Discourse – Narrative Structure in Fiction and Film*", Cornell University Press, 1978.

3 劉勰：《文心雕龍・知音》：「夫綴文者情動而辭發，觀文者披文以入情。」此二句文雅地描述了作者與讀者經由文本而進行情感交流的文學過使這個界限游離不清），界限必然存在，它是區別故事世界與真實世界的楚河漢界。[4]方框之內包含圓圈內的故事域（有些作者會安排雙層式的故事結構，這樣就會產生雙重以上的圓圈，由外圈的敘述者講述內圈的故事），它們悉數由文本內的敘事者執行其敘述職能。敘事立場站在故事圈之外的「敘事者」，其身分大致可以視同為「真實作者」，但若是被「真實作者」設定為由故事圈內的某個，或某幾個角色來講述故事的敘事文本，則「真實作者」與文本內的「敘事者」就不可混為一談。[5]至於「隱含作者」，則屬於一種形而上層面的價值意義之涵蓋，它決定著整篇故事的講述態度，或持平記載，或熱誠頌揚，或哀矜悲憫，或憤慨諷刺，或欣喜以對……不一而足。

二、隱含作者——故事的寓意

我們總是有話要說才會有言說的衝動，積存於心中的記憶或經

程。南朝・梁・劉勰著，清・黃叔琳注：《文心雕龍校注》，卷 10，頁 307。

4 王陽：《小説藝術形式分析：敘事學研究》：「敘述者操作敘述符號創造出一個虛擬四維時空，從邏輯關係上說敘述者的存在是文本虛擬四維時空和文本中的可能世界得以產生和存在的前提，因此敘述者只能存在於虛擬四維時空之外、之前，只能存在於它的敘述行為所產生的敘述界之外。」（北京：華夏出版社，2002），頁 55。

5 王陽：《小説藝術形式分析：敘事學研究》：「從遊戲規則上區分，文本內有兩個遊戲，一是對象性人物在虛擬世界上的存在遊戲，二是敘述者創造對象的虛構行為的遊戲，理論如果混淆兩個遊戲的層次，就在非自為的層次上與遊戲參與者相去不遠了。創作上可以依不同的方法來利用遊戲規則，欣賞中可以有意無意地培育和強化遊戲幻覺，批評則應該描述遊戲規則並揭露其中遊戲幻覺的結構，即揭露意義產生的條件。」，頁 65。

歷一旦蔚然成志，就會有將它們抒發出來的意向，或發言為詩，或下筆為文，詩人、史官、小說家亦然，他們都具有將這些內在或外在經驗檔案轉化為語言的創作能力，《詩經・大序》說：「詩者，在心為志，發言為詩，情動於中而形於言。」。[6]所以，各種話語都藏有說話者所以要說這番話的動機，有的動機明白顯示，有的動機含蓄不露，不論或隱或顯，說話者必然有其說話的用意。在中國傳統文學批評中，詩文作者的用意謂之為「情志」、「性靈」，若就文章作法來論，則謂之為「命意」、「大義」、「旨趣」。一篇好的作品必然具有南朝・劉勰在《文心雕龍》提出的「情采」與「風骨」之有機結構，即有外在的藝術形式，也有內在的性靈情志，形神兼備，表裡相成。這個構成原理一體適用於所有的文學藝術作品，所以，敘事類的文學作品也不例外，除了形諸表層的故事情節之外，敘事者之所以講述這個故事，自然也有其言說的衝動；如孔子整理魯國史《春秋》，雖表明自己「述而不作」，但孔子在「述」的過程中已寓有其「微言大義」。可見史家撰述歷史時，也有他個人的寓意，一般的慣例會在該事件敘述完畢之後冠以「論曰」、「贊曰」、「太史公曰」、「異史氏曰」、「石公曰」等文字，跳出一行作書表示。以漢・司馬遷為例，他在敘述完屈原及賈誼的生平與作品之後，發表對這兩位志潔行廉詩人的感言：

> 太史公曰：余讀〈離騷〉、〈天問〉、〈招魂〉、〈哀郢〉，悲其志！適長沙，觀屈原所自沈淵；未嘗不垂涕，想見其為人。及見賈生弔之，又怪屈原以彼其材游諸侯，何國

6　清・陳奐：《詩毛氏傳疏》（臺北：臺灣學生書局，1981），頁11。

> 不容而自令若是！讀〈服鳥賦〉，同生死，輕去就，又爽然自失矣。[7]

司馬遷對於屈原高尚的志節，輝耀的才華，執著不苟且而又淡泊死生的情操，既景仰而又痛惜，他深情地讚揚賈誼〈服鳥賦〉所表現的「同生死，輕去就」，這是屈原，也應該是司馬遷所欲追步的生命格調。司馬遷錄寫了〈服鳥賦〉全文，「其生若浮兮其死若休，澹忽若深淵之靜氾兮若不繫之舟。不以生故自寶兮養空而游，德人無累兮知命不憂，細故滯介兮何足以疑！」由這些敘事線索可以得知，司馬遷在《史記》注入的敘事情志是「遭世罔極兮，乃隕厥身，嗚呼哀哉，逢時不祥。」。

晚近敘事學者開始留意作者之所以講述某一故事，必有其隱身於故事內的某一個自我，故以「隱含作者」（或暗含作者）（Implied author）名之，[8]此一術語由美國布斯（Wayne Booth, 1921-2005）於 1961

---

7 漢・司馬遷著，南朝・宋・裴駰集解，唐・司馬貞索隱，唐・張守節正義：《史記三家注》卷 84〈屈原賈生列傳〉（臺北：漢京文化事業公司，1981「武英殿本史記三家注」），頁 1010。

8 Seymour Chatman: "*Story and Discourse – Narrative Structure in Fiction and Film*", "Implied author":「In addition, there is a demonstrable third party, conveniently dubbed, by Wayne Booth, the "implied author" : As he writes, [the real author] creates not simply an ideal, impersonal 'man in general' but an implied version of 'himself' that is different from the implied authors we meet in other men's works… Whether we call this implied author an 'offical scribe', or adopt the term recently revived by Kathleen Tillotson – the author's 'second self' – it is clear that the picture the reader gets of this presence is one of the author's most important effects. However impersonal he may try to be, his reader will inevitably construct a picture of the official scribe.

年採用，他啟用這個術語的目的是想專就敘事本文的意識形態進行探究，而不欲直接連結到作者的個人履歷作歷史傳記的複寫。他不贊同傳統的小說討論，凡是涉及到作品的意識形態或道德價值觀，就直接到歷史傳記去取用作者的生平事料作為詮釋根據；雖然作家的生平與他的創作焦孟不離，不過實踐於作品之中的情志仍然應從作品文本來掌握較為確實具體。簡言之，隱含作者與真實作者之別在於前者是直接執行敘述動作的語言主體，是真實作者體現於敘事文本的某種價值信念或世界觀或歷史感，它們雖然來自於真實作者，與真實作者息息相關，但他體現於敘事文本中的意識形態其實與真實身分的他對世界的態度並不完全一致。

真實作者，敘述者，隱含作者，這三者之間藕斷絲連的脈絡關係，可借由日本小說家夏目漱石的《我是貓》來理解，[9]因為「貓」是不會說話，也不會寫字的，所以文本內的「敘述者」是「我」，是一隻貓；這一隻「貓」，是由《我是貓》的「真實作者」夏目漱石所虛構的，夏目漱石操控「這一隻會說話的貓」，類

He is “implied,” that is, reconstructed by the reader from the narrative. He is not the narrator, but rather the principle that invented the narrator, along with everything else in the narrative, that stacked the cards in this particular way, had these things happen to these characters, in these words or images. Unlike the narrator, the implied author can tell us nothing. He, or better, it has no voice, no direct means of communicating. It instructs us silently, through the design of the whole, with all the voices, by all the means it has chosen to let us learn. We can grasp the notion of implied author most clearly by comparing different narratives written by the same real author but presupposing different implied authors.」p.148.

9　日・夏目漱石著，尤炳圻、胡雪譯：《我是貓》（臺北：光復書局，1998）。

似掌中戲藝人操控掌中的布偶一般，如何動，如何說，所以，雖然在故事中是由「貓」來發言，但躲在「貓」角色後方的「隱含作者」正是夏目漱石。夏目漱石本人生於 1867 年，卒於 1916 年，是日本一位精通漢文、英文的大學英語系講師。他在留學英國期間（1900-1903），逐漸對西方所謂的紳士社會與資本主義產生了懷疑，當他回到日本之後，又對社會上的階級剝削與知識分子攀援權貴的現象憤慨不平。《我是貓》是他近四十歲時寫成的，當時日本統治階級已發動了兩次大規模戰爭，掠奪鄰國，以養肥自己。在日本境內，當時權貴階級的勢力正在興起，左右逢源地從中國和俄國大肆掠奪，這些搜刮而來的大量賠款及資源，悉數落入權貴階級，且恬不知恥，得意洋洋。但另一方面，獲取暴利的權貴階級卻把戰爭費用轉嫁到日本人民身上，低賤的工資，殘酷的鎮壓，使日本勞動人民的生活益發貧困；而權貴階級卻益發驕奢淫侈。夏目漱石在小說《我是貓》中，敘述者就如同它的書名，是以貓的立場來看待和感受這個世界。貓，當然不能執筆為文，所以：這隻「貓」是由夏目漱石化身而來的「敘述行為主體」，經過了一重的轉介；夏目漱石把說故事的發言權力交托給「貓」，營造出一種荒謬不經的新奇趣味，第一章首段如下：

> 我是貓，名字還沒有。
>
> 出生在什麼地方，我一點也不清楚，只記得曾在一個昏暗潮濕的地方，咪嗚咪嗚地哭泣著。我在那地方第一次看到叫做人的這個東西。後來聽說那便是所謂書生，是人類之中最凶惡的一種。據說這類書生常常捉住我們，把我們煮了吃掉。不過，那時我還不大懂事，所以倒也不覺得怎麼可怕，只是

> 當他把我放在手掌上，猛一下舉起來的時候，心裏有些搖搖晃晃的。我在書生的手掌上稍稍定下心來後，才向他的臉一望，這大概就是我第一次看見所謂人的開始罷。當時我那種奇怪之感，至今都還存在著。本來應該有毛的那張臉，卻是光溜溜的，簡直像個開水壺。後來我也碰見過很多的貓兒，可一次也未曾見過這樣帶殘疾的臉。不僅這樣，臉的中央還凸得很高，從那窟窿裏面不時噗噗地噴出煙來，嗆得我實在難受！到了最近，我才知道那就是人類所吸的香菸。[10]

從上述的敘述行為來看，敘述者不適宜直接與真實身分的作家等價齊觀，在角色性質上也不盡然相同。《我是貓》的真實作者是夏目漱石，但小說中的敘事者卻是書房裡的那隻橫眉冷眼的「貓」；真實作者當然和敘事文本中的隱含作者聲氣相通，夏目漱石以其「無欲則剛」的狷介犀利性格執筆為文，形諸筆墨的意識傾向，必定散發著作者的人格氣質。第十章一節寫小孩嘎嘎吃飯「吃相難看」時所發的議論正是他對巧取豪奪者的鄙視：

> 娃娃霸占了從旁邊奪取過來的巨大的飯碗，長大的筷子，氣勢洶洶得不得了。因為濫用著本來自己沒法使用的傢伙，當然非氣勢洶洶不可了。嘎嘎先用一隻手一把攢住了兩隻筷的筷頭，使勁向碗底裏扎進去，飯碗裏的飯已經盛到快齊碗口了，飯的上面又滿滿地澆上了醬湯，飯碗要保持平衡，已經極不容易。嘎嘎的兩隻筷子剛剛扎進碗裏，受到了突然的意

10　日・夏目漱石著，尤炳圻、胡雪譯：《我是貓》，頁1。

> 外襲擊的飯碗，呈現了三十度的傾斜，同時醬湯也毫不留情地潑濺到嘎嘎的胸部一帶來。對於這一類的事情，嘎嘎是毫不介意的……這種吃法也實在太膽大妄為了。我謹向大名鼎鼎的金田老爺並一切有勢力的人們忠告：諸公如果都像這娃娃運用碗筷的方式去對付人，那麼跑到諸公嘴裏面的飯米一定很少了；而且跑進諸公嘴裏面去的也並不是自然跑進去的，而是因為迷失了方向才跑進去的。請諸公再思，那種行為不像是長於世故的有手腕的人幹出來的勾當。[11]

從夏目漱石撰寫的敘事文本中可以察覺出「嘎嘎」吃飯的情節影射權貴人士貪得掠奪的行為特徵，而且，夏目漱石自己本人也路見不平地跳出來評論：「看看社會上面一般無才無能的小人横行無忌，竭力向上爬，想爬上不合自己身分的高位，原來那種性質在人的兒童時代就已經完全萌芽了。」[12]又說：「沒有飛準而撒落到榻榻米上面的更是不計其數。這種吃法也實在太膽大妄為了。」[13]他還呼籲「請諸公再思，那種行為不像是長於世故的有手腕的人幹出來的勾當。」[14]作家批判的大義昭然可揭，這個對時局亂象的見識就是該書的「隱含作者」。

「隱含作者」的術語用心，在提示讀者注意文本的幕後有個「藏鏡人」，小說與詩都是作者的話語，詩在「言志」，小說何獨不然？所以敘事者相對於詩人雖然是隱退在幕後，但故事表層的情

---

11 日・夏目漱石著，尤炳圻、胡雪譯：《我是貓》，頁 275。

12 日・夏目漱石著，尤炳圻、胡雪譯：《我是貓》，頁 275。

13 日・夏目漱石著，尤炳圻、胡雪譯：《我是貓》，頁 275。

14 日・夏目漱石著，尤炳圻、胡雪譯：《我是貓》，頁 275。

節下自有其埋伏的旨趣，例如將《三國志平話》改寫成《三國演義》的羅貫中，生平資料有限，僅知他遭時多故，不知所終，[15]但羅貫中「漢賊不兩立」的政治意識形態，卻可以在整部小說中披露。以第二十三回「禰正平裸衣罵賊　吉太醫下毒遭刑」，[16]羅貫中敘述國舅董承「自劉玄德去後，日夜與王子服等商議，無計可施。建安五年，元旦朝賀，見曹操驕橫愈甚，感憤成疾」[17]，當時太醫吉平奉帝命前往治療，因而得知董承等人將有突襲行動，在本回情節中，執行敘事的真實作者以董承和吉平的對話發表他對曹操的痛惡，透露出他視「曹操」為一僭越擅權的「篡漢」奸雄；作者對讀者所欲灌輸的政治立場與政治期望，正是吉太醫「維護漢室」的忠烈義舉。吉太醫對董承說：「某雖醫人，未嘗忘漢。某連日見國舅嗟歎，不感動問，恰纔夢中之言，已見真情，幸勿相瞞。倘有用某之處，雖滅九族，亦無後悔。」[18]文本中的「漢」是一種隱喻，不必限於劉邦或劉備的「漢」，可以擴大為「漢族」；而曹操也兼指那些入侵中國的外族統治者，羅貫中認定蜀漢劉姓為政權之正統，故視曹操為僭越者，「尊漢」的主旨不必先瞭解羅貫中何許人也，也可以在《三國演義》得悉羅貫中維護漢室，抵禦外侮的政治意識。

「言志」是中國文學的書寫傳統，敘事者將「言志」發落於小

15　明・賈仲名：《錄鬼簿續編》對羅氏事蹟略有具體記載：「羅貫中，太原人，號湖海散人。與人寡合。樂府隱語，極為清新。與余為忘年之交。遭時多故，天各一方。至正甲辰，復會。別來又六十餘年，竟不知所終。」

16　明・羅本：《足本三國演義》（臺北：世界書局，1975），頁 136-142。

17　明・羅本：《足本三國演義》，頁 140。

18　明・羅本：《足本三國演義》，頁 140。

說的故事世界時，必然參差散置在人物與命運的順逆違和，以及人物與其他人物之間的利害恩怨關係中，人物臨事時的抉擇，抉擇之際的盤算，行事過程中的身段運作，面對成敗離合的結果時如何對應，在在都有敘事者對人情世事的價值判斷。閱讀完一部好的小說，必能在掩卷之後玩味作者的「一把辛酸淚」，也就是所謂的「隱含作者」，荷蘭・米克・巴爾指出：「隱含作者（implied author）是本文意義的研究結果，而不是那一意義的來源。只有在本文描述的基礎上，對本文進行解釋以後，隱含作者才可能被推斷並加以討論。」[19]她的意思是說，得悉作者的資料未必能夠得悉敘事文本的意義，唯有通過敘事文本的閱讀及解釋，才能推斷出作者所要表達的意義；正如同我們應該透過《紅樓夢》來探究曹雪芹書寫此書的含義，而不是從追蹤曹雪芹的生平來解釋《紅樓夢》的旨趣。

「隱含作者」雖然是晚近敘事學提出來的新穎術語，但在清代初期，為《金瓶梅》做小說批評的張道深（字竹坡），早已明確意識到這個敘事現象，他認為小說作者通常「不露自己之姓名」，但他們雖不欲人知道其真正身分，可是作小說者之所以著書，一定是「作《易》者其有憂患乎！？」「發奮作書」，要抒發他們心中的感慨，所以小說之作雖「不著名於書」，卻都「各有寓意」。張竹坡的這個說法正與「隱含作者」的概念不謀而合。張竹坡在〈批評第一奇書《金瓶梅》讀法〉說：

　　作小說者，概不留名，以其各有寓意，或暗指某人而作。夫

19　荷・米克・巴爾著，譚君強譯：《敘述學：敘事理論導論》，頁139。

> 作者既用隱惡揚善之筆，不存其人之姓名，並不露自己之姓名，乃後人必欲為之尋端竟委，說出名姓何哉？何其刻薄為懷也！且傳聞之說，大都穿鑿，不可深信。總之，作者無感慨，亦必不著書，一言盡之矣。其所欲說之人，即現在其書內。……即作書之人，以只以「作者」稱之。彼既不著名於書，予何多贅哉？[20]

中國古典小說；包括俗講、話本等作者的生平資料通常不詳，作者不詳，或以筆名行之的情況有可能是他們本是賣藝江湖的不得志文人，沒有什麼頭銜或事蹟可資傳世，也可能是所講述的故事有大的爭議，恐觸怒朝廷或某些家族，此外，小說在中國文學史上向來不是大道顯學，所以「名不見經傳」，作家少有留下本名傳世者。值此，「隱含作者」概念的提出，確實可以跳過作者不詳的混沌狀況，而直接切入敘事文本，按察其「感慨」，其「寓意」。如張竹坡雖不知蘭陵笑笑生者何許人也，卻也能從《金瓶梅》的書中辨識其「寓意」，正是「其所欲說之人，即現在其書內。」，他在〈竹坡閒話〉直陳作此書者必然有椎心泣血之仇恨怨辱，故以口誅筆伐，殺貪財貪色之輩，他的評語雖嫌迂腐道學，且有意回護蘭陵笑笑生「肉麻穢口，傷風化，損元氣」[21]的色情描摹，但張竹坡所執行的批評路徑卻是開放的，跳過「真實作者」的關隘，直接就敘事文本闡釋藏在《金瓶梅》書中的「隱含作者」。他說：

20　明・蘭陵笑笑生著，清・張竹坡批評，王汝梅、李昭恂、于鳳樹校點：《金瓶梅》（濟南：齊魯書社，1988），頁 36。

21　明・凌濛初：《初刻拍案驚奇》即空觀主人〈原序〉（臺北：世界書局，1975）。

> 《金瓶梅》，何為而有此書也哉？曰：此仁人志士、孝子悌弟不得于時，上不能問諸天，下不能告諸人，悲憤嗚咽，而作穢言以泄其憤也。雖然，上既不可告問諸天，下亦不能告諸人，雖作穢言以醜其仇，而吾所謂悲憤嗚咽者，未嘗便慊然于心，解頤而自快也。夫終不能一暢吾志，是其言愈毒，而心愈悲，所謂「含酸抱阮」，以此故知玉樓一人，作者自喻也。[22]

在張竹坡的見解中，《金瓶梅》的「隱含作者」是一個悲憤嗚咽的仁人志士，他作此書的意圖在口誅筆伐天下的假仁假義，假情假愛，假兄弟，假夫妻，假父子，有酒色財氣可圖，就有假夫婦假朋友假兄弟；有勢力有利益可圖，人情就八面玲瓏，生張熟魏熱呼呼；冷的會變熱，假的可當真，富貴貧賤竟是顛倒真假之防的關鍵。從全書的情節網絡來看，張竹坡認為《金瓶梅》的「隱含作者」就在痛陳世間人在酒色財氣的籠絡下，那一分做人應有的本心真情與尊嚴，都可以席捲而去，飄零無存，所以是一部悲書。[23]

清・蒲松齡（公元 1640-1715 年）的鬼怪小說《聊齋誌異》，也有不可忽視的微言大義，除了故事情節可以叩問主旨外，清人王士正（生卒年不詳）注意到蒲松齡在將近五百篇的故事之中是從〈考城隍〉開始，而結束於〈花神〉的討迫害者封氏；王士正能穿透故事表層的秋墳鬼哭，寒燈夜雨下的沈冤鬱恨，錦被紅浪裡的慾海浮

---

22 明・蘭陵笑笑生著，清・張竹坡批評，王汝梅、李昭恂、于鳳樹校點：《金瓶梅》，頁 10。

23 明・蘭陵笑笑生著，清・張竹坡批評，王汝梅、李昭恂、于鳳樹校點：《金瓶梅》，頁 8-9。

沈，體會蒲松齡的際遇與寄寓，揭示他一片諷喻人心，針砭世道的敘事旨意，他說：

> 一部大文將畢矣。先生訓世之心，攄懷之筆，嬉笑怒罵，彰癉激揚，本經濟以為文，假鬼神以設教，以生事而知死事，以人心而見佛心，寫情緣於花木，無非美人香草之思，證因果於鬼狐，猶是鶯被燕巢之意，合歡者固以膠投漆，棄捐者亦努力加餐。此其命意之卓然，固非操觚于率爾也！若乃情關久錮，慾海將沉，亦見生生死死之中渡來仙筏，終以色色空空之界喚出迷津。招來入宅巨狼，匿彼畫皮厲鬼，迷淪者房幃亦成陷阱，解脫者卧榻即是蒲團！又有儇薄性成，疎狂習慣，施之愚柔則喪德，加諸險惡則戕生，那能室有仙人，叩九閽而昭雪，或且口稱才子，對穉女而含羞，以彼噬臍，為吾借鑑！至若狼貪而毒，虎猛而苛，不強項而強梁，不虛心而虛肚，西江水難湔齷齪之腸，六月霜易上媕婴之臉，脂膏皮骨，慘小民終歲空虛，犬馬蛇蟲，儘縉紳三生受用，厥有報國良臣，承家孝子，友兄悌弟，貞婦義夫，以逮俠客劍仙，良農善賈，皆綱常之所托，世教之所關。憐茲弱植不任摧殘，賴有神明時加保護，勿任含沙射影，勿任助浪興波，勿任萬竅怒號，勿任中宵淜湃，勿任播來濁土，遮彼蒼天，勿任呼出浮雲，蔽斯白日！庶幾哉破浪者無虞，披襟者共快，無覆雨翻雲之患，無紛紅駭綠之灾，長春慶洽，椿萱大被，歡凝花萼，第願芝蘭之競秀，不憂蒲柳之無能；此志異之所以以考城隍始，以討封氏終也！勸懲之大義彰矣，文章

之能事畢矣。[24]

王士正對於蒲松齡寄寓於聊齋誌異裡的「命意」闡述可以說是「知無不言，言無不盡」，從臥房到書齋與廳堂，從衙門到牢房，從亂葬崗到森羅殿，書房裡的妖狐女鬼僵尸，官署裡的報國良或貪官狠吏，荒村裡的老嫗孤女，王士正一一勾稽蒲松齡關切的民瘼，譏刺的社會敗相，讚譽有加的美好典範，可謂全幅地呈現了蒲松齡的寓意。簡言之，王士正可為完全地揭露了《聊齋志異》的敘事旨趣。就實際分析而言，時行的「隱含作者」術語，雖有其評論細密會心之處，但此一用語易滋生歧義與誤解，把握其側重面即可，未必要套用此一術語，在分析文本時，采用「題旨」，或「寓意」予以指稱，即可清楚所論。

三、敘事者的立場類型

敘事者有其主權決定採行何種立場講述，是站在故事圈之外，當個局外人，以報導者的身分陳述他人所經歷的事件，就像球賽場邊的播報員提供賽事情況給聽眾，但他本身並未下場參與比賽一般；或是化身為故事之中的當局者來提供身歷其境般的遭遇，以近

---

24 蒲松齡自己也將孤憤之志說得甚為明白，他說：「莫言蒲柳無能，但須藩籬有志，且看鶯儔燕侶公復奪愛之讎，請與蝶友蜂交共發同心之誓，蘭橈桂楫可教戰於昆明，桑蓋柳旗用觀兵於上苑，東籬處士亦出茅廬大樹，將軍應懷義憤，殺其氣燄，洗千年粉黛之冤，殲爾豪強，消萬古風流之恨。」清・蒲松齡著，劉階平編校：《增圖補校但刻聊齋志異》（臺北：臺灣學生書局，1978），卷16，頁68-69。

距離的接觸來感動及取信讀者。前者稱之為「局外人立場的敘事策略」，屬性客觀中立；後者稱之為「當局者立場的敘事者」，屬性主觀側立。有些將「局外人立場的敘事策略」稱之為「第三人稱形式」，而把「當局者立場的敘事者」稱之為「第一人稱形式」，但這種分法有其不妥之處，因為敘事者是敘事文本的語言執行主體，所以不論是哪一種敘事方法，都是「敘事者」「我」在敘事，因此，以第一或第三人稱別來區分敘事立場，其辨識功能不大。[25]「局外人立場的敘事策略」也被稱之為「抽象講述」，敘事者以普通報導的形式進行客觀地敘述，而「當局者立場的敘事者」也被稱之為「具體講述」，全部的講述都由某個具體的講述人來進行，每一個消息的來源都是透過這個具體人物的所見所聞，所思所感來訴說。[26]

---

25 荷・米克・巴爾認為「那個正在講述故事的人」，怎麼樣都是「我」，她說：「只要有語言，就有一個說話人在講此語言；只要這些語言表達構成敘述本文，就存在講述者，一個敘述主體。從語法觀點來看，這總是一個『第一人稱』。事實上，『第三人稱敘述者』這一術語是悖理的：敘述者並不是一個『他』或『她』。充其量敘述者不過可以敘述關於另外某個人，一個『他』或『她』的情況……總之，不論是以當事人或局外人的身分來講述故事，此兩種敘述情況都要理解為：由一個說話主體『我』來講出故事的。即使敘述者刻意隱蔽，不提及自身，或是讀者並未察覺有一個敘述者正在對著他講故事，任何敘事文本都必然存在著執行敘述動作的一個語言主體。」荷・米克・巴爾著、譚君強譯：《敘述學：敘事理論導論》，頁 7。

26 俄國形式主義認為「講述人」的作用是至關重要的，「講述人」就是「敘事者」。俄・什克洛夫斯基等著，方珊等譯：《俄國形式主義文論選》：「『講述人』的作用很重要，因為情節分佈的移位經常作為故事的屬性被引入。講述方法有各種各樣：或者是作者以普通報導的形式所作的客觀敘除了立場之外，敘事者也決定著講故事時所抱持的態度，他可以帶著諷刺的批判性呈現故事的情節；也可以懷著褒揚肯定的態度陳述人物的遭遇；可以冷腸以對，也可以熱血講述；可以積極、蓄意地站在現場，對故事中的人物或事情來龍去脈，做一個指點、說明、勸戒；也可以「真人不露相」，盡量隱蔽，不張揚自己在敘事的現場……這些敘事態度，都會直接決定敘事文本表現出來的風格特徵。敘事者在講述故事的過程中，也有特權決定是否對故事本身，或對故事之中的人事物進行評價。有的敘事者選擇不評價，不議論，他只提供故事給讀者，將評價與議論的權力保留，或說將此權力獻給讀者。有的敘事者選擇評論，評論的方式也有直接和間接兩種操作手法，前者是由敘事者自己的聲口直接發言，後者則是委托故事之中的相關人物來表示意見。不論說出或不說出；親口說或借他人口說，一律是敘事者所主導演出的敘述技巧，而其價值觀則綜合凝聚於「寓意」，也就是所謂的「隱含作者」。

（一）局外人立場的敘事策略

敘述者站在故事時空圈之外，類似一個旁觀者，或場邊的記錄員，將他人的遭遇客觀地報導給讀者聽，不論故事之中的人物或是

述，對消息的來源不加解釋（抽象的講述），或者是講述人以一個具體人物的名義講述。……這樣，就存在兩種類型的講述：抽象敘述和具體講述。在抽象講述中，作者無所不知，乃至主人公隱密的內心世界。在第一人稱形式的具體講述中（有時用德文術語 ich-erzälung 表示），全數敘述都隨講述人（相應地——聽故事人）的內心感受過程來進行，而且在作每一個報導時，都有關於講述人（或聽故事人）是怎樣、什麼時候得知這一切的解釋。」（北京：三聯書局，1989），頁 120-121。

事件，都和敘事者本人的生活互不關涉，他們分屬兩個不同的生活圈，彼此之間的界線嚴明，敘事者自始至終都維持在故事的界線之外，而故事之中的人物也不會跨越界線，和敘事者發生互動，也不會「察覺」有敘事者在旁邊暗中窺視或竊聽他們的人生，翻閱他們的內心世界或是外在的行為舉動。胡亞敏在《敘事學》將局外人立場的敘事者稱之為「異敘述者」，即「異」於故事人物的「敘述者」，她認為這是一種較為靈活的敘事策略，她說：

> 異敘述者由於不參與故事，因此在敘述上具有較大的靈活性。就敘述範圍而言，他可以凌駕於故事之上，掌握故事的全部線索和各類人物的隱密，對故事作詳盡全面的解說。當然，他也可以拋去這種優越感，緊跟人物之後，充當純粹的記錄者，有節制地發出信息。[27]

局外人立場的敘事策略，居於遍照故事的制高點，所以掌握了故事的全部資料，方便對故事的來龍去脈作出詳盡的述說，所以，在敘述牽涉廣泛的歷史事件時，最為合適。以張戎（公元 1952-）的《慈禧：開啟現代中國的皇太后》為例，她站在現代時空，以客觀報導的立場敘述慈禧太后的事跡，[28]可以靈活調度歷史檔案入文。下列

27　胡亞敏：《敘事學》（武漢：華中師範大學出版社，2004），頁 41。

28　王陽：《小說藝術形式分析：敘事學研究》：「在真實文本中，文本外真實作者處於人類唯一的『物理時空』之中，作者的寫作行為發生於現實或歷史的事件發生的時間之後。文本話語中被敘述事態演進的『文本內時空』以現實或歷史事件的先在性為旨歸。敘述者 N 將文本事態作為對象敘述出來時，他的敘述行為也發生於文本事態已經發生之後，與物理時空中作者

節選是庚子事變（1900）發生後，慈禧太后與光緒一行人落荒而逃的狼狽情狀，張戎根據時任懷來知縣吳永的口述資料，重新整理如下：

> 苦不堪言的兩天兩夜後，慈禧到了小縣懷來，終於有了地方官出城跪迎。知縣吳永是曾國藩的孫女婿，在前一天接到「緊要公文」：「粗紙一團，無封無面，已縐折如破絮」。展開來看，是通知他皇太后、皇上即將駕到，要他準備接待。為皇太后、皇上，他必須準備「滿漢全席一桌」，十多個王公大臣，以及皇室警衛，「各一品鍋」。以下「隨駕官員軍兵，不知多少，應多備食物糧草」。這是吳永無論如何也辦不到的。有人勸他「棄官逃避」，有人勸他「置之不理」，就當沒收到一樣。他躊躇再四，覺得不能不管患難中的君主，叫廚子盡力而為。但兩頭驢子馱載的食物，在路上被逃兵連同驢子一起搶走，廚子的右臂也遭砍傷。最後煮好三大鍋綠豆小米粥，兩鍋被潰兵吃光。剩下的一鍋，經他再三央告，說是給皇太后、皇上預備的，才得以保留。他命馬勇荷槍侍立店外，自己坐在店門外石墩上守護，好容易保住了這鍋粥。
>
> 吳永選了一家較為寬敞的騾馬店，為慈禧一行下榻用。他在椅子上鋪上椅墊，門上垂起簾子，牆上還掛了些字畫。慈禧進來時，看見眼前的「奢華」和地上匍匐的知縣，不禁放聲

與現實或歷史事態之間的時間關係對應。這樣兩類主體（真實作者 W，A 和敘述者 N）與各自的對象（現實或歷史事件、文本內事態）的時間關係是同向的，或曰文本內外兩類主體與對象正方向時空對稱。」，頁 39。

> 大哭。吳永也隨著痛哭。慈禧一邊哭一邊自訴沿途苦況：「連日奔走，又不得飲食，既冷且餓。」「我不料大局壞到如此！」這時，她聽說有小米粥，高興起來，說：「有小米粥，甚好甚好，可速進。」她突然想到吳永應當「磕見皇帝」，對李連英說：「連英，爾速引之見皇帝。」吳永見光緒站在「近左空椅之旁，身穿半舊元色細行湖縐棉袍，寬襟大袖，上無外褂，腰無束帶，髮長至逾寸，蓬首垢面，憔悴已極」。吳永「跪磕，皇上無語」。
>
> 吳永退出，小米粥由太監送進，這時發現沒有筷子，大家都沒辦法，慈禧說用高粱杆。不一會，吳永聽見屋內「爭飲豆粥，唼喋有聲」，聽得出吃得很香甜。[29]

懷來縣事件中出現的重要人物計有慈禧太后、吳永、光緒皇帝與崔玉桂等人，張戎採取的敘事立場是局外人身分，「敘事者」不側身於故事圈之內，所以文本內「敘事者」不是慈禧太后，也不是懷來縣知縣吳永，也不是由光緒皇帝或是崔玉桂，或其他隨從跟班的次要人物來「說故事」，而是站在歷史場邊的歷史作家張戎，她根據文獻資料，從知縣吳永接到一團如破布般粗紙所寫的公文，命令他要為皇室準備一桌滿漢全席，王公大臣與警衛各一品鍋，到吳永在兵荒馬亂之際，最後只能煮出三大鍋綠豆小米粥……都一五一十地報導出來。相較於置身事外的客觀敘事者立場，懷來縣事件若是由當事人來「現身說法」，此一事件過程雖然不變，但因為是主

29　張戎：《慈禧：開啟現代中國的皇太后》（臺北：麥田出版，2014），頁281-282。

觀的敘事立場，所以必然有其個人的切身感受。以下所錄是懷來縣知縣吳永（公元 1865-1936 年）的回憶錄《庚子西狩叢談》片段，文中的敘事者「予」，也就是「我」，由「我」的立場來說「我」當年如何被崔玉桂厲聲喊去接濟慈禧太后一行人：

> 徑以手挾予腕而行，入院至正房門外聲報。始搴簾令入。其室為兩明一暗，正中設方案，左右列二椅，太后布衣椎髻，坐右椅上。予即跪報履歷，並免冠叩頭。太后先問姓名，予如問奏答。又問：「旗人？漢人？」予奏言：「漢人。」問：「何省？」曰：「浙江。」又問：「爾名是何永字？」予倉卒更不記他語，因信口作答曰：「長樂永康之永。」曰：「哦，是水字加一點耶？」予應聲稱是。復問：「是何班次，何時到任。」予一一陳奏。曰：「到任幾年？」曰：「三年矣。」問：「縣城離此多遠？」予答謂二十五里。曰：「一切供應有無預備？」予謹奏曰：「已敬謹預備，惟昨晚方始得信，實不及周至，無任惶恐。」曰：「好，有預備即得。」言至此，忽放聲大哭，曰：「予與皇帝連日歷行數百里。竟不見一百姓，官吏更絕跡無睹。今至爾懷來縣，爾尚衣冠來此迎駕，可稱我之忠臣。我不料大局壞到如此。我今見爾，猶不失地方官禮數，難道本朝江山尚獲安全無恙耶？」聲甚哀惻，予亦不覺隨之痛哭。太后哭罷，復自訴沿途苦況，謂連日奔走，又不得飲食，即冷且餓。途中口渴，命太監取水，有井矣而無汲器，或井內浮有人頭，不得已，采秫稭稈與皇帝共嚼，略得漿汁，即以解渴。昨夜我與皇帝僅得一板凳，相與貼背共坐，仰望達旦。曉間寒氣凜冽，森

> 森入毛髮，殊不可耐。爾試看我已完全成一鄉姥姥，即皇帝亦甚辛苦。今至此已兩日不得食，腹餒殊甚，此間曾否備有食物？」予曰：「本已謹備餚席，但為潰兵所掠；尚煮有小米綠豆粥三鍋，預備隨從尖點，亦為彼等掠食其二。今只餘一鍋，恐粗糲不敢上進。」曰：「有小米粥，甚好甚好，可速進。患難之中得此已足，寧復較量美惡？」[30]

吳永的回憶錄由於是當局者的敘事立場，所以有更多個人的感知與心情，包括他看到崔玉桂的雙目突出的凶悍長相，聽到他尖厲刺耳的召喚聲，手腕被他用力挾持晉見太后的感受，以及自己與慈禧太后的一段君臣答問，他聽到慈禧聲甚哀惻的哭聲，使他自己也不覺隨之痛哭……這些都與旁觀者的敘事策略有別，旁觀者中立，冷靜，超然；主觀者則有其個人的聞見與情意感受。

旁觀的局外人之敘述策略一般較主觀的當局者之敘述策略更為通行，因為這樣的立場便利於客觀如實地說明人物之間的關係，利害、恩怨、是非的陳述，也不會受制於某個角色的片面思維，能提供讀者一個攤開的人際交往現象，各種利害盤算、不得已的苦衷，陰錯陽差的誤會，口是心非的真相，恩怨締結的前因後果等等，都適合敘事者從圈外人的身分超脫各方人馬的制約，全面而客觀地報導故事，這就是所謂的「全知觀點」。全知觀點的敘事策略可揭明人物內心的想法，讓讀者知道角色的心事，滿足讀者知的慾望，加強讀者對人物的瞭解，刺激他對故事發展的熱心關切。例如武俠小說類的作品一般就必須使用全知敘事的立場，才能從容有序地鋪設

30　吳永口述，劉治襄記：《庚子西狩叢談》（長沙：岳麓書社，1985），頁50。

各門各派的「江湖恩怨」，解說複雜玄妙的「武林功夫」。以下是金庸（公元 1924-）《神鵰俠侶》的片段，金庸使用的是全知的局外人敘事立場：

> 楊過心想：「倘若他拿住了忽必烈，蒙古人投鼠忌器，勢必放他脫身。我再不下手，更待何時？」稍一遲疑，終於又問一句：「郭伯伯，我爹爹當真罪大惡極，你非殺他不可麼？」郭靖一怔，此時哪裏還有餘暇細想，順口答道：「他認賊作父，叛國害民，人人得而誅之。」楊過道：「好！」更無半點遲疑，提起君子劍，對準他後頸便插了下去。
>
> 突然眼前白影閃動，一棒揮來，將他長劍擋開。楊過順手黏引，卸開對方棒力，看清楚這棒是瀟湘子所發，心下詫異：「我劍刺郭靖，何以你反而阻擋？」但隨即省悟：「啊，是了，郭靖若是死在我劍下，那蒙古第一勇士之號便歸於我。嘿嘿，你這殭屍哪知我是為報父仇，這區區世間虛名，豈放在心上？」他疾出數劍，將瀟湘子的哭喪棒逼開，迴劍又向郭靖背心刺落。瀟湘子仍是揮棒擋開。
>
> 此時郭靖正以掌力與法王的金輪、尼摩星的鐵蛇周旋，那知楊過在自己背後搗鬼，只道他正奮力與瀟湘子相鬥，說道：「小心他棒中放毒。」[31]

由於《神鵰俠侶》的江湖人物眾多，政治利害與武林榮辱等瓜葛繁複，因此，需要從故事圈外的立場來敘述，才能全面交代武林

---

[31] 金庸：《神鵰俠侶》（臺北：遠流出版事業公司，1990），頁 872。

世界中的恩怨情仇。以這場楊過和郭靖的恩仇關係而言，郭靖殺害楊過父親，楊過為報父仇，因而在武鬥之中欲致郭靖於死地，然郭靖赤忱熱血，有民族大義，且捨己護救楊過，令楊過內心起伏不定，而作為敵人的瀟湘子又恐郭靖若遇楊過一劍刺死，則「蒙古第一勇士」之榮銜就要歸於楊過，於是敵我不清，處處拿哭喪棒幫郭靖擋劍。這些心機隱情若不由敘述者表出，則郭靖、楊過、瀟湘子、尼摩星、法王一群人雖「打得火熱」，卻僅止於兩方交戰的表面層次，很難洞穿人物的心事和盤算，也無法使閱讀者因看穿內情而產生緊張有趣的心理反應。

作為全盤皆知的敘事者，在說故事時也可以先不吐實，以造成水落石出後，讀者恍然大悟的閱讀快樂。以下是馮翊子（生卒年不詳）的一篇小說，透過「俠」來說「自稱俠」的被「自稱俠」的「俠」給擺了一道：

> 進士崔涯、張祜下第後，多遊江淮，常嗜酒，侮時輩，或乘飲興，即自稱俠。二子好尚既同，相與甚洽……一夕，有非常人，裝飾甚武，腰劍手囊，貯一物，流血於外。入門謂曰：「此非張俠士居也？」曰：「然。」張揖客甚謹。既坐，客曰：「有一仇人，十年莫得，今夜獲之，喜不可已。」指其囊曰：「此其首也。」問張曰：「有酒否？」張命酒飲之。客曰：「此去三數里有一義士，余欲報之，若濟此夕，則平生恩仇畢矣。聞公氣義，可假十萬緡，立欲酬之，是余願矣。此後赴湯蹈火，為狗為雞，無所憚！」張且不吝，深喜其說，乃扶囊燭下，籌其縑素中品之物，量而與之。客曰：「快哉，無所恨也。」乃留囊首而去，期以卻

回。及期不至，五鼓絕聲，東曦既駕，杳無蹤跡。張慮以囊首彰露，且非己為，客既不來，計將安出，遣家人將欲理之，開囊出之，乃豕首矣。因方悟之而嘆曰：「虛其名，無其實，而見欺之若是，可不戒歟？」爾後豪俠之氣喪。[32]

小說裡的講述者當然知道來龍去脈，但他先不說實話，讓讀者就像是張祐一般以為遇到了行俠仗義的大俠，慨然交付了豐富的酬金給他去「結交義士」，對方也慨然承諾「此後赴湯蹈火，為狗為雞，無所憚！」沒想到是遇到了老千。這個老千顯然已設計良久，特投其所好，以一派江湖大俠的氣派出場，還費心準備了「人頭」道具；敘事者自然知道袋子裡鮮血涔涔的那一顆頭不是人頭，而是豬頭，但他控制訊息的給予，由故事中的人物——張祐來開啓後，才揭曉「囊中物」竟然是豬頭，始知上當，此後便俠氣銳減，不再耀武揚威了。這樣的限知立場，能帶給閱讀者好奇的關注力，也能使閱讀者更容易感受到當事人——張祐的懊惱和悔恨之情。清人吳敬梓（公元 1701-1754 年）的巨作《儒林外史》，其第十二回「俠客虛設人頭會」，即採本篇加以發揮而衍成。

局外人立場的敘事策略行之廣大久遠，故司空見慣，民初遂有質疑其故步自封者，謂不如西方小說之以當局者——「我」來述個人遭遇為真切感人，然東海覺我（徐念慈）認為西方小說以記一人故事為主，所以格局較小，中國小說多數記眾人之事，格局大，線索紛繁，唯大手筆者可成，所以敘事技巧實為高超。他說：

---

32 五代·馮翊子：《桂苑叢譚》（臺北：藝文印書館「百部叢書集成影印寶顏堂祕笈本」）。

> 西國小說，多述一人一事；中國小說，多述數人數事。論者謂為文野之別，余獨謂不然。事迹繁，格局變，人物則忠奸賢愚並列，事迹則巧絀奇正雜陳，其首尾聯絡，映帶起伏，非有大手筆，大結構，雄於文者，不能為此，蓋深明乎具象理想之道，能使人一讀再讀即十讀百讀亦不厭也。而西籍中富此興味者實鮮。孰優孰絀，不言可解。[33]

中國小說敘事法度向來奉史傳旁觀者立場為宗，但近代自西洋小說傳入之後，國人目睹西洋小說以當局者立場敘述「自己」的故事，可抒情，可敘事，可遐想，近乎言志與緣情的詩風，再加上五四運動的維新變法風潮，遂有效法仿製之作，其後引發中西小說優劣之辯，維新者認為中國史傳與小說的局外人全知觀點相形見絀，但東海覺我則認為西洋小說多述一人、一事，線索單純，可以適用由「我」來說的敘事策略，至於中國史傳與小說，事蹟繁，人物多，格局變，必須採行客觀全知的角度，方能展開全方位的敘述，籠罩首尾起伏的歷史局勢，他說「雄於文者」的敘事者才能寫出這樣的大手筆，而且興味盎然，百讀不厭。

在中國小說史上，除了通行的全知觀點敘事策略外，另外又有一種「限知觀點」的敘事策略，常施行於「見聞錄」的筆記體小說，敘事者雖也置身於故事圈之外進行報導，但卻不敘述人物的內心世界，只限提供外部的見聞信息，例如南朝・宋・劉義慶編撰的《世說新語》，敘事者純就人物形諸於外的言行來報導，這樣就可

33　東海覺我（徐念慈）：《小說林緣起》，《小說林》創刊號（1907 年）。轉引自陳平原：《中國小說敘事模式的轉變》（北京：北京大學出版社，2004），頁 70。

以從旁觀覽魏晉名流的音容笑貌，而不需涉及內部的心理層面交代。此一敘事策略可執簡御繁，化去複雜的人際關係，濾去功利因素的干擾，使敘事者與故事、故事與受述者，維持「山遠始為容」的審美距離，得以耳根清淨地好好欣賞名士的逸聞趣事。

（二）當局者立場的敘事策略

1.當事人立場的敘事策略

真實世界之中人們莫不從己身有限的視角去觀察、去感知事件的情況。我手寫我口，我口說我生平事，這是最真實也最獨特的素材，由於都是屬於自己的經驗，因此如人飲水，別有一番滋味在心頭。個人的生命經歷或是情感檔案，若願意為他人傾訴解密，則自然須對聽者解密，因為，說話的人是當事人，他理應對這些事情原委心知肚明，當事情的某些情況可能非讀者所知時，作為當事人的敘述者這時就可以直接現身說明，不需岔出故事線索之外另外發論，這就是「當事人立場」的敘事路數。此一敘事方法的原則就是設定由故事圈內的某一個，或某幾個角色來為讀者講述故事，此外，還必須區分該敘事作品的性質是紀實類的傳記，或是虛構類的小說，如果是「紀實類」或「自傳體」的作品，那麼真實作者與敘事作品內的「敘事者」之身分應無差別，因為這類作品的價值在於敘事素材的資料價值，其傳播目的在於信息本身，而非傳達方式的技巧表現，所以「辭，達而已矣。」；至於虛構的小說，文本雖以「我」發言，但必須辨清敘事者與真實作者之間的關係，[34]不可混

34 王陽：《小說藝術形式分析：敘事學研究》：「在虛構敘事文本中，文本外真實作者（W，A）的寫作行為發生於作者對生活的現實感悟之後，姑且將促使作者動筆的『某事』定位於寫作行為之前。這件『某事』既可能

為一談，以免作繭自縛，既信以為真，又不能欣賞作者的敘事用心。[35]

在中國敘事文學史上，自傳，或實錄性質的回憶錄，真實作者與文本內的敘事者為同一身分；如晉・陶潛的〈五柳先生傳〉、唐・懷素的〈自敘帖〉，宋・歐陽修的〈瀧崗阡表〉，明・歸有光的〈寒花葬志〉、〈項脊軒志〉、〈先妣事略〉，清・沈復的《浮生六記》……這些作品的敘事立場都是當事人本身。自傳也可以略作穿鑿附會的潤飾，如駱以軍（公元 1967-）的《月球姓氏》，其所述故事雖然有若干潤色附會的創作成分在，但故事的內容和隱含作者始終圍繞著真實作者駱以軍的成長經歷，因此，基本上敘事者與真實作者無異。下文為駱以軍〈鐘面〉之節選，敘述他兒時與家人

在超功利的理想層面上是一件令作者感動的客觀世界中的真事情，也可能僅僅是現實性的功利刺激。沒有理由將一切創作的動機都設定為『高尚的』。由於文本的虛擬本性，敘述者 N 與文本內虛擬四維時空中演進的事態之間的關係，同現實時空中的真實作者（W，A）與『某事』的關係，這兩對主客體的時空關係不是同方向對稱的而是反方向對稱的。」，頁39。

35 法・普林斯（Gearld Prince, 1942-）對於「作者」（author）的定義為「敘事文的製造者或創作者。不要把這個真實或實在的作者跟隱含作者（IMPLIED AUTHOR）或是故事裡的敘述人搞混，作者並不是那種內在於故事，可從敘述裡推論得出的。敘事作品可以有兩個以上的真實作者，但卻只有一個隱含作者。」其原文如下：「The maker or composer of a narrative. This real or concrete author is not to be confused with the IMPLIED AUTHOR of a narrative or with its NARRATOR and, unlike them ,is not immanent to or deducible from the narrative. … Similarly, a narrative can have two or more real authors and one implied author or one narrator.」Gearld Prince: "*Narratology: the form and functioning of narrative*" – Berlin: Mouton Publishers, 1982, p.8.

前往萬華龍山寺禮拜神明的細微末節：

> 我記得我總是為我媽分給我的那一大把香，該分別插進主殿副殿各個神龕裡諸家仙佛的香爐裡的公平分配問題給弄得焦躁不已。正殿保生大帝三支，朝廟門拜天公香爐三支，偏殿後殿各路神將仙師：西方三聖、黃將軍、媽祖、孔聖、關帝、神農大師，甚至這間廟的前輩住持牌位……一律兩支，但往往到了圍廟朝拜的尾聲，譬如最後兩殿的地藏王（我兒時總以為是拜唐三藏）和註生娘娘，香便只剩一支不夠分配或根本用罄，我總是隱隱地恐怖著，因母親一開始沒算好數目而造成的疏漏，讓我年復一年地得罪著這兩尊神祇。雖然以我那個年紀的想像力，完全不能理解祂們所司轄的功能性神力。最後是搭著三十八路到萬華龍山寺，這時我們往往已累得東倒西歪口出怨言了，但我媽仍是堅毅虔誠地率領我們，一個神龕一個神龕地拜去，南無觀世音菩薩、無極聖母媽祖娘、水仙尊王、城隍爺、文昌帝君（我們且埋怨為何連文昌帝君旁的那頭白驢子也要拜），每一年重複的戲碼是要我們跑去那尊雷公嘴翻雲帶腳踢硯斗手執金筆的文魁星的玻璃櫃旁，故意站在祂那支筆指的方向，說古時候被那筆點過，便能花榜中舉。[36]

駱以軍以「我」的敘事立場追憶孩提時代與母親搭乘 0 北路、38 路公車到大龍峒保安宮、萬華龍山寺去拜拜，手忙腳亂地要分出手

36 駱以軍：《月球姓氏》（臺北：聯合文學出版社，2001），頁 176-177。

中的香枝來朝拜各路神仙，他絮絮地說著這些細節和心情，誠摯地緬懷那一片赤子之心，而讀者也如實地感受到他樸拙有趣的童年往事。

除了自傳外，遊記類作品以其個人之親身見聞與真實經歷為貴，而且，可以披肝瀝膽，對閱讀者娓娓訴說，所以採行「當事人立場的敘事策略」最為合宜；閱讀者可以像個未曾謀面的知音一般，靜靜地聆聽作者對自己傾訴他的經歷與心事，或是像個想像的隨行者一般，亦步亦趨地跟著敘事者的報導遊山玩水，或登高涉險，或臨溪垂釣，或入奇風異俗之境，或遠渡重洋，敘事者將所見所聞敘述出來，提供閱讀者神遊其境的樂趣。以中國最著名的山水遊記——明・徐霞客（公元 1587-1641 年）《徐霞客遊記》為例，敘事者徐霞客以「當事人」的立場對讀者（該書原是日記體，所以首位讀者是徐霞客本人，待該日記印行於世之後，遂有無數的讀者。）敘述他的壯遊經歷，徐霞客在〈遊嵩山日記〉中誠摯地說明「余」自幼就有攀登五岳的壯志，只是高堂在上，不敢遠遊，所以先選了離家較近的中岳嵩山來攀登：

> 河南河南府登封縣
>
> 余髫年蓄五岳志，而元岳出五岳上，慕尤切。久擬歷襄、鄖，捫太華，由劍閣連雲棧，為峨眉先導；而母老志移，不得不先事太和，猶屬有方之遊。第沿江泝流，曠日持久，不若陸行舟返，為時較速。乃陸行汝、鄧間，路與陝、汴略相當，可以兼盡嵩、華，朝宗太岳。遂以癸亥仲春朔，決策從嵩岳道始。凡十九日，抵河南鄭州之黃宗店。由店右登石坡，看聖僧池。清泉一涵，停碧山半。山下深澗交疊，涸無

> 滴水。下坡行澗底，隨香爐山曲折南行。山形三尖，攢立如覆鼎，眾山環之，秀色娟娟媚人。澗底亂石一壑，作紫玉色。兩崖石壁宛轉，色較縝潤；想清流汪注時，噴珠洩黛，當更何如也！十里，登石佛嶺。又五里，入密縣界，望嵩山尚在六十里外。從岐路東南二十五里，過密縣，抵天仙院。院祀天仙，黃帝之三女也。白松在祠後中庭，柏傳三女蛻骨其下。松大四人抱，一本三榦，鼎聳霄漢，膚如凝脂，潔逾傅粉，蟠枝虬曲，綠鬣舞風，昂然玉立半空，洵奇觀也！[37]

徐霞客以十九天的行程登臨北岳恆山，在這份屬於日記體的遊記中，他是如假包換的當事人，珍貴的敘事素材來自於他的真實經歷，他「登石坡，看聖僧池」，他看到香爐山的澗谷亂石宛轉，色澤潤麗，於是懷著讚美的心情「想清流汪注時，噴珠洩黛，當更何如也！」這些親身見聞由當事人娓娓敘述，令人神往。

由於當事人立場的敘事策略具有「逼真感人」、「情感真摯」的傳播效果，且可以讓故事仿製「意識流」的走向，使敘事者擁有更大的話語權，任由「我」來述說故事，或視故事之情況自剖「我」對此事件，或此人物的觀感，其他諸如「我」的議論、「我」的感慨、「我」的「異想天開」，「我」的愧疚……也都可以奉行「意識流」的心理進程來「據實表現」，適合今悔昨失，夜覺曉非，追憶逝水年華，或神遊太虛，憑空幻想等主題的作品採用。文化大革命是中國大陸先鋒派小說家取之不竭的敘事素材，它們也經常被作家以「當事人立場」的敘事策略進行重述。如：李銳

---

37 明・徐霞客：《徐霞客遊記》（臺北：世界書局，1962），頁23。

（公元 1957-）在《萬里無雲》中的敘事者是「我」，「我」的名字是「高衛東」，綽號「臭蛋」，身分是農民兼任道士。故事的內容是五人坪已經三年沒有下雨了，村長趙蕎麥聯合附近的也是在乾旱恐慌下的村落一齊舉行祈雨祭典，他們請「我」來抓拿旱魃妖魔，「我」在道士服貼上了毛澤東的肖像，開始作法捉妖：

> 我把寶劍挑到黑布底下，我說，本道長今日請來四方龍神要捉拿旱魃妖魔！我把寶劍一挑，那個紙糊的妖精就露出來了。四下裡又是一片嘿呀呀的喊叫。我把他背在後背上，我就知道沒有辦不成的事情。我照著這妖精的心口窩嘩啦一劍扎下去，我就他媽的把它給扎穿啦！我就勢朝起一挑，就把這個紙妖精舉到頭頂上了。人們嘿嘿呀呀地圍上來。一個一個瞪著眼，張著嘴，他們全他媽×的叫我給鎮住了。看看他們，看看他們，看看這滿院戶的傻羊。他們跑一二十里路，跑到這個廟裡來，就是為的看我這個道士到底有多大的法術。他們擠過來，擠過去，就是為的看看我到底是怎麼就能抓住旱魔妖精，到底是怎麼就能把龍王請來的。我這滿臉的鍋灰，我這根紅布條，我這把桃木寶劍，我這一身八卦道袍，就把他們全都給鎮住了。我後背上背著他，我就沒有辦不成的事情！我現在越邪氣，我現在越張狂，我現在越是不像個人，我現在越是像個妖怪，他們就越是相信我，他們就越是害怕我，他們就越不知道原來的我是個誰。你越是把他們當成畜生，他們就越是把你當成了神仙。我掐訣唸咒，掐訣唸咒，掐訣唸咒，掐訣唸咒。傻羊們，你們擠吧，你們看吧！你們好好看看我是誰？我他媽的今天不是高臭蛋啦我。

> 我他媽的今天是神仙轉世，我是呼風駕雨的高道長！我後背上背著他呢我。你們好好看看我是誰？我左轉右轉，左轉右轉，左轉右轉，左轉右轉。我抱他背在後背上就沒有辦不成的事情。我抽冷子長叫一嗓子，啊呀呀呀——！我把道袍的長袖子一甩，朝著身邊的人臉上抽過去。我說，妖魔在此，莫沾邪氣！[38]

小說影射文化大革命行動是一個打著毛澤東旗幟來胡作非為的「妖言」，或者說，那些喊著要為人民捉妖，自稱能呼風駕雨的「道士」，其實才是為患作祟的妖魔。李銳的敘事意圖是為了控訴在文化浩劫裝扮作「道士」（衛道之士）者的妖邪心術，因而設計出由「道士」自己「現身說法」的敘事策略，將捉妖者「我」內心各種邪惡的念頭自我暴露。文本雖以「我」發言，但「我」不可與真實作者「李銳」劃上等號。科幻小說作家韓松（公元 1965-）的《火星照耀美國》，其敘事立場也是杜撰一個「我」，一個名字叫做「唐龍」的中國人來講述故事。「我」被設想為晚年的唐龍，在公元二一二六年，是「世界上惟一能用這種語言流暢寫作的人」，「我」用即將消亡的艾科邁克語寫作，向「福地」的子孫講述從前我所經歷的往事。[39]

現代作家之所以偏好以當事人「我」的立場敘事，除了肇因戰亂之後人們開始從民族國家大我的視野轉向，朝向自我個體生命的存在意義探索此一氛圍外，尚有對人生體驗實事求是的寫作呼應，

38 李銳：《萬里無雲》（臺北：麥田出版，2006），頁 140-141。

39 韓松：《火星照耀美國》（上海：上海人民出版社，2012），頁 2。

即就我們與世界的交往經驗來看，個人往往只能由一己觀點去看、去聽、去感知、去體會周遭的世界，在此限制下，對事件的掌握必然只知其一，不知其二，「我」並未被賦予統攝全局的大權，所以由「我」的主觀立場來在敘述，能提供較為具體的敘事效果。此外，當敘事的立場被設置為「我」，真實作者可以獲取更便利的自我省視機會，撫今追昔，將過去的「我」視為觀察的對象；[40]此外，也可以出入於現實與想像之中，以現實的「我」，過去的「我」，想像中的「我」，甚至於分裂人格之中的「分身」，或數個「分身」之共治或爭執。胡亞敏在《敘事學》評論道：

> 正是人物自身所體現的說話的我與被表現的我、現在的我與過去的我、理性的我與非理性的我的矛盾和分裂構成了人物變化的根源。未被充分表達的被敘事主體是一個潛在的破壞性的恆流，它不斷地衝擊著人物的「現在」。因此，新的人物理論認為，人物是一個建構過程，他將在矛盾中不斷地被否定和置換。[41]

---

40 陳平原：《中國小說敘事模式的轉變》：「『五四』第一人稱敘事小說中頗多傾訴性作品，作家盡量與第一人稱敘事者認同；但也有不少小說借作家與敘述者的間離來造成另一個潛在的審視角度。王魯彥的《柚子》、陳翔鶴的《See！》中第一人稱敘事者與作家本人距離較大，容易造成反諷的藝術效果，這顯而易見。值得注意的是，『五四』作家喜歡逼著『我』敘述過去的故事。對人生世相的理解，過去的『我』不等於今天的『我』，讀者往往可以從今天的『我』不動聲色但又包含傾向性的敘述中，領悟過去的『我』認識的侷限。」（北京：北京大學出版社，2004），頁99。

41 胡亞敏：《敘事學》，頁157。

附帶一提的是，這種敘事策略也可以施行於電影當中，電影中的表現手法約有下列方式，一、利用鏡裏鏡外來呈現；鏡裏的人未開口，但卻有「鏡外音」的出現，而鏡外的人則凝視著鏡中的自己在構想著什麼。二、利用面部表情、頸部不同的轉動來顯示「此我」與「彼我」的交戰辯論，或是「自我」，「本我」，「超我」之間的磨合。三、由兩或多個演員（或一人分飾兩或多角）分飾這個「人物」的不同時期，或不同「身分」。

2.關係人立場的敘事策略

故事是由故事圈內的某一位，或某幾位關係人，以他的立場來提供故事，這樣的敘事策略謂之為「關係人立場的敘事策略」，它與「當事人立場的敘事策略」之差別在於：「當事人」是故事圈中的主角，而「關係人」則是故事圈中的次要角色，此外，「關係人立場」的敘事方法可以突破「一人」之限，由兩個以上的人以他們片面的所知所見所聞來敘述故事的某個部分，可能是時間上的某個段落，或是空間上的某個場合，或是人際關係的某一社交圈，當然，各個關係人會有各自的立場或心機。所以，這個敘事方法又被稱之為多元性敘事觀點（multiple points of views）。這種敘事方法對讀者提供了數款「大同小異」的故事版本，即每個關係人對同一件事各自表述之後，會產生不一致的歧異疑點，這些疑點將刺激讀者「辨清真相」，追究「是誰在說謊？」「是誰被矇在鼓裏？」因而帶來另一番的看故事趣味。

單一關係人立場的敘事策略是由「我」來講「我」所認識的「主角」——「他」的故事，但由於「我」與「主角」相識，所以，雖然說的是「他」的故事，但彼此之間因為有些瓜葛，難免有些牽掛，比從旁觀者立場所說的故事要切身一些。不過，雖然切身一些，但畢竟是「他」，而不是「我」的故事，所以，故事與「我」之間留有餘地，可供「我」超然事外地觀察、探問、感慨。例如阿盛（公元 1950-）在〈十殿閻君〉說的是他小學同學的悲慘故事：

> ——周成聽人說起臺灣地，到處都有好時機，四季如春美光景，有魚有肉又有米。鄉親回來，形容是個金錢淹到腳目的富貴島，加上帶返財銀不計其數，起大厝造大庭，看著不免動起心情。想我周成，人高手長，不去臺灣，欲向何方？……當其時，四鄉農作欠收，天公照顧不周，有人典妻做婢，有人賣子做奴。講起那一年——
>
> 那一年，我九歲，第一次見到鹿港婆。她在我鄉太子爺廟前彈月琴，身旁一盞電土燈，不很亮，卻足夠讓她看清楚琴弦及大碗裡有多少銀角紙幣，而且，也許她要藉著燈光隨時看清楚躺在地上的小女兒是否入眠。
>
> 鹿港婆還有個兒子。我從他的校服學號得知，他與我同年同校，因為這一層關係，我們互相認識，很快就有了交情。林秋田，他的名是真的，姓林則有點疑問，鄉人說，鹿港婆原是番薯市出身的，番薯市，我鄉特定代稱娼寮妓館。[42]

這位與他同校的男生「林秋田」，母親是一位被喚作「鹿港婆」的乞丐，在太子廟前彈唱月琴討生活，阿盛記得她彈唱的是〈十殿閻羅〉，屬於佛教的勸世歌。由於出身背景的低微，這個男生既不學

42　阿盛著：《阿盛精選集》（臺北：九歌出版社，2004），頁 11。

好又被排擠，最後走上了歹路。據阿盛所述，他最後因涉刑案而被處以槍決，這個消息是他成年之後偶然從廣播新聞聽到的，內心悲慨不已。阿盛回憶兒時的「林秋田」會來他家玩耍，但他手腳乾淨，從不會偷竊一分半文，在離開時，總是把衣服上所有的口袋翻出來以示清白。由於他與敘事者是兒時玩伴，敘事者因而能賦予他近觀的親切距離，使他童年時的點滴事件親切臨現，因此這個故事說起來或聽起來就更令人唏噓不已。

複數人物式的敘事手法作品較少，屬於晚進小說家的技法練習曲，創作意識較為「高瞻遠矚」或向歐美看齊的作家，比較喜歡採行這個敘事策略。如畢業於東京帝國大學英文系的日本作家芥川龍之介（公元 1892-1927 年）就是代表，他的作品如《羅生門》或〈竹藪中〉，用的敘事方法都是多元性的敘事觀點，以〈竹藪中〉為例，[43]芥川龍之介仿效美國小說家 Ambrose Bierce（1842-1914）創作的短篇恐怖小說 “*The Moonlit Road*”〈月光小路〉之多元觀點敘事手法，[44]該故事以一件謀殺命案的三方不同說詞所構成，他們分別是

---

43 日・芥川龍之介著，金溟若譯：《羅生門・河童》〈竹藪中〉（曹永洋譯）（臺北：志文出版社，1996），頁 230-242。

44 芥川此作之結構與美國小說家 Ambrose Bierce（1842-1914）創作的短篇恐怖小說 “*The Moonlit Road*”〈月光小路〉雷同，該故事以一件疑雲密佈的謀殺案作為情節，受害者是一名叫做 Julia Hetman 的婦人，她遭人勒死於家中的臥房。故事分三個部分呈現，各部分的敘事觀點都不同，第一個部分是受害者 Julia Hetman 的兒子，他說他被父親從學校緊急召回，父親告訴他，他出差完後回到家中時，發現有一個陌生男人逃了出去，他趕到臥房察看時，發現妻子 Julia Hetman 已經遭人勒斃。數個月後，兒子與父親在月光小路上步行，父親好像看到了什麼東西，臉色瞬時轉為蒼白，不久父親就消失在黑夜中。第二個部分是命案的謀殺者，他自述兩個夢境，一個是當他出差提早回到家時，發現有一個陌生人從他家離去，他走到臥房

命案受害者的兒子，命案的謀殺者，命案受害者的鬼魂透過靈媒來轉述。芥川龍之介在〈竹藪中〉將敘事者的身分推廣為七個當事人，這七個人都與命案有關，分別是樵夫、行腳僧、衙吏、老媼、多襄丸、女人、鬼魂（靈媒）等腳色，但他們卻又因為時間因素、空間因素、個人的利害考量因素等緣故而有所不知，或有所隱瞞……其中，女人是以向佛懺悔的方式；鬼魂則是托靈媒之口的方式複述事件之經過，多襄丸是自白，其餘四人是在對檢察官查案時作出的筆錄說出事件過程。這樣的手法由於採點放式的訊息表出，因而滋生一種懸疑待解的特殊氣氛。以下節錄「各說各話」的重要部分：

一、樵夫被檢察官盤問的筆錄

是的，發現那具死屍的，確實是我。我今天早上照常到後山去砍杉樹，而在山陰的竹林裏發現了那具死屍。你問我死屍在甚麼地方嗎？那地方離山科的驛路大約有半公里吧。在竹林裏夾雜著細長的杉樹，那是個荒無人跡的地方。

二、行腳僧被檢察官盤問的筆錄

時看見妻子蜷縮在角落，出於嫉妒憤怒，他把妻子給勒死了。第二個夢境是，他在月光小路上看見妻子的鬼魂走向他，脖子上的勒痕清晰可見。第三個部分是謀殺案的受害者 Julia Hetman 之鬼魂，她透過靈媒轉述，被謀殺的那晚她獨自在家，她聽到屋子裡有恐怖的聲音，她相信有什麼怪物要獵殺她，於是躲到角落，這時一個男人進來房間勒死了她，但她沒有看到他的面貌。後來，她看見丈夫兒子因她的辭世而傷心難過，遂試著從靈界來與他們溝通，想給予安慰，於是現身在月光小路上，不過，卻只有丈夫看得到她，但他一見到她，就嚇得逃走了。Ambrose Bierce: "*The Collected Writings of Ambrose Bierce*", The Citadel Press, 1963, p.417-426.

那死屍的男人，昨天貧僧的確遇到過。昨天——嗯！該是晌午時分吧。地點就在從關山到山科的途中，那男人和騎馬的女人一起往關山的方向走去。因為那女人戴着斗笠，又有面紗圍著，所以貧僧沒有看到臉面，只看見衣裳的顏色是紫面青裏的。

三、衙吏被檢察官審問的筆錄

您說我逮捕的那個男子嗎？他的確叫做多襄丸，是個有名的強盜。

四、老嫗被檢察官盤問的筆錄

是的，那死屍就是我家閨女所嫁的男人，他並不是京都人，是若狹縣府的武士，名叫金澤武弘，現年二十六，不，他的性情溫和，照理應該不會遭到仇殺。

您問我女兒嗎？女兒名叫真砂，現年十九，她雖是個不讓鬚眉的倔強的女人，可是除了武弘之外，從沒有過其他的男人。

五、多襄丸的自白

殺掉那個男人的就是我，但，我可沒殺那女人。您說……那麼究竟到哪兒去了？我也不知道呀？唔，等一等，不管怎樣拷問，不知道的事總不能說吧，事情已到這種地步，也不打算要卑怯的隱瞞什麼啦。這場刀拼的結果，當然不用細說了。我的大刀在第二十三回合時刺進他的胸膛！

六、來清水寺的女人的懺悔

那個穿深藍色衣服的男人，把我凌辱了之後，一面望着綁在那兒的我家相公，一面露出嘲弄的笑容。相公是多麼不甘心哪，可是無論他怎麼掙扎，綑在身上的繩結只是緊緊的勒入肌肉中。我不知不覺地朝相公的身旁，翻滾般地跑過去。

> 不，是想要跑過去吧。……相公仍然輕蔑地注視著我，說了一句：「殺吧。」我差不多做夢似地，對着穿淺藍色紗衣的相公的胸膛，用小刀戳穿了他。
>
> **七、鬼魂藉靈媒之口的談話**
>
> 強盜凌辱了我的妻子之後，仍然坐在那裏，用種種的話安慰妻子，妻子沮喪地坐在竹葉上，凝視著自己的膝蓋。看樣子的確是在傾聽強盜的話，我嫉妬得直打哆嗦。……我好不容易從杉樹底下，撐起精疲力盡的身體。我前面有妻子丟下的刀子在閃閃發光。我把它拿在手裏，心一狠，將它戳進自己的胸膛。

讀者依據這七個「各說各話」的訊息，其實不知道「人是誰殺的？」強盜說，他用大刀刺進男人的胸膛，使他致命。妻子說那是相公在她被強盜凌辱之後，哀求她殺掉他，所以他只好用小刀戳穿他的胸膛。而鬼魂則托靈媒之口說他是自殺而死的，因為他受不了妻子遭強到姦污的這個恥辱與嫉妒之心。芥川龍之介的故事正如他另一篇名為〈羅生門〉的小說一般，被謔稱為「羅生門」，也就是沒人可以弄清楚真相。不過，格非在《小說敘事研究》將這款敘事方法稱之為「目擊者提供證據體」，他說：「在藝術效果上，因為每個人的追述都引向事件本身從而形成了聯繫，同時每個人的見解、觀點，看到事件的某個部分也不盡相同，又構成了彼此的差異。」[45]他認為這樣也許會更客觀，更全面地提供一種接近事實的「真相」。事實上，這樣的寫作方法很可能是「治絲益紛」，不但

45 格非：《小說敘事研究》（北京：清華大學出版社，2002），頁76。

讀者弄不清楚，即便是作家自己都難以招架，再者，涉案的關係人若是每人都陳述一回，則故事就會陷入一事多敘，易造成拖泥帶水的負面效果。

諾貝爾文學獎得主美國小說家美福克納（William Faulkner, 1897-1962）在《聲音與憤怒》及《出殯現形記》都是使用這類敘述手法。[46]《聲音與憤怒》是由四個不同的角色來執行，其中三位是兄弟關係，其中一位是白痴；當時他們的祖母逝世，正在舉行葬禮，三兄弟由他們的立場分述他們在這個家庭所遭遇到的事件及感受，第四個角色是他們的鄰居狄西 Disey，他以旁觀者的立場來補述他所知道的事情。根據福克納本人的說法，他原本打算讓白痴出面敘說故事，但是，白痴不能把故事說清楚，因此再請出他的兩個兄弟來敘述，不過，故事仍然殘缺支離，福克納說：「我只好讓自己扮演第三人稱的角色，把前面整個片段連接起來並填補一些小漏洞。」[47]這個角色就是那位鄰居狄西。《出殯現形記》走的敘事方法也是一樣，全書共有十六個角色出面說故事，敘述次數由一到十九次不等，其中也有白痴角色，以感知和不作斷句予以表示。關於《聲音與憤怒》的寫作過程，福克納曾說，他自己三番兩次地一再改寫，而且直到書出版後十五年，他才在最後一段將整個故事和盤托出，如此，終於能從說故事的噩夢中醒來。福克納的嘔心瀝血雖然勞苦

---

46 美・福克納著；林啟藩、彭小妍譯：《出殯現形記》（臺北：學生英文雜誌社，1980）、美・福克納著；黎登鑫譯：《聲音與憤怒》（臺北：遠景出版事業公司，1981）。

47 福克納在寫給友人史坦因（Jean Stein）的札記中提到他寫作《聲音與憤怒》的心路歷程。美・福克納著；黎登鑫譯：《聲音與憤怒》（臺北：遠景出版事業公司，1981），頁4-5。

功高，但是說故事的終極所在應該還是在於故事本身，而不是在說的技巧上奮鬥而已，因為高度（或過度）的技巧可能導致繁瑣糾纏，晦澀難讀；此外，就故事的表達效率而言，當然是什麼都知道的旁觀立場最方便講述，因此，大文豪才會覺得這種寫作方法一直困擾著他，如同惡夢未醒，不得安寧一般。

一樣也是用了十餘個人來串聯故事的《查令十字路 84 號》卻有比較清朗的故事線索，此書的主軸建立在購書者海蓮・漢芙（Helene Hanff, 1916-1997）與書店經理法蘭克・鐸爾（Frank Doel）的書信往返，中間穿插書店內的職員與老闆（共有八人），海蓮的朋友（共有三人），法蘭克的妻女（共三人）以及其鄰居（一人）的信札，共同串聯起一段自 1949 至 1969 法蘭克・鐸爾逝世為止的故事。由於主軸清楚，副線又是並生於主軸，且書信內容都清楚簡明，事件也集中於書籍的購買與禮物的贈與，因此，涉入人物雖達十七人，卻能鋪陳出一張因愛書而結識，因真摯熱心的腸肚而延伸出去的友情之網。[48]

近代中國大陸先鋒派小說家也觀摩並取法這種與傳統小說頗為不同的敘事手法來寫作，而且背景常與這一代的作家們所遇到的歷史社會環境有關，特別是日軍侵華，文化大革命以及黃土高原的旱災、飢荒有關。由於苦難臨頭，人人為了生存，各自有各自難言的苦衷與盤算，也有許多覺今是而昨非的痛苦和追悔；因此，這種敘事手法也頗能為每一個當局者設身處地來發言。李銳就是其中的一位，他在《無風之樹》裏一共安排矮人坪裏的 12 個人物發聲，雖

---

48 美・海蓮・漢芙著，陳建銘譯：《查令十字路 84 號》（臺北：時報文化出版企業公司，2002）。

說是「人物」，其實也包含了鬼魂和牲口驢子，（除卻苦根兒是旁觀者外）李銳設計出場說話的依次是曹永福（拐老五）、暖玉、劉長勝、二狗、天柱、大狗、曹永福（拐老五）的鬼魂、醜娃、糊米、傳燈爺、二牛、啞巴（以呀哇哇哇……嗚哇哇……出聲）、大黑、二黑（驢子）（以看見草料黃的綠的……代表）。李銳在〈謂我何求〉序言自述他使用的敘事策略與存心，他說：

> 按照傳統的方法講故事，是一個人講，所有的人聽。這方法很有效，千百年來有許多故事就以這樣的方式流傳千古。但是這樣的方式有點像我的主人公——他希望用自已唯一的理想照亮無語的群山，他希望用一種言說的方式統領芸芸眾生。在這樣的方式裡，像石頭一樣的山民們永無開口之日，永遠是被別人導演的工具。……於是，我讓故事裡的人物們自己去講，讓他們每一個人把那同一件事情講一遍，讓他們把自己摸到、看到、聽到、想到、感受到的都講給我們聽，就像每一個活著的生命也都會帶著自己生動的回憶一樣，我讓現場的事件和回憶的思緒繽紛混雜。在這樣的敘述中，也許你得不到「真實」，可你肯定會得到許多刻骨銘心的體驗和感受，你會聽到許多感人肺腑的自白，你會得到一張多層面的近乎立體的全面攝影。[49]

李銳在序言中表明他要將發言權讓給原本沒有說話機會的小人物，要他們各自表述，李銳認為這能提供立體全幅的顯影。不過，

---

[49] 李銳：《無風之樹》（臺北：麥田出版，2006），頁4-5。

故事與敘述相輔相成，也相互頡頏，過於執迷於敘述方法的操弄，尤其是一再反覆使用後，未必都有「耳目一新」的閱讀趣味，而且重重疊疊，可能反而令人不耐。這正如福克納的小說雖然有桂冠加冕，也是大學課堂的選讀作品，但是它仍然乏人問津，甚至，對某些讀者而言不但掩卷嘆息，甚且不能卒讀。

臺灣當代小說作家平路在〈玉米田之死〉的敘事策略也是關係人複數式的模式，她共使用了駐美記者作為主要的敘事者，以及四個他採訪的對象所提供的事件，即自殺者陳溪山的妻子、女兒、同事和高中同學對陳溪山的描述，或印象、回憶。這種敘述手法應與平路本身的新聞工作背景息息相關，即由作為記者的敘述者以採訪相關人物的方式，提供片片斷斷的訊息，除了能製造小說新聞化的效果外，還可以產生迷霧漸散又漸淡的無常感傷，個人表述個人幻滅的理想憧憬。[50]

3.徵引式立場的敘事策略

故事圈的敘述者其所提供的故事不必限於自己的親身遭遇，也可以是「親耳聽到」的事蹟。在講述時，敘事者有意據實以告讀者其故事之出處；這類作品通常僅標明「某某曰」、「某書曰」，責任式的註記而已。例如：清・方苞（公元 1668-1749 年）撰寫的〈左忠毅公逸事〉開頭即表示此事是由他的先父所告知，文末又說，史可法到死囚大牢中探望左光斗一事是左光斗的外甥親自聽史可法說的。[51]

50　平路：《禁書啟示錄》（臺北：麥田出版，1997），頁 41-63。

51　清・方苞：〈左忠毅公逸事〉：「先君子嘗言，鄉先輩左忠毅公視學京畿，一日，風雪嚴寒，從數騎出，微行入古寺，廡下一生伏案臥，文方成草。公閱畢，即解貂覆生，為掩戶。叩之寺僧，則史公可法也。……余宗老塗山，左公甥也。與先君子善，謂獄中語，乃親得之於史公云。」《望其後，有些敘事者為了強調該事件的重要性，或為取得聽眾更大的關注興趣或是信服，而特意聲張該故事的「確實來歷」，以昭公信。[52]以下略舉三則例子說明之：第一則是酈道元引法顯之說，敘述恆河流域的神異故事，第二則是清代袁枚引林遠峰之說，敘述他自己的姑祖母，也就是媽祖林默娘的顯靈事蹟，第三則是清代紀曉嵐輾轉聽聞而來的狐狸精故事，這些「我聽某某人說」的敘述方式，雖然是由「我」來敘述，但，卻將故事的來源托付給一個更具有權威性的人物來透露，借以強化故事的「可信度」或「說服力」。

北魏・酈道元（公元 472-527 年）在《水經・河水注》介紹恆河旁的「毗舍利城」時引《外國事》，轉述了一則有趣的印度佛教故事，故事的來源為法顯（公元 337-442 年）和尚所述，解說在毗舍利城西北處有一座名為「放弓仗」塔之由來，其文曰：

> 釋法顯曰：城北有大林重閣，佛住於此，本菴婆羅女家施佛起塔也。城之西北三里，塔名放弓仗。恆水上流有一國，國王小夫人生一肉胎。大夫人妒之，言汝之生，不祥之徵。即盛以木函，擲恆水中。下流有國王遊觀，見水上木函，開看，見千小兒端正殊好。王取養之，遂長大，甚勇健，所往征伐，無不摧服。次欲伐父王本國，王大愁憂。小夫人問：「何故愁憂？」王曰：「彼國王有千子，勇健無比，欲來伐

溪文集》（臺北：臺灣中華書局「四部備要」），卷9，頁1。

52 發言者的權威性和專業能力可以決定話語的效力強度。張意：《文化與符號權力——布爾迪厄的文化社會學導論》有言：話語的效力，即使人相信的威力端賴於說出此話的個性的權威，也即是說，依賴於此人的作為其權威性標誌的「說話口氣」。（北京：中國社會科學出版社，2005），頁116。

> 吾國，是以愁爾。」小夫人言：「勿愁，但于城西作高樓，賊來時，上我置樓上，則我能卻之。」王如是言。賊到，小夫人于樓上語賊云：「汝是我子，何故反作逆事？」賊曰：「汝是何人，云是我母？」小夫人曰：「汝等若不信者，盡張口仰向。」小夫人即以兩手捋乳，乳作五百道，俱墜千子口中。賊知是母，即放弓仗。[53]

這則故事甚為神奇，小夫人用兩手勒擠她法力無邊的乳房，向兵臨城下的敵軍噴射五百道母乳，每一道乳汁都灑落在他們的口中，就這樣化解了開戰危機，因為吃到母乳的敵軍相信小夫人就是他們的母親，因而放下弓仗，一場劍拔弩張的侵略行動遂在母愛的感化下和平收場。敘事者酈道元聲明，此事乃大和尚法顯所述，[54] 法顯於東晉安帝隆安三年（公元 399 年）從長安出發，義熙八年（公元 413 年）由山東登陸回歸，前後經歷十四年，行程四萬餘里，是中國歷史上通過絲綢之路到達中印度、斯里蘭卡和印度尼西亞的第一人，也是第一個到達印度巡禮佛跡、求取經律而歸的名僧，聲譽崇隆，由法顯講述的故事自然擲地有聲，不會被讀者視為無稽之談。

臺灣沿海地區信奉的天上聖母，其肉身成道的聖蹟已廣為沿海

---

53 北魏・酈道元著，譚屬春、陳愛文點校：《水經注》（長沙：岳麓書社，1998），頁 5。

54 南朝・宋・釋・法顯：《佛國記》（即三十國記）「城西北三里，有塔名放弓仗；以此名者，恆水上流有一國王，王小夫人生一肉胎……二副王於是思惟，皆得辟支佛（緣覺，靠自己的體悟而信佛），二闢支佛塔猶在。後世尊成道，告諸弟子，是吾昔時放弓仗處。後人得知，於此立塔，故以名焉；千小兒者，即賢劫千佛是也。」（北京：中華書局，1991「叢書集成」重排八史經籍志本），頁 12。

信徒所知，然而，這個故事若是經由她的宗族親人來講述，那麼勢必更家確鑿動聽。清・袁枚（公元 1716-1797 年）在《續子不語》就是利用這個手法來敘述這個傳說：

> 林遠峯曰：天后聖母，余二十八世姑祖母也，未字而化，靈顯最著，海洋舟中，必虔奉之。遇風濤不測，呼之立應。有甲馬三，一畫冕旒秉圭，一畫常服，一畫披髮跣足仗劍而立。每遇危急，焚冕旒者輒應，焚常服者則無不應，若焚至披髮仗劍之幅而猶不應，則舟不可救矣。或風浪晦冥，莫知所向，虔禱呼之，輒有紅燈隱現水上。隨燈而行，無不獲濟。或見后立雲際，揮劍分風，風分南北。船中神座前必設一棍，每見羣龍浮海上，則風濤將作，焚字紙羊毛等物，不能下，便令舟中稱棍師者，焚香請棍，向水面舞一周，龍輒戢尾而下，無敢違者。若爐中香灰無故自起，若線向空而散，則船必不保。余族人之父某，言其幼時逢漳郡官兵征臺灣，致祭教場中，某隨父往觀，見后端坐纛上，貌豐而身甚短。急呼父視之，已不見。[55]

以上兩則都是女神的「神蹟」，一般人可能會認為「太神了」而半信半疑，所以採用跟故事有密切關係的特定人物來講論比較容易取信於「信眾」。下述一則撞妖的故事則可能因為「太扯了」而使人聽聽作罷，所以也需要使用「言之鑿鑿」的講述方式來吸引閱聽者

55　清・袁枚：《續子不語》（上海：上海古籍出版社，2002「續修四庫全書」），頁 2456。

的注意力，以達成敘述者的敘事意圖。

有意將小說打造為「子學」的清高宗大學士紀昀，他在《閱微草堂筆記》的妖狐鬼怪故事常寓有某種道理，因而需要賦予妖狐鬼怪故事的可靠出處以作昭示。以〈墳園〉為例，紀曉嵐說這個故事是由海大司農講給霍丈易書聽，霍丈易書再講給紀昀聽，紀昀再轉述給讀者，這樣展展轉轉，使該「奇聞」具有徵實及勸誡之機能，使讀者不敢一笑置之。

> 霍丈易書言，聞諸海大司農曰：有世家子讀書墳園。園外居民數十家，皆巨室之守墓者也。一日，于墻缺見麗女露半面，方欲注視，已避去。越數日，見於墻外採野花，時時凝睇望墻內，或竟登墻缺，露其半身。以為東家之窺宋玉也，頗縈夢想。而私念居此地者皆粗材，不應有此艷質；又所見皆荊布，不應此女獨靚妝，心疑為狐鬼，故雖流目送盼，而未通一詞。一夕，獨立樹下，聞墻外二女私語。一女曰：「汝意中人方步月，何不就之？」一女曰：「彼方疑我為狐鬼，何必徒使驚怖！」一女又曰：「青天白日，安有狐鬼？癡兒不解事至此。」世家子聞之竊喜，褰衣欲出，忽猛省曰：「自稱非狐鬼，其為狐鬼也確矣。天下小人，未有自稱小人者。豈惟不自稱，且無不痛詆小人以自明非小人者，此魅用此術也。」掉臂竟返。次日密訪之，果無此二女，此二女亦不再來。[56]

56　清・紀昀著，曹月堂選評、周美昌注解：《評注閱微草堂筆記選》（北京：寶文堂書店，1988），頁 129。

由紀昀的敘事意圖來看，「如實以告」地交代故事之來源，其方式已逐漸被存心利用，敘事者將所謂的「出處」或「來源」蓄意表出，不僅止於慎重地交代故事出處而已，還有喚起閱讀接受者信服的勸誘目的。

（三）受述者立場的敘事策略

「受述者立場的敘事策略」是將受述者套入故事圈，使受述者以聽取的方式推動故事的進行與完成，這個敘事方法又被稱為「第二人稱式的敘事立場」。敘事者操縱的是一種「翻轉式」的講述方式，以第二人稱的「你」作為故事行動的主角，但敘事文本中出現的「第二人稱受述者」——「你」的這個「你」，是文本之中的受述者「你」，而不是文本之外正在閱讀的真實讀者「你」；然而，由於敘事文本之中的受述者「你」是隱藏於敘事文本之內，那個「你」既未現身也未現形，這使得讀者容易誤認為說故事的人好像是在對自己講述自己的故事一般，因而會自我投射到故事情境之中進行角色扮演，並在閱讀時產生移情的心理作用。敘事者之所以操作這種模稜兩可的說話策略，乃是有心塗銷文本內與文本外的界線，使故事之外的讀者和故事之內的角色產生游移／重合，進而為敘事的感染力加添柴火。第二人稱敘事策略具有強大的假扮誘導性，這種刻意設計的傾訴手法，使讀者容易將自我疊印到故事中的人物，自我模仿為書中的那個「你」，造成讀者在閱聽時產生「身歷其境」的效果。就市場經濟來看，它也刺激買氣，因為敘事者好像在對自己「耳提面命」，「諄諄教誨」，「娓娓訴說」一般，因而頗有親切感、參與感。美．詹姆斯．費倫（James Phelan）說，在閱讀「非當局者立場」的敘事作品時，讀者很容易將現實與故事做一穩定而清晰的界定，作為讀者的「我」，身居故事之外，不會和文本裡的人物「廝混」；但「第二人稱式的敘事立場」，卻利用關鍵詞的「你」和你裝熟，有意抹除文本內外的界限，引誘你跨進文本世界之內作意神遊，他說：

> 一種清晰穩定的區分，一個內在的文本的「你」——受述者——主人公——與一個外在文本的「你」——有血有肉的讀者——之間的區別。然而，這兩個文本破壞了這種區別的清晰度和穩定性。在第一個文本中，發自「本書」的聲音所稱謂的那個你既是文本內的又是文本外的；它指的不僅是受述者——主人公，而且還有作為實際讀者的你。那個不知道如何反應的你，也許是受述者和實際讀者，也許不是——在那個時刻，話語模糊了二者的界限。……閱讀第二人稱敘述的一個重要維度：當受述者——主人公發出的一個第二人稱，稱謂既重合又相區別時，這些讀者將同時佔據受述者和觀察者的位置。進言之，對這個「你」的描寫越完整，實際讀者就越強烈地意識到他們與那個「你」的差異，因此就越圓滿地擔任起觀察者的角色——這個角色就越不可能與受述者的位置相重合。換言之，對那個「你」的刻畫越多，「你」就越有可能成為一個標準的主人公，因此實際讀者就越能充分地利用閱讀敘事的標準策略。然而，如近來第二人稱敘述的評論家們所一貫認為的那樣，運用這一技巧的大多數作家都利用這個機會讓讀者游移於觀察者和受述者之間，實際上，是模糊這兩個位置之間的界限。簡言之，要說明「你」是誰

並不容易。[57]

「緊盯著你」、「將你套牢」的敘事手法雖是新穎的技巧，但最初可能是出之於一種樸素的「自我對話」，自己對自己傾訴心事，一種自我反省，自我追憶的敘事變體。例如阿盛的〈六月田水〉：

> 終於，你用火車載著母親沉重的心疼，半是迷惘半是情怯得在台北的大門前放下舊皮箱；你不知道如何選擇那些跑來跑去的阿拉伯數字，你甚至無得盤算，因為你不曉得自己要去何處，東西南北弄清楚啊，是的，可是它們在何方？
>
> 方圓百甲田地之內，你熟悉每一條土路、每一個村莊。日頭落山那邊是林投林，契約蔗田那邊是正東，正北有水圳橫著流過，而聞得到稻株香味的地點，肯定在水圳正南方。
>
> 就從 0 南起步，你逐漸分明了許多 123，你在公車站牌下很快學會了搶擠到人龍前端，十天半月而已，推開別人且故作自然，做起來很簡單。你要討生活麼，有幾回，你就是心軟，結果你挨頭家的罵，罵奴才一樣的罵，你遲到上班，難過啊你難過得嚥不下乾飯。
>
> 整碗的乾飯夠好嘍，母親不滿意你嫌厭鹹魚醬芥菜破布子，油炸粿怎麼可以天天吃？兩條五角銀，討債嗎？你是做穡人子弟，你會不懂最艱苦是種田？你是沒有第蔭的寒門，你祖先

57 美・詹姆斯・費倫著，陳永國譯：《作為修辭的敘事——技巧、讀者、倫理、意識形態》（北京：北京大學出版社，2005），頁 108-109。

不是隔壁莊大厝裡的舍人，你有志氣將來去台北賺錢……[58]

〈六月田水〉中敘述的「你」是離開鄉村的老家和老母而北上謀生的主角，這個離鄉背井的鄉下人初抵臺北時，分不清楚公車路線，分不清楚東南西北，自己的抉擇是對？是錯？有悔？無悔？有怨？無怨？未來究竟是否能有出息？——由敘事者對這個隱形的「受述者」提問，這些回憶反思與提問由於都是以「你」作為聽者，因此也會使故事之外正在看書的讀者彷彿被敘事者「當面傾訴」而涉入故事情境之中，尤其當他也是一位來臺北都市叢林討生活的鄉下青年時，更容易油然移情其中，生活不容易啊，就像六月的田水一般滾燙，不論是下田當莊稼漢，還是伏案爬格子賺稿費，都得在「六月田水」裹跋涉，整碗的乾飯雖然比稀飯配醬瓜破布子好吃，但也不見得比較好捧，吃人家的頭路就得挨頭家的詈罵。寫〈六月田水〉的阿盛是鄉土作家，雖然他已定居臺北四十年，不過，他的文學題材仍然是鄉土關懷為多，所以，他的第二人稱式的敘事立場雖然具有親臨其境的效果，但所能引起同感的，應該只限於小部分新來乍到的他鄉遊子，暫時的一些迷惘，畢竟時代不同了，青年男女都嚮往在繁華的都市棲身，聲光熱鬧放送的快樂商城，摩肩擦踵的冷面人群，陌生但新鮮有趣的初體驗，早已蓋過對故鄉的眷戀，對父母的牽掛，對前途未卜的憂慮。所以，用第二人稱來寫鄉愁，願意登入遊戲的讀者畢竟已寥寥無幾了；若要引起城市生活中另一批受眾的關注，也許情慾遊戲會比較當道，不論是不是食不知味，還是三月不知肉味的情慾扮裝遊戲。朱天心（公元

58　阿盛：《阿盛精選集》，頁162-163。

1958-）在〈偷情〉將「妳」設定為都會中的熟齡女子，當面臨婚姻／肉體／精神都已然疲乏時的情慾更年期時，「妳」如何絕地反攻，如何密謀一場在軌道之內出軌的假性偷情，其敘事者也是使用第二人稱的「妳」來召喚正在文本之外讀小說窺伺文本中的「妳」，來共襄盛舉地「體驗」一番虛擬的「刺激」，以下是〈偷情〉的片段：

> 你抵城市的下車處距旅館並不遠，但你沒打算先進駐，因為你不知是在那樣一個充滿回憶的空舞台上如何開演。等他先到吧，由他公蜘蛛一樣張好網，你再登場。
>
> 你將行李置於車站內的寄物櫃（不忘將行李中為此行準備好的美麗襯衣取出置於隨身背包），附近的店家太熟悉了，以致失了興致，你心不在焉的逛進一家便利商店，買了水，雜誌架上抽了兩本這季節這城市的慶典、餐館介紹。過往丈夫總在店門外抽菸等待，給你莫大的壓力，這會兒你閒逛起來，細細比價選擇任何城市面目一致的美工刀、牙刷、筆記本、各種機能維他命，最終還取了一瓶酒精瓶模樣和內容也似的 Absolut 伏特加，冀望萬一屆時讓你緊張到無措，或許你可將自己快快麻醉，任由他。[59]

〈偷情〉的第二人稱敘事手法，以「妳」將受述者套入文本之中，使閱讀者更有興致地看下去，看「妳」一步一腳印地鋪設一場浪漫的「偷情遊戲」，等候「妳」的情人（其實是「妳」的丈夫）的到來，

59 朱天心：《初夏荷花時期的愛情》（臺北：九歌出版社，2009）。

敘事者以自我暴露的方式全都露，閱讀者也樂於滿足一窺究竟的趣味。烏伯托・艾科從影片敘事的手法來討論第二人稱敘事手法的結構與效果，他認為：「影片可以對觀眾發出一種言說，有如暴露自己，使自己被看，因此既使有如使觀眾能去看（作為窺視者與攝影機同化）或有如二者之間的一種輪替。」。[60]換言之，即利用暴露癖與窺視癖的關係來謀劃小說，或影片的結構，這可從畫面中進行說話或動作的人物其眼睛注視的對象是否為鏡頭作為判斷，前者必須直視鏡頭，使觀眾認為人物在對他說話，後者反是，人物的眼睛不可直視鏡頭，使觀眾與人物維持互不干涉的關係。美國電影導演約瑟・馬斯賽里（Joseph V. Mascelli, 1917-1981）在《電影的語言》說明如下：

> 電視裡的新聞報告員，他是直接對著透鏡說話的。眼睛的接觸在表演者和觀眾中間就產生了一種個人的關係。因為各人都直接注視著對方。這種處理法是從廣播裡發展下來的，因為廣播裡的報告員是直接對著聽聽眾說話的。在劇情片裡，一種個人的關係也可以用一個講述者或者表演者建立起來，他走上來，直接注視著透鏡來介紹這件事件、演員或背景，或對發生的事情作一番講述、解釋，這種做法通常最好是在一部片子開始或結束的時候做，或在故事中間插進來，把經過綜合起來，或給故事提出一種新的元素。……在商業電視上，為提供節目者的產品作宣傳的男女，為爭取較大的注

60 義・烏伯托・艾柯等著，李幼蒸選編：《結構主義和符號學電影文集》（臺北：桂冠圖書公司，1994），頁273。

> 意，便以個人方式直接對著鏡頭說話來吸引觀眾。電視或紀錄片裡的講述者，當事件在他背後發生時，就走到前景來，解釋這件事件。……像這樣的主觀處理法，用在奇蹟劇、歷史紀錄片、現代新聞故事，工業的或軍事的題材上，都一樣做得好。[61]

海峽對岸的題材又與臺灣城鄉生活有別，對於中高年齡層的大陸作家，文化大革命是多數知青的追悔憾事，悔恨政局的恐怖鎮壓，悔恨自己的不敢愛不敢恨，悔恨逝者如斯夫的奔流到海不復返。所以，高行健（公元 1940-）在《一個人的聖經》中就「你來我往」地運用「自我囈語」的分列式，反覆翻轉地和過去的我，現在的我，怯懦的我，憤怒的我，憂心忡忡的我，驚弓之鳥的我，噤若寒蟬的我，覆水難收，已成定局的我；悔恨追憶那覆水難收的過去的現在的我，想像的我，未來的我，寫作的我，應酬的我，肉慾的我，功利的我，自我解嘲，自我辯護，自我懷疑，自怨自艾，畏影而逃的種種的我進行辯解……以和「你」對話的傾訴方式，娓娓道盡這一段寫作與回顧的心路歷程，例如以下片段：

> 你得找尋一種冷靜的語調，濾除鬱積在心底的憤懣，從容道來，好把這些雜亂的印象，紛至沓來的記憶，理不清的思緒，平平靜靜訴說出來，發現竟如此困難。你尋求一種單純的敘述，企圖用盡可能樸素的語言把由政治污染得一蹋糊塗

---

61 美・馬斯賽里著，羅學濂譯：《電影的語言》（臺北：志文出版社，1997），頁 14、頁 22-23。

的生活原本的面貌陳述出來，是如此困難。[62]

你最好還是承認你寫的充其量只是逼真，離真實還隔了層語言。係經營語言，把情感和審美網織進去，而將赤裸裸的真實蒙上個紗幕，你才能贏得回顧端詳的快感，才有胃口寫下去。

你把你的感受、經驗、夢和回憶和幻想、思考、臆測、預感、直覺凡此種種，訴諸語言，給以音響與節奏，同活人的生存狀態聯繫在一起，現實與歷史，時間與空間，觀念與意識都消融到語言實現的過程中，留下這語言製造的迷幻。[63]

這個「你」是正在執筆回望過去的「你」，但過去的「你」，則以「他」作為指稱，所以，不論是現在的「你」，或是前塵舊夢裡的那個「他」，都是這個「我」的分列式：

辦公桌上有一封寫上他名字的信，他心裡一驚。許久沒有過信件，再說從來也不寄到機關。看也沒看，他立即塞進口袋。整整一個上午，他都在琢磨誰寫來的信，還有誰知他住址可能給他寫信？那筆跡也不熟識，會不會是一封警告信？要揭發他不必投遞給他本人，要不是提醒他注意的一封匿名信？但信封上的郵票八分，本市信件四分，肯定來自外地。當然也可能故意貼上個八分郵票障人耳目，那就是一位好心

62 高行健：《一個人的聖經》（臺北：聯經出版事業公司，2016），頁187。

63 高行健：《一個人的聖經》，頁202。

> 人，也許是本單位的沒辦法同他接觸，才想出這一招。他想到早隔離了的老譚，可老譚還可能寫信嗎？也許是個陷阱，對方一派的甚麼人對他設下的圈套？那就正在關注他的動向。他覺得就在監視中，軍代表在清查小組會上說的那沒點名的第三批沒準就輪到他了。神經開始錯亂，想到他對面門外走廊上過往的人，是不是在觀察清查大會後潛藏的敵人異常舉動？這也正是軍代表在夜戰大會上的動員：「大檢舉，大揭發，把那些尚在活動的現行反革命分子統統挖出來！」他想到了背後的窗戶，突然明白了一個人好端端的怎麼能跳樓，出了一身冷汗。他努力沉靜下來，裝得若無其事，辦公室裡沒跳樓的都若無其事，不也是裝出來的？裝不出來對自己失控，便朝樓下跳。[64]

我是你，也是他，他曾是我，現在你在寫他，寫你悔恨當年的你，也就是他何以不留住蕭蕭姑娘，何以不敢傾訴衷腸？為什麼要這樣撲朔迷離地搞曖昧呢？究竟是誰後悔了當年的懦弱？為了一封筆跡不熟的信竟然嚇出了一身冷汗，憂心忡忡「反革命分子」的罪名會不會扣在自己的頭上？敘事的「你」最好承認「你」就是「我」的偽裝？但是「我」真想揚棄那一個灰頭土臉不光彩的「我」，我怎麼會這樣窩囊齷齪卑微悲哀？所以，劃清界限吧，「他」是「他」，不是「我」，最起碼，也不是「我」想要的「我」，文化大革命已經使「我」「異化」了，「我」的生命性情都荒腔走板了。小說中以「他」出現的那一個主人翁，是的，正是

64 高行健：《一個人的聖經》，頁 290-291。

往昔的自己，那個被政治風暴嚇破膽，脆弱，掙扎，緊張，悲哀的知識分子，那個「他」必須掩飾心焦驚恐，克制哀愁憤怒，以求無災無殃地苟活下來。在現實世界中的高行健獲得了德國的研究經費而得以出走歐洲，終可脫離可怕的政治羅網，當生活逐漸安定下來之後，他開始能夠言說，願意言說，因此，寫作活動展開了，小說中的「你」發聲了，「你」在書寫中追憶，追悔，追悼，追思那些艱難為懷的往事。劉再復（公元 1941-）對高行健《一個人的聖經》有時以「你」，有時又以「他」的敘述立場之用心與效果作出了深刻而同情的高度品評：

> 這部小說所觸及的現實不是一般的現實，而是非常齷齪、非常無聊，甚至非常無恥的現實，所觸及的人也不是十分正常的人，而是一些被政治災難嚇破了膽和被政治運動洗空了頭腦的肉人、空心人等，也可以說是一些白癡。如果用和現實相等的眼光來看這種現實和人，那是很危險的：作品可能會變得非常平庸、乏味、俗氣或情緒化，但是高行健沒有落入這一陷阱。他進入現實又超越現實，他用一個對宇宙人生已經徹悟、對往昔意識形態的陰影已經完全掃除的當代知識分子的眼光來觀照一切，特別是觀照作品主人翁。於是，這個主人翁是完全逼真的，他是一個非常敏感，內心又極為豐富的人，但在那個恐怖的年代裡，他卻被迫也要當個白癡，當個把自己的心靈洗空、淘空而換取苟活的人，可是，他又不情願如此，尤其不情願停止思想。於是，他一面掩飾自己的目光一面則通過自言自語來維持內心的平衡，小說抓住這種緊張的內心矛盾，把人物的心理活動刻畫的細緻入微，把人

> 性的脆弱、掙扎、黑暗、悲哀表現得極為精彩，這樣，《一個人的聖經》不僅成為紮紮實實的歷史見證，而且成為展示一個大的歷史時代中人的普遍命運的大悲劇，悲愴的詩意就含蓄在對普遍的人性悲劇的叩問與大憐憫之中。[65]

劉再復的批評推崇備至，不過這樣別緻的敘事技巧並非高行健所開創，應追本溯源到法國小說家巴爾札克（Honoré Balzac,1799-1850）於 1831 年發表的《驢皮記》，[66]在《驢皮記》中，巴爾札克利用三種不同的敘述模式來區分：「過去發生的事情」，「現在正在講述的事情」，「敘事者的意見」。過去發生的事，已經過去，用過去式來講述將可增強事情的真實性；現在正在展開的事情，用現在進行式來講述可以增強其行進中的動態現實感，類似日記式的書寫模式；而「敘事者的意見」以插嘴的方式嵌入議論或質疑，提供「如鯁在喉」的敘事者得以陳述意見的機會。[67]高行健的小說也喜歡使用這種「獨敘述不如眾敘述」的「眾議」模式，只是漢語的語法時態並非顯示於動詞的變化上，所以用「他」表示過去式；用「你」表示現在式，並穿插了「議論」，從而營造出多口交辯，今是昨非的情懷。繼巴爾札克之後，義大利小說家卡爾維諾（Italo

---

65 高行健：《一個人的聖經》，頁 45。

66 法・巴爾札克著，梁均譯：《驢皮記》（北京：人民文學出版社，1982）

67 法・巴爾札克《驢皮記》使用三種不同的敘模式：「敘事」被人物的「話語」打斷，接著是作者的「論說」。這三種模式各自對應著一個語法時態：簡單過去式或者確指過去時是在「敘事」，現在式是「論說」。過去式對應著故事；而現在式則對應個人話語的表達，可以是人物的語言，也可以是敘述者和敘述對象的對談語言。

Calvino, 1923-1985）的《如果在冬夜，一個旅人》書寫一個旅人漂泊不定，[68]茫然無措的虛無感，處在革命變動的混亂環境中，秩序潰散，鬥爭與折磨如影隨形，危機四伏的局面，使小說中的人物深陷於焦慮的漩渦中，你我他的你一言，我一語，他一句的交叉敘述方式，蓄意使文本內外的世界都趨於崩解的邊緣。這就是後現代小說所樂意追求的敘事政策。胡亞敏在《敘事學》認為這種交叉敘述的手法不僅使「作品的文體有所變化，更重要的是使故事中的人物、事件得到了內外遠近多角度的表現。與此同時，敘述者身分的不穩定也造成了讀者辨認的艱難。」，不過，當「內敘述者干擾外敘述層的故事，如有些作品中夢與現實的交織。而這樣一來將會導致真實與虛構界限的混淆，使作品出現某種令人驚奇或荒誕不經的效果。」[69]。綜觀這透迤而下的敘事策略，可以說文學和藝術的技巧並無專利權，而是具有再生性、多層次性、餽贈性，大文豪巴爾札克為世人示範了寫作的新方向後，後起的創作者雖在語言文化或題材上有所差別，然相互觀摩，也可繼往開來，將多口交辯，時態錯置的敘事模式營造為一種「荒謬」或「荒誕」的氛圍。

四、敘事者的插話行為及其表現

（一）敘事者的插話動機

按一般信息溝通原則來說，理想的信息傳達應該避免雜訊或噪

68 義・卡爾維諾著，吳潛誠譯：《如果在冬夜，一個旅人》（臺北：時報文化出版企業公司，1993）。

69 胡亞敏：《敘事學》（武漢：華中師範大學出版社，2004），頁 49。

音的干擾，才能直截順利有效地完成敘事目的，也就是說，當敘事者正在講述事件時，他應該遵守說故事的責任，按部就班地把故事說完才是，但敘事者有時會故意自行打岔，暫時擱置正在進行中的故事線，而對閱聽者插播一些「額外」的資訊，有時是對其中的人事物作一補充說明，有時是不吐不快，必須抒發一下他對該件人事物的感受。敘述者這種在講故事的過程中所做的插播現象，就是敘事學術語所謂的「敘事干預」，又稱「敘事者干預」、「非敘事性話語」、「敘述者評論」、「作者闖入」、「小說中作者的聲音」等等。由於敘事者的敘述動機是敘述行為的實踐動力，因此，每位敘事者都會在其敘事文本內為自己保留「發言權」，以便不吐不快之時即刻能有個講話的機會；不過，雖然擁有這個特權，但敘事者多嘴插話時，仍須遵守會話常規，掌握分寸的拿捏，使閱聽者相信被打岔的故事將會繼續進行下去，敘事者也會「言歸正傳」。

敘事者「橫柴昇入灶」的插嘴行為看似荒腔走板，不在板眼之上，但它的內容與形式卻也是敘事作品的重要構成部分，這些零星出現的「插話」，其本身並不一定是敘事者的「脫線」演出，並且也不一定會減損閱聽者的閱讀樂趣，所以問題不在於敘事干預是否應該出現，而在於這些插話的時機、頻率、內容多寡……等應如何調配，以達成整個敘事過程的最佳效果。

（二）插話策略的施用形態

敘事插話行為在中國小說中的表現有其獨特性，約略可從三個方面來觀察，首先是史學的贊論傳統，史官會對歷史人物與事件做出「蓋棺論定」的褒貶評價或是申述史家對傳主一生遭際的感懷；其次是注經式的「案語」，鑲嵌在正文之旁以補充說明經文中之待詮釋者，通常以較小的字體出現，以區別何者為正文，何者為注文。再其次是中國傳統的俗講活動與說書行業之環境需求，為了提高聽眾的聽講興致，說書人會以插話的方式進行必要的調節；俗講的插話則多為祝福與勸善。祝福的插話能取悅信眾，感謝施主佈施財物；勸善則是宣講佛經的宗旨，實踐佛教對世間人的關懷。

史傳贊論的部分簡單數語即可，不需做過多評議，以免蓋過故事本身的光彩，如晉・陳壽（公元 233-297 年）在《三國志・蜀志》卷 14〈蔣琬、費禕、姜維傳〉對蔣琬和姜維的評價：

> 蔣琬方整有威重，咸承諸葛之成規，因循而不革，是以邊境無虞，邦家和一，然猶未盡，治小之宜，居靜之理也。姜維粗有文武，志立功名，而玩眾黷旅，明斷不周，終致隕斃。《老子》有云：治大國者，猶烹小鮮。況於區區蕞爾而可屢擾乎哉？[70]

史家的「評價話語」，看似「狗尾續貂」，但其實不然，適切的評論不但是史官「知人論世」的史觀素養與史評責任，而且也是讀者在聽述之後想進一步得知的人物臧否，史家的評論不但可以滿足作者本人發表見識的機會，同時也可以滿足聽眾殷殷的求知慾，只要是其所唱言的議論或感懷確實有見地，主從關係也配合良好；這種「敘事干預」也可以視之為一種輔助式的敘事結構，即協助共同完成故事總體之意義。[71]

70　晉・陳壽：《三國志》，頁 528。

71　美・戴衛・赫爾曼主編，馬海良譯：《新敘事學》：「可以將評價功能描述為敘事話語的一種超切分特徵（supersegmental），有點像句子的語調曲注釋家穿插在字裡行間指點說明的文字案語，也是一種「插話」表現；在刊刻時，通常有兩種格式，一是正文以大字單行印出，注文是以小字雙行之格式印出，如此，在閱讀時正文時，既可以隨文參詳，又不會喧賓奪主，傾軋到正文。二是正文有「敘」有「議」，「議」的部分以「按語」標示，在「按」字以下的內容為評議之語。以下舉唐・張彥遠撰，明・毛晉（公元 1599-1659 年）校訂的《歷代名畫記》，以示其形製：

> 曹不興中品上，吳興人也。孫權使畫屏風，誤落筆點素，因就成蠅狀。權疑其真，以手彈之。時稱吳有八絕張敦《吳錄》云：「八絕者，菰城鄭嫗善相，劉敦善星象，吳範善候風氣，趙達善算，嚴武善棊，宋壽善占夢，皇象善書，曹不興善畫，是八絕也。」。吳赤烏中，不興之青谿，見赤龍出水上，寫獻孫皓，皓送祕府。至宋朝，陸探微見畫，歎其妙，因取不興龍置水上，應時蓄水成霧，累日霶霈。謝赫云：「不興之迹，代不復見，祕閣內一龍頭而已。觀其風骨，擅名不虛。在第一品，陸之下、衛之上。」李嗣真云：「不興以一蠅輒擅重價，列於上品，恐為未當。況拂蠅之事，一說是楊脩。謝赫黜衛進曹，是涉貴耳之論。」彥遠按：楊脩與魏太祖畫扇，誤點成蠅，遂有二

線。從這個角度看，評價是既不能置於也不能脫離敘事結構的任一方面或單位的一種屬性，它不時地與敘事形式融合在一起，協助表示故事的總體意義。因此我們似乎可以說：『敘事評價形成一個輔助結構，集中安排在評價部分，但是也可能表現為整個敘事中的其他各種形式……貫穿於敘事子句的內部結構以及那些子句的排列次序中。』（Labov, Waletzky 1972, 369-70）」，頁 157。

> 事。孫暢之《述畫記》亦云。而李大夫之論，不亦迂闊，況不興畫名，冠絕當時，非止於拂蠅得名。但今代無其迹，若以品第在衛之上，則未敢知。[72]

作為校訂者的毛晉設想讀者可能知道大畫家曹不興，但未必知道他名列為吳地「八絕」，究竟是哪八絕？所以好心地告訴讀者，這八絕除了大畫家的畫之外，還有菰城鄭嫗善相，劉敦善星象，吳範善候風氣，趙達善算，嚴武善棊，宋壽善占夢，皇象善書。張彥遠在行文中，先敘曹不興的畫品評價略有分歧，李嗣真認為曹不興就因為一隻逼真的蒼蠅而享盛名，評價遂水漲船高，有些過獎，更何況，誤點成蠅的佳話一說是楊脩。對於這個既定的「畫品」，張彥遠以「彥遠按」來註解自己的評論，他說曹不興畫冠當時，怎麼會只靠一隻蒼蠅就成名？而且，楊脩誤點成蠅是畫在曹操的扇子上，曹不興是畫在孫權的屏風上，這是兩件事。

注文的作者和原文的作者，在身分上可以是兩個以上不同的人，也可以是同一人，這情形就是作者顧慮讀者在閱讀時，或恐不明白自己所敘述的內容，或是不明白自己的用心，所以敘述之際，又再行解釋，也就是夾敘夾議。自己敘事又自己大事解說的作品應該推北魏・楊衒之（公元？-555 年）的《洛陽伽藍記》，他的「敘事插話」是以小字的注文方式出現，即所謂的「合本子注」。就史筆尚簡之審美原則而言，楊衒之為了使洛陽城的空間建築能有條不論地羅列呈現，必須捨小從大，將該佛寺重要的格局佈置、建築特

72　唐・張彥遠：《歷代名畫記》（臺北：臺灣商務印書館，1971），卷 4，頁 163-165。

色、周圍環境、興建由來、相關大事與毀損經過放在主脈鋪敘上，所以一些與該建築體有關的較次要之歷史典故或是傳聞軼事，楊衒之就將他們安置在副線上來述說，因此，唐代史學家劉知幾曾稱許楊衒之用補助的方法來進行「除煩」。[73]不過，也有論者從創作意圖來探討楊衒之可能另有深一層地考慮，使他將作為敘事者的意見塞進比較不起眼的注文內，以避免所述的歷史事件遭到當年嚴厲的檢查制度封殺而無由傳世。楊衒之在注文內含蓄地再現北魏的政爭實況，從某一方面看，也是一種史家的歷史視野與使命實踐。下文是永寧寺的建築體介紹，大字是主脈，小字是副線，這種「合本子注」模式的敘事效果，都能與上述兩種意見相應：

> 永寧寺，熙平元年靈太后胡氏所立也。在宮前閶闔門南一里御道西。其寺東有太尉府，西對永康里，南界昭玄曹，北鄰御史臺。閶闔門前御道東有左衛府，府南有司徒府。司徒府南有國子學堂。內有孔丘像，顏淵問仁、子路問政在側。國子南有宗正寺，寺南有太廟，廟南有護軍府，府南有衣冠里。御道西有右衛府，府南有太尉府，府南有將作曹，曹南有九級府，府南有太社，社南有凌陰里，即四朝時藏冰處也。中有九層浮圖一所，架木為之，舉高九十丈。有剎復高十丈，合去地一千尺。去京師百里，已遙見之。初，掘基至黃泉下，得金像三千軀，

73 唐・劉知幾著，清・浦起龍釋：《史通通釋・補注》：「昔詩書既成而毛孔立傳，傳之時義，以訓詁為主，亦由《春秋》之傳，配經而行也。降及中古，始名傳曰注。蓋傳者轉也，轉授於無窮；注者流也，流通而靡絕。此二名，其歸一揆。除煩，則意有所惜；畢載，則言有所妨，遂乃定彼榛楛，列為子注，若……羊衒之《洛陽伽藍記》……之類是也。」第一冊，內篇，頁 85。（臺北：臺灣商務印書館，1968），頁 85-86。

太后以為信法之徵，是以營建過度也。……

裝飾畢功。明帝與太后共登浮圖；視宮內如掌中，臨京師若家庭，以其目見宮中，禁人不聽升。衒之嘗與河南尹胡孝世共登之，下臨雲雨，信哉不虛。時有西域沙門菩提達摩者，波斯國胡人也。起自荒裔，來遊中土，見金盤炫日，光照雲表。寶鐸含風，響出天外，歌詠讚歎，實是神功。自云年一百五十歲，歷涉諸國，靡不周遍；而此寺精麗，閻浮所無也。極佛境界，亦未有此。此口唱南無，合掌連日。至孝昌二年中，大風發屋拔樹，剎上寶瓶，隨風而落，入地丈餘。復命工匠更鑄新瓶。建義元年，太原王爾朱榮總士馬於此寺。榮字天寶，北地秀容人也。世為第一領民酋長，博陵郡。公部落八千餘家，有馬數萬匹，富等天府。武泰元年二月中，帝崩無子，立臨洮王世子釗以紹大業，年三歲。太后貪秉朝政，故以立之。榮謂并州刺史元天穆曰：「皇帝晏駕，春秋十九，海內士庶，猶曰幼君。況今奉未言之兒，以臨天下，而望昇平，其可得乎？吾世荷國恩，不能坐看成敗；今欲以鐵馬五千，赴哀山陵，兼問侍臣帝崩之由。君竟謂如何？」穆曰：「明公世跨并肆，雄才傑出，部落之民，控弦一萬；若能行廢立之事，伊霍復見今日。」榮即共穆結異姓兄弟。穆年大，榮兄事之；榮為盟主，穆亦拜榮。於是密議：長君諸王之中，不知誰應當壁。遂於晉陽，人各鑄像不成；唯長樂王子攸像光相具足，端嚴特妙。是以榮意在長樂。遣蒼頭王豐入洛，詢以為主。長樂即許之，共剋期契。榮三軍皓素，揚旌南出。太后聞榮舉兵，召王公議之時。時胡氏專寵，皇宗怨望，入議者莫肯致言。唯黃門侍郎徐紇曰：「爾朱榮馬邑小胡，人才凡鄙，不度德量力，長戟指闕，所謂窮轍拒輪，積薪候燎。今宿衛文武，足得一戰，但守河橋，觀其意趣。榮懸軍千里，兵老師弊，以逸待勞，破之必矣。」后然紇言。即遣都督李神軌、鄭季明等領眾五千鎮河橋。四月十一日，榮過河內至高頭驛，長樂王從雷陂北渡赴榮軍所，神軌、季明等見長樂王往，遂開門降。十二日，榮軍於芒山之北，河陰之野。十三日召百官赴駕，至者盡誅之。王公卿土及諸朝臣死者二千餘人。十四日，車駕入城，大赦天下，改號為建義元年，是為莊帝。於時新經大兵，人物殲盡，流迸之徒，驚駭未出。

賊爾朱兆囚莊帝於寺。時太原王位極心驕，功高意侈，與奪臧否肆意。帝怒謂左右曰：「朕寧作高貴卿公死，不作漢獻帝生。」九月二十五日，詐言產太子，榮、穆並入朝，莊帝手刃榮於光明殿，穆為伏兵魯暹所殺，榮世子部落大人亦死焉。榮部下車騎將軍爾朱陽都等二十人隨入朱華門，亦為伏兵所殺。唯右僕射爾朱世隆素在家，聞榮死，總榮部曲燒西陽門，奔河橋。至十月一日，隆與榮妻北鄉郡長公主至芒山憑王寺為榮追福薦齋，即遣爾朱侯討伐、爾朱那律歸等領胡騎一千，皆白服來至郭下，索太原王尸喪。……爾朱氏自封王者八人。長廣王都晉陽，遣潁川王爾朱兆舉兵向京師。子恭軍失利，兆自雷陂涉渡，擒莊帝於式乾殿。帝初以黃河奔急，謂兆未得猝濟；不意兆不由舟楫，憑流而渡。是日水淺，不沒馬腹，故及此難；書契所記，未之有也。衒之曰：「昔光武受命，冰橋宜於滹水；昭烈中起，的盧踊於泥溝。皆理合於天，神祇所福，故能功濟宇宙，大庇生民。若兆者，蜂目豺聲，行窮梟獍，阻兵安忍，賊害君親，皇靈有知，鑒其凶德。反使孟津由膝，贊其逆心。《易》稱『天道禍淫，鬼神福謙。』以此驗之，信為虛說。」時兆營軍尚書省，建天子金鼓，庭設漏刻，嬪御妃主，皆擁之於幕，鏁帝於寺門樓上。時十二月，帝患寒。隨兆乞頭巾，兆不與。遂囚帝還晉陽，縊於三級寺。帝臨崩禮佛，願不為國王。又作五言曰：「權去生道促，憂來死路長；懷恨出國門，含悲入鬼鄉。隧門一時閉，幽庭豈復光？思鳥吟青松，哀風吹白楊；昔來聞死苦，何言身自當！」至太昌元年冬，始迎梓宮赴京師，葬帝靖陵。所作五言詩。即為挽歌詞。朝野聞之，莫不悲慟，百姓觀者，悉皆掩涕而已。永熙三年二月，浮圖為火所燒，帝登凌雲臺望火；遣南陽王寶炬、錄尚書長

> 孫稚將羽林一千救赴火所；莫不悲惜，垂淚而去。火初從第八級中平旦大發，當時雷雨晦冥，雜下霰雪，百姓道俗，咸來觀火，悲哀之聲，振動京邑。時有三比丘赴火而死。火經三月不滅，有火入地尋柱，周年猶有煙氣。其年五月中，有人從象郡來云：「見浮圖於海中。光明照耀，儼然如新。海上之民，咸皆見之；俄然霧起，浮圖遂隱。」至七月中，平陽王為侍中斛斯椿所使，奔於長安。十月，而京師遷鄴。[74]

楊衒之描寫當時的歷史大事僅有「賊爾朱兆囚莊帝於寺」，不到十字，但是小字的注文卻多達六百五十餘字，委曲詳盡地把這一場君臣兵戎相見，皆欲置對方於死地的凶猛政變如實道來，最後莊帝縊死於永寧寺三樓，絕命詩的內容也都披露給讀者。或許楊衒之顧慮到這樁政變的高度敏感性，恐不宜明目張膽地公諸於世，因而委諸於配角地位的注。當然，也或許另有篇法上的簡潔因素考慮，不過，《洛陽伽藍記》的「合本子注」已經呈現「敘事插話」的具體事實了。一般說故事的敘述者自然不會有這麼多用心良苦的歷史敘事心機，但絕大多數的敘述者都會從事敘事干預，一方面在解釋讀者不明白的事物，另一方面則是敘述者有意見要發表。總之，不論就史官論議，或是就解經注疏的文字來看，倘若，將大字正文，小字注釋的字體大小之別取消，或是將故事尾部的贊論向前挪移，分散於各處也好，集中於某個段落也好，這樣參差錯雜的擺設方式，就是「夾敘夾議」的書寫方法，即使讀者不能從大小字體的差別，或是從篇末綴屬的形態劃分出「敘」與「議」的畛域，細心敏

74　北魏・楊衒之：《洛陽伽藍記》（臺北：藝文印書館，1966），卷1。

感的讀者依然能夠察覺出其間的差異；至於一般的讀者則渾然浸淫於敘事者的雙聲道表演氛圍，一方面聽故事，一方面也聽敘述者親切入耳的提點說明。晚進有了標點符號之後，作家就用標點符號的括弧來顯示括弧內的內容是這種「按語」。

中國傳統俗講與說書行業，為了和聽眾建立較為親近的互動關係，[75]或是為了刺激聽眾的興致，經常會穿插「閒話」文字。就體制結構而言，可分為開場、中場、終場等三個區間的插話。俗講的押座文、開讚，說書的開頭語，擬話本小說的「篇首」、「入話」與「頭回」，都是故事開始之前，由敘事者所附加上去的「閑聊」文字，其中「入話、頭回」是敘事者的話語插話，也就是在故事的進行時，安插一些非敘事性的話語，或詩或詞，也可以是一則與主題旨意相同或相反的小故事；而「題目、篇首、正話」的插話是敘事者對讀者陳述故事時的前、中、後等三階段針對故事所提出的說明或評論，以引導讀者進入作者設定好的價值觀念與意識型態，實踐勸善教化的社會關懷。結尾則是在情節結束之後，直接由說話人

---

75 美・布雷克思（Plaks, Andrew H.）《中國敘事學》引 Wolfgang Iser（1956）的 "*The Reading Process: A Phenomenological Approach*", P.88 (Ling Meng-Chu)（凌濛初）比較歐洲的小說與中國的小說，在受眾方面有明顯的不同，前者偏於個人的自我傾訴，後者偏於對人眾的公開傾訴，現存於歐洲可見的口說故事應該僅能在兒童小說之中見到。這個受眾對象的設定，將左右敘事方法的拿捏。The European novel adopted a variety of simulacra, partial or complete, almost all of them individualized. (The complete, yet generalized simulacra that come first to mind are all in children's fiction, such as the *Just So Stories*, and we note that children's fiction is the only place in our society in which oral storytelling is still alive.) In the *Decameron and the Canterbury Tales*, complete, individualized contexts exist within the frame story.（北京：北京大學出版社，1996），頁 68。

自己出場，總結全篇大旨，或對聽眾加以勉勵勸誡。

敘事者在開場區間執行的插話，具有點題、候座、顯才、寒暄、祝福等的意圖，兼有壓場與暖場的功能，場子鎮住了，熱絡了，再來「言歸正傳」，故事的傳達效果將會更好。以唐代俗講的流程來說，押座文就是個典型；如敦煌變文的《破魔變文》，講者在念誦完勸世的押座文之後，並未切入故事，他繼續發抒百年如夢，花榮花謝的人生感慨，勸導聽眾看清世事原本空幻，名利財色情愛從不久長，不須昏迷貪戀，也不須感傷煩惱，如能覺悟信佛，必定可以免除輪迴之苦，到天宮快樂處一享清淨。在這段有說有唱的議論結束之後，講者仍未進入佛陀降魔的故事中，他稱讚歌頌帝王宗室，祝福各方大德門庭吉祥，這些八面玲瓏的祝福語正是一種敘事插話現象，其話語內容如下：

> 謹奉莊嚴我當今皇帝貴位，伏願長懸舜日，永保堯年，延鳳翼於千秋，保龍圖於萬歲。伏惟我府主僕射，神資直氣，岳將英靈，懷濟物之深仁，運調元之盛業。……又將稱讚功德，奉用莊嚴合宅小娘子郎君貴位。兒則朱嬰（纓）奉國，筐負（匡輔）聖朝，小娘子眉奇（齊）龍樓，身臨帝闕。門多美玉，宅納吉祥，千疢不降於門庭，萬善咸臻於貴戶。然後衙前大將，盡孝盡忠，隨從公寮，惟清於（與）直。城隍社廟，土地靈壇，高峰常保於千秋，海內咸稱於無事。[76]

---

[76] 王重民、王慶菽、向達、周一良、啟功、曾毅公抄校：《敦煌變文集》（北京：人民文學出版社，1984），頁345。

和尚在開場時多費唇舌的這一番話語，雖說與釋迦牟尼佛的破魔故事無直接關連，但對於整體的俗講活動而言，是有必要的，而且，寺院之所以舉行俗講，其目的在於化緣，開場的敘事插話可以拉近講者與聽者，以及聽者與故事之間的聯繫，有助於化緣成功，歡喜收場。

篇尾的插話多為收場的告別語，告別語包括預告下回的節目，或是歸納本篇故事中的人生教訓，對在座的聽眾予以勉勵或勸化。如宋話本〈白娘子永鎮雷峰塔〉故事，[77]當白娘子被法海禪師劾為三尺白蛇，小青縮回一隻小青魚時，說書人傳達了勸世意思，此乃中國小說戲曲常見的「色戒」主旨：

> 禪師將二物置於鉢盂之內，扯下褊衫一幅，封了鉢盂口。拿到雷峰寺前，將鉢盂放在地下，令人搬磚運石，砌成一塔。後來許宣化緣，砌成了七層寶塔，千年萬載，白蛇和青魚不能出世。且說禪師押鎮了，留偈四句：
>
> 西湖水乾，江潮不起，雷峰塔倒，白蛇出世。
>
> 法海禪師言偈畢，又題詩八句，以勸後人：
>
> 奉勸世人休愛色，愛色之人被色迷。
> 心正自然邪不擾，身端怎有惡來欺？
> 但看許宣因愛色，帶累官司惹是非。
> 不是老僧來救護，白蛇吞了不留些。

無論是在哪一個階段置入的插播，都可以看作是敘事者對進行中的

77 明・馮夢龍：《警世通言》（臺北：鼎文書局，1977），卷28，頁445。

故事任意做出停頓的動作；這些動作讓閱聽者產生暫停與干擾，有時也多少妨礙了讀者的閱讀樂趣，對主題故事的表現效果也助益不大，但就具有表演性質的話本小說而言，這些是正常且必要的組合，但就故事本身而言，不管這些文字是否存在，事實上都不影響故事本身的結構。當敘事者自己說出「言歸正傳」、「閑話休題」、「話休絮煩」時，正是敘述者自己承認剛剛所講的偏離主題，都是些「無關緊要」的「閑話」，不過作為娛樂產業，說書人自然應該調節氣氛，使聽眾保持高昂的興致。

（三）插話表現的敘事效果

插話並非僅通行於古典小說而已，它乃是一種普遍的敘事技法，古今中外皆行而有之；插話所實踐的敘事效果可從故事內容與敘述活動來觀察，就故事內容而言，敘事者針對故事中出現的某些不為人所熟知的事物，譬如舊時衙門升堂時的排場，當鋪典當財物的利率算法，或是江湖道上幫派的通關暗語，或是某道名菜，如西湖蒓菜的作法、牡丹花、金魚、芙蓉、茶葉的品種，或是某些機關行業的規矩、術語、技術知識……等作一補充說明。敘事者設想多數讀者可能對某些內容不明就裏，雖然，這亦無礙於對故事情節的理解，但若能提供額外的情報給予讀者，則有助於深入了解故事，提升閱讀樂趣，滿足求知慾；則敘事者會自動請纓，不吝多嘴「打岔」，熱心地告訴讀者與故事相關，但其實是題外的訊息。譬如擅長寫清代歷史小說的高陽（公元 1922-1992 年），他的博學多聞使他擁有豐富的歷史掌故，而他也樂意在故事進行中隨時解說，如在《燈火樓台》為讀者解說黃浦江開鑿與命名的典故：

「慢點！」胡雪巖問道：「山東路在啥地方？」

「就是廟街。」

原來租借新造的馬路，最初方便他們自己，起的是英文名字，例如領事館集中之處，名為Counslate Road將海關所在地名為Custom Road。上海在戰國時，原為楚國春申君黃歇的封邑，當時為了松江水患，要導流入海，春申君開了一條浦江，用他的姓，稱為黃浦江，或稱黃歇浦；此外春申浦、春申江、申江，種種上海的別稱，都由此而來。後人為了崇功報德，曾建了一座春申侯祠，又稱春申君廟，但年深月久，遺址無處可尋。相傳建於明朝，地在三茅閣橋，供奉「三茅真君」的延真觀，原來就是春申君廟，英國人便將開在那裡的一條馬路，稱為Temple Street，譯成中文便是「廟街」。[78]

這一段情節原本是羅四姐想在英國租借地炒地皮，她告訴胡雪巖她去提領了九千兩銀子，準備在山東路一帶物色一塊地價看漲的土地，胡雪巖問她，山東路在哪裡？羅四姐說是在「廟街」。故事說到此就打住，敘事者高陽以套語「原來」介入，他告訴讀者上海與春申君的歷史淵源，黃浦江的「黃」也得自春申君的名字「黃歇」，而春申君祠堂所在的地點被英國給開闢了馬路，洋人就以「廟街」來命名這條新造的馬路。說完這一大段之後，敘事者才又把時間交還給羅四姊與胡雪巖，讓他們兩人繼續討論炒地皮的生意。

78　高陽：《燈火樓台》（臺北：聯經出版事業公司，2010「胡雪巖系列」），頁210。

武俠小說也經常使用「插話」來告訴讀者各種武林祕辛。如金庸《神鵰俠侶》在講述小龍女解救周伯通被毒蜘蛛咬住不放此事件時，敘事者特定為讀者殷勤地說明毒蜘蛛的種類和咬嚙特性（未必屬實），金輪法王何以在此際施放毒蜘蛛的前因後果，小龍女的玉蜂針如何使毒蜘蛛噴出抗體而救了周伯通等等，凡此都是屬於「解釋」性質的敘事插播。

> 原來這種蜘蛛叫作「彩雪蛛」，產於西藏雪山之頂，乃天下三絕毒之一。金輪法王攜之東來，有意與中原的使毒名家一較高下。那日他到襄陽行刺郭靖，沒想到使毒，並未攜帶彩雪蛛。中了李莫愁的冰魄銀針後回到大營，恨怒之餘，便取出藏放彩雪蛛的金盒放在身邊，只盼再與李莫愁相遇，便請她一嘗西藏毒物的滋味。也是機緣巧合，既與周伯通打賭盜旗，又遇上了這個一心想當掌教的趙志敬，便在山洞中放了一面布旗，旗中裹上三隻毒蜘蛛。這彩雪蛛一遇血肉之軀，立即撲上咬嚙，非吸飽鮮血，絕不放脫，毒性猛烈，無藥可治，便法王自己也解救不了。他不肯貼身攜帶，便怕萬一有甚疏虞，為禍非淺。
>
> 小龍女這玉蜂針上染有終南山上玉蜂針尾的劇毒，毒性雖不及彩雪蛛險惡，卻也着實厲害，尖針入體，彩雪蛛身上自然而然的便產出抗毒的質素。毒蛛捕食諸般劇毒蟲虺，全憑身有這等抗毒體液，才不致中毒。毒蛛的抗毒體液從口中噴出，注入周伯通血中，只噴得幾下，已自斃命跌落。[79]

[79] 金庸：《神鵰俠侶》（臺北：遠流出版事業公司，1990），頁1003。

除了針對故事內容進行或解說，或議論的插話外，敘事者也會衡量整個敘述情況的氛圍而施予必要的插話，藉以調節敘述速度，或是整頓閱讀接受心理。不論是哪一種形式的插話，敘事文本都會因此而有其相應的效果產生，喜循循善誘的易形成耳提面命的風格，喜好古敏求的常形成博學多聞的風格，喜冷嘲熱諷的塑造出憤世忌俗的老辣風格，喜斷續遐想追悔憶往的，常表現出糾葛困頓，驚疑不安的風格。

敘事插話的部分也可以利用加上括弧來與故事作一區別，除了有「人前說」，「人後說」等雙聲道的效果演出外，也有好心加上按語，假裝製造和讀者說「真心話」的「套交情」作用，以下是平路（公元 1953-）在〈玉米田之死〉以括弧的方式嵌入敘事干預，這個符號可以區隔開故事的敘述主軸與旁衍岔出的插話內容，類似古代的加註案語形式：

> 那時候，我是某日報的駐華府特派員，××日報的第一版上，隔幾日就會出現我的名字（「特派員」某某某專電）。照這個響噹噹的頭銜來看，我的日子應該過得很精采才是（「特派員」？有位多事的朋友告訴我，他第一次聽到立刻的聯想是「〇〇七」「特派員」），但可惜並不如想像中精采。事實上，那個時候，我對駐外記者的生涯已經相當厭倦了。原因多少在於國事蜩螗，使我們這些跑新聞的也因而喪失些該享的權利，甚至嘗到些勢利的眼色，（譬如說：就有那麼些友邦新貴一登龍門之後，第一件事是拒絕你的採訪，真足以構成對我的職業的莫大侮辱！）當然，我的難處尚在應付一些閒雜人等，那一陣子，不知為什麼，好像所有阿貓

> 阿狗之輩都借考察之名出國觀光來了。觀光之餘，偏偏下定決心要擠上報屁股風光風光。所以，如何在跟著他們疲於奔命的空檔中，製造出一些可大可小的握手言歡事件，也是當時我責無旁貸的職務。
>
> 這種送往迎來的日子過久了實在不是辦法。開始一兩年裡，我曾經幾次請調國內，後來終因美雲的堅決反對而作罷（在我妻子的眼睛裡，單單住在美國這一項，便值回一切票價！）近幾年倒也懶了，畢竟蹲在這裡是駕輕就熟的事。很自然的，我便以我天賦的語言能力與這些年在這一畝三分地上泡出來的歷練令報社對我倚重起來。但以一個新聞從業員來說，我覺得自己正以一種獨特的方式墮落下去。

括弧內是不為人知的「特派員委屈」，括弧外是特派員每天必得過的生活，括弧內，括弧外，移民美國的臺灣人之生活不也是如此？如人飲水，冷暖自知；風光的假象，藏著不少「外強中乾」的邊緣鬱悶。

總之，敘述插話不外兩類，一類是故事干預，一類是敘述干預。故事干預又分素材內部，素材外部等兩種不同話題；前者屬說明性質，涉及的是素材內部的話題，後者兼有說明與議論等兩種可能的情況。至於敘述干預則屬於敘述行為本身的說明或議論，基本上都是素材外部的處理問題，是講述行為的自我暴露，與故事的關係在於作法心機的展示，以刺激讀者對他的敘述行為產生關切的興趣。不過，敘述插話畢竟是對聽故事的人的閱聽活動造成干預，敘述者必須冷靜節制，以免畫虎不成反類犬。另外，就聽眾的心理來說，多數人其實並不希望所有的解說評論都由他人不留餘地得說破，因此，敘述者不妨讓開一條路徑，賦予讀者自己領會的權利，這會使雙方產生較多的互動，對於活絡閱讀心理活動，也是值得說話者放手施予的雅量。語言學者早川在《語言與人生》表示，技巧高明的作家不會給予太直白的判斷，他會邀請讀者就故事所述自行評論。[80]

五、故事域的場面信息供應

繪畫可以直接寫照物體的形象，使人感知到眼前所指的事物，包括該事物的形狀、色澤、明暗、大小、遠近、多寡、高低等組成狀態，畫家畫得越詳細，觀者能據以感知的形象就越真實明確，但同時也因為畫面不需觀者的補充就告完成，而使接受者可發揮的自由想像空間受到極大的限制。法・托多羅夫在《象徵理論》說：

> 在繪畫和詩中，作者和接受者的分工並不相。在繪畫中，人們同時接受畫家的設想和它的實現；畫家不僅設計了它的畫（他在迫不得已時本也可借助語詞來做到這點），而且使它能夠被人感知。相反，詩則要求讀者的想像來完成類似的工作：詩人只產生一個梗概，要靠讀者在需要時使之具體化。

---

80 早川的意見如下：「由於讀者必須自己做結論，就等於讓他實際參與了這次的傳播行為。所以一個最懂技巧的作家，通常就是最會選擇事實來打動讀者，以使他們產生預期中的感覺的人。身為讀者，我們也比較傾向於相信敘述性和事實的報導，而不是一連串露骨的判斷。」美・山謬・早川著、鄧海珠譯：《語言與人生》（臺北：遠流出版事業公司，1990），頁120。

> 詩人已完成的作品對畫家來說仍然是一個潛在的草圖；觀眾只感知而不構思，而讀者卻要兼做兩者。[81]

就作者或接受的閱聽者而言，雖然不能直接從語言文字得到世界的形象，但這些符號卻可以間接傳達世界的樣貌，摹寫萬物的種種，具有虛擬世界的效能。這種由文字間接譯成的幻境形成了文學閱讀的獨特趣味，它的意象映現，猶如一種幻設的畫面，類似在清醒狀態逐步尋視的一場有意義夢境。因此，由抽象文字構成的敘事文本，能夠觸發視覺、聽覺、觸覺意象的浮現，使閱讀者仿佛耳聞目見其境一般。由於敘事文學的本色在於複述人生經驗，因而斯人，斯物，斯景必須逼真傳摹，才能獲致生動有神的藝術效果，此所以高明的敘事者須能營造躍然欲起的鮮活畫面，使閱聽者得想見其人其物其場面，雖然，托多羅夫強調：「閱讀不一定伴隨著形象的構思，言語的表象復現同繪畫的表象復現的性質也不一樣。」[82]，而透過含混抽象的語言文字來想見事物的形象也是相當弔詭的閱讀現象，因為「話語能指所有的事物，但它卻不能讓我們看到任何事物。」[83]。

拿明・羅貫中《三遂平妖傳》第十一回〈彈子和尚攝善王錢杜七聖法術剁孩兒〉為例，[84]本回敘述了一場炫技的魔術表演，魔

81 法・茨維坦・托多羅夫著，王國卿譯：《象徵理論》，頁 177。

82 法・茨維坦・托多羅夫著，王國卿譯：《象徵理論》，頁 177。

83 法・茨維坦・托多羅夫著，王國卿譯：《象徵理論》，引用狄德羅之說：繪畫並不涉及智力活動……；「話語能指所有的事物，但它卻不能讓我們看到任何事物。」頁 176。

84 明・羅貫中編次：《三遂平妖傳》（上海：上海古籍出版社，1990 年，

術師與他的搭擋合作聯手演出，魔術師名聲響亮，叫杜七聖，他的搭擋是一個名叫壽壽的白胖小孩兒，魔術師讓孩兒躺臥在板凳上，蓋上包袱，用刀把壽壽的頭割了下來，之後再把斷頭給接回去；這套魔術叫「續頭法」。杜七聖預告完當天的節目後，先在場子上敲鑼打鼓，自吹自擂一番，準備兜售一百張「續頭」的道符作為演出收入；不過那天挨擠圍觀的群眾雖有兩三百人之多，卻只有四十個人肯掏錢出來買這道售價僅五個銅錢的道符。杜七聖有些焦躁，對著圍觀的群眾說了大話，還公開邀請現場會妖術的看官來鬥法，果不其然，擠在人叢中的彈子和尚念了咒，喊了一聲「疾」，就用收魂法把壽壽的魂魄給收了去，將魂魄暫放在裳袖裡，然後去到對面的麵店吃麵，在二樓臨窗邊坐著，心想吃完麵再去還他魂魄也不遲。彈子和尚坐定後，從袖子裡把壽壽的魂魄取出來，拿個碟子蓋住，放在桌上。壽壽的魂魄被和尚順手收走後，杜七聖念了好幾次咒語，斷頭怎麼接就是接不上去，群眾見狀驚恐譁然。杜七聖心上已然明白被高人給施法了，他一怒之下，喃喃念咒，準備再作另一套法來鬥對方。他到箱籠裡拿了一個紙包，取出種籽，在地上扒鬆了土，把葫蘆籽種下，葫蘆籽便開始生鬚長藤，接著生葉，開花，花開，花謝，瞬間就結出了一顆小葫蘆瓜。這時杜七聖左手提葫蘆瓜，右手拿刀，攔腰一刀，就把半個葫蘆瓜給剁下，葫蘆瓜才被剁下，正在對面二樓吃麵的和尚，脖子上的頭顱就應聲斷落，滾到樓板上，膽小的客人見狀嚇得衝到樓下去，膽子大的就好奇地站著看，見那掉了腦袋瓜的和尚慌忙放下麵碗，起身去那樓板上探摸，

「古本小說集成」影印明萬曆刻本），第十一回〈彈子和尚攝善王錢　杜七聖法術剁孩兒〉卷 3，頁 253-262。

摸到了頭，便用雙手捉住兩隻耳朵，把那顆斷頭裝回脖子上，安得端正妥當之後，又用手去頭上摸一摸，這一摸才想到自己盡顧著吃麵，忘記把杜七聖兒子的魂魄給歸還。這邊麵店裡和尚才伸手去揭起蓋著魂魄的碟子，那邊秀場上壽壽的斷頭隨即接好，人立馬活蹦亂跳了起來。圍觀的群眾看了驚聲大叫。

這個當年在相國寺牆邊上演的「續頭」魔術，原本就驚心動魄，場面熱烈，再加上那一天多了和尚用收魂法來攪局，因而更加熱鬧滾滾，場景延伸到對面的兩層樓麵店，人頭起起落落，忽斷忽續，看得群眾目不轉睛，大呼小叫，兩方鬥法中有靜有動，有顯有隱，杜七聖是動，壽壽是靜，杜七聖是顯，彈子和尚是隱，羅貫中以其高超無比的敘事技巧，為讀者提供了精彩絕倫的魔術場面，以下是其片段：

> 元來這個人在京有名，叫做杜七聖。那杜七聖拱着手道：「我是東京人氏，這裏是諸路軍州官員客旅往來去處，有認得杜七聖的，有不認得杜七聖的，不識也聞名。年年上朝東岳，與人賭賽，只是奪頭籌。有人問道：杜七聖，你會甚本事？我道：兩輪日月，一合乾坤。天之上，地之下，除了我師父，不曾撞見箇對手與我鬥這家法術！」回頭叫聲：「壽壽我兒，你出來！」看那小廝脫剝了上截衣服，玉碾也似白肉。那夥人喝聲采道：「好箇孩兒！」杜七聖道：「我在東京上上下下，有幾個一年也有曾見的，也有不曾見的。我這家法術，是祖師留下，焰火燉油，熱鍋煅碗，喚做續頭法。把我孩兒臥在櫈上，用刀割下頭來，把這布袱來蓋了，依先接上這孩兒的頭。眾位看官在此，先交我賣了這一伯道符，

> 然後施逞自家法術。我這符只要賣五箇銅錢一道！」打起鑼兒來，那看的人時刻間挨擠不開，約有二三伯人。只賣得四十道符。杜七聖焦燥不賣得符，看著一夥人，道：「莫不眾位看官中有會事的，敢下場來鬪法麼？」問了三聲，又問三聲，沒人下來。杜七聖道：「我這家法術交孩兒臥在板櫈上，作了法，念了咒語，卻像睡著一般。」正要施逞法術解數，卻恨人叢裏一個和尚會得這家法術。因見他出了大言，被和尚先念了咒，道聲「疾！」把孩兒的魂魄先收了，安在衣裳袖裏。[85]

羅貫中運用其生花妙筆，把杜七聖江湖賣藝的臺詞、身段與聲勢都寫得活靈活現，虎虎生風，通過文字想像，杜七聖擲地有聲的開場白如雷貫耳，打起鑼來也鏗鏘有力，哐啷作響，這些都是構成聽覺幻境之處。圍觀擁擠成圈的群眾，壽壽如玉一般的細緻白肉，板櫈上躺著，臥單蓋著，刀落人頭斷，這些都是視覺畫面的有效傳達。由此可知，文字雖然是抽象符號，人類卻可利用語文認知系統的智能，將無影無聲的文字轉換成有影有聲的幻境。

晚進電影工業興起，不論是敘事創作者，或是小說評論者，都可以從電影的拍攝角度來洞察敘事者打造故事域的講述技巧。從電影拍攝的角度來分，計有客觀的攝影角度（Objective Camera Angles）、主觀的攝影角度（Subjective Camera Angles）以及觀點的攝影角度（Point

85 明・羅貫中編次：《三遂平妖傳》，第十一回〈彈子和尚攝善王錢　杜七聖法術剁孩兒〉（上海：上海古籍出版社，1990 年，「古本小說集成」影印明萬曆刻本），卷 3，頁 253-262。

of View Camera Angles）等三種。[86]客觀鏡頭的拍攝是將攝影機架設在場邊界限之外，其攝影角度，是從透過一個看不見的觀察者的眼睛來觀察事件。由於它的看法並不是來自場景裡任何一個人的觀點，因此客觀的攝影角度是非個人主觀性的。主觀鏡頭與觀點鏡頭則反是，刻意介入界限之內的拍攝方式，在主觀鏡頭中，攝影機尾隨著人物跟拍；在觀點鏡頭中，鏡頭模擬了人物眼睛的觀察所得，在這種鏡頭的操作下，觀眾可以通過攝影機為媒介，在屏幕上看到劇中人所見到的情景，有更貼切的臨場感。上述三種攝影角度所提供的故事世界樣貌，客觀的攝影角度相當於局外人的旁觀立場，而主觀與觀點的攝影角度則相當於當事人的主觀立場所感受到的世界樣貌。由於電影播放方式屬於影音傳達媒介，可以直接看到影像，聽到聲音；而以抽象文字符號作為傳達媒介的敘事文本，其形象與聲音都無法直接傳達，而是需要讀者在腦海內將它們予以「想像」；這是具象影音敘事與抽象文字敘事在接受方式上的差別，但表達技巧的原理基本一致。文字無影無蹤，在影音紀實上，看似屈居下風，但文字卻能用來描述各種觸覺、味覺、動覺的滋味與經驗，這是影音媒體所無法傳達給受眾的信息資料。

準此，以抽象文字作為符號的敘事文本，故事域場面或信息資料的提供者也可大別為二兩類，一類是客觀式場面或信息資料，由置身在故事圈之外的場邊記錄兼播報員提供：另一類是主觀式畫面或信息資料，由位於故事圈之內的感知人物提供他在現場所感知到的信息資料。前者距離較遠，後者距離較近；前者不帶當事者的感

86　詳參約瑟·馬斯賽里著著，羅學濂譯：《電影的語言》（臺北：志文出版社，1997），頁27。

知情緒，較為冷靜；後者透過人物的主體立場來觀察週遭的環境，較為熱切。前者重在客觀說明，後者重在主觀表現或抒情，兩類信息各有其表現特性與傳達效果，但若要論及它們在整個敘事活動中發揮的作用，則客觀場面信息的提供居於首位，不可或缺，至於主觀場面信息的提供則為輔助與生色之用。

（一）客觀式的場面信息

就客觀場面而言，其信息資料係由位於故事圈外的敘事者提供，這乃是責無旁貸的敘述義務與權力，他有權且有責「告訴」讀者故事域的種種畫面與現場的信息資料，如：敦煌變文中《太子成道經》敘事者對悉達太子特殊的誕生過程之介紹，對他踰城出家當夜周圍情況的說明；[87]《孟姜女變文》敘事者說明孟姜女在長城牆角看到堆積累累的骷髏，提供她哭泣悲絕地滴血試親畫面，[88]《漢將王陵變》裡，[89]敘事者提供漢將王陵領兵夜襲楚軍敵營，與灌嬰聯手「斫營」的行動畫面，漢兵揭卻營幕，每營活捉一名知更官健，共需捉全三十六名，將他們橫拖豎拉到王陵面前，王陵左手攬髮，右手抬刀，頭隨刃落，含血洒流四方，這個恐怖血腥的驚人場面，也是由故事圈外的講述僧人向聽講的信眾供應，略引其韻文段落示例：

二將斫營處，謹為陳說。

---

87 唐・佚名著，楊家駱編：《敦煌變文》（臺北：世界書局，1977），頁288-289、295。

88 唐・佚名著，楊家駱編：《敦煌變文》，頁32-33。

89 唐・佚名著，楊家駱編：《敦煌變文》，頁38-39。

羽下精兵六十萬，團軍下卻五花營。
將士夜深渾睡著，不知漢將入偷營。
王陵擡刀南伴斫，將士初從夢裡驚。
從帳下來猶未醒，亂煞何曾識姓名。
暗地行刀生劈劈，帳前死者亂蹤（縱）橫。
項羽領兵至北面，不那南邊有灌嬰。
灌嬰揭幕蹤橫斫，直擬今霄（宵）作血坑。
項羽連聲唱禍事，不遣諸門亂出兵。
二將驀營行數里，在後唯聞相煞聲。[90]

任何一部引人入勝的敘事作品莫不如此繪聲繪影地提供畫面，如《水滸傳》裡清風寨知寨花榮為宋江設了洗塵宴接待，宴席間賓主的會談情況？《金瓶梅》裡潘金蓮如何在床上以砒霜毒死武大？武大的死相如何？武松返家後，他看到武大的靈堂作何反應？向潘金蓮作何詢問？《紅樓夢》裡的各色人物風貌，大觀園裡各庭院，各閣軒的佈置與花草景致，佳餚菜色的陳設……無數故事中的無數畫面信息，在在「有請」敘事者為讀者一一道出，因為故事是他編撰的，只有他知道故事域裡的一切信息，他若不說，讀者也就無從得知故事世界裡的一切人事物了，就如同電影的製作者若不提供影像，觀眾也無由目睹故事裡的一切動靜。

不論是客觀式或主觀式的場面提供，敘事者都是利用語文為閱聽者提供適當的景觀與人物之行動說明，在閱聽接受過程中，透過語文認知與形象思維的想像作用，閱聽者得以在腦海中建構所述的

90 唐・佚名著，楊家駱編：《敦煌變文》，頁 38-39。

情境，以一種「視而不見」，「聽而不聞」的奇特方式「想見」、「如聞」故事域現場所發生的各種景況。但就場面氣氛而言，客觀式的畫面信息顯得超然中立，主觀式的畫面信息則帶有當事人的感受，反映出個別的切身體驗，顯得熱烈激動；唯中國說書人向來善於將兩者交替調用。以《水滸傳》裡宋江三打祝家莊戰事為例，當石秀與楊雄在祝家店把客棧報曉的公雞偷宰了吃掉之後，就引發了梁山與祝家莊的恩怨，宋江向晁蓋倡議領兵攻打祝家莊以維護梁山泊兄弟，但前兩戰皆失利，直到孫立兄弟投奔梁山援助，又靠吳學究規劃了裡應外合之計，才把祝家莊給攻了下來，不但所獲錢糧甚豐，且從此奠立了宋江在梁山的首腦地位。[91]敘事者要把這段關鍵戰事說得動人，使讀者也能如臨現場，屏氣凝神地觀看緊張的戰況，就必須先供應祝家莊的現場資料給讀者，使讀者知道它位於何處？規模建設如何？戒備何等森嚴？各方人馬的武藝表現如何……敘事者唯有明朗耀眼地放送這一系列畫面，才能讓讀者的注意力緊追不放，留神想像這段跌宕起伏的火拼過程。祝家莊的場景，在第四十六回「病關索大鬧翠屏山　拚命三火燒祝家店」是先由店小二的認知立場告訴石秀基本的環境信息：店小二說「前面那座高山，便喚作獨龍山。山前有一座另巍巍岡子，便喚作獨龍岡，上面便是主人家住宅。這裡方圓三十里，卻喚作祝家莊，莊主太公祝朝奉有三個兒子，稱為祝氏三傑，莊前莊後，有五七百人家，都是佃戶，

91 明・施耐庵：《一百二十回的水滸》第四十六回　「病關索大鬧翠屏山　拚命三火燒祝家店」，第四十七回　「撲天雕雙修生死書　宋公明一打祝家莊」，第四十八回　「一丈青單捉王矮虎　宋公明兩打祝家莊」，第四十九回　「解珍解寶雙越獄　孫立孫新大劫牢」，第五十回　「吳學究雙掌連環計　宋公明三打祝家莊」。

各家分下兩把朴刀與他。這裡喚作祝家店。」[92]這段資料，類似遠景鏡頭，把祝家莊的勢力範圍都呈現了出來。接著在第四十七回「撲天雕雙修生死書　宋公明一打祝家莊」又進一步透過鬼臉兒杜興提供祝家莊比鄰的資料，杜興告訴石秀與楊雄：「此間獨龍岡前面，有三座山岡，列著三個村坊。中間是祝家莊，西邊是扈家莊，東邊是李家莊。這三處莊上，三村裡算來總有一二萬軍馬人家。」，[93]話雖然是說給石秀與楊雄聽的，但讀者自然可以通過敘事文本「側耳監聽」到這些信息，而得掌握獨龍岡上共有三座村坊，在祝家莊的東邊是李家莊，西邊是扈家莊，這三個莊院加起來聲勢浩大，約有一兩萬家的軍馬，其戰鬥實力雄厚。較為詳細的李家莊場面則交由楊雄提供；當杜興引石秀與楊雄來到李家莊拜訪求助時，李家莊就映現在楊雄的眼裡：「楊雄看時，真個好大莊院。外面週迴一遭闊港；粉牆傍岸，有數百株合抱不交的大柳樹，門外一座弔橋，接著莊門。入得門來，到廳前，兩邊有二十餘座鎗架，明晃晃的都插滿軍器。」；[94]借由楊雄張望打探的「眼光」，讀者也「見識」到李家莊氣派宏偉的格局，這個「好大莊院」的外面圍繞著一圈河，河岸種植著數百株合抱不交的巨大柳樹，進到門內，望廳堂上一看，兩邊排列著二十餘座的兵器架，架上刀光森森，全都插滿了明晃晃的兵器。至於祝家莊的地勢佈局，除了之前透過店小二、杜興粗陳大略外，本回又調換到局外人的視角，客觀地為讀者供應莊院的畫面：「原來祝家莊又蓋得好，佔著這座獨龍山岡，四下一遭闊港，那莊正造在岡上，有三層城牆，都是頑石壘砌的，

---

92 明・施耐庵：《一百二十回的水滸》第九冊，頁 53。

93 明・施耐庵：《一百二十回的水滸》第九冊，頁 58。

94 明・施耐庵：《一百二十回的水滸》第九冊，頁 59。

約高二丈；前後兩座莊門，兩條弔橋；牆裡四邊都蓋窩鋪，四下裡遍插著鎗刀軍器；門樓上排著戰鼓銅鑼。」；[95]透過這個畫面，讀者也可冷靜地上下打量著祝家莊，它位居高崗上，城牆高達兩丈，共計三層，每層皆由頑石壘堆砌成，莊院的前後有兩座莊門與兩座吊橋，四周有河環繞，城牆上刀械軍器林立，門樓上排列著戰鼓與銅鑼，氣象森嚴。除了龍蟠虎踞，地勢居高臨下的莊院定點介紹之外，外人通往祝家莊的盤陀路向來是「進去容易出來難」，實際情況如何，敘事者也周到地提供給讀者，使它難攻易守的環境能為讀者所認識。祝家莊一帶的「盤陀路」信息共分兩次釋出，第一次先是扮裝賣柴的石秀向路邊老丈人問路時得知，第二次再由宋江攻進祝家莊時沿路所目見，兩次都是主觀式的場景信息。老人告訴石秀要注意看盤陀路上的白楊樹，在白楊樹的轉彎處轉彎，就可以找到活路，若是別的樹種，在其轉彎處的地底下，就埋藏著尖銳的刺竹釘和鐵爪勾，老丈人說：「你便從村裡走去，只看有白楊樹，便可轉彎。不問路道闊狹，但有白楊樹的轉彎，便是活路；沒那樹時，都是死路。如有別的樹木轉彎，也不是活路。若還走差了，左來右去，只走不出去。更兼死路裡地下埋藏著竹簽鐵蒺藜；若是走差了，踏著飛簽，准定喫捉了，待走那裡去！」。[96]老丈人把盤陀路上的白楊樹標識與死路地底埋藏的暗器介紹出來之後，讀者約能按圖索驥，設想那一帶暗藏危機，白楊樹與雜樹蜿蜒林立的迷蹤路，在閱讀心理反應上，也會有戒慎恐懼之感。老丈人提供的盤陀路景況雖與宋江親自做先鋒，打頭陣所見的盤陀路沒有兩樣，但感知者

95 明・施耐庵：《一百二十回的水滸》第九冊，頁63。

96 明・施耐庵：《一百二十回的水滸》第九冊，頁71。

的立場並不相同，所以場面的氛圍也就因人而異；老丈人的話帶有好心解說與奉勸警覺的意味，宋江領軍親臨盤陀路現場，反映出來的盤陀路帶有怵目驚心，險象環生的實際體驗；而這樣的信息資料帶給讀者更近距離的臨場感。故事繼續講述，說宋江的人馬前面打著一面大紅「帥」字旗，引著四個頭領，一百五十騎馬軍，一千步軍，往祝家莊殺奔而來，一直到獨龍岡前。這一段落的場面都是以客觀式的畫面來呈現，但當宋江勒馬之後，筆觸上的「鏡頭」就再切換到宋江的視角，宋江看到那祝家莊上，起兩面白旗，旗上明明書寫著十四個字：「填平水泊擒晁蓋，踏破梁山捉宋江！」這十四個字看在宋江眼裡，就好像是當眾被摔了兩記大耳光，他當然是火冒三丈，所以宋江當下就在心中起誓：「我若打不得祝家莊，永不回梁山泊！」。兩面白旗在城門口招搖，白旗上繡著「填平水泊擒晁蓋，踏破梁山捉宋江！」的現場畫面，[97]當然也可以從局外人的客觀立場向讀者呈現，但這樣就缺乏了感知者的情緒效應，敘事者讓當事人宋江自己來看，讀者也好奇地跟著宋江湊上去瞧個分明，一瞧知曉，自然能認同宋江為何會咬牙切齒，立誓「我若打不得祝家莊，永不回梁山泊！」如此，讀者因為更投入故事之情境，所以其閱讀樂趣也跟著水漲船高。

（二）主觀式的場面信息

主觀畫面或信息資料反映出故事中的「感知者」所看到，所聽到的「感知對象」，近似電影中兩組特寫鏡頭的編輯（蒙太奇），一組鏡頭聚焦於「感知者」，一組鏡頭聚焦於「感知對象」，兩組

---

97 明・施耐庵：《一百二十回的水滸》，第九冊，頁 80。

鏡頭的組合順序不限先後，可以先出現「感知者」，再出現「感知對象」；或先出現「感知對象」，繼而出現「感知者」，兩款組合各有其傳達效果。在電影的視覺傳達上，主觀畫面可以凸顯出當局者臉部或身體上的情緒興發，或興發之後的掩藏、抑制、矯飾等變動，雖然以文字為媒介的敘事文本，無法直接映現具體影像，但抽象的文字也可用來描述當事人究竟「看」到什麼，「聽」到什麼，以及他在感知到這些外界信息時的身心狀態，效果顯著地為故事帶來更多的跌宕起伏。以《三國演義》第四回〈廢漢帝陳留為皇，謀董賊孟德獻刀〉為例，本回敘述曹操錯殺呂伯奢一家，這個滅門慘案之所以發生，其關鍵錯誤就在於曹操私下的「竊聽」與主觀的「錯判」。敘事者從曹操的立場反映他所感知到的現場情報，當時他與陳宮坐等呂伯奢好一陣子了，呂伯奢告訴曹操他外出去買點酒菜回來招待兩人，請他與陳宮在家中稍候，坐久之後，曹操忽然聽到莊後有磨刀的聲音，由於他當時正在逃亡，且生性多疑，對這個磨刀聲遂提高警覺，他懷疑可能被呂伯奢給出賣了，於是潛行到草堂去竊聽個究竟，他在戶外聽到草堂裡面有人說「縛而殺之，何如？」，一時心中大驚，就與陳宮拔劍衝了進去，不問男女，見人就殺，一連殺害了呂家八口，當曹操搜索到廚房時，這才看見裡頭綁著一隻待宰的豬。略引其片段如下：

> 操與宮坐久，忽聞莊後有磨刀之聲。操曰：「呂伯奢非吾至親，此去可疑，吾竊聽之。」二人潛步入草堂後，但聞人語曰：「縛而殺之，何如？」操曰：「是矣！今若不先下手，必遭擒獲。」遂與宮拔劍直入，不問男女，皆殺之，一連殺死八口。搜至廚下，卻見縛一豬欲殺。宮曰：「孟德心多，

> 誤殺好人矣！」急出莊上馬而行。
>
> 行不到二里，只見伯奢驢鞍前鞽懸酒二瓶，手攜果菜而來，叫曰：「賢姪與使君何故便去？」操曰：「被罪之人，不敢久住。」伯奢曰：「吾已分付家人宰一豬相款，賢姪、使君何憎一宿？速請轉騎。」操不顧，策馬便行。行不數步，忽拔劍復回，叫伯奢曰：「此來者何人？」伯奢回頭看時，操揮劍砍伯奢於驢下。[98]

上述文本計出現兩個場面，一在呂伯奢家，一在村莊二里外的路上，兩個場面的信息，都是從曹操的感知立場來看，來聽，來猜，所以帶有當局者的主觀心機與起伏情緒。曹操因為身處被捕殺的危境中，再加上他生性猜疑，對呂伯奢也不太信任，在久候不到主人歸來的空檔中，遂焦慮不安，深怕被呂伯奢給出賣了，這時，村莊後傳來了磨刀的聲音，這個聲音聽在曹操的耳裡，自然更令他心驚膽跳，而他竊聽到的話語原是指要把豬給綁了殺，但由於曹操隱身在外，看不到草堂與廚房的內部情況，在驚恐的心態下，遂把現場所得來的信息慌忙拼湊成呂伯奢一家人準備要刺殺他。其後他在廚房看到了豬，快馬離開村子時，在路上看到了騎著驢子回來的呂伯奢，鞍前掛著酒，手裡提著果菜，一臉詫異地望著他。這些動態畫面通過曹操的感知觀點反映出來，呈現著飽滿的情緒，緊張的反應，匆促的行動，使故事跌宕頓挫，引人入勝。

由文字所寫就的敘事文本之所以如此大費周章，其目的仍不外乎提高敘事效果，敘事者拉近讀者與人物之間的距離，使閱讀者更

98　明・羅本：《足本三國演義》（臺北：世界書局，1975），頁23。

近身地進入文本角色的親身環境去看、去聽、去感受，此種主觀畫面或信息資料的視境傳送是「邀請」閱讀者投入其境，使他有更好的臨場感，增加閱讀趣味。作為一個有意把故事說得活靈活現的敘事者，通常偏好交替調遣這兩種場面，以造成有遠有近的距離縮放，氣氛上的冷熱也可加減微調。續以宋話本《勘皮靴單證二郎神》為例，這故事的關鍵證物「靴子」，敘事者先是委任王觀察的眼光粗略看看，繼而由「三都捉事使臣」冉貴在燈火下細細察看，接著再由眾人湊上前去看，如此一來，這隻精工縫製的皂黑皮靴就由遠到近，由粗到細，層次分明地呈現出來，敘事者為不在當時現場的讀者提供了這個「勘察皮靴」的重要畫面：

> 只見那冉貴不慌不忙，對觀察道：「觀察且休要輸了銳氣。料他也只是一個人，沒有三頭六臂，只要尋他些破綻出來，便有分曉。」即將這皮靴翻來覆去，不落手看了一回。眾人都笑起來，說道：「冉大，又來了。這隻靴又不是一件稀奇作怪，眼中少見的東西，止無過皮兒染皂的，線兒扣縫的，藍布吊裏的，加上楦頭，噴口水兒，弄得緊棚棚好看的。」冉貴却也不來兜攬，向燈下細細看那靴時，却是四條縫，縫得甚是緊密。看至靴尖，那一條縫略有走線。冉貴偶然將小指頭撥一撥，撥斷了兩股線，那皮就有些撬起來。向燈下照照裏面時，却是藍布托裏。仔細一看，只見藍布上有一條白紙條兒，便伸兩個指頭進去一扯，扯出紙條。仔細看時，不看時萬事全休，看了時，却如半夜裏拾金寶的一般。那王觀察一見也便喜從天降，笑逐顏開。眾人爭上前看時，那紙條

上面卻寫著：「宣和三年三月五日鋪戶任一郎造。」[99]

在宋代的職官系統中，「觀察」屬於低階的武官，工作是緝捕為非作歹的嫌疑犯，王觀察雖握有上司交付的一只證物，但這件官司沒頭沒腦，上面的命令就是要緝捕這隻鞋子的主人；他跟使臣房做公人說了大概之後，便從懷裏取出那皮靴往桌上一丟，這時，透過使臣房眾人的視角「看到」這隻靴子的整個模樣：「無過皮兒染皂的，線兒扣縫的，藍布吊裏的，加上楦頭，噴口水兒，弄得緊棚棚好看的。」。從敘事技巧來說，敘事者讓眾人這樣一看一說，讀者雖沒親眼見到這隻靴子，但已經得以「想見」是一隻染成黑色的尋常皮靴，內裡襯藍布，前面加楦頭，精線扣縫，緊實好看的靴子。當精明的冉貴勘察時，敘事者再透過冉貴的手眼，並輔以燈光察照，將焦距縮短，使冉貴在燈下看到了證物的更多細節：縫線是四條，靴尖有一條縫線略微走線，內裡的藍布上有一張白紙條。當白紙條被冉貴從靴子裡面扯出來之後，很自然的，包括冉貴本人及王觀察都很興奮，現場的圍觀者均急著想知道紙條上究竟寫些什麼？敘事者於是讓眾人爭上前去看分明，原來寫的是「宣和三年三月五日鋪戶任一郎造。」。紙條上的文字，敘事者是透過眾人的視角提供，這個視角既然是公眾的，就會產生「公證」的效果。

當觀察者與故事（素材）中的人物結合時，畫面信息可以表現出個別角色在看待同一件事物時的不同感受。以《金瓶梅》第二回〈俏潘娘簾下勾情　老王婆茶坊說技〉為例：

---

[99] 明・馮夢龍著，顧學頡校注：《醒世恆言》（臺北：光復書局，1998），卷 13，頁 211-212。

> 一日也是合當有事，卻有一個人從簾子下走過來，自古沒巧不成話，姻緣合當湊著。
>
> 婦人正手裏拿著叉竿放簾子，忽被一陣風將叉竿刮倒，婦人手擎不牢，不端不正，卻打在那人頭上，婦人便慌忙陪笑。把眼看那人，也有二十五、六年紀，生得十分浮浪。頭上戴著纓子帽兒金玲瓏簪兒，金井玉欄杆圈兒。長腰才身穿綠羅褶兒。腳下細結底陳橋鞋兒，清水布襪兒。手裡搖著灑金川扇兒，越顯出張生般龐兒，潘安的貌兒，可意的人兒，風風流流從簾子下丟與箇眼色兒。這箇人被叉竿打在頭上，便立住了腳。待要發作時，回過臉來看，卻不想是箇美貌妖嬈的婦人。但見他：黑鬒鬒賽鴉翎的鬢兒，翠彎彎的新月的眉兒，清冷冷杏子眼兒，香噴噴櫻桃口兒，直隆隆瓊瑤鼻兒，粉濃濃紅艷腮兒，嬌滴滴銀盆臉兒，輕嬝嬝花朵身兒，玉纖纖葱枝手兒，一捻捻楊柳腰兒，軟濃濃粉白肚兒，窄星星尖趫腳兒，肉奶奶胸兒，白生生腿兒，更有一件緊揪揪、白鮮鮮、黑裀裀，正不知是甚麼東西。觀不盡這婦人容貌。[100]

這個不打不相識的場景，共出現了兩個位於故事圈內的人物：西門慶、潘金蓮，兩人陸續從其個人主觀的視角看到了眼前的對方。

這段一開始是局外的反映者從客觀視角提供西門慶大模大樣逛大街的派頭，就在西門慶經過武大家門口時，潘金蓮的叉竿好巧不巧被風吹倒了，門簾兜頭兜臉地打在西門慶大爺身上！潘金蓮便慌

---

[100] 明・蘭陵笑笑生著，清・張道深批評，王汝梅、李昭恂、于鳳樹校點：《金瓶梅》，頁 53-54。

忙陪笑，把眼看向這個男人，見他大約二十五六歲，風流俊俏卻浮浪，就在簾子下向他拋了一個眼色，而被竹竿打了個正著的西門慶就要發飆之際，回過臉來一看，看到這個滿臉歉意的女人竟然美艷絕倫，豐滿妖嬈，他的一雙色眼愣愣望著潘金蓮的全身上下，興奮地打量。在敘述這段「驚艷經驗」時，笑笑生靈活提供這兩個人物的主觀視境，兩個人的心思和反應各個不同，這樣游走來回地穿插不同視角所構成的畫面，可以逼真地把西門慶和潘金蓮眉來眼去，以及彼此晃蕩的眼神生動表出。

小說比起電影來，雖然不能直接看到「世界」，但小說比起電影來，還能「聽」，還能「嗅」，也還能「觸摸」，荷。米克・巴爾說：

> 故事由素材的描述方式所確定。在這一過程中，地點與特定的感知點相關聯。根據其感知而著眼的那些地點稱為空間。這一感知點可以是一個人物，他位於一個空間中，觀察它，對它做出反應。一個無名的感知點也可以支配某些地點的描述。空間感知中特別包括三種感覺：視覺、聽覺和觸覺。所有這三者都可以導致故事中空間的描述。……觸覺作用通常很少具有空間意義。觸摸顯示出一種鄰接。如果一個人物覺得四面是牆，那麼它就被幽閉在一個很小的空間，觸覺作用常常運用在故事中用以表明對象的物資材料。[101]

以後晉・和凝（公元 898-955 年）、和㠓（生卒年不詳）父子編輯的

---

[101] 荷・米克・巴爾著，譚君強譯：《敘述學：敘事理論導論》，頁 106。

《疑獄集》為例，該書的故事題材涉及犯罪刑案與偵訊定罪過程，因此，對案發現場的情境描述必不可少，敘事者採用當事人的感知立場來報告他看到了什麼？聽到了什麼？聞到或摸到了什麼不尋常的東西？以反映涉案者惶恐不明的情況。以下案例說一個富商子興沖沖地要去民宅和一個冶豔的女子燕好，沒想到已有歹徒先他一步進門行竊，誤將女子給刺殺了，富商子隨後摸黑進了門之後，才發現自己身陷命案現場，文本節錄如下：

> 唐・劉崇龜鎮南海之歲，有富商子少年而貌皙，稍殊於負販之伍，泊船於高岸，次有高門，中見一姬，年二十餘，豔態妖容，殊不避人，得以縱其目送。少年乘便言曰：「某黃昏當詣宅矣。」亦無難色，微笑而已。
>
> 既昏暝，果啟扉伺之。此子未及赴約，有盜者徑入行竊，見一房無燭，即突入，姬即趨而就之，盜以為人擒己也，以刀刺之，遺刀而逃，其家亦未知覺。商家之子旋至，纔入其戶，即踐其血，汏而仆地。初謂其水，以手捫之，聞逗血之聲。未已，又捫之，有人臥！遂徑走出，一夜解維，比明，已行百里餘。其家跡其血至江岸，遂狀訟於主者。窮詰岸上居人，云：「近日有某客船一隻，夜來徑發。」官差人追及，械於圓室，掠拷備至，具實吐之，唯不招殺人。其家以刀納於府主，乃屠刀也。[102]

102 後晉・和凝：《疑獄集》〈崇龜集屠刀〉（臺北：臺灣商務印書館「四庫全書珍本」），卷3，頁5-6。

富商之子一入門，就身陷凶案疑雲之中，天色已黑，房中無燭，他摸黑前進，卻一腳踩進血灘而滑倒在地，初以為是地上有水，但用手摸一摸，應該不是水——可能是血，傾耳細聽，又聽出這是撫觸到凝血的聲音！匪夷所思之際，他已經知道大事不妙，出了人命，急著落荒而逃。《疑獄集》是透過富家子的感知者立場來描寫現場，從「踐」血，「仆」地，到以手「捫」血，以耳「聽」之，幾個短促的句子接連而下，生動緊湊地反映他當下的驚慌，迷惑和狼狽的情狀。

主客觀場面交遞呈現的敘事技巧，可以讓故事在敘述時更富情緒，更易動人耳目，但並不是每個敘事者都熱衷於這款技巧的操作，為了維護所述事件在敘述時的客觀與尊嚴，或為營造敘述風格上的嚴肅與冷雋，有些敘事者不作意提供過多的主觀場面或信息資料給讀者，以免造成敘述上的震盪效應，「保持距離」作「壁上觀」，常是他們信守的敘事原則，尤其是史家。另須留意的是，敘事立場的類型別也決定著場面資料的提供方式，按常規而言，只有採行局外人立場敘事策略者才有條件運作主客觀交替的場面變化，因為他原本就置身事外，理所當然可以在場外提供故事域的信息，而他也可以委託（或任命）內場的人物提供他們所感知到的信息。至於那些採行當事人立場敘事策略的文本，嚴格來說，故事的場面信息理應由當事人提供他分內所感知到的資料，不應該有超出他本人可感知範圍外的場面或信息資料「闖入」文本，這原本是當事人立場的敘事策略所欲追求的主觀性，限制性，因為，這世界我只知其一，不知其二，我所能感知到的世界不過囿於一隅，但是，情非得已，主觀立場的敘事者為了能把故事的背景交待得更清楚周到，有時也「身不由己」地把「自己」當作「外人」，暫時抽身，跑到故事圈之外報導，好為讀者提供必要的客觀場面信息；與此相對的情況反是，有些執行主觀立場的敘事者為了確實遵守其敘述原則，因而出現了由「貓」、「狗」、「驢子」、「傻子」、「瘋子」等「人物」所提供的場面資料，有的饒富意趣，有的不知所云，有的以反正為奇技，有的作繭自縛，運用之巧拙利鈍，除了視作家本領之高下外，更不能悖逆敘事文學之寫作體要。

第四章　敘事時間的速度調配與順序佈置

一、敘事速率的操作類型

在敘事文學作品中，時間的處理是絕對必要的，因為「故事時間」（time of story）是在時間中進行，「敘述時間」（time of telling）也必須在時間之中進行，倘若取消時間，則不但故事無以存在，敘述活動也一樣不得實現。關於敘事時間的寫作技巧論述當溯自 1920 年代英國的波西・呂貝克（Percy Lubbock, 1879-1965），呂貝克是個文藝批評學者，在《小說的技巧》（*The Craft of Fiction*）一書中曾對小說的敘事時間方法理出兩種基本技巧：一種他以「摘要」（summarizing）之術語指加快速度的敘事時間表現法，另一種以「實況」（scenic）之術語指泛泛瀏覽的敘事時間表現法。[1] 1950 年代，德國學者岡特・慕勒（Gunter Müller, 1890-1957）發表〈時間在敘事藝術中的意義〉（Die Bedeutung der Zeit in der Erzählkunst）與〈敘事詩中的時間經歷與時間框架〉（Zeiterlebnis und Zeitgerüst in der Dichtung）二文。穆勒從敘事詩的時間表現藝術入手，將時間區分成「敘事的時間」

1　Percy Lubbock: *The Craft of Fiction*, John Dickens & Co. Ltd., 1963.

（Erzählzeit; the time of the act of narrating）、「被敘述的時間」（erzählte Zeit;the time that is narrated）與「生命的時間」（Lebenzeit; the time of life）；他認為時間是建構世界的元素，也是人類經驗的基本範疇，時間與三度空間形成了四度時空連續體，「生命的時間」就是我們在這四度時空連續體所經歷的一段歲月；而「被敘述的時間」則是敘事者從四度時空連續體中所挑選與截取的片段時間集合體，可以以年、月、週、日、時刻分秒來進行。至於攸關敘事技巧的「敘事的時間」，則是敘事者執行其敘述行為所使用到的時間；敘事者若是以口語敘述，則可以利用計時器衡量敘事者所花費的時間；敘事者若是以書面敘事，則能從句段行列或頁數的份量來衡量；所以與「敘事文本」所占的「篇幅空間」產生相對關係。

除了沿用呂貝克的「摘要」（summarizing）和「實況」（scenic）外，穆勒還進一步提出「省略」（ellipsis）、「停頓」（pauses）、「延緩」（slow down）等技巧。穆勒和呂貝克提出的敘事時間手法加起來共有五款：摘要、省略、實況、延緩、停頓等，不過，實況與延緩無太大差別，都是放慢敘述的速度，不妨統括為一，這樣共可畫分省略、摘要、實況和停頓等四種敘述速度。敘述者可在疾徐之間自行斟酌作變化，其效果就是要讓故事進行得有疾有徐，疾徐有致，藉由作家所安排的講述速度，讀者在閱讀時自然會形成一種節奏感，雖然小說的節奏不如詩歌的節奏明顯，但閱讀時仍可以感受到情節的行進速度，所以，也有以「步速」（pace）來形容敘事的速率。當敘事時間以摘取要點的方式概述或省略旁枝末節表現時，讀者就容易產生一種快捷的感覺；相反的，若敘事時間呈現實況或停頓或延緩時，讀者則能感受到一股緩慢的節奏。如此，敘述者便能透過故事時間與敘事時間之間的長短差距，使小說的節奏快慢相間、錯落有致。

關於敘事時間的論述雖發軔於西方，但對時間運動與敘事筆法有高度自覺的中國敘事作家而言，則已精熟其道，巧妙地落實於文本之演述。例如唐代的俗講常說：「前後不經旬日」、「前後不經兩旬」、「前後不經數旬」，一句話就跳過了十數天；至於說書人常用的敘述慣語「有話則長，無話則短」，言簡意賅地向受述者表達說話人對敘述速度的操作，「有話則長」就是放慢速度，對於那些在故事軸線上具有重要意義的事件，敘事者通常會放慢速度，以便精心鋪陳人物的心思或容色舉止，詳細描摹事情的起伏變化，以滿足閱讀者的好奇和關切，所以「說來話長」。待要介紹人物出身、交代事件始末、簡述人物關係、提示周遭環境時，敘事者通常使用簡潔明快的敘述，三言兩語，敷衍了事，以免因拖沓而使閱讀者心生不耐；所以「無話則短」，交代過去便罷。說書人也擅長操作「停頓」以擱置故事，老神在在地對故事的某些內容作一番描寫、解說或評議。「省略」的作法契合中國史學以「簡」為貴的審美原則，同時也是鎔裁之法，所以每有大刀闊斧的表現。整體而言，深懷歷史意識與講述藝術的中國作家，對於時間的調度能擒能縱，在擒縱之間展現敘事、抒情、議論的創作意圖與言說藝術。

中國傳統戲劇表演對敘事時間的技巧操作也甚有足觀，劇作家可透過「分場」的程序使故事時間做大幅的跨越，另也有不分場的表現方式，一般多利用人物的上場下場，或砌末（道具）的上下，或歌聲舞蹈的過門來表示兩個事件之間有一段表過不提的時間。以元・關漢卿（公元 1219-1301 年）的劇作為例，其《竇娥冤》從楔子到第一折，時間明快斬截地跨越了十三年。在《竇娥冤》的第三折到第四折，時間也忽焉跳過了三年。劇作中若不採用分場方式來處置時間，關漢卿會在一場之內盡量壓縮故事時間，讓情節時間加速流動，使一場戲內情節進展的時間與舞臺上的演出時間拉開距離；如《玉鏡臺》第二折，溫嶠為「翰林院有個學士，才學文章不在姪兒之下。」說親，「末下，將砌末上科，做見夫人科」就表示親事已說定，這個砌末（道具）是玉鏡臺，是溫嶠下聘表妹的定婚禮。溫嶠下場後，官媒緊接著上場，說他乃是受溫嶠之託，選好良辰吉日迎娶小姐過門。轉瞬之間，溫嶠的親事都已辦妥。所以，雖在一場戲之內，但關漢卿利用不同角色的上場、下場，道具的呈上、收下，就讓戲劇情節俐落推進，黃鈞曾對關漢卿戲劇的敘事時長處理技法闡述如下：

> 根據主題的需要，將情節時間進程人為地拉長放慢，以便盡情抒寫，渲染人物的內心感情。這正是王驥德《曲律》中所說的：「傳中緊要處，須重著精神，極力發揮使透。」例如：《金線池》三折中，杜蕊娘酒醉，韓輔臣暗上，替換攙扶她的親眷。杜問明後忙說：「你是韓輔臣，靠後！」之後，連唱三曲，才「做摔開科，下」。從斥言「靠後」到摔開，時間應該是短暫的；但這兒起碼得演唱十多分鐘。又如《竇娥冤》第一折，蔡婆被迫帶著張驢兒父子回家，叮囑二張「在門首，等我先進去」。蔡婆進去後，二張本應隨之而入；但作者故意騰挪，讓竇娥連唱四曲，再加一段盤問，對蔡婆的軟弱退讓，又是嘲弄，又是挖苦，使蔡婆無地自容。拖延了很長一段時間之後，張驢兒父子才進入屋內，揭開與竇娥之間的衝突。同劇第三折法場，劊子手本已宣布「時辰到了也」，馬上就要開刀，但卻在此緊迫當兒，讓竇娥連唱

四支曲子，提出「三願」，情節進程大大放慢。[2]

史傳、小說、戲劇等敘事文學雖然在重述一段人世間的故實，但經過人為處理過的敘事文本絕對無法複製現實世界的任何一個時間片段，所以，不論是長篇故事或短篇小說，也不論是動態戲劇搬演或靜態文字閱讀，創作者不但握有改造時間的特權，同時也肩負改造時間的責任，為了在有限的時間內將故事妥善演述完畢，且能提供閱讀者觀覽故事的趣味，成功的敘事者必須緩急有序地經營故事。以下分「詳述」、「免述」、「擱置」、「概述」說明之。

（一）「詳述」——緩步描摹

詳述，就是以和緩不迫的速度講述故事，敘事者賦予故事充足的講述時間，使各種場面細節猶如實際發生時的情況一般呈現於文本，滿足讀者觀看故事世界域的期待心理。這種敘述技巧在西方敘事學謂之為「等述」、「勻速」、「描寫」或「實況」。此類技巧主要由行動與對話之描寫構成，戲劇的搬演方式即其實踐，但在以語文構成的敘事文學中，若要達到這種敘述時間與故事時間相勻相稱的效果，通常只有筆錄人物的「對話」才可望實現，這是由於對話能夠一字一句如實地記錄當時的話語，故可以視為一種等值的敘述，也就是所謂的「等述」。等述如同「實況轉播」，敘事者以安步緩行的速度，引導讀者身歷其境地從容瀏覽故事，讓他們安步當

2　元．關漢卿：《感天動地竇娥冤》、《杜蕊娘智賞金線池》、《溫太真玉鏡臺》：《全元雜劇初編一》（臺北：世界書局，1968）。黃鈞：〈關劇時空結構評析〉，《關漢卿國際學術研討會論文集》（臺北：行政院文化建設委員會，1994），頁566。

車地隨著情節的起伏演變而得以同步地收視。詳述可以使故事的情節緻密，因為敘事時間的速度越快，情節的密度就越低；敘事時間的速度越慢，情節的密度就越高，換言之，敘事時間的快慢與情節的疏密，呈現反比的關係。中國古典文史批評用語中的「疏密」、「詳略」、「繁簡」、「煩省」，其所關注的敘事文法也不脫於此。

在先秦兩漢的傳記文學中，由於史料多，簡冊重，敘事原則向來是「尚簡」，即寫得比較疏略，但以記錄戰國時期士人周遊獻策為素材的《戰國策》，由於著重於記錄策士的高明言論，以呈現其卓越的政治謀略與縱橫雄辯的詞鋒，所以幾乎是一字一句地「實況」照錄。如《戰國策》載范雎說秦王一事，敘事者將范雎不卑不亢的措辭詳細錄下，著力刻畫范雎胸有成竹的辯士形象，范雎在獻策之前有言在先，他說：

> 臣非有所畏而不敢言也。知今日言之於前，而明日伏誅於後，然臣弗敢畏也。大王信行臣之言，死不足以為臣患，亡不足以為臣憂；漆身而為厲，被髮而為狂，不足以為臣恥。五帝之聖而死，三王之仁而死，五霸之賢而死，烏獲之力而死，奔育之勇焉而死。死者，人之所必不免也。處必然之勢，可以少有補於秦，此臣之所大願也，臣何患乎？伍子胥橐載而出昭關，夜行而晝伏，至於蔆水，無以餌其口。坐行蒲服，乞食於吳市，卒興吳國，闔廬為霸。使臣得進謀如伍子胥，加之以幽囚，終身不復見，是臣說之行也，臣何憂乎？箕子接輿，漆身而為厲，被髮而為狂，無益於殷楚。使臣得同行於箕子接輿漆身，可以補所賢之主，是臣之大榮

> 也，臣又何恥乎？臣之所恐者，獨恐臣死之後，天下見臣盡忠而身蹶也，是以杜口裹足，莫肯即秦耳！足下上畏大后之嚴，下惑姦臣之態，居深宮之中，不離保傅之手，終身闇惑，無與照姦。大者宗廟滅覆，小者身以孤危，此臣之所恐耳。若夫窮辱之事，死亡之患，臣弗敢畏也。臣死而秦治，賢於生也。[3]

《戰國策》逐字記敘范睢的言辭，他說，他可以置個人死生於度外，只要他所效忠的秦國大治，個人榮辱又何足掛懷？敘事者從容不迫地將他的開場白句句錄下，使千年之後讀者猶能捕捉到范睢不卑不亢、慮深謀遠、雄辯滔滔的策士形象。

故事的衝突場面也適宜使用「詳述」來描摹，因為衝突是故事正派與反派人物對峙的高點，也是情節轉變的關目，敘事者必須善加著墨，才能充分展現故事的爆發力。不論是正派人物得勝，或是反派人物佔上風，這兩種結果都必須形諸衝突的對決實況，而讀者也都有興致看一場好戲，所以，敘事速度需沈著和緩，讓兩造水火不容的對決充分爆發，突破先前鋪墊的低迷或膠著狀態，如此方可順勢導入故事的後續發展。各類題材的小說有各類題材的衝突，以神魔小說為例，其大事渲染的場面莫過於「神魔鬥法」，道高一尺，魔高一丈，強中更有強中手，是此類小說鬥法場面的趣味所在，因此，神魔小說的看頭在此，作家的敘事功力也在此。以下是《大唐三藏取經詩話》〈水過長坑大蛇嶺處第六〉敘述猴行者孫悟

3 漢・高誘撰，宋・姚宏補：《戰國策高氏注》（臺北：世界書局，1967），頁 101-102。

空與白虎精的對決場面：

行次至火類坳白虎精。……欲經一半，猴行者曰：「我師曾知此嶺有白虎精否？常作妖媚妖怪，以至喫人。」師曰：「不知。」良久，只見嶺後雲愁霧慘，細雨交霏，雲霧之中，有一白衣婦人，身掛白羅衣，腰繫白羅裙，手把白牡丹花一朵，面似白蓮，十指如玉。覩此妖姿，遂生疑悟。猴行者曰：「我師不用前去，定是妖精。待我向前問他姓字。」猴行者一見，高聲便喝：「汝是何方妖怪，甚處精靈？久為妖魅，何不速歸洞府？若是妖精，急便隱藏形跡，若是人間閨閣，立便通姓道名。更若躊躇不言，杵滅微塵粉碎！」白衣婦人見行者語言正惡，徐步向前，微微含笑，問師僧一行，往之何處。猴行者曰：「不要問我行途，只為東土眾生。想汝是火類坳頭白虎精，必定是也。」

婦人聞言，張口大叫一聲，忽然面皮裂皺，露爪張牙，擺尾搖頭，身長丈五。定醒之中，滿山都是白虎。被猴行者將金鐶杖變作一個夜叉，頭點天，腳踏地，手把降魔杵，身如藍靛青，髮似硃砂，口吐百丈火光。當時白虎精哮吼近前相敵，被猴行者戰退。半時，遂問虎精甘伏未伏。虎精曰：「未伏！」猴行者曰：「汝若未伏，看你肚中有一個老獼猴！」虎精聞說，當下未伏。一叫獼猴，獼猴在白虎精肚內應。遂教虎精開口，吐出一個獼猴，頓在面前，身長丈二，兩眼火光。白虎精又云：「我未伏！」猴行者曰：「汝肚內更有一個！」再令開口，又吐出一個，頓在面前。白虎精又曰：「未伏！」猴行者曰：「你肚中无千无萬個老獼猴，今

> 日吐至來日，今月吐至來月，今年吐至來年，今生吐至來生，也不盡。」白虎精聞語，心生忿怒。被猴行者化一團大石，在肚內漸漸會大。教虎精吐出，開口吐之不得，只見肚皮裂破，七孔流血。喝起夜叉，渾門大殺，虎精大小，粉骨塵碎，絕滅除蹤。[4]

說故事的人從容地敘述猴行者與師父經過火類坳，遇到化為一位白衣婦人形貌的白虎精，猴行者與白衣婦人先是來一段實問虛答的試探對話，繼而神魔正面對決，白衣婦人張口變形為身長丈五的白老虎，猴行者處變不驚，以金鐶杖將白老虎變作一隻藍靛紫顏色的夜叉，夜叉頂天立地，口吐百丈火焰，猴行者以法力與大無畏的勇氣怒斥夜叉。之後，敘事者遞進式地描述猴行者與白虎精的纏鬥，白虎精被猴行者施咒，一再吐出獼猴，越吐越多，令讀者目不暇給，白虎精胸中的怒火被孫行者化為一顆吐不出來的大石頭，終於「自爆」，肚破皮裂，七孔流血，粉身碎骨，滅跡除蹤。

在現代小說作家中，對決的場面雖然不是神魔，但也須以「詳述」來摩寫。例如王朔（公元 1958-），他在《我是你爸爸》一文中耐著性子將教室中師生脣槍舌戰，互不相讓的爭辯實況和盤托出，使讀者也能好整以暇地注視這個吵鬧不休的現場：

> 同學們交頭接耳、嘻嘻哈哈，課堂上一片嗡嗡的低語聲。一部分同學繼續看著老師，不少同學扭過臉笑嘻嘻地看馬銳。

4　宋・佚名：《大唐三藏取經詩話》（臺北：世界書局，1965），頁 10-13。

「有的同學就是愛顯示自己，好像自己比誰都聰明。你真懂了麼？你要真的全懂了那你還坐在我這兒幹嗎？不要一瓶子不滿半瓶子晃蕩，瞍著誰都不如你，這種自以為是自以為了不起的態度老師最不喜歡，這種人將來沒什麼出息！」

「老師，到底誰一瓶子不滿半瓶子晃蕩又最愛顯示自己？」馬銳笑著大聲說。[5]

馬銳被老師指責是「自以為是自以為了不起」的學生，又被老師貶斥為「這種人將來沒什麼出息」，她以老師的身分對受教的學生冷嘲熱諷，反而暴露了她的「自以為是」，馬銳聽她這一番大言不慚的訓話後忍不住大笑，但他這一笑益發激怒了教官，接下來就變成師生兩個人正面交鋒，互不相讓的鬥嘴。

「馬銳，你不願意聽講，你可以出去！」

「我為什麼要出去？我沒有不願意聽講，是希望你講得更好

5 這個情況是發生在上政治教育課的課堂上，共產黨黨性堅強的老師將「恬」不知恥唸成「刮」不知恥後，遭到學生的指正，老師拒絕接受糾正，師生發生了口角。王朔：《我是你爸爸》（臺北：麥田出版，1993），頁 52-53。德・沃爾夫岡・顧彬（Wolfgang Kubin, 1945-）在《二十世紀中國文學史》評述王朔的作品時說：「王朔沒有他父親般導師的那種對於社會主義的信仰，他走得更遠。他也引讀者發笑，可是在他文本的潛在結構中，卻毋寧說是在憤懣地探討毛澤東時代和他之後的中國社會問題。正如我們所看到的，為此他利用了《毛選》語言和文革歷史。通過把語言表達和歷史事實錯置於不適當的地方，他達到了一種陌生化效果：曾經一度被當成信條的東西，現在成了墮落的事情。」（上海：華東師範大學出版社，2008），頁 365。

一點。」

「你出去，我現在請你出去，馬銳同學！」

「我不出去，我有權利坐在課堂裡，劉桂珍老師——我交了學費。」

「如果你不出去，這堂課我就不講了，同學們，你們這堂課無法上的原因完全在馬銳，你們是想聽課繼續上下去呢？還是聽任馬銳一個攪得你們誰都無法上課？」

「我們聽任馬銳攪得我們誰都無法上課！」一個調皮的男生回答。全班哄堂大笑。

「你不講課是因為你沒有能力講下去了。像你這種水平不講也好。講也誤人子弟。」馬銳在哄笑中添油加醋地說。

「聽聽，狂成什麼樣兒？」劉桂珍恨恨地對馬銳說，「這樣下去還得了？」

此刻的劉老師已是氣急敗壞，她竭力用蓋過全喧囂的高音尖叫：

「班幹部，班幹部站出來！班幹部在哪兒？維持一下秩序。」[6]

在上述文本中，敘事者將馬銳和劉桂珍老師你一言，我一語，來回互嗆的對話「現場直播」地呈現出來，使讀者猶如目擊了教室的口角現場，劉老師在課桌前宣威譴責，馬銳不甘示弱，在座位上反唇相譏，同學們有的扭頭看著馬銳，有的抬頭看著老師，有些交頭接耳，竊竊私語……教室場面已經快要控制不住，而這個實況是作家

6　王朔：《我是你爸爸》，頁52-53。

王朔沈著地緩步描寫，也正因為他不慌不忙的「詳述」，讀者才能把課堂上師生僵持不下的場面盡收眼底。

環繞情海離恨天為創作題材的張愛玲（公元 1920-1995 年），工於描摹男女之間的相處細節，她韾韾娓娓地鋪陳，使情節畫面宛然再現，其所操作的敘事技巧正是「詳述」。以〈留情〉為例，故事描寫中年再婚的米晶堯得知前妻病重而想前往探視，他不便明說要去探望前妻，又不敢不說就逕自出門，所以就和正在打毛線的後妻含糊交代一聲，而他那後妻不動聲色地假裝在數毛線針腳數目，存心稽留他，米先生也只得忍氣吞聲，和順恭謹地等著回她的質詢，待後妻敦鳳欲擒故縱地要放行時，米先生倒也知道好歹地不敢冒然出門。這段約莫十分鐘的僵局，張愛玲寫得詳詳細細，米先生做個動作，說句話，跟著敦鳳也做個動作，說句話；之後敘事者又上來遞補幾句閒話，解說其中的為難：

> 米晶堯搭訕著走去拿外套，說：「出去一會兒。」敦鳳低著頭只顧數，輕輕動著嘴唇。米晶堯大衣摻了穿了一半，去看著她，無可奈何地微笑著。半晌，敦鳳抬起頭來，說：「唔？」又去看她的絨線，是灰色的，牽牽絆絆許多小白疙瘩。米先生道：「我去一會兒就來。」話真是難說，如果說：「到那邊去」，這邊那邊的！說：「到小沙渡路去」，就等於說小沙渡路有個公館。這裏又有個公館。從前他提起他那個太太總是說「她」，後來敦鳳跟他說明了：「哪作興這樣說的？」於是他難得提起來的時候，只得用個禿頭的句子。現在他說：「病得不輕呢，我得去看看。敦鳳短短應了一聲：「你去呀。」聽她那口音，米先生倒又不便走了，手

> 扶著窗台往外看去，自言自語道：「不知下雨不下？」敦鳳像是有點不耐煩，把絨線捲捲，向花布袋裏一塞，要走出去的樣子。才開了門，米先生卻又攔著她，解釋道：「不是的——這些年了……病得很厲害的，又沒人管事，好像我總不能不——」敦鳳急了，道：「跟我說這些個！讓人聽見了算什麼呢？」張媽在半開門的浴室裏洗衣裳，張媽是他家的舊人，知道底細的，待會兒還當她拉著他不許他回去看太太的病，豈不是笑話。[7]

張愛玲放緩敘事速度，讓米先生和後妻相互僵持，腳步踟躕，進退維谷，這樣食之無味，棄之可惜的續絃關係，在緩慢的節奏中烘托著凝重的家庭氣氛。一樣是男女關係的細節描寫高手，劉恆（公元 1954-）在〈伏羲伏羲〉也以「詳述」來敷述天青和嬸子作完農事之後共進午飯的調情畫面，寫得鉅細靡遺，讓讀者看得一清二楚：

> 事情沒有明確的起因。只是空前愉快地幹了一前晌農活兒，彼此說了許多話，當然都是不太相干的話，然後面對面坐在草坡上咀嚼從家裡帶的乾糧，從同一個葫蘆模樣的器具裡斟水喝，用的是同一個瓷碗。醃蘿蔔粗粗的也只一根，兩個人各咬了一邊，留著不同的牙印兒。不久便咬亂了，你嘴裡有了我的，我的嘴裡也含了你的。傳遞了幾次，女人竟叼住別人的那一邊長久地吮起鹽味兒來了。飯吃的越來越沒有滋

7　張愛玲：《張愛玲全集》〈留情〉（臺北：皇冠文化出版公司，1988），頁 11。

味，滋味已經滲到了別的地方。天青鼓著兩只眼睛，近乎呆癡地盯住幾株剛剛被踏倒的小草，看它們如何頑固地重新弓起了身子，看它們碧綠的傷口緩慢地溢出了黏稠的漿液。當它們挺立如初的時候，他立即伸出大腳在一次踏蓋過去，腳心兒幾乎生了疼痛的感覺，似乎有一把繡花針在輕輕地刺上來。女人的腮裡滾著食物，風吹細了她的眼，陽光在她豐潤的皮上跳動，她的紅唇上裝飾了幾顆食物的殘渣，黑髮周圍有一只不知疲倦的昆蟲在飛舞盤旋。

天青的喉嚨裡無端地湧出大量唾液，像陳年的薯干酒一樣燎著他的舌根。

「嬸子……」

「啥？」[8]

小說中寫天青接著告訴她，他昨晚夢見嬸子在哭泣，天青憂心她是否有難過的事藏在肚裡偷偷哭，他對她的憂慮與關懷，她對他的溫情與體貼，使兩人在野地裡從吃著醃蘿蔔乾的小細節中，慢慢加上慾望的燃油，在意亂情迷之下，點燃兩具飢渴的青春肉體，他們兩突破禮教之防激情交歡。這個情節之所以能摩繪得令人怦然心動，原因在敘事者於天青與嫂子倆慾火噴薄而出前，先慵懶無謂地磨蹭，他若無其事地將兩人吃乾糧配蘿蔔乾兼喝水的細節款款鋪陳，幾株小草被踩踏了，傷口緩緩流出漿液，嫂子的紅嘴唇上有幾顆殘渣，嫂子的黑髮上盤旋著一隻不知名的昆蟲，天青的喉嚨裡湧著唾液……曖昧的性暗示細節被敘事者緩緩描摹，邀請閱讀者收看

8 劉恆：《劉恆作品精選》（北京：中國三峽出版社，1997），頁124。

一樁「好事」的發生。

施叔青（公元 1945-）在《遍山洋紫荊》寫到潘姓人家將女兒賣給屈府作為奴婢之一幕，敘事者一方面敘述代書宣讀契約書的內容，一方面在括弧內補充說明買賣雙方的問答與相關情況，例如潘姓男子的不識字，以及他因不識字而顯得緊張不安，代書宣佈賣身的價格時的口氣好像是在販賣牲口……等等。這件十九世紀末買賣奴婢的情景，必須通過敘事者詳細的敘述說明，讀者才可以想像當時賣女為奴的情境。原文略引如下：

> 代書對著已經印就的表格，拖長聲音唸道：
>
> 立讓生女帖（不識字的父親緊張地趨前作答：潘亞輝。代書代他填寫）今有生女一口係（幾年幾月生？代書把答案填到空格）人名喚（惜姑。作父親的脫口而出，自小叫慣了）茲因家貧年荒恐成餓殍願將此女讓與屈府訂明不計身價但收回從前養育米飯銀（幾大圓？代書唸到這裡，抬起頭，但不看賣女兒的父親，因不以為他會說實話，怕他把數目說多了。他問的是買賣人口的中人，提高聲音：作價幾拾大圓？賣牲口的語氣。三十大圓。把答案寫下繼續往下唸）即日親手接足自後任屈府養育長大擇配收回禮金倘未長大之時欲領回自養須每年補回養育費二十大圓交屈府收足如過十六歲不出銀領回任從屈府自行擇配雖禮金千圓不干生父母事此係因米飯無出甘願相讓並無債折迫勒不得誘令逃走至壽歲短減各安天命不得異言立讓帖一紙為據。[9]

9　施叔青：《遍山洋紫荊》（臺北，洪範書店，1995），頁 67。

施叔青以詳述的手法捕捉了舊時人物買賣的簽約實況，括弧裡寫的是賣方的言行，括弧外的是買賣契約上的書面文字，高聲宣念著契約的是買方的代表，也就是代書，賣方不識字，又是賣女兒，家道貧寒，自然是誠惶誠恐，侷促不安，有問必答地稟報大人；代書代表買家，花錢的聲勢自然斬截有力，毫不含糊，字字念得擲地有聲，面面俱到。施叔青從容不迫地將這個場面處理得有聲有影，如實呈現貧寒人家的自慚形穢，有錢人家沒得商量的決絕；買賣兩造的言詞與舉止，以及世態炎涼的現場氣氛，都躍然紙面。

總之，大凡敘事者所著意的情節，必然使用和緩不迫的敘事速度來提供實況，不論是戰國策士高談闊論，或是兩造互不相讓的爭議，或是各類勾心鬥角事件的動態鋪敘，或是男歡女愛的場面描摹……在在需要調度充裕的時間供敘事者筆墨酣暢地發揮，從閱讀接受者而言，這是最飽眼福的閱讀樂趣。

（二）「免述」——箭步略過

由於歷史或故事的時間段落截取自自然時間連續流，因此，它必然遠遠短於自然時間連續流，而且在故事的起訖之間，敘事者具體形諸敘述的時間也是斷點或片段，所以，在敘述活動中，基於各種條件、意圖、策略上的因素，必然有被敘事者蓄意省略不提的故事時間；換句話說，在任何敘事文本中，都會出現敘事者對某些故事時間內所發生的事件不提供任何敘述，這個現象即為「免述」。被敘事者以「免述」跳過的故事段落，通常缺乏特殊的情節意義或表現價值，它對故事的發展趨勢不具變動的影響力，敘事者也不打算利用其細節來營造某種氣氛，所以不願費詞敘述，縱筆跳過。中國歷史敘事尚簡，「免述」是尚簡的必要手段，這些被省略的故事時間，既然無關宏旨，讀者只需根據敘事文本中出現的時間線索自行銜接，即可再度回到故事軸線上。以《戰國策》敘孟嘗君蓄意「姑息」門客與自己的夫人私通並利用門客出使衛國一事為例，敘事者要突顯的是孟嘗君的「養士」手腕與用人策略，以及他與門客所表現出的得體辭令，所以，從孟嘗君得知「家醜」之後的整整一年期間，敘事者全部予以略過，只用「居朞年」三個字提示讀者這樣子的情況持續了一年，即夫人仍繼續與門客私通，公子則繼續裝聾作啞，其文如下：

> 孟嘗君舍人有與君之夫人相愛者。或以問孟嘗君曰：「為君舍人而內與夫人相愛，亦甚不義矣，君其殺之。」君曰：「睹貌而相悅者，人之情也，其錯之勿言也。」居朞年，君召愛夫人者而謂之曰：「子與文游久矣，大官未可得，小官公又弗欲。衛君與文布衣交，請具車馬皮幣，願君以此從衛君遊。」於衛甚重。齊、衛之交惡，衛君甚欲約天下之兵以攻齊。是人謂衛君曰：「孟嘗君不知臣不肖，以臣欺君。且臣聞齊、衛先君，刑馬壓羊，盟曰：『齊、衛後世無相攻伐，有相攻伐者，令其命如此。』今君約天下之兵以攻齊，是足下倍先君盟約而欺孟嘗君也。願君勿以齊為心。君聽臣則可；不聽臣，若臣不肖也，臣輒以頸血湔足下衿。」衛君乃止。齊人聞之曰：「孟嘗君可語善為事矣，轉禍為功。」[10]

10　漢・高誘撰，宋・姚宏補：《戰國策高氏注》〈齊三〉（臺北：世界書局，1967），卷10。

讀者在閱讀時看到「居朞年」，可以自行理解此事維持了一年，但故事的重點不在這一年的三角關係，而是孟嘗君要如何處理此事？所以，讀者也可以與「免述」同步跳過這一年，自行銜接到一年後攤牌的時機，出人意表的，孟嘗君並未如告密者的建議把這個人殺掉，反而交給他重要的外交任務，請他前往魏國當特使。這樣一來，愧疚的門客必然將功補過，不辱使命，而孟嘗君的家醜問題也迎刃而解，所以齊國人都稱讚孟嘗君的危機處理能力。

續以《水滸傳》為例，故事記敘梁山泊一百單八漢的不同經歷，敘事者自然需要快刀斬亂麻的剪接手法，才可以把事件說得不遺不餘。以花和尚魯智深的生平事跡來說，故事從他原是一名武藝高強，力大無窮的軍官講起，到為救弱女子金翠蓮而出拳打死鎮關西鄭屠，以至於被官兵追緝，其後躲到五臺山文殊院落髮出家，智真長老賜與他法號智深，因其身上有刺青花樣，故被稱為「花和尚」。魯智深因難守佛門清規，故被智真長老勸離文殊院，以「遇林而起，遇山而富。遇水而興，遇江而止。」之偈語贈別，建議他改往汴梁大相國寺投靠。之後他在野豬林救了林冲一命，後與楊志攻下龍珠寺，做了頭領，從此落草。魯智深在追隨宋江征伐方臘後，一日，他聽到錢塘江潮信，頓悟人生，於是沐浴更衣，圓寂涅槃，留頌曰：「平生不修善果，只愛殺人放火。忽地頓開金繩，這裡扯斷玉鎖。咦！錢塘江上潮信來，今日方知我是我。」敘事者對他這一連串的波折與遭際，必須妥善揀擇，需要鋪陳的予以鋪陳，不必要的歷程予以「免述」略過，才可以在有限的篇幅內把魯智深的傳奇遭遇講得精彩生動。單就魯智深東西奔波的經歷為說，敘事者省略了相當多的「無謂的」時程，如第四回說：「魯智深在五臺山寺中不覺攪了四、五個月，時遇初冬天氣。」又第五回說：「且說魯智深自離了五臺山文殊院，取路頭東京來，行了半月之上。」第六回說：「只說魯智深自往東京，在路上又行了八九日，早望見東京。」其餘諸好漢的遭遇敘述亦然，凡不具有敘述或故事效果的一律略去。

「免述」的時間可長可短，片刻、三五天、一年半載，甚至數百年都可。以敦煌變文的敘事實踐為例，在《秋胡變文》中，講述者對於秋胡妻在丈夫離家遊學仕宦的九年等候歲月，是以「免述」的手法略過不表，因為本篇故事的主軸在於闊別九年之後，秋胡終於向魏王辭官返家，這對久別重逢的夫婦因而可以團聚，然而他們雖在道旁的桑園偶遇，但彼此卻認不出對方，以致發生秋胡竟對眼前採桑的美婦人，也就是自己的妻子狹邪調情，被妻子當面嚴正拒絕。妻子回家後方才認出在桑園調戲自己的那個官人，竟是自己多年來倚門望歸的丈夫。她對丈夫的人品頓覺痛心失望，也對婚姻的信念動搖，最後斷然捨棄婚姻與生命。這一段重逢後的覺悟關卡是本篇變文的講述重心，所以，有關秋胡離家後的九年時光，就不需費詞，講者僅作如下的交代「其秋胡妻，自夫遊學已後，經歷六年，書信不通，陰（音）苻隔絕。……又經二（三）載，通前六秋，忽成九載。」。[11]在《王昭君變文》中，講者對王昭君身故之後的描述是：「可惜明妃，奄從風燭，八百餘年，墳今上（尚）在。」[12]這四句話跨越了八百年，從單于厚葬王昭君之後，這位遠嫁異鄉的漢家美人「獨留青塚向黃昏」，數百年的歲月悠悠過去，除了一

11　王重民、王慶菽、向達、周一良、啟功、曾毅公抄校：《敦煌變文集》，頁156。

12　王重民、王慶菽、向達、周一良、啟功、曾毅公抄校：《敦煌變文集》，頁105。

座青塚，什麼都沒有，所以也無可敘述。《葉淨能詩》敘述道教天師葉淨能神通廣大，曾以符籙作法，幻化為一神，將唐玄宗宮內的一名美豔宮人攜往道觀內過夜，半年期間，夜夜如此，並令美人向皇帝稟報有孕在身，欲以測試唐玄宗求道信法的真心。唯玄宗聽取高力士的建議，在大殿內埋伏五百名持劍武士，必欲斬殺「囂張妄為」的淨能，淨能遂化為一道紫氣，騰空而去，唐玄宗始知淨能借此幻象欲以試煉之。該節原文為：

> ……後經數日，淨能見大內一宮人，美貌殊絕，每見帝寵。淨能遂歸觀內，書一道符，變作一神。神人每至三更，取內人於觀內寢，恰至天明，卻送歸宮。日來月往，已經半年，美人昏似醉，都不覺知。忽奏皇帝曰：「今有孕，惟候其產難，不敢不奏。」皇帝聞奏，當知即是淨能作法，令人取之。[13]

在上述文本中，「後經數日」、「日來月往，已經半年」，都屬於「免述」的敘事技巧，敘事者省略了這期間無特別可講的「數日」，以及六個月來夜夜淨能都是如此以符作法的取人經過，所以只須以「日來月往，已經半年」交代時間長度，即可箭步躍過一百八十天，直接敘述到美人有孕在身，向皇帝稟奏此事云云。

「免述」的敘事手法可以說是一種「騰空飛越」，凌駕時間流域的技巧，《西遊記》第七回〈八卦爐中逃大聖，五行山下定心

---

13 王重民、王慶菽、向達、周一良、啟功、曾毅公抄校：《敦煌變文集》，頁226。

猿〉中，齊天大聖孫悟空被關進太上老君的八卦丹爐後，老君火力全開，孫悟空究竟是如何熬過這七七四十九天的「煎熬」，作為敘事者的吳承恩除了說悟空躲在巽卦一方以避火之外，沒有太多描寫，他簡單地交代了兩三句：「真個光陰迅速，不覺七七四十九日，老君的火候俱全。」，就直接接到「忽一日，開爐取丹」，[14]那孫大聖雙手按著雙眼跳出丹爐，呼啦的一聲，就蹬翻八卦爐，往外就跑。像這樣子的直接跳過不說，就是刪減，該簡則簡，以免拖延講故事的節奏，因為，作者設計的趣味所在不在那七七四十九天的煉丹爐禁閉細節，而在於孫大聖竟然能「熬得住」，不但毫髮無雙，而且還「煉」就一雙火眼金睛。這樣痲利地省略那四十九天，將孫悟空大器天成，真金不怕火煉的本領，講述得精彩敏捷，踴躍生動。在《封神演義》第十二回〈陳塘關哪吒出世〉，敘事者也僅用了「烏飛兔走，瞬息光陰，暑往寒來，不覺七載。」四句話十六個字來交代七年的光陰過去，哪吒已經七歲了。[15]

除了利用「歲月如梭」、「時光荏苒」、「光陰似箭」、「春去秋來」這類套語來交代故事有所「省略」，敘事者也可以利用「閒話休提」、「話休絮煩」等的套語進行「省略」，尤其是在注重突出「說話行為」的話本小說，省略的事件通常出現在「不表」、「這話表過不提」、「這也不在話下」、「閒言少述」、「不提」、「閒話休提」、「倏忽之間」等慣用語出現之前或之後的種種。如《警世通言》卷 20〈計押番金鰻產禍〉，敘事者將女

---

14 明・吳承恩：《西遊記》（臺北：臺灣商務印書館，1968），卷 1，頁 71。

15 明・許仲琳、李雲翔編，鍾伯敬評：《封神演義》（上海：上海古籍出版社，1990「古本小說集成」影印日本內閣文庫本），頁 302。

兒長大，女兒招贅等的種種事件予以略過：「時光如箭，轉眼之間，那女孩兒年登十八」、「閒話提過。離不得計押番使人去說合周三。下財納禮，擇日成親。不在話下。倏忽之間，周三入贅在家，一載有餘，夫妻甚是說得著。」[16]這樣就把十八年、一年餘的大段時間給越過。在仙話小說中，「省略」也有「昔人已乘黃鶴去」的縹緲感，敘述者多以「不知所云」、「不知所在」、「莫知所往」等詞作為結語，這時的敘事時間已經結束，但實際上這些先人還是雲游在世間，所以故事時間尚在進行，且延續至今，在這段空白的時間中，雖以「免述」呈現，卻可以達到一種連綿不斷的效果。這種不知去向的處理方式，能夠賦予讀者豐富的想像空間，使結局縈繞著虛無飄渺的氣氛。

現代小說雖擅長描摹細節，但「免述」絕對無法避免，否則無法俐落揀拾故事。以蕭颯（公元 1953-）的〈我兒漢生〉為例，[17]敘述者設定為一位中年的母親，她的兒子漢生已經大學畢業，敘述者「我」從漢生嬰兒時期一直寫到他大學畢業出社會為止，這段時期，漢生從可愛的娃娃變成了討厭的青少年，叛逆的高中生，反社會的大學生……，下文第一段交代漢生大三時搬出去住，第二段是漢生幼兒時期在地上四處爬的片段，第三段是漢生青春期的尷尬長相與難相處的梗概，其中未被文字反映的時間即是被敘事者省略的「免述」，它們都被略過：

漢生大三那年由家裏搬了出去，他不需要太多的理由，因為

---

16 明．馮夢龍：《警世通言》（臺北：鼎文書局，1977），卷 20，頁 275、277。

17 蕭颯：《我兒漢生》（臺北：九歌出版社，1981），頁 61-88。

他父親贊成一切獨立自主的行為，而我也不是個守舊的母親，……可是逐年的我發覺到，我和漢生間的母子關係也愈來愈趨於稀疏冷淡了。

要做母親的説她兒子小時候有多麼可愛逗人，那是三天三夜也説不完的。尤其是要我説漢生，他小時候好白、好胖、好乖的一個孩子，笑起來眼睛不是瞇成細縫，而是睜得又大又圓。那時候我和裕德收入都少，只能租人家樓上一間閣樓樣的小屋子，冬天還好湊合，夏天熱得發慌，孩子身上都長滿了一粒粒通紅的痱子，像個變種的刺蝟，我乾脆不給他穿衣褲，由著滿地亂爬。裕德晚上在家裏幫出版社翻譯些稿子賺取外快，漢生就爬到他腳邊抱著小腳又親又啃，裕德心疼得利害，一手撈起兒子也是又咬又吻，我説他們父子是食人族，裕德總説胖孩子就有惹人去吃掉他的慾望。

孩子就是這樣，等他成了少年，鼻尖上油亮的冒出白頭青春痘，下巴都是粉刺，唇上生著黑褐的鬍鬚粒子的時候，他看人的眼光不再是坦誠信任，而變換成一種充滿了懷疑和不屑的神情。唸初中的漢生雖然不曾為非作歹，也開始和我頂嘴，反抗父親。[18]

第一段就讀大學三年級的漢生約是二十二歲；第二段漢生還是個在地上到處爬的幼兒約是兩歲；第三段正值青春期的漢生大概是

18　蕭颯：《我兒漢生》，頁 61、62。

十三、四歲。在這三個簡短的段落中，漢生從兩歲到十三歲之間的童年時期未被敘述，省略了十一年；而從青春期到念大學之間的少年時期也被跳過，省略了將近十年，作家在這兩個階段的「免述」，使「老媽細說從頭式」的講述不至於拖泥帶水，明快利落地切入養育孩子的幾個階段，在接受氣氛上，也會滋生「兩岸猿聲啼不住，輕舟已過萬重山」的感觸，啊，好快，這個兒子已經長大了，原來他是這樣子的一個人，當年那可愛的模樣猶歷歷在目，如今卻是個漸行漸遠的「成年個體」了。

「免述」是一切敘事文本必得採用的方法，不只是故事時間較長的傳記類文學，所有形式的敘事，若要在適當的篇幅中完成事件的敘述，都需要「免述」，把不需要的部分予以刪除，才能「雲破月來花弄影」，將故事的內容有效率地呈露出來。

（三）「擱置」——留步省視

「故事」，是一段時間內所發生的事件流，所以故事原應如時間一般運行不輟，但敘事者是建構故事的主宰者，自然有其權力操作他的講述速度，所以他可以先按下不表，暫把故事羈留在某個時間點，不放行它繼續前進。在這段商停時間內（一般來說為時甚短），敘事者可以就故事圈內的人物作一番品頭論足，或是對相關事物作一說明或議論；也可以跳出故事圈，扯些題外話，調劑閱聽者的接受心理反應，敘事者也可以緩口氣，略微調整敘述心態，待說與聽雙方皆已就緒後，故事就應繼續上路。這種把故事暫時羈留的敘事技巧就是「擱置」。

「擱置」在敘事活動上具有三個用處：一，就閱讀接受者而言，停頓可以提供較為充裕的時間給受述者，刺激受述者對所述對象密切關注，引發情感與聯想，並滿足他們對所述對象仔細打量的探知欲望。二，就敘述動作而言，停頓類似暫時踩住煞車，它可以穩住某種場面，緩和敘事的行進的速度，目的是對人物的相貌、心境、環境、事件的來龍去脈作一切入式的說明，或切出式的議論。三，就敘事文本而言，當敘事速度放慢，敘事文本就會相形擴張，因為它需要更多的篇幅來描述，所以，「擱置」可以使敘事空間膨脹，豐實，飽滿，堆積，阻塞的效果；這既是敘事美學風格的營造方法，同時也能對受述者產生類似的審美反應。

「擱置」，相當於西方敘事學術語中的「停頓」（pause），當敘事者開口說話，但他所說的話語卻未使故事時間向前推進，敘事者的發言留置在描繪、抒懷、議論、闡釋，或是對他的敘述行為做一個說明或總結，類似「序」或「跋」的作用，說明他為何要講這個故事，說完了這個故事他有何感想等等……因此，敘事者雖滔滔講述，但實際的故事卻尚未展開，那麼敘事者就是在「擱置」故事了。寺院的俗講、說書行業，或是擬話本小說，常會使用「擱置」來延遲故事的開始，例如俗講中的押座文，或是說書時的「入話」。就藝術表演流程而言，這是對閱聽受眾的一種必要喚起過程，提醒他收拾心情，準備進入化外世界。戲劇演出也有類似的「擱置」程序，演員仿效懸絲傀儡一動也不動地木然佇立於帳後，謂之為「歇帳」儀式，「歇帳」的時間甚短，在這一小段時間內，各色演員以各種姿勢置身於帳幕後（面對觀眾席）歇止不動，待揭幕之後，演員們才開始動作，正式搬演該齣戲劇，故事於焉展開敘述。就敘事技巧而言，這也是一種「擱置」，借擱置以「延遲」，借「延遲」以蓄勢的表演步驟。從宗教宣講或是娛樂產業活動的實際情況來看，這是暖場，也是等候陸續進場入座客人的權宜之計，先到的可以聽些相關的「話頭」，而後到的也不會聽不到「正話」。延遲開端有鋪墊造勢的藝術用意，可穩定閱聽受眾的心緒，激發他的審美心理期待。以敦煌變文《破魔變文》為例，開講的法師在念完押座文之後，繼續讚美大乘佛教的功德，頌揚皇帝公主萬歲千秋，文武官僚忠孝吉祥，信眾家庭萬善平安，四海昇平等等，開讚完畢後，才講唱佛陀降魔的故事，押座文如下：

降魔變神押座文

年來年去暗更移，沒一箇將心解覺知，

只昨日腮邊紅豔豔，如今頭上白絲絲。

尊高蹤（縱）使千人諾，逼促都成一夢斯，

更見老人腰背曲，駈駈猶自為妻兒。

君不見生來死去，似蟻循還，為衣為食，如蠶作繭。假使有拔山舉頂（鼎）之士，終埋在三尺土中。直饒玉提金繡之徒，未免於一械灰燼。莫為久住，看則去時，雖論有頂之天，總到無常之地。少妻恩厚，難為與之替死之門，愛子情深，終不代君受苦。忙忙（茫茫）濁世，爭戀久居，模模（漠漠）昏迷，如何擬去。不集開常意樹，早折覺花，天宮快樂處，須生地獄下。波吒莫去死，去了卻生來。合嘆傷，爭堪你卻不思量：

一世似風燈虛沒沒，百年如春夢苦忙忙，

心頭托手細參詳，世事從來不久長。

遮莫金銀盈庫藏，死時爭豈與君將？

紅顏漸漸雞皮皺，綠鬢看看鶴髮倉（蒼），

更有向前相識者，從頭老病總無常。

春夏秋冬四季摧（催），致令人世有輪迴。
千山白雪分明在，萬樹紅花闇欲開。
鶯來鶯去時復促，花榮花謝競推排，
聞槌直須知覺悟，當來必定免輪迴。
欲問若有如此事，經題名目唱將來。[19]

由於俗講、說書都採收費制，〈廬山遠公話〉曾述及高僧道安的講道十分受歡迎，行情甚好，寺方開出的聽講價目是：「若要聽道安講者，每人納絹一匹，方得聽一日。」、「若要聽道安講者，每人納錢一百貫文，方得聽一日。」[20]，雖然變文是民間文學，有其流傳的變異性，不一定符合史實，未必真的是道安的講經行情，但這條資料呈現了唐代俗講活動的一些收費規章。既然採收費制，講者於情於理都應對現場的聽講者問候致意，所以這篇今日看來略嫌冗長的開場白，在當時演說現場聽起來，應該是入耳動聽，更何況開導解惑，韻散並置，說得頭頭是道，文情並茂。致辭結束後，講者開始演述本題故事，但在講述中，仍會適時「擱置」故事，以緩和節奏，調節現場氣氛。

平心而言，中國傳統說話文學多從局外人的立場敘述故事，所敘述的題材又以歷史、宗教、江湖道上的人物事跡為大宗，即使是人倫世情小說，牽涉到的人際關係也多維通達。所以，在故事時間歷程長，人物恩怨關係複雜，場景變動多處的素材條件下，敘事者

---

19 王重民、王慶菽、向達、周一良、啟功、曾毅公抄校：《敦煌變文集》，頁 344-345。

20 王重民、王慶菽、向達、周一良、啟功、曾毅公抄校：《敦煌變文集》，頁 178。

實無寬裕的時間執行「擱置」，但在佛經俗講及說書市場中，說話者卻頗好「擱置」故事，箇中原因除了調劑緩和講述速度，順應聽眾的接受心態外，想必是俗講借此時機向聽講信眾宣揚教義或募捐，說書人則是向聽書民眾逐一收費。

就創作者而言，中國小說作家的文士身分，抒情詩詞本是其雅好，縱橫議論是其勝場，各體文章是其本領，所以說書人或是作家在講述故事時，多喜利用詩詞曲賦來寫景抒懷，或出之以頌讚論說來臨事議論，形成古典小說屢見不鮮的「擱置」現象。「擱置」可以包含著多種文體形式，如篇頭語、詩、詞，書信文件，或與故事有關的敕令、狀紙、盟約等，敘事者將它們適當地鑲嵌在小說中，除了能暢所欲言之外，還可以使故事產生鋪張或頓宕的效果。如清・郭小亭（公元 1906-1963 年）《濟公全傳》第二回〈董士宏葬親賣女　活羅漢解救好人〉載走投無路，要上吊尋死的董士宏遇到了濟公，詢問他：「和尚，寶剎在哪裏參修？貴上下怎麼稱呼？」濟公說：「我西湖飛來峰靈隱寺。我名道濟，人皆叫我濟顛僧。」董士宏追問濟公：「師父你說上哪兒去？」濟公一語不發，轉身就帶著董士宏往前走。然後他開口唱著一長串山歌：

> 走走走，遊遊遊，無是無非度春秋。今日方知出家好，始悔當年作馬牛。想恩愛，俱是夢幻。說妻子，均是魔頭。怎如我赤手單瓢，怎如我過府穿州，怎如我瀟瀟灑灑，怎如我蕩蕩悠悠，終日快活無人管，也沒煩惱也沒憂，爛麻鞋踏平川，破衲頭賽緞綢。我也會唱也會歌，我也會剛也會柔。身外別有天合地，何妨世上要髑髏。天不管，地不休，快快活

活傲王侯。有朝困倦打一盹，醒來世事一筆勾。[21]

這首山歌雖也是一個故事中行進的唱歌動作，但它其實是借濟公之口作抒情與議論，敘事者有意暫且不表濟公究竟要把董士宏帶往何處，這個擱置，將使故事的「出家好」之主題獲得更充分的闡釋。

除了敘述行為上的擱置外，敘事者也可以將故事中的時間予以暫停，使人物的動作幾乎凝定不動，雖然生命是動態的，它的特性是變化，不可能停頓，或至少不能完全停頓，即使是在極端的靜止狀態上。因此，故事中人物動作的停止在生理或心理上並不符事實，但「擱置」的敘述法能刻畫人物當下正在經歷的陶醉、感動、震驚、沈思、或心碎的體驗。敘事者若欲傾力描寫人物陷入慎思，恍惚，出神，回想，幻想的細節時，故事時間的行進速度遂被「擱置」。下文是郁達夫（公元 1896-1945 年）所寫的《過去》，他以「擱置」的敘事手法描寫主角「我」沈溺在對她的那雙粉白「肉腳」之肉慾遐想，這種寫法將主角的魂牽夢縈，幾近於不可自拔的沉醉耽溺，刻劃得極為傳神，使讀者也可以留步觀賞這一雙肥嫩的腳丫子：

說到她那雙腳，實在不由人不愛。她已經有二十多歲了，而那雙肥小的腳，還同十二三歲的小女孩的腳一樣。我也曾為她穿過絲襪，所以她那雙肥嫩皙白，腳尖很細，後跟很厚的肉腳，時常要作我的幻想的中心。從這一雙腳，我能夠想出

---

21 清・郭小亭編：《濟公全傳》（成都：四川省社科院出版社，1985），頁8。

> 許多離奇的夢境來。譬如在吃飯的時候，我一見了粉白糯潤的香稻米飯，就會聯想到她那雙腳上去。「萬一這碗裡，」我想，「萬一這碗裡盛著的，是她那雙嫩腳，那麼我這樣的在這裡咀吮，她必要感到一種奇怪的癢痛。假如她橫躺著身體，把這一雙肉腳伸出來任我咀吮的時候，從她那兩條很曲的口唇線裡，必要發出許多真不真假不假的喊聲來。或者轉起身來，也許狠命的在頭上打我一下的……」我一想到此地飯就要多吃一碗。[22]

新感覺主義派的寫作手法大抵就是這樣細嚼慢嚥，讓描寫浸淫在各種感官知覺的體驗中，或是各種感覺體驗的想像中，一如香港作家西西（公元 1938-）的成名作《像我這樣的一個女子》，也是以「如如不動」的速度來敘述故事。小說以「我」為敘事者，敘述「我」從姑媽那裡學來了為死者化妝其遺容的手藝，但特殊的工作使「我」沒有朋友，然而如今「我」卻談戀愛了，男朋友只知道「我」是一個「美容師」，但他以為「我」是為新娘化妝的美容師，因此，興致高昂地想參觀「我」的工作場所。小說開始於「我」正坐在咖啡廳等候男朋友，結束於「我」的男朋友走進咖啡廳之前；依常情判斷，等候的時間約莫十來分鐘，但西西用了三十頁的篇幅描述這個女子的悠悠心事……所以整體的敘事速度相當沉緩，甚至於幾近凝定不動。下文約三百餘字的內容是她當下浮上心頭的冥想，想著這些年來自己修飾各色死亡臉譜的感觸：

---

22 郁達夫：《郁達夫文集》〈過去〉（香港：三聯書店；廣州：花城出版社聯合編輯出版，1982），頁 377-378。

> 當我工作的時候，我只聽見我自己低低地呼吸，滿室躺著男男女女，只有我自己低低地呼吸，我甚至可以感到我的心哀愁或者嘆息，當別人的心都停止了悲鳴的時候，我的心就更加響亮了。昨天，我想為一雙為情自殺的年輕人化妝，當我凝視那個沉睡了的男孩的臉時，我忽然覺得這正是我創造「最安詳的死者」的對象。他閉著眼睛，輕輕地合上了嘴唇，他的左額上有一個淡淡的疤痕，他那樣地睡著，彷彿真的不過是在安詳睡覺。這麼多年，我所化妝過的臉何止千萬，許多的臉都是愁眉苦臉，大部分的十分猙獰，對於這些面譜，我一一為他們作了最適當的修正，該縫補的縫補，該掩飾的掩飾。[23]

這個女子一邊等候，一邊懷想，一邊自省，一邊預測……敘事速度延宕，卻恰如其分地捕捉了她的無邊心事。意識流派的小說作家長於將人物主觀的遐想反映出來，現在的，過去的，未來的，都參差不齊地湧現在意識域裡浮浮沈沈，[24]這種內心世界的瑣碎想法，必須以「擱置」的和緩速度來細細述說，才能說得娓娓蠻蠻，絮絮叨叨，

23　西西：《像我這樣的一個女子》，頁118-119。

24　荷・米克・巴爾著，譚君強譯：《敘述學：敘事理論導論》：「所謂的『意識流』文學，將自身限於『意識內容』的再現上，這樣一來，就完全不存在時間先後順序分析的問題。為了解決這一問題，也為了能夠在其他本文中顯示出這種『虛假』錯時與其他錯時之間的區別，可以引入附加的主觀性（subjective）與客觀性（objective）的錯時。這樣，主觀性錯時（anachronies）。僅僅指這樣一種錯時，即『意識的內容』處於過去或將來；不是『意識』這一行為的過去，即思考本身那一時刻。」（北京：中國社會科學出版社，1995），頁63。

把「砌下落梅如雪亂，拂了一身還滿」的心象為讀者臨摹出來。

（四）「概述」——闊步瀏覽

「概述」就是摘取歷史或故事之某些內容，對它進行簡明扼要的敘述；就時間的比例而言，文本的時長小於故事的時長，而這也是「概述」的定義。「概述」的敘事速度介乎「詳述」的緩行與「免述」的飛逝之間；「詳述」以與事件經過近似相等的勻稱速度從容地講故事，而「免述」則是快刀斬亂痲，將所欲省略的時間與事件跳過不提，「概述」則是折中之道，它在快慢的兩極之間闊步行走，走馬看花式地瀏覽故事的演進歷程，而實際的敘事步速，也有相當寬廣的表現空間，同樣是一段數百字的敘述話語，既可以用來概括百千萬億劫的輪迴轉世，也可以用來描述一刻鐘的短暫經過。例如在敦煌變文〈太子成道經〉的首段，講經者以「概述」來交代釋迦牟尼佛的六個前世：慈力王，歌利王，月光王，尸毗王，寶燈王，薩埵王子，每一世只用三五句話概括，使聽眾得以速速瀏覽佛陀前世的菩提因緣：

> 慈力王時，見五夜叉，為啖人血肉，飢火所逼。其王哀慜（愍），以身布施，餧五夜叉。歌利王「時」，割截身體，節節支解。尸毗王時，割股救其鳩鴿。月光王時，一一樹下，施頭千遍，求其智慧。寶燈王「時」，剜身千龕，供養十方諸佛，身上燃燈千盞。薩埵王子時，捨身千遍，悉濟其餓虎。[25]

---

25 王重民、王慶菽、向達、周一良、啟功、曾毅公抄校：《敦煌變文集》〈太子成道經〉，頁285。

而在同一經變中，敘述父王處決悉達太子妃耶輸母子的始末過程，運用的也是概述，但這段數百字的內容描述的是一天的大要過程，而非六個前世的百年過程。該事件從父王知道耶輸生子之後拍案震怒，遣武士殿前起火準備行刑，令武士推母子入於火坑，到火坑變作清涼池，池內生有兩朵蓮花，耶輸與孩兒各座一朵，及武士奏稟異象，父王覺悟云云，這一系列事件的歷程應在一天之內：

> 已經十月，耶輸降下一男。父王聞之，拍案大怒。我兒雪山修道，不經一年已來，新婦因何生其孩子。遂遣武士殿前，穿一方丈火坑，滿坑著火，令推新婦並及孩子入於火坑。大王發願：實是朕之孫子，令推火坑，變作清涼池。大王發願已訖，便令武士推去新婦兼及孩兒。臨推入火坑之時，「新婦」索香爐發願，甚道：
>
> 　　卻喚危中也大危，雪山會上亦合知。
>
> 　　賤妾者一身猶乍可，莫交辜負一孩兒。
>
> 發願已訖，武士推新婦及以孩兒，便令入火堆，入火已。其火坑，世尊以慈光照，變作清涼之池。池內有兩棵（朵）蓮花，母子各座一棵。武士遂奏大王，其新婦推入火坑，並燒不煞。父王聞之，便知是我孫子。則喚新婦近前，「即知新婦」無虛。[26]

故知，概述所概括的時間區段不一，可以以兩句話交代一生一世，也可以概括一天半日，甚或一時半刻，時長不限，只要是文本時長

26 王重民、王慶菽、向達、周一良、啟功、曾毅公抄校：《敦煌變文集》〈太子成道經〉，頁295-296。

小於故事時長，就可以看作是概述。

在造紙術與印刷術發明之前，中國史籍因為書寫資源不易，多數的史料記載都以記大事的概述為正格，所以中國敘事美學尚簡尚要。「簡」可以視之為「話語」的精約數量，「要」則是摘取歷史「故事」的重要成分；「簡要」是「概述」所實踐的文本狀態與美學風格。如《左氏春秋傳》魯僖公三年（公元前 657 年）載「三月春，不雨。夏六月，雨。自十月不雨至于五月。」[27]以十八個字交代了當年的雨旱情況。「秋，會于陽穀，謀伐楚也。」以九個字交代當年的外交盟會與軍事行動計劃。「齊侯與蔡姬乘舟于囿，蕩公。公懼，變色，禁之不可。公怒，歸之，未絕之也。蔡人嫁之。」。[28]此記以三十一個字交代齊侯與蔡姬因乘船遊湖所產生的過節及其後齊侯忿而將蔡姬遣歸，而蔡國也不甘示弱地將蔡姬再嫁別國的後果。齊侯與蔡姬在魚池上泛舟嬉遊，蔡姬不識相地晃動船身取樂，齊侯因憂心船若翻覆將遭滅頂之危，所以驚嚇得臉色大變，且出言喝止蔡姬不得再搖蕩，蔡姬不知是天真爛漫，或是輕佻成性，或是覺得齊侯膽怯的模樣很逗，就是不聽國君的警告，依然戲耍不停。這場泛舟之旅就在齊侯的恐慌與惱怒中不歡而散。從現實時間予以揣度，泛舟之旅費時約莫一或半個時辰，但史官只用了二十一個字來記錄，讀者的閱讀時間更不到一分鐘，所以，「文本時長小於故事時長」，這就是「概述」的敘事表現特性。

史官對於重要事件的經過，或是人物對話，包括游說、爭辯、警告、和談、會商、勸諫、毀謗、忠告……需要出之以對話或言語

---

27 戰國・左丘明：《左傳》，卷 12，頁 200。

28 戰國・左丘明：《左傳》，卷 12，頁 200。

以作描繪或記錄時，則會利用詳述的方式把人物的話語書寫下來，但基本上仍然是以要言不煩為敘事原則。如《左傳》魯宣公十二年（公元前 597 年）載有趙旃兵敗脫險一事，時楚國與晉國交戰，晉軍落敗，楚軍追擊，晉趙旃在危急的逃亡過程中將兩輛駿馬戰車交給其兄長與叔父，好幫助他們能順利脫險，他自己則乘坐由較差的馬所駕的兵車落荒而逃，途中遇到敵軍，趙旃見情勢危急，只得棄車走人，躲進樹林中逃命。時晉國人逢大夫帶著兩個兒子也乘車在樹林中倉皇逃生，逢大夫警告兩個兒子，一往直前，逃命要緊，不要回頭亂看！但兒子仍回頭察看車後的情況，他們看見了驚惶奔逃的趙旃，緊張地告訴父親：「趙老在後面啊！」逢大夫非常惱怒，喝令兒子下車去，指著一株樹木說：「就在這裡為你們收屍！」逢大夫把綏遞給趕上來的趙旃，讓他上了車，趙旃遂倖免於死。第二天，逢大夫依據昨日作的標記找到了屍體，兄弟倆都在樹下遇害。原文如下：

> 趙旃以其良馬二濟其兄與叔父，以他馬反，遇敵不能去，棄車而走林。逢大夫與其二子乘，謂其二子無顧，顧曰：「趙叟在後！」怒之，使下，指木曰：「尸女！」於是授旃綏，以免。明日，以表尸之，皆重獲在木下。[29]

這段跨越兩天的事件，史官是以概述的方式敘記，其中的許多細節都被省略，包括楚軍是否發現了趙旃棄置的戰車？如何決定進入樹林搜索晉軍人馬？趙旃是否在逢大夫車後大聲呼救？逢大夫的兩名

---

29 戰國・左丘明：《左傳》，卷 23，頁 396-397。

兒子被父親驅趕下車後是否向父親求饒？兩名兒子是否既惶恐又懊悔不已地自責己過？他們是如何在樹下遇害的？趙旃上車後逢大夫是如何駕車自樹林中脫險？他們一定有對話，兩人說了什麼？逢大夫犧牲兒子的性命後，他有什麼反應？那一個晚上他必然備受煎熬，第二天早上也應該心情沈痛，舉步維艱，但敘事者並沒有任何說明，只是說「明日，以表尸之，皆重獲在木下。」因為，記事的重點在於這場由趙旃引起的戰爭始末，所以，與此無涉的一概不予追究。不過，逢大夫與兒子的警告與叱喝，以及兒子的驚呼；史官卻是以實況呈現，使得人物的形象與逃亡的緊張局勢如在眼前。

史冊與各類人事地物傳記，或是記載人物一生事跡的碑誌行狀，都應以概述作為書寫原則，概不如此，無法在有限的篇幅內容納歷史長河與世間萬象，這也可以說是中國的敘事書寫傳統。如敦煌變文《廬山遠公話》在講說慧遠被劫匪白庄綁架及結夥數年的過程時，就以概述的技巧予以交代：

> 遠公入寺安居，約經數月，便有四遠聽眾，來奔此寺。遠公是日為諸徒眾廣說大涅槃經之義。前後一年，聽眾如雲，施利如雨。……忽時壽世（州）界內，有一群賊，姓白名庄，說其此人，少年好勇，常行劫盜，不顧危亡，心生好煞。……遠公常隨白庄逢州打州，逢縣打縣，朝遊川野，暮宿山林，兀髮眉齊，身卦短褐，一隨他後。數載有餘，思念空門，無由再入。況是白庄，累行要跡，伴涉凶徒，好煞惡生，以劫為治。[30]

30 王重民、王慶菽、向達、周一良、啟功、曾毅公抄校：《敦煌變文集》，頁 170、171、174。

敘事者對於慧遠法師這一段歷經數年的非常遭遇不得不講，這是法師的劫數，是他前世曾欠白庄五百元未還的今生報應，而這更是他行善或行惡的考驗，數年後的他沈鬱頓挫，終立志為眾生念佛講涅槃經的一段因緣，所以不可省略，必須陳說。但這段經歷並非慧遠法師故事的重頭戲，所以敘事者不需多費唇舌，巨細靡遺地鋪陳；因此，輕車簡從的「概述」就足以分說慧遠法師這段歷時數年的盜賊歲月。

說書行業與印刷術的發明，故事越說越詳盡，小說越寫越細密，但即使如此，概述對於任何形態的敘事文本，仍是不可或缺的手法。不論是前情提要，或是中段過程的交代了事，或是結局部分的點到為止，在在需要概述的敘事方法來實現。例如《五代史平話》在交代黃巢率賊眾一路劫掠米糧而去的過程時，敘事者也以明快的速度來講說：

> 那黃巢得五百賊眾，揀下辛卯日離那懸刀峯下，將那村莊放火燒了而去。一路上遇著倉庫，便劫奪米糧，投向曹、濮州路回去。不數月，行到臨濮縣，將五百人潛伏深山中；兩個潛地入縣坊去，但見縣城摧壞，屋舍皆無，悄無人煙；惟黃花紫蔓，荊棘蔽地而已。行到前面，見荊棘中有一草舍，有個老叟在彼住坐。[31]

在《古今小說》卷 2〈陳御史巧勘金釵鈿〉，這是一篇約四千字長的故事，但敘事者在第一段話只使用了兩百餘字，就交代了魯公子

31　宋．佚名：《五代史平話》（上海：上海古籍出版社，1990），頁 14。

數年之間的家境變化，導致親家想要毀婚的前因：

> 卻說江西贛州府石城縣，有個魯廉憲，一生為官清介，並不要錢，人都稱為魯白水。那魯廉憲與同縣顧僉事累世通家。魯家一子，雙名學曾；顧家一女，小名阿秀，兩下面約為婚。來往間親家相呼，非止一日。因魯奶奶病故，廉憲攜著孩兒在于任所，一向遷延，不曾行得大禮。誰知廉憲在任，一病身亡。學曾扶柩回家，守制三年，家事愈加消乏，止存下幾間破房子，連口食都不周了。顧僉事見女婿窮得不像樣，遂有悔親之意。[32]

魯家和顧家是世交，所以魯學曾和顧阿秀兩人在年幼時就由雙方父母面約為婚，但其後因魯家祖母病故而未如期舉行婚禮。男方家長為官清廉，家境素不富裕，不幸又因病亡於任內，失去父親之後的魯公子在三年喪制之後，家道越發蕭條，女方家長探知情況不妙之後，遂有悔婚之意。以上是這段引文所敘述的故事背景，屬於大事摘要，因為這個故事的主題是陳御史如何借由一個金釵首飾勘破一樁離奇的命案，所以重要的情節並不在背景，而是從悔婚之後，這對未婚夫妻顧阿秀和魯學曾見了一面，相約好合，不料陰錯陽差，顧阿秀在夜色昏黑之中被冒充頂替前來赴約的梁尚賓——魯學曾的親戚給占了便宜，待事後與真正的魯學曾見面之後，才驚覺失身於他人了，阿秀忿愧之餘遂上吊自殺。自殺命案發生之後，顧阿秀贈

---

32 明・馮夢龍：《古今小說》（北京：中華書局，1991「古本小說叢刊」），卷2，頁196-197。

給魯學曾的「金釵鈿」遂使魯學曾成為殺人的嫌疑犯。女方家長憤而提告，經辦此案的陳御史該如何斷理，他能否察覺梁尚賓「捷足先登」，能否還給顧學曾清白？這些疑點的設計與破解才是這篇故事的要緊處，所以，敘事者對訂婚與悔婚之間的歷程只需概略敘述一番，讓聽眾知道個大概就可以「閒話休煩，表過不提」。在中國小說或戲劇中的「悔婚」或「毀婚」事件，總是起因於男方家道中落，家道中落之後，這一對訂婚而未婚的夫妻，究竟是要密謀星夜私奔？還是小姐約落難的公子來後花園贈金相助？或是另有其他變故……這些曲曲折折才是故事情節的主軸，所以，敘事者對於定親而後悔婚的大約數年過程，通常採行概述來交代了事便罷。

宏觀而言，一切的敘事文本都採「概述」的方式重述歷史或故事。所謂「弱水三千，只取一瓢飲」，從時間巨流中掬取中意的一瓢，不論敘事者敘寫得如何巨細靡遺，與真實世界中那連續不斷的時間流相較，這些「敘述」也都只能看做是「概述」罷了。不過，快慢，短長，動靜都是相對的差別現象，微觀來看，我們仍可從敘事文本的具體表現來辨識「概述」的書寫原則，並體察它如何與其他的敘事速度做適當的配組，以共同完成敘事任務。

（五）敘事時間與敘事空間的對應關係

在某一給定的敘事時間範圍內，敘事者將所欲言說的事物描摩得越詳細，則其所需使用的時間相對較長，反之，若對所欲言說的事物概略交代，則其所需使用的時間較短；前者的敘事步速相形緩慢，後者則顯得輕快，在敘事者的操盤下，兩者隨勢搭配，適時因應，形成一種緩急有致的敘事速率。在中國敘事美學的用語中，除了以緩急、詳略、繁簡、豐約來形容外，也常使用疏密一詞來指涉。疏，自然是講得簡略，所以占用的敘事文本篇幅較為稀少；密，相對於疏而言，自然是較為豐實飽滿，其所占用的文本篇幅也比較廣大。略以釋迦牟尼佛騎馬逾城出家一事為說，漢．《牟子》關於此事的敘述為：

> 年十九，二月八日，夜半呼車匿勒犍陟跨之，鬼神扶舉飛而出宮。[33]

其敘事所占的篇幅不足一行，僅二十餘字，可謂疏略。而敦煌變文〈悉達太子修道因緣〉載有詳細過程如下：

> 後至二月八日，夜半子時，有四天門王喚太子：「太子休戀無明而睡著，出家時至！」太子聞喚，便遣車匿被朱鬃白馬，便擬往雪山。太子遂告四天門王：「其諸處宮門，並皆鎖閉，所伴宮人，悉是不睡，如何去得！」便被四天門王已（以）手指開宮門關鎖，應有守伴之人，便交（教）睡著。太子道：「我一身覓期（其）解脫，向後彩女苦難如何！」太子預見前事，遂喚夫人向前：「今有事付囑。別無留念，只有一辯（瓣）美香，夫人若有難之時，但燒此香，遙告靈山會上啓願，必當救護。切須依此言語。」付囑已訖，其太子便被四天門王齊捧馬足，逾城修道。回手却著玉鞭遙指耶輸道：「有佛來世出現之時，生八王子，見大聖出家，亦須隨

33 漢．牟子：《牟子》（一名《理惑論》）（臺北：藝文印書館「百部叢書影印平津館本」）。

> 『修』梵行，引接太子。」臨行，宮人睡著，綵女婚（昏）迷。太子思寸（忖）再三，恐慮宮人在後不知所去，遭受苦楚，遂於城上留其馬踪。太子與四天門王，便往雪山修行。[34]

放眼上述兩敘事文本，可以觀察得出敘事速率快者，其所占敘事空間較小，約一行；敘事速率慢者，其所占的敘事空間則膨脹變大，約十四行。西方敘事學者遂認為，在敘事上若徐徐細細地描寫，將使敘事空間膨脹，所以敘事時間和敘事空間具有相互的配比關係。美國學者米歇爾（W.J.T. Mitchell, 1942-）在《圖像理論》指出，敘事速度越慢，越可以近距離觀察個個部分，但時間被迫延緩，所以對故事進行的速度是不利的，他說：

> 描寫恰恰是要通過敘事「阻止」或停止時間運動；據熱奈特所說，描寫「把敘事在空間中傳播開來」。但是，空間記憶系統中的點是通過時間的有秩序的、可靠的運動。描寫由於過近或過長地觀察各個部分——記憶倉庫中的那些「地點」及其「形象」——而威脅到整個系統的功能。和描寫一樣，記憶也是應該服從於時間的一種技術：如果記憶占主導，我們就被閉鎖在過去之中了；如果描寫占主導，敘事時間、趨於結尾的進步就受到威脅，我們也就在無休止的細節描寫中麻木了。[35]

---

34 黃征、張湧泉校注：《敦煌變文校注》（北京：中華書局，1997），卷4，頁473。

35 美・米歇爾著，陳永國、胡文徵譯：《圖像理論》（北京：北京大學出版社，2006），頁181。

米歇爾認為，細描慢寫的敘述方法阻礙時間的流速，雖然敘事者可以調度記憶倉庫中的各種細節，供讀者仔細觀察，但若是過度耽擱於無休止的回憶，可能使讀者在細節中感覺疲勞無聊。因此，急徐有致，疏密相間，或開或闔，因事制宜的敘述，才能體現允執厥中的原則。當然，出奇制勝的作家也可以打破配比中庸，和諧有度的敘事時速，或大筆一揮，大開大闔；或稍縱即逝，目不暇給；或滯留不去，緬懷良久；或間歇彈出，今昔穿梭，不按牌理出牌……其意圖不外欲以營造特定的文本氛圍。例如莫言（公元 1955-）的小說，無端而來，無端而去，滄海月明珠有淚，藍田日暖玉生煙，敘事者抽刀斷水地操縱時間流，讓筆觸任意擱置於動心起念的瞬間，把人物的當下悲喜驚恐的身心處境給描寫出來，張閎在《感官王國——先鋒小說敘事藝術研究》分析如下：

> 在莫言更多的作品中，那些過度膨脹的瞬間感覺往往迫使時間暫時中止，形成一個膨大區，如《紅高粱》中少年豆官在高粱地裡對濃霧的感受。而在另一些作品中（如《爆炸》、《球狀閃電》等），敘事的時間邏輯乾脆讓位給空間感受的空間邏輯，極度膨脹的感覺佔據了全部的敘事空間。這些作品在幾個瞬間中包含了複雜的時間經驗，而且，敘事的話語空間隨著感覺的擴散而充分敞開，突如其來的開頭和無結局的結尾是這類作品中經常出現的現象，現時性的經驗片斷和歷時性的經驗片斷共生共存，並相互穿插和交織。[36]

36 張閎：《感官王國——先鋒小說敘事藝術研究》（上海：同濟大學出版社，2008），頁 218。

時間積澱為生命經驗之後，其終始與運動速度自然受到主觀情感經驗的攪動而有所變化，有的忘懷，有的釋懷，有的縈懷不去，屢屢襲上心頭……而當敘事者欲將此生命情感經驗訴諸言說時，必然會再度處理這兩造之間的時間斷點與行進方式，所以，實際反映於敘事文本的時間表現，就會有或快或慢，停停走走的各式形態。不過，敘事的功能在於善用一段時間述說發生在某段時間內的故事，所以，敘事者雖有權切割時間，變更速率，但該歸還速度給時間就該歸還，才能顧全敘事大局。

二、敘述與故事之間的次第佈置

自然時間是遍透於宇宙中的基本元素，它鋪天蓋地，上下四方，無所不在，無所不往，而又無影無蹤，無所止息，不知來自何處，也不知去向何方，故不可挽留，不可追回，也不可略過。大凡立足於故事世界中的一切存在體，均賴時間而得以存有，任何事件也都必須伴隨時間才得以與之同行，這世界沒有任何人物或事件可以須臾或離它而存在。「故事」是從自然時間攔截留下的片段經歷，或是敘事者模擬的一段經歷，所以，其基本性質都和自然時間一般，是單向行進的，等速運動的，即使故事只是虛構的，故事時間也一樣具有這個時間性質。但敘事者在講述故事時，必須權衡輕重，有所抉擇，所以有的快轉，有的倒轉，有的停頓，有的跳過，這樣走走停停，有快有慢，瞻之在前，忽焉在後的「敘述時間」，其運動方式自然就有別於現象界的時間。

按照故事中的時間順序和它們在敘事文本中出現的時間順序之相對關係，敘事所運用的時間形態可分為順敘此一基本款式，以及預敘和倒敘等兩個變化式。順敘，即順時敘事法，其敘事時間次序與故事事件發生先後次序是順向的；而預敘、倒敘，由於有違自然時序，故以違時敘事法指稱之，指的是故事發生次序與敘事次序有所違逆，例如倒退敘述以回顧往事，或是先行預告以逆料未來。劉承慧指出：「故事世界通常都以現實世界為藍本，按照發生的時間順序陳說事件，就是基於現實世界的概念化認識。然而敘述者在敘事文篇中陳說事件，未必都按照發生的時間順序。」[37]除了順序法可以通篇施行於整個敘事文本外，預敘和倒敘都不能單獨使用，而必須與順序法協作，才能順理成章地把故事給適當構成。閱讀接受者在面對這些經過敘事者改造過的「不太自然」的順序時，會在腦中自行重組，以還原成符合自然時間順序的事件過程，法國科學家克洛德・貝爾納（Claude Bernard, 1813-1878）在《實驗醫學研究導論》說：

> 人類的思想不能設想同一個無原因的結果，所以看到一個任何現象，永遠都喚起他一種因果的觀念。所有人類的智識都是由果推因得來。完成一個觀察之後，思想中就有了與觀察到的現象的原因有關的觀念；順著這個預料的觀念再加以推理，然後做試驗來驗證。[38]

克洛德・貝爾納從人類認知結構的基礎告訴我們，人類的思想必須

37　劉承慧：〈先秦敘事文的構成與分類〉，《清華中文學報》第九期（2013年6月），頁89。

38　法・克洛德・貝爾納著，夏康農、管光東譯：《實驗醫學研究導論》（北京：商務印書館，1996），頁35。

經由因果邏輯的觀念而來，所以，在觀察任何現象時，都會順著邏輯關係來推論事情是如何發生的？然後再根據這個推論來驗證，以獲得各種與現象有關的知識。故知，敘事者對故事的順序做部分或適當的錯置，並不會構成閱讀理解上的困難，閱讀者會在閱讀過程中逐步將這些被敘述者更動過的因果邏輯，或調換前後順序的情節予以重新排列組合，將它們按部就班地接回自然時間的順序，以便理解整個故事的前因後果，完成讀者的閱讀任務。一些犯罪推理小說刻意從中段講起，再補敘先前的過節，然後再接回中段，以後順勢而行，直到結束。喜歡閱讀這類小說的讀者，其閱讀趣味就建立在動腦益智的心理活動上。

敘事者在操作時序變動時，必須嚴格遵守先後順序與因果關係的邏輯排列，否則將無法為人類大腦的認知結構所判讀，連帶的其所敘述的故事也無法被閱聽者理解。再者，有違自然時序的敘事法，不論是預敘，或是倒序，敘事者都必須提供足夠的；或在該事之後，或在該事之前的關連事件以資照應，否則也無法滿足讀者重新嵌合故事時所需調用的事料。以《史記》卷 111〈衛將軍驃騎列傳〉為例，[39]大將軍衛青因血緣與身世不純正之問題，年少時被其他同父異母兄弟以奴僕對待。某次，衛青至甘泉居室（官署名），有一名鉗徒（頸上鍊著鐵箍的苦力）看著衛青的相貌對他說：「貴人也，官至封侯。」衛青聽了，苦笑著回答：「人奴之生，得毋笞罵，即足矣，安得封侯事乎！」，司馬遷敘述了這段細節之後，讀者必會留意鉗徒有言在先的「封侯」是否將落實？如何落實？以此

39 漢・司馬遷著，南朝・宋・裴駰集解，唐・司馬貞索隱，唐・張守節正義：《史記三家注》，〈衛將軍驃騎列傳〉，卷 111，頁 1194。

之故，不論衛青是否受封為侯，敘事者都必須在此預測之後交代後驗，方能與這個「預敘」嵌合對榫。〈衛將軍驃騎列傳〉沿著衛青的勇武戰功繼續陳述他受封千戶，冊封為侯的經過：

> 明年（元朔二年），匈奴入殺遼西太守，虜略漁陽二千餘人，敗韓將軍軍。漢令將軍李息擊之，出代；令車騎將軍青出雲中，以西至高闕。遂略河南地，至于隴西，捕首虜數千，畜數十萬，走白羊、樓煩王，遂以河南地為朔方郡。以三千八百戶封青為長平侯。[40]

後衛青出任車騎將軍，大敗匈奴，逼退白羊王、樓煩王，使漢奪得河南地，設立朔方郡，於是漢帝封衛青為「長平侯」。有了後續發展的戰功照應，透過鉗徒口中所透露的封侯「預言」，才顯得擲地有聲，司馬遷的敘事張力也在前呼後應之中有了充實的表現。

（一）因時順勢法

順敘法是按物理時間順序展開的敘事方法，多以特定人物或事件為中心，進而衍生一連串相關的故事情節，以保持人物或事件的完整性與連貫性。「順敘」的基本特色是尊重事物自然的行進和發展，其情節結構包括開端、發展、頂點和結局等階段，易使故事有首有尾、前後一貫。這類結構方式是最單純的型態，也就是按照事件的因果順序發展，如此能夠脈絡分明，便於閱讀和記憶，但這種

---

40 漢・司馬遷著，南朝・宋・裴駰集解，唐・司馬貞索隱，唐・張守節正義：《史記三家注》，〈衛將軍驃騎列傳〉，卷 111，頁 1194。

方式由於前事後事環環相扣，單一方向地向前推進結局，雖其中也有些變化曲折，卻缺乏跌宕起伏。因此，巧妙的敘事者仍必須調用局部的時間倒錯，或穿插另一事件的方式，方能發揮敘事的審美效應。

在敘事時按照事件的開端、發展、結局這樣的順序記載，使人感到有頭有尾，有端有緒，渾然一體。整個事件按自然時序來敘述，前事是後事變化的依據，後事是前事發展的結果，前後承轉自如，雖然頭緒紛繁，但條貫清晰，敘事時間具有連貫性和因果性。順敘法的技巧雖不如預敘、倒敘來得聳動精彩，但它可以使敘述的重心落在人物的性格反映和事件的興衰變化之跡上，平實而委婉，嚴明而莊重地將它們傳述出來。敘述者不過度展現他的說故事技巧，不刻意提高故事的閱讀趣味，不迎合讀者對故事氣氛與節奏的心理反應，這類敘事方法是處理歷史或人物傳記題材的寫作準則，一方面是歷史的人事物瓜葛原本錯綜複雜，敘事的目的在於客觀清晰地予以紀錄，人物傳記則在於斯人斯事，所以，有意識地收斂敘述行為，盡量隱退幕後，不過度更改歷史時間的順序，是順敘法所以為史傳文學傳統技巧的因素。以清・沈起鳳（公元 1741-？年）《諧鐸》的〈兩指題旌〉為說，這個故事時間從陸某七歲接受塾師趙蓉江的教育開始，至陸某成進士，入部曹，旌揚寡母陸氏的懿行為止，前後約歷二十年，敘事者從頭說起，有始有終。原文如下：

> 趙蓉江未第時，館東城陸氏，時主婦新寡，有子七歲，從蓉江受業。一夕，秉燭讀書，聞叩戶聲，啟而納之，主人婦也，叩所自來，含笑不言，固詰之，曰：「先生離家久，孤眠岑寂，今夕好風月，不揣自薦，遣此良宵。」蓉江正色

> 曰：「婦珍名節，士重廉隅，稍不自愛，交相失矣，汝請速回，人言大可謂也。」婦堅立不行，蓉江推之出戶，婦反身復入；蓉江急闔其扉，而兩指夾於門隙，大聲呼痛，稍啟之，脫手遁去。婦歸，闔戶寢，頓思清門孀婦，何至作此醜行，凌賤乃爾？輾轉床褥，羞與悔并，急起引佩刀截其兩指，血流奔溢，瀕死復甦。潛取兩指，拌以石灰，什襲藏之，而蓉江不知也。即於明日卷帳歸。後其子成進士，入部曹，其母請旌；時蓉江已居顯要，屢申屢駁。其子不解，歸述諸母，母笑曰：「吾知之矣。」取一小檀盒，封其口。授其子曰：「往呈爾師，當有驗。」子奉母命，呈盒於師，蓉江啟視之，見斷指二枚，駢臥其中，灰土上猶隱然有血斑也。遂大悟，即日具題請旌。[41]

故事從塾師趙蓉江未第時說起，當年他應聘赴館教書，身陷情慾匱乏所苦的新寡女主人某夜向他婉約求愛，趙蓉江對她嚴詞規勸，並推她離開房門。女主人吃了閉門羹之後，痛定思痛，她知恥斷指，從此立誓守節一生。寡婦之子後來學有所成，位居顯要，想請朝廷表揚寡母的貞節懿行，但申請案卻屢被上司退回，原來上司正是當年他母親求歡不成的塾師趙蓉江。兒子對朝廷的刁難頗為不解，向母親述說其事，母親聽罷，遂將一個檀木盒子交給兒子，要他轉呈給趙，盒子裡放的正是當年她向趙求歡受拒之後雪恥了斷的明證。趙啟開盒子見到灰土中的兩枚斷指之後，方才了悟他一直錯怪

41 清・沈起鳳著，羅寶珩詳註：《諧鐸》（臺北：新文豐出版公司，1979），卷 1，頁 58-59。

了女主人的節操，遂即核准表彰陸母的貞潔。這一則故事從趙蓉江擔任陸氏的家庭教師開始說起，到陸氏寡婦向趙蓉江求歡不成的難堪之夜，寡婦當夜痛定思痛地斷指自箴，接著敘述趙蓉江翌日即離開陸家，數年後陸氏的兒子成為進士，其母終於獲得朝廷的表揚；此事最後被記載於趙氏家乘云云。敘事者沈起鳳一路採行的都是順時敘事法。

連橫（公元 1878-1936 年）在《臺灣通史》也是以順序法將諸羅縣通事吳鳳一生事跡依序記載，以下將其原文區分為十段，可以清楚地看到敘事者按部就班地從吳鳳的身家背景與個性說起，之後依序是吳鳳接任阿里山通事的背景，吳鳳對阿里山蕃民獵人頭習俗的反制策略，阿里山蕃民不甘心無人頭可供祭神的反動，吳鳳制蕃的謀略，吳鳳與蕃民的對決，蕃民因吳鳳之死與瘟疫四起而恐慌逃竄，蕃民尊吳鳳為阿里山神及其後續報導。

1. 吳鳳，諸羅打貓東堡番仔潭庄人。今隸雲林。字元輝，少讀書，知大義，以任俠聞里中。康熙中，諸蕃內附，守土官募識蕃語者為通事。鳳素知蕃情，又勇敢，諸蕃畏之。
2. 五十一年，為阿里山通事。阿里山者諸羅之大山也，大小四十八社，社各有酋，所部或數百人數千人，性兇猛，射獵為生，嗜殺人，漢人無敢至者。前時通事與蕃約，歲以漢人男女二人與蕃，蕃秋收時，殺以祭，為之作飨，猶報賽也。屠牛宰羊，聚飲歡呼，以歌頌其祖若宗之雄武。然猶不守約束，時有殺人，而官軍未敢討。
3. 鳳至，聞其事，嘆曰：「彼蕃也，吾漢族也，吾必使彼不敢殺我人。」或曰：「有約在，彼不從奈何？且歲與二人，公固無害也。」鳳怒叱曰：「而何卑耶？夫無罪而殺人，不仁也；殺同胞以求利，不義也；彼欲殺我，而我則與之，不智也。且我輩皆漢族之健者，不能威而制之，已非男子，而又奴顏婢膝，以媚彼蕃人，不武也。有一於是，乃公不為也。」其年蕃至，請如約。鳳紿之，告曰：「今歲大熟，人難購，吾且與若牛，明年償之。」蕃諾而去。

4. 明年之，又紿之。

5. 如是五年，蕃知鳳之終紿己也，群聚謀曰：「今歲不與人，則殺鳳以祭。」

6. 聞者告鳳，鳳曰：「吾固不得去，且吾去，公等將奈何？彼蕃果敢殺我，吾死為厲鬼，必殲之無遺。」鳳居固近山，伐木抽籐之輩百數十人，皆矯健有力者，編為四隊，伏隘待。戒曰：「蕃逃時，則起擊。」又作紙人肖己狀，弩目散髮，提長刀，騎怒馬，面山立。約家人曰：「蕃至，吾必決鬥。若聞吾大呼，則亦呼，趣火相，放爆竹，以佐威。」

7. 越數日，蕃酋至，從數十人，奔鳳家。鳳危坐堂上，神氣飛越。酋告曰：「公許我以人，何背約？今不與，我等不歸矣。」鳳叱曰：「蠢奴，吾死亦不與若人。」蕃奴刃鳳，鳳亦格之，終被誅。大呼曰：「吳鳳殺蕃去矣。」聞者亦呼曰：「吳鳳殺蕃去矣。」鳴金伐鼓，聲震山谷，蕃驚竄，鳳所部起擊之，死傷略盡。一二走入山者，又見鳳逐之，多悸死。婦女懼，匿室中，無所得食，亦槁餓死。

8. 已而疫作，四十八社蕃莫不見鳳之馳逐山中也，於是群聚語曰，此必吾族殺鳳之罪，今當求鳳恕我。

9. 各社舉一長老，匍匐至家，跪禱曰：「公靈在上，吾族從今不敢殺漢人，殺則滅。」埋石為誓，自是乃安。
10. 尊鳳為阿里山神，立祠禱祀，至今入山者皆無害。[42]

順序法循著時間的自然走向，在推動故事的進行時，不但利便，而且也不會因為時間順序的倒裝而干擾到讀者的閱讀心理，敘事者像卷軸似地把故事一段段逐漸攤開，每一段有每一段的畫面，在延續之中若圖窮匕見，變生肘腋，則適時道出，所以人物的遭遇也會峰迴路轉，並不致於呆板。這樣的敘述法是最自然，最不搶戲，最從容不迫的基本法則。例如《說岳全傳》第三十九回講到高寵殺進番營之後壯烈身亡的過程：

> 那高寵殺得高興，進東營，出西營，如入無人之境，直殺得番人叫苦連天，悲聲震地。看看殺到下午，一馬沖出番營，正要回山，望見西南角上有座番營，高寵想道：「此處必是屯糧之所。常言道：糧乃兵家之根本。我不如就便去放把火，燒他娘個乾淨，絕了他的命根，豈不為美。」便拍馬掄鎗，來到番營，挺著鎗沖將進去。小番慌忙報知哈元帥，哈鐵龍吩咐快把鐵華車推出去。眾番兵得令，一片聲響，把鐵華車推來。高寵見了說道：「這是甚麼東西？」就把鎗一挑，將一輛鐵華車挑過頭去。後面接連著推來，高寵一連挑了十一輛。到得第十二輛，高寵又是一鎗，誰知坐下那匹馬

---

[42] 連橫：《臺灣通史》〈吳鳳〉（南投：臺灣省文獻委員會，1992），頁560-561。

力盡筋疲，口吐鮮血，蹲將下來，把高寵掀翻在地，早被鐵華車輾得稀扁了。後人有詩弔之曰：

為國捐軀赴戰場，丹心可並日爭光。
華車未破身先喪，可惜將軍年少亡。[43]

敘事者按時間先後從高寵如入無人之地開始講起，高寵從上午戰到下午時分，戰況似乎穩操勝券，不意哈鐵龍哈元帥把秘密武器推了出來，是一部一部的鐵甲戰車——鐵華車，它們連番地衝撞高寵，高寵來一部挑一部，直挑翻了十一輛鐵華車，奈何高寵的坐騎已筋疲力盡，口吐鮮血，蹲了下來，使得高寵驟然從馬上摔落地面，被迎面衝撞過來的鐵華車給輾斃了。順序法的敘事步驟按部就班，但仍然能令人屏息以待，因為，戰況究竟會如何演變，高寵究竟能否乘勝追擊，或是見好就收，順利還營？都得尊重時間，走一步算一步，屆時命運的底牌才會亮出，而受述者也才會在驚疑中邊看邊追邊擔心，直到高寵不幸落馬身亡之後，順勢為高寵先勝後敗，馬革裹屍的下場感慨不已。

自宋朝說書行業興起，說話人為了滿足「聽－說」的線性運動流程，在說話時遵守自然順勢的敘事原則，不會「顛三倒四」地破壞自然時間的時序，以免現場受眾不易聽懂故事的來龍去脈。陳平原舉揚州說書藝人王少堂的〈武松〉話本為例，說他不論如何變化演述技巧，卻始終扣緊時間的順序：

揚州說書藝人王少堂（1889-1968）把《水滸》中關於武松的

---

43 清・錢彩編次：《說岳全傳》，頁 870-873。

> 八萬字，鋪演成一百一十萬字、可以連續講述七十五天的長篇說書（經過整理刪改後由江蘇人民出版社出版的《武松》仍有八十五萬字），人物、情節和穿插性的細節增加了很多，可有一點沒變，那就是連貫敘述的敘事時間，一切都從頭道來，決不「顛三倒四」。第二回十六節「殺嫂祭兄」最為典型，已經講到武松抓住潘金蓮頭髮，舉起鋼刀，可講了大半天鋼刀還沒砍下，而是插進了蕭城隍、李土地的躲竄、鄰居的勸告、王婆的溜走、伙計們的捉拿王婆、胡老爹的錄口供、潘金蓮的拖延時間、潘金蓮與王婆的互相推諉、三老頭的求情等，最後才是真正的殺嫂祭兄。說書藝人能把吃緊的半頁書或一個動作說上一天兩天，不是像現代小說那樣借助於回憶倒敘，而是穿插大量細節以增加波瀾，或者引申開來臨場發揮。從這裡不難推知古代白話小說家之所以基本上都採用連貫敘述，很大原因是把自己擬想為說書人，把作家與讀者的關係擬想為「說－聽」——為了讓聽眾能聽得懂，自然只能一環扣一環，嚴格遵守自然時序。[44]

從中國歷史體例的沿革脈絡來看，時間的順序決定了歷史的敘事順序，也決定了歷史書寫的順序，不論是編年體或是紀傳體，源於《春秋》依時序紀事的原則彰顯了時間與歷史的同值性，這是中國文化對自然時序的尊崇。在歷史傳記中，人物的一生起訖，常與敘事的起訖同步，這是對人物的敬重，也是對時間順序的敬重。順勢而行的敘事時序，使讀者能一以貫之地目睹歷史人物的人生履歷，

---

44 陳平原：《中國小說敘事模式的轉變》，頁 274-275。

即使在敘述時穿插必要的補敘，或夾敘他事，譬如「花開兩朵，各表一枝」、「橫橋鎖溪」、「添絲補錦」、「橫雲斷山」，有關這些方法的運用，也不會擾亂一以貫之的自然時序。[45]

（二）違時逆勢法

1.預敘法

預敘就是預告故事將發生但尚未發生的事。預敘通常會事先揭破故事的結果，雖然先讓讀者預知結局，但在閱讀之中，讀者仍會隨著情節的變化，得到一一驗證的快感。預敘的敘述方式，從顯隱角度觀察，有明示與暗示之別，明示的預敘清楚地交代出在某一具體時間之後將發生的某一件事；暗示的預敘只隱約地預示人物未來的命運和結局。作者敘述故事時，若採取預敘方式，他就是要先放風聲給讀者事先知道某些結果，而無論透露多寡，程度大小，敘事者始終都會扣住故事關鍵的底牌不說，換句話說，雖然先放消息，但他仍然要賣個關子。這不是詭計，而是妙計，因為讀者將因此而興奮期待後續的發展，在閱讀心態上是有利於敘事文本的接受反應。

左丘明（生卒年不詳）在《左傳》敘述魯僖公三十二年（公元前

---

45 陳平原：《中國小說敘事模式的轉變》說：「金聖嘆評《水滸傳》的『橫雲斷山』法，毛宗崗評《三國演義》的『橫橋鎖溪』法，張竹坡評《金瓶梅》的『夾敘他事』法，都體現了評論家對小說『演述時間』的直觀把握。韓子雲對他自稱『從來說部所未有』的『穿插藏閃之法』的解說更說明中國小說家在這方面的自覺追求：『一波未平，一波又起，或竟接連起十餘波。忽東忽西，忽南忽北，隨手敘來，並無一事完全，並無一絲掛漏。』可所有這些『斷』、『鎖』、『夾』、『穿插』，都沒有打亂故事的自然時序。」，頁37。

628 年）秦晉之戰時，透過蹇叔在戰士出征前的「預測」，先行透露戰事的結果將是悲慘的敗亡給受眾，兩國交戰的局面尚未上陣，秦國的老臣蹇叔卻涕泗縱橫地說得如此肯定，結果如何？是否如同蹇叔之預言？都令聽者掛心，這種懸念將促使閱讀者提高注意力，繼續閱讀下去。

> （秦穆公）召孟明、西乞、白乙，使出師於東門之外。蹇叔哭之曰：「孟子！吾見師之出，而不見其入也！」公使謂之曰：「爾何知？中壽，爾墓之木拱矣！」蹇叔之子與師，哭而送之，曰：「晉人禦師必於殽。殽有二陵焉：其南陵，夏后皐之墓也；其北陵，文王之所辟風雨也。必死是間，余收爾骨焉！」秦師遂東。[46]

在蹇叔的「預告」之前，左丘明先提供了大軍集結於東門之外，行伍威嚴，軍容壯盛的出征場面，但蹇叔老淚縱橫的身影卻出現在大軍之前號哭，這個對將軍們以及兒子宣布的敗亡預告呈顯蹇叔慮事之深遠，對交戰地形之熟悉，以及對軍人子弟赴死命運之沈慟與悲憤。

歷史上的英雄豪傑，名臣大將，高瞻遠矚，能洞燭先機，預為謀略，不論是政局或戰局，在他的腦海中似已預見大事的全盤發展趨勢，所以，當他率先而果斷地提出戰略方針時，由於事實尚未形成，不論是當時與他同在現場聽取「密謀」的人，或是與他遙遙隔著千百年歷史距離的讀者，心中都不免納悶，「為什麼要這樣布

[46] 戰國・左丘明：《左傳》，卷 17，頁 288。

局？」「果真會如你所預料的情況走嗎？」這就是「懸念」的產生。及至塵埃落定，果如所料，先前出現的懸念獲得解除後，便會由衷佩服這個人物的睿智，解惑之後，也會帶來撥雲見日的領悟暢快。漢・司馬遷在描寫歷史風雲人物時，會採行「預敘」的技巧予以鋪陳，如在《史記・孫武列傳》敘述孫臏和龐涓對決，孫臏先是策劃「因勢利導」的兵法，當時國際上皆傳聞齊國的士兵膽怯畏戰，孫臏便教齊國大將軍來個「減竈行動」，每天軍隊起竈的數量由十萬，而五萬，而三萬地銳減，以欺騙龐涓誤信齊國軍隊果然畏戰，士兵逃亡的人數確實已過大半。龐涓中計之後，便有輕敵之心，這就會被誘入孫臏接下來所設下的陷阱。孫臏又命人在馬陵一地斫斷大樹，並在樹幹上以白漆寫著：「龐涓死於此樹之下。」，這是一個還未發生的事件鋪陳，也是孫臏胸有成竹，斬釘截鐵的預料，但事情尚未發生，聰明機悟如龐涓者，真的會死在這樹下？何以要用白色的漆來寫字？孫臏所下的軍令和這個埋伏有何關聯？一直到敘述流行進到龐涓隊伍為樹幹所阻，暮色之際，視線不佳，為看清所寫何字，龐涓命兵點燃火把讀看，讀者和龐涓才一起知道這下中了孫臏的圈套，而孫臏早已下令士兵舉箭朝火光之處發射：

> 孫子謂田忌曰：「彼三晉之兵素悍勇而輕齊，齊號為怯，善戰者因其勢而利導之。兵法，百里而趣利者蹶上將，五十里而趣利者軍半至。使齊軍入魏地為十萬灶，明日為五萬灶，又明日為三萬灶。」龐涓行三日，大喜，曰：「我固知齊軍怯，入吾地三日，士卒亡者過半矣。」乃棄其步軍，與其輕銳倍日并行逐之。孫子度其行，暮當至馬陵，馬陵道狹，而旁多阻隘，可伏兵。乃斫大樹白而書之曰：「龐涓死於此樹

> 之下。」於是令齊軍善射者萬弩夾道而伏，其曰：「暮見火舉而俱發。」龐涓果夜至斫木下，見白書，乃鑽火燭之，讀其書未畢，齊軍萬弩俱發，魏軍大亂相失。龐涓自知智窮兵敗，乃自剄，曰：「遂成豎子之名！」[47]

再如《古今小說》卷 38〈任孝子烈性為神〉，這個故事講任珪的妻子婚後巧遇昔日的表兄周得，兩人原是舊愛，所以一見如故，但重拾舊好的緣分卻是一場厄運的開始。敘事者在周得與梁姐姐重逢時，先說「分明久旱逢甘雨，賽過他鄉遇故知。只想洞房歡會日，那知公府獻頭時。」「公府獻頭」，這個被殺頭的究竟是誰？為何洞房歡會卻遭來斷頭殺機？敘事者也依然按下不表，隨後才慢慢揭發。在敘說任珪祝神時先提到他的祝詞是「如若殺得一箇人，殺下的雞在地下跳一跳；殺他兩箇人，跳兩跳。」。[48]那隻被斬頭的雞掙扎地跳動了五次，預示任珪將殺死五個人。是哪五個人？在何種情況下被殺？敘事者也是「有言在先」，之後才敘述任珪如何屠殺姦夫淫婦與包庇他們奸情的人，先是兩個，之後又一個，一個再加一個地殺，共湊成了「五」的神啟數字，與先前的預敘前後呼應。又如《警世通言》卷 13〈三現身包龍圖斷冤〉，孫押司在被妻子與姦夫謀殺當晚，即從算命先生處得知他將於該晚斃命，由於預知在前，事實在後；兩者尚未能證實其所言是真是假，因而形成一段欲知而猶未得知的懸疑，這正是此段敘述的趣味所在，說書者刻意控制訊息被有限度地揭露，並且逐步地釋放，步步

---

[47] 漢・司馬遷著，南朝・宋・裴駰集解，唐・司馬貞索隱，唐・張守節正義：《史記三家注》，卷 65，頁 868。

[48] 明・馮夢龍：《古今小說》，卷 38，頁 1511、1532。

驚心，節節升高，成功推動案情的逼出。下述引文是孫押司被害枉死之後，第三次現身給丫頭迎兒看，[49]並且交給她一張紙，這張紙上寫的是個大有玄機的「謎」，其中有析字格，有會意字，有時間預示，它們隱隱約約，初看不明所以，是為懸疑，之後由包拯解謎，破案有望，是由「結」而「解」，懸疑轉為水落石出，真相大白：

> 行到速報司前，迎兒裙帶繫的鬆，脫了裙帶，押司娘先行過去。迎兒正在後面繫裙帶，只見速報司裡，有箇舒角幞頭，緋袍角帶的判官，叫迎兒：「我便是你先的押司，你與我申冤則箇，我與你這件物事。」迎兒接得物事在手，看了一看道：「卻不作怪，泥神也會說起話來，如何與我這物事？」正是：
>
> 開天闢地罕曾聞，從古至今稀的見。
>
> 迎兒接的來，慌忙揣在懷裡，也不敢說與押司娘知道。當日燒了香，各自歸家。把上項事對王興說了，王興討那物事看時，卻是一幅紙。上寫道：
>
> 大女子，小女子，前人耕來後人餌。
>
> 要知三更事，掇開火下水。
>
> 來年二三月，句巳當解此。[50]

---

49 孫押司的鬼魂共現身三次，都是現身給迎兒看，希望她能為他伸冤。第一次現身於廚房灶下；第二次現身於屋簷下，第三次現身於速報司的泥塑判官身上。明．馮夢龍纂輯，錢伯誠評點：《新評警世通言》（上海：上海古籍出版社，1992），頁182-183、189-190。

50 明．馮夢龍纂輯，錢伯誠評點：《新評警世通言》，頁189-190。

迎兒的丈夫王興雖然識得字，但是看了這字謎，也解說不出個所以然來，他吩咐迎兒：「不要說與別人知道，看來年二三月間，有什麼事？」到了第二年的二三月之間，當地的知縣換人了，新到任的知縣姓包名拯，也就是大名鼎鼎的包龍圖包大人，他看著這張字謎，終於解開了謎底：

> 包爺將速報司一篇言語，解說出來：「大女子，小女子。女之子，乃外孫，是說外郎姓孫，分明是大孫押司，小孫押司。前人耕來後人餌。餌者，食也，是說你白得他的老婆，享用他的家業。要知三更事，掇開火下水。大孫押司死於三更時分，要知死的根由，掇開火下之水。那迎兒見家長在竈下，披髮吐舌，眼中流血，此乃勒死之狀。頭上套著井欄，井者水也，竈者火也，水在火下，你家竈必砌在井上，死者之屍必在井中。來年二三月，正是今日，句巳當解此，句巳兩字，合來乃是箇包字，是說我包拯今日到此為官，解其語意，與他雪冤。」喝教左右，同王興押著小孫押司，到他家竈下，不拘好歹，要勒死的屍首回話。[51]

這個謀害親夫的命案本身就離奇懸疑，再加上敘事者以預敘的手法來振聾發聵，事後又詳細地解說字謎詩的緣由，這樣自然令讀者充滿好奇心，也想參預其中，共同解開命案的疑雲，及至真相大白之後，讀者不但釋放了心理壓力，也不得不佩服敘事者令人拍案叫絕的本領。由於中國文化向來相信宿命論，是以所謂「姻緣天注定」

51　明・馮夢龍纂輯，錢伯誠評點：《新評警世通言》，頁 192。

或是「命運天注定」，或是「是福不是禍，是禍躲不過。」這種命定的觀念普遍流行於民間，因此宿命，天啓，神啟，天罰，陰誅，姻緣，發跡等的主題故事也受大眾歡迎，而敘事者又該如何處理好「冥冥之中自有安排」的題材？才能使故事和敘事相得益彰？就敘事順序而言，預敘手法的操作，頗能引起讀者的好奇，先透漏一些些「天機」，引發讀者追問的興趣，及至天機應驗，塵埃落定，觀眾也覺得果然有鬼，不可不信邪；或是果然有神，善惡自有報應，期待心理獲得滿足後，便覺得心情暢快而平靜。

2.倒敘法

倒敘法是指敘事者將故事的先後次序作某部分的倒裝，若依正常的順序法，應該是先發生的事先說，後發生的事後說，如此，敘述與故事的運行方向才會一致，讀者在接受過程中也方便理解。但有時敘事者基於某些原因的考慮，例如為了刺激閱讀效果，或是營造故事情境，或是補充說明某些事前未及提起的細故，而在故事行進過程中，暫時回溯過往，追敘某些部分，待敘事者所欲追敘的目的被達成後，就又返回故事流向，繼續述說故事；這樣的敘事策略，就是倒敘。在一個故事中，敘事者的時間倒裝法並不限使用次數，可以僅回顧一次，也可以頻頻回顧；在時間距離上也不限長短，可以回想前一分鐘的經驗，也可以追想五十年前的經歷；在故事篇幅上，可以做大幅度的前後對調，也可以僅是零星的局部回顧。但不論再怎麼勞心操作，敘事者都必須服膺人類在認知結構上對先後、因果等次序的邏輯要求，否則，費盡心機的敘事手段，很可能造成讀者不知所云，或因過度干擾故事流而產生不滿或不悅的閱讀反應。在敘事立場的表現上，敘事者可以設定為故事圈之外的旁觀者，也可以設定為故事圈之中的某一人物，後者，通常是一種前塵舊夢式的回顧。

有些學者認為嚴格的倒敘必須是一整大段的時序置換，是敘事者在策略上蓄意調換今昔的敘述順序，先從較為短暫的「現今」切入，再返回較為悠長的「過去」，然後又再接回並展開尾部而作結；至於間歇穿插的追敘或補敘，並沒有更動整個故事流的走向，所以並不算是倒敘手法。實際上，基於人類認知結構對時間觀念的要求，並沒有任何一位作家能夠寫出一部完全利用倒敘手法述說的故事，所以，倒敘都只能使用在故事中的某個部分而已；所以，倒敘、追敘、補敘、插敘，基本上都屬於時間倒裝的敘事手段，差別之處只在於範圍與幅度的寬窄，為免瑣屑，可一以概之。

由於倒敘有違故事的時間流向，閱聽者必須留神注意，並再重組回去，才能有效建構出故事的大框架，因此，它並不適合於口頭傳播式的故事演述，所以，在中國小說的發展上，倒敘的手法較少出現於話本小說。陳平原在《中國小說敘事模式的轉變》提到：

> 在文言小說中，倒裝敘述並不十分稀奇。唐代李復言《續玄怪錄》中的〈薛偉〉……《原化記》中的〈義俠〉……明代宋懋澄《九籥集》中的《珍珠衫記》……小說採用的都是倒裝敘事手法。前三篇改編成話本小說《薛錄事魚服證仙》、《李汧公窮邸遇俠客》和《蔣興哥重會珍珠衫》時，全都把小說的時間重新理順；後三篇倘若改用白話寫作，很可能也不會採用倒裝敘述。這牽涉到中國古代文言小說、白話小說兩大系統不同的功能、媒介、讀者對象及發展道路對小說敘事模式的牽制。[52]

---

52 陳平原：《中國小說敘事模式的轉變》，頁38。

供閱讀使用的小說在接受過程中較為從容，若有所不明，也可以前後翻閱比對，繼而鑲嵌填補，重組故事的時間框架，所以，倒敘手法是可以被接納的；但在口耳傳播的說書現場，聲音流如同時間流一般，是以單向的線性結構做「前仆後繼」式的運動，所以，倒敘是不利便的，聽眾若分不清，或記不得哪個段落是倒裝的，那麼就會聽不懂故事。

倒敘，雖只是小部分的回顧，補充事情的次要因緣條件，並非將大量的整段事情作逆敘，但在敘事過程中，自有其不可缺的重要性。例如《左傳》為了補充人物與人物之間的恩怨情仇關係，經常以追敘的方式為事件的前因或過節作個補充，以整齊脈絡，避免恩怨情仇糾葛不清，干擾了主要事件的敘述流向，其中最常使用的套字為「初」，共計 99 次。[53]以下是魯定公四年（公元前 506 年）左司馬沈尹戌走到息邑，聽說楚軍已敗，就中途折返回來，並在雍澨擊敗了吳國的軍隊，不過在戰爭中他也受了重傷，他不願自己在戰場中被指認出來而遭到活逮的屈辱，所以他詢問部下，有誰能把他的首級割下來：

53 陳才訓：《源遠流長：論春秋左傳對古典小說的影響》：「追敘法在《左傳》中的突出表現，是它在敘述過程中往往以『初』的形式插入一段文字，對前事追加敘述，以起到補充說明的作用。追敘法多是通過因果邏輯把過去之事與當下之事聯繫起來，並統一於一根時間軸線上。從敘述功能看，這裡的『追敘法』實際包含我們平時所說的補敘和倒敘。《左傳》中『初』字共出現了九十九次，其意雖可解釋為『當初』，但它並非僅僅是倒敘的標誌，因為從整個故事情節看，以『初』引起的文字多是片段性的瑣事，它起的作用也主要是補充說明。」（北京：中國社會科學出版社，2008），頁 142。

> 左司馬戌及息而還，敗吳師于雍澨，傷。初，司馬臣闔廬，故恥為禽焉。謂其臣曰：「誰能免吾首？」吳句卑曰：「臣賤，可乎？」司馬曰：「我實失子，可哉！」三戰皆傷，曰：「吾不可用也已！」句卑布裳，剄而裹之，藏其身，而以其首免。[54]

原文在「傷」字之後以「初」字跳出，補記吳國句卑事前曾挺身而出，答應左司馬戌將會在他戰敗之後割下他的首級，以免被認出身分。其後句卑果然忠於所托，保全了沈尹戌的尸首。文中穿插的兩人對話，可以把人物的磊落心胸，肝膽相照作一補充。

補敘式的倒敘具有解釋的作用，可以補充前事在敘述時預留的空白，敘述者為了敘述效果，在事件發生當下並未提供完整的信息。例如在《警世通言》卷 28〈白娘子永鎮雷峰塔〉，記敘白娘子美麗絕倫，引來老色胚李員外的覬覦，李員外有偷窺癖，他想偷看白娘子上廁所，而且也安排了清潔阿姨當眼線，沒想到白娘子早知道他的心機，就在李員外湊上去窺看時她將自己還原為一條凌空的巨蟒，李員外不看便罷，一看就嚇得魂飛魄散，往後一倒，昏死了過去。使這個情節頓宕有力的技巧有兩個，一是敘事時間的順序調動，說故事的先讓偷窺狂李員外一窺後昏倒，接著才追敘他究竟是看到了什麼，如此一來，就可以吊足讀者的胃口，使他們追究不放，聽故事的趣味就產生了。第二個技巧是採行主觀視角，通過李員外的視角來看，所以他人無從得知，而且是偷窺，所以不敢啟齒他是見到了一條大白蛇才會昏倒，真的是啞吧吃黃連，有苦說不

54 戰國・左丘明：《左傳》，卷 54，頁 951-952。

出！縱然大家七嘴八舌問他究竟是發生了麼事？他也只得亂撒一個謊來逃離現場。原文節錄如下：

> 李員外設計已定，先自躲在後面。正是：
>
> 　　不勞鑽穴逾牆事，穩做偷香竊玉人。
>
> 只見白娘子真個要去淨手，養娘便引她到後面一間僻淨房內去。養娘自回。那員外心中淫亂，捉身不住，不敢便走進去，卻在門縫裏張。不張萬事皆休，則一張那員外大喫一驚，回身便走，來到後邊，望後倒了。
>
> 　　不知一命如何，先覺四肢不舉！
>
> 那員外眼中不見如花似玉體態，只見房中蟠著一條吊桶來粗大白蛇，兩眼一似燈盞，放出金光來。驚得半死，回身便走，一絆一交。眾養娘扶起看時，面青口白。主管慌忙用安魂定魄丹服了，方纔醒來。老安人與眾人都來看了道：「你為何大驚小怪做甚麼？」李員外不說其事，說道：「我今日起得早了，連日又辛苦了些，頭風病發暈倒了。」扶去房裏睡了。[55]

補敘的作用在「活見鬼」一類的故事亦然，如清・和邦額（公元 1736-？年）《夜譚隨錄》卷 5 有一則鬼故事〈某諸生〉，[56]說一個書生自訓導家醉歸，二更時分獨自挑了一支燈籠走在偏僻的巷弄裡，他看見離他不遠處有一位紅衣女郎，模樣似乎挺美的，於是追

---

55 明・馮夢龍：《警世通言》（臺北：鼎文書局，1977），卷 28，頁 437。

56 清・和邦額著，王一工、方正耀點校：《夜譚隨錄》（上海：上海古籍出版社，1988），頁 142-143。

了上去，一看，還真是絕色……佳麗告訴他，她家住在許舉子橋，書生說，真是太巧了，他也是要往那個方向去，兩人一路有說有笑。到了許舉子橋，紅衣女郎回頭問他，今晚就在我家過夜吧？可以嗎？書生喜不自勝，便跟著入門。門內有一棟兩層樓的居屋，女郎登上樓梯，書生尾隨在後，上樓後，紅衣女郎請他稍坐，她去端茶來待客。女郎進去之後，書生瞥見屋子裡尚有一位少年郎在窗前觀書，其人臉色驀然慘變，接著書生見他自行把頭顱取下來放在桌上，書生嚇得驚叫，慌忙中也跌倒了……這究竟是怎麼回事？他是誰？她又是誰？一直到天亮時，一個早起賣豆腐的老伯才告訴他真相，原來是一對被丈夫殺害於此的婚外情男女，先前敘事者埋伏的疑點才被揭開。其他如遇到妖精，或是被詐騙了，這種題材通常必須使用到「補敘」，因為，在故事之中，被詐欺的當事人剛開始是搞不清狀況的，不論是鬼，還是妖精，或是老千集團，這些人員一定要先做一番精心的喬裝；女鬼化身為女人，妖精變形為辣妹，老千則依照詐騙劇本來變裝，看是要假扮成傻子，國稅局查稅人員，還是一把罩的法官，或是家有癌末老母的孝女，還是身價數億的投資華僑……而在當事人受騙之後，心生疑竇，可能是自己醒悟發現，也可能是旁人出面點破，這些醒悟一般都是利用追敘來解開謎團，以與其後的事件做一呼應，原來是這樣啊……莫怪莫怪。

（三）懸宕的經營

預敘法和倒敘法都是敘事者在敘述故事時將故事的展開順序作前後調動，由於人類的認知結構建立在邏輯關係上，各種進入人類意識域的事物或信息，都會依因果、先後的邏輯次序排列才得以被理解，所以，當敘事者釋出的消息在因果與先後次序上有違邏輯次序時，即先說「果」再說「因」，或先說「後」再說「前」，受述者都能再行組裝成順時合理的秩序，只要是在受述者可以理解的情況下，預敘、倒敘的搭配運用，不但不會構成理解上的障礙，甚至可以刺激受述者用腦思考，這將會令讀者密切注意情節的發展，所以，閱讀趣味也相對提高。在中國說書行業興起後，票房的利益考量是市場經濟的最高守則，為了吸引顧客駐足坐下，說書人一開始會使用預敘來製造懸宕，之後，再運用「倒敘」或「補敘」來講述原委，然後再扣回尾部，收煞作結。命案一類的故事，也常使用「懸宕」，敘事者穿插使用預敘、倒敘的手法，使故事的自然順序被置換，讀者需將這些信息重新排列組合，以回復到自然時序的先後過程，如此方才得以理解「究竟是怎麼一回事？」排列組合完成之後，懸宕解除，水落石出，心滿意足。後晉・和凝父子合著的《疑獄集》收錄一則離奇的命案，由於事件的順序被敘事者重新調度，使命案更顯得疑雲重重：

> 近代有人因行商回，見妻為姦盜所殺，支體具存，但不見首。既悲且懼，遂告於妻族。妻族遽執壻入官，獄吏嚴其鞭捶，莫得自明，不任其苦，乃自誣殺妻。案狀既成，皆以為不謬。郡主委諸從事，從事疑而不斷，謂使君曰：「某濫塵幕席，誠宜竭節。人命一死，不可復生。苟或誣舉，典刑其能追悔乎！必請緩而窮之。且為夫之情，孰忍殺其妻？縱有隙而害之，必作脫禍之計，或推病殞，或託暴亡，必不存屍而棄首，其理甚明。」使君許其讞議。
>
> 從事乃別開其第，權作狴牢，慎擇司存，移比繫者細而劾之，仍給以酒食湯沐，鍵戶棘垣，不使洩於外。更令仵作行

> 人各供近來應與人家安厝墳墓去處文狀，既而一一面詰之曰：「汝等與人家舉事，還有可疑者否？」。有一人曰：「某於一豪家舉事，只言殂却奶子，五更初，墻頭舁過凶器，其間極輕，有似無物。見瘞在某坊。」遽遣發之，果獲一女子首。遂將首對屍，令繫者驗認，云：「非妻也。」遂收豪家鞫之，乃是殺一奶子，函首葬之，以屍易此良家之婦，私室畜之。斷豪士棄市。[57]

故事發生的順序和敘述發生的順序有所出入，兩個序列比較之下所產生的差異正是倒敘的技巧所在。

上述命案的相關事件之發生先後（以阿拉伯數字表示）如下：

1. 富豪殺害奶媽。
2. 斷其頭後，將無頭屍體留置在商人之家。
3. 商人之妻窩藏在富豪家之密室。
4. 富豪雇人埋葬奶媽的頭顱，擡棺下葬的工人察覺棺材的重量異常的輕。
5. 商人回家見到無頭女屍，誤以為妻子被殺害分屍，趕緊向妻子家屬通報。
6. 商人遭到妻方家屬控告謀害配偶，刑求之下完成口供，認罪。
7. 從事對此案發生懷疑，決定密查重審。
8. 展開調查行動；詢問擡棺人員；尋找無名女屍之頭；確認身分；查尋商人之妻藏身處。

---

57 後晉・和凝父子：《疑獄集》「從事對屍」（臺北：臺灣商務印書館，「四庫全書珍本」），卷2，頁5-6。

9. 斷獄，處決豪士。

但敘事者講述的事件先後次序，卻不是依照 123456789，而是將它們重組為 567814239，若以國字數字一二三四五六七八九代表各事件的敘述次第，則其與事件發生次序的關係可圖示如下：[58]

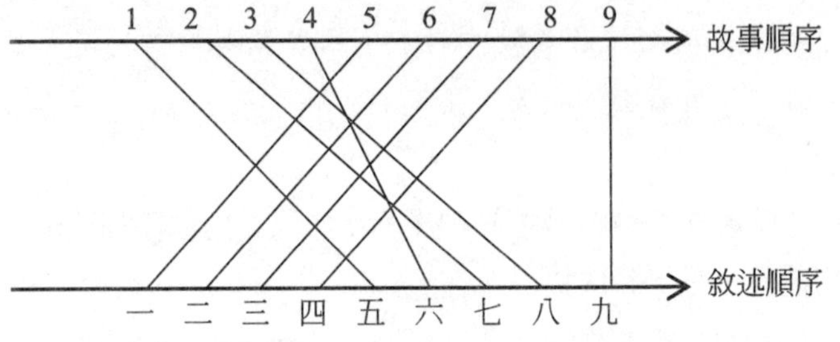

一/5 商人回家見到無頭女屍，誤以為妻子被殺害分屍，趕緊向妻子家屬通報。

二/6 商人遭到妻方家屬控告謀害配偶，刑求之下完成口供，認罪。

三/7 從事對此案發生懷疑，決定密查重審。

四/8 展開調查行動；詢問擡棺人員；尋找無名女屍之頭；確認身分；查尋商人之妻藏身處。

五/1 富豪殺害保姆，斷其頭後，將無頭屍體留置在商人之家。

六/4 擡棺下葬的工人回想棺材的重量異常的輕。

七/2 驗屍和指認無頭屍體，並非商人之妻。

八/3 逮捕和招認罪行。

九/9 斷獄。

---

58 「真實的」事件順序被標在上方（先於讀者閱讀之前所發生的一系列事件）。在敘事文本中（讀者閱讀時的順序），確切敘述的順序標於下方。

「懸宕」產生於敘事者對故事信息的控管，他先透露某一部分，其他的則暫時不表，或予以隱瞞，這樣的敘事會造成信息的不對等而產生話語交際雙方的落差，即讀者想知道，但敘事者卻不提供，使讀者因為察覺其中似有「隱情」；「秘密」；「機關」；而產生更大的閱讀樂趣，讀者極欲知道事情的真相，但敘述者卻是吞吞吐吐，有所保留；敘述者這樣蓄意操控訊息量的釋出時機與釋出範圍，恰恰對閱讀者的訊息期望滿足構成一種挑逗與誘導，鼓動他追根究柢的好奇心。再者，除了故事的敘述者提供的情節線索之外，讀者自身也存在著一條潛在的故事推進程式，在閱讀過程中，讀者通過大膽的猜測、疑問、推理等方式介入故事，在期待與滿足兩端之間來回擺盪是最常見的閱讀心理狀態，它導致了讀者與敘述者之間張力空隙的產生，也刺激敘事者琢磨敘事技巧，好為受述者帶來更多的閱讀樂趣。[59]

根據古典敘事學的說法，若將「現在」的時間點設置於總體的敘述聲音或意識發動的時間位置上，則敘事域之中所有被描述的情況、人物、行動和事件都可認定為已成過去的事情，因此，敘事是一項回顧式的敘述，那些種種的局面，狀態，或是人物行動以及事件都是已被敘事者所知的事實，於是行動序列最終被設想為充分展

---

59 荷・米克・巴爾：「有種種打斷這種嚴格的線性秩序迫使讀者更為精細地閱讀的方式。順序安排上的偏離有助於這種精讀……。然而偏離的錯綜複雜，就會使人們盡最大的努力以追蹤故事。為了不失去線索，必須關注順序安排，這種努力也促使人們仔細考慮其他成分與方面。對付順序安排並不僅僅是一種文學常規，它也是引起對某些東西注意的一種方法，以便強調、產生美學和心理學效應，展示事件的種種解釋，顯示預期與實現之間的微妙差別，以及其他諸多方面。」，《敘述學：敘事理論導論》，頁58。

開的過程，且能夠組成一串有因必有果的事件整體。然而，新銳的作家想挑戰這種「塵埃已然落定」的敘事模式，所以除了傳統回顧式的敘事模式外，半個世紀以來，陸陸續續出現了其他不同的變化手法，譬如否定性事實（沒有發生的事情，如角色蓄意編造或幻想）、反事實（與事實相反的事情，如敘述者蓄意說謊）、尚未完成的事情（如日記式或新聞報導式）等關於某些事件是否發生過的不確定性（半信半疑，似真似假的事情，如夢境式）、未證實，尚處於各種條件下的假設性等等（可能如此發生，也可能如彼的事情，如推測式或某種效應）。[60]這樣的寫法自然是推陳出新，勇於突破，但其實是既不容易寫得好，也好不容易閱讀。法・米爾西亞在《新小說・新電影》以「碎片與混雜」來掌握新興的小說，或是電影，對時間性或邏輯性的有意解體：

> 傳統敘事中起支配作用的邏輯連續性，建立在連貫性和推論之上，往往被一些解體策略破壞和替代。重複機制強加給敘事自省的停滯，從而在敘述的線性中引入了一種干擾，因此它已是屬於一種非連續性的修辭學中。不過，從正面過分破壞敘述的流暢的，是兩個不同質的片段之間缺乏精心安排的過渡。不管是文學的還是電影的主流敘事方式都很注意將片段間不同的敘述時刻聯繫起來，以便給人一種完美無缺的連續性的錯覺。因此它常使用諸如「八年後」、「前一天晚上」、「在此期間」這一類的省略表達法，以此來填補時間或空間的縫隙，它們雖被迴避，卻有可能損害故事的可讀

---

60 可參：美・戴衛・赫爾曼主編、馬海良譯：《新敘事學》引用烏里・馬戈琳之說。頁 89。

> 性。這裡涉及的就是「銜接」的問題。與邏輯型銜接比起來，新小說和新電影更偏愛類比型銜接，後者以相似性取代了因果性，迫使讀者進行一種記憶和辨認活動，這種活動使讀者能重建出一些含蓄的聯繫，減輕中斷的效果。[61]

新小說流派之所以這樣做，是因為，誰說時間是「井然有序」的？時間是「可以捉摸」？時間是「有明確內容」的？於是將這些質疑映現在敘事時間的表現，讓它盡量貼合內心世界中的時間印象：

> 時間是不可捉摸的概念，它沒有任何明確的內容，很輕易地游離於一切精神的感知之外。為了嘗試控制時間，傳統思想給予一種井然有序、等級明晰的時間再現。而正如我們所預料的，新小說家和新電影家拒絕這樣一種理性化的時間觀，因為它意味著敘述中的時間性漸進和時間的分類——過去、現在、未來，他們將時間與一種客觀的時間性對立起來，後者尊重心理物質幾乎同時接受到的印象的豐富與差異，也尊重由此產生的感覺混亂。[62]

效果如何？米爾西亞認為，這種敘事手法將侵蝕故事，使故事的結構「日趨衰敗」：

> 敘述在各方面遭受的不斷襲擊也影響了故事的因果線性關

---

61 法・米爾西亞著，李華譯：《新小說・新電影》（天津：天津人民出版社，2003），頁107-108。

62 法・米爾西亞著，李華譯：《新小說・新電影》，頁126-127。

> 係，它的歷時展開、空間一致性和詞義的單一性。朝向一種明確的目的性的據實組織方式的目的論價值，讓位於對一種割裂的不知所措的行為的混亂看法，這種行為往往以失敗、虛無、荒蕪告終。災難、潰敗、破滅充斥文本之中，與敘述形成一種鏡射手法，而敘述本身也處於一個被侵蝕的過程中。[63]

何以故事會「日趨衰敗」？敘事者將一個原本已連續方式構成的事件序列，刻意分散地錯置地安插在文本的各處，這就使故事和話語形成了兩套運動序列；當敘述的序列和被敘述的序列因此分離時，固然會造成閱讀上鬥智，創造、重建的趣味，但是，若讀者不清楚如何依敘事者提供的線索來重組故事，這個趣味不但不會達成，反而會因還原過程所產生的障礙而使讀者心生不滿，這個現象的起因有可能是敘事者的敘事技巧沒有達到應有的效果，但也有可能是閱讀的素養欠佳，或是心態懶散所致。再者，無序，或脫序，或失序的時間組織方式，若是與宇宙的結構模式相牴觸，或有違人類的認知心理結構，那麼，這樣的故事難於被接受，被理解，應當是可以想見的閱讀反應。從認知心理結構出發，編入故事之中的素材必須具有邏輯性，如此才可以被人類的智能所理解，前因－後果，後果－前因，次序可以置換，但因果序列是基本規則，否則，敘述文本就會雜亂渙散，不知所云。

63　法・米爾西亞著，李華譯：《新小說・新電影》，頁134。

第五章　故事的結構模式與情節組織

一、故事的結構模式

故事的結構模式可以被敘事者設計為單層式的故事，也可以被設計為雙層式的故事，雙層結構模式由子母兩單位構成，先由母故事講起，再由母故事之中的敘事者講述子故事；其中的子故事不一定是單數，可以由複數構成，而子故事也可以是雙層式的子母結構，這樣，故事就有了多重的層次。波斯民族似乎偏好雙層式的故事結構，最膾炙人口的非《一千零一夜》莫屬，它的故事結構安排頗具巧思，具有多層次的組合趣味，使故事的進行曲曲折折，如柳暗花明再遇一村，令人目不暇給。早期印度的民間故事《一隻鸚鵡的七十個故事》也是這類雙層式結構，[1]它的故事是一隻由天神因遭魔咒而變形的鸚鵡蘇卡薩塔地 Suka Saptati 在男主人馬丹納 Madana 外出經商七十天，牠為女主人普拉花蒂 Prabhavati 所講的故事集。故事的開始是，女主人在丈夫出遠門之後，在密友的慫恿

1　英・沃頓編譯，金莉華譯：《鸚鵡的七十個故事——古印度民間敘事》（臺北：中國口傳文學學會，2012）。

下結識一位情人，她們告訴她何必獨守空閨，應該及時行樂去。當她裝扮好要外出時，鸚鵡責備她的浮浪舉動，勸她先聽牠講個故事，再作決定。每則故事類似一個寓言，諷刺世間的傻人屢做傻事，遭到矇蔽而不知，而油滑的人又會欺瞞他人以文過飾非。故事講完第六十九則之後，商人回家了，夫妻坦誠交代，鸚鵡也在說完第七十個故事回復天神之形升天去了。

義大利薄伽丘著名的《十日談》也是由十天來串連出一百個故事，[2]故事從公元 1348 年佛羅倫斯爆發大瘟疫作為背景，當年從三月到七月，共計死了十萬人以上，瘟疫死難嚴重衝擊人們的生活與道德、倫理、價值信念，有人及時縱慾，有人寡慾以求免疫，有人折衷以對，薄伽丘以此為寫作背景，其故事的結構是七女三男因避瘟疫而躲進教堂，並由潘比妮亞領導安排，在十天內以說故事排遣時間。七個閨秀與三位紳士每人每日講一則故事以度，共計一百則故事，故事說完之後，女士們各自回家，男士則到別處遨遊。受述者是此十人中除講述者之外的九個人。此書之結構包含「原序」，第一天到第十天，每一天有一個主題並由十個故事隨意彙編而成，最後是「跋」。薄伽丘在原序表示，《十日談》的悲歡離合故事可以安慰不幸的人，鼓舞身陷困境的人，對於身陷相思或情慾之苦的淑女們，《十日談》既可以排遣煩憂，也有「醒世」作用，因為，透過他人的教訓，知道有所為，有所不為的進止之道。[3]這十天的

---

2 義・薄伽丘著，鍾斯譯：《十日談》（臺北：書華出版事業公司，1993）頁 2-4。

3 這十天的主題如下：第一天：自由講述，未設主題。第二天：講述起初飽經憂患，後來又逢凶化吉，喜出望外的故事。第三天：憑著個人機智，終於如願以償，或是物歸原主。第四天：講結局不幸的戀愛故事。第五天：

分類僅僅粗略為之，就實際內容來看，多數仍是愛情、慾望、偷歡的世情故事。英國喬叟（Geoffrey Chaucer, 1343-1400）的《坎特伯雷》（*The Canterbury Tales*）也是採行這個樣式來鋪排他的故事，只是將結構序列從時間上的「十日」變造為空間上的一段旅程，故事的外層是一群住在旅店的旅人要前往一處名為坎特伯雷的地方朝拜，距離約七十哩路，這些旅人包括商人，地主，侍從，律師，僧侶，農夫，騎士，婦人……等共十一人，熱情的旅店主人自告奮勇充當嚮導，並提議大家為排遣往返旅途上的無聊，何妨各講一個故事來解悶，且做個說故事比賽，故事講得最為精彩的人，回到旅店後眾人需要請他吃大餐。故事的雙層結構共講出了 23 個故事，包含了多種類型的故事，愛情喜劇，動物寓言，滑稽故事，宗教諷刺等。喬叟生平曾因外交出使的緣分到過義大利，且與薄伽丘見過面，薄伽丘的《十日談》對他產生了重要的影響。

這種具有主導細節為引子的故事結構在中國小說史上並不多見，清初艾衲居士（生卒年不詳）的《豆棚閑話》在清初話本小說裏別具一格，[4]全書共計十二篇故事，雖單獨成篇，但其實係由一豆棚牽繫，從春到秋、從種豆到豆枯，分別記錄了瓜棚下的十二次聚會，每則故事有一敘述者領銜發言，最後再將各個單篇串接成冊，

歷經艱難折磨，有情人終成眷屬的故事。第六天：講述富於機智的故事，或是針鋒相對、駁倒別人的非難，逃避當前的危險和恥辱。第七天：講的內容是妻子為了偷情，而對丈夫使用種種詭計，有的被丈夫發覺，有的瞞過了丈夫。第八天：敘述男人作弄女人，或女人作弄男人，或男人之間相互作弄。第九天：各自隨意講一個故事。第十天：述說戀愛方面或是其他方面所表現的可歌可泣，慷慨豪爽的行為。

4　清・艾衲居士：《豆棚閒話》（上海：上海古籍出版社，1993「翰海樓本」）。

其結構形式與西方之《天方夜譚》、《十日談》頗有異曲同工之妙，可以推測應有觀摩借鏡之跡。《豆棚閑話》一開始的講述者先談到江南地區夏天炎熱，大家習慣搭個豆棚來遮蔭乘涼，聚在豆棚之下的男女老幼會在下午時分彼此閒聊扯淡，直到天黑之後各自歸家吃飯散去。先來看艾衲獻聲述說的開頭故事：

> 艾衲云：吾鄉先輩詩人徐菊潭，有《豆棚吟》一冊，其所咏古風律絕諸篇，俱宇宙古今奇情快事，久矣膾炙人口，惜乎人遐世遠，湮沒無傳，至今高人韻士，每到秋風豆熟之際，誦其一二聯句，令人神往。余不嗜作詩，乃檢遺事可堪解頤者，偶列數則，以補豆棚之意。仍以菊潭詩一首弁之。詩曰：
>
> 閑著西邊一草堂，熱天無地可乘涼。
> 池塘六月由來淺，林木三年未得長。
> 栽得豆苗堪作蔭，勝于亭榭又生香。
> 晚風約有溪南叟，劇對蟬聲話夕陽。
>
> 第一則　介之推火封妬婦
>
> 江南地土窪下，雖屬卑溼，一交四月，便值黃霉節氣。五月六月，就是三伏炎天，酷日當空，無論行道之人，汗流浹背，頭額焦枯，即在家住的，也吼得氣喘，無處存著。上等除了富室大家，涼亭水閣，搖扇乘涼，安閒自在。次等便是山僧野叟，散髮披襟，逍遙于長松蔭樹之下，方可過得。那些中等小家，無計佈擺，只得二月中旬，覓得幾株羊眼豆秧，種在屋前屋後閒空地邊，或拿幾株木頭、幾根竹竿搭個棚子，搓些草索，周圍結彩的相似。不半月間，那豆藤在地

> 上長將起來，彎彎曲曲，依傍竹木，隨著棚子牽纏滿了，卻比造的涼亭反透氣涼快。那些人家或老或少，或男或女，或拿根欖子，或掇張椅子，或鋪條涼蓆，隨高逐低，坐在下面，搖著扇子，乘著風涼。鄉老們有說朝報的，有說新聞的，有說故事的。除了這些，男人便說人家內眷，某老娘賢，某大娘妬，大分說賢的少，說妬的多。那女人便說人家丈夫，某官人好，某漢子不好，大分愛丈夫的少，妬丈夫的多。可見妒之一字，男男女女日日在口裏提起、心裏轉動。如今我也不說別的，就把妬字說個暢快，倒也不負這個搭豆棚的意思。你們且安心聽著。[5]

上述文本中的「你們且安心聽著」這句話作為故事層次的分野，在這句話以上的敘述是《豆棚閑話》的外層故事，猶如「楔子」或是「序」的性質，描述眾鄉親如何聚集在豆棚下聽講故事的背景，而在「你們且安心聽著」之後依序是內層的十二個故事，它們分別在十二天講述，第一天接續在「楔子」之後，一名老人登場說晉・劉伯玉其妻段氏性妬忌，另一老成人說介之推封殺妒婦的故事，而當天的故事則收尾如下：有一個說道：「今日搭個豆棚，到是我們一個講學書院。天色將晚，各各回家，老丈明日倘再肯賜教，千萬早臨。晚生們當備壺酒相候，不似今日草草一茶已也。」。[6]這樣就陸續展開了內層的故事了，它們分別是：

第一則　介之推火封妬婦

5　清・艾衲居士：《豆棚閒話》，頁 1-4。

6　清・艾衲居士：《豆棚閒話》，頁 29。

第二則　范少伯水葬西施

第三則　朝奉郎揮金倡霸

第四則　藩伯子破產興家

第五則　小乞兒真心孝義

第六則　大和尚假意超昇

第七則　首陽山叔齊變節

第八則　空青石蔚子開盲

第九則　漁陽道劉健兒試馬

第十則　虎丘山賈清客聯盟

第十一則　黨都司死梟生首

第十二則　陳齋長論地談天

各篇的故事其實在歷史年代，事件性質，甚至還包含小說評論在內，所以內容都各不相同；不過，敘事者每天都會做個開場白，以利「承上啓下」，既呼應前一個故事，也順勢展開所欲敘述的故事，例如第二天的故事是這樣被引介出來的：

> 昨日新搭的豆棚，雖有些根苗枝葉長將起來，那豆藤還未延得滿，棚上尚有許多空處，日色晒將下來，就如說故事的，說到要緊中央，尚未說完，剩了許多空隙，終不爽快。如今不要把話說得煩了。再說那些後生，自昨日聽得許多妬話在肚裏，到家燈下，紛紛的又向家人父子重說一遍。有的道是說評話造出來的，未肯真信，也有信道古來有這樣狠妬的婦人，也有半信半疑的，尚要處處問人，各自窮究。弄得幾個後生心窩潭裏、夢寐之中，顛顛倒倒，只等天亮，就要往豆棚下聽說古話。那日色正中，人頭上還未走動。直待日色蹉

> 西，有在市上做生意回來的，有在田地上做工閒空的，漸漸走到豆棚下，各佔一箇空處坐下。不多時，老者也笑嘻嘻走來說道：「眾位哥哥，却早在此，想是昨日約下今朝，又要說甚麼古話了。」後生俱欣欣道：「老伯伯日昨原許下的，我們今日備了酒餚，要聽你說好些話哩。但今日不要說那妒婦，弄得我們後生輩面上沒甚光輝，卻要說箇女人才色兼備，又有德性，好好收成結果的，也把我們男人燥一燥脾胃。」[7]

最後一天，也就是第十二天，豆棚下因故事內容與正邪之辯而紛起爭端，闢佛老神仙，斥怪力妖言，議論云云，是時已屆秋末，霜氣逼人，恰好豆莖也枯萎了，於是因勢利導地把豆棚給拆了，大家笑了一陣，人們各自散去，故事就落幕了。

> 眾人道：「先生之言，俱是窮源探本之論，大醒羣迷。我輩聞所未聞，開盡從來茅塞。但佛老之教盈滿天地，浸灌人心久矣，先生一人獨持其說，排以斥之，〈佛骨表〉、〈無鬼論〉不足奇也。竊恐外道之羽翼居多，先生之脣舌有限，先生未必能為世人福，而世人實能為先生禍也。」齋長覺得眾人之論，牢不可破，乃云：「日將暮矣，余將返駕入城。」老者送過溪橋，回來對著豆棚主人道：「閒話之興，老夫始之。今四遠風聞，聚集日眾。方今官府禁約甚嚴，又且人心叵測，若盡如陳齋長之論，萬一外人不知，只說老夫在此搖

7　清・艾衲居士：《豆棚閒話》，頁32-33。

> 脣鼓舌，倡發異端曲學，惑亂人心，則此一豆棚未免為將來釀禍之藪矣。今時當秋杪，霜氣逼人，豆梗亦將槁也。」眾人道：「老伯慮得深遠，極為持重。」不覺膀子靠去，柱腳一鬆，連棚帶柱一齊倒下。大家笑了一陣，主人折去竹木竿子，抱蔓而歸。眾人道：「可恨這老齋長執此迂腐之論，把世界上佛老鬼神之說掃得精光。我們搭豆棚，說閒話，要勸人吃齋念佛之興一些也沒了。」老者道：「天下事被此老迂僻之論敗壞者多矣，不獨此一豆棚也。」[8]

「搭豆棚，說閒話」的十二天歷程，說不上是「瓜熟蒂落」，也不能說是「樹倒猢猻散」，但總是豆梗枯槁了，豆棚也倒了，何況天氣漸涼，聽眾們也不再出來納涼聽閒話了，於是，眾人哄堂一笑，主人則抱著豆蔓，大家各自回家去，故事也在此宣告結束。

就創造法式而言，這類雙重結構的故事會在「內層故事」之外設立一個中介性質的「外層故事」，它類似「旋轉門」的作用，敘事者在此恭迎讀者，將他們接引到故事的前廳作一導覽，待讀者就緒後，遂可從容誘導他們逐步進入「別有洞天」的故事之中尋幽訪勝。在敘事者匠心的鋪陳下，故事一層之中又有一層，層層展開，因而能使登堂入室的讀者獲得「大開眼界」的欣悅效果；倘若再大張旗鼓，雙邊互涉，就構成了兩種敘述層次相混合，成為本文互滲（text interferance）的敘事型態；[9]而且，有些作家為了再模糊化話語與故事的邊界，這種敘述手法常使用「我」來講說「自己的遭

8　清・艾衲居士：《豆棚閒話》，頁401-403。

9　當主要本文與插入本文之間存在著本文互滲的關係時，敘述層次與故事層次的交際關係跨躍過對方的疆界。

遇」，這個所謂的「自己的遭遇」，通常是利用一個較為單純的外層故事以引進內層的故事，所以也像是一個被設計為「序」的故事，或是設計為故事的「序」，敘事者將「自己」的見聞，即如何獲得敘事素材的「遭遇」和盤托出。例如余華（公元 1960-）的《活著》，一開始是由「我」來說「我」當年因為到鄉間收集民間歌謠，因而遇到了「名叫福貴的老人」，福貴對「我」講述了他這一生的故事，十年後，我把這個故事給寫了出來：

> 我比現在年輕十歲的時候，獲得了一個游手好閒的職業，去鄉間收集民間歌謠。那一年的整個夏天，我如同一只亂飛的麻雀，游蕩在知了和陽光充斥的村舍田野。我喜歡喝農民那種帶有苦味的茶水，他們的茶桶就放在田埂的樹下，我毫無顧忌地拿起漆滿茶垢的茶碗舀水喝，還把自己的水壺灌滿，與田裡幹活的男人說上幾句廢話……
>
> 我遇到那位名叫福貴的老人時，是夏天剛剛來到的季節，那天午後，我走到了一棵有著茂盛樹葉的樹下……
>
> 這位比現在年輕十歲的我，躺在樹葉和草叢中間，睡了有兩個小時。其間有幾隻螞蟻爬到了我的腿上，我沈睡中的手指依然準確地將它們彈走。後來彷彿是來到了水邊，一位老人撐著竹筏在遠處響亮地吆喝。我從睡夢裡掙脫而出，吆喝聲在現實裡清晰地傳來，我起身後，看到近傍田裡一位老人正在開導一頭老牛。
>
> 犁田的老牛或許已經深感疲倦，它低頭佇立在那裡，後面赤裸著脊背扶犁的老人，對老牛消極的態度似乎不滿，我聽到他嗓音響亮地對牛說道：

> 「做牛耕田，做狗看家，做和尚化緣，做雞報曉，做女人織布，哪隻牛不耕田？這可是自古就有的道理，走呀，走呀。」
>
> 疲倦的老牛聽到老人的吆喝後，仿佛知錯般地抬起了頭，拉著犁往前走去。
>
> 我看到老人的脊背和牛背一樣黝黑，兩個進入垂暮的生命將那塊古板的田地耕得嘩嘩翻動，猶如水面上的掀起的波浪。隨後我聽到老人粗啞卻令人感動的嗓音，他唱起了舊日的歌謠，先是依咿呀啦呀唱出長長的引子，接著出現兩句歌詞——皇帝招我做女婿，路遠迢迢我不去。[10]

小說中的「我」對這個老人感到好奇，而且老人還對著這頭牛一連喊了「福貴」、「二喜」、「有慶」、「家珍」、「鳳霞」、「苦根」等一連串名字，於是走向田邊去和他說話：「這位老人後來和我一起坐在了那棵茂盛的樹下，在那個充滿陽光的下午，他向我講述了自己。」就這樣，順理成章地展開了內層的故事：

> 四十多年前，我爹常在這裡走來走去，他穿著一身黑顏色的綢衣，總是把雙手背在背後，他出門時常對我娘說：「我到自己的地上去走走。」……那時候我們家境還沒有敗落，我們徐家有一百多畝地，從這裡一直到那邊工廠的煙囪，都是我家的。我爹和我，是遠近聞名的闊佬爺和闊少爺，我們走路時鞋子的聲響，都像是銅錢碰來撞去的。我女人家珍，是

10 余華：《活著》（海口：南海出版公司，1998），頁1、頁3-5。

> 城裡米行老板的女兒，她也是有錢人家出身的。有錢人嫁給有錢人，就是把錢堆起來，前在錢上面嘩嘩地流，這樣的聲音我有四十年沒有聽到了。[11]

這位名叫福貴的年輕時囂張放蕩，嫖妓賭博，妻子苦勸不聽，終於把田產輸光，一家人窮困潦倒，倍極艱辛，之後遇到文化大革命，因禍得福，免遭迫害，然而一連串的打擊與不幸接二連三來襲，使他痛失最心愛的家人，最後，他孑然一身，而與這隻同為遲暮之年的老牛相依為命；至此，故事的內層結束，敘事者再度退回故事外層作結：

> 老人說著站了起來，拍拍屁股上的塵土，向池塘旁的老牛喊了一聲，那牛就走過來，走到老人身旁低下了頭，老人把犁扛到肩上，拉著牛的繮繩慢慢走去。……老人和牛漸漸遠去，我聽到老人粗啞得令人感動的嗓音在遠處傳來，他的歌聲在空曠的傍晚像風一樣飄揚。老人唱道：
>
> 少年去遊蕩，中年想掘藏，老年做和尚。
>
> 炊烟在農舍的屋頂嫋嫋升起，在霞光四射的空中分線後消隱了。
>
> 女人吆喝孩子的聲音此起彼伏……
>
> 我知道黃昏正在轉瞬即逝，黑夜從天而降了。我看到廣闊的土地袒露著結實的胸膛，那是召喚的姿態，就像女人召喚著

11 余華：《活著》，頁 6-7。

> 她們的兒女，土地召喚著黑夜來臨。[12]

就文章寫作規範而言，正文或文本，應該「就事論事」，不牽涉到創作背景的介紹，若需要說明，則以「序」或「跋」的方式呈現於正文之前，或之後；以免有所牽纏，譬如漢・司馬遷是在《史記》書後的〈太史公自序〉交代他的寫作意圖和全書佈局；或者如唐・劉軻（公元 800？-837？年）在〈大唐三藏大遍覺法師塔銘〉前的〈序〉云：

> 歲丁巳開成紀年之明年，有具壽沙門曰令檢，自上京抵洛師，以縹囊盛三藏遺文傳記，訪余柴門于行修里，且曰：「聞夫子斧藻群言舊矣。詎直專聲於班、馬，能不為釋氏董狐耶？抑豈不聞貞觀初慈恩三藏之事乎，敢矢厥來旨云」。三藏事跡載國史及〈慈恩傳〉，今塔在長安城南三十里，初高宗塔於白鹿原，後徙於此。中宗製影贊諡大遍覺。……軻三讓不可，乃略而銘之。[13]

劉軻是唐朝進士，曾為僧，他在〈序〉文中說，開成二年（唐文宗年號，公元 837 年）的時候，有一位法號令檢的和尚從長安來洛陽尋訪他，和尚帶了一個青色的布袋來，布袋內盛著玄奘法師生前的著述和相關資料，敦請有史才之譽的劉軻為法師撰寫傳記云云。說完這段寫作因緣之後，劉軻才開始敘述唐三藏法師的生平：「三藏諱

---

12 余華：《活著》，頁 194-195。

13 唐・劉軻：《劉希仁文集》（北京：中華書局，1985「叢書集成初編嶺南遺書本」），頁 17-18。

元奘，俗陳姓，河南緱氏人。曾父欽，後魏上黨太守……云云」。

然而，敘事技巧在演化過程中推陳出新，兵不厭詐，適者生存，並沒有不可闖越的防線，再加上信息傳播的無國界化，更促進了各地作家相互觀摩，彼此借鏡的學習機會。於是原本屬於前綴或後綴的「序跋」內容也扶正了，身段自然地走進正文世界之中，形成「旋轉門」，或「連環套」的故事結構，以滿足讀者想探問故事來龍去脈的「求知慾」；同時也讓敘事者「繪聲繪影」地在幕前出現，拉近彼此的距離，博得讀者的好感與認同。這種敘事技巧被當代注重文學藝術形式的俄國形式主義以「程序的裸露」謂之，按一般藝術創作規律而言，文本才是藝術的表現基地，不論是歌舞，戲劇，圖畫，講唱或小說，創作之前或之後有關的預備程序、收拾過程、現場狀態還原，都不應該裸露示現於觀眾面前，而應該隱蔽其程序於幕後，但，以奇制勝，也有出人意表，使觀眾耳目一新的審美效應。總之，傳統的藝術不時興自我揭露創作過程，若需交代，則以「序跋」綴附於文本前後來呈現，但新式的創作技法卻反其道而行，有意識的自我揭露其創作程序。[14]

14　俄・什克洛夫斯基等著、方珊等譯：《俄國形式主義文論選》：「細節印證系統的目的就在於隱蔽寫作程序，使程序顯得最為『自然』，也就是說要在不知不覺中去展開文學材料。不過，這只是一種手法，絕不是一般審美規律，與此相反的是另外一種手法，它無意對程序加以隱蔽，倒是常常使程序成為明顯的、可察的。比方說，如果作家以未聽完主人公的講話為理由，中斷了主人公的講話，而在前一頁上他卻敘述過主人公的隱秘思想，那麼這就不是求實細節印證了，而是程序的表露，或者如通常所說，是程序的裸露。普希金在《葉甫蓋尼・奧涅金》的第四章裡這樣寫道：已是寒風凜凜，已是冰封大地……（讀者已在等待「玫瑰」韻：好吧，請快把它拿去。）在這裡，我們看到韻律程序毫無掩飾的自覺裸露。程序的裸

不過，需要知道，這個自我暴露的寫作過程，基本上仍是個經過設計的機關；雖然它可能是真的，但畢竟是操作過的素材。平路（公元 1953-）與簡媜（公元 1961-）都曾利用這個「自我顯露」的方式寫作，平路在〈玉米田之死〉如此陳述作為駐美記者的「我」，因為收拾雜物而發現了過去的舊筆記本，遂想起了那一件自殺案的採訪往事：

> 最近，臺北老是下雨。我坐在窗枱前，收拾牀底下的雜物時，揀出一本兩年前的舊筆記本。封面有老鼠咬嚙的痕跡。隨手翻翻，除了灑落幾粒塊狀的老鼠屎外，還搧出一股衝鼻的霉濕。……（略）
>
> 但當我試著展讀手上這一兩年前的筆記，那一片豐美的玉米田便在心裏展現，同時，那抉擇時義無反顧的心情亦清晰的浮現出來。於是，目前生活的脈絡，都在眼底隱沒，那一年發生的事（尤其是重要的事），便歷歷如昨了。[15]

簡媜的〈雪夜，無盡的閱讀〉也是由這樣的主導細節展開小說的開端，敘事者「我」「不經意」撿到了多年前的舊作，一篇未完成的小說，由於遺忘了當初的創作動機和背景，她遂「斷斷續續」地重讀舊作，於是，舊作被「斷斷續續」地被介紹出來，而敘事者昔日之所以敘寫這個故事的記憶也逐漸「斷斷續續」地浮現，如此，就形成了兩個進行之中的故事此起彼落地冒出來，造成「文本互滲」

露在早期未來派和現代文學那裡，已經成為傳統的程序。」（北京：三聯書局，1989），頁 142。

15 平路：《禁書啟示錄》（臺北：麥田出版，1997），頁 41。

的效果，最後，再為未完成的舊作收尾，順水推舟地將兩個故事疊扣在一起作結。略引如下：

> 那只被黑蟑螂啃得不成體統的牛皮紙袋與我面對面了，袋上用簽字筆寫著粗黑大字：「未完成稿，暫存，一九八九。」沒錯，是我的筆跡，但怎麼也想不起七年前把沒寫完的稿子裝入牛皮紙袋的事。這完全違反我的習慣，稿子沒寫完，表示失去熱情，當然丟入垃圾桶幹嘛費事保存？我是不是該懷疑自己提早得了阿茲海默症，要不然怎麼會覺得這只牛皮紙袋像被別人栽贓般愈看愈糊塗？當然，字跡是我的，那錯不了。
>
> 我抽出裏頭的手稿，約莫三、四十頁，一股霉濕的氣味衝入鼻腔，沒寫完的稿子像未瞑目的人，在時間的岸邊磨磨蹭蹭，等著有人聽他說罷遺言，才肯含笑離席。我神經質地捏著手稿一角用力抖鬆，趕蠹魚；忽然一張紙片飄了下來，撿起一看，沒頭沒腦寫著：「或者，就這麼坐在樹下喝茶，看一陣野風吹過。吹落一兩粒瘦小的柿子，滾到我的腳下。」[16]

之後，敘事者說她的記憶被召出，想起過去她曾看到他人因婚外情而爆發的衝突場面，這就是她這篇舊作的背景因素：

> 那是張雙人桌，背對著我坐一位魁梧的男子，四十五歲左

16　簡媜：《女兒紅》（臺北：洪範書店，1996），頁108。

> 右，穿淺棕色水洗絲襯衫，像是商界人士；坐在他對面的是個小姐，沒看清楚長相，大概三十歲不到。跟所有的客人一樣，他們正在用餐。那位端莊高雅的藕色女士走到桌旁，啥話也沒說，打開寶特瓶——這時我才看到她拎了只汽水瓶，以迅雷速度高高地舉起，朝那位小姐胡亂潑灑，黃色的液體四處噴落，那兩人被潑得一頭一臉，那位小姐尤其渾身濕透。當男人奪下寶特瓶，抓住藕色女士的左手腕時，她那隻右手比訓練有素的警犬還敏捷，「啪！啪！」左右兩聲，摑在那位正用餐巾擦拭衣服的小姐臉上。
>
> 「妳這個妓女，妳想刨我的底啊！」藕色女士扯開嗓門罵：「休想，我不會離婚！」[17]

小說到了末段，敘事者將故事轉進到故事內層，由那位「小三」以第一人稱的口吻自剖其感情心態：

> 我原以為我與他可以在無人叨擾的精神世界裏偕老，純粹且靜好，就這麼神不知鬼不覺地把彼此的一生編織起來。我以為我已經完完整整地佔據他的心、盈滿他的記憶，如同他完完整整地盤繞在我的白晝與黑夜。只有如此，我才有方寸之地容身，站得穩穩地，繼續跟現實戰鬥，無視於周遭的嘲諷。[18]

---

17 簡媜：《女兒紅》，頁 118-119。

18 簡媜：《女兒紅》，頁 125。

敘事者最後又現身收尾，她說她是這樣地「寫」道：

> 當然，文章還是得收尾的。陽光被黃昏收走了，我信步走到木棉樹下，拾幾朵完好的花打算放在陶盤裏欣賞，順便推敲文章的收法。
>
> 也許，把這篇未完成稿定為〈雪夜日出〉，今晚就潛回七年前，帶回那名在浮世紅塵裏尋覓完整的愛的年輕女子，及擱淺在她的意識流域內的我自己。結尾就這麼寫吧：「我知道穿過這座墳塋山巒就能看見回家的路，閃閃爍爍的不管是春天的草螢還是冥域鬼眼，至少回家之路不是漆黑。」[19]

這類雙重結構的變化式故事，通常是以「筆記」、「手稿」、「日記」，或「書信」來進行故事的展開方式，也是當事人立場的敘事手法，不過，它與「我這樣過了一生」的過去完成式時態有別，也就是說自傳類的敘事者在講述「當年如何如何……」時，那些當年的如何如何都已經塵埃落定，生米煮成熟飯了；然而，日記體或書信體在時態上有異於自傳體，它們屬於現在進行式，故事是一邊說，一邊在實現中，即，飯正在炊煮之中，還沒熟。這樣的策略，使敘事者能夠勾引閱讀者進入他的故事圈，與他同步感知並且關切事情的發展，轉折，與變化。有的敘事者會再從「日記」或「手稿」的文本中走出來建構另一個「日記」或「手稿」外的文本，這樣就更加複雜曲折，通常這兩個初看似乎各行其道的文本，其實最後都

19　簡媜：《女兒紅》，頁 125。

會被作者巧妙地鑲嵌扣合，形成所謂的「對位法」原理，[20]類似「雙管齊下」的水平式結構，採行此法的作家必須左右兼顧，才可以使兩股故事線交互編織，殊途同歸，在收束處均整地自然合併。

二、事件與情節的組織法則

（一）關鍵事件與枝節事件

「故事」是由一系列的「事件群」所組構而成，「事件群」就是「情節」，所以，串成「事件群」的「事件」就是故事的基本單位。從文章學來看，「事件」相當於「句子」，「情節」相當於「段落」，而「故事」則相當於「篇體」；各層級皆有其組織法則，也就是文法。文法包括了句法，章法，篇法；不論是否為敘事文，任何由文字構成的文本若缺乏文法，必然句不成句，章不成章，篇不成篇；由此亦可理解中國小說評點何以源初出文法。西方敘事學起家於語言學，所以也將語法學的組織原理施用及故事的結構。

由事件而情節而故事，相當於由點構成線，由線而構成面，進

---

20 「對位法」的英文 Counterpoint 可能產生於十四世紀初，它的字源於拉丁文 *punctus contra punctum*，意為「點對點」、「音符對音符」。對位法是指旋律之間的相互作用，它既可以是用兩條或兩條以上的旋律交織成和弦，也可以是以多組和弦交織表現出旋律。對位與和聲的特點剛好相反，和聲追求的是縱向的發展，除了一條主要的聲部外，其他的聲部在自己的進行中以特定的和聲結構輔助這條主要的聲部；對位追求的則是橫向的發展，各個聲部各不相同，但又要互相和諧不衝突。Knud Jeppsen 著，藝友出版社編輯組譯：《對位法》（臺北：藝友出版社，1985），頁 15-20。

而由面再搭建成體，它們各有其階層屬性與功能，但彼此相須而成，即使再龐大複雜的故事，也都是由一個一個的事件逐步架構成型；雖然如此，事件本身卻缺乏獨立性，每一個事件都必須與其他事件在某種原則上妥善結合，它們才能順利構成一個有效的情節單位，而情節也是依照這個結構原理，再與其他的情節分工合作，共同完成故事的全貌。率先積極分析這個基本單位的是俄國形式主義，其論點如下：

> 組成一部作品主題的細節系統，應是一定的藝術統一。如果細節或細節總體為作品「配備」得不理想，如果讀者對細節總體與全部作品之間的聯繫感到不滿意，那麼他們就會說這一總體從作品中「脫落」了。如果作品的所有部分之間不能較好地配合，作品就會「散架」。[21]

他們將這些為數眾多的結構單位「細節」劃分為兩類，一是「不可或缺」的細節（被稱之為「關聯細節」），一是「非不可或缺」的細節（被稱之為「自由細節」），其說法為：

> 作品的細節是多種多樣的。在對作品情節進行簡單的轉述時，我們會立刻發現，有些細節可以省略而不致破壞原述的聯繫性，可是，有些細節就不能省略，否則會破壞事件之間的因果聯繫。那種不可或減的細節就叫做關聯細節；那種可以減掉而並不破壞事件的因果——時間進程的完整性的細節

21　俄・什克洛夫斯基等著、方珊等譯：《俄國形式主義文論選》，頁124。

叫做自由細節。[22]

對於故事的情節來說，只有「關聯細節」才具有推動故事軸線進展的功能，但在情節分布中，「自由細節」卻能為故事的塑造提供更細緻的描繪，所以，雖然是附加的細節，卻既引人注目，又耐人尋味，不可等閒視之。俄國形式主義對於故事細節的結構分析與手法（包括普羅普從俄國民間故事所萃取出來的敘事功能之研究成果），為敘事結構的探索帶來了新的契機，從此，關於敘事文學的解說，可以不必侷限在故事的內容層面上，它也可以從形式層面上來探討故事情節的構成方法；這就好比語言學兼備語意及語法兩個層面，一句有意義的話語，除了要有內容，還必須有適當的語法形式，兩相配合，才是這句話可以「辭達」的根據。在敘事文學上也可以由此類推，「說故事」，既包括了「故事」的內容，也包括了「說」的形式。在閱讀過程中，讀者直接認識到故事的內容，至於故事的組成方法，就像文法或語法一般存在，但是並非作為具體的前景而存在，乃是以抽象的法則執行其功能。羅鋼在《敘事學導論》從三個層面來概括：

> 一、在敘事文學中可以區分出兩個層面，具體內容的層面和抽象結構的層面。
> 二、在分析中敘事結構的層面可以從文本中分離出來。
> 三、敘事功能是敘事結構的基本要素，正是敘事功能之間的

---

22 俄・什克洛夫斯基等著、方珊等譯：《俄國形式主義文論選》，頁 115。

相互關係，構成了基本的結構類型。[23]

依照事件在整體故事之中所肩負的作用，可以將事件區分成兩大類，一類是關乎整個故事的發展歷程與結果，決定著故事中人事物的演進及轉變途徑，只要對這個事件作更動或是略去，故事之中的人物及事情就會發生不一樣的結果，由於它們攸關故事的基本框架之鋪設，具備關鍵地位，故可稱之為「關鍵事件」。與「關鍵事件」相對的是「枝節事件」；它與「關鍵事件」不同，是可以被改動、取代，或省略的事件，因為對它的去留作變更；或對事件作其他改寫，並不會影響故事的結局，也不會左右人物事情的發展趨勢。它的性質如同樹木主幹上歧生的枝節與樹葉一般，能增添風貌，婆娑扶疏，且使樹形更加飽滿可觀，故可以「枝節事件」來指稱。「枝節事件」在敘事表現上的作用是屬於附屬的，催化的，襯托的，調節的，暈染的，審美的種種機能。關鍵事件與枝節事件必須輝映構成，才能使小說骨肉亭勻，氣氛自然，文勢充沛順當。

以唐・李公佐（公元 770？-850？年）所撰的《謝小娥傳》為例，[24]此傳奇故事由一系列關鍵事件搭建而成骨幹，然後再在骨幹之旁添加細節，點染潤色，其關鍵事件依序為：

1. 謝小娥嫁段居貞。
2. 謝小娥父畜有巨產，常與女婿同船經商。
3. 謝小娥之父親和丈夫遭強盜劫財殺害。
4. 謝小娥負傷漂流於江，為他船救起。

---

23 羅鋼：《敘事學導論》（昆明：雲南人民出版社，1994），頁 28。

24 唐・李公佐：《謝小娥傳》（臺北：藝文印書館，1968「百部叢書影印龍威秘書本」）。

5. 謝小娥夢見父親和丈夫對她說：「殺我者，車中猴，門東草。」、「殺我者，禾中走，一日夫。」
6. 謝小娥無法解謎，常書此語，多方徵詢智著能為她解釋。
7. 李公佐前往瓦官寺，遇到僧人齊物，齊物將謎語請教於李公佐。
8. 李公佐解開謎語，告訴謝小娥殺父兇手是申蘭，殺夫兇手是申春。
9. 謝小娥將申蘭申春四字寫在衣服中，立誓殺賊報仇。
10. 謝小娥易裝為男，至申蘭家任職。申蘭甚為倚重。
11. 申春攜酒至申蘭家酣飲醉臥。
12. 謝小娥以刀斷申蘭首，擒得申春，報官逮捕其犯罪分子。
13. 太守赦免謝小娥罪。

這一系列事件構成了《謝小娥傳》的骨幹，是此一事件與彼一事件之所以發展成因果邏輯序列的要素，然而，光是有這些骨架，故事雖可以搭建而成，但卻「體無完膚」，所以，還必須有潤色與填充作用的枝節事件，才能或「節外生枝」，或「綠樹成蔭」，使整個故事搖曳生姿。

枝節事件的細節在故事的發展中並不是必要，它的存廢並不會影響故事的後續變化。以敦煌變文中的〈孟姜女變文〉為說，[25]這個變文雖前後有闕，但從殘文可知其情節大約如下：孟姜女丈夫杞梁被徵召修築長城，築城的工事艱苦，監工又嚴酷催逼，因而不幸命喪，所有喪命苦力的骸骨未被掩埋，而是與土石物料混合相摻，被砌築為長城牆基，孟姜女的丈夫死後以遊魂托夢其妻，告訴她：

---

[25] 黃征、張湧泉校注：《敦煌變文校注》〈孟姜女變文〉，頁 60-61。

「當別已後到長城，當作之官相苦克，命盡便被築城中，遊魂散漫隨荊棘。勞貴遠道故相看，冒涉風霜損氣力，千萬珍重早皈還，貧兵地下長相億（憶）。」孟姜女得知丈夫葬身長城之下後悲痛大哭，並決心去尋找丈夫，到了長城之後，她大聲哀嚎，「決裂之心感山河，大哭即得長城倒。」，長城倒了之後，孟姜女要如何從崩倒散落的眾多人頭骨辨識亡夫杞梁，關鍵細節就是用血檢視，血若滲入髑髏，就是丈夫的骸骨，若不是，所滴之血珠就會渙散。在這個關鍵事件的前後，俗講的敘述者加入了兩個枝節細節來抒情，先是唱哀歌抒悲懷，當找到杞梁的骸骨後，孟姜女仁恕為懷，推己及人，詢問其他髑髏是否要她代為傳語家鄉。俗講法師加入這兩個與故事主脈無必要關聯的枝節事件，除了可以調節敘事速度外，也將戰爭勞役下的苦痛作更動人的渲染，使故事具有沈痛的感染力。

> 姜女哭道「何取此！玉貌散在黃沙裏。為（謂）言墳隴有標題，壞壞髑髏若個是？嗚呼哀哉難簡擇，見即令人愁思起，一一拈取自看之，咬指取血從頭試。若是兒夫血入骨，不是杞梁血相離。果報認得却迴還，幸願不須相惟（違）弃。
> 大哭咽喉聲已閉，雙眼長流泪難止。黃（皇）天忽爾逆人情，賤妾同向長城死。」
> 三進三退，或悲或恨，鳥獸齊鳴，山林俱振。冤魂□□，□□□□。點血即肖（消），登時滲盡。筋脈骨節，三百餘分。不少一支，□□□□。更有數個髑髏，無人搬運，姜女悲啼，向前借問：「如許髑髏，佳（家）俱何郡？因取夫迴，為君傳信。君若有神，兒當接引。」髑髏既蒙問事意，己得傳言達故里，魂靈答應杞梁妻：「我等幷是名家子。被

> 秦差充築城卒，辛苦不襟（禁）俱役死。鋪尸野外斷知聞，春冬鎮臥黃沙裏。為報閨中哀怨人，努力招魂存祭祀。此言為記在心懷，見我耶孃方便說。」[26]

不論是關鍵事件，或是枝節事件，敘事者都必須將各個分立的事件組成為符合邏輯的事件系列，故事才得以有效構成，而讀者也才得以理解故事的內容；因為邏輯乃是人類認知結構的普同模式。邏輯包含諸如：因果關係、必然性因素、偶然性因素、時間因素、空間因素等事物之間的諸多關係，敘事者在安排事件與事件的組成時，必須將連結的因素建立在上述等條件關係上，整個故事方才「說得通」，聽眾也才能夠「聽得懂」。因果關係是在兩件事物範圍內，先發生之事件為後發生事件之因，後發生事件為先發生事件之果；敘事者也可以變動先後順序，先敘述「果」，再敘述「因」。不論故事情節單純或複雜，兩件事物之間的銜接，絕不可有違因果邏輯關係，否則該故事必定「語無倫次」，無法取信於人，也不被理解。各種場域的恩怨情仇都是由因果關係發展而成，而中國傳統小說向來也相當重視因果關係的脈絡鋪陳，小說評點者在檢視情節結構時，常從「因果」來下口，如張竹坡在《金瓶梅》第二回〈俏潘娘簾下勾情　老王婆茶坊說技〉的回評說：「上一回結因，下一回成果，此回乃將因做果之時之事也。」，[27]所謂因果

---

26 黃征、張湧泉校注：《敦煌變文校注》〈孟姜女變文〉，頁 60-61。又，《南史・豫章王綜列傳》載：「聞俗說，以生者血瀝死者骨，滲即為父子。」

27 明・蘭陵笑笑生著，清・張道深（竹坡）批評，王汝梅、李昭恂、于鳳樹校點：《金瓶梅》第三回〈定挨光王婆受賄　設圈套浪子私挑〉，頁 60。

循環，結因成果，果再為因，因再結果，因果如鎖鏈一般，環環相扣，套接不已。

必然性與偶然性，是現象界事物的兩大發展原因，必然性指的是事物發展過程中必定如此，無可避免的原因，必然性產生於事物的內在本質。偶然性指的是事物發展過程中可能會出現，也有可能不會出現的趨向；偶然性產生於客觀事物的外在條件，所謂「天時地利人和」，就是一種偶然性，因為也可能「天不時」、「地不利」、「人不和」。大千世界的萬有事物都受到因果關係的制約，在影響事物發展變動的過程中，有本質的內在因素，也有非本質的外在因素，前者為必然性，後者為偶然性，在現象界中，任何人事物，任何關係，任何過程，都兼有必然性和偶然性這雙重屬性。故事既然取材於現象界的萬事萬物，那麼在安排此事件與彼事件的連接時，敘事者就無法不從必然性與偶然性來構思。必然性反映宿命論、報應觀、決定論；偶然性則反映平地起風波，變生肘腋的無常人生。就必然性的關鍵事件而言，例如「孝感動天」一直都是孝行故事的基本結構，這個情節的產生與文化背景有密切的關係；中國傳統哲學向來有「報」的觀念，倫理綱常則推崇「報本」、「反哺」的德行，東傳而來的佛教更持「因果報應」之說，再加上統治者利用道德、政治與法律等力量，全面推廣孝道，因此，漢代的孝行事跡在民間廣為流傳。這些孝行不論是王祥臥冰求鯉，孟宗哭竹，董永賣身葬父……其故事情節都以必然性的因果關係來鋪陳「孝感」：若「孝順父母」則「人助之」，「天助之」。「孝感動天」的因果必然關係遂成為所有孝行故事的結構原則，在漢・劉向（公元前 77-公元前 6 年）的《孝子傳》、東晉・干寶（公元 286-336 年）的《搜神記》、敦煌變文中的孝子故事皆歷歷可數。必然性也反映在佛教的宣驗報應故事中，其情節組織也是建立在因果關係上，若「行善」則必有「善報」，若「作惡」則必有「惡報」；代表作品有北齊・顏之推（公元 531-591？年）的《冤魂志》。

空間因素上的事件聯結可以是靜態的，也可以是動態的，靜態的空間因素可能是人物在某地相遇，或是遇親，或是遇寶，或遇劫，或遇害……由此展開後續事件；此外也可以空間作為主題，例如地獄入冥，故事的情節圍繞在地獄所發生的事件群；至於動態的空間因素則包括旅行，遊歷，探險，逃亡，追殺，尋寶，尋親，尋仇等主題，其情節的展開常沿著空間因素的變化而進行。敘事者也可以利用時間因素作為情節的聯結點，例如在某一祭典，或某一歲時節令，或月圓，或月缺，或入夜，或是某一特定的時間……故事中的人物或事件因為這個時間因素而發生，進而展開之後的行動。

總之，一個完整的故事必有其內在的邏輯作為事件與事件的聯結關鍵，它們是故事的骨架，但除了骨架之外，稱職的敘事者也要能頰上添毫，以《宋史・蘇軾傳》為說，本傳一開始自然是介紹籍貫與家世背景，這是每一個歷史傳記人物的必要出場，也是人物傳記的凡例，蘇軾位居有宋一朝大學士，又是唐宋八大家之一，父親是博學多聞的蘇洵，蘇軾來自書香門第，家學淵源深厚，故本傳一開始對此就有所交代。這位傑出的大文豪一生著作豐富，詩詞文賦，筆墨酣暢，風骨雄健，官職生涯中盡忠職守，有淑世抱負，有政治遠見，也有具體的德政功績，在患難困頓之際，又能善養浩然之氣，所以謚號「文忠」，這個生命履歷必然與他讀書習文的知識背景密不可分，所以本傳對這一部分必須予以敘述：

蘇軾字子瞻，眉州眉山人。生十年，父洵游學四方。母程

> 氏，親授以書，文古今成敗，輒能語其要。程氏讀東漢〈范滂傳〉，慨然太息，軾請曰：「軾若為滂，母許之否乎？」程氏曰：「汝能為滂，吾顧不能為滂母邪？」比冠，博通經史，屬文日數千言。好賈誼、陸贄書，繼而讀《莊子》，嘆曰：「吾昔有見，口未能言，今見是書，得吾心矣。」[28]

上文所述除卻家世介紹外，尚有兩處細節不可馬虎以對，一處是東坡幼年與母親就范滂黨錮之禍一事的對話，東坡問母親：「軾若為滂，母許之否乎？」母親程氏回答說：「汝能為滂，吾顧不能為滂母邪？」這個細節為東坡的忠厚心性與慈母明智慈愛的家教做了點睛的形容，所以，該事件屬於修飾作用的枝節細節，雖不足以影響生平遭遇的發展，但它賦予人物深層的氣質光輝。另一處是對東坡讀書作文之學識造詣的交代，其中描述他讀《莊子》而嚮往贊嘆，以為深得吾心；這一細節為東坡的浩然曠達，逍遙齊物的精神氣象作了微而著的點染。中國古文講求為文宜有波瀾，使文勢搖曳生動，敘事學中的「枝節細節」其所追求的敘事效果也在於此。

（二）巧合事件的接榫功能

世路多歧，人海遼闊，不在意料之中的偶遇情況，有時是「山窮水盡疑無路，柳暗花明又一村」，僵局獲得意外的突破；有時是「眾裏尋他千百度，那人卻在燈火闌珊處」，人選意外地現身。這些偶發的境況趨使人物的命運產生轉變，從此走上另一條路徑，展

---

28 宋・蘇軾：《蘇東坡集》（臺北：臺灣商務印書館，1968），第 2 冊，頁 1。

開不同的人生風景。不論是講英雄發跡的歷史演義，或是見鬼撞邪卡到陰的志怪故事，或是落草為寇的江湖故事，或是才子佳人的悲歡離合情緣，都需要各種機緣，這些機緣被中國傳統小說概括為「巧合」，以各種細節登場。歷史傳記中的風雲人物當然有「時勢造英雄」，或「時不我予」的興衰機遇，他們的發跡或敗亡有時真的也是「巧合」，但史家執筆時並不會過度強調這些巧合的細節，因為歷史側重人物，而事在人為，所以不需取巧。但是故事轉為大眾娛樂時，就必須討巧。所以，有心的說書者會在故事情節的接榫處安排一個「巧合」的細節，一言以蔽之，就是「無巧不成書」的事件組織模式。體現在敘述活動時常出現如下的套語「自古道，無巧不能話。」、「自古無巧不成話」、「也是合當有事」，或是「好巧不巧」、「正在這時」、「恰好步到山神廟」、「真是踏破鐵鞋無覓處，得來全不費工夫」、「你道來人為何？正是失散多年的母親。」這些習常套用的慣語，顯示敘事者對這些被他「預設」媒合的時間、地點、人物等因素，具有高度的創作自覺與乘興演說的熱誠，簡短輕巧的套語提示受述者不要鬆懈，緊接著的事件將是故事的「關鍵」，這個事件之後，故事隨即會有「關鍵性」的轉變。以《瓦崗寨演義》第一回〈楊林有意逐延年，咬金無心遇俊達〉為例，轡馬尤俊達與賣柴賣私鹽的程咬金之所以能義結金蘭，敘事者安排的機關正是巧合：

> 自古道，無巧不能話。
>
> 那俊達肚內自思想，忽經衙前，看見一個漢子形容古怪，大目粗眉，與人鬥打，那十餘人敵他不過……敵他不過，走上樓上避，那人追趕上去，樓上人收了梯，那人性起，無梯

上，不得上樓，將那樓柱亂推亂撓，那樓便震動得搖搖擺擺，梯上的人驚慌大叫救命。正在鬧交不得，俊達看見，眉頭一皺，計上心來，那人將此樓兩撓，便震動了，想來其力也就不小了。[29]

尤俊達與程咬金的街頭相逢是一個巧合，但瓦崗寨之所以成軍搶王貢，更是一連串因緣際會串聯而成的歷史大巧合。隋煬帝在位時，皇叔隋文帝胞弟楊林官封靖海大元帥靠山王，楊林令大太保、二太保押解貢銀六十萬、龍衣數百件進長安。楊林英雄蓋世，未逢敵手，自認天下無敵，一日楊林興起，忽謂手下諸將，有能與孤王戰勝者，得受加官進爵之賞；當時曹延平擔任總管，年近七旬，白髮蒼蒼，猶老當益壯，他手持八十二斤雙槍，說「小將與大王比武。」；不料，自認蓋世無敵的楊林抵擋不住，渾身冷汗，但他竟惱羞成怒，後以細小罪過將曹延平責打五十板，又削職為民，曹延平只能銜恨回鄉。[30]曹延平的返鄉是個關鍵機緣。他在返鄉途中，路經姑表親戚尤俊達家，尤員外置酒招待，延平在醉席中透露了餉銀和龍衣將進貢長安一事。這又是一個因緣。尤老爺遂起打劫王貢的盤算，他想若能搶到那一批王貢，就可以把百餘個嘍囉資遣，大家散局後，從此不作響馬，此生也享用不盡……但自己一人不能做，須得尋一夥伴幫手，而，武藝高強的得力幫手何在？這是第二個因緣。另一方面，程咬金家裡窮困，又因生活艱難，與寡母流寓此

---

29 元・無名氏：《瓦崗寨演義》（北京：中華書局，1990「古本小說叢刊」），第十一輯，頁 2290-2291。

30 元・無名氏：《瓦崗寨演義》第一回〈楊林有意逐延年，咬金無心遇俊達〉，頁 2288-2290。

間，以賣私鹽度日，但生意越來越難做，轉賣柴薪為生，不巧有個買方跟他買了柴，又惡意削價，所以才打鬥了起來，這是第三個因緣。初時程咬金與對方鬥口相爭，後來成群相鬥，程咬金以一敵十，力大無比，這才被尤俊達慧眼相中，而有上述的邂逅，終結拜為瓦崗五虎將。歷史的演進風起雲湧，偶然的事件常在節骨眼上冒出，生死存亡，成敗興衰，都有其主客觀條件，各個條件具足，也就是時也，運也，命也都湊齊了的「巧合」。

「巧合」是天地人三才因素具足，也就是天時、地利、人和，缺少其中任何一樣，事情就不會展開關鍵性的發展，而在這個關鍵變化之前，敘事者也喜歡使用時間副詞「忽」來提詞預告，「忽」，意謂著必然與偶然的疊合，意味著冥冥之中自有安排的宿命觀。如《金瓶梅》第二回〈俏潘娘簾下勾情　老王婆茶坊說技〉，西門慶之所以與潘金蓮相遇，也是「合當有事」的一天，西門慶從武大家門口的簾子下走過，就「忽然」遇到了一陣風，把這個竹竿上正叉著的門簾給吹掉了，還很不巧地就打在西門慶的頭上，敘事者一開始就告訴讀者「一日也是合當有事，卻有一個漢子從簾子下走過來」，接著才把這個巧合的經過給鋪陳出來：「自古沒巧不成話，姻緣合當湊著。婦人正手裡拿著叉竿放簾子，忽被一陣風將叉竿刮倒，婦人手擎不牢，不端不正，卻打在那人頭上。」。[31]如果，變更這次邂逅的任何一個時間、空間、或人為因素，潘金蓮也許就不會走進西門慶的淫逸人生而身敗名裂，家破人亡。一些天涯尋親的故事也是利用巧合來重逢，真是踏破鐵鞋無覓

---

[31] 明．蘭陵笑笑生著，清．張道深（竹坡）批評，王汝梅、李昭恂、于鳳樹校點：《金瓶梅》第二回〈俏潘娘簾下勾情　老王婆茶坊說技〉，頁 51-52。

處，得來全不費工夫。清・五色石主人撰述的《八洞天》敘述盛俊少年時舟中遇風，與母親一同溺水，他自己獲救，但卻不知道母親的下落，某天，他來到三年前翻船的所在處，沿途向過往的船家訪問消息，但都沒有著落，於是他上岸四處打探，走著走著來到了一座尼姑庵，看見一位老媽媽拿著米籮在河邊淘米，盛俊一眼望去，覺得依稀是母親的模樣，隨後追了過去，但已不見老媽媽的蹤影，從寺院裡出來的是一位老尼。盛俊遇到的老媽媽會是他失散三年的母親嗎？敘事者用「巧合」的關目將盛俊與母親因不期然而然的「邂逅」給「重逢」了。

一日，自到岸上東尋西訪，恰好步到那寶月庵前，只見一個老媽媽，在河邊淘了米，手拿著米籮，竟走入庵中。盛俊一眼望去，依稀好像母親模樣，便隨後追將入去。不見了老媽媽，卻見個老尼出來迎住，問道：「相公何來？」盛俊且不回她的話，只說道：「方才那老媽媽哪裡去了？你只喚她出來，我有話要問她。」老尼道：「她不是這裡人，是蘭溪來的。三年前覆舟被難，故本庵收留在此。相公要問她怎麼？」盛俊聽說，忙問道：「她姓什麼？」老尼道：「她說丈夫姓盛，本身姓張。」盛俊跌足大叫道：「這等說，正是我母親了！快請來相見。」老尼聽說，連忙跑進去引那老媽媽出來。盛俊一見母親，抱住大哭。張氏定睛細看了半晌，也哭起來。說道：「我只道你死了，一向哭得兩眼昏花。你若不說，就走到我面前，也不認得了。不想你今日這般長成。一向在何處？今為何到此？」盛俊拜罷，立起身來，將

> 上項事一一說明。張氏滿心歡喜，以手加額。[32]

余華在《活著》一書中也安排了幾處「巧合」來串聯故事，例如福貴的母親病情嚴重，福貴進城去請醫生，但卻在街上與人打架，此時，「恰好」被國民黨的軍官給看到，於是硬把福貴逼去當兵，在部隊中，他遇到了一個名字叫春生的娃娃兵，彼此相互照料。兩年後解放軍解放了殘餘的國軍部隊，福貴可以返家，但他卻與春生失散。福貴返家後，讓兒子有慶上學唸書，但在校期間，卻遇到學校校長在生產時難產，有性命之危，急需輸血施救。而「志願」前往捐血的學童沒有一人與校長的血型相符，「恰好」只有有慶的血型與校長符合。不料，醫生輸血過多，致使有慶因失血過多而喪命。校長是縣長的夫人，福貴痛失愛子之後，欲毆打這個奪走有慶生命的關係人時，縣長卻在當下認出了福貴，原來縣長是當年福貴的同袍春生。這幾處「巧合」連綴了《活著》的情節關目：

> 我聽到有人叫穿中山服的男人縣長，我一想，原來他就是縣長，就是他女人奪了我兒子的命，我抬腿就朝縣長肚子上蹬了一腳，縣長哼了一聲坐到了地上。體育老師又抱住了我，對我喊：
>
> 「那是劉縣長。」
>
> 我說：「我要殺的就是縣長。」抬起腿再去蹬，縣長突然問我：

---

32 清・五色石主人（徐述夔的筆名），陳翔華、蕭欣橋點校：《八洞天》（北京：書目文獻出版社，1985），頁 97-98。

「你是不是福貴？」

我說：「我今天非宰了你。」

縣長站起來，對我叫道：

「福貴，我是春生。」

他這麼一叫，我就傻了。我朝他看了半晌，越看越像，就說：

「你真是春生。」

春生走上前來也把我看了又看，他說：

「你是福貴。」

看到春生我怒氣消了很多，我哭著對他說：

「春生你長高長胖了。」

春生眼睛也紅了，說道：

「福貴，我還以為你死了。」

我搖搖頭說：「沒死。」[33]

這些陰錯陽差的過節看在讀者眼裡，雖令人唏嘘不已，感嘆大時代的悲劇下，命運荒謬無情的捉弄，但認真思索，對這些巧合的關目設計也難免心生疑竇，因為「太巧了」。「太巧了」一語雙關，既反映其構思之「巧」，也反映出其「巧」之斧鑿之跡。劉勰在《文心雕龍》提出「奇正」的審美範疇，其中的藝術創作道理就在於「奇正」之間的拮抗，既令人意想得到，又令人意想不到，所以，「巧合」的確具有「奇正」的箇中三昧。

高辛勇在《形名學與敘事理論——結構主義的小說分析法》討論了中國古典小說中的「巧合」結構，他認為是佛教的「因緣說」

33 余華：《活著》，頁53、64、123-124、129。

與中國本土的「宿命觀」形成中國傳奇文學或小說中的「巧合」情節，他的說法如下：

> 唐傳奇中有無數故事其題旨很露骨地揭示宣揚這種佛教的「定命」觀（李復言的〈定婚店〉與裴鉶的〈鄭德璘〉是最明顯的例子）；在話本與明清小說中，說話人的口頭禪「合該有事」、「也是命中注定」等等，顯示了這種觀念的深入。「緣」與「定命」的觀念常用以解釋事件的巧合，也就是說，表面上似乎是「巧合」的事件背地裏卻有「高一層」的因果關係。……從「緣」的觀念來了解，故事中的「巧合」其實並非隨意的「碰巧」，而是佛教因緣觀的顯現。這種看法助長了說話人以「巧合」來組織結合事件的習慣，因為「緣分」的觀念使說話人不須在故事內解釋事件的因果關係，「緣」的因果是一種「業報」，而「業」大部是看不見不可知的「前生」所種下的。（《紅樓夢》的「還淚說」則將「緣」的因果在書內說明）。從理性的層次上看，佛教的「因緣」觀因此不但不能給傳統小說以「內在」的動機，它無形中決定或助長了敘事結構的「渙散」。[34]

高辛勇從中國宿命論的意識形態檢閱唐傳奇、宋話本以及明清小說的題旨、說話套語、情節結構，發現「故事中的『巧合』其實並非隨意的『碰巧』，而是佛教因緣觀的顯現。」，他雖認定「因緣

---

34 高辛勇：《形名學與敘事理論——結構主義的小說分析法》（臺北：聯經出版事業公司，1987），頁50-51。

觀」的意識形態是說話人使用「巧合」的內在動機，但卻質疑這個內在動機將使中國傳統小說在「無形中決定或助長了敘事結構的『渙散』」。因為說話人一旦習於使用「巧合」作為情節結構的模式，從藝術創造來看，「巧合」是相沿成習的敘事套路，缺乏出人意表的「奇趣」；從受述的閱聽者而言，「巧合」聽多了，讀者也會萌生「這未免也太巧了！？」的質疑。不過，天下事無奇不有，巧合自然也不例外，若是「再巧也不過了」的情節能產生一種「不期而遇」的欣適效果，那麼「巧合」不但能幫助敘事者順勢推動故事的發展，還可以滿足閱聽者的心理期待，畢竟，故事之外的真實世界，常常就是那麼不巧。

（三）插科打諢

博君一粲的詼諧科諢是民間文學對於「戲語」、「笑話」或「謎語」等枝微末節的友善穿插。清代傑出劇作家李漁在《閒情偶寄》卷 3「詞曲部」「科諢第五」之說，可以看到插科打諢這類「笑點」在整個故事之中的提神功能，他說：

> 插科打諢，填詞之末技也，然欲雅俗同歡，智愚共賞，則當全在此處留神。文字佳，情節佳，而科諢不佳，非特俗人怕看，即雅人韻士，亦有瞌睡之時。作傳奇者，全要善驅睡魔，睡魔一至，則後乎此者雖有《鈞天》之樂，《霓裳羽衣》之舞，皆付之不見不聞，如對泥人作揖，土佛談經矣。予嘗以此告優人，謂戲文好處，全在下半本。只消三兩個瞌睡，便隔斷一部神情，瞌睡醒時，上文下文已不接續，即使抖起精神再看，只好斷章取義，作零齣觀。若是，則科諢非

> 科諢，乃看戲之人參湯也。養精益神，使人不倦，全在于此，可作小道觀乎？[35]

李漁認為「插科打諢」具有「人參湯」養精益神的作用，一出戲，或一部小說，即使文字佳，故事佳，情節佳，但若不添注一二笑點，使其輕鬆有趣，也可能使閱讀者在觀戲時覺得無味而精神疲乏，不但失去娛樂效果，有時也因錯過情節關目而連不上戲。所以，中國傳統小說或戲劇，莫不講究笑話或是燈謎、酒令等的細節點綴。這是一個有趣的民間說話傳統，說話者注意經營場子內的敘述效果，在意他與觀眾之間的互動狀態，並誠心取悅到場來聽他說話的聽眾。清・雲亭山人在清・孔尚任的《桃花扇傳奇》〈凡例〉指出嬉笑怒罵的這些「笑科」，光是文字，就已經引人入勝，使戲劇生氣勃勃了，更何況是演員親自粉墨登場的效果。他說：「設科之嬉笑怒罵，如白描人物，鬚眉畢現，引人入勝者，全借乎此。今俱細為界出，其面目精神，跳躍紙上，勃勃欲生，況加以優孟摩擬乎？」。[36]戲曲之上場搬演固然如此，戲文或案頭小說之表現又何獨不然？雖非直接目擊，但形諸筆墨的說笑耍逗的小細節也一樣熱熱鬧鬧。

元・關漢卿是劇本高手，在戲文中適時穿插一二笑點，以博看官一笑，如〈山神廟裴度還帶〉第二折，白馬寺的行者一上場就說些不正經的話，搭配在出家人身上，其言行愈發顯得滑稽而引人發笑：

---

35 清・李漁：《閒情偶寄》（臺北：廣文書局，1977），頁 139-140。

36 清・孔尚任：《桃花扇傳奇》（臺北：臺灣商務印書館，1968），頁 2-3。

> 長老引淨行者上云：
>
> 老老禪僧不下堦，兩條眉似雪分開。有人問我年多少，澗下枯松是我栽。
>
> 老僧汴梁白馬寺長老是也。自幼捨俗出家，在白馬寺中脩行。但是四方客官，都來寺中遊玩。此處有個秀才，姓裴，名度，字中立。此人文武全才，奈時運未至。此人每日來寺中，老僧三頓齋食管待。今日無甚事，方丈中閑坐。行者，門首覷者，看有甚麼人來？
>
> （淨行者云）阿彌陀佛！阿彌陀佛！南無爛蒜吃羊頭，娑婆娑婆，抹奶抹奶，理會的。
>
> （王員外上，云）自家王彥實，來到這白馬寺中也。行者，你師父在家麼？
>
> （淨行者云）撲之，師父不在家。
>
> （員外云）那裏去了？
>
> （淨行者云）去姑子庵子裏做滿月去了。
>
> （員外云）報復去，道我王員外在於門首。
>
> （淨行者云）哄你耍子哩！師父，王員外在門首。（長老云）道有請。（淨行者云）有請。[37]

通俗娛樂取向的民間文學需要較多的笑點，笑點通常由上文扮演「行者」的諧星擔任，而在小說中，也須安排一二甘草人物來調節文氣，如《西遊記》裡豬八戒會耍寶逗笑，《隋唐演義》裡，程咬

---

37 元・關漢卿、白樸：《全元雜劇初編》關漢卿：〈山神廟裴度還帶〉（臺北：世界書局，1968），第二折，頁 7-8。

金一招半式的三板斧武功，也是丑角的好料，《說岳全傳》講的雖是忠義凜然的岳武穆故事，但敘事者也不忘穿插逗笑的細節，即使《紅樓夢》的大觀園，劉姥姥也為豪門帶來一場笑鬧局面，《儒林外史》、《官場現形記》，多寫各種迂腐世故的「儒林」百態，有趣聯妙對，有笨嘴笨文，有荒腔走板的舉措，有的鬧笑話，有的猜謎語……這些細節上的佈置，就在取悅讀者，提高閱讀樂趣。清・石成金在《笑得好》說：「正言聞之欲睡，笑話聽之恐後，今人之恆情。夫既以正言訓之而不聽，曷若以笑話怵之之為得乎？……但願聽笑者入耳警心，則人性之天良頓復，遍地無不好之人。」[38]石成金從閱聽者的接受心理來看待笑話，他認為正經八百的言論使人聞之欲睡，而笑話卻是眾人所樂於聽講，所以敘述者愛說笑，受述者愛聽笑，建立在這個共同基礎上的「笑話」，自然具有最佳的傳播效果，其「入耳警心」的教化效果也較佳。因此，笑話也成為說書人、劇作家、小說家樂於鑲嵌在故事中的花鈿。

「笑話」的「話」是「故事」之意，「笑話」就是引人發笑的「小故事」，原是摘記人間世偶爾出錯的言行短書，內容包括自以為是的蠢話，自行其是的蠢事，最初出現於魏晉，如邯鄲淳《笑林》、侯白《啟顏錄》，屬於軼事體筆記，這類無傷大雅，破壞性不高的傻人傻話傻事，能使受述者為之「啟顏」，「悅笑」，箇中緣由是因為聽講者聽到如此的蠢話，如此的蠢事，如此的蠢人，會因意識到這些行為的愚蠢而察覺到自己相對的高明，而有略勝一籌的優越感，遂自感得意地笑逐顏開了；論者謂此閱讀心理為「突然

38 婁子匡、朱介凡：《五十年來的中國俗文學》（臺北：未著出版社，1963），頁99。

榮耀」（sudden glory）。[39]在小說中鑲嵌「笑話」細節的情況，到了清朝有變本加厲的局面，尤其是在野的士人特別愛說官場上的笑話，陳平原在《中國小說敘事模式的轉變》提到晚清有許多小說會不厭其煩地端出一個又一個的笑話：

> 中國古代章回小說中不乏酒席上輪流講笑話以取樂的描述（如《紅樓夢》、《鏡花緣》）；而在晚清，這種講笑話更是一種難得的本領。吳趼人就曾記載他的「喜為詼詭之言」在朋友聚會賓客雜沓時如何大受歡迎。《冷眼觀》中幾乎有一半的故事是酒席上眾人輪流講述的笑話與軼聞，真的如書中人素蘭說的，「官場中的笑話，真是千奇百怪，說三年也說不盡」（14 回）。《二十年目睹之怪現狀》中繼之也有類似的說法：「其實官場上的笑話，車載斗量，也不知多少」（47 回）。於是作為貫穿線索的「我」（九死一生）就不斷請人講笑話，也不斷給人講笑話，第 6、7、23、26、30、36、43、46、47、53、66、77、78、93 諸回，都穿插各類笑話——並且明言是在「講笑話」！[40]

晚清的時勢與政局，也許遇到許多「二十年來目睹之怪現狀」，土洋文化上的衝突，社會現象的詭譎多變，當士人已然失去客觀的政治地位與主觀的經世懷抱時，必然出之以「揶揄」的鄙夷立場來重

---

39 此說出自霍布斯（Thomas Hobbes），參朱光潛：《文藝心理學》（臺北：大夏出版社，1991），頁 300-301。

40 陳平原：《中國小說敘事模式的轉變》（北京：北京大學出版社，2004），頁 164。

述這些亂象和怪象，於是在野的士人就會把在朝的士人的不經言行當成「笑話」來講，或當成「笑話」來看，這也算是一種不平則鳴的敘述意圖。

三、三復情節的操作類型

「三復情節」是指在故事中某一事件或相似的事件不止一次地發生，通常是三次，三是虛數，意謂多次，而敘事者也不止一次地對這一連串事件予以表述，這就是三復情節。中國說書人，以及其後的章回小說作家都樂於也工於使用「三復情節」，這應該與說書行業的敘事技巧競技有關；首先，說書人為了使故事中的人物與情節更加動聽，誇飾人物的某種個性或特殊能力，或是強化局部事件的整體意義或效果，突出似乎不相同或不相關的事件間的相互關聯性，就必須推敲「三復情節」的表現手法；此外就是票房實質利益的考量，為了吸引聽眾留神傾聽，滿足其審美心理期待，願意繼續再度入座付費聽講，就需要經營「有一就有二，有二必有三。」這種勢不可遏的「連續性」，才能確保說書行業的永續經營。譬如《西遊記》第五十九回「唐三藏路阻火燄山　孫行者一調芭蕉扇」、第六十回「牛魔王罷戰赴華筵　孫行者二調芭蕉扇」、第六十一回「豬八戒助力敗魔王　孫行者三調芭蕉扇」；其餘如《三國演義》的三顧茅廬、三氣周瑜、三讓徐州、過五關、斬六將；六出祈山、七擒孟獲，九伐中原等等的三復情節。[41]

---

41 在文言的數詞用法上，三、五、六、七、九，一般非實指，而是虛指，形容數量多。

從心理學而言，凡是「重現」的事物都能因大腦「記憶召喚」的功能獲得啟動而再度進入感知場域，在重現之前，這個事物雖曾出現，但當時可能未被注意，不過，未被注意到的事物雖然是在感知者的感知場域之外，但是，它們並未退場，而是處於候補的備取狀態，因此，一旦機會來臨，譬如再度出現，那麼，它就會進入感知場域，被留意，被關注，而且可以與被記憶召喚出來的前次事物經驗相呼應，並因為期待與事實的呼應而產生一種興奮的反應，且在興奮中繼續期待它的出現。完形心理學研究指出，重複使最初未注意到的事物再度被注意，由於該事物在記憶之中曾留有若干印象，因此，再次出現時，不但有「似曾相識」的認真自忖反應，而且也有「再度重逢」的驚喜刺激。不過，單調的重複不能產生興奮，要使重複能引起興奮與期待的審美心理反應，還必須注意到這個重複是否能形成一個場域，也就是人物與環境及情節的整體關係。

嚴格來說，事件必與人物時地發生關係，所以，當一件類似的事件雖再度發生，其實，人物不同了；時間有別；地點差異，這都使事件產生了變化，所以，絕對不可能完全一致。然而，就敘事技巧範疇而言，只要是類似的事件反複發生則可以三復加以概括。也就是說，儘管人、時、地有所變更，但若事件之過程相似，就可以稱之為三復敘事。例如，宋・吳均（公元 469-520 年）《續齊諧記》中的〈陽羨書生〉，書生先吐出食器與餚饌，繼而吐出一女子，而女子又吐出一男子，此一男子繼而又吐出另一名女子；然後，反向一一回收，男子將女子吞入，女子又將另一男子吞入，書生將女子吞入，諸器皿與餚饌一一納入口中；其中出出入入的人與物雖不同，但仍不脫重複的套路。

重複必會在相似中有些差異，這可帶來閱讀趣味，由於心理反應，重複的事會召喚之前的記憶，當記憶被提領出來時，讀者會將前事與此事進行比對，所以，期待辨認的趣味應運而生，辨認其中相異之處，使讀者精心發現了作者精心設計的「蹊蹺」；辨認其中相同之處時，使讀者產生期待落實的快感，發現「又來了」，豈能逃過讀者的「心眼」。再者，在重複中增添一小部分的差異，可以使讀者滋生出「驚異」的新奇感，而不致於落入成套的格式中。所以三復情節的構成必須要有「重複」與「變化」兩要素。「重複」使事物的運動具有一種延續性，事物通過這種延續性得以呈現其規律性，而「變化」則是事物獲得運動的一個前提，從語義學來說，運動的概念是指事物的靜態結構被打破，所以變化是產生規律性運動的先決條件，換言之，沒有變化就沒有規律性的運動，因此，對於小說的三復情節而言，重複與變化是相輔相成的要素。[42]

（一）遞進式以增強張力

遞進式的重複敘事技巧，是指其各次的重複事件並非單純地再現而已，而是逐漸增強，節節升高，步步進逼，因而有強化情節張

---

42 重複和變化是藝術創作技巧要素：只有重複而無變化，作品必然單調枯躁；只有變化而無重複，則易陷入散漫零亂之境。凡具有「持續性」性質的作品，不論是時間的持續，或是空間轉移的持續性，都必須仔細經營重複與變化的配置。文學、戲劇、音樂、繪畫、建築、舞蹈都是具有持續性性質的藝術類型，都必須在某個展演的時間範圍，或空間佈局內，進行元素的重複組合與變化調節，方能實踐其審美價值。文學的詩歌體裁和敘事小說更不能忽略「重複」與「變化」，詩歌是所有文學體裁中最講究聲音的搭配美感，所以以音的高低、長短和韻腳為操作對象，而敘事文學是以「事件」與「事件」的組合為主，因此其重複和變化的機制是落實於事件的組織方式上。

力的敘事效果。它可深度刻劃人物的個性，也可表現事件越演越烈的動態勢能。以「追殺」情節來說，凡武林江湖故事，官兵捉強盜題材，復仇或歷險故事等的故事，必有追殺情節，可能是官兵追歹徒或警察追緝兇嫌，追殺者窮追不捨卻怎麼都差一著，就是追不到；躲避者險象環生，越躲越險，卻又都能臨危脫險，但才一脫險，追兵又到，連番的追趕與躲避，使情節充盈著活躍的動量。以施耐庵在《水滸傳》第三十六回〈沒遮攔追趕及時雨　船火兒夜鬧潯陽江〉為例，此回寫宋江潯陽江遇險寫得跌宕起伏，緊張精彩，扣人心弦。金聖嘆在本回的回批中指出，施耐庵斷續相連地重複了七次的追追追，他說：

> 此篇節節生奇，層層追險。節節生奇，奇不盡不止。層層追險，險不絕必追，真令讀者到此，心路都休，目光盡滅，有死之心，無生之望也。如投宿店不得，是第一追；尋著村莊，却正是冤家家裏，是第二追；掇壁逃走，乃是大江截住，是第三追；沿江奔去，又值橫港，是第四追；甫下船，追者亦已到，是第五追；岸上人又認得梢公，是第六追；艎板下摸出刀來，是最後一追，第七追也。一篇真是脫一虎機，踏一虎機，令人一頭讀，一頭嚇，不惟讀亦讀不及，雖嚇亦嚇不及也。[43]

這七次的追殺事件險象環生，每一次都是命在旦夕，每一次卻又逢

---

[43] 明・施耐庵著，清・金聖嘆評點：《第五才子書施耐庵水滸傳》，卷 41，頁 1990-1991。

凶化吉，每一次都是追殺，但每一次遇險與脫險的情況又都不盡相同，所以同中有異，有預料中事，也有意外之處，故能頓宕起伏，醒人眉目，使讀者讀得興會淋漓。

節節升高，步步轉進的重複技巧也可以運用在鬥智、鬥法的情節上，其氛圍也能營造成幽默有趣，如下述軼事的記載孔老夫子和弟子子路之間的「鬥法」，故事說孔子遊於山，令子路取水，子路於取水處逢虎，他奮勇與虎搏鬥，終於攬住虎尾，把老虎給解決了，他躊躇滿志地懷著虎尾去問孔子：「上士殺虎如之何？」，孔子幽幽地道出了上士用上策，中士用中策，而捉虎尾是下策，所以他只落得個「下士」等地。子路越想越不滿，懷著石盤欲去殺害孔子，他又提出了第二個大哉問：「上士殺人如之何？」孔子也一樣將士人區分為上士，中士，下士各三個檔次，而懷著石盤殺人的也一樣只算得上是出此下策的「下士」。故事如下：

> 孔子嘗遊於山，使子路取水。逢虎於水所，與共戰，攬尾得之，內懷中；取水還。問孔子曰，「上士殺虎如之何？」子曰，「上士殺虎持虎頭。」又問曰，「中士殺虎如之何？」子曰，「中士殺虎持虎耳。」又問「下士殺虎如之何？」子曰，「下士殺虎捉虎尾。」子路出尾棄之，因恚孔子曰：「夫子知水所有虎，使我取水，是欲死我。」乃懷石盤欲中孔子，又問「上士殺人如之何？」子曰，「上士殺人使筆端。」又問曰，「中士殺人如之何？」子曰，「中士殺人用舌端。」又問「下士殺人如之何？」子曰，「下士殺人懷石盤。」子路出而棄之，於是心服。（原本《說郛》二十五。原注

云，出《衝波傳》。）[44]

以上的三復情節，生動地凸顯子路的心高氣傲，而老神在在的老夫子，料事如神，不言而喻，子路才心服口服，畢竟薑還是老的辣。

特殊人物的特殊性格或某種不俗能力的描繪，也可以運用遞進式三復情節來堆砌，以製造人物形象的深厚飽滿效果。如司馬遷在《史記・匈奴列傳》利用重複的技巧，將冒頓立威的過程與嚴峻忍刻的性格描繪得虎虎生風：

> 冒頓既質於月氏，而頭曼急擊月氏。月氏欲殺冒頓，冒頓盜其善馬，騎之亡歸。頭曼以為壯，令將萬騎。冒頓乃作為鳴鏑，習勒其騎射，令曰：「鳴鏑所射而不悉射者，斬之。」行獵鳥獸，有不射鳴鏑所射者，輒斬之。已而冒頓以鳴鏑自射其善馬，左右或不敢射者，冒頓立斬不射善馬者。居頃之，復以鳴鏑自射其愛妻，左右或頗恐，不敢射，冒頓又復斬之。居頃之，冒頓出獵，以鳴鏑射單于善馬，左右皆射之。於是冒頓知其左右皆可用。從其父單于頭曼獵，以鳴鏑射頭曼，其左右亦皆隨鳴鏑而射殺單于頭曼，遂盡誅其後母與弟及大臣不聽從者。冒頓自立為單于。[45]

在上述文本中，從冒頓第一次下令騎兵隊聽鳴鏑而射鳥獸，有不悉射者斬之，到聽鳴鏑而射善馬，有不射者斬之，再到聽鳴鏑而射其

---

[44] 引自魯迅：《中國小說史略》（濟南：齊魯書社，1997），頁 55-56。

[45] 漢・司馬遷著，南朝・宋・裴駰集解，唐・司馬貞索隱，唐・張守節正義：《史記三家注》，卷 110，頁 1180。

愛妻，有不射者斬之，再進逼到聽鳴鏑而射單于之善馬，有不射者斬之；最後再到以鳴鏑為令，令騎兵隊射其父頭曼；果然皆從其令。司馬遷利用重複敘事的技巧將冒頓的驍勇果決與冷血肅殺寫得力透紙背，而其所率領的騎兵隊之威猛陣容與嚴格紀律也一併浮現。

總之，重複敘事可以寫事，可以敘情，可以寫人，敘事者可以各依其題材、旨趣，創造出多樣的敘事文本與審美趣味。

（二）模擬式以推演走勢

模擬式以推演情節走勢的重複敘事，常見於民間故事，童話、笑話、仙話、鬼話，故事大約有兩種表現形態，一類是「有樣學樣，卻學得走樣」的滑稽題材，另有一類是「有樣學樣，逢凶化吉」的機智題材；兩種類型的故事普遍討喜。故事中的人物一開始都對其所面對的情況一知半解，但憑著「依樣畫葫蘆」，「有樣學樣」的學習模擬，遂取得了重要的資訊或行動要領，從而化解眼前的危機，有的還能得到意外的收獲。模擬式的三復情節在六朝笑話書或志怪中頗多發揮，如宋・劉義慶（公元 403-444 年）《幽明錄》的〈新死鬼〉故事為例，作為鬼界菜鳥的新死鬼因為缺乏覓食經驗而飢餓憔悴，好不容易遇見了生前友人——鬼界中的老鳥，他雖然已經死了二十多年，但仍吃得肥壯，新鬼緊急向他打探覓食法門，老鬼教他去民宅「作怪」，新鬼照辦，不料連著兩次「作怪」都徒勞無功，使得讀者也和新鬼同感困惑，何以他會要不到飯吃？然後又有第三次的事件出現，新鬼終於作祟成功，能有東西吃了。三次覓食事件在重複之中散發機趣，引人莞爾。其文如下：

> 新死鬼，形疲神頓，忽見生時友人，死及二十年，肥健。相

> 問訊，曰：「卿那爾？」曰：「吾飢餓殆不自任。卿知諸方便，故當以法見教。」友鬼云：「此甚易耳。但為人作怪，人必大怖，當與卿食。」
>
> 新鬼往入大墟東頭，有一家奉佛精進，屋西廂有磨，鬼就推此磨，如人推法。此家主人語子弟曰：「佛憐我家貧，令鬼推磨。」乃輦麥與之。至夕，磨數斛，疲頓乃去。遂罵友鬼：「卿那誑我？」又曰：「但復去，自當得也。」復從墟西頭入一家，家奉道，門旁有碓，此鬼便上碓如人舂狀。
>
> 此人言：「昨日鬼助某甲，今復來助吾，可輦穀與之。」又給婢簸篩。至夕力疲甚，不與鬼食。鬼暮歸，大怒曰：「吾自與卿為婚姻，非他比，如何見欺？二日助人，不得一甌飲食。」友鬼曰：「卿自不偶耳。此二家奉佛事道，情自難動，今去，可覓百姓家作怪，則無不得。」
>
> 鬼復去，得一家，門首有竹竿。從門入，見有一羣女子，窗前共食；至庭中，有一白狗，便抱令空中行。其家見之大驚，言自來未有此怪。占云：「有客鬼索食，可殺狗，并甘果酒飯，于庭中祀之，可得無他。」其家如師言，鬼果大得食。自此後恆作怪，友鬼之教也。[46]

這個故事重複了三次的「作怪」，但每一次的「作怪」都是新死鬼自己想出來的，前兩次都沒有達到「討食」的目的，到了第三次，新死鬼也一樣是在「作怪」，但卻不是溫順地推磨，而是抱起白

---

46 李劍國輯釋：《唐前志怪小說輯釋》（臺北：文史哲出版社，1995），頁488-489。

狗，讓牠在空中漫步，這次，才吃到了甘果酒飯。一知半解的新死鬼由於不知道「作怪討食」的要領，因而吃了兩次悶虧，第三次可以吃到豐富的食物，此後恆作怪以獲得食物，呼應到最初的「友鬼之教」。

（三）媒合式以凸顯伏應

前後媒合的重複敘事是精緻的技巧，它可以或一致，或不一致，敘事者高明的規劃，令人歎為觀止。如《水滸傳》描寫潘巧雲偷情一事，重複多達十次，不過是擒縱調度，虛實相印，前頭虛擬預設，後頭實境應驗，虛設時粗陳大略，應驗時細細摩寫，使效果重重疊疊地多次呈顯。而蘭陵笑笑生的一事多述，也令人津津樂道，尤其是在鋪陳王婆的誘姦潘金蓮，或是教唆潘金蓮毒死武大郎，都因為重複敘事的技巧操縱，而營造出令人毛骨悚然的效果。就讀者而言，前頭虛擬布局時，已有初步印象，但因未落實，所以半信半疑，及至後頭果不出其所料地一件件應證，就閱讀而言，讀者的心理期待反應獲得滿足；就故事走向而言，方心服口服地佩服人物的料事如神，而細細描摹的敘述手法，更吻合讀者「不信邪」的檢視心理，結果，果然是天衣無縫，雙重滿足後，閱讀者必呼痛快，如軍師的神機妙算，或是算命師的鐵口直斷，殺手的路線模擬都有此種重複式的結構。以下是第三回〈定挨光王婆受賄　設圈套浪子私挑〉王媒婆為西門慶誘姦潘金蓮的奸計：

王婆笑哈哈道：「大官人，卻又慌了。老身這條計，雖然入不得武成王廟，端的強似孫武子教女兵——十捉八九著。今日實對你說了罷：這個雌兒來歷，雖然微末出身，卻到百伶百俐……小名叫做金蓮。娘家姓潘，原是南門外潘裁的女兒，賣在張大戶家，學彈唱。後因大戶年老，打發出來。不要武大一文錢，白白與了他為妻。這幾年武大為人軟弱，每日早出晚歸，只做買賣。這雌兒等閑不出來，老身無事常過去，與他閑坐，他有事亦來請我理會，他也叫我做乾娘。武大這兩日出門早，大官人如幹此事，便買一匹藍綢，一匹白綢，一匹白絹，再用十兩好綿，都把來與老身。老身卻走過去，問他借曆日，央及他揀個好日期，叫個裁縫來做。他若見我這般來說，揀了日期，不肯與我來做時，此事便休了。他若歡天喜地。說『我替你做』，不要我叫裁縫，這光便有一分了。我便請得他來做，就替我縫，這光便二分了。他若來做時，午間我卻安排些酒食點心請他吃。他若說不便當，定要將去家中做，此事便休了。他不言語吃了時，這光便有三分了。這一日你也莫來。直到第三日，晌午前後，你整整齊齊打扮了來，以咳嗽為號，你在門前叫道：『怎的連日不見王乾娘？我買盞茶吃。』我便出來，請你進房裡坐吃茶。他若見你，便起身來，走了歸去，難道我扯住他不成？此事便休了。他若見你入來，不動身時，這光便有四分了。坐下時，我便對雌兒說道：『這個便是與我衣服施主的官人，虧殺他！』我便誇大官人許多好處，你便賣弄他針指。若是他不來兜攬應答時，此事便休了。他若口中答應，與你說話時，這光便有五分了。我便道：『卻難為這位娘子與我作成，出手做。虧殺你兩施主，一個出錢，一個出力。不是老身路岐相央，難得這位娘子在這裡，官人做個主人，替娘子澆澆手。』你便取銀子出來，央我買，若是他便走時，難道我扯住他？此事便休了。他若不動身，事務易成，這光便有六分了。我卻拿銀子，臨出門時對他說：『有勞娘子，相待官人坐一坐。』他若起身走了家去，我終不成阻擋他？此事便休了。若是他不起身，又好了，這光便有七分了。待我買得東西，提在桌子上，便說：『娘子，且收拾過生活去，且吃一杯兒酒，難得這官人壞錢。』他不肯和你同桌吃，去了，此事便休了。若是只口裡說要去，卻不動身，此事又好了，這光便有八分了。待他吃得酒濃時，正說得入港，我便推道沒了酒，再交你買；你便拿銀子，又央我買酒去，并果子來配酒。我把門拽上，關你兩個人在屋裡。他若焦燥跑了歸去時，此事便休了。他若由我拽上門，不焦燥時，這光便有九分。只欠一分了。只是這一分倒難。大官人你在房裡，便著幾句甜話兒說入去。卻不可燥爆，便去動手動腳，打攪了事，那時我不管你。你先把袖子向桌子上拂落一雙筯下去，只推拾筯，將手去他腳上捏一捏。他若鬧吵起來，我自來搭救，此事便休了，再也難成。若是他不做聲時，此事十分光了。這十分光做完備，你怎的謝我。」[47]

王婆的誘姦十步驟是：一佈下餌，二上了鉤，三請入甕，四不避嫌，五肯搭腔，六有興趣，七春心動，酒是色媒人，所以八是色膽生，九淫念起，這九項關卡若是循序漸進地完成，誘姦潘金蓮十捉八九，王婆的最後一招是「吃豆腐」，豆腐吃得，西門慶就能釣

47 明・蘭陵笑笑生著，清・張竹坡批評：《金瓶梅》第三回〈定挨光王婆受賄　設圖套浪子私挑〉（濟南：齊魯書社，1988），頁64-66。

上潘金蓮。潘金蓮究竟識不識相，豆腐肯不肯給吃，就得再看後文了。笑笑生先大略地說出王婆的交代，要西門慶故意撥落筷子，然後去地上撿筷子，趁機捏她腳云云。但在後頭敘寫實況時，則委曲詳盡，實實在在，前後呼應，令人佩服王婆的老謀深算，她畢竟是媒合男女的專業人士，對於男人女人的情慾百態，早已瞭若指掌，所以她的每一道步驟，都設下兩個可能，一個肯，一個不肯；潘金蓮肯就有戲唱，潘金蓮不肯就罷休。沒想到，或意料中事，潘金蓮十樣都肯，所以「此事十分光了」，不止十拿九穩，還是十拿十穩，潘金蓮果然踏入了王媒婆設下的色情圈套，步上情慾的不歸路。以下是最後一招：王婆教西門慶故意把桌上的筷子撥落，然後彎身到地上假裝撿筷子：

> 西門慶推害熱，脫了上面綠紗褶子，道：「央煩娘子，替我搭在乾娘護炕上。」這婦人只顧咬著袖兒別轉著，不接他的，低聲笑道：「自手又不折，怎的支使人！」西門慶笑著道：「娘子不與小人安放，小人偏要自己安放。」一面伸手隔桌子，搭到床炕上去，卻故意把桌上一拂，拂落一只筯來。卻也是姻緣湊著，那只筯兒剛落在金蓮裙下。西門慶一面斟酒勸那婦人，婦人笑著不理他。他卻又待拿筯子，起來讓他吃菜兒。尋來尋去不見了一只。這金蓮一面低著頭，把腳尖兒踢著笑道：「這不是你的筯兒！」西門慶聽說，走過金蓮這邊來，道：「原來在此。」蹲下身去，且不拾筯，便去他繡花鞋頭上只一捏。那婦人笑將起來，說道：「怎這的囉唣！我要叫起來哩！」西門慶便雙膝跪下，說道：「娘子可憐小人則箇！」一面說著，一面便摸他褲子。婦人叉開手

> 道：「你這歪廝纏人，我卻要大耳刮子打的呢！」西門慶笑道：「娘子打死了小人，也得箇好處。」于是不由分說，抱到王婆床炕上，脫衣解帶，共枕同歡。[48]

這種重複敘事是變化版，前面屬於預告式，是虛說，說得簡略；後面是實際情況，說得仔細，細節，有預料中的，有意料之外的，也都先後浮現了，所以能把故事說得精彩生動，而讀者也看得不亦樂乎；首先，王婆說有十個步驟，讀者便會逐一來遞加，一二三四五六七八九十，果然；但這只是預測，所以讀者會將此事預存，期待這十個步驟的落實，但因為落實是實況，所以其後在敘事時會出現預測時所未能預覽的細節，譬如王婆沒叫西門慶推說天氣熱，要把外衣給脫了，這樣就有機會罷手揚起來撥掉筷子，西門慶舉一反三，所以又多了打情罵俏的細節，潘金蓮咬著袖子低聲笑，嬌嗔地說，你手又沒斷，幹嘛使喚人家？因此，後面的重複雖然同於前面的大綱，但由於有新的細節加入，所以同中有異，大同小異，喜出望外，逸趣橫生。

唐傳奇作家在重複敘事的技巧使用上令人驚豔，如《續玄怪錄》〈杜子春〉，以重複敘事呈現人生關關難過關關又得過的生命難題。[49]在〈杜子春〉的故事中，敘事者大肆使用重複的技巧來強化凡人的貪嗔癡與執迷不悟，所以第一次受老人贈三百萬，一、二年間，揮霍一空。第二次受老人贈一千萬，三、四年間，大賺復又

---

48 明・蘭陵笑笑生著，清・張竹坡批評：《金瓶梅》第四回〈赴巫山潘氏幽會　鬧茶坊鄆哥義憤〉，頁 79-80。

49 唐・李復言編，程毅中點校：《玄怪錄》（臺北：文史哲出版社，1989），頁 1-4。

揮金如土。第三次受老人贈三千萬，一年內購田置屋，安頓家庭。然而，仍然無法超脫。作為塵世的凡夫也想痛定思痛地做個「大無畏」，以免患得患失地浮沈於寵辱貴賤之間，於是，一關又一關的考驗迎面試煉著想要超越的杜子春，老人給予的第一次受恐怖苦難試煉：金甲部隊，兇殘猛獸，襲擊而來。第二次受恐怖苦難試煉：將軍率地獄牛頭鬼卒，執縛其妻虐殺。第三次受恐怖苦難試煉：化為啞女，遭世人侮辱。第四次受恐怖苦難試煉：被丈夫遺棄。第五次受恐怖苦難試煉：喪子之痛。她，雖然強自忍耐，終究還是「噫」了一聲痛惜。畢竟是有情眾生，無法忘情，也就難以得道了。這些大量的重複正是人生的考驗，各個階段，各種情況，各種難捨，各種滋味和心事。因此，重複得令人感慨和心驚，而不會使讀者滋生冗贅之感。

余華在《許三觀賣血記》也利用重複的技巧敘述鄉下貧農許三觀帶著來順和來喜兩兄弟去醫院賣血掙錢，他們知道貧農身分和賣血行為不被人看重，於是裝腔作勢，吆喝伙計，擺出一副「老子有錢」的架勢，許三觀先示範一次點「一盤炒豬肝」的老練模樣，低聲要來順和來喜跟著照做……敘事者余華在小說中不厭其詳地重複「一盤炒豬肝，二兩黃酒」，[50]許三觀說一遍，來順說一遍，來喜又再說一遍，滑稽又古怪地將賣血的草民那種無知愚昧卻又艱辛卑微地維護人格的行止寫得一覽無遺，無可遁逃，卻又澆薄不堪地令人心酸。「活著」的重擔，壓得貧農「不知死活」地賣血維生，以為一盤豬肝就可以把血補回來；然而，「好死，不如歹活」，螻蟻尚且貪生，更何況是人？生存的韌性，在許三觀賣血維生以養活家

50　余華：《許三觀賣血記》（臺北：麥田出版，1997），頁273-274。

人的「樂觀進取」態度上，顯得既淒慘又痛快。余華善用了重複的敘事技巧，使這個主題悠悠地釋出。

第六章　人物與環境及關鍵物之塑造

一、人物形象概述

故事是由一系列的細節所構成，人物是這些細節的演出者，在人物身上，不但附著了他們的性格與命運，同時也肩負著推動各種細節的任務。人物使故事域成為一個人間世，這個人間世，是世間眾生相的顯影，什麼樣的人都有，平凡與不凡的命運都有，驚天地，泣鬼神的作為有，乏味無奇或狗屁倒灶的作為也一應俱在，所以，故事絕對缺少不了芸芸眾生。人物是故事的導線，使故事的情節一幕幕，一場場，活生生地在扉頁上展開，讀者跟從著人物的蹤跡進入故事域，一探究竟，所以，這些作為導線的人物必須有其吸引力，才能召喚讀者深入情節，追蹤他的遭遇。[1]

1　俄·什克洛夫斯基等著，方珊等譯：《俄國形式主義文論選》「聚集和連貫細節的一般程序是角色，即一定細節的活生生的承擔者的出場。把細節附著在一定的角色身上，有益於吸引讀者的注意。角色是我們分析繁多的細節時的導線，是對具體細節進行分類和調整的輔助手段。另一方面，也存在著幫助我們分析角色群本身及其相互關係的程序。角色是需要去理解的，但同時角色也應具備一定的吸引力。」（北京：三聯書局，1989），頁 135。

（一）史傳體例的人物範式

歷史是由人物、事件與環境共同構成，人物的形象塑造不得體，事件的輪廓與時局轉變的線索就不明晰，歷史也不易流傳於後世；一切的故事皆然。先秦時期，《左傳》對人物的對話與舉止已有鮮活的勾勒，而《戰國策》、《國語》則著重人物的言語，詳細記錄了對話雙方的一問一答，使說話現場實況再現，人物神采抖擻。但真正賦予歷史人物生動面目的大手筆，當推漢代偉大的史學家司馬遷（公元前 145-?年）。司馬遷在重述歷史時，也在審察歷史所以變動的機緣，他關切在史冊中占有一席之地的各種人物，追述他們的出身背景、才情個性、行事風格、出處進退、吉凶命運以及相互之間的牽動效應，所以他重視歷史人物的塑造，且鑿空闢出人物列傳體例，成就斐然地臨摹出各色的歷史人物。兩千年之後，讀者翻閱《史記》，猶能遙想〈本紀〉中的秦始皇、項羽、漢高祖、呂后……〈世家〉中的蕭相國、曹相國、留侯、陳丞相……以及〈列傳〉中的管仲、晏嬰、伍子胥、蘇秦、白起、春秋四公子、范睢、呂不韋、荊軻、蒙恬、李斯、淮陰侯、樊噲、李廣、淮南王安、董仲舒、朱家、郭解……等人物的音容笑貌與興衰起滅的生平。自此，人物不但晉身為歷史的引線，更成為史家塑造琢磨的對象。

司馬遷創立的本紀，世家，列傳，已經為各種類型的人物規劃好容身的範疇，本紀是帝王與皇后，世家是皇室成員，列傳則是品目較多的各路人馬，在朝在野者有之，文臣武將者有之，賢愚不肖亂臣賊子者有之，列女、逸民、獨行、方術者有之，海外四夷亦有之。六朝之際，史學繁榮，品鑑風潮與各色人物輩出，推動「小錄」、「逸事」、「瑣言」、「郡書」等雜史的發展。[2]在人物別傳撰述方面，由於是博采前史，聚而成書，所以物以類聚地凸顯了幾款典型人物；如《高士傳》之於高逸人隱士，《列女傳》之於賢良女性，《名士傳》、《神仙傳》、《孝子傳》、《英雄記》、《高僧傳》等等之於名流，神仙，孝子，英雄……其所固有的容貌服飾與言行事跡都有「典型在宿昔」的範式作用，這對後來的小說家或說話人在進行人物塑造時，具有指標作用，方便依樣畫葫蘆，或逆勢操作，將正面人物變相為偽君子、假名士；或變種為淫僧穢尼、假鬼假怪；或再逆翻為看似負面其實卻是正面的人物，如花和尚魯智深、瘋和尚濟顛等，以造成諷刺或滑稽的反比效果。除了正反面人物映襯相對之外，一生二，二生三，三生萬物，人物類型的繁衍也越加多樣，如「列女傳」的「列女」原指「眾多的女性」，最初以賢良的女性為記，由於社會分工制度與女性持家育幼的背景，所以賢妻良母孝女孝媳就是「列女傳」的典型人物了，時移世易，「列女」不再受限於此框架，各行各業，正邪善惡，頑靈利鈍……各有其人。

人物的類型確立後，以及他在該類型之中的定位，他最重要的個性以及特徵，便可以按圖索驥地追蹤人物的形象，如此，人物不論是在外貌衣著，職業作為，語言方式、價值品味，甚至更細微的說話口音、髮色髮型、提袋或背包的款式、走路的姿態、手機答鈴或包膜裝飾、飲食型態、消遣偏好上的設定，敘事者都比較好下

2　唐・劉知幾將雜史分為十品，分別是偏記、小錄、逸事、瑣言、郡書、家史、別傳、雜記、地理書、都邑簿。其中除地理書與都邑簿外，都與人物的言行事跡息息相關。見唐・劉知幾著，明・郭孔延評釋：《史通評釋》，頁 121-122。

筆。關於這種人類型的特性劃分，荷蘭·米克·巴爾以「可預測」來標明，她說：

> 在一定材料基礎上，人物多少是可以預測的。這些材料確定著他或她。首先，在讀者熟悉的範圍內，這些資料涉及到與非本文狀況相關的信息。我們將把個人信息所涉及到的那部分現實作為一個參照系。這個參照系對於每個讀者，或者讀者與作者從不是完全一樣的。這裡的參照系指的是可以一定的穩定性而被看作具有社會公有特點的那部分信息。人物合乎建立在參照系基礎上的某種預期模式。行為者是故事之中不可或缺的重要元素，就像演戲劇必須有演員來演出一般，但，為了有效分析，必須將行為者先作類型挑選，並略去跑龍套的路人、背景人物，因為他們的功能性薄弱，對故事的發展無足輕重，故將他們排除在討論範圍之列。例如：管理員，飯店前的僕役，提行李的人員；機場的海關檢查人員；但如果他們發現了嫌疑，或是炸彈被他們藏匿，那其功能自然不同。[3]

各色人物區分之後，使「人物」具有該色人物的標誌，由這個標誌的引導，讀者可以參照既有經驗，預擬該色人物的家世履歷背景、言談舉止、生活起居、家庭關係、社會網絡、經濟狀況、得失苦樂。好比一個警察的日常生活，就可以依據「警察」的指標來設想，其中又有好警察和壞警察之分，也有資深高級警官和新進低階

3 荷·米克·巴爾著、譚君強譯：《敘述學：敘事理論導論》，頁93。

警員，得意與失志者之分；而一個大賣場收銀員的工作內容，也可以依據其類型來揣摩其生活概況，其應對進退的模式，設想他可能的生活圖景。

（二）戲劇搬演的角色分化

除傳記體例對人物作出類型劃分，有助於敘事者描樣外，也還應留意傳統戲劇對小說人物的類型設定。傳統角色類型基本上必須有男演員、女演員、文生、武生、丑角、老人、小童等大類。由於戲班在演出時必須安排各類角色上場敷演故事，為了統籌人力資源，服飾行頭，[4]並顧及實際的演出效果，必須就班底演員作出基礎分工。一般來說，區分為生、旦、淨、末、丑等五種角色，但南戲北劇對演員類別的區分略有不同，如生在北劇稱末泥、正末，外稱孛老。依據明．徐渭在《南詞敘錄》的說明，南戲的角色有「生旦外貼丑淨末」七類，「生」是主要男演員，「旦」是主要女演員，「外」與「貼」是次要的男女演員，「丑」是丑角，以墨粉塗面，扮醜形出場，「淨」，徐渭認為是古參軍二字合而訛之，所以是武將一類的角色，「末」，徐渭解釋為年輕的角色且能以手撲擊物體，屬於武打動作派演員。他說：

生　即男子之稱。史有董生、魯生，樂府有劉生之屬。

旦　宋伎上場，皆以樂器之類置籃中，擔之以出，號曰花

4　如元．關漢卿：〈山神廟裴度還帶〉列出的行頭有：「頭折　王員外　一字巾　圓領　縧兒　三髭髯。旦兒　鬢髻　手帕　比甲襖兒　裙兒　布襪　鞋。家童　紗包頭　青衣　褡膊。正末裴度　散巾　補納直身　縧兒　三髭髯。」《全元雜劇初編》（臺北：世界書局），頁 53-54。

擔。今陝西猶然。後省文為旦。

外　生之外又一生也，或謂之小生。外旦、小外，後人益之。

貼　旦之外貼一旦也。

丑　以墨粉塗面，其形甚醜。今省文作丑。

淨　此字不可解。或曰：「其面不淨，故反言之。」予意：即古「參軍」二字，合而訛之耳。優中最尊。其手皮帽，有兩手形，因明皇奉黃旛綽首而起。

末　優中之少者為之，故居其末。手執搕爪。起於後唐莊宗。古謂之蒼鶻，言能擊物也。[5]

這些角色類型的設定，對於劇作家以及演員的甄選培訓，都有其固定的範式可循，而且也可以配合正邪表裡，繼續演化出更多的角色，譬如內正外邪，或內邪外正等複雜多變的人物。[6]清・雲亭山人在《桃花扇傳奇》〈凡例〉有簡明的提示，他說：「角色所以分別君子小人，亦有時正色不足借用丑淨者，潔面花面，若人之妍媸然，當賞識於牝牡驪黃之外。」[7]傳統戲曲也有以「四生」、「四旦」、「四花臉」共十二類來概括角色的組成，他們類似臉譜

---

5 明・徐渭：《南詞敘錄》：「北劇不然，生曰末泥，亦曰正末。外曰孛老。末曰外。淨曰倈，亦曰淨，亦曰邦老。老旦曰卜兒。其他或直稱名。」（北京：中華書局，2006「宋元明清書目題跋叢刊」），頁 635-636。

6 羅書華：《中國敘事之學——結構、歷史與比較的維度》說：「生、旦、淨、末、丑，以不變應萬變，正、邪、內、外幾種力量的組合碰撞產生了無數動人的故事。」，頁 24。

7 清・孔尚任：《桃花扇傳奇》（臺北：臺灣商務印書館，1968），頁 2。

化的角色定位，「四生」指紅生、小生、老生、配生。「四旦」指青衣、小旦、彩旦。「四花臉」指大黑臉、二黑臉、三花臉、雜花臉，觀眾可以依據演員外表的裝扮辨識他們的角色定位。[8]十二個角色的結構被喻之為「四梁八柱」。「四梁八柱」原是中國房屋的結構，每根梁由兩根柱子撐住，所以「梁」指主要角色，「柱」指次要角色，「四梁」是指戲份最多的紅生、小生、旦、大黑臉，「八柱」就是其餘的八種角色。羅書華在《中國敘事之學——結構、歷史與比較的維度》指出，元末以後的英雄傳奇小說都經歷過戲曲、說話的發展階段，所以話本小說中的人物與戲曲「四梁八柱」的結構功能兩相對應。傳統說書的結構由「段」構成，每「段」書必須圍繞著一個中心人物的行動展開，由此形成情節的線索，不同的人物有不同的情節線索，當不同的線索在發展過程中產生了交錯，就會形成情節的團塊；由人物為基注，由行動為線索，由交錯而成團塊，彼此串連搭建，構成脈絡分明的故事。書中的「四梁」是四個主要人物，即「書根、書領、書膽、書筋」，他們分別在故事結構中擔負根基、提領、精神、脈絡的作用，而「八柱」就是次要的陪襯人物，他舉《說岳》為例，列出書中的「四梁」人物：

所謂「四梁」，即「書根、書領、書膽、書筋」，「八柱」

8　俄．什克洛夫斯基等著、方珊等譯：《俄國形式主義文論選》：「間接的或啟發的性格描寫的具體方法是臉譜程序，即對與角色心理一致的具體細節的刻畫。比方說，對主人公外表、衣著、居住環境（像果戈里筆下的布留什金）的描寫，就算臉譜程序。臉譜不僅限於外表描寫，不僅借助於視覺印象（形象），而且還可通過其它任何途徑來實現。」，頁136。

> 是陪襯、保梁的次要人物。「書根」常是一部書賴以把歷史煙雲、氛圍背景體現出來的人物，如《說岳》中的兀朮：「書領」是在結構上提領全書的統帥人物，如《說岳》中的高宗，《說書》中的秦王；「書膽」乃書中的主要正面形象，直接關聯作品主題和風格，如岳飛、宋江、狄青、六郎、秦瓊；「書筋」就是情節和人物關係之間的針線人物，是使全書生色、跳動的角色。李逵、焦贊、牛皋、程咬金這些喜劇英雄在書中實質就是擔負著「書筋」的任務。[9]

從小說的寫作技巧來看，「生旦淨末丑」，或是「四梁八柱」，也許是個臉譜化、功能化、格式化的模組排列，但從大眾娛樂走向的戲劇或戲劇文學來論，這種類型化的人物塑造，具有作者方便創造，演員方便訓練，說書人方便架設人物結構，觀眾方便預測人物的性格等多重益處。

戲劇演出時，角色登場需先「自報家門」，以便觀眾能在短時間內認識「他」在故事中的身分背景，得知「他」處於何種境況，才能順利匯入劇情，所以，在戲文中，角色一概要以「我」的立場來對觀眾作一番自我介紹，如元雜劇《大婦小妻還牢末》扮宋江的沖末領卒子上場時的唸白：

---

9 羅書華：《中國敘事之學——結構、歷史與比較的維度》（北京：中國社會科學出版社，2008），頁 24。汪景壽、王決、曾惠杰：《中國評書藝術論》：「『梁子』是由『書根』、『書領』、『書膽』、『書筋』組成的『四梁八柱』支撐起來的情節框架。」（北京：經濟日報出版社，1997），頁 156。

幼年鄆城為司吏，因殺娼人遭迭配。姓宋名江字公明，綽號順天呼保義。某宋江是也。山東鄆城縣人，幼年為把筆司吏，因帶酒殺了娼妓閻婆惜，迭配江州牢城，路打梁山泊所過，有我結義哥哥晁蓋，知我平日肚量寬洪，但有不得已的英雄好漢，見了我便助他些錢物，因此天下人都叫我做及時雨宋公明。[10]

小說與戲劇的代言不同，人物的出場非由劇中人自我表白，而是經由敘事者的仲介露臉現身，但兩者的功能都在提供該人物的簡報資料給予受述者，如宋江在《水滸傳》第十八回〈美髯公智穩插翅虎宋公明私放朝天王〉第一次出場時，敘事者透過何觀察何濤的視角，對他的相貌、身家背景、行事風格介紹如下：

何濤又問道：「今日縣裡不知是那個押司直日？」茶博士指著道：「今日直日的押司來也。」何濤看時，只見縣裡走出一個吏員來。看那人個怎生模樣，但見：

眼如丹鳳，眉似臥蠶。滴溜溜兩耳懸珠，明皎皎雙睛點漆。唇方口正，髭鬚地閣輕盈；額闊頂平，皮肉天倉飽滿。坐定時渾如虎相，走動時有若狼形。年及三旬，有養濟萬人之度量；身軀六尺，懷掃除四海之心機。志氣軒昂，胸襟秀麗。刀筆敢欺蕭相國，聲名不讓孟嘗君。

那押司姓宋，名江，表字公明，排行第三，祖居鄆城縣宋家

---

10 元・佚名：《大婦小妻還牢末》：《全元雜劇初編七》（臺北：世界書局，1968「脈望館鈔本」），頁1。

村人氏。為他面黑身矮，人都喚他做黑宋江；又且于家大孝，為人仗義疏財，人皆稱他做「孝義黑三郎」。上有父親在堂，母親早喪，下有一個兄弟，喚做「鐵扇子」宋清，自和他父親宋太公在村中務農，守些田園過活。這宋江自在鄆城縣做押司。他刀筆精通，吏道純熟，更兼愛習鎗棒，學得武藝多般。平生只好結交江湖上好漢，但有人來投奔他的，若高若低，無有不納。便留在莊上館穀，終日追陪，并無厭倦；若要起身，盡力資助，端的是揮霍，視金似土。人問他求錢物，亦不推托，且好做方便，每每排難解紛，只是周全人性命。如常散施棺材藥餌，濟人貧苦，賙人之急，扶人之困，以此山東、河北聞名，都稱他做「及時雨」，卻把他比做天上下的及時雨一般，能救萬物，曾有一首〈臨江仙〉，贊宋江好處：

起自花村刀筆吏，英靈上應天星，疏財仗義更多能，事親行孝敬，待士有聲名。濟弱扶傾心慷慨，高明水月雙清，及時甘雨四方稱，山東呼保義，豪傑宋公明。[11]

以上所引的兩種敘事文本，前者為戲劇，後者為章回小說，其敘事目的都在介紹宋江其人，有關宋江的籍貫背景、處世風格、人際關係等資料雖有明顯的詳略差別，但基本上仍不脫「及時雨」宋江的為人寫照；必須留意的是戲劇與小說因敘事文體上的特性所造成的「演出差異」：戲劇由於演員親自登臺亮相，所以不需費辭介

11 明．施耐庵：《一百二十回的水滸》（臺北：臺灣商務印書館，1965）第四冊，頁 22-23。

紹人物的外貌，透過視覺傳達方式，觀眾就能目擊人物的扮相。但在小說中，讀者無法目睹人物的具體形象，所以需要敘事者利用文字「形容」宋江的容止——他的長相、體態、氣質如何？讀者透過何濤的眼光「看到」了敘事者對宋江的描繪，他「眼如丹鳳，眉似臥蠶。滴溜溜兩耳懸珠，明皎皎雙睛點漆。唇方口正，髭鬚地閣輕盈；額闊頂平，皮肉天倉飽滿。坐定時渾如虎相，走動時有若狼形。年及三旬，有養濟萬人之度量；身軀六尺，懷掃除四海之心機。志氣軒昂，胸襟秀麗。」再者，戲劇演出與小說閱讀在時間長度上的差別，也會影響敘事者對人物描繪的精粗；戲劇因為搬演的時間相當有限，所以角色在「自報家門」時必須利落明快，如元・無名氏在《大婦小妻還牢末・楔子》扮演宋江的沖末在登場時的唸白僅百來字，但相較於閱讀時間明顯寬裕的章回小說而言，敘事文本空間有容乃大，敘事者可以遊刃有餘地敘述宋江的身家與生活背景，最後還出之以一闋〈臨江仙〉以獻讀者。

從戲劇的生旦淨末丑角色分類，到說書者對人物的四梁八柱分配，傳統戲曲對人物的塑造逐漸擴充分化，也開始經營人物在故事中的輔助相成與拮抗制衡作用。就演藝形態來看，戲劇與說書均有特定的時間限制，須在特定公開場合演出，所以，敘事者對劇中（話中）人物的塑造要利落緊湊，傾向於「簡明化」、「類型化」的表現方式，但在小說文學中，作家享有相當闊綽的敘事時空，容許他從內外正反人我等多方面來模塑人物，因此，小說中的重要人物，遂漸漸有其獨特無二的面貌與個性。

（三）兩相襯托的寫人技巧

敘事者在安排故事中的人物搭配時，可運用二元對稱法來構思，二元對稱包含正襯以及反襯；正襯是利用兩個以上的事物之相似性來對稱的「類比法」，譬如英雄配好漢，狐群配狗黨，販夫對走卒，三姑對六婆就是相似性的類比關係；好比《金瓶梅》中的西門慶配應伯爵與他那一幫酒肉兄弟。反襯是利用兩個以上的事物之相反性來對稱的「對比法」，通常是以善襯惡、以忠形奸、以美形醜、以廉襯貪、以貧襯富等，譬如岳飛對秦檜是忠奸對比、豬八戒對孫悟空是勤惰對比等。不論是正襯，或是反襯，襯托的寫人手法在中國歷史演義、武俠小說、神魔小說、世情小說中都大放異彩。例如《三國演義》中對峙的三方均為有才有識的強者，清人毛宗崗認為羅貫中將這些人物置於勢均力敵的鬥法中加以刻畫，確實是棋逢對手，始見英雄本色。他在《三國演義》第四十五回評曰：「文有正襯，有反襯。寫魯肅老實以襯孔明之乖巧，是反襯也；有周瑜乖巧以襯孔明之加倍乖巧，是正襯也。譬如寫國色者，以醜女形之而美，不若以美女形之而覺其更美；寫虎將者，以懦夫形之而勇，不若以勇夫形之而覺其更勇。獨此可悟文章相襯之法。」。[12]映襯的寫法可以使人物的形象更富層次，勇而更勇，智而更智，狠而越狠，險而更險，惡而更惡；讀者也能在心目中自行配比呼應，如此，人物的形象就能夠在讀者的接受過程中深化，有助於完成理想的閱讀反應。

映襯除了能使人物的形象得到立體層次感的效果外，還可以因而激起讀者對故事中人物的各種感受；假使是「反襯」，如善良的弱勢者與邪惡的強權者兩造之間的對立，那麼讀者自然容易同情善

12 明・羅貫中原著；清・毛宗崗評改；穆儔等標點：《三國演義》，頁577。

良的弱者，或討厭邪惡的強權者；或是這兩股力量在相斥之間互相強化，敦促讀者對強弱形勢的省思。若是「正襯」，那麼也可以在相似性之中重複人物的性格或命運，敘事者利用兩個以上的相似人物來深化其性格或命運，喚起讀者對人物的熟識與關切，並進而引起讀者的情感；包括好感或反感，或是同情。[13]以白先勇《臺北人》的〈孤戀花〉為例，「娟娟」和「五寶」，一個是臺北五月花酒店的酒女，一個是上海萬春樓的酒女，時空條件與人物雖不同，但兩人都是淪落風塵的苦命女，白先勇利用映襯手法，把她們「同是天涯淪落人」的悲情做了疊合，使歡場酒女的命運得到深化的刻鏤而越發感人。以下是透過文本敘述者阿六所看到的哀怨「娟娟」和所想到的苦命「五寶」：

> 娟娟立在房間的一角，她穿著一件黑色的緞子旗袍，披著件小白褂子，一頭垂肩的長髮，腰肢紮得還有一捻……娟娟是在唱那支「孤戀花」。她歪著頭，仰起面，閉上眼睛，眉頭蹙得緊緊的，頭髮統通跌到了一邊肩上去，用著細顫顫的聲音在唱，也不知在唱給誰聽：月斜西月斜西，真情思君君不

13　俄・什克洛夫斯基等著、方珊等譯：《俄國形式主義文論選》提到：「僅僅對主人公進行分析，區別出他與一般角色群不同的性格特徵是不夠的，還必須牢牢抓住讀者的注意力，把注意力和興趣引向個別角色的命運。在這裡，基本手段是喚起對被描寫者的同情。角色一般都染有情感色彩。情感色彩最簡單的體現就是好人和壞人的區分。這裡，對主人公的情感態度（好感或者反感）是依據道德原則制定的。正面和反面的『典型』是情節構造必需的要素。引起讀者對一些角色的好感和對另一些角色的反感，能夠導致讀者從情感上參加（「體驗」）所述的故事，導致他們去關心主人公的命運。」，頁 137。

> 知。青春欉誰人愛，變成落葉相思栽。……我在五月花裏，不知聽過多少酒女唱過這支歌了。可是沒有一個能唱得像娟娟那般悲苦，一聲聲，竟好像是在訴冤似的。不知怎的，看著娟娟那付形相，我突然想起五寶來。其實娟娟和五寶長得並不十分像，五寶要比娟娟端秀些，可是五寶唱起戲來，也是那一種悲苦的神情。從前我們一道出堂差，總愛配一齣「再生緣」，我唱孟麗君，五寶唱蘇映雪，她也是愛那樣把雙眉頭蹙成一堆，一段二簧，滿腔的怨情都給唱盡了似的。她們兩個人都是三角臉，短下巴，高高的顴骨，眼塘子微微下坑，兩個人都長著那麼一付飄落的薄命相。[14]

白先勇在阿六、五寶、娟娟之間，還點綴了一位「失足而死」的酒女，這個酒女以側寫的方式間接呈現，他透過阿六聽到的謠言轉述林三郎譜寫《孤戀花》的緣由，說楊三郎在日據時代曾經迷戀過一個蓬萊閣的酒女名叫白玉樓，那個酒女發羊顛瘋不幸跌落淡水河淹死，楊三郎就為她寫下了這首哀怨的小調。不論白玉樓是意外落水，或是投水自盡，都是一種「不慎失足」的隱喻。白先勇以阿六、五寶、娟娟和白玉樓等四個風塵女子相互襯托，花落水流，春去無蹤的薄命酒女形象，就顯得豐富感人。

（四）容止塑形與語言臨摹

1.取號賦名

故事是由人物的性格、命運與行動所推展，所以，人物一定得

14　白先勇：《臺北人》（臺北：晨鐘出版社，1979），頁165-166。

上場，劇情才能展開。人物上場時得先為其扮相，並賦予人物以適當之名號，或是其他人對他的「稱謂」，包括正式的姓名頭銜，或是其他的江湖封號、法號、雅號、綽號、暱稱、藝名等。人物的「稱謂」雖寥寥數字，但卻多方面地反映出該人物在故事中的特色，包括他的年歲、性別、外貌、職業、官階、社會地位、性格特徵，以及他與其他人所構成的人倫或人際關係，都可以在其稱謂中預先設定，以簡潔明快地提示該人物的種種特性。因此，「稱謂」具有關鍵詞的作用，幫助讀者一望而知其特徵。[15]以《水滸傳》為言，施耐庵為《水滸傳》裡的人物都冠上了警策的綽號，這些擲地有聲的綽號也肩負著刻劃人物的敘事功能：以外貌而言，「九紋龍」史進，因他在左右臂膀、前胸和後背總計紋有九條龍；「尺八腿」劉唐則因腿短為名，「青面獸」楊志，因為臉上有塊青色胎記而得名，「黑旋風」李逵，「浪裡白條」張順，[16]「美髯公」朱仝；各以膚色黑白和俊美的鬍鬚為稱。有的則以人物獨特的才藝或

15　俄・什克洛夫斯基等著，方珊等譯：《俄國形式主義文論選》：「理解角色的程序是『性格描寫』。性格描寫指與該角色發生緊密聯繫的細節系統。它在狹義上指決定著角色心理、角色的『性格』的細節。性格描寫最簡單的要素在人物的姓名稱呼中就已經存在了。在最簡單的情節形式中，有時光是主人公的命名，而不需要任何其他性格的描寫（「抽象的主人公」），就足以為他規定出情節發展所必需的行為。在比較複雜的構成中，主人公的行為必須源出於某種心理的統一，必須與本角色的心理相一致（行為的心理印證）。在這種情況下，主人公具有一定的心理特徵。」，頁135。

16　何心（陸澹安）：《水滸研究》：「『白條』的『條』字，乃是『鰷』之簡寫。白鰷，魚名。《詩經・周頌》云：『鰷鱨鰋鯉』〈傳〉：『「鰷」，白鰷也。』《正字通》云：『白鰷，形狹而長，若條然。』」，頁137。

本領來取號，如「大刀」關勝、「兩頭蛇」解珍、「沒羽箭」張清、「小李廣」花榮、「鐵鞭」呼延綽、「神行太保」戴宗、「智多星」吳學究。有的是以他的脾性來取號，如「急先鋒」索超、「活閻羅」阮小七、「霹靂火」秦明、「一直撞」董平……。其他如《西遊記》、《封神演義》裡的眾多人物，也是以其綽號來標誌人物特性。從創作立場來看，綽號有執簡馭繁，因勢利導的寫作好處，特性一旦設定妥當，作者就可以摶土造人。

小說中的人物若是史上真有其人，那自然不能任意更動他的名號，只能頰上生毫，但若是虛構的小說，則可以任意賦形賦名。敘事者在為人物賦名時，有時不僅止於形象或特性上的形容，而以「隱秀」的技巧取名，南朝文論大家劉勰在《文心雕龍・隱秀》說：「隱以複意為工，秀以卓絕為巧。」又說：「隱之為體，義主文外。秘想傍通，伏采潛發。」，「複意」，就是有雙重含義；「秘想傍通，伏采潛發。」，則是說那第二重含義是掩抑埋伏在裡層，從旁隱約地透露出來，不是一眼就可看穿，所以需要讀者玩味，推敲，才能有所領略，有所發現。例如張竹坡認為笑笑生在《金瓶梅》故意以「家道平安興旺」，「琴棋書畫」之寓意來為西門慶的家僮取名，他們的名字是來保、來旺、玳安、來興、平安、來安、書童、畫童、琴童、棋童；這些名字恰是家道平安興旺的反諷，以及琴棋書畫皆非。有的敘事者也精心提供一個由群眾所編派給予的綽號，這個綽號可能不懷好意，也可能是非不明，誤奸險為忠良；不過，讀者雖暫時被蒙蔽，但隨著故事的推展，真相逐漸浮現，這時有心的讀者就會有所醒悟，隱隱地明瞭敘事者故意賦予人物一個眾口鑠金的綽號，形成一種反差，滋生反諷或喟嘆，幽微地暗示群眾信偽迷真的蔽障。如王小波（公元 1952-1997 年）在以文化大革命為題材的《黃金時代》小說中創造了一名插隊女醫師陳清揚的角色，[17]陳清揚被群眾批鬥，並以「破鞋」詆毀她是一個人盡可夫的無恥女子，所以，上批鬥臺接受群眾批鬥時，她「一聽見說到我們，就從書包裡掏出一雙洗得乾乾淨淨用麻繩栓好的解放鞋，往脖子上一掛，等待上臺了。」。[18]「破鞋」原諷刺女人的不乾不淨，但陳清揚脖子上掛著的可是「乾乾淨淨的一雙破鞋」，所以是一種反諷。女主角「陳清揚」的名字出自於《詩經・野有蔓草》：「野有蔓草，零露漙兮。有美一人，清揚婉兮。邂逅相遇，適我願兮。」。[19]王小波以「有美一人，清揚婉兮。」來說明陳清揚是個美人，而「邂逅相遇，適我願兮。」則是她與王二在後山的「有性」情事，後山的場景恰是「野有蔓草，零露漙兮。」的景象。小序說：「野有蔓草，思遇時也。君之澤不下流，民窮於兵革，男女失時，思不期而會矣。」。[20]文革如兵革，毛主席之澤不下流，人民窮於批鬥，男女失時，無性無愛無歡，能貪歡的所在，就是一片野有蔓草的後山了。所以，女主角的名字「清揚」，就隱約地責備那一段「民窮於兵革」的荒謬年代。性愛是「破鞋」？性愛是「有美一人，清揚婉兮。」王小波的命名可謂盡「隱秀」之巧。

2.容止塑形

「容止」，包括靜態的「容色相貌」與動態的「行為舉止」，南朝・宋・劉義慶《世說新語》設有〈容止篇〉，內容載錄魏晉名士儀容舉止之有足觀者，敘事者即興地就其眼睛、眼神、眉毛、鬢

---

17 王小波：《黃金時代》（臺北：自由之丘文創事業，2012）。

18 王小波：《黃金時代》，頁 71。

19 清・陳奐：《詩毛氏傳疏》（臺北：臺灣學生書局，1981），頁 236。

20 清・陳奐：《詩毛氏傳疏》，頁 235。

毛、鬍鬚，或是膚色、手臂、體形、服飾、儀態、聲音等各細微處，作審美式的速寫，使千古之後，諸名士之容止猶能風流再現於書卷。在中國小說發展史上，《世說新語》對人物容止的注目與「以形寫神」的敘述表現，具有開篇首例的示範作用，後世的作家、說書人可於此汲取經驗，舉一反三，切磋琢磨。古往今來，凡屬優秀的敘事作品，其人物不論是善惡正邪，是尊卑美醜，他們在說書人的嘴裡，或是作家的筆下，一概「有頭有臉」，「穿衣著裝」、「舉手投足」、「啼笑怒罵」，宛若人間眾生相的微縮版。

在故事大綱謀略已定之後，敘事者就必須根據故事設定的歷史環境、社會背景、經濟條件、學經歷、性別、職業、年齡、健康狀況、個性、特殊遭遇……等種種因素，賦予故事中的人物以適當的面貌、舉止、衣著與穿戴，方能完成各色人物的實際造型。雖然，語言文字是抽象的表述符號系統，但稱職的敘事者與合格的閱聽者，仍可憑藉抽象語文的「具體化」描摩，在彼此的心目中「構想」故事中各色人物的動靜容止及穿著打扮。人物大多需要蔽體的衣物，然衣物的功能不僅僅限於蔽體，衣物與人類的生活作息、行動實踐、社會地位、人倫角色、審美趣味等互為表裏，所以，故事中的人物衣著不可輕率敷衍，需綜合考慮其主客觀條件，再為他們「好好打扮」，以便露臉現身，讓讀者識得他們的外貌，注意他們的行止蹤跡，一睹為快。以《水滸傳》第五十四回〈入雲龍鬥法破高廉　黑旋風探穴救柴進〉為例，宋江率領十二員大將引各寨人馬前往高唐州城壕下挑戰高廉，那知府高廉亦不甘示弱，率領三百神兵及大小將校出城迎戰，雙方擺開陣勢，搖旗擂鼓，準備交戰。這個兵臨城下，熱鬧滾滾的鬥陣場合，絕對少不了指揮作戰的大將「人物」，敘事者必須隆重地為他們裝扮整齊，才能使眾將們威風凜凜，神采煥發，而宋江陣的場面才得以龍騰虎嘯，殺得對方人仰馬翻。有趣的是，敘事者在形容人物時也明顯自覺他正在「打扮」人物，每名大將上場時，都有一句「怎生打扮」提醒讀者注意看：

> 宋江陣門開處，分十騎馬來，雁翅般擺開在兩邊。左手下五將：花榮、秦明、朱仝、歐鵬、呂方；右手下五將：是林沖、孫立、鄧飛、馬麟、郭盛。中間三騎馬上，為頭是主將宋公明，怎生打扮：
>
> 頭頂茜紅巾，腰繫獅蠻帶，錦征袍大鵬貼背，水銀盔彩鳳飛簷。抹綠靴斜踏寶鐙，黃金甲光動龍鱗。描金鞊隨定紫絲鞭，錦鞍韉穩稱桃花馬。
>
> 左邊那騎馬上，坐著的便是梁山泊掌握兵權軍師吳學究，怎生打扮：
>
> 五明扇齊攢白羽，九綸巾巧簇烏紗。素羅袍香皂沿邊，碧玉環絲絛束定。凫舃穩踏葵花鐙，銀鞍不離紫絲韁。兩條銅鍊腰間掛，一騎青驄出戰場。
>
> 右邊那騎馬上，坐著的便是梁山泊掌握行兵布陣副軍師公孫勝，怎生打扮：
>
> 星冠耀日，神劍飛霜。九霞衣服繡春雲，六甲風雷藏寶訣。腰間繫雜色短鬚絛，背上懸松文古定劍。穿一雙雲頭點翠早朝靴，騎一匹分鬃昂首黃花馬。名標蕊笈玄功著，身列仙班道行高。[21]

21 《一百二十回的水滸傳》第五十四回〈入雲龍鬥法破高廉　黑旋風探穴救柴進〉，卷10，頁68-69。

上述是對宋江陣主將宋江、軍師吳學究、副軍師公孫勝三人的扮相描述，敘事者從頭到腳，一一為讀者介紹他們頭上的頭巾、紗帽、頭冠之款式與顏色，軍師吳學究手握白羽扇，副軍師背著松文寶劍；宋江穿著大鵬貼背的織錦戰袍，吳學究穿的是黑色滾邊的素羅袍，公孫勝穿的是繡著彩色雲霞花紋的袍服；宋江腰間繫有獅蠻帶，吳學究繫的是綴有玉環的深紅色絲帶，公孫勝繫的是雜色絲線編織成的短帶，至於坐騎、馬鞍、靴子、馬鐙，也都有具體的描述。這樣一來，人物的形象就鮮明地浮現出來，形象確立之後，人物再開口說話，出手動作，就會「有聲有色」地躍然生動。

從衣服的形製而言，有男女老幼之分，古今時代之別，各民族之異，王室、仕宦、庶民、奴隸等不同的社會階級；在服飾風格上，或高雅或低俗，或奇裝異服，或平實正統；在身分上，或將領或走卒，或俊才或癡人，或商賈或盜匪；在狀態上，或日常生活，或監牢服刑，或守孝服喪，或洞房花燭，或沙場征伐……舉凡各種人物，各種狀態，敘事者都應通盤考量，賦予該人物在該場合應有的儀容。敘事者對穿戴在身體不同部位的衣飾，必須具有基本的服飾史概念，凡頭上戴的，髮上簪的，脖子繫的，肩上披的，身上穿的，臂上圈的，腰上圍的，腿上套的，腳底著的，手上提的……林林總總的衣飾，都要能認識其材料，掌握其形式與功能，才能作出具體的設計而與人物的身分處境相配合。僅以《水滸傳》的袍服為例，有帝王穿的龍袍，武將穿的戰袍，官僚穿的繡花袍，平民穿的粗布短褐袍，道士穿的道袍，和尚穿的袈裟等。在花色上，龍袍又有紫繡龍袍（2）、滾龍袍（72）；戰袍有羅製、錦製、紵絲製，至於戰袍的花色也很可觀，有白色、皂色、綠色、鸚哥綠、大紅、緋紅、絳紅等；樣式則有禿袖、兩上領、團花點翠、香皂沿邊、生色花、挽絨金繡、七星打釘、繡雲霞飛怪獸、圈金線戲獅等款（3、5、7、13、35、47、48、54、55、60、63、67、80）。[22]敘事者在為人物「製作衣服」時，尚須審度氣候上的春夏秋冬晴雨寒暑之別、環境上的大江南北朝野城鄉之異、材質上的棉麻葛絲毛……才可以為故事中的人物穿搭出貼切的服裝。續以《水滸傳》為例，帽子有冬天戴的「深簷遮塵暖帽」（2、11）、「三山暖帽」（5）、「紅纓氈笠」（3、10、11、12、20、62）、「粉青氈笠」（9）；夏天則不戴毛帽，改著「涼笠」（16）、「棕笠」（42）、「朱紅漆笠」（63）……。[23]人物的實際造型一旦確立，如同定裝／定妝後的演員登臺亮相一般，由此展現該人物在故事中所應有的眼神、表情、舉措，以及他的各種人生行動；這不但是敘事者得以具體推進故事的不二法門，同時也能滿足讀者對人物形象的想像與對故事邏輯的理解。

人物的容貌塑造可詳可略，依敘事文體性質與人物在故事之中的地位而定，以六朝小說、唐傳奇等短篇敘事文體而言，敘事者著墨於故事本身的構造，尚未對人物多加摹寫，如〈板橋三娘子〉對女主角的描寫只有寥寥數筆，說她是個寡婦，三十來歲，無兒無女，其他都在描寫她的事業經營：「唐汴洲西有板橋店。店娃三娘子者，不知何從來，寡居，年三十餘，無男女，亦無親屬。有舍數間，以鬻餐為業，然而家甚富貴，多有驢畜。往來公私車乘，有不逮者，輒賤其估以濟之。人皆謂之有道，故遠近行旅多歸

---

22 根據何心（陸澹安）：《水滸研究》之統計資料，括弧內之數字為該服飾出現之回數。參該書頁257。

23 何心（陸澹安）：《水滸研究》，頁256-257。

之。」。[24]宋代說書業大發利市之後，為了提昇聽講樂趣，延長表演時間，說書人對人物的描寫越來越精巧，往後的長篇小說，皆致力於人物的形象塑造，以《封神演義》第四回〈恩州驛狐狸死妲己〉為例，敘事者將借妲己肉體成形的千年狐狸妖精描繪得艷若桃李，勾魂攝魄，讓聽眾信服一代妖姬絕對美豔，必然致命：

> 紂王定睛觀看，見妲己烏雲疊鬢，杏臉桃腮，淺淡春山，纖柔柳腰，真似海棠醉日，梨花帶雨，不亞九天仙女下瑤池，月裡嫦娥離玉闕。妲己啟朱唇似一點櫻桃，舌尖上吐的是美孜孜一團和氣，轉秋波如雙灣鳳目，眼角裡送的是嬌滴滴萬種風情。口稱：「犯臣女妲己願陛下萬歲，萬歲，萬萬歲！」只這幾句，就把紂王叫得魂游天外。魄散九霄，骨軟筋酥，耳熱眼跳，不知如何是好。[25]

妲己烏黑的如雲秀髮，白裡透紅的嬌豔臉龐，清秀淡雅的眉峰，柔軟纖細的腰肢，櫻桃般圓而小巧的紅唇，眼神秋波流轉，舌尖嬌滴滴，聲音美孜孜，萬種風情地向紂王請安稱萬歲。敘事者對妲己的美豔形象塑造，使紅顏禍水的情節自然生效。而在《封神演義》第十二回〈陳塘關哪吒出世〉，敘事者又用心地描繪哪吒的形象，使哪吒一出世，就在讀者的心目中留下深刻的印象：

---

24 唐．孫頠：《幻異志》（臺北：藝文印書館，1968，「百部叢書影印龍威秘書」）。

25 明．許仲琳、李雲翔編，鍾伯敬評：《封神演義》（上海：上海古籍出版社，1990），頁 97。

> 李靖聽說，急忙來至香房，手執寶劍，只見房裡一團紅氣，滿屋異香，有一肉球，滴溜溜圓轉如輪。李靖大驚，望肉球上一劍砍去，劃然有聲，分開肉球，跳出一個小孩兒來，滿地上跑，白面如傅粉，右手套一金鐲，肚腹上圍著一塊紅綾，金光射目。這位神聖下世，出在陳塘關，乃姜子牙先行官是也，靈珠子化身。金鐲是「乾坤圈」，紅綾名曰「混天綾」，此物乃是乾元山鎮金光洞之寶。[26]

這個面白如敷粉，金光射目，右手套一金鐲，肚腹上圍著一塊紅綾，滿地亂跑的神異「小孩兒」，由於造型鮮活靈動，使讀者留下不可抹滅的印象，伴隨著哪吒的獨特形象，其闖禍與叛逆的事跡也更具表現力。武松在《金瓶梅》裡的角色是打虎英雄，自然應該人高馬大，氣勢凜凜，一看便知力氣驚人，所以敘事者在他首次出場時便賦予他威猛陽剛的硬漢造型，此外又安排了兩次鋪墊，先由應伯爵手舞足蹈地告訴西門慶景陽崗上的老虎被人用一頓拳腳給打死了，這件「稀罕的事兒」說完後，他們到大街上酒樓坐著等看打虎英雄遊街熱鬧，敘事者又安排了鑼鳴鼓響來打頭陣，聲勢奪人地預告著景陽崗醉拳打死大蟲的好漢來了：

> 不一時，只聽得羅鳴鼓響，眾人都一齊瞧看。只見一對對纓槍的獵戶，擺將過來，後面便是那打死的老虎，好像錦布袋一般，四個人還擡不動。末後一匹大白馬上，坐著一箇壯士，就是那打虎的這箇人。西門慶看了，咬著指頭道：「你

26　明・許仲琳、李雲翔編，鍾伯敬評：《封神演義》，頁299-300。

> 說這等一箇人，若沒有千百觔水牛般氣力，怎能夠動他一動兒是的。」三箇飲酒評品，按下不題。單表迎來的這箇壯士怎生模樣？但見：雄軀凜凜，七尺以上身材；闊面稜稜，二十四五年紀。雙眸直豎，遠望處猶如兩點明星；兩手握來，近覷時好似一雙鐵碓。腳尖飛起，深山虎豹失精魂；拳手落時，窮谷熊羆皆喪魄。頭戴著一頂萬字頭巾，上簪兩朵銀花；身穿著一領血腥衲襖，披著一方紅錦。這人不是別人，就是應伯爵所說陽谷縣的武二郎。[27]

武松的造型是由西門慶的眼中看得，西門慶似乎一見武松就心生畏懼，認為武松似有千百斤蠻牛力氣，任誰都無法動他一根寒毛，而且，敘事者為武松打扮的當天衣著是「一領血腥衲襖」、「一方紅錦」，這個「血腥紅」穿戴，令武松煥發著血性男兒的神采，但也帶著血腥味，透露一股逼人的殺氣，暗喻武松與西門慶將有一段血仇恩怨。

塑造人物時可以從頭到腳，從裡到外，任意就任何一處仔細發揮，單舉頭面為例，可刻劃者就有頭髮，鬍鬚，鬢毛，眉睫，五官，膚色，胎記，痣，疤痕，黥面，化妝，首飾……等，如妲己的烏黑雲鬢，張飛的反鬢，關公的美髯……若以衣著為例，帝王后妃、將相百官、儒生、游俠、術士、巫覡、書童、丫鬟、廚娘、跑堂、茶博士、販夫走卒、漁樵、農夫……各有其衣著裝扮的樣式，應如實模擬。宗教從業人員也有許多款式，如傳統的道士扮相，應

27 明・蘭陵笑笑生著，清・張道深（竹坡）批評，王汝梅、李昭恂、于鳳樹校點：《金瓶梅》第一回〈西門慶熱結十兄弟　武二郎冷遇親哥嫂〉（濟南：齊魯書社，1988），頁29-30。

該頭戴道士巾，身穿道士袍，腳著道士鞋，手抱道情筒，口唱道情勸世歌，而佛教的和尚扮相，一般應是剃光頭、面容清淨、頸戴佛珠、一手托缽、身穿僧袍、腳著僧鞋，但敘事者也可以為筆下的人物賦予反面造型，如濟公和尚的扮相是邋遢骯髒，瘋瘋癲癲，他手搖羽扇，一腳高一腳低的破弊褲管，雖也行醫治病，但用的都是角質層所捻成的黑色小藥丸，或是唾液牌帶痰藥水，大大顛覆了高僧素來的清雅形象，改以「丑角」般的「俠僧」形象出現，他說話五四三，荒唐不經，但又犀利醒世。[28]

人物的形象塑造若是鮮明深刻，那麼就容易在讀者心目中留下深刻印象，與他產生初步的認識，彷彿照過一面，繼而也會關切他的遭遇。如白先勇在《臺北人》〈一把青〉寫朱青的空官夫婿郭軫時，描述其英姿煥發的形象是「郭軫全身都是美式凡立丁的空軍制服，上身罩了一件翻領鑲毛的皮夾克，腰身勒得緊峭，褲帶上卻繫著一個 Ray-Ban 太陽眼鏡盒兒。一頂嶄新高聳的軍帽帽沿正壓在眉毛上；頭髮也蓄長了，滲黑油亮的髮腳子緊貼在兩鬢旁。才是一兩年工夫，沒料到郭軫竟出挑得英氣勃勃了。」。[29]這麼一個精銳有為的青年飛官，卻不幸墜機喪命，使新婚燕爾就守寡的朱青悲痛欲絕；讀者雖置身於故事圈外，但通過敘事者賦予郭軫神采昂揚的人物印象，也不免生痛惜之心，並同情朱青喪偶的錐心痛楚。

3.語言臨摹

人類是有思想，有情感，愛說話的社會性動物，一生之中，風生水起，當思想啟動，情感引發，我們總是訴諸言語和自己對話，

---

28 清・郭小亭編：《濟公全傳》（成都：四川省社科院出版社，1985），頁4。

29 白先勇：《臺北人》，頁20。

與他人交談，藉以釐清思緒，表達情志，以落實某種內外在之目的。故事中的人物就像現實之中的人物一般，總要開口說話，他們可能自問自答，以一種內心獨白的方式向讀者攤開心事，表明心跡，但更多的情況是人物在不同的情境，以不同的心態和小說中的其他人物進行各種形式的對話，而故事也就在人物的對話與行動過程中逐步完成。所以，除卻地理敘事無需加入人物的對白外，其他各類素材的故事均需讓人物有「開口發言」的機會，以示現其場面，凡沙場叫陣，道場傳教，法場審判，議場辯論，商場行銷，或是政場謀事，歡場交際……不同的情況有不同的措辭內容與形式，敘事者必須謀定而後動。此外，人物的身分、才性、年歲、生理條件與情緒反應等的個別差異，也會產生不同的話語和聲調，不能千篇一律，而須聞其聲，能辨其人：欣適的人愛說笑話、擺官架子的人擅打官腔，文人出口成章，哲人發言警策、師保循循善誘、策士辯詞宏達，至於幼兒則有其童言稚語、傻子須瘋言瘋語，口吃者結結巴巴，都要依照人物特性來設定其語言風格。情緒與說話的口氣密切相關，所以即使是同一個人物，躊躇滿志與處境潦倒時的語調須有差異，其他如夢話、醉話、氣話、錯話、假話、好話、壞話，或言不由衷，或口是心非……凡是人間會出現的話語，敘事者都應妥善料理，才能將人物塑造得活靈活現。

現代敘事學將人物的語言謂之為「敘述語言」，以區別於講述故事的「敘事語言」。「敘事語言」和「敘述語言」事實上都是作家的「文字」。以《國語》〈越語〉為說，該篇都是敘事者重述越王勾踐臥薪嘗膽的復國始末，但在文本中，敘事者為了重建歷史事件現場，會讓渡一部分話語權給該事件的數個關鍵人物，以存真他們在這段歷史中的實際言行。其中以細明體標出的部分為「敘事語言」，標楷體部分就是「敘述語言」，發言的依次有越王勾踐、大夫文種、吳國的伍子胥、太宰嚭等人，人物開口說話之前，敘事者冠之以「曰」字。茲示例如下：

> 越王勾踐棲於會稽之上，乃號令於三軍，曰：「凡我父兄昆弟及國子姓，有能助寡人謀而退吳者，吾與之共知越國之政。」
>
> 大夫種進對曰：「臣聞之賈人，夏則資皮，冬則資絺，旱則資舟，水則資車，以待乏也。夫雖無四方之憂，然謀臣與爪牙之士，不可不養而擇也。譬如蓑笠，時雨既至必求之。今君王既棲於會稽之上，然後乃求謀臣，無乃後乎？」
>
> 勾踐曰：「苟得聞子大夫之言，何後之有？」執其手而與之謀。遂使之行成於吳。
>
> （文種）曰：「寡君勾踐之無所使，使其下臣種，不敢徹聲聞於天王，私於下執事曰：寡君之師徒不足以辱君矣，願以金玉、子女賂君之辱，請勾踐女女於王，大夫女女於大夫，士女女於士。越國之寶器畢從，寡君帥越國之眾，以從君之師徒，唯君左右之。若以越國之罪為不可赦也，將焚宗廟，系妻孥，沈金玉於江，有帶甲五千人將以致死，乃必有偶。是以帶甲萬人事君也，無乃即傷君王之所愛乎？與其殺是人也，寧其得此國也，其孰利乎？」
>
> 夫差將欲聽與之成。
>
> 子胥諫曰：「不可。夫吳之與越也，仇讎敵戰之國也。三江環之，民無所移，有吳則無越，有越則無吳，將不可改於是矣。員聞之，陸人居陸，水人居水。夫上黨之國黨，我攻而

> 勝之，吾不能居其地，不能乘其車。夫越國，吾攻而勝之，吾能居其地，吾能乘其舟。此其利也，不可失也已，君必滅之。失此利也，雖悔之，必無及已。」
>
> 越人飾美女八人納之太宰嚭。
>
> （文種）曰：「子苟赦越國之罪，又有美於此者將進之。」
>
> 太宰嚭諫曰：「嚭聞古之伐國者，服之而已。今已服矣，又何求焉。」
>
> 夫差與之成而去之。[30]

上述文本中，首先出現的是越王勾踐開誠布公對軍隊與人民的招賢呼籲。繼而是大夫文種對此呼籲的回應，他認為施政應及時招賢養士，未雨綢繆，復國才有希望。勾踐遂委以重任，使文種出訪吳國，向吳王夫差輸誠納貢，這一關鍵的外交活動是以文種的「敘述語言」予以記載，文種的外交辭令表現極佳，而其復國有功與歷史地位也在此屹立不搖。伍子胥看出了這場外交和平協議上的危機，他與越國有世仇之恨，再加上武將的個性率直，所以發言慨切，他情緒激昂地向吳亡夫差進諫，極力阻止吳越兩國簽訂和平協議，《國語》將他的這一席話以「敘述語言」予以存真，伍子胥義正詞嚴的鮮活形象也因而凜凜然。其後又有外交使節團對吳國太宰嚭行賄的「說辭」，以及太宰嚭對吳王夫差的勸誘之辭，這兩席話語說得頗為含蓄，點到為止，但卻埋伏著利益暗示，適切地呈現遊說之辭的語言特色。

---

30 三國・吳・韋昭：《國語韋氏解》〈越語上〉（臺北：世界書局，1962），卷 20，頁 451-453。

在中國史學譜系中，《國語》與《戰國策》由於皆屬「記言體」的大歷史敘事，而其閱讀者也是統治者或知識階層，閱讀目的在於認識歷史與掌握政治機宜，而不在故事之趣味性；雖然斯人斯世也詭譎有趣，所以，人物的「敘述語言」常是滔滔不絕的政治言論，尤其是《戰國策》，以記載戰國時代的策士政論為主題，箇中人物，如蘇秦、張儀、范雎等人的「敘述語言」總是長篇大論，類似政治演說，不過，當敘事受眾由士階層轉而為市民，或敘事活動由知識轉趨為娛樂取向，這樣的「人物語言」就必須進行調整，包括簡化，個性化、口語話，才不會冗長無趣，甚至拖沓了故事的節奏。「人物語言」的轉變關鍵應與中國戲劇的人物臺詞設計有關。中國傳統戲劇將角色在戲臺上的發言謂之為「賓白」，「賓白」是戲曲不可或缺的重要組成部分（默劇、扮仙、跳加官除外）。關於「賓白」的界說有二，一指「賓」是兩人互相對話，「白」是一個人自言自語；一指凡戲劇中的對話，不論是兩三人以上的對話或是一個人的獨白都統稱之為「賓白」。明朝劇作大家徐渭認為戲劇以歌曲為主，對話與獨白為賓，故稱「賓」；再者，不論是對話或是自言自語，都取明白易懂為上，所以稱之為「白」。他在《南詞敘錄》說：「唱為主，白為賓，故曰賓白。白，言其明白易曉也。」。[31] 徐渭強調在為戲劇角色撰寫臺詞時，應以「明白易曉」為原則，觀眾在觀賞時，才易聽好懂，確立「明白易曉」的口語原則之後，劇作家必須賦予他筆下的人物以適情適性的「個性化語言」。

所謂「什麼人說什麼話」，「敘述語言」拿捏得準，才能使人物既「現身」，又「獻聲」，成為一個個有聲有色，有個性，有情

---

31 明・徐渭：《南詞敘錄》（北京：中華書局，2006），頁636。

緒的「人物」。以《金瓶梅》中的武松與潘金蓮為例，這兩個角色在性別、個性、身分、心態上都大異其趣的人物，即使在獨處的場合說上一番酬酢的客套話，也是人心不同，話語相異，各如其面：

> 那婦人早令迎兒，把前門上了閂，後門也關了。卻搬些煑熟菜蔬入房裡來，擺在桌子上。武松問道：「哥哥那裡去了？」婦人道：「你哥哥出去買賣未回，我和叔叔自吃三盃。」武松道：「一發等哥來家，吃也不遲。」婦人道：「那裡等的他！」說猶未了，只見迎兒小女早暖了一注酒來。武松道：「又叫嫂嫂費心。」婦人也掇一條凳子，近火邊坐了。桌上擺著盃盤，婦人拿盞酒，擎在手裡，看著武松道：「叔叔滿飲此盃。」武松接過酒去，一飲而盡。那婦人又篩一盃來，說道：「天氣寒冷，叔叔飲過成雙的盞兒。」武松道：「嫂嫂自請。」接來又一飲而盡。武松卻篩一杯酒，遞與婦人。婦人接過酒來呷了，卻拿注子再斟酒，放武松面前。那婦人一徑將酥胸微露，雲鬟半嚲，臉上堆下笑來，說道：「我聽得人說，叔叔在縣前街上養著箇唱的，有這話麼？」武松道：「嫂嫂休聽別人胡說，我武二從來不是這等人。」婦人道：「我不信！只怕叔叔口頭不似心頭。」武松道：「嫂嫂不信時，只問哥哥就是了。」婦人道：「呵呀，你休說他，那裡曉得甚麼？如在醉生夢死一般！他若知道時，不賣炊餅了。叔叔且請盃。」連篩了三四盃飲過。那婦人也有三盃酒落肚，烘動春心，那裡按納得住。欲心如火，只把閑話來說。武松也知了八九分，自己只把頭來低了，卻不來兜攬。婦人起身去燙酒。武松自在房內，卻拿火

> 筯簇火。婦人良久煖了一注子酒，來到房裡，一隻手拿著注子，一隻手便去武松肩上只一捏，說道：「叔叔只穿這些衣服，不寒冷麼？」武松已有五七分不自在，也不理他。婦人見他不應，匹手就來奪火筯，口裡道：「叔叔你不會簇火，我與你撥火。只要一似火盆來熱便好。」武松有八九分焦燥，只不做聲。這婦人也不看武松焦燥，便丟下火筯，卻篩一杯酒來，自呷了一口，剩下半盞酒，看著武松道：「你若有心，吃我這半盞兒殘酒。」武松匹手奪過來，潑在地下，說道：「嫂嫂，不要恁的不識羞恥！」把手只一推，爭些兒，把婦人推了一交。武松睜起眼來說道：「武二是個頂天立地噙齒戴髮的男子漢，不是那等敗壞風俗傷人倫的豬狗！嫂嫂休要這般不識羞恥，為此等的勾當。倘有風吹草動，我武二眼裡認的是嫂嫂，拳頭卻不認的是嫂嫂！」婦人吃他幾句，搶得通紅了面皮，便叫迎兒收拾了碟盞家伙，口裡說道：「我自作耍子，不值得便當真起來。好不識人敬！」收了家伙，自往廚下去了。[32]

在上述文本中，從潘金蓮把門給關了起來，直到武松斥責潘金蓮，把她推開為止，兩人有幾番的對話，潘金蓮殷勤為武松敬酒，但她「醉翁之意不在酒」，所以說了不少暗昧的話語，如「天氣寒冷，叔叔飲過成雙的盞兒。」、「叔叔只穿這些衣裳，不寒冷麼？」、「叔叔你不會簇火，我與你撥火。只要一似火盆來熱便好。」、

---

32 明・蘭陵笑笑生著，清・張道深（竹坡）批評，王汝梅、李昭恂、于鳳樹校點：《金瓶梅》第一回〈西門慶熱結十兄弟　武二郎冷遇親哥嫂〉，頁44-46。

「你若有心，吃我這半盞兒殘酒。」而武松是血性男兒，明人不說暗話，所以有問必答，爽快利落地應對大嫂的試探，直到苗頭不對，才疾言厲色地出口斥責道「嫂嫂不要恁的不識羞恥！」。武松出言制止潘金蓮的挑逗後，心裡仍舊不舒坦，他打開天窗說亮話，向嫂嫂表明自己是個頂天立地的正人君子，不是那種傷風俗的豬狗敗類，他擔心潘金蓮又來獻媚勾纏，遂對她撂下狠話，嫂嫂，妳若是再輕舉妄動，就別怪武松的拳頭不認人了。潘金蓮聽他這麼劈頭蓋腦的一頓數落之後，自己找個臺階下，說，我隨便開個玩笑罷了，何必當真發起大脾氣來，我敬你是叔叔，可別不識擡舉啊。

張竹坡在評點《金瓶梅》時，細心地計算了本回自一開始到喝酒不歡而散為止，潘金蓮總共對武松喚了十五次的「叔叔」，先是武松出門要去縣里上班，潘金蓮說：「叔叔畫了卯，早些來家吃早飯，休去別處吃了。」，之後是潘金蓮遞茶水給武松，武松說這令他寢食不安，潘金蓮說：「叔叔卻怎生這般計較！自家骨肉，又不服事了別人。」武松踏雪歸來，潘金臉笑臉相迎：「叔叔寒冷」，武松進到屋內，潘金蓮說：「奴等了一早晨，叔叔怎的不歸來吃早飯？」武松問道：「哥哥哪裡去了？」潘金蓮回答說：「你哥哥出去買賣未回，我和叔叔自吃三杯。」張竹坡在此評點：「『叔叔』上，忽加『我和』二字，便寫得不堪。」他推崇笑笑生把潘金蓮的人物語言描摹得「如聞其聲」。潘金蓮一片尋歡求愛的心機宛轉深長，她撩逗小叔子武松的曖昧話語，雖然讓武松聽得氣急敗壞，怒火攻心，但其生動的話語卻讓讀者看得莞爾微笑，果然妖嬈伶俐。[33]

---

33 明・蘭陵笑笑生著，清・張道深（竹坡）批評，王汝梅、李昭恂、于鳳樹

《西遊記》中豬八戒的角色語言也有丑角趣味，吳承恩設定的豬八戒言語與其八不戒的性格表裡吻合。這位天蓬元帥心眼小，愛算計，人魯直，貪吃貪睡貪女色，因此，這號人物的話語應有其機伶利便，以符合其貪而又懶的心機，但人又愚蠢，所以豬嘴守不住豬心，常會說溜口而露出了本性，傻呼呼地將自己的如意算盤托出而不自知。如《西遊記》第二十三回〈三藏不忘本　四聖試禪心〉，八戒一心想入贅為女壻，但那婦人有意留難，八戒遂按捺不住地「毛遂自薦」，在他魯直卻又自誇的嘴舌編派，丑角人物的言語表現就活現眼前：

> 那婦人道：「你師父忒弄精細。在我家招了女壻，卻不強似做掛搭僧，往西趕路？」八戒笑道：「他們是奉了唐王的旨意，不敢有違君命，不肯幹這件事。剛纔都在前廳上栽我，我又有些礙上礙下的，只恐娘嫌我嘴長耳大。」那婦人道：「我也不嫌，只是家下無個家長，招一個倒也罷了；但恐小女兒有些兒嫌醜。」八戒道：「娘，你上覆令愛，不要這等揀漢。想我那唐僧，人才雖俊，其實不中用。我醜自醜，有幾句口號兒。」婦人道：「你怎的說麼？」八戒道：「我雖然人物醜，勤緊有些功。若言千頃地，不用使牛耕。只消一頓鈀，佈種及時生。沒雨能求雨，無風會喚風。房舍若嫌矮，起上二三層。家長裏短諸般事，踢天弄井我皆能。」[34]

校點：《金瓶梅》第一回〈西門慶熱結十兄弟　武二郎冷遇親哥嫂〉，頁42-46。

34 明・吳承恩：《西遊記》（臺北：臺灣商務印書館，1968），卷 1，頁237-238。

嘴長耳大的八戒不但不諱言自己容貌醜，還用了幾句口號自我稱說「沒雨能求雨，無風會喚風。房舍若嫌矮，起上二三層。」這幾句順口溜疏野老土，使八戒傻里傻氣的人物語言蠢蠢欲動。神魔小說外，江湖小說裡的各路好漢也要有其個性化的人物語言，如施耐庵在《水滸傳》為魯智深、宋江、林沖、史進、李逵、武松、楊志……等人物都打造了他們自己應有的性格語言，魯智深有許多粗話作為口頭禪，宋江說話較為周到，楊志較為古意……除了個性的設定外，人物在不同的情況與情緒下，都應有他當下說話的心機與口吻，如第四十五回〈楊雄醉罵潘巧雲　石秀智殺裴如海〉的對話表現，當石秀告訴楊雄他老婆潘巧雲背著他討契兒，而且討的還是一個出家吃齋的和尚時，楊雄暫將這件家醜悶在心裡，他先跟幾個朋友喝了酒，酒後，一肚子鳥氣再也憋不住，但他因醉酒而口齒不靈光，所以結結巴巴地說著囫圇不清的醉言醉語：

> 眾人又請楊雄去喫酒。至晚，喫得大醉，扶將歸來。詩曰：曾聞酒色氣相連，浪子酣尋花柳眠，只有英雄心裡事，醉中獨憤不能蠲。那婦人見丈夫醉了，謝了眾人，卻自和迎兒攙上樓梯去，明晃晃地點著燈燭。楊雄坐在床上，迎兒去脫靴鞋，婦人與他除頭巾，解巾幘。楊雄看了那婦人，一時驀上心來，——自古道：「醉是醒時言。」——指著那婦人，罵道：「你這賤人！賊妮子！好歹是我結果了你！」那婦人喫了一驚，不敢回話，且伏侍楊雄睡了。楊雄一頭上床睡，一頭口裡恨恨的罵道：「你這賤人！腌臢潑婦，那廝敢大蟲口裡倒涎！我手裡不到得輕輕地放了你！」那婦人那裡敢喘

> 氣，直待楊雄睡著。[35]

以上一段楊雄的醉話來說，施耐庵成功地賦予他既是一個粗獷的漢子，又是一個被老婆戴綠帽子的衰人，當時的他雖然喝得大醉，但心裡還糾結憤恨不平，只是咬牙切齒地嚷著「你這賤人！賊妮子！好歹是我結果了你！」示現了楊雄醉酒之後，妒火攻心的惱恨口吻。

《水滸傳》裡的綠林好漢常有粗話出口，有時為了耍狠，有時為了泄恨，有時只是語氣詞，這些粗魯的、鄙夷的、挖苦的難聽話，只要是故事角色該有的言語，都可以適時登場，以摹寫人物的面目。清・吳敬梓（公元 1701-1754 年）在《儒林外史》第三回〈周學道校士拔真才　胡屠戶行兇鬧捷報〉逼真地傳達了范進岳父的粗野聲口，這位在市場上天天「白刀子進，紅刀子出」的胡屠戶在聽到范進要跟他借錢時，劈頭蓋腦地賞了范進一頓臭罵，這些話語和「儒林」的委婉、客套、虛情假意迥然有別，大異其趣，在措詞風格、用典取譬、處世態度上，都和胡屠戶的身分與個性一拍即合，原文如下：

> 范進因沒有盤費，走去同文人商議，被胡屠戶一口啐在臉上，罵了一個狗血噴頭道：「不要失了你的時了！你自己只覺得中了一個相公就『癩蝦蟆想喫起天鵝肉』來！我聽見人說，就是中相公時，也不是你的文章，還是宗師看見你老，

35　明・施耐庵：《一百二十回的水滸》（臺北：臺灣商務印書館，1965），卷 9，頁 37-38。

> 不過意，捨與你的。如今癡心就想中起老爺來！這些中老爺的都是天上的『文曲星』！你不看見城裏張府上那些老爺，都有萬貫家私，一個個方面大耳。像你這尖嘴猴腮，也該撒拋尿自己照照，不三不四，就想天鵝屁喫！趁早收了這心，明年在我們行事裏替你尋一個館，每年尋幾兩銀子，養活你那老不死的老娘和你老婆是正經！你問我借盤纏，我一天殺一個豬還賺不得錢把銀子，都把與你去丟在水裏，叫我一家老小嗑西北風！」[36]

胡屠戶是市場裡的粗人，說粗口是他本有的形象，再加上他本來就看不起這個女婿，如今，這個女婿竟然向他這個辛苦殺豬掙活的老丈人開口借錢，他當然大發雷霆，所以吳敬梓賦予了他一大串嗤之以鼻的冷嘲熱諷，這串話語雖然惡毒酸苦，沒有一句好話，但卻寫得很妙。

人物的語言臨摹還應注意到人類語言的複雜性，人類在語言交際時，未必會如實表出內心的意圖，或單純地將情緒反應在言語上，所以，焦急時說的種種負氣話，未必真的無情無義，有可能只是嘴硬不甘心，細心的人能留意話中埋伏的情意。例如大陸作家余華在《許三觀賣血記》成功塑造了「許三觀」，許三觀的話語既透明易懂，但仔細一聽，卻又不簡單，有時「正言若反」，有時「色厲內荏」，如他臭罵兒子一樂的話語，話說得絕，但心腸軟，心地好。由於大饑荒，許家已經連喝了五十七天的玉米粥，許三觀決定

---

36 清・吳敬梓：《儒林外史》〈第三回周學道校士拔真才　胡屠戶行兇鬧捷報〉（臺北：聯經出版事業公司，1991），頁 29。

去賣血，用賣血得來的錢帶全家到飯店吃一頓好料，但他不願帶一樂同行，因為一樂是他老婆婚前和愛人何小勇暗結的珠胎，雖然他事後多年才發覺真相。他對一樂說：「一樂，平日裏我一點也沒虧待你，二樂、三樂吃什麼，你也能吃什麼。今天這錢是我賣血掙來的，這錢來得不容易，這錢是我拿命去換來的，我賣了血讓你去吃麵條，就太便宜那個王八蛋何小勇了。」。[37]一樂聽完許三觀的話，認命地拿著錢去買紅薯吃，但吃了一個並不飽，他想到弟弟們與父母在飯店裡吃著大碗麵條的幸福樣子，開始感傷地啜泣。第二天晚上，一樂決定要離家出走，去找願意帶他去飯店吃一碗麵條的「親爹」。許三觀初時不以為意，但天色漸黑，孩子還沒回來，許三觀忍不住開始著急，擔憂，他四處慌忙地找，但他找到一樂時，不是好言勸慰，而是數落了一樂一大頓：「你這小崽子，小王八蛋，小混蛋，我總有一天要被你活活氣死。你他媽的想走就走，還見了人就說，全城的人都以為我欺負你了，都以為我這個後爹天天揍你，天天罵你。下輩子我死也不做你的爹了，下輩子你做我的後爹吧。你等著吧，到了下輩子，我要把你折騰得死去活來……」許三觀這段話看似氣炸了，但其實是孩子尋獲之後，壓力驟減之下的激動話語，呈現許三觀對一樂如假包換的滿腔父愛。[38]

相反的，有些周到體面的話，也許暗藏不懷好意的警告，或是誘之以利的唆使，故事之中的人物說的未必是如實的打算。以《左傳》為例，左丘明提供了兩段巫臣先後向楚莊王和子反「進諫」的話語，這段話語發生在楚莊王滅掉陳國之後，欲納陳國美艷無雙的

37　余華：《許三觀賣血記》（臺北：麥田出版，1997），頁 167；頁 182；頁 200。

38　余華：《許三觀賣血記》，頁 167；頁 182；頁 200。

夏姬為新歡，以及就在楚莊王作罷之後，換成子反打算將夏姬據為己寵之後。這兩段「忠言」，巫臣都是說得「語重心長」，他告訴楚莊王，你興兵是要討罪，現在卻要納那個夏姬，可見你這興兵的舉動就是貪色貪淫。一國之君當要克制色欲淫心，否則，依據古來教訓，其國必遭天罰，也無從立足於國際之間了。巫臣對子反的「諫言」，聽起來也是頭頭是道，他說夏姬是紅顏禍水，兒子、丈夫、國家，都因她而慘遭不幸，人的生命可貴，況且天涯何處無芳草，何苦單戀一枝「帶衰」的花？所以子反也打消了納取夏姬的主意。而實際的情況則是，巫臣自己要取夏姬這位美人為婦。原文如下：

> 魯成公二年。楚之討陳夏氏也，莊王欲納夏姬，申公巫臣曰：「不可。君召諸侯，以討罪也。今納夏姬，貪其色也。貪色為淫，淫為大罰。《周書》曰：『明德慎罰』，文王所以造周也。明德，務崇之之謂也。慎罰，務去之之謂也。若興諸侯，以取大罰，非慎之也。君其圖之！」王乃止。子反欲取之，巫臣曰：「是不祥人也！是夭子蠻，殺御叔，弒靈侯，戮夏南，出孔、儀，喪陳國，何不祥如是！人生實難，其有不獲死乎？天下多美婦人，何必是？」子反乃止。王以予連尹襄老。襄老死於邲，不獲其尸，其子黑要蒸焉。巫臣使道焉，曰：「歸，吾聘女。」[39]

---

39 戰國・左丘明：《左傳》（臺北：藝文印書館「十三經注疏」）卷25，頁428。人物說明：子蠻：夏姬之兄。御叔：夏姬之夫。靈侯：被夏姬的兒子殺害。孔、儀：陳國大夫，因陳靈公（侯）被殺，二人逃亡。喪陳國：陳國被滅。

巫臣的話說得愷切，說得沈重：「人生實難，其有不獲死乎？天下多美婦人，何必是？」他苦勸子反要珍惜人生，千萬不要取這個不祥的女人。從話語的表面上看，巫臣似乎是極端防範這個危險的夏姬，但其實是欲將美麗的夏姬據為己有，這樣所言和所欲背道而馳，就產生了反差的張力，史家不但塑造了巫臣處心積慮的性格面貌，也側面渲染了夏姬傾城傾國之美。

中國幅員廣大，五方十音，各地皆有其方言，鄉土意識提倡之後，作家在寫作「鄉土文學」時必然面臨方言的使用問題，方言能存真鄉土人物的口語措辭，但可能面臨兩個問題，一是以擬音的方式來書寫該「方言」，[40]若不識其方言之發音，則讀者面對這些擬音字，必然有「對面不相識」的困惑。如閩南語以「乃爸」（「乃」是第二人稱，即汝，你；「乃爸」是「你的老爸」之意）來自我宣稱，若以「林杯」來擬音，則不知所云，其他如以「七逃」擬音閩南語的「蹉跎」（蹉是失足跌倒之意，蹉跎是虛耗歲月，錯失良機。），或以「七逃人」來擬音「蹉跎人」，也是畫虎不成反類犬。第二個問題是，在作品的流通上，以方言書寫的作品僅能通行於該方言之使用區域。李漁在《閒情偶寄》指出，為了通行廣遠，其實要避免使用方言，以免聽者茫然不知所云，減損了與受眾交流的效果，他在「少用方言」說：

> 凡作傳奇，不宜頻用方言，令人不解。近日填詞家，見花面登場，悉作姑蘇口吻，遂以此為成律，每作淨丑之白，即用

40　擬音的現象可能出自於作家不識其正確書寫漢字，或是為了直音可辨，讓使用該方言的讀者一望而知。

> 方言，不知此等聲音，止能通於吳越，過此以往，則聽者茫然。傳奇天下之書，豈僅為吳越而設？至于他處方言，雖云入曲者少，亦視填詞者所生之地。如湯若士生于江右，即當規避江右之方言，粲花主人吳石渠生于陽羨，即當規避陽羨之方言。蓋生此一方，未免為一方所囿。有明是方言，而我不知其為方言，及入他境，對人言之而人不解，始知其為方言者。諸如此類，易地皆然。[41]

李漁認為「傳奇」是「天下之書」，應當為天下各地的人所理解，不應以方言來填寫臺詞，否則「未免為一方所囿」，造成閱聽者的不解，減損接受的樂趣。

二、空間環境的類型與實際表現

任何故事都必須被安置於一個空間，以容納故事中的所有人事物，正如同我們所偃仰生滅於其間的宇宙一般，無有例外；蓋因人事物的存在必占有其一定的空間，而其行動，不論是何種程度的前後移動、左右周旋、上下起伏；或是各種類型的進出遷徙、離合聚散、飛翔遠颺……在在需要有配合其行動的足夠空間。空間的定義是「兩個物體之間的間距」，[42]包含虛空與充塞其中的物體，屬於

---

41 清・李漁：《閒情偶寄》，卷3，詞曲部，頁134-135。

42 葉家明在《向生命系統學習》一書中深具哲思地闡述時空物質之重要性，他說：「時間和空間與物理現象、即物質及其運動相關，是不難理解的。試想，若時空與物理現象無關地獨存，則可以設想在一個沒有物質、沒有運動的『宇宙』中，有著獨立存在的時間和空間。然而，在那個『宇宙』

物理現象的客觀存在，而環境則是前述空間的具體落實，與活動於其中的人物發生交涉，所以，在小說中的空間描寫多屬人物的生存環境。敘事者在謀劃故事時，就必須配合素材的時空條件與故事類型，擬定相當的行動空間與環境背景，才能順利展開故事。以《西遊記》為例，唐僧師徒一行人跋涉萬里，歷經險阻的取經過程，敘事者絕對需要提供從長安到天竺這一路荒漠遙遠的空間，而各個神魔怪物也必需賦予特定的棲身環境，否則無法憑虛敘述其行為的發展，讀者更無從想像其場景畫面。至於猴行者孫悟空的原鄉——「花果山」，[43]雖然只是一個猴群生態場景，但敘事者仍必須將它描述得蓬勃新奇，使讀者能據以想像這是一個澗水奔流，滾滾湧濺，瀑布飛泉，下有水簾洞的環境，洞裡正中央的石碣上刻寫著「花果山福地　水簾洞洞天」，裡頭是一座天造地設的石房，有石鍋、石竈、石碗、石盆、石床、石凳。水濂洞前有座鐵板橋，橋邊有花有樹，水簾洞裡則聚集了許多的猴子，其中有一石猴，自稱美猴王。在吳承恩的筆下，這座山明水秀，別有洞天，猴群頑而不冥的花果山，將美猴王的出場摹繪得鍾靈毓秀，生機萬千。

裝載故事人事物的「所在地」，也就是「環境」，在敘事文學中約可分為兩類，一類是作為前景之用，即以「空間」作為主題，

內，『時間』是什麼？『空間』為何物？眾所周知，所謂時間，係指兩個事件之間的間隔；所謂空間，實即兩個物體之間的間距。在那個既無物質、又無運動的『宇宙』中，當然沒有事件，則『時間』既是零又是無窮大；那個『宇宙』中當然也沒有物體，故『空間』也既是零又是無窮大。這樣的『時間』和『空間』毫無意義，所以並不存在。」（臺北：淑馨出版社，1997），頁98。

43 明・吳承恩：《西遊記》第一回〈靈根育孕原流出　心性修持大道生〉（臺北：臺灣商務印書館，1968），卷1，頁2-4。

譬如山經、水經的地理書寫，或是個人的山水遊記、海內外旅行見聞等的文本，敘事者關於山河大地或歷史古蹟等的環境報導，一般都是作為前景來敘述。二類是將環境作為背景用途，是人物的活動場域。如同其他形態的文學一般，各種空間的描寫，有時也被作者賦予深層寓意，有其「隱喻」作用，象徵在表象「空間」或「環境」以外的含義，屬於「詩意空間」的意匠經營。唐宋古文家的遊記，如唐・柳宗元的〈永州八記〉，宋・王安石的〈遊褒禪山記〉、蘇轍的〈九曲亭記〉，常在山水風景之外隱喻人生峰迴路轉，或是柳暗花明又一村的哲理，就是「詩意空間」的經營，本節以「隱喻指涉的象徵空間」謂之。

（一）主題用途的行旅空間

在地理學獨立分支出來之前，輿地撰述為史學的專門類，史書中的河渠書，溝洫志，地理志，或是都邑簿、地方志，風土志等，其敘事內容均以空間記述為主軸。輿地類的敘事文最初分為山、海兩大系統：即山經、水經類，其次則為海內與海外部分。「山」的部分，又分為名山記，記山中之寺觀景致以及隱士、列仙、山怪類；「海」的部分，又分為水系河渠，溝瀆湖泊之水利以及海系之海象水族見聞。海內部分最初是官修或私撰之郡書風土地方志，之後則有行腳遊蹤之休閒類記聞，海外部分則隨著時代推移，政治環境之中外交流，最初偏向於類似《山海經》之海外異聞，包括種族、地理、生物、氣象；其後則有邊界鄰國或歸化之藩屬國之外交往來而產生之疆域考察、風物介紹等之傳記，如《扶南記》、《夷堅志》。隋唐以後，陸海交通運輸更為便利，中國與外國之貿易、出使、旅遊、留學、征討之活動頻增，各種地理類記聞應運而生，有官方之平蕃記、西（北、東、南）征記、出使記、航海記，以及私人之海外遊歷見聞記等。在敘事體例上，有的以地為經，沿途介紹，有的以水系、都城為經，而以史補充，有的以日記體為框架，類似旅遊日記，如《徐霞客遊記》。以空間書寫作為敘事主題的文學作品，為數眾多，舉凡山水遊歷、海外見聞，或是帶有虛構成分的地獄、仙鄉等，其敘事素材均以其空間環境為主，而輔以相關之人事。在地理學方面的敘事散文傑作甚多，如北魏．酈道元的《水經注》，全書的主題為河流，共有 1252 條河流，酈道元以史證地，所以也敘述了歷史傳說與山水風光。

以海外旅遊為題的敘事作品如東晉．法顯的《佛國記》，此書應是中國文學史上最早的旅遊文學，法顯一行五人於公元 399 年從長安出發到西域取經，穿過敦煌以西的大沙漠，途經新疆諸國，越過蔥嶺，抵達古印度境內修行取經，後又在師子國停留兩年，公元 411 年乘船回國，但在海上遇到颶風，漂泊九十餘天，到達今爪哇的耶婆提。隔年，法顯等人再次乘船向中國航行，最後在今山東嶗山登陸，完成取經大業，前後一共十三年。法顯不僅取回佛教經卷，而且將他的旅行過程寫成《佛國記》一書，記載了沿途的高原、雪山、海洋、島嶼等地理環境，以及遊歷所經目的人民生活點滴。宦遊紀聞，也會將地理環境置於前景，如清．藍鼎元（公元 1587-1641 年）〈紀虎尾溪〉即以濁水溪的溪床特性與水系分布為敘事主題，他以賞譽的眼光描寫了河川的泥沙顏色與河水迴旋的螺紋，並記敘他的渡河經驗：

> 虎尾溪，濁水沸騰，頗有黃河遺意，特大小不同耳。黃河多紅泥翻波，其水赤；虎尾則粉沙漾流，水色如葭灰，中間螺

紋旋繞，細膩明晰甚可愛，大類澎湖紋石。然溪底皆浮沙，無實土，行者須疾趨，乃可過，稍駐足，則沙沒其脛，頃刻及腹，至胸以上，則數人拉之不能起，遂滅頂矣。溪水深二、三尺，不通舟。夏秋潦漲，有竟月不能渡者。余以辛丑秋初，巡斗六門而北，將之半線，至溪岸，稍坐，令人馬皆少休。已而揚鞭疾馳，水半馬腹，車牛皆騰躍而過，亦奇景也。溪源出水沙連，合貓丹、蠻蠻之濁流，為濁水溪。從牛相觸二山間流下，北分為東螺溪；又南匯阿拔泉之流為西螺溪。阿拔泉溪發源阿里山，過竹腳寮山，為阿拔泉渡，西入于虎尾。四溪牽合雜錯，而清濁分明。虎尾純濁，阿拔泉純清。惟東螺清濁不定；且沙土壅決，盈涸無常。吾友阮子章詩云：「去年虎尾寬，今年虎尾隘。去年東螺乾，今年東螺瀹。」又云：「餘流附入阿拔泉，虎尾之名猶相沿。」亦可以知諸溪之大概矣。[44]

明・徐霞客的《徐霞客遊記》是日記體的旅遊文學，徐霞客好遊山水，《徐霞客遊記》逐日敘述他登山臨水的遊蹤，大自然中的山丘、竹林、石峽、田畦、岩溶幽洞、溪流的寬窄緩急、溫泉的湯氣……這些自然物色的空間走向，位置分佈，山巒的遠近高低、水色的清澄紋樣、草木的芬芳、田疇的作物……在在是該書敘事的主題。以下是〈遊黃山日記〉中記徽州府的山嶺與溫泉，透過徐霞客的記敘，一重又一重的山嶺，江村在望，小溪曲曲折折，積雪半尺，溫泉蒸汽鬱然，水泡從池底汩汩冒起，文曰：

---

44 清・藍鼎元：《東征集》（臺北：文海出版社，1977），卷6，頁247-248。

> 初三日，隨樵者行，久之，越嶺二重。下而復上，又越一重。兩嶺俱峻，曰雙嶺。共十五里，過江村。二十里，抵湯口，香溪溫泉諸水所由出者。折而入山，沿溪漸上，雪且沒趾。五里，抵祥符寺。湯泉在隔溪，遂俱解衣赴湯池。池前臨溪，後倚壁，三面石甃，上環石如橋。湯深三尺，時凝寒未解，湯氣鬱然，水泡池底汩汩起，氣本香冽。黃貞父謂其不及盤山，以湯口、焦村孔道，浴者太雜遝也。浴畢，返寺。僧揮印引登蓮花菴，躡雪循澗以上。澗水三轉，下注而深泓者，曰白龍潭；再上而停涵石間者，曰丹井。井旁有石突起，曰「藥臼」，曰「藥銚」。宛轉隨溪，群峰環聳，木石掩映。如此一里，得一菴，僧印謂我他出，不能登其堂。堂中香爐前鐘鼓架，俱天然古木根所謂。遂返寺宿。[45]

由於遊記的主題是「空間遊歷」，因此，重巒疊翠，清流小溪，山谷幽壑，成為翹首在望的前景，是敘述的主題，至於人物跋山涉水，尋幽訪勝的事件過程，只是作為穿針引線的嚮導之用，倘若去除這些山水風景，那麼就成不了遊記了。另外需注意，山水遊記與地理書的環境書寫必須真實可徵，才具有其參考與紀實價值，至於其他的虛構作品，如地獄遊歷、仙鄉遊歷、魔界遊歷、海底探險、地心探險、太空探險等主題，敘事者則可根據現實資料與合情合理之想像，創造出別緻的虛構空間。

---

45 明・徐霞客：《徐霞客遊記》（臺北：世界書局，1962），頁8。

（二）背景用途的行動空間

敘事者需提供周遭的空間資訊給予讀者，使讀者能據以聯想，順利理解故事中的人物處於何種環境，包括生活環境、社會環境、自然環境等。作為背景的行動空間，雖不是故事的主要敘述內容，而只是提供故事中人物居處與行動的背景，但它卻不可或缺。這個被文字敘述的世界包羅萬象，可以說是現實世界的抽象縮影，甚至也可以說它超越真實世界的疆域；因為幻想無遠弗屆，大凡想像力與語言文字可以描述的地方，它就可以憑虛存在於敘事文本。背景環境中的空間與物質材料，不論是山嶽，是樹林，是水澤，是關口，是棧道，是橋墩，是城牆或是廢墟，是道路或是巷弄，是水田或是桑園，是旅店或是賭場，是作坊或是藥局……它們可以擬真，可以造假，可以是實境，也可以是幻境……但都必須與現實生活環境設備相應，縱使故事內與故事外的世界有中外古今、仙凡陰陽等的巨大差異，但其間的材料與功能仍要具有基本的共通性，閱聽者才得以據此經驗，作與此有關之想像。

如明・施耐庵集大成的《水滸傳》，全書故事由被逼上梁山的一百零八條好漢集合而成，人人各有其故事，各個故事各有其發生所在地，如九紋龍史進大鬧的史家村，魯智深放火燒的瓦官寺，林教頭雪夜奔亡的山神廟，武松打虎的景陽岡，小李廣射雁的梁山，公孫勝降魔的芒碭山、張順夜間大鬧的金沙渡、混江龍李俊水灌的太原城……所以包括施耐庵在內的各敘事者，必須在書中安排每個事件的行動空間，這些空間由點到線，由線到面，幅員遼闊，遍佈在不同的村舍、城鎮、關隘、州、縣；大區域包羅了永州、光州、淮安州、秦州、梁州、涼州、孟州道，小環境則從上清宮、二龍山、蜈蚣嶺、十字坡、清風寨、寶珠寺、祝家莊、史家村、快活林、烏龍院、鴛鴦樓、茶坊、麵店、客店、兌坊、生藥鋪、鐵匠鋪、絨線鋪、刑場……到梁山泊，忠義堂，有戶外景觀，有室內佈置，為使閱聽者順利將人物事件與環境作四度時空結合想像，敘事者必須適度提供空間與所在物的必要資訊。如第七十八回對梁山泊的場景有番具體描寫：「寨號水滸，泊號梁山。週迴港汊數千條，四方周圍八百里。……有七十二段港汊，藏千百隻戰艦艨艟；建三十六座雁臺，屯百十萬軍糧馬草。」根據文本所述，梁山泊周迴數千港汊，四方八百里壯闊，戰艦千百艘，雁臺數十座，百萬軍糧馬草，以及山嶺雄險的浩蕩氣勢，成功打造宋江起義軍龍蟠虎踞的軍事根據地。在第二十九回〈施恩重霸孟州道　武松醉打蔣門神〉對快活林的描寫，歷歷在目，使人物的活動更易想見，這個快活林是透過施恩向武松口述出來的，他說：

> 小弟此間東門外，有一座市井，地名喚作快活林。但是山東、河北客商們，都來那裡做買賣，有百十處大客店，三十處賭坊、兌坊。往常時，小弟一者倚仗隨身本事，二者捉著營裡有八九十個拼命囚徒，去那裡開著一個酒肉店，都分與眾店家和賭坊、兌坊裡。但有過路妓女之人，到那裡來時，先要來參見小弟，然後許他去趁食。那許多去處，每朝每日都有閒錢，月終也有三二百兩銀子尋覓。如此賺錢。[46]

作為背景的空間並不需要固守於現實地盤，即使小說中的地點寫得

---

46 明・施耐庵：《一百二十回的水滸》（臺北：臺灣商務印書館，1965），第六冊，頁13。

有憑有據，也不必執著計較其真偽或正誤，讀者與研究者對此現象應有所體認，尤其是緣起於某些史實，但附會更多民間傳說，集成於眾能手的經典巨作，更具有開放性文本的特性；所謂「開放性文本」是指作品在流傳的過程中會繼續加入新的敘事者所做的微幅變更。例如《水滸傳》的地理環境或行政區域，未必與北宋的現實世界無所出入。何心在《水滸研究》曾考據《水滸傳》的地理資料，列舉其中與史實不符的州縣城市，他說：

> 我們仔細查考一下，便可以知道全部《水滸傳》中的地名，有三分之二是北宋時所有。其餘三分之一，一半是前朝後代所有而北宋時所沒有的，另一半則簡直無從查考，也許出於作者捏造（有許多明明是作者捏造的小地名尚未列入），尤其是舊本征田虎、王慶兩段中，捏造的地名最多。袁刻本百二十回本中，這兩段雖已經改造，但是誤用前朝後代的地名，以及無可查考的地名，還是很多，比較舊本，也不過五十步與百步之間而已。[47]

何心從考據的立場檢覈《水滸傳》出現的地名，爬梳出書中有六分之一的州縣城鎮「簡直無從查考」，可見這些「地方」都出自於敘事者所捏造。從史學的寫作規範來看，所謂「捏造」，當然是材料不實，或張冠李戴，何心糾謬的用意在此。不過，若從民間文學的開放性，或小說體的寫作規範來看《水滸傳》，這些被「捏造」的大大小小地名，可視為各敘事者依其敘述考量而「創造」的行動空

---

47 何心：《水滸研究》，頁 229。

間。敘事者本有其權力根據材料來改造故事內的世界，在服膺藝術真實，實現藝術傳達效果的前提下，故事內的空間並不需要與現實世界完全相符。以《水滸傳》第十一回「汴京城楊志賣刀」，施耐庵寫青面獸楊志為籌盤纏而出賣家傳寶刀，憤而殺害沒毛大蟲牛二的地點是在「汴京」，當犯下殺人罪之後，楊志被發配交管的地方是「大名府」；但在元・無名氏的《宣和遺事》，敘述楊志是在潁州因為等候孫立不來，又值雪天，旅途貧困，想將寶刀出售換錢，一惡少說要買寶刀，但與楊志發生廝爭，楊志揮刀把後生的頭給砍了，配發的地點則是「衛州軍城」。[48]此事在兩個版本上所表現的地點差異，事實上對故事內容與講述的效果不會造成正負面影響；但若要追究史實，則楊志究竟在何處殺人，是潁州？是汴京？刺配何處，是衛州？是大名府？卻得據實考證，還原真相。但話又說回來，何心在《水滸研究》的史地檢覈方法，確實反映出中國敘事傳統「史實求是」的準繩。

江湖小說、歷史演義、神魔故事需要行動空間外，世情小說也必須有其起居環境，如《金瓶梅》的情節環繞著西門慶一家子。明・張竹坡在評點《金瓶梅》時對人物活動的空間佈置已產生了關注的興趣，他整理出西門慶家的房屋格局與居住者的資料如下：

西門慶房屋

門面五間，到底七進（後要隔壁子虛房，共作花園），上房（月娘住），西廂房（玉樓住），東廂房（李嬌兒住），堂

48　宋・佚名：《新刊大宋宣和遺事元集》：「結案申奏文字回來，太守判道：『楊志事體雖大，情實可憫，將楊志誥劄出身，盡行燒燬，配衛州軍城』。」（臺北：世界書局，1965「宋元平話四種」），頁36-37。

> 屋後三間（孫雪娥住），後院廚房、前院穿堂、大客屋、東廂房（大姐住）、西廂房。儀門
>
> 儀門外，則花園也。三間樓一院，潘金蓮住。、又三間樓一院（李瓶兒住）。
>
> 二人住樓，在花園前，過花園方是後邊。
>
> 花園門在儀門外，後又有角門，通著月娘後邊也。
>
> 金蓮、瓶兒兩院，兩角門，前又有一門，即花園門也。花園內，後有捲棚。
>
> 翡翠軒前有山子，山頂上臥雲亭，半中間藏春塢雪洞也。
>
> 花園外，即印子鋪門面也。門面傍，開大門也。
>
> 對門，乃要的喬親家房子也。
>
> 又獅子街，即打李外傳處也。
>
> 內儀門外甬道旁乃群房，宋慧蓮等住者也。[49]

從張竹坡《金瓶梅》裡西門慶家的人物活動空間就是在這些廂房、花園、院落、廚房、穿堂之間，各處空間又有各自的陳設與景致，人物的各種行為就在其中發生。

不同的環境造就不同的生命處境，影響人物的心境，所以，背景用途的行動空間，其在敘事上的功能除了提供故事世界的環境資訊外，也在形成人物或事物的某種氣候。譬如《水滸傳》第四十四回〈錦豹子小徑逢戴宗　病關索長街遇石秀〉敘述楊雄的岳父與石秀商量開屠宰作坊，施耐庵描寫了肉鋪開張的場景：「便把大青大

---

[49] 明・蘭陵笑笑生著，清・張道深（竹坡）批評，王汝梅、李昭恂、于鳳樹校點：《金瓶梅》，〈雜錄小引〉，頁 6-7。

綠裝點起肉案子、水盆、砧頭，打磨了許多刀仗，整頓了肉案，打併了作坊、豬圈，趕上十數個肥豬，選個吉日開張肉鋪。」。[50]施耐庵簡單地勾勒了豬圈、肉案、砧板、水盆、刀仗的擺設，使石秀的殺豬作坊色澤鮮豔，宛然在目，同時也隱約影射了石秀殘忍的行事作風；與此相形異趣的是《三國演義》第三十七回〈司馬徽再薦名士　劉玄德三顧草廬〉對諸葛亮所居住的臥龍崗之環境描寫，劉備與關羽、張飛走訪隆中，欲尋臥龍先生，三人放眼望去，但見：

> 襄陽城西二十里，一帶高岡枕流水。高岡屈曲壓雲根，流水潺湲飛石髓。
> 勢若困龍石上蟠，形如單鳳松陰裏。柴門半掩閉茅廬，中有高人臥不起。
> 修竹交加列翠屏，四時籬落野花馨。牀頭堆積皆黃卷，座上往來無白丁。
> 叩戶蒼猿時獻果，守門老鶴夜聽經。囊裏名琴藏古錦，壁間寶劍映松文。
> 廬中先生獨幽雅，閒來親自勤耕稼。只待春雷驚夢回，一聲長嘯安天下。[51]

這個山勢秀雅，流水澄淨，土地平坦，林木茂盛，猿鶴相親，竹柏交翠的臥龍崗，很能襯托如龍高臥的諸葛亮，不愧是「功蓋三分國，名成八陣圖」，一代名相的生活環境。

作為背景之用的環境縱然只是容納人物行動的客觀空間，但由

---

50 明・施耐庵：《一百二十回的水滸》（臺北：臺灣商務印書館，1965）。

51 明・羅本：《足本三國演義》（臺北：世界書局，1975），頁220。

於空間與行動不可須臾或離，所以該空間必然與發生於其間的事件產生連結，事件有悲歡離合，伴隨著悲歡離合的遭遇，客觀的空間也帶有特定的情感氛圍。譬如敦煌變文的《廬山遠公話》敘述慧遠法師被迫與劫匪白庄結夥打家劫舍，逢州打州，逢縣打縣，這樣經過了數年之後，一日，白庄在東嶺之上安居，慧遠則在西坡上止宿，映眼的秋季山林景致，風起葉落，月光皎潔，這一片清靜美好的風景觸動了慧遠法師的內心世界，他曾感慨惆悵，思忖此生恐無緣再入空門，但這向西的山坡風景，卻使他夢見西方諸佛：

> 是時也，秋風乍起，落葉飄颻，山靜林疏，霜霑草木。風經林內，吹竹如絲，月照青天，丹霞似錦。長流水邊，心懷惆悵。朦朧睡著，乃見夢中十方諸佛，悉現雲間，無量聖賢，皆來至此。喚言：菩薩起，莫念光（無）明睡著，證取涅槃之位，何得不為眾生念涅槃經？[52]

秋日山林原是慧遠止宿所見之風景，但背景是客觀的，情感是主觀的，人物以其主觀的心境面對客觀的環境，必然勾起許多前塵舊夢，或是新仇舊恨，這樣一來，原本庸常無奇的環境就敷上了一層情感色彩，而使故事更為動人。以〈王魁負桂英〉故事中出現的海神祠為例，此一場景是王魁與桂英的定情處，他們雙雙對神明立誓，此生絕不相負，若有相負之心，必遭神殛鬼誅，兩人對神解髮，以綵絲合為雙髻，且用小刀各刺手臂，使其出血盈盃以祭神，再以餘酒和之而交飲，完成非君不嫁，非卿莫娶的血誓。沒想到，

52 王重民、王慶菽、向達、周一良、啓功、曾毅公抄校：《敦煌變文集》（北京：人民文學出版社，1984），頁174。

王魁科舉高中第一之後，私心盤算著：「吾科名若此，即登顯要，今被一娼玷辱，況家有嚴君，必不能容。」於是把心一横，背約毀盟，自過省御試後，就拒不見面，音訊斷絕，而且也順水推舟地答應了父親安排的豪門大婚，娶了崔家千金。桂英後來自殺，化為厲鬼，要求海神為她作主，核准她的鬼魂可至相國府尋王魁理論。在這個故事中，海神廟是王魁與桂英的定情地，也是山盟海誓付諸東流的傷心地，今昔相比，使海神廟的環境空間，感染著桂英此恨綿綿無絕期的煙花淚。[53]

（三）隱喻指涉的象徵空間

當敘事者描繪的空間具有該環境或物體以外的某種含義，這就是一個兼有隱喻指涉的空間。象徵空間其基本的構成形態一如文學中的象徵，為一個能指包含兩個所指，這兩個所指一在表層，一在裏層；表層是外顯的物質環境，裏層是內隱的其他事物之指涉，可能是具體的某種對象，也可能是抽象的某種理念。在敘事文本中，大洋、山嶽、湖泊、荒島、叢林、道路、城池、圍牆、監獄、營

53　……桂英喜迎之間，聞及此語，乃仆地大哭。久之，謂侍兒曰：「今王魁負我盟誓，必殺之而後已，然我婦人，吾當以死報之。」遂同侍兒，乃往海神祠中，語其神曰：「我初來，與王魁結誓於此，魁今辜恩負約，神豈不知？既有靈通，神當與英決斷此事，吾即自殺以助神。」乃歸家，取一剃刀，將喉一揮，就死於地，侍兒救之不及。桂英既死，數日後，忽於屏間露半身，謂侍兒曰：「吾今得報魁之怨恨矣！今已得神以兵助我，我今告汝而去。」侍兒見桂英跨一大馬，手持一劍，執兵者數十人，隱隱望西而去。遂至魁所，家人見桂英仗劍，滿身鮮血，自空而墮，左右四走。桂曰：「我與汝輩無冤，要得無義漢負心王魁爾！」詳見宋・羅燁：《醉翁談錄》辛集，卷2，頁92-93。

房、洞穴、船舶、碼頭、燈塔、火車、機場、門、暗巷……都可以被敘事者營造為兼有隱喻指涉的象徵空間。如清・劉鶚（公元 1857-1909）在《老殘遊記》，是以一艘「喫載很重」「破敗又浸水」的大船隱喻清末時期的「腐敗政府」，第一回〈土不治水歷年成患風能鼓浪到處可危〉寫老殘和兩個摯友文章伯、德慧生以望遠鏡看見了一隻在洪波巨浪中行駛的帆船：

> 相隔亦不過一點鐘之久，那船來得業已甚近。三人用遠鏡凝神細看，原來船有二十三四丈長，是隻很大的船。船主坐在舵樓之上；樓下四人，專管轉舵的事；前後六枝桅杆，掛著六扇舊帆，又有兩枝新桅，掛著一扇簇新的帆，一扇半新不舊的帆，算來這船，便有八枝桅了。船身喫載很重，想那艙裡一定裝著各項貨物。船面上坐的人口，男男女女不計其數，卻無篷窗遮蓋風日，同那天津到北京三等客位火車一樣，面上有北風吹著，身上浪花濺著，又濕又寒，又飢又怕；看這船上的人，都有民不聊生的氣象。那八扇帆下，各有兩人專管繩腳的事，船頭及船面上，有許多的人彷彿水手的打扮。
>
> 這船雖有二十三四丈長，卻是破壞的地方不少，東邊有一塊，約有三丈長短，已經破壞，浪花直灌進去：那旁——仍是東邊——又有一塊丈許長的，水波亦漸漸侵入，其餘的地方，沒有一處無傷痕。那八個管帆的，卻是認真的在那裡照管，只是各人管各人的事，彷彿在八隻船上似的，彼此不相關照。那水手只管在那坐船的男男女女隊裡亂竄，不知所做何事。用望遠鏡仔細看去，方知他在那裡搜他們男男女女所

帶的乾糧，並剝那些人身上穿的衣服。[54]

劉鶚說這一條「大船」破壞的地方不少，而且「無一處沒有傷痕」，所以浪花就直接灌進船艙裡了，坐在船上的男男女女眼看著船就要淹水沈沒了，嚇得驚慌逃竄，但這時候，原本應照管安全的水手們，不但不「同舟共濟」，甚且趁火打劫，惡狠狠地搜刮人民的物資。這艘有八枝桅帆的「大船」，影射滿清由正黃、正白、正紅、正藍與鑲黃、鑲白、鑲紅、鑲藍等八旗統轄的軍政制度，這些帆有的新，有的舊，有的半新不舊，意謂滿清政府有的主張維新，有的守舊，有的抱殘守缺，政治航向分歧矛盾，船面上載著不計其數的男女老幼，他們沒有篷窗可以遮蔽風吹日曬雨淋，比喻在滿清政府統治之下，民不聊生的窘迫。

「大船」之外，「列車」是現代生活中經常使用的乘坐空間，有心的敘事者也將各類型「列車」援用為某種象徵空間，各家所取用的象徵意義不盡相同，但不論是哪一種含義，都必須有可與列車相比況之處，才可以類比聯想，形成有效的隱喻空間。諸如「列車」的控制中心，列車的行車速度與停靠方式，列車駕駛者的身分屬性、運送旅客的方式與過程、車廂節的組成形態與等級差別、沿途的停靠站與周圍環境、旅客共同或個別的乘坐經驗等……敘事者可從這些因素斟酌揀選，以茲與所欲象徵的對象產生對應。譬如列車可分等級，所以可以將列車作為社會階級結構體；又譬如不論是哪一種列車，由於它必然有個啟程點，也有個終點站，並且在這兩個地點之間行進，所以很容易與生命旅程產生聯想。在旅程中，窗

54　清・劉鶚：《老殘遊記》（臺北：世界書局，1967），頁3-4。

外的景物都隨風而逝，有人上車，有人到站下車，有人與自己共乘了某段距離，或先我而下，或我先到站，這些也都與生命的經驗有關。所以，列車也可以從供人物行動的運輸工具這種中性的空間，轉化為某一種旅程的象徵。李潼（公元 1953-2004 年）的《魚藤號列車長》，講述列車長搭上死亡號列車，穿越幽暗邃道，通向另一段生命的開始，李潼在小說中以「魚藤」象徵死亡的身體感知體驗，「魚藤」使生命體在迷與醒；靜與動；悲與喜之間覺知時間的飛逝與凝結。小說寫道：

> 魚藤是我們景山常見的野生植物，生命力強勁的攀藤。砸得扁碎後，流出乳白汁液，能迷昏大小魚蝦。它可是暫時迷昏水族，半小時後，你不抓魚，牠們就恢復原狀。
>
> 所以說，魚藤不是毒藥，它是迷幻劑，只在某種時候對某種生物還有效，據說有點像酒醉。鬍子馬各是個酒醉經驗很豐富的人，他說那感覺還蠻不錯的，腦筋清晰但四肢痠軟，悲喜交集但沒有頭緒，通體舒暢但不能自主，夕陽或晨曦都失去意義，時間飛逝又向凝固靜止，那是現實和夢想最美麗又廣闊的邊界。[55]

小說其實在講述死亡的歷程及對此歷程的詮釋，七個人登上這列由七個鐵道平板車廂所串在一起的火車，象徵著人生的境遇雖然不同，但都必然會踏上死亡歸途，所有的人終究會告別他們生命旅程的同鄉舊識、家園故里，安詳地向終點站駛去。小說家只用魚藤

---

55 李潼：《魚藤號列車長》（臺北：民生報事業處，2005），頁 20。

迷昏了魚來暗示死亡像是迷醉的經驗，過一段時間就會甦醒，在甦醒之前，時間空間的限制都已被取消，快樂和哀愁也不再有意義。他雖然只說是魚的反應，是酒醉的經驗，而沒有繼續觸及他對死亡的詮釋，但言外之意已悠然釋出。

列車也可以被運用在對社會階級結構的反思，或是對科技與文明的深度反思。韓松在《火星照耀美國》一書中，選擇地下鐵的場景作為隱喻空間，不論是進站的過程，或是出站之後，地鐵似乎不能自已地一往直前，乘客在這幽閉空間上演一齣齣驚心動魄的進化／退化的荒誕劇目，將人性深處的邪惡與無奈潑洒在車廂上，背後隱隱浮現著不同文明間為了生存而進行的競速實驗，直到最後一對少年男女重返祖先遺留的廢墟，才終被證明競爭與科技帶來的毀滅。以下描述搭海底列車前往「海底城」的所見景況：

> 我們繼續趕路。列車一頭扎進了日本海，忽然間氣氛變得陰森可怖。我們經過了日本沉沒在海底的廢墟，它茫漠無際、黑咕隆咚。這裡至今仍冤魂麇集，閃射著零碎的螢光，在幾百大氣壓下，再也浮不上水面。然而，整個日本已被中國來的投資者改建成了一個遺址公園，戴著仿生鰓的游客熙熙攘攘，頭盔上開著聚光燈，在這死去的世界裡如魚群穿梭，拍照留念，就像參觀古羅馬鬥獸場一樣。[56]

海底城？原來是沈沒在海底的廢墟，黑暗荒漠，永遠不見天日，永世不得超生一般的恐怖之城，會不會是日本國窮兵黷武者的葬身之

56　韓松：《火星照耀美國》（上海：上海人民出版社，2012），頁416。

地？至於中國，二〇六六年的中國是一個如「溫室花園」般的強盛國家，國家控制著氣候和人民的情緒，一年四季保持恆溫，花朵盛開，多數的國民離群索居，在國家分配的資訊室中度過一生，工作娛樂社交，都由主機「阿曼多」照料。如此令人神往的國家形象似乎是正言若反的隱喻空間，國家機器與科技設施控制著一切，包含每個人的生死行程。

俄國形式主義文學曾以「動態」與「靜態」兩大性質來區分故事中的組成內容，將那些會促使故事發生變動的細節謂之為「動態細節」，反之，不會促使故事發生變動的細節則謂之為「靜態細節」，故事中對自然、地域、環境等的空間描寫就是典型的「靜態細節」，而「動態細節」是人物的行為與舉動。[57]受到這個原則的啟發，荷蘭・米克・巴爾也把故事中的空間作用區分為「靜態」與「動態」兩類，凡是該空間帶有一種驅使人物的行為或命運發生改變的態勢，這類的空間就屬於動態作用，她說：

> 在結構空間與主題化的空間的範圍內，空間可以靜態地（steadily）或動態地（dynamically）起作用。靜態空間是一個主題化或非主題化的固定的結構，事件在其中發生。一個起動

57 俄・什克洛夫斯基等著，方珊等譯：《俄國形式主義文論選》：「使情境發生變化的細節是動態細節，不使情境發生變化的細節是靜態細節……典型的靜態細節是對自然、地域、環境、人物及其性格等的描寫。動態細節的典型形式是主人公的行為和舉動。」（北京：三聯書局，1989），頁117。

態作用的空間是一個容許人物行動的要素。[58]

什麼空間會使置身其中的人物產生生命的大逆轉？《西遊記》的「西行」，就是一種動態的空間，它是九九八十一難的塵世跋涉之路，充滿了煩惱與磨難，激起了貪嗔癡，在風沙滾滾的苦行中，一步一腳印地越過苦海。再以敦煌變文〈太子成道經〉為說，即使這是一個「不會移動」的城市，也動搖了悉達太子的人生，所以是一個起「動態作用」的空間。悉達太子在四個城門驚見眾生受「生老病死」相之痛苦，東門所聞的痛苦產婦，南門所見的老朽肉身，西門所見的貧病交加，北門所見的死亡壞爛，這一趟東南西北的旅程，是人生生老病死的旅程，也是驅動悉達太子悟道的歷程，所以是一個引起人物行動，並進而改變其命運的空間。[59]年輕尊貴的悉達太子原是城裡國王的愛子，養尊處優的宮廷生活照理說應該是幸福歡喜的，但在城堡裡的東西南北門之遊歷，他目擊了紅塵世間的煩惱，城裡的人，也就是現世的人都不免於生老病死，不免於為之而痛苦，而憔悴，而憂愁，而悲泣嚎哭；且眾人皆然，無人可免。既然如此，何不出城？何不出家？何不出世？永脫苦海。所以，修道因緣在此，悉達太子遂決定「出城」。「城」隱喻了世間，出城而去，便意味著出家，以求脫離生老病死的生命限制。所以「城」是一個產生動態作用的空間。

故事中出現的空間環境是不可勝數的，除了天造地設的自然環境，如：幽靜神秘的山林曠野、險阻重重的懸崖峭壁、橫無際涯的

---

58 荷・米克・巴爾著，譚君強譯：《敘述學：敘事理論導論》（北京：中國社會科學出版社，1995），頁108-109。

59 楊家駱編：《敦煌變文》（臺北：世界書局，1977），頁291-293。

汪洋大海、蘆葦叢生的河流溪谷、火炎山大沙漠、酷寒的北冰洋……在在都是作家筆下的「場景」，一筆在手，真可謂上窮碧落下黃泉，無遠弗屆。人為建造的各種空間或構造物，也是故事中必然會出現的地點，宮廷鬥爭的故事必然要有宮廷作為人物容身及活動的場景。戰爭革命的故事必然要有戰場、監獄、壕溝、廣場或秘密集會的所在地。藝文故事的場景多離不開圖書館、歌劇院、音樂廳、校園、咖啡館、書店等地點。銀行搶案或綁票勒索故事，必然需要銀行、廢棄工廠、警局、機場、車站作為行動或駁火的場所。故事中所能出現的場景，除了相應於現實世界的各種地點應有盡有之外，敘事者也能自行虛擬各種他所需要的空間，廣寒宮、閻羅殿、天堂、地心、火星……無所不可；只要敘事者想得到，寫得出來，讀者也能透過文字想像而神遊其境。

就閱讀接受反應而言，對故事世界的環境描述，除了能說明故事的場景外，也能使敘事速度緩和下來，調節受述者的心理壓力，此外，敘事者利用文筆所描繪的一幕一幕景象也可以滿足閱聽者用「心眼」去觀覽世界的慾望。敘事者對於環境的描寫越細緻，越能幫助讀者建立故事世界的圖式，如格非（公元 1964-）在《敵人》對三老倌木器店附近環境先做了一番敘述：

> 三老倌的木器店和染布坊就坐落在河邊，到了秋天，村後田野上種植的茜草開出了粉黃色的小花，那些木工便把它連根拔起攤在河邊的沙灘上曬乾，剁下茜草的根莖做染料，將剩餘的枝葉賣給村中的藥店。趙少忠常常可以看那些身上沾滿紅色染料的染布匠在村裡晃來晃去，那些染好的紗布和衣物被裝上河邊的小船運往外地。染布業的興盛使三老倌決定把

> 河灘上那些棚屋買下來，一帶雪白的粉牆彷彿在一夜之間就在河邊的樹叢中豎立起來，每到晚上，鐵匠鋪閃爍的爐火將樹林襯得通紅，刨花和煮熟的綿紗的氣息在很遠的地方就可以聞得到。為了使船隻在枯水季節也能靠岸，三老倌在河邊用木樁臨時搭起了一座碼頭，漸漸地，這片原先開闊的空地變得擁擠不堪。[60]

靠著敘事者所提供的環境描寫，讀者可以想見染布坊的所在處有一彎河流，河上有載著紗布與衣物的船隻，河邊種著一片茜草，河邊的樹叢有鐵匠鋪、棚屋……環境描寫停當了，故事中的人物就可以在其中走來走去，發生各種接觸，展開各種行動，小說的世界就這樣形成，閱讀的趣味就是前往這個別有洞天在人間的世界雲遊。

三、穿針引線的關鍵物

關鍵物，指在故事中具有穿針引線功能的器物，若在戲劇上使用，則謂之為「砌末」或「砌抹」，今通稱為「道具」。器物不論大小輕重新舊貴賤，它們都是生活中不可或缺的工具，常人的日常生活有食衣住行育樂等各種賴以利用的器具，如盛裝米糧的容器，取用食物的碗筷湯匙，乘坐的車輛馬匹，穿戴的衣衫袍服，佩戴的首飾腰帶珠寶手錶玉鐲戒指項鍊，修容的鏡檯，收納珠寶的鈿盒……非尋常人物，如王侯、后妃、貴冑、將相、神仙、妖怪、魔鬼、道士、巫覡、和尚、乞丐、匪徒、海盜……也有該人物從事其

---

60 格非：《敵人》（臺北：遠流出版事業公司，1993），頁 112。

特定活動所需的工具。這些器物在故事的作用有三種，一是人物的形容造型之用，二是人物執行各種行動所需利用的道具，三是串聯故事關節之用的特定器物。前兩項器物的功能在於修飾配佐之用，例如《水滸傳》中林沖著裝的靴子、魯智深不離手的禪杖、武大肩挑的炊餅擔、武松打虎的哨棒，或是《三國演義》中呂布的赤兔馬、關公的青龍偃月刀等，都是形象塑造與行動上的需要，並非具有承先啟後的功能或象徵意義。唯有第三項的器物，具有一脈相連的串接作用，有的還有象徵寓意，這類的器物就是「關鍵物」。

在六朝志怪中的人鬼戀故事，陪葬的珠袍、徑寸大的珍稀明珠等，既是女鬼贈與陽世情人的定情物，也是紛爭釁起的盜墓證物，風生水起，這些物件推動故事的起伏變化，所以是關鍵物件。在後世小說中，如唐傳奇〈訂婚店〉的姻緣簿，明・吳承恩《西遊記》鐵扇公主的鐵扇、佛祖加諸孫悟空頭上的緊箍、孫悟空的金箍棒；《水滸傳》楊志要出售的家傳寶刀、《封神演義》李靖收服李哪吒的玲瓏塔、《紅樓夢》的金鎖與玉石、武俠小說中的祕笈寶典、藏寶圖……也是居中連線各路角色的關鍵物。在傳統戲劇中，關鍵物甚至成為主題，如元・不詳：〈玉清庵錯送鴛鴦被〉，明・粲花主人（吳炳）：〈畫中人傳奇〉，明・朱鼎：〈玉鏡臺〉，明・湖隱居士：〈金鈿盒傳奇〉，清・葉稚斐：〈琥珀匙〉，清・朱確：〈聚寶盆〉，清・張堅：〈玉獅墜〉、〈梅花簪〉，清・雪厓嘯侶（孫郁）：〈雙魚珮傳奇〉，明・王衡：〈鬱輪袍〉，元・不詳：〈二郎神醉射鎮魔鏡〉，明・不詳：〈秦月娥誤失金環記〉……這些戲劇中的鴛鴦被、人物畫軸、玉鏡臺、金鈿盒、琥珀匙、聚寶盆、玉獅墜、雙魚珮、鬱輪袍、鎮魔鏡、金環……等，都是使故事得據以穿針引線的器物，它們微小但具體，且有特定的意義。

以《西遊記》裡的緊箍與伴隨緊箍的緊箍咒為例，孫悟空在第十四回被觀世音與唐僧聯手設計，把緊箍當成法寶戴在頭上，從此展開他成長與成佛的重重考驗，在第十六、二十七、三十八、三十九回中，孫悟空因為動了殺戒，違逆師父，不從管教，起了貪嗔之念，導致錦斕袈裟遭竊，以及經常與同學吵架而被唐僧念咒教訓，使孫悟空豎蜻蜓、翻筋斗、面紅耳赤，眼脹身體麻，所以「緊箍與緊箍咒」是「教鞭」，教導孫悟空不可頑冥，不可叛逆，直至能明白事理，放下貪嗔之心與凶悍殺機。然而，自五十八回之後，隨著孫悟空的成長與成熟，成佛的目標也將抵達，唐僧就不再施念緊箍咒「對付」孫悟空，因為猴子已經成佛了，在第一百回〈徑回東土　五聖成真〉，孫行者對唐僧說道：「師父，此時我已成佛，與你一般，莫成還戴金箍兒，你還念什麼緊箍咒兒掯勒我。趁早兒念個鬆箍咒兒脫下來，打得粉碎，莫要叫那什麼菩薩再去捉弄他人。」唐僧慈愛地告訴孫行者：「當時只為你難管，古以此法制之。今已成佛，自然去矣，豈有還在你頭上之理？你去摸看。」。[61]孫悟空舉手一摸，果然頭上的緊箍已不在了。這象徵著孫行者已脫卸沉淪，不再犯戒，修成了正果。明・謝肇淛已發現這個緊箍咒的作用在收其放心，放心一收，就不會心猿意馬了。他在《五雜組》說：

> 小說野俚諸書，稗官所不載者，雖極幻妄無當，然亦有至理存焉。如《水滸傳》無論已，《西遊記》曼衍虛誕，而其縱橫變化，以猿為心之神，以豬為意之馳，其始之放縱，上天下地，莫能禁制，而歸於緊箍一咒，能使心猿馴伏，至死靡

61　明・吳承恩：《西遊記》，卷4，頁1011。

他，蓋亦求放心之喻，非浪作也。[62]

所以，「緊箍」是作為教鞭性質的關鍵物，教訓悟空要棄捨內心的好勇鬥狠，發揚心中的慈悲佛性，遵循規範，一步一腳印地邁向成佛之路。成佛之後，自然從心所欲而不踰矩，「緊箍」也就消失於無形了。

出現在《金瓶梅》裡的關鍵物亦復可觀，如鞋子、筷子、簾子……等物。以遮住門戶，以分裡外的「簾子」來說，潘金蓮自嫁給武大郎之後，敘事者便有意無意地屢次拿武大家的「簾子」「作文章」。以第二回為例，〈俏潘娘簾下勾情　老王婆茶坊說技〉這一回書中，「簾子」共出現了十一次之多。小說就出現了武大家的門簾，如第一回〈西門慶熱結十兄弟　武二郎冷遇親哥嫂〉說：「武大每日自挑擔兒出去賣炊，餅到晚方歸。那婦人每日打發武大出門，只在簾子下嗑瓜子兒，一徑把一對小金蓮故露出來，勾引浮浪子弟，日逐在門前彈胡博詞，撒謎語，叫唱：『一塊好羊肉，如何落在狗口裡？』油似滑的言語，無般不說出來」[63]張竹坡在此評說：「此處已伏簾子。」。[64]到了第二回〈俏潘娘簾下勾情　老王婆茶坊說技〉，當知縣委派武松護送一批積攢來的金銀去東京親戚家收寄時，武松估計約莫得兩三個月才能回來，他勸告武大：「假如你每日賣十扇籠炊餅，你從明日為始，只做五扇籠炊餅出去，每日遲出早歸，不要和人家吃酒，歸家便下了簾子，早關門，省了多

---

62 明・謝肇淛：《五雜組》（臺北：新興書局，1971），頁1286。

63 明・蘭陵笑笑生著，清・張道深（竹坡）批評，王汝梅、李昭恂、于鳳樹校點：《金瓶梅》，頁34。

64 同前注。

少是非口舌。」[65]此後一路有武大聽兄弟的話，只做一半的炊餅，未晚就回來，歇了擔兒，便去除了簾子，把大門給關上。而潘金蓮每日見了武大回家之後，也是自行去收了簾子，關上大門，一直到日暖花開，春光明媚的某一個三月天，潘金蓮打扮光鮮，就在門前的簾子下立著，她估計武大快歸來了，便拿著叉竿要把高掛的簾子放下，好巧不巧，西門慶這時從簾子下走了過來，那簾子忽被一陣風將叉竿刮倒，而且不偏不倚剛剛好打在西門慶的頭上。「簾」，原是掩護門窗，以房風塵吹入家屋的尋常物件，但尋視《金瓶梅》簾子所出現的蛛絲馬跡，這個門簾，確實是敘事者有意安排的象徵性關鍵物。吳士余在《中國古典小說的文學敘事》也如此認為，他說：

> 潘金蓮家的簾子，已不單是門簾了，它有著某種象徵的意義，即是婦女恪守封建道德的「符號」，「簾子」是作為潘金蓮與社會外界在物質上和精神的阻隔，進而暗示了人物追求個性解放的思想傾向與封建倫理道德的尖銳衝突。……當「武松踏著那亂瓊碎玉」歸家時，潘金蓮那積蓄已久的情慾再也壓制不住了，她猛地「揭起簾子，陪著笑臉迎接……」這些複雜的內心活動就借著「簾子」這一道具，找到了外露和發洩的契機。「立在簾兒上」與「揭簾子」的兩個動作，便是人物情緒由緩而急向外發露的兩個層次。如果，沒有「簾子」這個道具作為動作的支點，人物的內心情緒就會失

---

65 明・蘭陵笑笑生著，清・張道深（竹坡）批評，王汝梅、李昭恂、于鳳樹校點：《金瓶梅》第二回〈俏潘娘簾下勾情　老王婆茶坊說技〉，頁49。

> 去平衡。潘金蓮那從內心向外噴射著的情慾和繼之而來的迫不及待的動作就缺乏一種媒介物。次日，武松清早出去縣裡畫卯，直到日中未歸。武大被這婦人趕出去做買賣。央及間壁王婆，買下些酒肉之類，去武松房裡簇了一盆炭火。心裡自想道：「我今日著實撩鬥他一撩鬥，不信他不動情。」那婦人獨自一個，冷冷清清，立在簾兒下等著。……[66]

簾子涉及了潘金蓮與武大的夫妻關係、潘金蓮與武松的叔嫂禮防，所以，吳士余說這個簾子是個「支點」，揭開簾子，打掉了簾子，都意味著某種顛覆，而顛覆的代價自然是很悲慘的。「簾」與「廉」諧音雙關，簾子是個道具，掉了簾子，也掉了廉恥。簾子之外，扇子曾是清．孔尚任《桃花扇傳奇》中的關鍵物，那把「濺血點作桃花扇」的扇子意義深遠，雲亭山人在《桃花扇傳奇》的〈凡例〉中有言：「劇名《桃花扇》，則桃花扇譬則珠也。作桃花扇之筆譬則龍也。穿雲入霧，或正或側，而龍精龍爪，總不離乎珠，觀者當用巨眼。」[67]「扇」諧音「散」，扇子是李香君與侯方域的訂盟物，但良緣情絲已斷，曲終人散，美人飄零，「桃花扇」成為這四十齣劇中的領銜龍珠。

---

66 吳士余：《中國古典小說的文學敘事》（上海：上海古籍出版社，2007），頁219-221。

67 關於「桃花扇」的象徵意義，雲亭山人在《桃花扇傳奇》的〈凡例〉中有言：「劇名《桃花扇》，則桃花扇譬則珠也。作桃花善之筆譬則龍也。穿雲入霧，或正或側，而龍精龍爪，總不離乎珠，觀者當用巨眼。」清．孔尚任：《桃花扇傳奇》（臺北：臺灣商務印書館，1968），頁1。

第七章　餘　論

一、敘事法與敘事體的阡陌交通

敘事，最初是指依序記敘某個事件的發生歷程及其變化與結果，所以，「敘事」作動詞用，是「記錄事件」，作名詞用，是「記錄事件的方法」。凡是要向人表明一件發生過，或正在發生的事件，都必須採行「敘事」手法，除卻「敘事」，別無他途可致；可見它是所有事件記載的必要手段。在中國學術（包含歷史、政治、文學）發展史上，「敘事」的基本素材為「真實事料」，旁涉道聽塗說的遺聞軼事。由於使用敘事方法完成的文學作品在數量上十分巨大，且在文學的形式外觀、內在意涵、情感性質上都與使用論說、抒情方法完成的文學作品有別具一格的特性，因此，「敘事」一辭逐漸從分布於各種文體的寫作手法轉而指稱用此方法所寫就的特定文學體裁。宋・真德秀《文章正宗》已明列「敘事」為一種文學體裁，他對「敘事體」的說明如下：「敘事起於史官，其體有二：有記一代之始終者，……，後世本紀似之。有記一事之始終者，……，後世志記之屬似之。又有記一人之始終者，……，後之碑志事狀之屬似之。」。[1]故知「敘事」既指一種文學表達手法，

1　宋・真德秀：《文章正宗》〈綱目〉（臺北：臺灣商務印書館，1975「四

也指一種文體類型。唯手段與目的並非一事，文學方法與文學體裁不可混為一談，應將兩者區分處理，才不會誤將使用敘事手法的「論說文」或「抒情文」列入「敘事文」，而產生不當的分類與評論。古往今來，所有的文學作品皆不離「敘事」、「論說」、「抒情」等三大目的；若以其傳達目的作為文體劃分的依據，則「敘事文」以「敘其事」為目的，「論說文」以「論其說」為目的，「抒情文」以「抒其情」為目的。作家在作品中雖使用了敘事方法來追憶往事，或描述某個虛構事件，但不能逕將作品歸作為敘事體，敘事體是指該作品的傳達目的在於敘述某一事件，若是其目的在於說理或抒情，敘事只是取譬喻示，或憶往抒懷，則應以「論說文」、「抒情文」看待。

（一）敘事法與寓言體

在先秦諸子哲學著作中，各學派的政論家或思想家，為了向國君闡說政治理念，或是與學友辯論哲理，有時會假藉小故事作為一個較大的譬喻以具體闡述其思想，使形而上的理念能因小故事的生動情節而易於被理解，進而被對方接受，成功完成理念闡述或政治遊說的目的。《墨子‧小取》歸納得出的四種論說方法為「譬侔援推」，墨子說：「辟也者，舉他物而以明之也。侔也者，比辭而俱行也。援也者，曰：『子然，我奚獨不可以然也？』。推也者，以其所不取之，同於其所取者。」。[2]「辟」是譬喻，「侔」是以兩個相同的詞義做直接推理，「援」是援用對方同意的話作為前提以

部叢刊」）。

2 戰國‧墨子著，清‧孫詒讓詁釋：《墨子閒詁》〈小取〉（臺北：世界書局，1969），卷 11，頁 250-251。

類比論證之，「推」是以歸謬法駁倒對方。這些論式概括了先秦諸子所使用的論辯邏輯。諸子雖好辯，但並非以辯為業，或以駁倒對方為樂，而是以辯論來闡明真理，孟子頗感委屈地告訴滕文公「予豈好辯哉？予不得已也。」。故知，辯論的目的不在辯論本身，而是墨子指出的：「夫辯者，將以明是非之分，審治亂之紀，明同異之處，察名實之理，處利害，決嫌疑。焉摹略萬物之然，論求群言之比。以名舉實，以辭抒意，以說出故，以類取，以類予。」。[3] 先秦子書最常使用的方法是類比論證的「辟」，也就是譬喻，申論者舉出他事、他物、他人的道理，借以闡明此事、此物、此人的道理。從邏輯論式來說，先秦諸子使用的是類比論證法，但若從文體來說，先秦諸子的散文多屬「寓言體」。

莊子自述其書之體例為：「寓言十九，藉外論之。」。[4]清・王先謙解釋說：「意在此，而言寄於彼。」。[5]所以，「寓言體」就是藉助某個「真理」以外的事件來論述其所欲闡發的真理；諸如虛構昆蟲與小雀鳥，海若與河伯的對話，以闡論胸襟與見識的大小，論述價值判斷的無常與不定，藉以開敞心靈，齊觀萬物。以《莊子・秋水》末段載莊子與惠施在濠水橋梁上觀魚的一段對話為例，此段對話雖然採用敘事，但莊子係借「對話邏輯」來進行哲學辯論以說明齊物論的論據，莊子並非志在記錄兩人觀魚論魚的該件抬槓趣事。

3　同前注。

4　戰國・莊周著，清・王先謙集解：《莊子集解》〈寓言〉：「寓言十九，重言十七，卮言日出，和以天倪。寓言十九，藉外論之。」（臺北：臺灣商務印書館，1987），卷 7，頁 181。

5　同前注。

> 莊子與惠子遊於濠梁之上。莊子曰：「儵魚出游從容，是魚之樂也。」
>
> 惠子曰：「子非魚，安知魚之樂？」
>
> 莊子曰：「子非我，安知我不知魚之樂？」
>
> 惠子曰：「我非子，固不知子矣；子固非魚矣，子之不知魚之樂，全矣！」
>
> 莊子曰：「請循其本。子曰『汝安知魚樂』云者，既已知吾知之而問我；我知之濠上也。」[6]

莊子看到魚兒從容悠游於汪汪河水中，不覺說出「魚之樂也。」惠施說，「你又不是魚，怎麼能夠知道魚之樂？」莊子說，「你又不是我，怎麼知道我不知道魚之樂？」云云。惠施的陳述是就集合理論最低一層類型一的個體而發，所以個體和個體之間是有差別的；而莊子是就更上一層，以及更上上一層的集合而論，它是類型一或類型二中的成員或集合的集合而發，所以我和魚是在同一個集合層級內，甚至大千萬物皆可以「齊物」。不過，莊子又反過來就類型一的個體詰問惠施，既然你是個體，我也是個體，那麼你可以說我不知道魚之樂；同理，你怎麼知道我不知道魚之樂這件事？！這種對話邏輯是哲學論辯的討論模式，看似語言詭辯，或是妙事一樁，不過，其書寫意圖不在「說故事」，而是哲學辯論，所以故事性被降低，而哲學性被提高，被敘述的「小故事」只是一條通往抽象事理的「借徑」。因此，「濠上觀魚」一事並無結局，也不需要結

---

6 戰國・莊周著，清・王先謙集解：《莊子集解》〈秋水〉，卷 7，頁 108。

局，所以不需要把後果交代出來，而是要把道理導引出來。當然，莊子與惠子的這一段對話也可以斷章取境，將它視之為一個敘事上的片面，但要釐清的是，作為敘事文學，細節單位的出現必須與其他的細節組織成具有時間序列或因果邏輯的情節，故事才有望於焉構成。但在《莊子》一書中，這類參差出現的片面細節，或犀利玄遠的對話，雖可自成段落，但卻沒有上文可承，也沒有下文能接，可見姑妄言之的莊子，旨在天馬行空地發論哲理，而不在敘述枝微末節的小故事。

擅長以「寓言」來論說道理的還有孟子、韓非子、荀子、晏子、墨子、列子等哲人，他們都是偉大的政治思想家，在闡述大道時或講述民間流傳的人物軼事，或徵引歷史人物的某些生平事跡，或虛構某個情境中的事件，藉以解說他們所要傳達的理念。如《孟子》載孟子與弟子萬章討論孝悌的本質時，萬章懷疑舜形諸於外的孝悌有可能是造作的偽善。萬章的邏輯是：如果人們對你不善，你又何必善待他們？你既知人們之不懷好意，卻又毫無芥蒂地向對方示好，那麼，這個形諸於外的「好」，萬章認為有可能是虛假的。他拿這個問題請教孟子，孟子舉鄭國大夫子產與魚池吏員間的「過節」來說明人際之間的情誼之「真偽」現象：

> （萬章）曰：「然則舜偽喜者與？」
>
> （孟子）曰：「否。昔者有饋生魚於鄭子產，子產使校人畜之池。校人烹之，反命曰：『始舍之，圉圉焉，少則洋洋焉，攸然而逝。』子產曰：『得其所哉！得其所哉！』校人出曰：『孰謂子產智？予既烹而食之，曰：『得其所哉？得其所哉。』故君子可欺以其方，難罔以非其道。彼以愛兄之

道來，故誠信而喜之，奚偽焉？」[7]

萬章問老師，舜的弟弟象對他不好，舜為什麼還要對他好？他是假裝的嗎？孟子先回答萬章，他不是假裝的，接著告訴他子產的小故事。子產把人家送的活魚交給管理魚池的小吏，要他放進池塘裡蓄養起來，小吏把魚給煮了吃，卻回報子產說：剛開始放進池裡時，那條魚要死不活的，不一會兒，牠就搖擺著尾巴活躍了起來，忽然間那魚兒迅速游開，已見不到蹤跡了。子產聽了非常開心，說這條魚啊，真是「得其所哉，得其所哉！」小吏報告完畢，一出來就對人家說，誰說子產聰明？我都把魚給煮來吃掉了，他還說「得其所哉，得其所哉！」孟子利用這件事回答萬章的提問，魚池小吏自己編派的放生義行是假的，但小吏知道子產是個仁心仁術的君子，所以是以「仁義」之辭來欺騙子產，但子產並沒有懷疑小吏的言行，也相信他所說的義行是事實，所以聽了之後由衷歡喜，這並不是子產在偽裝開心來應對魚池小吏的那一番謊言。子產何必如此作假？子產若真如此作假，那麼子產就是「以小人之心肚小人之腹」，那就是爾虞我詐，子產也不能算是君子了。這情況就如同舜相信象一般，朱熹說：「象以愛兄之道來，所謂欺之以其方也，舜本不知其偽，故實喜之，何偽之有？」。[8]孟子透過講述子產與校人的小過節以答覆萬章有關人情「真偽」的問題，孟子的敘述意圖不在講述這個小故事，這個小故事只是一個比況，借他事以喻此事，所以，這個小故事有頭無尾，沒有下文，也不需要有下文。

---

7 宋・朱熹：《四書章句集注》《孟子集注》（臺北：臺灣商務印書館，1968），卷9，頁124。

8 宋・朱熹：《四書章句集注》《孟子集注》，卷9，頁124。

先秦以後，漢・劉向的《新序》、《說苑》；魏晉人託名的《列子》；唐・韓愈、柳宗元的寓言；以及明・劉基的《郁離子》等，都編造出了不少警策有力的小故事。這些思想家或穿鑿附會舊聞，或虛構事件與人物，或記錄辯論雙方人物的對話，以便歪打正著地對某個抽象論點作生動的詮釋。如漢・劉向《新序》卷 2〈雜事〉：

> 扁鵲見齊桓侯，立有間，扁鵲曰：「君有疾在腠理，不治，將恐深。」桓侯曰：「寡人無疾。」扁鵲出，桓侯曰：「醫之好利也，欲治不疾以為功。」居十日，扁鵲復見曰：「君之疾在肌膚，不治將深。」桓侯不應。扁鵲出，桓侯不悅。居十日，扁鵲復見曰：「君之疾在腸胃，不治將深。」桓侯不應。扁鵲出，桓侯又不悅。居十日，扁鵲復見，望桓侯而還走。桓侯使人問之，扁鵲曰：「疾在腠理，湯熨之所及也；在肌膚，鍼石之所及也；在胃腸，大齊之所及也；在骨髓，司命之所無奈何也；今在骨髓，臣是以無請也。」凡五日，桓侯體痛，使人索扁鵲，扁鵲已之秦矣。桓侯遂死。故良醫之治疾也，攻之於腠理。此事皆治之於小者也。夫事之禍福，亦有腠理之地。故聖人蚤從事矣。[9]

這一則「雜事」，以神醫扁鵲提供給「寡人有疾」卻說「寡人無疾」的齊桓侯之診療咨詢為「譬喻」，藉以歸納出「故良醫之治疾也，攻之於腠理。此事皆治之於小者也。夫事之禍福，亦有腠理之

9　漢・劉向：《新序》（臺北：臺灣商務印書館，1975），頁 25-26。

地。故聖人蚤從事矣。」，因此，這是一則「論政」的文章，透過桓公不能把握時機治理疾病而一命嗚呼之例，說明為政者應洞燭機先，及早施行相關政治措施，方可避免事態擴大，危及政局之穩定。劉承慧在〈先秦敘事文的構成與分類〉中將這些作為說理譬喻的小故事都劃分在「子書」類，[10]因為故事的局部形式雖近似於敘事文，但它們在文體與意義上均別異於「史書」的敘事文。她認為子書中的敘事文可分為歷史故事、取材自日常生活的寓言故事，以及虛擬的寓言故事等三類，但不論是哪一類的小故事，其話語的目的皆在導向某種事理的闡述，而非導向於向讀者陳述這一個故事，此可以從其小故事往往無疾而終得知，它們一律缺乏敘事文所應該具有的「結局」，所以是旨在論說道理的「寓言」。

涉及軍事、外交、政治、經濟等的重大議題，通常由執政的國君發問，以徵詢哲人策士的高見，所以，在諸子的學術著作中，通常會簡明交代議題提出的背景，類似會議記錄的開會事由說明，然後展開長篇大論的闡釋。當思想家不在廟堂應對而在學堂講學時，師生之間請教問答的語錄形式也依此方式呈現。但諸子著作中也有省略這段對問過程的背景描述，而開宗明義地直接拋出思想家對各種議題的見解；譬如《老子》一書，形諸文本的只有老子的言論，

---

10 劉承慧：〈先秦敘事文的構成與分類〉：「《莊子》寓言有時會創造出虛擬世界，拉開與現實的距離，然而無論如何，託寓的本質是完全相同的。最後一類如例（14）莊子與惠子在濠梁上的對話，形式是敘事的，但故事性極低，屬於敘事文的邊緣案例。此例借用時間的推進作為推演事理的動力，它所要導向的並非故事情節或抽象寓意，而是思想家的哲理。如果從文學的角度研究先秦敘事文，大可忽略這類作品。」《清華中文學報》第九期（2013 年 6 月），頁 108。

而不見其所以發論的背景，但可以從其論述內容察覺老子是在回應帝王的施政提問，以第三十一章為例：

> 夫兵者，不祥之器，物或惡之，故有道者不處。君子居則貴左，用兵則貴右。兵者不祥之器，非君子之器，不得已而用之，恬淡為上。勝而不美，而美之者，是樂殺人。夫樂殺人者，則不可得志於天下矣。吉事尚左，凶事尚右。偏將軍居左，上將軍居右，言以喪禮處之。殺人之眾，以悲哀泣之，戰勝以喪禮處之。[11]

本章針對戰爭發論，提出戰爭不祥，有道的執政者不會以發動戰爭來攫取天下，若是執政者以戰爭為手段，以勝戰自矜，志得意滿，那麼這個執政者就是以殺人為業，以殺人為樂。老子對未明示於文本的受述者表示：戰爭乃是必不得已時才訴諸的行動，戰爭使無數生命慘烈毀滅，所以不輕易興兵，即使興兵之後戰勝，也要以喪禮的哀矜方式處理。老子之所以發表這段言論，顯然是回答某位國君有關戰爭的提問。諸子學著作中所出現的問答或論述過程，雖形諸敘事，亦有或長或短的對話，但它們並不是敘事體，而是敘事法；其言語記錄，屬於哲學論辯中的「對話邏輯」，而不是小說場面中的人物對話而已。

當然，諸子散文中確實有敘事的成分在，除了小故事的敘述外，辯論過程的交代，對話內容的記錄，當然都要起用敘事方法，

11　戰國・老子著，晉・王弼注，唐・陸德明釋文：《老子道德經注》（臺北：世界書局，1967），上篇，頁18-19。

如果不用敘事方法，要如何保留哲學家與君王或學友的論辯？而哲理就在辯論中。以《孫子兵法》為說，它類似《老子》的策問，以「敢問」的話頭方式提出軍事上有關作戰、虛實、地形、火攻、反間等議題，而後孫武再以「曰」回答之，兵法就在其中矣，所以是以對話的方式來論述用兵之道。[12]《孫臏兵法》亦然，也是以「威王問」、「田忌問」的方式來拋出兵法問題，然後由孫臏解說，兵法的要義就被軍事家闡述出來。[13]因此，諸子著述使用了敘事法，但不論是小故事，或是對話記錄，它們都不屬於敘事體。石昌渝在《中國小說源流史》指出，諸子散文雖也夾用敘事，但敘事只是手段，其主要目的在於借事說理，至於《論語》或《孟子》所載的孔孟言行，其目的在於顯揚夫子的思想觀念與人格氣象，而不在於事蹟之始末記錄保存，所以，書中雖陸續出現夫子與相關人物的對話與行止，但事件中的人物、環境、過程等事料常略去不敘，這些就敘事文體來說是不可或缺的內容，但子書編輯者顯然認為無關宏旨，所以才不予記載，因此，先秦諸子著述中的敘事成分，並不同於歷史敘事。他說：

> 諸子散文對後世小說產生影響的有兩個部分，一是散文中的敘事成分，二是散文中的寓言成分。……《論語》既然是要表達和闡發一種思想，這在宗旨上就與敘事文不同。與歷史散文比較，這種不同點就清晰可見了。歷史散文，固然也包

---

12 漢・曹操、唐・杜牧等著：《十一家注孫子》（上海：上海古籍出版社「續修四庫全書」）。

13 戰國・孫臏：《孫臏兵法》（上海：上海古籍出版社「續修四庫全書據銀雀山漢墓竹簡整理」）。

> 含著作者的政治、道德、歷史等觀念。但他的目的是把歷史事實記載下來，因此在記敘的時候，必須把歷史事件發生的時間、地點，把事件的起因、發展和結果的全過程記錄下來，把事件中的主要人物和次要人物都要加以介紹，並描敘他們在事件中的地位和作用。總之，它對事件的記敘是完整的。[14]

除了哲學的論辯外，宣教的敘事者也喜利用小故事來「啓迪信眾」，在講道時既能帶給信眾聽故事的趣味性，同時也可以即事取譬，誘導信眾在平凡日常的事件中領悟玄遠抽象的道理。如宋・普濟和尚：《五燈會元》載丹霞天然禪師燒木佛的一段奇特事跡：

> 唐元和中至洛京龍門香山，與伏牛和尚為友。後於慧林寺遇天大寒，取木佛燒火向，院主呵曰：「何得燒我木佛？！」師以杖子撥灰曰：「吾燒取舍利。」主曰：「木佛有何舍利？」師曰：「既無舍利，更取兩尊燒！」主自後眉鬚墮落。[15]

丹霞天然禪師認為木佛既是「木」佛，則不是「佛」，視之為木柴亦無不可，既然他酷寒難忍，則將木佛作柴燒之以取暖，也是情有可原。然而院主奉持木佛即是佛，且是「他的寺院」的佛，因此大聲斥責他焚燒佛像的舉動，丹霞遂假意作態尋找「木佛」火化成灰

14　石昌渝：《中國小說源流史》（北京：三聯書店，1994），頁82-83。

15　宋・普濟：《五燈會元》（臺北：文津出版社，1986），頁262。

的舍利子，以開悟院主「我執」與「法執」之迷。

利用「小故事」來說理的「寓言體」，由於情節起伏有變化，人物的形象和對話鮮明活潑，容易理解，因此受到廣泛的喜愛，古今中外皆然。[16]然而，這類作品的存在語境是某種觀念的表述，作者志在說「理」，而不在「敘事」，「故事」在此是一種譬喻式的解說方法，而非作者所欲傳達的訊息。所以並不適合將「寓言」、「子書」視為「敘事類」作品，雖然，亦有文選將這些「故事」挑揀出來，作為「微型小說」的典範；但，從作者的意圖、作品的上下語境來檢視，它們若僅是運用「敘事」作為比喻說理的手段，就與「敘事文」的本質有所差異，應作一分辨。[17]

（二）敘事法與抒情體

除了藉敘事來說理，論道外，在抒情文學作品，感其事以抒其

---

16 譬如具有教訓警世用意的《伊索寓言》，其敘事形態是先敘述一則古希臘時期流傳的「真實的假故事」，再透過故事中某個角色最後的臺詞聲明，把所寓之言指示出來，點明犯錯的嚴重後果。以第 161 個寓言「蛇和螃蟹」為例，該則故事的內容如下：「蛇和螃蟹住在一起。螃蟹對蛇非常親切，可是蛇卻總是欺負螃蟹。螃蟹勸蛇要正直，溫和，但蛇始終不肯聽從。螃蟹非常生氣，就趁蛇睡著之後，把它的頭剪下來。螃蟹看到蛇直挺挺地躺在地上動也不動，於是說：『夥伴啊！你應該在我忠告你的時候就直起身子，而不是死後的現在，如果你早聽我的話，就不致於死了。』」螃蟹的這段聲明指出為人要正直和善，且不可欺人過甚，以免遭到被欺壓者忍無可忍的反撲而後悔莫及。所以《伊索寓言》的敘述目的不在講述小故事，而是借由小故事理解為人處世的道理。

17 美・戴衛・赫爾曼主編，馬海良譯：《新敘事學》「故事與三段論的差異在於議論按命題序列展開，是一種邏輯的線性排列，而敘事則不只是一組有序的命題。」，頁 14。

情之作亦是普遍的表現方式，但是這並非嚴格意義上的敘事，因為，其所敘之「事情」，著重在「情」，而非在「事」。民間歌謠擅長利用敘事與對話的方式呈現社會現象，作者虛設兩個或兩個以上的人物相互對答，藉以呈顯作者所欲傳達的人情百態，作者的創作意圖不在傾訴自己的身世經歷和心情故事，而是從旁觀者或是訪問者的角度去抒發一段屬於他人的身世遭遇；由於作者和所述故事之中的人物都屬於同一個大時代背景，所以這種以敘事來抒情的表現手法，雖然作者和當事人保持一段客觀的距離，但卻具有見微知著的感染力，被詩人抑制的情感也顯得真切昂揚。如古詩〈上山采蘼蕪〉，[18]詩人透過棄婦的身分來敘說她與前夫的一段不期而遇之經驗，委屈地呈現一對離異的夫妻狹路相逢時的問答，棄婦問前夫：新娶的那個女的還好吧？前夫不知是良心發現，還是「貴遠賤近」的通病又犯了，溫柔敦厚地回答她：怎麼說都沒有妳美麗而又賢慧……棄婦冷淡而又不甘心地說：是嗎？那為什麼她風光地進門，而我卻得黯然離開？這一來一往的對話具有戲劇般演出的臨場感，但它只是一段主觀上的情感畫面，一段抒發婚姻創傷者「只是當時已枉然」的詩歌，欠缺故事所應具備的首尾事件，所以是抒情體。[19]

18　南朝・陳・徐陵編：《玉臺新詠》：「上山采蘼蕪，下山逢故夫。長跪問故夫：新人復何如？新人雖言好，未若故人姝。顏色類相似，手爪不相如。新人從門入，故人從閣去。新人工織縑，故人工織素。織縑日一匹，織素五丈餘，將縑來比素，新人不如故。」（臺北：臺灣中華書局「四部備要」），卷1。

19　對此，米克・巴爾曾舉艾略特的〈荒原〉為例，艾略特的〈荒原〉徵用了許多世界大戰時期的政治事件作為背景或隱喻，巴爾認為「詩歌通常顯示其他更為引人注目的特徵，即詩意特徵這一事實；艾略特的詩首先作為一然而，要如何簡明地區分作品究竟是趨近於敘事，或是趨近於抒情？概略而言，約可從該作品的優先性是被置放於客觀性或主觀性；歷時性或並時性；故事性或情感性等的哪一端來決定，凡屬一種當下主觀情感上的經驗畫面，[20]都應視為抒情類作品。簡政珍在《語言與文學空間》說：「詩某方面來說是非故事性的。不論史詩或戲劇詩，和小說比較，總是情感經驗重於故事性。史詩先有故事再有詩，故事還較清澈，有些詩，詩成後才有故事，故事趨近朦朧，大部分的詩純粹是經驗的提昇，已沒有故事。不論創作或閱讀，詩重點不在敘述故事，而是在捕捉一些經驗。」。[21]此外，蘇珊・斯坦福・福里德曼也提出了一個被普遍接受的觀點，她說：「敘事被解作一種模式，突出了能動地運行於時空之中的一序列事

首詩而存在，其敘述特徵的重要性則在其次。」因此，抒情詩歌與敘事詩歌之別當在於其文學特徵的優先性是被置放於情感的詩意特性，或是紀錄事實的歷史性；前者屬於抒情詩歌文類，後者屬於敘事文類。」詳參：荷・米克・巴爾著、譚君強譯：《敘述學：敘事理論導論》，頁 7-8。

20 關於這項議題，波蘭・羅曼・英加登在《對文學的藝術作品的認識》提出「主觀」與「客觀」的區分依據，抒情類的文學接近主觀，史詩類的敘事作品則接近客觀，他的說法如下：「抒情主體沒有以客觀的方式把這個世界描述為完全獨立於他本身，獨立於任何解釋，獨立於主體的一切行為方式，尤其是他的情感而存在的東西，就像它在『史詩』中那樣。」「抒情主體，他通過他的所言所思創造出自己時，利用了某些措詞，比較，隱喻，和句子，所有這些一道確定了他的環境的某一個圖式化外觀，一個以目前的心理狀態及其經驗為條件的外觀。用一種流行的但不很正確的方式來說：『在抒情詩中我們得到的只是一種現實的「主觀畫面」。』」（臺北：商鼎文化出版社，1991），頁 276-277。

21 簡政珍：《語言與文學空間》（臺北：漢光文化事業公司，1991），頁 55-56。

件。抒情詩被解作一種模式，突出了一種同時性，即投射出一個靜止的格式塔的一團情感或思想。敘事以故事為中心，抒情詩則聚焦於心境，儘管每一種模式都包含著另一種模式的因素。」。[22]根據上述的區別準則，敘事詩與抒情詩的分別，就在於它是在敘述一段故事，還是在抒發瞬間的心事；敘事詩有其時間上的流動性，著重呈現在這一段時間流中所發生的一系列事件；抒情詩則是著重於情感流、意識流的表現，時間或凝結，或踟躕在那一段心境起伏的瞬間。

二、韻文、散文或韻散併用

敘事文多用散文體寫作，蓋因散文句式長短自由，且無須講求聲韻格律之限制，便利於人事時地物等各種資料之記載；不過，詩歌辭賦等韻文體也常用來敘事，尤其是以口耳相承的民間文學，因為韻文有其固定的句式與反複的韻律，民間素人或藝人憑藉著模組化的格式，容易喚起記憶，便利於記誦，所以，就文體的適用性來說，散文在敘事時雖較為靈活方便，但韻文也可以用來敘事，不過篇幅通常不會太長。[23]

---

22 美・詹姆斯・費倫著，陳永國譯：《作為修辭的敘事：技巧、讀者、倫理、意識形態》（北京：北京大學出版社，2005），頁6。

23 故事可用韻文講，但以用散文講最為便利合宜。西方小說家也持相同的看法，例如十四世紀的英國小說家喬叟（Geoffrey Chaucer, 1343-1400）在《坎特伯雷故事集》即用故事中的小序曲來表達這個觀念及具體實踐。詳參氏著：《坎特伯雷故事集》（臺北：遠景出版事業公司，1982），頁282-283。又，法・馬瑟・羅伯特（Marthe Robert, 1914-1996）也指出：「從文學的角度來看，小說完全能為所欲為，因為沒有任何外力能阻止作在中國文學史上，不乏傳唱不朽的「敘事詩」，如《詩經》〈大雅〉的〈生民〉、〈衛風〉的〈氓〉、〈豳風〉的〈七月〉等；[24]〈生民〉是大我的發跡歷史之緬懷歌詠，〈氓〉是小我的棄婦悲歌，〈七月〉是一年的行事曆，分屬一月至十二月的自然氣候與王事、農事、民事、祭祀等之行事概要。以〈生民〉為例，詩歌中長老率領族人緬懷后稷從他母親姜嫄懷胎到分娩的神奇經驗，以及姜嫄因為驚慌嬰兒不祥而三次棄嬰的過程，其後是后稷童年不凡的表現，他長得又高又壯，聰明伶俐，聲音洪亮，從小就喜歡種菜種豆的農藝活動，而且成果斐然，蔬菜瓜果在他的栽培照顧之下，無不結實累累，瓜瓞綿綿，為農業事業帶來了曙光，為部落的繁榮富足作出了偉大的貢獻。原詩的前五章如下：

厥初生民，時維姜嫄。生民如何？克禋克祀，以弗無子。
履帝武敏歆，攸介攸止。載震載夙，載生載育。時維后稷。
誕彌厥月，先生如達。不拆不副，無菑無害。
以赫厥靈，上帝不寧。不康禋祀，居然生子。

者用描寫、敘述、戲劇、短評、議論、獨白或演說的手法來撰寫小說；它也可以或前後，或同時為神話、歷史、寓言、牧歌、報導、童話、史詩等；沒有任何規定或禁忌能限制它對主題背景、時間、或空間的選擇。一般來說，它唯一遵循的規則就是用散文體寫，然而也不是強制性的，它覺得合適也可以包含詩詞，或本身就是一本充滿詩意的小說。」法・馬瑟・羅伯特著，逄塵瑩、何建忠譯：《原始故事與小說起源》（*Roman des Origines et Origines du Roman*）（臺北：國立編譯館，1995），頁3。

24 〈生民〉共八章，共七十二句。〈氓〉六章，共六十句。〈七月〉，八章，共八十八句。分見：《詩經》（臺北：藝文印書館「十三經注疏」），頁587-593、頁131-136、頁280-286。

誕寘之隘巷，牛羊腓字之。誕寘之平林，會伐平林。

誕寘之寒冰，鳥覆翼之。鳥乃去矣，后稷呱矣。

實覃實訏，厥聲載路。誕實匍匐，克岐克嶷，以就口食。

蓺之荏菽，荏菽旆旆，禾役穟穟。麻麥幪幪，瓜瓞唪唪。

誕后稷之穡，有相之道。茀厥豐草，種之黃茂。

實方實苞，實種實褎，實發實秀，實堅實好，實穎實栗。即有邰家室。[25]

在文字尚不普及的時空，民間文學是以口耳相傳的模式流通，由於是用背誦的方式記憶，因此，多數運用句式整齊的韻文形態流傳，這種有序的規律，方便傳述者連類引申的聯想，容易喚起記憶。其他的敘事詩如漢朝的〈孔雀東南飛〉、蔡琰追述不堪回首的亂離遭遇〈悲憤詩〉，或是北朝樂府的〈木蘭辭〉，描述女壯士花木蘭從織布機前的閨女，到百戰不死，淡泊歸鄉的英雌故事，至於唐玄宗與楊貴妃之間的愛情故事也被唐朝白居易寫成了耳熟能詳的〈長恨歌〉，豪俠馮燕的逸事也被唐朝司空圖以韻文的方式寫成〈馮燕歌〉。

講唱文學的表現上，也是韻散合用，以散文講，以韻文吟唱，邊講邊唱；戲劇、佛教闡述教義的變文亦然，以下是敦煌變文〈目連變文〉的敘事文本，第一大段以散文體先敘述目連的家庭背景、父母的個性，目連慈悲樂施的個性，其後目連遠遊外地，其母生慳

25 〈生民〉共八章，前四章每章十句，後四章每章八句，共七十二句。前五章追述發跡史，後三章在歌頌天降嘉穀，惠賜豐年，族人歡欣忙碌地團聚在一起，烹製各種佳餚美酒，張羅各種芬芳的祭品，以虔誠莊敬的心答謝上帝的隆恩，並祈求來年無災無害，五穀豐登。《詩經》，頁587-596。

吝之心，違背目連的囑咐，不肯設齋佈施，死後遂墮入地獄，受盡饑餓的苦楚。第二段為韻文體，從「當爾之時，有何言語？」開始描摹慳吝者的淒慘下場：

> 昔佛在日，摩竭國中有大長者，名拘離陁。其家巨富，財寶无論，於三寶有信重之心，向十善起精崇之志。宮中夫人，號曰靖（青）提，端正雖世上無雙，慳貪又欺誑佛法。生育一子，號曰目連，塵劫而深種善因，承事於恒沙諸佛。未見我佛在俗之時，家竭所有七珍，設齋布施於一切。忽於一日，思往他方。家財分作於三亭，二分留與於慈母，內之一分，用充慈父之衣糧，更分資財，縈（營）齋布施於四遠。囑付已畢，拜別而行。母生慳吝之心，不肯設齋布施。到後目連父母壽盡，各取命終。父承善力而生天，母招慳報墮地獄。或值刀山劍樹，穿穴五藏而分離；或招爐炭灰河，燒炙碎塵於四體。或在餓鬼受苦，瘦損軀骸，百節火然，形容憔醉（悴）。咽別（則）細如針鼻，飲噏滴水而不容；腹藏則寬於太山，盛集三江而難滿。當爾之時，有何言語？
>
> 目連父母並凶亡，輪迴六道各分張。
> 母招惡報墮地獄，父承善力上天堂。
> 思衣羅繡千重現，思食珍羞百味香。
> 足躡庭臺七寶地，身倚幃帳白銀床。
> 寘（冥）間母受多般苦，穿刺燒蒸不可量。
> 鐵磓磓來身粉碎，鐵叉叉得血汪汪。
> 飢餐孟（猛）火傷喉腷（胃），渴飲鎔銅損肝脹（腸）。

錢財豈肯隨己益，不救三塗地獄殃。[26]

在江湖賣藝上，講唱文學的組合是一搭一唱，一個說，一個唱；遇要唱時，說的人會以一句套語「奉勞歌伴」有請唱的人進行演唱，其演藝目的通常在放慢或停頓敘事速度，以對人物的內心或外貌進行更詳盡的描寫，或是對事件進行說明或議論。在傳統戲劇之中亦然，一般規矩是有感觸才起唱工。如驚訝而唱，著急而唱，嘆息而唱，悲痛而唱，想念而唱，憤恨而唱，歡喜而唱，有氣而唱，恐懼而唱，憐愛而唱，消遙自在而唱等等。總之，敘事以散文體書寫最為便利，但韻文容易歌頌、容易記憶，搭配音樂更有助於抒情，所以敘事文本也常以韻文或韻散交用的混合文體來書寫。

三、後話

中國敘事長河源遠流長，浩浩蕩蕩，濫觴自古史官的政治關懷與時序紀事一脈相承，綿延不絕，灌溉著橫無際涯的時間與空間，沃潤著森羅繁蔚的敘事流域，無數的生命與才情為這條大河挹注活水。唯時移勢易，在客觀環境因素上，不論是政治制度、經濟體制、生活形態、思想風潮、科學技術，都發生過劇烈的變革，因而也牽動敘事素材與敘述手段的變通。在主觀因素上，作家的才氣學習，各有其庸儁剛柔與造詣上的淺深雅俗差異，[27]而文體自身也會

26 楊家駱編：《敦煌變文》（臺北：世界書局，1977），頁 756-757。

27 南朝・梁・劉勰著，清・黃叔琳注：《文心雕龍校注》〈體性〉：「才有庸儁，氣有剛柔，學有淺深，習有雅鄭，並情性所鑠，陶染所凝，是以筆區雲譎，文苑波詭者矣。故辭理庸儁，莫能翻其才；風趣剛柔，寧或改其

面臨窮通榮枯的歷程，南朝·劉勰在《文心雕龍·通變》已然指出這個在變化之中守恆的藝術規律，他說：「夫設文之體有常，變文之數無方，何以明其然耶？凡詩賦書記，名理相因，此有常之體也；文辭氣力，通變則久，此無方之數也。名理有常，體必資於故實；通變無方，數必酌於新聲；故能騁無窮之路，飲不竭之源。然綆短者銜渴，足疲者輟途，非文理之數盡，乃通變之術疏耳。」。[28]這個藝術規律源自《周易》的變化觀，〈繫辭下〉說：「變通者，趨時者也。」又說：「通其變，使民不倦，神而化之，使民宜之，窮則變，變則通，通則久。」。[29]劉勰從中汲取智慧，將之運用到文學理論，他認為作家應對時代風潮持開放進取的接受態度，順應新變，化而裁之，但在果敢創新的過程中，則要守住文體的基本規律，「名理有常，體必資於故實」，各種文體都有其創作規律，也有其創作典範，這就是「常」，能在「知常」之中「變化」，文學事業才可大可久，生生不息。一千五百年之後，從語言學發跡，關注文學形式的俄國形式主義學派，也察覺了文學形式在演進過程中面臨到的新生與衰老現象，倘若任其磨耗衰朽，那麼再好的文學形式也必然趨於僵死，因為：「程序都經歷著誕生、發展、衰老、死亡的過程。程序隨著不斷的使用會變得僵化，結果是逐漸喪失自己的功能和活力。為克服程序的僵化，就要使程序在功能和意義上不斷翻新。程序的翻新，無非是對前輩作家的東西給以

氣；事義淺深，未聞乖其學；體式雅鄭，鮮有反其習：各師成心，其異如面。」，頁199。

28 同前注，頁207。

29 《周易·繫辭下》（臺北：藝文印書館「十三經注疏」），頁165、167。

別致的使用並賦予嶄新的含義。」[30]。此處的「程序」，是指文學的創作規則，各種規則之所以形成規則，自然有它成功的道理，有足堪法式的典範，但它們也會如生命過程一般有生老病死的過程，當舊的法式逐漸僵化，功能逐漸消磨，就必須為它挹注心血，使其得以翻新，才得以繼續維持這個文體的活力，推動它的作品產出。

所以，在三千年的敘事創作與理論實踐史上，除了沈積著中國歷史悠久的敘事傳統外，自百年前西風東漸之後，小說家也見賢思齊焉地借鏡西洋小說的敘事路數，從敘事立場的挪移，敘事速度的升降，敘事題材的甄選，敘事技巧的琢磨，到敘事風格的標新立異，在在都受到啓迪，知所變通，並從借鏡中觀照中國敘事文學的既有成就，以廣角的視野重新發現其價值，提高了對小說文學的評論與闡述能力。陳平原在《中國小說敘事模式的轉變》表示：

> 西洋小說的輸入，改變了傳統的文學觀念，中國小說開始從文學結構的邊緣向中心移動；小說的升值，又引起更多的文人學士對西洋小說技巧的關注；西洋小說幫助中國作家重新發現傳統文學的表現手法；中國作家對傳統文學表現手法的闡述與運用，反過來加深了對西洋小說的鑑賞能力，提高了學習借鑑西洋小說技巧的自覺性。[31]

晚近政治禁忌與禮教之防鬆綁後，自我聲音也開始蠢蠢喧嘩，過去

---

30 俄・什克洛夫斯基等著、方珊等譯：《俄國形式主義文論選》（北京：三聯書局，1989），頁 143。

31 陳平原：《中國小說敘事模式的轉變》（北京：北京大學出版社，2004），頁 244。

遭到消音或禁止發行的種種偏激言論，已能葷素不忌地公開印行發表，各自表述。科學技術勃發之後，網路媒體的新聞平臺，或是各種社群網站的串聯，使過去被大我覆蓋的，微不足道的個體生存經驗呈現「萬家燈火」、「百家爭鳴」的斑斕奇觀，這個敘事現象是寬容的文化環境使然，戒嚴解除之後，長久被覆蓋的「小我」一一復活，王鴻生在《敘事學與中國經驗》指出，近百年以來，中國敘事文學主要的演變現象包括因多元價值與去中心化而對過去的歷史予以重述，以及個人私密經驗的公開，男性或女性均可侃侃而談個人的私生活。[32]然而，從大我的宏觀敘事翻轉過來的小我經驗披露，卻也使得小我敘事顯得更微不足道，小我被更多的無數小我給覆蓋，甚至宏大的敘事也被這些集體小我給覆蓋，崇高的歷史價值式微，典正的敘事風格退潮，在古典敘事中，敘述主體的身分相對穩定，且享有話語權力，而在後古典敘事中，敘述主體的身分受到質疑，其話語權力也頻遭責難與否定。

政治的衝擊效應外，市場經濟對敘事的影響層面更不可小覷。自敘事行為與商業結合為文化產業活動後，職業作家或職業說書人，必須仰賴書市業績或票房營收來謀生，積極面而言，造就出爐火純青的講述技巧，但作家必須迎合消費者的閱讀口味，滿足其娛樂目的，才能在文化娛樂事業的園地中有所收穫。這個市場經濟已

32 王鴻生：《敘事學與中國經驗》：「文化寬容和『我』的復活。個體存在的真實性及其限度，在中國文學史上長期被遮蔽、閹割，『我』的細微內在經驗被民族的、國家的、革命的大敘事所覆蓋，真實的個人常處於匿名狀態。這種情況在 90 年代以來的文學敘事中已大幅改觀，甚至完全倒轉過來，這又帶來了新的漠視人的社會性的問題。」（上海：同濟大學出版社，2008），頁 6-7。

經大不同於「風簷展書讀，古道照顏色」的職志了，有志躋身於國史館的士子也必須通過科舉管道的拔擢啟用，才可望發揮著述立言，興廢繼絕的「史命」。未能「榮登仕途」的濟濟文士，若非家有豐厚產業，一般都須鬻文為生，或筆耕，或舌耕，有的作家縱橫古今，搜羅稗官野史中頭角崢嶸的傳奇人物，各類爾虞我詐的政權角逐故事；有的作家登堂入室，冷眼窺視各家宅院的恩怨利害，各房妻妾的爭寵奪愛，各床幃內的欲望體現……書商在商言商，文人在謀生的前提下未必能獨立創作，當商業利益與藝術創作攜手合作時，消費者的閱讀意願決定了銷售量的多寡，所以，市場上的小說作品多因勢利導地趨向於大眾口味。近代封建政體被顛覆後，工業革命與資本主義相繼席捲全球，作家的敘事旨趣，敘事題材，敘事格調，敘事手法，益發受到市場經濟的誘引牽動。商業消費社會對文學敘事的影響力也顯現於對形式的強化與對內容的淡化，以及暴力與色情敘事的堂而皇之，科幻神魔與假面英雄的重現江湖。

敘事文學，由於是以人類的歷史社會生活經驗作為內容，所以也容易與政治學、人類學、歷史學、社會學、心理學、精神分析學等學科連結，圍繞著這些學科領域的邊界進行一種跨界的文本分析，並提出各式各樣的問題與解析，尤其是有關性別、族群、階級與種族等文化領域的問題，例如「六朝志怪小說中的避煞風俗研究」、「唐傳奇所反映的科舉文化現象與士人集體價值意識」、「《水滸傳》的性別觀——從男人的水滸情結談起」、「《金瓶梅》中的夫妻妾三角關係」、「《拍案驚奇》對淫僧孽緣的情慾書寫」、「《封神演義》的反君父思想——從李靖與李哪吒的矛盾談起」、「從《儒林外史》探究清朝科舉考試制度的弊端」……這些研究路徑雖方方面面地就敘事題材所觸及的歷史社會現象發論，但其研究順位卻是以社會文化現象的分析為主，而置文學作品為賓，其所得出的結論基本上應納入文化社會學範疇。這個現象自然是任何一個學科在趨於成熟和獨立時都會遇到的問題，今若能援取敘事學作為文本分析的方法，當可搭建一條聯絡文學與文化的往返橋樑，使敘事者的語意核心可以通過敘事技巧的爬梳而流露出來，庶幾可以固守文本的疆域，臨視文化的語境，達成雙向的交流與理解。

附錄：引用書目

一、古籍：（根據著作者之朝代先後順序排列）

（一）學術思想：

春秋．《周禮》（臺北：藝文印書館「十三經注疏」）

春秋．《詩經》（臺北：藝文印書館「十三經注疏」）

戰國．墨子著，清．孫詒讓詁釋：《墨子閒詁》（臺北：世界書局，1969）

戰國．老子著，晉．王弼注，唐．陸德明釋文：《老子道德經注》（臺北：世界書局，1967）

戰國．莊周著，清．王先謙集解：《莊子集解》（臺北：臺灣商務印書館，1987）

戰國．孫臏：《孫臏兵法》（上海：上海古籍出版社，「續修四庫全書據銀雀山漢墓竹簡整理」）

漢．劉向：《新序》（臺北：臺灣商務印書館，1975）

漢．曹操，唐．杜牧等著：《十一家注孫子》（上海：上海古籍出版社，「續修四庫全書」）

漢．牟子：《牟子》（一名《理惑論》）（臺北：藝文印書館「百部叢書影印平津館本」）

漢．許慎著，清．段玉裁注：《說文解字注》（臺北：藝文印書館，1979）

南朝．梁．劉勰著，清．黃叔琳注：《文心雕龍校注》（臺北：世界書局，1972）

宋．朱熹：《四書章句集注》《孟子集注》（臺北：臺灣商務印書館，1968）

清．陳奐：《詩毛氏傳疏》（臺北：臺灣學生書局，1981）

（二）史學紀傳：

戰國・佚名著，南朝・宋・沈約注，清・洪頤煊校：《竹書紀年》（臺北：臺灣商務印書館，1965「平津館叢書本」）

戰國・左丘明：《左傳》（臺北：藝文印書館「十三經注疏」）

漢・公羊壽：《公羊傳》（臺北：藝文印書館「十三經注疏」）

漢・穀梁俶：《穀梁傳》（臺北：藝文印書館「十三經注疏」）

漢・司馬遷著，南朝・宋・裴駰集解，唐・司馬貞索隱，唐・張守節正義：《史記三家注》（臺北：漢京文化事業公司，1981「武英殿本史記三家注」）

漢・班固著，唐・顏師古注，清・王先謙補注：《漢書補注》（臺北：藝文印書館「二十五史」）

漢・高誘著，宋・姚宏補：《戰國策高氏注》（臺北：世界書局，1967）

三國・吳・韋昭：《國語韋氏解》（臺北：世界書局，1962）

晉・陳壽著，南朝・宋・裴松之注：《三國志》（臺北：臺灣商務印書館，1981「百衲本二十四史宋淳熙刊本」）

南朝・范曄著，唐・章懷太子賢注：《後漢書》（臺北：臺灣商務印書館，1988「百衲本二十四史宋紹興刊本」）

南朝・沈約：《宋書》（臺北：鼎文書局，1975）

南朝・宋・釋・法顯撰：《佛國記》（即《三十國記》）（北京：中華書局，1991「叢書集成」重排八史經籍志本）

北魏・楊衒之：《洛陽伽藍記》（臺北：藝文印書館，1966「百部叢書集成影印津逮秘書本」）

北魏・酈道元著，譚屬春、陳愛文點校：《水經注》（長沙：岳麓書社，1998）

唐・房玄齡等：《晉書》（臺北：臺灣商務印書館，1988「百衲本二十四史宋本」）

唐・李延壽：《南史》（臺北：鼎文書局，1975）

唐・令狐德棻等：《隋書》（臺北：鼎文書局，1987）

唐・劉知幾著，明・郭孔延評釋：《史通評釋》（上海：上海古籍出版社，

1996「四庫全書存目叢書 明萬曆三十年郭孔陵刻本」）
唐・劉知幾著，清・浦起龍釋：《史通通釋》（臺北：臺灣商務印書館，1968）
唐・張彥遠：《歷代名畫記》（臺北：臺灣商務印書館，1966）
清・趙翼：《廿二史劄記》（臺北：華世出版社，1977）
清・章學誠：《章實齋札記四種》（臺北：廣文書局，1971）
清・周鍾瑄主修、陳夢林總纂：《中國方志叢書・臺灣省・諸羅縣誌》（臺北：成文出版社，1983「日本內閣文庫所藏元刻本影印本」）

（三）文學著作：

南朝・宋・劉義慶著，梁・劉孝標注：《世說新語》（臺北：藝文印書館，1974）
梁・昭明太子蕭統撰，唐・李善注：《文選》（臺北：藝文印書館，1983）
唐・佚名著，楊家駱編：《敦煌變文》（臺北：世界書局，1977）
唐・佚名著，王重民、王慶菽、向達、周一良、啓功、曾毅公輯校《敦煌變文集》（北京：人民文學出版社，1984）
唐・李公佐：《謝小娥傳》（臺北：藝文印書館，1968「百部叢書影印龍威秘書本」）
唐・段成式：《酉陽雜俎》（臺北：漢京文化事業公司，1996）
唐・劉軻：《劉希仁文集》（北京：中華書局，1985「叢書集成初編嶺南遺書本」）
唐・孫頠：《幻異志》（臺北：藝文印書館，1968「百部叢書影印龍威秘書本」）
唐・杜甫等，高步瀛編注：《唐宋詩舉要》（臺北：世界書局，1974）
唐・牛僧孺編，程毅中點校：《玄怪陸》（臺北：文史哲出版社，1989）
唐・李復言編，程毅中點校：《續玄怪陸》（臺北：文史哲出版社，1989）
五代・馮翊子：《桂苑叢譚》（臺北：藝文印書館，1968「百部叢書集成影印寶顏堂祕笈本」）
宋・真德秀：《文章正宗》（臺北：臺灣商務印書館，1975「四部叢刊」）
宋・宋濂：《文原》（臺北：藝文印書館，1968「百部叢書影印學海類編本」）
宋・洪邁：《夷堅志》（臺北：臺灣商務印書館，1980）
宋・蘇軾：《蘇東坡集》（臺北：臺灣商務印書館，1968）
宋・孟元老著，伊永文箋注：《東京夢華錄》（北京：中華書局，2007）
宋・周密：《武林舊事》（臺北：藝文印書館，1968「百部叢書影印知不足齋叢書本」）
宋・羅燁：《醉翁談錄》（臺北：世界書局，1958）
宋・佚名：《大唐三藏取經詩話》（臺北：世界書局，1965）
宋・佚名：《宣和遺事》（臺北：世界書局，1965）
宋・佚名：《京本通俗小說》（臺北：世界書局，1965）
宋・佚名：《五代史平話》（上海：上海古籍出版社，1990）
元・關漢卿、白樸等：《全元雜劇初編》（臺北：世界書局，1968）
元・無名氏：《宣和遺事》（臺北：世界書局，1965）
元・無名氏：《瓦崗寨演義》（北京：中華書局，1990「古本小說叢刊」）
明・徐霞客：《徐霞客遊記》（臺北：世界書局，1962）
明・許仲琳、李雲翔編，鍾伯敬評：《封神演義》（上海：上海古籍出版社，1990「古本小說集成」影印日本內閣文庫本）
明・羅貫中編次：《三遂平妖傳》（上海：上海古籍出版社，1990「古本小說集成」影印明萬曆刻本）
明・凌濛初著，李田意輯校：《拍案驚奇》（香港：大通書局，1981）
明・馮夢龍：《警世通言》（臺北：鼎文書局，1977）.
明・馮夢龍著，顧學頡校注：《醒世恆言》（臺北：光復書局，1998）
明・馮夢龍：《古今小說》（北京：中華書局，1991）
明・謝肇淛：《五雜組》（臺北：新興書局，1971）
明・羅本：《足本三國演義》（臺北：世界書局，1975）
明・羅貫中原著，清・毛宗崗評改；穆儔等標點：《三國演義》（上海：上海古籍出版社，1989）
明・羅貫中原著，清・褚人穫改撰：《隋唐演義》（臺北：世界書局，1968）
明・蘭陵笑笑生著，清・張道深（竹坡）批評，王汝梅、李昭恂、于鳳樹校

點：《金瓶梅》（濟南：齊魯書社，1988）
明・施耐庵：《一百二十回的水滸》（臺北：臺灣商務印書館，1965）
明・施耐庵著，清・金聖嘆評：《第五才子書施耐庵水滸傳》（上海：上海古籍出版社，1988「四大奇書」重排明朝容與堂本）
明・吳承恩：《西遊記》（臺北：臺灣商務印書館，1968）
清・艾衲居士：《豆棚閒話》（上海：上海古籍出版社，1993「翰海樓本」）
清・和邦額著，王一工、方正耀點校：《夜譚隨錄》（上海：上海古籍出版社，1988）
清・紀昀著，曹月堂選評，周美昌注解：《評注閱微草堂筆記選》（北京：寶文堂書店，1988）
清・紀昀：《四庫全書簡明目錄》（臺北：藝文印書館，1974）
清・五色石主人（徐述夔）著，陳翔華、蕭欣橋點校：《八洞天》（北京：書目文獻出版社，1985）
清・錢彩編次：《說岳全傳》《增訂精忠演義說本全傳》（上海：上海古籍出版社，2010）
清・蒲松齡著，劉階平編校：《增圖補校但刻聊齋志異》（臺北：臺灣學生書局，1978）
清・曹霑：《石頭記》（臺北：臺灣商務印書館，1968）
清・袁枚：《續子不語》（上海：上海古籍出版社，2002「續修四庫全書」）
清・李漁：《閒情偶寄》（臺北：廣文書局，1977）
清・方苞：《望溪文集》（臺北：臺灣中華書局「四部備要」）
清・藍鼎元：《東征集》（臺北：文海出版社，1977）
清・郭小亭編：《濟公全傳》（成都：四川省社科院出版社，1985）
清・李綠園著，欒星校注：《歧路燈》（鄭州：中州書畫社，1980）
清・劉鶚：《老殘遊記》（臺北：世界書局，1967）
清・吳永口述，劉治襄記：《庚子西狩叢談》（長沙：岳麓書社，1985）

二、現代著述：（根據著作之出版年代先後順序排列）

（一）學術論著：

婁子匡、朱介凡：《五十年來的中國俗文學》（臺北：未著出版社，1963）

劉師培：《劉申叔先生遺書》（左盦集）（臺北：華世出版社，1975）
錢鍾書：《管錐篇》（臺北：書林出版公司，1980）
郁達夫：《郁達夫文集》（香港：三聯書店；廣州：花城出版社，1982）
何心（陸澹安）：《水滸研究》（上海：上海古籍出版社，1985）
杜維運：《中西古代史學比較》（臺北：東大圖書公司，1988）
劉長林：《中國智慧與系統思維》（臺北：臺灣商務印書館，1992）
朱建亮：《文獻信息學引論》（北京：書目文獻出版社，1992）
周振甫、冀勤編著：《錢鍾書《談藝錄》讀本》（上海：上海教育出版社，1992）
陳桐生：《中國史官文化與史記》（臺北：文津出版社，1993）
葉蜚生、徐通鏘：《語言學綱要》（臺北：書林出版公司，1993）
施紹文、沈樹華：《關漢卿戲曲集》（成都：巴蜀書社，1993）
石昌渝：《中國古代小說源流史》（北京：三聯書店，1994）
葉朗：《中國小說美學》（臺北：里仁書局，1994）
李劍國輯釋：《唐前志怪小說輯釋》（臺北：文史哲出版社，1995）
康來新：《發跡變泰——宋人小說學論稿》（臺北：大安出版社，1996）
汪景壽、王決、曾惠杰：《中國評書藝術論》（北京：經濟日報出版社，1997）
魯迅：《中國小說史略》（濟南：齊魯書社，1997）
楊義：《中國古典小說史論》（北京：人民出版社，1998）
王陽：《小說藝術形式分析：敘事學研究》（北京：華夏出版社，2002）
格非：《小說敘事研究》（北京：清華大學出版社，2002）
王陽：《小說藝術形式分析：敘事學研究》（北京：華夏出版社，2002）
陳平原：《中國小說敘事模式的轉變》（北京：北京大學出版社，2004）
胡亞敏：《敘事學》（武漢：華中師範大學出版社，2004）
張意：《文化與符號權力——布爾迪厄的文化社會學導論》（北京：中國社會科學出版社，2005）
劉書成：《文化視角下的中國古代小說》（蘭州：甘肅文化出版社，2005）
吳士余：《中國古典小說的文學敘事》（上海：上海古籍出版社，2007）
羅書華：《中國敘事之學——結構、歷史與比較的維度》（北京：中國社會

科學出版社，2008）
張閎：《感官王國——先鋒小說敘事藝術研究》（上海：同濟大學出版社，2008）
李正學：《毛宗崗小說批評研究》（北京：中國社會科學出版社，2010）
楊清惠：《文法——金聖嘆小說評點之敘事美學研究》（臺北：大安出版社，2011）
宋常立：《瓦舍文化與通俗敘事文體的生成》（北京：人民出版社，2017）

（二）小說創作：

白先勇：《臺北人》（臺北：晨鐘出版社，1979）
蕭颯：《我兒漢生》（臺北：九歌出版社，1981）
西西：《像我這樣的一個女子》（臺北：洪範書店，1984）
張愛玲：《張愛玲全集》（臺北：皇冠文化出版公司，1988）
金庸：《神鵰俠侶》（臺北：遠流出版事業公司，1990）
王朔：《我是你爸爸》（臺北：麥田出版，1993）
簡媜：《女兒紅》（臺北：洪範書店，1996）
施叔青：《遍山洋紫荊》（臺北：洪範書店，1995）
平路：《禁書啟示錄》（臺北：麥田出版，1997）
劉恆：《劉恆作品精選》（北京：中國三峽出版社，1997）
余華：《許三觀賣血記》（臺北：麥田出版，1997）
余華：《活著》（海口：南海出版公司，1998）
高行健：《一個人的聖經》（臺北：聯經出版事業公司，2000）
駱以軍：《月球姓氏》（臺北：聯合文學出版社，2001）
阿盛：《阿盛精選集》（臺北：九歌出版社，2004）
李銳：《無風之樹》（臺北：麥田出版，2006）
李銳：《萬里無雲》（臺北：麥田出版，2006）
朱天心：《初夏荷花時期的愛情》（臺北：九歌出版社，2009）
高陽：《燈火樓台》（臺北：聯經出版事業公司，2010「胡雪巖系列」）
韓松：《火星照耀美國》（上海：上海人民出版社，2012）
張戎：《慈禧：開啟現代中國的皇太后》（臺北：麥田出版，2014）

（三）物質文獻：

清・孫星衍：《寰宇訪碑錄》（臺北：臺灣商務印書館，1968）

趙萬里：《漢魏南北朝墓誌集釋》（臺北：鼎文書局，1975）

周弘祖：《古今書刻》（臺北：成文出版社，1978）

國立故宮博物院編著：《故宮藏畫精選》（香港：讀者文摘亞洲公司，1981）

郭沫若：《殷契萃編》（北京：科學出版社，1985）

蓋山林：《陰山岩畫》（北京：文物出版社，1986）

南朝・梁・劉勰著，林其錟、陳鳳金輯校：《敦煌遺書劉子殘卷集錄》（上海：上海書店，1988）

魏隱儒：《中國古籍印刷史》（北京：印刷工業出版社，1988）

中國美術全集編輯委員會：《中國美術全集》（臺北：錦繡出版社，1989）

張秀民：《中國印刷史》（上海：上海人民出版社，1989）

日本・二玄社編印：《中國書法選 10》〈木簡・竹簡・帛書〉（東京：二玄社 1990）

趙超：《漢魏南北朝墓誌彙編》（天津：天津古籍出版社，1992）

日本・二玄社編印：《中國書法選 1》〈殷周 列國 甲骨文・金文〉（東京：二玄社，1995）

日本・二玄社編印：《中國書法選 2》〈周・秦 石鼓文・泰山刻石〉（東京：二玄社，1996）

羅宗真：《魏晉南北朝考古》（北京：文物出版社，2001）

錢存訓著，鄭如斯編訂：《中國紙和印刷文化史》（桂林：廣西師範大學出版社，2004）

毛遠明：《漢魏六朝碑刻校注》（北京：線裝書局，2009）

毛遠明：《碑刻文獻通論》（北京：中華書局，2009）

邢義田：《畫為心聲：畫像石、畫像磚與壁畫》（北京：中華書局，2011）

孫機：《漢代物質文化資料圖說》（上海：上海古籍出版社，2014）

蔡慶良、張志光主編：《贏秦溯源——秦文化特展》（臺北：國立故宮博物院，2016）

日・王子製紙著，李漢庭譯：《紙的百知識》（臺北：臉譜出版，2016）

高樹藩：《正中形音義綜合大字典》（臺北：正中書局，1971）

三、外國文學與學術譯著：

美・福克納（William Faukner）著，黎登鑫譯：《聲音與憤怒》（*The Sound and The Fury*）（臺北：遠景出版事業公司，1981）

法・巴爾札克（Balzac, Honoré De）著，梁均譯：《驢皮記》（北京：人民文學出版社，1982）

俄・什克洛夫斯基等著，方珊等譯：《俄國形式主義文論選》（北京：三聯書局，1989）

美・山謬・早川（SeymourI. Hayakawa）著，鄧海珠譯：《語言與人生》（*Language in Thought And Action*）（臺北：遠流出版事業公司，1990）

義・薄伽丘（Giobanni Bocacciao）著，鍾斯譯：《十日談》（*Decameron*）（臺北：書華出版事業公司，1993）

義・卡爾維諾（Italo Calveno）著，吳潛誠譯：《如果在冬夜，一個旅人》（*Se una notte d'inverno un viaggiatore*）（臺北：時報文化出版企業公司，1993）

義・烏伯托・艾柯（Umberto Eco）等著，李幼蒸選編：《結構主義和符號學電影文集》（臺北：桂冠圖書公司，1994）

荷・米克・巴爾（Mieke Bal）著，譚君強譯：《敘述學：敘事理論導論》（*Narratology: Introduction to the Theory of Narrative*）（北京：中國社會科學出版社，1995）

德・加達默爾（Gadamer Hans-George）著，洪漢鼎譯：《真理與方法》（臺北：時報文化出版企業公司，1995）

法・克洛德・貝爾納（Claude Bernard）著，夏康農、管光東譯：《實驗醫學研究導論》（北京：商務印書館，1996）

日・芥川龍之介著，金溟若譯：《羅生門・河童》（臺北：志文出版社，1996）

美・馬斯賽里（Joseph V. Mascelli）著，羅學濂譯：《電影的語言》（*The five 'C' of Cinematography*）（臺北：志文出版社，1997）

日・夏目漱石著，尤炳圻、胡雪譯：《我是貓》（臺北：光復書局，1998）

法・格雷馬斯（A.J. Greimas）著，吳泓緲譯：《結構語義學——方法研究》（北京：三聯書店，1999）

美・海蓮・漢芙（Helene Hanff）著，陳建銘譯：《查令十字路 84 號》（*84, Charing Cross Road*）（臺北：時報文化出版企業公司，2002）

美・J・希利斯・米勒（J. Hillis Miller）著，申丹譯：《解讀故事》（*Reading Narrative*）（北京：北京大學出版社，2004）

美・戴衛・赫爾曼（David Herman）主編，馬海良譯：《新敘事學》（*Narratologies: New Perspectives On Narrative Analysis*）（北京：北京大學出版社，2004）

法・茨維坦・托多羅夫（Tzvetan Todorov）著，王國卿譯：《象徵理論》（*Theories Du Symbole*）（北京：商務印書館，2005）

美・詹姆斯・費倫（James Phelan）著，陳永國譯：《作為修辭的敘事——技巧、讀者、倫理、意識形態》（*Narrative As Retoric: Technique, Audiences, Ethics, Ideology*）（北京：北京大學出版社，2005）

美・米歇爾（W.J.T. Mitchell）著，陳永國、胡文徵譯：《圖像理論》（*Picture Theory*）（北京：北京大學出版社，2006）

美・維納（Nobert Wienner）著，陳步譯：《人有人的用處》（*The Human Use of Human Beings*）（北京：商務印書館，2009）

英・彼得・伯克（Peter Burke）著，楊豫譯：《圖像證史》（*Eyewitnessing: The Uses of Images As Historical Evidence*）（北京：北京大學出版社，2009）

英・沃頓（Reverend B. Hale Worthen）編譯，金莉華譯：《鸚鵡的七十個故事——古印度民間敘事》（臺北：中國口傳文學學會，2012）

英・艾力克・查林（Eric Charline）著，高萍譯：《改變歷史的五十種礦物》（*Fifty Minerals that Changed the Course of History*）（臺北：積木文化公司，2015）

四、外文原典：

Ambrose Bierce: *The Collected Writings of Ambrose Bierce*, The Citadel Press, 1963

Percy Lubbock: *The Craft of Fiction*, John Dickens & Co. LTD., 1963

Wayne C. Booth: *The Rhetoric of Fiction,* the University of Chicago Press, 1973

Andrew H. Plakes Edit: *Chinese Narrative – Critical And Theorical Essayes*, Princeton University Press, 1977

Seymour Chatman: *Story and Discourse – Narrative Structure in Fiction and Film*, Cornell University Press, 1978

Gearld Prince: *Narratology: the form and functioning of narrative*, Berlin: Mouton Publishers, 1982

Mieke Bal: *Narratology-Introduction to the Theory of Narrative*, University of Tronto Press, 1985

Gearld Prince: *A Dictionary of Narratology*, Hampshire, England Scolar Press, 1987

五、期刊與學位論文：

甘肅居延考古隊：〈居延漢代遺址的發掘和新出土的簡冊文物〉，《文物》第 1 期（1978 年）

江西省文物考古研究所、南昌市博物館：〈南昌火車站東晉墓葬群發掘簡報〉，《文物》第 2 期（2001 年）

馮明珠：〈職貢圖——故宮十八世紀的臺灣原住民畫像考介〉，《故宮文物》第 277 期（2006 年 4 月）

蘇菲：〈淺談《許三觀賣血記》的重複敘事及其心理印象〉，《瓊州學院學報》第 15 卷第 6 期（2008 年 12 月）

游國慶：〈彝銘淵雅說鐘鼎〉，《故宮文物》第 322 期（2010 年元月）

劉承慧：〈先秦敘事文的構成與分類〉，《清華中文學報》第九期（2013 年 6 月）

羅漪文：《東漢至中唐碑誌文體書寫演變》（新竹：國立清華大學中國文學系博士論文，劉承慧先生指導，2013 年）

王紀潮：〈鑄鼎鎔金——先秦時期中國青銅器技術成就和動因〉，收錄於《鼎立三十——看先民鑄鼎鎔金的科學智慧》（臺中：國立自然科學博物館，2015 年）

國家圖書館出版品預行編目資料

中國敘事理論與實際批評

尤雅姿著. – 初版. – 臺北市：臺灣學生，2017.11
面；公分

ISBN 978-957-15-1691-2 (平裝)

1. 中國文學 2. 敘事文學 3. 文學理論

820.1　　104026269

中國敘事理論與實際批評

著　作　者　尤雅姿
出　版　者　臺灣學生書局有限公司
發　行　人　楊雲龍
發　行　所　臺灣學生書局有限公司
地　　　址　臺北市和平東路一段 75 巷 11 號
劃撥帳號　00024668
電　　　話　(02)23928185
傳　　　眞　(02)23928105
E - m a i l　student.book@msa.hinet.net
網　　　址　www.studentbook.com.tw
登記證字號　行政院新聞局局版北市業字第玖捌壹號
定　　　價　新臺幣五八〇元
出版日期　二〇一七年十一月初版
I S B N　978-957-15-1691-2